本书由北京第二外国语学院出版基金资助出版

特此鸣谢

诗品文心

唐末高士司空图

生平、诗文与《诗品》翻译研究

A CRITIQUE OF POETIC REALM FROM
LITERARY MIND: Sikong Tu, His Life,
Other Works and *The Realm of Poetry*
From a Perspective of Literary Translation

王宏印　　著译

社会科学文献出版社
SOCIAL SCIENCES ACADEMIC PRESS (CHINA)

俱道适往，与古为新

—— 写在《诗品》研究旧作新版前

《〈诗品〉注译与司空图诗学研究》出版已经 18 年了，其间经过了许多的相关研究和新资料的发现，而作者的积累和认识也达到了一个新的高度。在这个时候，承蒙北京第二外国语学院学术出版基金资助，将其纳入"国学典籍研究与多维翻译丛书"，这确实是一次借助再版加以全面修订和扩充，使其以新的面貌出现在读者面前的绝好机会。可是由于年岁增长、健康日下，在即将完成全面修订的时候，却一拖再拖、勉力而行，结果到了写序言的时候，已经是力不从心，勉强收场了。这不能不说是一个遗憾。可是毕竟还是要写完，既然要勉力写完，就没有什么太大的遗憾了。

本来的序言是想借助中国文化宏观研究的基础，把文艺和诗论置于一个总体结构中加以考察的。这样就成了一个绪论的格局，其基本目录如下：

绪论：中国社会的演变规律以及文学艺术的调适功能

1. 社会结构、经济结构与意识形态
2. 政治改革、暴力革命与调适机制
3. 治乱模式、修复机制与超稳态系统
4. 文学艺术、人文情怀与民族精神

不过，最后不得不放弃了。

这里就只能作为新版研究的序言，交代一下这个版本和原来的版本之间的一些关系和改进与添加的部分，勉强成文罢了。共三部分，其中前两部分基本来源于初版序言，而第三部分则是新添加的那部分。

司空图（字表圣），在唐代文学史上，当然没有李白、杜甫出名。首先是因为诗人是比较容易出名的，但不能说他不能写诗，他的诗在近来也逐渐有了地位，受人关注。其次其也不及韩愈、柳宗元出名，因为二者发动过著名的古文运动。在运动中人容易名垂千古，但不能就此说他不能为文，就笔者的研究，他诗文兼善，而且成就不低。不过，游国恩主编的四卷本的《中国文学史》中，在晚唐文学一章的最后一节，考虑到归隐式田园诗人的缘故，把司空图和韦庄列在一起，而且排在韦庄之后，总不免有点委屈了这位能诗能文的诗人。但说他是诗人，其实也算高抬了，仔细想来其实他也没留下什么脍炙人口的诗句。他的文章也没能上《古文观止》，可见作为文学家其也算不上有多少名气。

那么，司空图究竟是以什么引起一代又一代人的关注，又因为什么而成为学界屡谈不衰的话题的呢？

那就是司空图除了有几封谈论诗歌的书信以外，还有用四言写成的二十四首诗，统称《诗品》。又因为在他之前已经有了（南朝梁）钟嵘的长篇诗论和诗评著作《诗品》，于是，人们就在前面加上"二十四"三个字，甚至在前面再加上"司空图"三个字，构成一个很长的书名——《司空图二十四诗品》，以示区别。可是，或许是因为这很长的书名之下，其篇幅却很短，又或许是别的什么原因，人们常常把司空图的《诗品》和钟嵘的《诗品》放在一起，而且总是排在后者的后面，合订为一册——其书名就不免更加复杂而难记了。

笔者第一次看到的司空图的《诗品》，以及后来许多次看到的，都是这种合订在一起的《诗品》。但也有单行的本子，表明了司空图《诗品》独立而不可替代的地位。

一　诗品、诗解与诗论

《诗品》名称的重合，除了偶然性之外，还有其必然性。首先是因为"诗品"这一名称本身只是一种区分，说明它是关于诗的而不是诗。它可以是诗论，即诗歌理论，也可以是诗评，即诗歌评论；它可以是诗歌鉴赏过程，也可以是鉴赏过程的结果，即诗歌品级高低的划分，或者是任何别的什么而不能是诗——一如小说品鉴不能是小说一样。这正是钟嵘的《诗品》叫作"诗品"的缘故。

可司空图的《诗品》就不同了。它本身就是些诗——诗的形式、诗的语言、诗的意境，而且偏偏又叫作"诗品"。岂不知诗品是诗的品尝，一如品尝食品，品尝之余便要评论，称为品评，品评也需要一点理论，因而又是诗论了。然而，按照西方诗学的分析性演绎性致思方向和严格的形式逻辑定义，司空图的《诗品》实在算不上一部像样的诗学论著，甚至"诗品"这一名称或术语本身都是不确切的、不科学的。然而这正是中国诗学的特点，至少是中国传统诗学的基本特点之一。现居美国的华人学者叶维廉先生在其《中国诗学》一书的开头，就以司空图的《诗品》中的《自然》一品为例，讨论了中国传统诗学如下的基本特征：

> 中国传统的批评是属于"点、悟"式的批评，以不破坏诗的"机心"为理想，在结构上，用"言简而意繁"及"点到而止"去激起读者意识中诗的活动，使诗的意境重现，是一种近乎诗的结构。

这种点悟式的批评当然也有缺点，那就是"有赖于机遇，一如禅宗里的公案的禅机"。叶维廉先生还戏拟一则，讥为"半桶水的"，"任意的，不负责任的印象（式）批评"：

> 问：如何是诗法大意？
> 答：妙不可言。

可见中国传统诗学需要两个最基本的条件，才能立足于它那诗性哲学的本营而又超脱分析性演绎性的藩篱，那就是：诗评者必须有诗的才能而能领悟其中奥义，读者也需具备诗的慧眼而达到一击而悟。就作者而论，由于兼备了诗才和慧眼，司空图的《诗品》才有了诗歌和诗歌的品评两重含义。它既是诗又是品：诗中有品，品中有诗；诗品中见品，品诗中见诗。正是司空图《诗品》的二重性，使得许多人对其爱不释手。短短的二十四首四言诗，既有诗的意境和情趣，又有论的哲理和深度。既可以当诗来读，也可以用来品诗。不幸，体现在诗才与慧眼相分离的读者身上，问题也可能正出在这双重身份上。与其说一般读者觉得其抽象玄妙，诗味不足，倒不如说理论家指责其理论模糊，系统性不够。前一种情况似乎同时受到司空图论诗之诗那虚拟的题目所限，而后者就不免有拿今天的理论思维甚至是西方的思维规范来要求古人的嫌疑了。

品诗犹可，解诗就不大好办了，司空图《诗品》尤其如此。喜爱者往往是只读不解，甚至读而不求甚解，一味欣赏，不问根苗，反觉兴趣盎然。只可惜苦了那些理论家，或者有理论研究癖好的人，认为其中的意象倒可以意会，而哲理性的话就不好解释了。这种模糊性的形成，固然有其客观方面的原因，但也不乏主观方面的问题。对于今日读者而言，所谓客观方面即决定作者写作的文化资源和思维工具，包括作为思维工具的中国语言的基本特点和作者所选择的文类样式，以及文本在传播过程中所造成的分延与散播的损失。所谓主观方面则侧重于作者思想本身的清晰程度和表达方式的优点与局限。

就客观方面而言，首先是古汉语本身的原因。古汉语的单音节词和双音节词的结构占优势，同音异义和同形异义的比例相当大，加之汉语词类的不固定、无标志，以及语义组合的灵活性，不可避免地会形成多义和歧义。虽然凡是语言的表达都会要求一定程度的明晰性，但在诗歌中至少有一定程度的多义性和模糊性是合法的和可以接受的。例如，"玉壶买春"（《典雅》）一句，无论理解为"用玉制的酒壶买酒盛酒"，还是解释为"带着像玉一般晶莹的酒壶买来春光美景"，都是可以的。可见，以上所列古汉语的若干特点对科学思维而言明显是弱点，而对文学的形象思维尤其是诗性表现而言却是有利的。

另一个原因与作者所采用的四言诗体有关。四言固然有《诗经》遗风，庄重而典雅，但结构单一，篇幅有限，容量太小，要想表达复杂的思想和感受，不可能不包括一些有歧义甚或不可解的诗句。试想一下，每句只有四个字，或者主谓结构，或者动宾结构，或者修饰结构，结构何等单一！况且一首诗只有六行，每行八个字，总共四十八个字，能有多大的容量呢？另一个与之有关的问题是：《诗经》的四言以叙事抒情为主，带有素朴的生活气息和原始的文学意味；而《诗品》却产生了不少范畴化的表达，包括意象的符号化和思想的概念化，而且主要还是在概念化的表达上，引起的歧义最多。例如，"载要其端，载同（闻）其符"（《流动》），"要路愈远，幽行为迟"（《缜密》）。

文本的写作是一个过程，在之前和以后，作者的意象并非完全一致，即使在文本定型以后，其内在的形象和思想在接受过程中也绝非一成不变，加之年代久远，版本不一，也会造成缺乏统一而一贯的理解。《诗品》至少有两个主要版本——《说郛》本和《津逮》本，而且在长期的传抄过程中难免会造成以讹传讹的错误，甚或个别注家有意无意地改变原作以合己意。如《含蓄》一品，其中有"语不涉己，若不堪忧"，但有的版本作"语不涉难，已不堪忧"，也有作"语不涉难，若不堪忧"的。何去何从，莫衷一是。难怪有些读者一旦走到要逐字索解的极端，就会如清代学者方东树在《昭昧詹言》中所说的"多不可解"。最常为人们所引用而又被认为难以索解的诗句有："观花（化）匪禁，吞吐大荒。"（《豪放》）

主观方面的原因似乎也有，而且或许更为重要。

其一，由于深受佛道特别是老庄哲学的影响，作者经常使用一些哲学术语，如"道""气""空""真""素""虚""神""性"，而又不加以严格界定，致使语义含混，阅读困难。其实，除了个别地方明显有歧义之外，多数情况下诗是包含哲学和诗学两个层面的。严格区分两个语义层面有时不大可能，有时毫无必要，因为诗学也用哲学术语说话。例如，"大用外腓，真体内充"（《雄浑》）显然是在哲学层面上说话，但兼顾了哲学与诗学的层面，即以一般体用术语讲创作主体的状态问题。而"如有佳语，大河前横"（《沉著》）却有歧义。因为此句既可能包含佛家用语，也可能是一般日常生活用语入诗。区分这两个层次的努力当然不能说不可贵，但其结果又往往不能尽如人意。

其二，由于中国古代理论思维的特点和局限，或者由于作者本人对某些问题缺乏透彻的理论思考，有些句子语义模糊而不可解，或因有多解而莫衷一是。例如，"匪神之灵，匪机之微"（《超诣》）究竟是既不靠神灵之佑，也不靠机缘之助，抑或是既不靠心神之机敏，也不靠天机之微妙，就是难以断定的。其中可能既有汉语语词的模糊性、汉诗语法的多重性，也有理论表述的含混性，甚或文本意义的分延性。如果有可能，我们不妨指望作者在诗歌以外的文体（例如，论诗的散文书信）中表述清楚；但是也不完全排除作者具有如同庄子思想中的某种神秘主义倾向。对于前者，我们不妨在解读司空图的《诗品》的同时，研读一下他的其他诗学论著，使诗歌与诗论二者相得益彰。对于后者，我们不得不运用西方的逻辑分析方法以求"理"出头绪，甚或借助司空图本人的时代背景和生平做一些以史论诗、史诗互证的理论推导和实证研究。也就是说，我们不妨暂时放下这难解难分的前提预设问题，进入司空图本人的时代和生活，从中寻找有助于解开理论思维之网的蛛丝马迹。因为在某种意义上，司空图《诗品》的创作成功，应归功于作者在人生旅途上一再地归隐，以及由此而产生的对生活的独特的理解和对诗歌的独特的品味。

二　文学、翻译与研究

中国古典文论是中国文化历史长河中一条涓涓流淌的溪流。以文史哲三者之结合为基本人文形态的中国传统文化，在近代西学东渐的过程中，经过和西方文化的激烈碰撞，不仅日益为外部世界所知晓，而且其自身的研究状况也发生了一些明显的变化。结合西方及海外学者研究中国古典文论的几次高潮，可以看到这些变化突出地体现为研究方法的更新，特别是 20 世纪以来，新学科、新思潮带来的研究方法的更新。

早期的研究，当然要从原始文本的对外翻译介绍开始，其后涉及资料和传记性的研究。到了 20 世纪 60 年代，则开始深入中国文论本质的界定分析，遂形成了第一次研究高潮。其后，由于对形式问题的关注，英语世界开始更多地关注中国古典文学创作和文论研究中一贯比较稳定的文类问题。70 年代兴起的第三次高潮，集中体现为运用西方文学批评框架，或其改造形态，分析中国传统文论的做法，由此导致这一领域在多个论题上的比较研究。及至 80 年代以后，形成了对中国传统文论的比较研究和综合性研究齐头并进的浩荡潮流！

学术乃天下之公器。在世纪之交的学术大环境中，应当如何进行中国传统文论的研究，身处中国传统文论故乡的每一个人，尽可以有自己的特殊情况、治学方法、研究题目。由于一个人学术背景、关注视野、可用资源、活动方式的不同，笔者为自己拟定的科研目标是多学科的、比较型的。在中国古典文献的翻译研究这样一个大的领域，从最早的《公孙龙子》研究，到后来的司空图《诗品》研究，其间自然地形成了下面一些不成文的认识：

第一，以有批评的西学关注国学为长期学术关注视野，每几年完成一项中等规模的研究；

第二，可以分属不同的领域，但所涉文本必须是文史哲经典中篇幅较短，且有一定难度者；

第三，以文本分析阐释为主，兼顾注释和今译、英译，力争建构出同一作者的总体思想；

第四，兴趣点转移的基本路径，体现了自古至今和从哲学逐渐进入文学和艺术类的研究方向的变化；

第五，以跨文化比较研究和翻译相结合为基本方法，兼顾其他，完善阐发性比较方法。

这项《诗品》注译与研究可以说是兼顾了司空图诗学思想的综合研究。从历史的维度来看，此一研究选题的重大意义，应当说是不容置疑的。简而言之，唐末司空图《诗品》正处于中国古典文论独立发展的第三期，上承远古《尚书》诗言志和南朝刘勰《文心雕龙》的发轫和独立期，下启宋代严羽《沧浪诗话》和清代叶燮《原诗》的高潮和完成期，最终预示了民国时期王国维《人间词话》的出现，即中国古典诗学的终结。有了这样一个总体的发展图景在胸，我们不仅可以看到《诗品》在文体、题材、思想、艺术等方面的具体位置和文化来源，而且可以凭借我们对中国文学史及其批评史的总体认识，评价司空图诗学在中国诗学发展中的重要地位和深远影响。

然而，偏重于文学史的研究并非此项研究的主要兴趣所在，甚至笔者对此项研究的兴趣也不是由此激发的。激发研究兴趣和逐渐形成此项研究兴趣的核心部分，主要是笔者觉得《诗品》可爱而又有味道可嚼，直接的动机仍然是翻译，原本是想让懂英文的读者领略中国古典文论的风采。为此就要对《诗品》进行全面而有效的研究，至少先了解前人有关的主要研究成果和方法，然后再针对自己的研究目标和任务，寻找和形成自己觉得可用的研究方法。合适的方法一旦找到和形成，研究本身的问题就有了迎刃而解的基础。以下是笔者通过一段时间的具体探索，以及在《诗品》研究过程中尝试运用，并认为有必要加以集中交代的三个有关研究方法的概念问题。

第一，此类研究的核心，可以称为"翻译型研究"，正如有人把此类写作称为"翻译型论著"一样。何谓"翻译型研究"呢？那就是以某一文化或文学的经典文本为对象，参较其他相关文献，通过文本翻译（注释是翻译的基础），进行作者思想挖掘和理论系统化整理性质的研究。它的基本特点，可以说是不脱离文本而奢谈创造。但是又何以称得上是研究呢？因为它并不是一般所谓的语言转换，或止于语言转换式的翻译，而是企图通过翻译，寻找某种有价值的东西。其基本做法是在翻译中注入翻译者及研究者自身的理念和追求，按照东西方相关文类的典型模式，进行某种程度的融合和创造，使经典文本的思想和艺术的总体倾向发生从古代向现代的转移，从中文向外文的变形，即有限度地离开源文本，来一点"创造性悖谬"，或曰"传统文论的现代阐释"。

第二，作为"翻译性研究"的一个合乎逻辑的发展，便是所谓的"阐发性研究"。其实，"阐发性研究"是比较文学领域内与法国的平行研究和美国的影响研究相对的中国学派的典型主张，最早是由中国台湾学者总结或命名的。它的基本方法是以西学原理或方法阐发国学资料和史料，但也可以在东西文化之间互相阐发、互相发明。本来，阐发性研究也可以不必和翻译型研究发生关系，但是，二者结合起来，效果似乎更好。笔者认为，翻译型研究基础上的阐发性研究，可有三个层次：（1）翻译中源文本与译文本之间在意义层面上的互相阐发；（2）主要文本和其他史料/资料之间，在思想的系统联系和理论建构上的互相阐发；（3）东西文化之间（主要是由西向东的阐发），在解释其所以然的文化发生学根源上的互相阐发。有了这三个层次上的互相阐发，典型的东西方模式就会发生变化，主要是趋同现象，从而使得双方不再那么势不两立，而是朝着某种人类文化的未来所共同的东西生成或创化。

第三，"文学性研究"。倘若不做人为的划界，以上两种方法在众多的学术领域都可以应用，不过在应用到文学领域时，自有其特殊的地方。这种特殊性便构成了文学性研究的基础，以《诗品》研究为例，文学性的研究要求在翻译上至少要以诗译诗，译诗像诗，诗中见论，论仍是诗。如果不是这样，就会把《诗品》翻译得不像诗，成了枯燥的论文，虽然在理论上仍然有其道理，但是背离了文学性翻译的基本原则，背离了中国古典诗学的文体特点。又如"阐发性研究"，如何同时又是"文学性研究"呢？这就要求作者的阐发必须紧扣文学的主题，同时具有一定的理论深度，而不要把《诗品》研究变成文化研究和哲学研究，以之去替代文学的或诗学的研究。这是目前比较文学研究领域里普遍存在的问题，即不是以文化研究拓宽和加深文学研究，或者对文化现象进行合理的哲学思考，而是大谈文化和哲学问题，以显其博学和深奥。最后文学本身的问题，或者被掩盖了，或者被淡化了，终而至于不了了之地被消解了。

以上三种方法，在具体的研究中，自然是互相结合共同起作用，而不是互不相干各自分离的。作为研究的成果体现，便是原作呈现的样子。《〈诗品〉注译与司空图诗学研究》，在结构上分为上、下两编，上编是关于《诗品》与司空图诗学思想的研究部分，包括作者的生平与时代、《诗品》的成书与结构、体现在《诗品》和其他论诗书信中的诗学思想（包括诗歌本体与诗人主体意识、感性学三维度之发掘、诗歌鉴赏与批评等），以及司空图用以评价唐代诗人的文学史思路和评论尺度，最后是关于《诗品》的翻译传播和司空图的影响问题等研究。下编是文献部分，主要是《诗品》全文的注释、今译和英译，作为附录的司空图论诗文选及其注释，以及作为背景资料的司空图传记和注释。实际上，研究部分和文献部分是可以互相参照的。就笔者的研究程序和行进逻辑而言，必然是先有文本注释，然后才有研究结论的。本来只打算在文本注释完成后，写一个长长的前言放到正文之前，就算一本书的结束，没想到越写越长，最后终于成为一个独立的研究部分。

三　人品、文品与诗品

无论从古人"知人论世"的观点来说，还是从"以意逆志"的观点来说，关于司空图其人的认识，都是了解他的诗文和《诗品》的基础，反之亦然，即我们也可以从考察他的诗文和《诗品》开始，最后归结为对他的人品的认定和评价。若是以前者为要，则我们可以从他所处的时代背景和他的一生作为来评价他的历史境遇、应世策略，以及人格高下。在本书的初稿中，我们只是将其一生纳入儒、释、道的三元文化结构中，来考察他的出入世的情况，据以说明三种因素在他的社会行为中所占的位置或比重，其实，结果是很容易知晓的。除了以儒家思想为基础之外，道家和释家兼而有之，使其能够在唐末大乱中时而出世，时而入世，既得以保全性命也得以保全名节——被人誉为"节士"。

但若从传统的阶级斗争胜负观点和朝代更迭的社会进步观来看，则为唐代最后一个皇帝的死而绝食而死的节士，充其量不过是一个为封建帝国殉道的卫道士和陪葬者。这样看来，司空图还不如在最后的阶级斗争中被唐末农民起义军杀死，或者在宫廷斗争中被当权者除掉更为光彩。何至于要落到这样一个不尴不尬的地步呢？多亏他被身处起义军的家奴所救，只身逃出京城，而得以保全性命。他以韬晦之计佯装老朽不堪用，从柳璨之祸中逃脱，还归山野，得以隐居而苟延残喘，留得性命而完成《诗品》。倘若不是老天有恩于他，也是天命保佑于他，使他得以拥有一个人正常的人生历程，取得诗文创作和诗论、诗品的多项成就！这两种选择，哪一种更贵，或者更适宜、更合算？

当然，我们可以说，观察和认识的角度不必限于某一个。例如，就其出身而言，出身于仕宦家庭的司空图，有其独特的处世之道本不奇怪，一生身居高位却面临末世，而他的政治生涯也是平平而乏善可陈，甚至他的公文体官样文章也写得不怎么出色。这样说来，司空图算不上一个有作为的、成功的政治家或政客，当作为一介书生、文人、诗人。他的长寿和得免于祸乱，他的隐居生活和世俗的交游，却使他有大量的时间体悟人生，借助自然写下大量的诗作和文章，并在晚年写成了《诗品》，这不得不说是一个值得庆幸的生命——虽然你可以说他活得很卑微、很无奈，但他毕竟得以终老故乡、殉道大唐。如果我们用科学家伽利略为了完成他的科学实验，与教皇妥协，赢得宝贵的生命和时间，从而成就了一代大科学家的巨大成就的事例来看待司空图的一生，未始不是一种胜利，一种生命对于政治的胜利，一种文学对于人生的胜利。在这并非十分辉煌的一生中，司空图写下了如下的诗文：

一、与佛道之交游及赠诗

二、与官员之交往和应酬诗

三、隐含佛老思想的诗作

四、寄托儒家经世思想的诗作

五、反映隐居生活的诗作

六、漫书偶书与组诗

七、花鸟山水与咏物诗

八、有吟诗品诗倾向的诗作

而在诗赋类文章中，则有更多的类型和更丰富的体现：

一、书信类：诗文交游，书生意气

二、政论文：文人论政，华夷可图

三、记述类：目击道存，心系人天

四、赞赋类：三教皆流，圣俗精神

五、注述类：文艺关怀，诗赋风采

这些诗文的收集和研究，让我们获得了大量有用的材料，也建立了与司空图的十分有益的联系。一方面，它们是司空图生活的见证和产物，使我们得以了解他一生的基本轨迹和主要事件，主要思想和重大行动，人际交往和团体归属，等等。另一方面，它们还使我们得以认识他的多才多艺，尤其是艺术成就，包括他在儒、释、道三种宗教活动中的诗文创作成就，反映了中国传统文化诸领域所达到的认识高度和精密程度。这对我们认识他的诗论和人生的关系是大有裨益的。例如，我们从他的诗文创作中，深刻认识到他的生存环境和隐居环境对于诗文创作与思想形成的影响，也认识到《诗品》中所描写的地貌特征、人生况味以及艺术修养的不可分割的关系，即景物描写的象征作用，意象系统与诗学结构，诗文主题与语言修辞等之间密不可分的关系。

我们甚至可以从这些诗文创作中，发现《诗品》的艺术原型与生命样态的逼真表现：

一、意象与造化：《诗品》抽象词语及其互文同现

二、独步与沉著：《诗品》的创作契机与创作机制

三、原型与重塑：《诗品》的投射系统与自拟形象

四、生存与超脱：《诗品》的生命历程与高峰体验

这为我们更加深入地认识《诗品》提供了可贵的线索和契机。我们甚至

可以说，司空图和他的《诗品》具有不可分割的联系，而进一步的研究让我们确认，司空图的《诗品》非唐末的社会环境和诗学传统所达到的独特阶段性成就莫属。它是唐代为止中国诗学传统的一个高峰，一个缩影。但为了更加全面地认识《诗品》，我们把钟嵘的《诗品》和司空图的《诗品》做了一个比较，集中在四言和五言的表现形式及其复古的倾向上，同时把皎然的《诗式》和司空图的《诗品》做了一个比较，集中在唐代的诗学成就和认识结构上。同时，我们认为，自唐以降，以至于宋元，甚至明清，中国诗学的学术价值得以实用化，而写诗手册一类诗话、词话得以流行，使得诗论的总体水平难以保持唐代的格局和品位，而关于《诗品》作者的争议和著作权问题也成为近来争论的主题之一。

在《诗品》的翻译及研究方面，初版基本上只限于笔者的翻译成就，即包括《诗品》注释、今译、英译在内的三角互动关系，这一模式，构成了笔者典籍翻译的基本格局，一直贯穿于相关的一系列典籍文本的翻译和研究。而这次再版，则将笔者的上述三角互动关系的实施和研究，进一步扩充为对英译的回译，以及回译效果的再度演绎。实际上，这不是一个简单的回译及其效果展示，而是一个探索带有诗学本体论意义的经典翻译的可能性有限延伸的可贵尝试。从具体的过程来看，这一诗学本体与现象的探索，基本上沟通了汉语古体诗与现代诗的传统，也在一定程度上打通了汉语诗与英语诗（甚至西方诗歌）的表现形式与诗学观念。所以，这也是一个有意义的延伸性成果，许多有趣的现象，在中间出现，使人目不暇接，感慨连连。

然而，再版的最大变化还是对于《诗品》其他英译本的较为系统的研究。虽然由于资料所限，用于研究的英译文本不全，但基本上涵盖了西方汉学家和文学翻译家的翻译，例如，翟理斯有西方文化底蕴的开拓性的全译本、克兰默·宾的美学诗学突出的节译本、宇文所安有研究基础的全译本等典型译本。至于国内的翻译，则在笔者的翻译之外，还研究了杨宪益、戴乃迭的没有注释的全译本。至于海外华人的译本，如新加坡作家、翻译家王润华的译本，则因为没有找到而无法研究，这是颇为遗憾的。这样的翻译研究，大大地扩充了作者和读者的视野，也为各种翻译模式和策略的研究提供了可资借鉴的路径，注定是开辟了一个新的领域。

在这种扩大了视野的翻译格局下，今译的研究也进入一个新的阶段。他人的今译分为散体翻译、无韵诗翻译和韵体翻译三种类型。从添加词语看今译的修辞功能，则有添加人称代词使得叙述者获得角度，添加说明使得译作回归主题，添加比喻性词语使得描写逻辑化，添加说明性话语获得评论话语权。而笔者的今译，则体现在原文语句的扩充、原诗意境的仿造、现代汉语的巧用、诗学哲理的阐释、英诗精华的吸收等功能上。其英译的原则与阐释功能，则体现为通过《诗品》各个标题的重组和阐释性翻译，体现诗歌的语义黏着和文脉贯通；通过典故的阐释与注释，达到《诗品》作为品诗理论功能的哲理挖掘和向英诗的转化；最后，是人称的变化、叙述和描写及抒情角度的展示，揭示了《诗品》每一品的不同认知面向和诗学维度的开拓及照应，使其成为一个系统的诗学模式，而不是各自分散的二十四首诗。

　　然而，迄今为止，甚至包括了这个再版的扩充与加深的努力，这项翻译和研究工作似乎并未完成，之所以这样说，乃是以海德格尔《诗歌中的语言》里的下述言论为根据的：

　　　　每一个伟大的诗人，都只出于一首独一的诗来作诗。衡量其伟大的标准乃在于诗人在何种程度上致力于这种独一性，从而能够把它的诗意道说纯粹地保持在其中。

　　　　…………

　　　　因为这首独一的诗始终未曾被说出，所以我们只能以下述方式来探讨它的位置：我们试图根据具体诗作所说的东西来指示这个位置。但为此，每首具体的诗作都已经需要解释。这种解释使得那种在一切诗意地被道说的东西中闪光的纯粹性首度显露出来。

　　也就是在这个意义上，作者把司空图的《诗品》看作一个整体，因此英译为 The Realm of Poetry，回译便是《诗境》。这个诗境的独一性要靠司空图的全部创作和理论的资料分析，乃至整个人生和时代的揭示来说明。而我们自己的说明，以及我们的翻译，即依赖于每一首具体的诗作所做的解释，要想使"那种在一切诗意地被道说的东西中闪光的纯粹性首度显露出来"，则需要我们在前人基础上做一种有限的努力和推进。

　　然而，这首独一的诗始终未曾被说出。

王宏印（朱墨）

2019 年 6 月 22 日星期六于天津南开大学寓所

目　录

下编　《诗品》的今译、英译、回译与海内外传播

上　编

司空图其人、其诗、其文
及其与《诗品》的关系

唐代是中华帝国的鼎盛时期，政治安定，经济发达，文化昌盛，人才辈出。尤其是诗歌领域，大唐盛世，文物蒸蒸，异彩纷呈，诗人前赴后继，诗歌数以万首，为中华民族文化的积累奠定了雄厚的基础。但是到了晚唐，社会动乱，经济凋敝，人心不古，出现了明显的衰落气象。正所谓"唐祚至此，气脉浸微，士生斯时，无他事业，精神伎俩，悉见于诗"。①

　　在这个"夕阳无限好，只是近黄昏"的晚景中，诗歌和诗论仍然以其最后的努力，将一缕回光返照在西方昏暗的天幕上。其中最有代表性的人物，便是大唐最后的节士，为国绝食而亡的司空图。在这个大背景下，司空图的生命和诗歌，尤其归于其名下的《诗品》，乃有了特殊的意义，值得从头加以研究。而我们的研究，就是将其生平与诗文、诗论联系到其晚年的《诗品》，借助作者的生存环境与文本的联系，从中挖掘出一个独特的生命历程与生命哲学的含义来。

---

①　俞文豹：《吹剑录》，古典文学出版社，1958，转引自张炯等主编《中华文学通史 第二卷·古代文学编》，华艺出版社，1997，第207页。

第一章

落落欲往，矫矫不群：
司空图的生平与诗文创作

　　按照中国传统，儒学四科中，文学被视为下科。那可能是因为在立德、立功、立言三不朽的事业中，立言是在立德、立功无望的前提下，直接靠诗文获取名声的途径。今人认为作家、诗人很出名，其实古人是首重立德和立功的。但立德和立功，也许要通过立言来记录和评价，因而最终可能也要归于立言的范围了。至于司空图究竟是一个什么样的诗人，或者什么意义上的诗人，我们固然不可以完全以传统等级观念作为我们辨别一个人的一生的依据，毕竟一些具体的结论，尚有待我们看完了他的经历、思想和全部诗作，才能有一个大体的估计和评价。所以，笔者的做法是参照先圣时贤的司空图传记和年谱，以及诗文集注，再参以唐史和地方史，将其列入一个大体的时间序列里。纵观司空图的一生，其基本上经历了五个大的时期。从这个每况愈下的总体历程中，我们可以看出其所处的晚唐的社会环境与时代变迁，以及个人经历和思想发展变化的轨迹，这为我们对他的诗品文心做出正确的评价提供了借鉴。

　　为此，笔者的做法其实是分了三步：其一，先给出一个简要的叙述，作为引子；其二，再给出一个详细的年谱式的传记，作为展开；其三，再以其诗文的分类阅读和鉴赏，扩充其丰富的内心世界。幸运的是，官修史书中的传记，通常包括的九大部分，在下列的概论和年谱式传记中也能看得出：（1）传主姓名；（2）祖居；（3）祖先；（4）受教育情况；（5）言行；（6）退职；（7）出版物；（8）儿女；（9）盖棺论定。①

---

　　① 参见〔美〕倪豪士《以文学印证历史：欧阳詹个案》注15，彼得·奥尔布雷希特的官修史书传记结构（文字有简略），转引自乐黛云、陈珏编选《北美中国古典文学研究名家十年文选》，江苏人民出版社，1996，第512页。

第一节　亦隐亦宦艰难悲慨的诗化人生

据《旧唐书》记载，司空图（837～908 年），复姓司空，单名图，字表圣，五十岁后自号"知非子"，晚年退居中条山王官谷别业，又自号"耐辱居士"。司空图生于唐文宗开成二年（837 年），卒于唐亡的第二年，终年七十有二。唐时河东道河中府虞乡（今山西省永济市虞乡）人，祖籍泗水（今安徽泗县），常自称"泗水司空图"。泗水，唐属泗水郡，天宝时改为临淮郡，乾元时复改为泗水。因此，《资治通鉴》称："图，临淮人也。"

司空图出身于仕宦家庭，祖辈为官，且有迁升之势。曾祖父司空遂，曾任河南道密县县令；祖父司空象，曾任水部郎中；父亲司空舆，刘晏之曾孙婿，精通史术，能诗善文，曾任安邑、解县（两县均在虞乡附近，解县曾一度并入虞乡）两池榷盐使，后又入朝为司门员外郎，迁户部郎中（从五品上），及"征拜侍御史"（从六品下，行监察职），未赴，退居中条山王官谷，卒。

司空图之母，乃唐中兴名臣刘晏之曾孙女。其舅刘权乃刘晏之曾孙，权或早卒，未有功名，著有《洞史》二十卷或三十卷（《新书・艺文志》）。又，刘晏有孙刘濛、刘晏兄刘暹有孙刘潼，濛、潼二人皆进士，会昌后历官有名声。可见，司空图之家境富裕显赫，仕途官运较为通畅。图自幼受到诗书礼乐熏陶，家教庭训良好，史称"少有文采"。

司空图《山居记》记载了王官谷的来历和得名："会昌中，诏毁佛宫，因为我有。谷之名，本以王官废垒在其侧，今司空氏易之为祯陵溪，亦曰祯贻云。"① 可见此处原乃一佛教圣地，后经司空氏改建，始为后来的样子。

> 可见，司空图出身于一个世代官宦家庭，幼年时曾随其父南下江西，后定居于河中虞乡，并在王官谷有别墅。图之为人及其思想颇受乃父影响，对李唐王朝忠贞尽职，但也有避世隐居之意，故在中条山王官谷购置别业……②

中条山王官谷，位于今山西省永济市清华乡以南，因附近有周时王官城

---

① 转引自祖保泉、陶礼天笺校《司空表圣诗文集笺校》，安徽大学出版社，2002，第 200 页。
② 张少康：《司空图及其诗论研究》，学苑出版社，2005，第 2 页。

堡垒旧址而得名。谷幽峰高，松柏参天，清泉长流，南向入谷正面即天柱、挂鹤诸峰，峰下有司空图墓，峰的两侧有百尺悬崖，双瀑直下，夏日水涨，飞瀑声震耳欲聋，落地则合于一处，流出谷外。此即司空图命名而享有千年盛誉的古"贻溪"。此处建有休休亭、挂鹤台、拟纶亭、修史亭、三诏堂、濯缨亭、莹心亭、一鸣窗、照亭等名胜古迹，许多是司空图生前所建，也有后人追慕前人的纪念之作。宋代的俞充，曾任虞乡县令，目睹谷中遗迹，写有《贻溪怀古十首》，流于后人。

宋元以后，王官谷一直是仕宦名流理想的隐居之地，这里见证了他们政治失意避祸全身的一种际遇。清末咸丰至光绪朝官至户部尚书和军机大臣的阎敬铭，即一例。

据《清史稿》记载，阎敬铭，陕西朝邑人，一任清官，为人质朴，办事干练，廉洁自律。光绪十一年（1885 年），慈禧太后不顾国家危难，执意动用巨款大修圆明园，阎敬铭忠贞犯颜，直面廷谏，慈禧太后动怒，阎敬铭乃被撤职。两年后，慈禧欲复其职，阎敬铭执意不肯，祈求回家养老，适逢黄河泛滥，陕西朝邑县城崩塌于洪水中，阎敬铭便举家东迁，与其子在王官谷修建了"王官谷别墅"，至今犹存。光绪二十六年（1900 年），八国联军侵入北京，慈禧西逃至虞县附近，曾路居王官谷别墅，那时阎敬铭已去世八年。慈禧乃给其后人赐一匾额，上书"岁岁平安"云云。

至今，司空图、阎敬铭之辈早已作古，而他们的诗书犹存，他们修建和居住过的王官谷别业和王官谷别墅犹存。这里早已成为一处名胜，游人如织，前来纪念这一位亦隐亦宦陪同唐王朝走到最后而献身的诗人，怀念那一位敢于犯颜直谏、刚正不阿的清官。中国人自来就有怀旧、怀古的情结，并以追随旧王朝而去的人为忠贞之士，以敢于犯颜直谏、冒死不屈的人为忠烈之士。如今，幽幽王官谷，巨峰屹立，飞瀑直下，贻溪长流天地间。司空图的一生，虽然颠沛流离，艰难备尝，但将随着他的诗文和盛名，永垂不朽。

在晚唐，不同的"诗歌"观念竞争激烈。虽然每一种观念内部都还有重要的各种变异，但首要的区分之处则在于，是将诗歌看成人生事业的全部（即"当诗人"），还是其他人生目标的附属；换言之，诗歌是一种展示或显露自我的工具，是参与社交甚至娱乐自己的工具。认定自己是"诗人"的人可能是专心艺术的巧匠（像佛教僧人那样），因为献身于这一事业而贫穷，或是个半职业的诗人，从一位扶持人转到另一位扶持人门下，靠自己的名声生活。这样的诗人常常寻求官职，但倾向于将职位仅看作是一种工作，是自己的才能得到的报酬，为诗歌创作提供了闲暇时间。[①]

那么，司空图究竟是一个什么样的诗人呢？是以诗文为工具晋身仕途的诗人，是以诗文为事业而以仕途养家糊口的诗人，还是自命高古归于隐士式的诗人，抑或是忠贞不贰的节士式的诗人？这要看他的一生，他的全部经历和全部诗文，才能下结论。

一　唐末仕宦，修身自戒

第一阶段，开成二年（837 年）出生，至咸通十年（869 年）高中进士。

开成二年，司空图出生于一个仕宦家庭。

一直到咸通十年，那一年司空图三十三岁，高中进士。此前，从懂事起，主要在虞乡家中读书。

开成二年，国子监立九经石碑，史称"开成石经"。次年，日本高僧圆仁至长安求法。再一年，关中地震。

其父司空舆在元和、长庆年间，"以诗师友兵部卢公载"，曾在商州一代做过小官。司空图的幼年和少年时代，大唐帝国矛盾激化，逐渐衰弱不振。文宗时，朝廷已经是内忧外患，内有宦官专权和朋党之争，外有藩镇强权，尾大不掉。

开成五年（840 年），图四岁。宦官仇士良、鱼弘志矫诏立颖王瀍为皇太弟，文宗死，太弟继位，即武宗。第二年，武宗会昌元年，长安大庄严寺、荐福寺、兴福寺举行供养佛骨大会。司空图父"以书授知裴公休"，于是年随江西观察使裴休"辟倅钟陵"，盖任副使、从事之类职官。

次年，回纥降将率众至长安。年末，京兆地震。

会昌四年（844 年），禁法门寺供养佛骨。随后武宗灭佛，毁长安佛堂300 所。

是年图八岁，其父因裴休专任湖南观察使，也离开江西任，转任河东道盐铁处巡院，或任安邑、解县两池榷盐使。

---

① 〔美〕宇文所安：《晚唐：九世纪中叶的中国诗歌（827—860）》，贾晋华、钱彦译，生活·读书·新知三联书店，2011，第 251 页。

会昌五年（845 年），图九岁，父入河东道盐铁处巡院职。适逢武宗灭佛，"毁天下寺四千六百余所，僧尼二十六万五百人，及大秦穆护、袄僧二千余人还俗，毁招提、兰若四万余所，收大量田地及奴婢十五万人"，① 乃购置中条山王官谷别业。

次年，武宗服仙丹死。图十岁，白居易卒。

大中三年（849 年），图十三岁。李德裕死，牛、李党争渐消。

大中五年（851 年）或次年（裴休任相），其父由裴休推荐，升任商州刺史。

次年，鸡山起义失败。党项降唐。诗人杜牧死（一说卒于次年）。

到大中八年（854 年），图十八岁。"宣宗欲除宦官。令狐绹密奏：宦官有罪必罚，有缺不补，自可消除。其奏为宦官所窃见，南衙北司遂势同水火。"②

其父入朝为司门员外郎，稍后即迁户部郎中，从此入朝为官，司空图当随其父入京师。但好景不长，大中十年（856 年），裴休罢相，其父不久离职。后朝廷曾征拜其父为侍御史，盖不赴，此后数年退居中条山王官谷别业。约在大中十四年即咸通元年（860 年）前后，其父亡，享年七十有余。

大中十二年（858 年），图二十二岁。河南、河北及淮南大水。李商隐卒。

次年八月，"宣宗服长生药致死。宦官王宗实等立郓王温，改名漼，是为懿宗"。"是年，浙东裘甫起义"，"建元罗平，铸印天平"，③ 不久，失败，遇害于长安。

咸通五年（864 年），裴休卒。这对司空图来说是一个很不幸的消息。因为第二年，二十九岁的司空图就要赴京师长安，准备进士科考了。

关于司空图早年的生活，我们确实没有什么直接的资料可以证明，但其所处的时代，时局动荡，起义不断，天灾人祸皆有，而其父也已去世，靠山不存，前途堪忧。再说，杜牧、李商隐等诗人，陆续去世，唯有司空图独立支持这一方残山剩水。无可怀疑的，也只有司空图读书一事。

一首《自戒》，当是他早年读书的心得写照和心理描写，可证明他出生于仕宦家庭，受过很好的庭训和家教，而于老庄思想颇有濡染。

---

① 王济亨、高仲章选注《司空图选集注》，山西人民出版社，1989，第 241 页。
② 王济亨、高仲章选注《司空图选集注》，第 242 页。
③ 王济亨、高仲章选注《司空图选集注》，第 242 页。

自　戒

我祖铭座右，嘉谋诒厥孙。勤此苟不怠，令名日可存。
媒炫士所耻，慈俭道所尊。松柏岂不茂，桃李亦自繁。
众人皆察察，而我独昏昏。取训于老氏，大辩欲讷言。

还有一首《感时》，寄托了青年司空图强烈的善恶感和正义感，体现了其对唯利是图的小人的反感。这首诗作，可以说奠定了其人生不入时流，超拔挺秀的品质基调。

感　时

好鸟无恶声，仁兽肯狂噬。宁教鹦鹉哑，不遣麒麟吠。
人人语与默，唯观利与势。爱毁亦自遭，掩谤终失计。

其中的"吠"，一作"细"。诗写得晦涩生硬，应是青少年时期的作品。

出身名门、仕宦之家，其祖父、父亲均官至从五品以上，由此乃见其自幼的教育和成长，当受到晚唐世风政治形势和当时意识形态的影响。唐代儒释道并重，政治上乃以儒居中心，释道辅之，在修身方面，士大夫亦多持三教并重之思想。司空图有《山居记》一文，记载了家庭供奉佛像的事迹："愚以家世储善之佑，集于厥躬，乃像刻大悲，跂新构于西北隅，其亭曰证因。"① 由此可知图之家世信仰主要为佛教，并兼崇道教，结合图之生平思想，我们认为，虽然其儒家思想特别突出，但从其处事修身来看，也属儒释道三教并重者，而自幼受佛教的熏陶，当不可忽视。

一般一位诗人成熟前可以确定日期的作品很少存世。一个原因可能是年长后的诗人抛弃自己年轻时的诗篇。另一个原因可能仅是如何确定一首诗的日期的问题：我们确定作品日期的能力主要依靠于著名人物的指称，及诗人于某时在某地，这些可能性一般发生在进士及第之后或进入诗歌唱酬的成熟网络之后。②

不管以上两首诗——《自戒》《感时》的留存是有意还是无意，我们对其时间的确定都具有很大的猜测成分。不过，到了与科举考试有关的诗歌作品，我们的确定就有一定的时间和地点的根据了。因为诗人很可能会有意地

① 转引自祖保泉、陶礼天笺校《司空表圣诗文集笺校》，第201页。
② 〔美〕宇文所安：《晚唐：九世纪中叶的中国诗歌（827—860）》，第477页。

8

留存下来这些带有光荣印记的诗歌作品，不管是为了炫耀还是为了自珍。

咸通七年（866 年）春二月，图三十岁，在京初次参加进士科考，按照常例，参加进士科考者，须前一年十月集中到户部，送尚书省，科考年的正月进行省试，二月放榜。是年礼部侍郎赵骘知贡举，有二十五人及第，图落第，回虞乡。图曾有《榜下》一首，可为证：

榜　　下

三十功名志未伸，初将文字竞通津。

春风漫折一枝桂，烟阁英雄笑杀人。

初试落第，对于司空图的打击可想而知。既为仕宦出身，当知"朝中有人好做官"的道理。所以司空图于咸通七年秋，专程拜谒同州防御使王凝（王凝曾得宰相夏侯孜擢用），并为其写有《太原王公同州修堰记》，赞其修堰之功，希望得到提携。这里，有必要提一下唐代的科举考试和就业制度及其潜规则：

> 也许考察唐代的官僚机构的最好方式，是将其看成一个通过目标、报酬和惩罚而占有多余的精英男子的复杂机构。官僚机构的一部分由通过了地区和全国进士考试的人承担。虽然考试在理论上是择优录取，但是被允许参加考试和通过考试都取决于有势力的人的支持，而通过考试后获得的职位更加依赖于家庭背景和扶持人。①

咸通十年（869 年），图在京参加省试。省试是唐时尚书省举行的考试，又称会试。"司空图参加省试当在本年春正月，《省试》诗当写于二月放榜前。照当时常例，一般礼部试三场皆捷，当放榜有名，因为其时由礼部直接放榜，故图之《省试》诗所表现的情感是愉快的，所谓'正是终南雪霁春'。"②

省　　试

粉闱深锁唱同人，正是终南雪霁春。

闲系长安千匹马，今朝似减六街尘。

---

① 〔美〕宇文所安：《晚唐：九世纪中叶的中国诗歌（827—860）》，第 30 页。

② 祖保泉、陶礼天笺校《司空表圣诗文集笺校》，第 346 页。

咸通十年二月，图三十三岁（前一年秋已在京准备），应试进士，适逢王凝为礼部侍郎，知贡举，任主考官。共录取三十名，司空图得中第四名。虽曰高中，但并未立即做官，而是返回王官谷。图有《段章传》，记载了当时的情形。而段章乃是后来黄巢进入长安，司空图被困时对其予以解救之人，至为重要。传曰："咸通十年，吾中第在京，章以自傲为驭者，亦无异于他佣也。夏归蒲，久之，力不足以赒给，乃谢去。"

　　咸通十年（公元 869 年）己丑：图三十三岁。上年秋，图当已在京师准备参加进士科考，本年二月，以第四名中进士第。夏，回虞乡。按：当时制度，"及第后第三年，即任奏请"，故图虽进士及第，并未立即任官。本年取进士三十人，状元为归仁绍，礼部侍郎王凝知贡举。图进士及第与王凝知赏有关。①

司空图的曾祖父、祖父和父亲都做过官，而且从县令到户部郎中有迁升之势。司空图本人于咸通末年中进士，官至中书舍人。出身于官宦之家的司空图，又有儒家积极进取的入世思想，本来是可以平步青云大展宏图的，可惜生不逢盛世。唐末宦官专权，朝臣倾轧，藩镇割据，战乱频仍，上下贿赂成风，加以天灾人祸，赋税加重，民不聊生，乃有农民暴动，此起彼伏。

司空图对于这种形势，当有所洞察，对于读书人的历史使命，以及可能的局限，也当有所认识。这从他当年所写的《将儒》和《与惠生书》，即可看出。先看《将儒》。将，进也，儒生的进身之阶也。此一篇政论文，乃从文武之道开始：

将　儒

　　儒以将道，肥其内也；武以将威，肃其外也。未有内自瘠而外能劝者焉。嗟乎，古之用儒，其所寄诚重矣。儒之将道，必欲张其治也。独将之不足侈其道，故分己之任以寄于人，亦由资众力以夷大路，绰绰然其甚辟也。如有用于时者，天下不几于治哉？

　　嗟乎，后之为儒，其力浸羸矣。简固以自持，窘默而多□［知］，知所以任之于己，不知所以任之于人而责之，故虽用于时，道亦削然不喻将儒之权耳。且古之言兵，必本于仁谊，反是则一决之勇，未足为

_____

① 陶礼天：《司空图年谱汇考》，华文出版社，2002，第 54~55 页。

武；一智之谋，足以夺其机，刭兼吾道以制于未萌哉？

嗟乎，道之不可振也，久矣。儒失其柄，武玩其威，吾道益孤。势果易凌于物，削之又削，以至于庸妄，于武可也。必将反是，请先将儒。[①]

唐末时节，兵祸连起，国无宁日，少君在位企图改变，动念儒者主政或掌握兵权，于是有"将儒"的议论，也有儒生掌握军旅的事实。青年才俊司空图，自是拥护这一说法的，但他也有清醒的认识，对此不是很乐观。此文当写于图三十三岁前。到了晚年，时局更为混乱，军人干政，图对武人掌握朝政的做法，则提出明显的反对意见。

《与惠生书》当作于进士及第当年，在中第之后，语气颇为得意。此文首述丈夫志业，后追溯历史教训，最后论述自己对当下时局的认识：

故愚以为今欲应时之病，即莫若尚通，通不必叛道而攻利也，隘则驱之以仇己；树政之基，莫若尚法，法不必任察而嗜刑也，驰则怠之以陷人。舍此二者，伊周不能为当今之治。苟在位者有问于愚，必先存质以究实，镇浮而劝用，使天下知有所竟，而不自窘以罪时焉。[②]

可见青年才俊司空图，对于时局虽有认识，但仍然怀有儒家积极进取的精神，欲进入仕途。谁料想后来黄巢起义爆发，起义军于880年末881年初攻克长安，僖宗逃亡成都，司空图从逃不及，退还河中。

此时此境，无论是尚通、尚法，还是将儒，都不能挽救唐王朝灭亡的命运了。

二　仕途坎坷，长安陷落

第二阶段：由咸通十年（869年）高中进士，到广明元年（880年）黄巢起义军攻陷长安。

咸通十年图中进士，并未立即得官，乃返回王官谷。次年，"因同昌公主死，杀医官二十余人。宰相刘瞻与京兆伊温璋谏，均遭贬斥，温璋自杀"，[③] 王凝受权贵攻击，贬为商州刺史，图即随王凝去商州做其幕僚。

---

① 转引自祖保泉、陶礼天笺校《司空表圣诗文集笺校》，第175~176页。
② 转引自祖保泉、陶礼天笺校《司空表圣诗文集笺校》，第208~209页。
③ 王济亨、高仲章选注《司空图选集注》，第244页。

　　咸通十一年，王凝为湖南观察使，时为 870 年，其后王凝易地做官，图当始终跟随。其实，这种情况在中晚唐已经十分普遍，拥有实权的节度使和观察使可以拥有自己的幕僚或门客。请看一位海外中国文学专家的有关论述：

　　　　这是一种扶持性的投资。更为令人注目的是，许多年轻人在进士登第以后，放弃良好的低级京城职位，跟随一位使节到地方上任职。这样做的原因并不都是很清楚，但可以肯定的是此类职位一定有某种原因对他们的前途更有利。①

　　司空图追随的王凝，是有作为的官吏。《新书》卷一四三《王凝传》云："不阿权近，出为商州刺史，迁徙为湖南观察使。"图自云"忝迹门下，义服终始"（《唐故宣州监察使检校礼部王公行状》），"愚尚承袭迹门下，受知特异"（《纪恩门王公宣城遗事》），似当一直跟随其左右。

　　咸通十二年（871 年），王凝"佐授商州刺史，图请从之"，乃随王凝到过淅川。所以，有《淅川两首》，诗中已明示以前到过此地。这两首诗，至少说明司空图不仅在华阴和王官谷归隐，也一度离开过，去过河南、湖北交界的地方，故心情和风貌也不相同。

淅川两首

其一

华下支离已隔河，又来此地避干戈。山田渐广猿频到，村社新添燕亦多。
丹桂石楠宜并长，秦云楚雨暗相和。儿童栗熟迷新径，归去仍随牧竖歌。

其二

西北乡关近帝京，烟尘一片正伤情。愁看地色连空色，静听歌声似哭声。
红蓼遮村人不见，青山绕槛路难平。从教烟棹更南去，休向津头问去程。

　　王凝的作为，也表现在直接对抗起义军的军事行动中，而且表现得有勇有谋，有牺牲精神——假若我们从另一种立场来看待整个晚唐的军事行动的话。乾符五年（878 年），黄巢领兵经江西进入安徽进攻和州（今和县，即历阳），王凝派将支援，解历阳之围。黄巢遂怒而南下围攻宣城（宣歙观察使幕府所在地）。贼为梯冲之具，"急攻数月，御备力殚"。吏民请曰："贼

---

　　① 〔美〕宇文所安：《晚唐：九世纪中叶的中国诗歌（827—860）》，第 31 页。

之凶势不可当，愿尚书归款退之，惧覆尚书家族。"王凝曰："人皆有族，予岂独全？"既而贼退去。（《新唐书·王凝传》）

此时，王凝已病重，黄巢兵退后不久，王凝即去世，享年五十八岁，时在八月七日。此前，朝廷曾下诏拜司空图为殿中侍御使，百日未赴任，遂被弹劾。王凝死后，司空图即赴洛阳上任，当在八九月份。图作《江行二首》，现抄录之，诗云：

江行二首

其一

地阔分吴塞，枫高映楚天。曲塘春尽雨，方响夜深船。

行纪添新梦，羁愁甚往年。何时京洛路，马上见人烟。

其二

初程风信好，回望失津楼。日带潮声晚，烟含楚色秋。

戍旗当远客，岛树转惊鸥。此去非名利，孤帆任白头。

诗中的吴楚，皆指宣州。"《禹贡》扬州之域，春秋属吴，后属越，战国属楚……唐武德三年，复为宣州……乾元元年复为宣州。"（《大清一统志·宁国府》）图当由水阳江入长江，然后北行。诗中的方响乃铁制，长九寸，广二寸，圆上方下。诗中所述心情是忧中带喜、喜中含忧，因为官位并不高，但毕竟是赴任。到洛阳后，宰相卢携已罢相，但厚待司空图。图有《早朝》一诗，表达了喜悦的心情：

早　朝

白日新年好，青春上国多。

街平双阙近，尘起五云和。

又有《乐府》一首，描写帝王行幸前的势派，虽以汉代长杨宫代之，但也录于此：

乐　府

宝马跋尘光，双驰照路旁。

喧传报戚里，明日幸长杨。

乾符六年（879年），图四十三岁。"十月，黄巢称义军百万都统，兼韶、广等州观察制置等使，发表文告，谓将入关，历数宦官专权、官吏贪暴、考选不公等弊，申禁刺史殖私产，县令犯赃者族诛。"①

十二月，遂复诏卢携入朝，以原相王铎为太子宾客，分司东部。卢后路过陕虢，向陕帅卢渥推荐图，明年改为广明元年，卢携复为宰相。是年十月，召拜图为礼部员外郎（从六品上）。图有诗《感时上卢相》，表达了感激之情：

感时上卢相

兵待皇威振，人随国步安。

万方休望幸，封岳始鸣銮。

然而好景不长，此时黄巢已攻到淮北，进逼河南，十一月东都洛阳陷落。图献策卢携，敦促高骈及时用兵（见图《乱前上卢相》一诗），抵御黄巢。但十二月二日，黄巢已兵破潼关，长安危在旦夕。五日，卢携又被罢相，贬为太子宾客，分司东部。卢知潼关已破，乃服药自尽。这一天，唐僖宗在左神策将军中尉田令孜逼迫下，由五百神策军卫护从长安西边金光门逃出。文武百官皆无从行，宰相萧遘也不及行。此夜，黄巢进入长安，十六日称帝，国号"大齐"，年号金统。诗人皮日休被任命为翰林学士。

司空图也身陷长安城中，当夜有诗云：

庚子腊月五日

复道朝延火，严城夜涨尘。骅骝思故第，鹦鹉失佳人。

禁漏虚传点，妖星不振辰。何当回万乘，重睹玉京春。

此诗乃补遗之一，注云："以上十首录自《全唐诗》卷八百八十五《补遗四》，中华书局，1960。"② 这里有必要简要交代一下晚唐的政治、军事和社会矛盾。晚唐的政治矛盾在于党争之祸，具体为牛、李两党的殊死争斗。而军事问题在于藩镇叛乱，最终导致藩镇在与宦官争夺权力中获胜，清除了宦官，架空了皇帝，朝廷也灭亡了。最后是社会矛盾，贫富之差距，连年之战乱，百姓之疾苦，导致农民起义的发生，农民起义做了改朝换代的最后的暴力的促推：

---

① 王济亨、高仲章选注《司空图选集注》，第 246 页。

② 祖保泉、陶礼天笺校《司空表圣诗文集笺校》，第 160 页。

终于在唐宣宗大中十三年（859年）十二月，浙东爆发了裘甫领导的农民起义。唐懿宗咸通九年（868年），庞勋起义。僖宗乾符元年（874年），王仙芝起义。乾符二年（875年），黄巢起义。黄巢起义，历时十年，规模之大，在历史上也是可数的。这次起义最后虽然失败了，但已经从根本上动摇了唐政权，不久唐王朝也就随之崩溃了。①

可见，在历史上，黄巢起义是一个重要的时间节点。

那么，司空图又是如何从混乱中的长安城中逃脱而出的呢？

前文曾提及司空图的《段章传》，记载了他在京城应考时和段章交往的情形，岂料段章乃是后来黄巢进入长安，司空图被困时对其予以解救之人，图乃为之传，因不甚长，今全文录之：

段章传

段章者，不知何许人。咸通十年，吾中第在京，章以自鬻为驭者，亦无异于他佣也。夏归蒲，久之，力不足以赒给，乃谢去。

广明庚子岁冬十二月，寇犯京，愚寓居崇义里。九日，自里豪杨琼所转匿常平廪下。将出，群盗继至，有拥戈拒门者，熟视良久，乃就持吾手曰："某，段章也，系房而来，未能自脱。然顾怀优养之仁，今乃相遇，天也。某所主张将军憙下士，且幸偕往通他，不且仆籍于［沟辙］中矣。"愚誓以不辱，章惘然泣下，导至通衢，即别去。愚因此得自开远门宵遁，至咸阳桥，复［得］榜者韩钧济之，乃抵鄠县。

赞曰：时方治平，士君子足以相济；而祸乱之作，比厮役者乃能脱事患，古人所以安不易危耳。且章之服役，吾待以常佣耳；及滨于死，竟赖其义而获免。吾知他日吾属报其所奉，果致不愧于尔曹耶。乃志于篇，期以自警云云。②

此传当作于中和元年（881年），在王官谷，图四十五岁。其中有句"不且仆籍于［沟辙］中矣"今直译当为"还不至于卧于草沟中"，也即当不至于被害了性命，无葬身之地也。"章劝图降巢，图不从，章义释之。"③逃出长安城的司空图，惊魂未定，留有《避乱》一诗（首句中"乱离"也

①　罗宗强：《唐诗小史》，百花文艺出版社，2008，第228页。
②　转引自祖保泉、陶礼天笺校《司空表圣诗文集笺校》，第227~228页。
③　陶礼天：《司空图年谱汇考》，第74页。

作"离乱"），当是当时逃脱后所写：

避 乱

乱离身偶在，窜迹任浮沉。

虎暴荒居迥，萤孤黑夜深。

司空图连夜逃出长安，先回到了虞乡，后携带传世之宝——徐浩的书法真迹及家中藏书，转赴王官谷别业。在这里居住期间，写有《乱后》和《乱后三首》，记述了当时的复杂心情和多方的考虑。兹录后面三首以见其性情：

乱后三首

其一

丧乱家难保，艰虞病懒医。

空将忧国泪，犹拟洒丹墀。

其二

流芳能几日，惆怅又闻蝉。

行在多新贵，幽栖独长年。

其三

世事尝艰险，僧居惯寂寥。

美香闻夜合，清景见寅朝。

第一首感家国难保，悲伤至极。第二首虑身后留名，莫若当时。第三首预世事艰难，有出家意。

第二年的二月，卢渥也来到王官谷，借住一时。从此以后，司空图对唐王朝的前途已经近乎绝望。但这也有一个过程，不是一次就发生了彻底变化的。约是年（广明二年七月，改元中和元年，即881年）秋或稍晚，图作诗《秋思》，描写了动荡的世事和失望的心情，但心绪稍为平静些：

秋 思

身病时亦危，逢秋多恸哭。风波一摇荡，天地几翻覆。

孤萤出荒池，落叶穿破屋。势利长草草，何人访幽独。

黄巢兵入长安，建立大齐政权，僖宗出奔，动摇了唐王朝的业绩和人心，这对司空图的思想影响甚巨，或可以此为界，划分司空图思想的前后阶段。但那是大处着眼，至于细微的计算，还当有漫长的岁月和持续的煎熬，才能进入节士暮年以及万念俱灰的境地。

三　逃归王官，移居华下

第三阶段：自广明元年（880 年）逃归王官谷到龙纪元年（889 年）移居华阴。

广明元年，图四十四岁，本年春至九月，图为陕虢观察使卢渥幕宾佐，十月渥入朝拜礼部侍郎，图随之入京，任礼部员外郎，赐绯鱼袋，迁本司郎中。① 次年春，图四十五岁，已在王官谷归隐，写有《书怀》一诗，表露了较为复杂的思想矛盾：

书　怀

病来犹强引雏行，力上东原欲试耕。几处马嘶春麦长，一川人喜雪峰晴。

闲知有味心难肯，道贵谋安迹易平。陶令若能兼不饮，无弦琴亦是沽名。

此诗应当是表现司空图较早归隐的文字，写了新鲜的心境和试耕的动因。但还是羡慕陶潜的归隐之路，为安全计，不过是说说而已，未必有深刻的思想和真切的体会。在此后近十年的时间内，司空图目睹了唐王朝的风雨飘摇，而自己壮志未酬，尚未死心，但两次有诏，其中一次应诏，一次不赴。随着唐已不复当年盛况，风波摇荡，图的思想变化也很大。

第一次在中和二年（882 年），图四十六岁，居中条山王官谷。

"九月，朱温叛黄巢，以同州降唐。十月，唐任朱温为右金吾大将军、河中行营招讨副使，赐名全忠。""是年，蜀中爆发阡能起义。"②

"时故相王徽亦在蒲，待图颇厚。数年，徽受诏镇潞，乃表图为副使，徽不赴镇而止。"（《旧唐书·文苑下·司空图传》）此前黄巢兵入长安，王徽被俘，经月杂于商贩中而逃离长安，到河中。王徽不赴任，司空图也不能做副使。

次年（883 年）四月初八，黄巢退出长安和关中。唐军入，大肆焚掠。中和四年（884 年）六月，黄巢败至狼虎谷，自杀，唐末农民大起义基本结束，但朱温引发的灾难始累积而愈凸显。

---

① 祖保泉、陶礼天笺校《司空表圣诗文集笺校》，第 352 页。

② 王济亨、高仲章选注《司空图选集注》，第 247 页。

第二次在光启元年（885 年），图四十九岁。时唐僖宗自蜀返陕西，至凤翔，召司空图为知制诰，三月回长安，改元光启。"时藩镇割据，常赋殆绝，唐已名存实亡。"①

图被拜为中书舍人后，回长安。但因李克用和朱温争夺地盘，十二月田令孜胁迫唐王朝，兵临长安。唐僖宗自开远奔走凤翔，百官不及从，图也身陷长安。次年，唐僖宗迫至宝鸡。君臣异地，图无法赴任。至光启三年（887 年）春，图回中条山。

这几年的诗作，真实地记录了不同的境遇下，诗人的心情。

光启元年（885 年），有时机赴任，当然心情愉快，绝处逢生，又有希望了。《纶阁有感》，当作于此年。"纶阁"即中书省，乃中书舍人所属。诗云：

纶阁有感

风涛曾阻化鳞来，谁料蓬瀛路却开。

欲去迟迟还自笑，狂才应不是仙才。

光启二年（886 年），图五十岁。秋，在京师，作诗《五十》，已有老态，心情并不太好：

五　十

闲身事少只题诗，五十今来觉陡衰。清秩偶叨非养望，丹方频试更堪疑。
髭须强染三分折，弦管遥听一半悲。漉酒有巾无黍酿，负他黄菊满东篱。

光启三年，图五十一岁。春，回王官谷，有《丁未岁归王官谷有作》可证。

丁未岁归王官谷有作

家山牢落战尘西，匹马偷归路已迷。冢上卷旗人簇立，花边移寨鸟惊啼。
本来薄俗轻文字，却致中原动鼓鼙。时取一壶闲日月，长歌深入武陵溪。

这一年，司空图写了《山居记》，记述了家乡的山水风物，写了自己的家藏和建筑，表达了归隐山林的决心。这是一篇十分重要的散文，乃全文录于此：

① 王济亨、高仲章选注《司空图选集注》，第 248 页。

山居记

中条蹴蒲津东顾，距虞乡才百里，亦犹人之秀发，必见于眉宇之间，故五峰颓然，为其冠珥。是溪蔚然，涵其浓英之气，左右函洛，乃涤烦清赏之境。会昌中，诏毁佛宫，因为我有。谷之名，本以王官废垒在其侧，今司空氏易之为祯陵溪，亦曰祯贻云。

愚以家世储善之佑，集于厥躬，乃像刻大悲，敀新构于西北隅，其亭曰证因。证因之右，其亭曰拟纶，志其所著也。拟纶之左，其亭曰修史，勖其所职也。西南之亭曰濯缨，濯缨之窗曰一鸣，皆有所警。堂曰三诏之堂，室曰九龠之室，皓其壁以模玉川于其间，备列国朝至行清节文学英特之士，庶存筝激耳。其上方之亭曰览昭，悬瀑之亭曰莹心，皆归于释氏，以栖其徒。

愚虽不佞，犹幸处于乡里，不侵不侮；处于山林，物无夭伐，亦足少庇子孙。且讵知他日复睹眸容、访陈迹者，非今兹誓愿之证哉？久于斯石，庶几不昧。

有唐光启三年丁未岁记。[①]

这一年，司空图还自编诗集《一鸣集》，并作序，《全唐文》收之，并曰《中条王官谷序》：

中条王官谷序

知非子雅嗜奇，以为文墨之伎，不足曝其名也。盖欲揣机穷变，角功利于古豪。及遭乱窜伏，又故无有忧天下而访于我者，曷以自见平生之志哉？因捃拾诗笔，残缺无几，乃以中条别业一鸣以目其前集，庶警子孙耳……有唐光启三年，泗水司空氏中条王官谷濯缨亭记。

其后的诗文，当有续集，而随着唐亡，司空图死，其《一鸣集》及后续诗文也散佚大半，今之诗文，又不足其半数也。惜哉！

再一年，光启四年，即文德元年（888 年），唐僖宗自凤翔还京师，改元"文德"，三月驾崩，其弟寿王即位，改名晔，是为昭宗。是年图五十二岁，作《归王官次年作》一诗：

---

① 转引自祖保泉、陶礼天笺校《司空表圣诗文集笺校》，第 200～201 页。

归王官次年作

乱后烧残满架书，峰前犹自恋吾庐。忘机渐喜逢人少，览镜空怜待鹤疏。
孤屿池痕春涨满，小栏花韵午晴初。酣歌自适逃名久，不必门多长者车。

此诗又名《光启四年春戊申》（888 年），可见是当年所作无疑。

四 浮世荣枯，东篱一梦

第四阶段：龙纪元年（889 年）到天复三年（903 年）返回王官谷、寓居华下。

唐昭宗龙纪元年（889 年），图五十三岁，被召拜中书舍人，至京师，不久以病辞官。可能因战乱，乃归华阴。秦晋交好，地域比邻，司空图从故乡山西到达陕西，不仅有距离京城长安较近的方便，也有隐居道教名山华山（华阴境内）地理上的便利。这一次作有《华下乞归》一诗，仅存两句：

多病形容五十三，谁怜借笏趁朝参。

"华下"就是"华山之下"的意思，与"华阴"无异。《华下》一首诗，可能写于退居华阴的初年，时令是夏季，但重要的是，写了和故乡僧人的往还，以及退休养生的想法，似乎心情还比较平静，生活也比较安逸。

华 下

箨冠新带步池塘，逸韵偏宜夏景长。扶起绿荷承早露，惊回白鸟入残阳。
久无书去干时贵，时有僧来自故乡。不用名山访真诀，退休便是养生方。

唐僧齐己有《寄华山司空图》诗一首，形象地概括了司空图的处境和遭际，也可一提：

寄华山司空图

天下艰难际，全家入华山。几劳丹诏问，空见使臣还。
瀑布寒吹梦，莲峰翠湿关。兵戈阻相访，身老瘴云间。

此后又有三次征召，司空图都以病为由加以推辞，而两次未赴京师，只是上表辞谢而已。

这是司空图一生中非常重要的时期，在此期间昭宗曾四次征召司空图为官，龙纪元年（889 年）拜中书舍人，景福元年（892 年）召拜谏议大夫，景福二年（893 年）召拜户部侍郎，乾宁三年（896 年）召拜兵部侍郎，但是他都以病为名辞官不做，有两次（892 年、896 年）连长安都没有去，只是上表辞谢。这说明他归隐之心已决，早年的雄心壮志已经在无可奈何之中雪消冰化了。[①]

司空图辞官以后，寓居华阴，并未在县城，而是居于西岳华山之上，每日观山景，听瀑泉，作诗饮酒，也与方外道士交往，过着比较消闲的隐居生活。这一时期，图的心情可能相对平静，但这有一个过程：平静至极，也有笑傲江湖的愤激时刻；捧读闲书，也有赋闲弄文的心情；睹物思人，也有怀旧追古的情怀。

图在华阴当侨居于敷水（敷溪）和渭河交接处的山中（西岳华山在华阴，山上有岳祠），图其后 11 年（龙纪元年至乾宁元年共 6 年；乾宁四年至光化四年共 5 年）在华山度过的亦隐亦官的生活，均居于此处。该地风景幽美，敷溪道北多白杨，山下吴村多杏花，图曾有诗描写之。又，图恩师王凝于咸通九年所退居敷水别墅，离图所居当不甚远。图《敷溪桥院有感》诗当为其过访王凝当年所居而怀念恩师之作，或即作于本年。[②]

"本年"指龙纪元年，图五十三岁，睹物思人，情真意切：

敷溪桥院有感

昔岁攀游景物同，药炉今在鹤归空。
青山满眼泪堪碧，绛帐无人花自红。

是年秋十月，图撰《蒲帅燕国太夫人石氏墓志铭》，此乃为河中节度使王重荣母所作的墓志铭。图晚岁回归王官谷，王重荣在任，王氏父子对于支持地方祭祀活动，很是用心。

寓居华阴期间，图还得到了柳宗元的诗集，写有《题柳柳州集后》，对柳诗评价颇高，并论及诗文兼善的主题，是一篇十分重要的文论。柳宗元也

---

① 张少康：《司空图及其诗论研究》，第 15 页。
② 祖保泉、陶礼天笺校《司空表圣诗文集笺校》，第 361 页。

是山西虞乡人，和司空图是同乡，而且诗文兼善，与韩愈一起发起古文运动，颇有影响。司空图为之作序，是理所当然的，且以李杜文章相媲美，也在情理之中。其中有言曰：

> 愚常览韩吏部歌诗数百首，其驱驾气势，若掀雷抉电，撑抉于天地之间，物状奇怪，不得不鼓舞而徇其呼吸也……今于华下方得柳诗，味其深搜之致，亦深远矣。俾其穷而克寿，玩精极思，则固非琐琐者轻可拟议其优劣。又尝馉（睹）杜子美祭太尉房公文，李太白佛寺碑赞，宏拔清厉，乃其歌诗也。①

在诗歌方面，这一时期司空图的作品甚丰，有心境相对平静孤寂的《华下二首》，作于大顺元年（890 年）：

华下二首

其一

故国春归未有涯，小栏高槛别人家。

五更惆怅回孤枕，犹自残灯照落花。

其二

关外风昏欲雨天，茅花耕倒枕河堧。

村南寂寞时回望，一只鸳鸯下渡船。

大顺二年，司空图写有《华岳庙裴晋公题名》一诗。《唐摭言》云："裴晋公赴敌淮西，题名华岳庙之阙名，大顺中，司空图以一绝纪之。"这里明确写出了此诗写作的时间——大顺二年，因次年已改元"景福"。诗云：

华岳庙裴晋公题名

岳前大队赴淮西，从此中原息鼓鼙。

石阙莫教苔藓上，分明认取晋公题。

可见司空图并没有忘记征讨起义军的唐朝功臣——裴度，即晋国公。他路过华阴县，过华岳庙，题名阙门的故事，被司空图记录在一首诗中。

景福元年（892 年），图五十六岁，朝廷拜图为谏议大夫，图称病不赴。

---

① 转引自祖保泉、陶礼天笺校《司空表圣诗文集笺校》，第 196～197 页。

次年，即893年，禁军三万出兴平讨李茂贞，李茂贞联合邠宁兵共六万至周至相拒。[①] 朝廷又拜图为户部侍郎，图赴阙，数日即辞归，仍居于华阴。就在此时，四明人孙郃有书信寄图，显然有责图退保之意，不得已，司空图乃作《答孙郃书》以复。信中司空图表明了自己的心迹：依然退隐，不愿妄进。兹摘录于下，以见其大略：

答孙郃书

　　孙君足下：所贶累幅，皆厚责于我，是足下勤于吾道，必欲起而振之也。何以克当！虽然，始于退者，皆曰吾之必诚也。今愚独以为不诚自讼，亦诚在其中矣，幸足下详其旨。

　　古之山林者，必能简于情累，而后可久。今吾少也，垒然不能自胜于胸中，及不诚于退者，然亦穷而不摇，辱而不进者，盖审己熟，虽进亦不足于救时耳……且自古贤达用舍之际，当侯至公物情，而后天意可见，虽宰执大臣之推心，亦不能察天下拒我之意也。况足下一布衣，其可独私于我哉……始吾自视固缺薄，今又益疑其不可妄进。且持危之术，制变之机，非鳅儒之所克辨也。愚虽不佞，亦为士大夫独任其耻者久矣，其可老而冒之耶！韩吏部激李桂州之必行，责阳道州之无勇，虽致二贤，适自困，亦何救于大患哉？其所为者，或奋而不顾，彼匹夫匹妇亦可为之，孟子所谓非不能也。

　　足下粹于道义耳，其间亦有未尽于仆者。勿多谭。再拜。[②]

孙郃何许人也？《全唐诗》有载曰："孙郃，字希韩，四明人。乾宁中登进士第，官教书郎、河南府文学。文集四十卷、小集三卷。今存诗三首。"《全唐文》载曰："……朱温篡虐，隐遁奉化山。著书但纪甲子，以示不臣之义。"由乾宁四年（897年），孙郃登进士第，可知此书所写的时间，当在此之前。岂料后来孙郃自己也归隐故乡山中，著述写诗以明志。岂不可叹乎！

光化二年（899年），孙郃赴华阴拜访司空图，其书《卜世论》，从"周成王定鼎于郏，卜世三十，卜年七百"，写到"唐虞之道，而反卜年卜世耶？必也欲永其祚，莫先德义，贻厥后世，天人祐（佑）之。岂非无穷

---

① 史念海等主编《陕西通史·历史地理卷》，陕西师范大学出版社，1998，第382页。
② 转引自祖保泉、陶礼天笺校《司空表圣诗文集笺校》，第225～226页。

也哉!"立论奇特,议论大胆,给司空图以影响。后图写《疑经》,借考辨《春秋》词语,发"尊王""宗周"的忠君思想,以应对唐末的乱世。图还在《〈疑经〉后述》中讲了他对孙郃印象的改变:"今夏孙郃自淮阳缄所著新文而至,愚雅以孙文不尚辞,待之颇易,及见其《卜年论》,又耸然加敬。"

由此可知隐居之人,不仅有交往、相互影响,而且时常怀古、怀念古人。图尤其羡慕陶渊明和王维,仰慕前贤,将其引为知音同道。至此,更加安心地过着隐逸生活,且享受眼前景物:

雨　中

维摩居士陶居士,尽说高情未足夸。

檐外莲峰阶下菊,碧莲黄菊是吾家。

西峰是华山最高、最险的峰,因峰顶翠云宫前有巨石状如莲花,故名"莲花峰",简称"莲峰"。本是江南听雨更惬意,而对于战乱中的司空图而言,北方山中的雨可能更为特别。时而又在梦中,记述了霞梯,即华山上的千尺幢云梯的奇险,且比之蓬莱仙境,便都是司空图的家园了。

梦　中

几多亲爱在人间,上彻霞梯会却还。

须是蓬瀛长买得,一家同占作家山。

司空图所居,当是靠近华山幽道里不远的地方,上方、下方是他写诗的地方,而西峰奇险,云梯高耸,闲云野鹤,只是向往之境界而已。他又可以随时出入关口,走到附近的村庄,观看人间烟火,附近有吴村,村里有杏花,春季开花,灿烂无比,司空图写有《力疾山下吴村看杏花十九首》,颇为重要。虽然当时眼力减退(力疾之谓也),但在故乡就热爱杏花的司空图,则出山到村外去赏杏花,而赏杏花也不是为赏而赏,而是有使气、伤时、感事、怀古、抒情、品诗、评诗的众多意向在。

力疾山下吴村看杏花十九首

其四

折来未尽不须休,年少争来莫与留。

更愿狂风知我意,一时吹向海西头。

其六

浮世荣枯总不知，且忧花阵被风欺。

侬家自有麒麟阁，第一功名只赏诗。

其九

近来桃李半烧枯，归卧乡园只老夫。

莫算明年人在否，不知花得更开无。

其十

汉王何事损精神，花满深宫不见春。

秾艳三千临粉镜，独悲掩面李夫人。

其十二

造化无端欲自神，裁红剪翠为新春。

不如分减闲心力，更助英豪济活人。

其十五

亦知王大是昌龄，杜二其如律韵清。

还有酸寒堪笑处，拟夸朱绂更峥嵘。

其十八

此身衰病转堪嗟，长忍春寒独惜花。

更恨新诗无纸写，蜀笺堆积是谁家。

此后，司空图写诗，不仅有写景抒怀之意，而且逐渐有以诗品诗、以诗评诗的倾向，这为他晚年创作《诗品》打下了基础，也实现了这一诗歌本体的转变。

魏晋以来，东篱情结，文人雅士对于菊花甚是偏爱，而司空图推崇陶潜，自然爱菊。有《华下对菊》一首、《白菊三首》两组、《白菊杂书四首》，淋漓尽致地歌颂了白菊的高风亮节，但不徒如此，也有较为深刻的思想内容。

第一首《华下对菊》可视为这几组诗的起兴或小引：

华下对菊

清香裛露对高斋，泛酒偏能浣旅怀。

不似春风逞红艳，镜前空坠玉人钗。

该诗描写了花瓣坠落的残菊，是一种对总体时局的隐喻。

第一组《白菊三首》，当作于大顺元年（闰年），借助菊花、身轻的联系，仍然寄予一定的新的希望。

白菊三首
其一

人间万恨已难平，栽得垂杨更系情。

犹喜闰前霜未下，菊边依旧舞身轻。

第二组《白菊三首》，当作于天祐三年（906 年）重阳日，司空图当年七十岁，在王官谷。该组诗有较为深刻的寓意，全录之：

白菊三首
其一

不疑陶令是狂生，作赋其如有定情。

犹胜江南隐居士，诗魔终衮负孤名。

其二

自古诗人少显荣，逃名何用更题名。

诗中有虑犹须戒，莫向诗中著不平。

其三

登高可美少年场，白菊堆边冀似霜。

益算更希沾上药，今朝第七十重阳。

诗中歌颂了陶渊明的高情，但否定了江南隐居士，似主张一种诗歌本体主义，抒写性灵不为虚名的思想，当然也不是功用主义者的诗学观点，因为司空图并不主张在诗中发泄对社会现实的不满情绪。这两组诗，对于认识司空图的诗学主张至关重要。

尽管如此，在《白菊杂书四首》中，司空图还是表达了他对当下政治的意见，尤其是最后两首：

白菊杂书四首
其三

狂才不足自英雄，仆妾驱令学贩春。

侯印几人封万户，侬家只办买孤峰。

其四

黄鹏啭处谁同听，白菊开时且剩过。

漫道南朝足流品，由来叔宝不宜多。

唐昭宗于乾宁三年（896 年）七月为华商节度使韩建所劫持，"驻跸华州"，为自保而多施封号，从诸侯之命，任武人为宰相。一方面，司空图不以为然，加以批评，所谓："漫道南朝足流品，由来叔宝不宜多。"另一方面，司空图仍然主张退隐以避乱，以不参与朝政为宜，甚至当"昭宗在华，征拜兵部侍郎，称足疾不任趋拜，致章谢之而已"（《旧唐书·文苑下·司空图传》），此所谓："侯印几人封万户，侬家只办买孤峰。"

这一年秋，陕军复入，李茂贞入京师，败官军，焚烧宫阙，昭宗奔华州依韩建，史称"丙辰之乱"。

次年，图六十一岁，"韩建迫昭宗罢诸王典军，遣散军队，尽杀诸王"，[①] 这也许导致了司空图的绝望。图作诗一首：

丁巳重阳

重阳未到已登临，探得黄花且独斟。客舍喜逢连日雨，家山似响隔河砧。
乱来已失耕桑计，病后休伦济活心。自贺逢时能自弃，归鞭唯拍马鞯吟。

司空图于光化三年（900 年）所作《书屏记》一文，记载了他在王官谷别业的家藏图书和书画作品被毁之事，当于这里提及：

庚子岁遇乱，自虞邑居负之置于王城别业。丙辰春正月，陕军复入，则前后所藏及佛、道图记，共七千四百卷，与是屏皆为灰烬。痛哉！今旅寓华下，于进士姚颀所居，获览《书品》及徐公评论，因感愤追述，贻信后学，且冀精于鉴赏者，必将继有诠次。[②]

这里的"徐公评论"，当指唐代大书法家徐浩的书法品评。"是屏"即司空图之父曾获得的徐浩书屏真迹，"凡四十二幅，八体皆备，所题多《文选》五言"，乃图之家传宝物，一旦毁于兵火。而《书品》，乃唐代书法理论家李嗣真的《书品》，或称《续书品》，或作《书品后》。目睹评论而原书法作品不复存在，悲乎！时年图六十四岁。

---

① 王济亨、高仲章选注《司空图选集注》，第 251 页。
② 转引自祖保泉、陶礼天笺校《司空表圣诗文集笺校》，第 220 页。

五　终老故乡，殉道大唐

第五阶段：自天复三年（903 年）回王官谷到开平二年（908 年）去世。

天复三年，即 903 年，癸亥年，司空图六十七岁，本年春正月，唐昭宗出凤翔，返京师，但已经在叛军朱温（朱全忠）的掌握之中，京师、河中一带稍平。

大约在春夏之交，司空图由浙上先回华阴，再由华阴归中条山王官谷。

前一年，即天复二年（902 年），朱温兵围凤翔，大雪，冻死者不计其数。由于战乱，华阴也难以存身，所以司空图乃一度避居河南南阳郡，即古之商於之地，包括淅川。

后一年，即 904 年，朱温迫唐昭宗及长安士民东迁洛阳，长安后成为废墟。八月，朱温使人杀昭宗，立辉王祚，改名柷，是为昭宣帝，年十三岁。①

903 年春夏，回到家乡王官谷以后，司空图修葺了王官谷别业，把毁弃的"濯缨亭"重建，改为"休休亭"，并撰写了《休休亭记》。对此《旧唐书·文苑下·司空图传》有记载，"图有先人别墅在中条山之王官谷，泉石林亭，颇称幽栖之趣。自考槃高卧，日与名僧高士游咏其中。晚年为文，尤事放达，尝拟白居易《醉吟传》为《休休亭记》"。现引《司空表圣诗文集笺校》中所载《休休亭记》如下。

休休亭记

休休也，美也，既休而其美在焉。司空氏祯贻溪休休亭，本濯缨也。濯缨为陕军所焚；愚窜避逾纪，天复癸亥岁，蒲稔人安，既归，葺于坏垣之中，构不盈丈，然遽更其名者，非以为奇，盖量其材，一宜休也；揣其分，二宜休也；且耄而聩，三宜休也。而又少而堕，长而率，老而迂，是三者皆非救时之用，又宜休也。尚虑多难，不能自信，既而昼寝，遇二僧，其名皆上方刻石者也。其一曰闻，顾谓吾曰："吾尝为汝之师也，昔矫于道，锐而不固，为利欲之所拘，幸悟而悔，将复从我于是溪耳。且汝虽退，亦尝为匪人之所嫉，宜以耐辱自警，庶保其终始。与靖节、醉吟第其品级于千载之下，复何求哉！"因为耐辱居士歌，题于亭之东北楹。自开成丁巳岁七月，距今以是岁是月作是歌，亦乐天

---

① 王济亨、高仲章选注《司空图选集注》，第 253 页。

作传之年，六十七矣。休休，且又殁而可以自任者，不增愧负于家国矣，复何求哉！天复癸亥秋七月记。①

又作《耐辱居士歌》，题于亭之东北楹，曰：

耐辱居士歌

咄，诺！
休休休，莫莫莫，
伎俩虽多性灵恶，
赖是长教闲处著。
休休休，莫莫莫，
一局棋，一炉药，
天意时情可料度。
白日偏催快活人，
黄金难买堪骑鹤。
若曰：尔何能？
答言：耐辱摸。②

也许此处应提一下图的诗作《休休亭》，当于《休休亭记》同时所作：

休休亭

且喜安能保，那堪病更忧。
可怜藜杖者，真个种瓜侯。

此诗末句用"种瓜侯"之典，寓深忧意。秦召平为东陵侯，秦亡，家贫，乃在长安东门种瓜为业。今司空图葺亭而思量国运，用此典，可见其哀深远。自秦至唐，中国历史之上升时期已到巅峰，而唐亡，从此国运下降，宋元明清，不复汉唐雄风也。

此处也有必要提一下司空图自号"知非子"和"耐辱居士"的出典。

---

① 转引自祖保泉、陶礼天笺校《司空表圣诗文集笺校》，第198~199页。
② 转引自祖保泉、陶礼天笺校《司空表圣诗文集笺校》，第199页。《耐辱居士歌》按其韵律形式，排为分行的诗歌形式，以便阅读。其文字和本书末附录的《旧唐书·文苑下·司空图传》有所不同，注释也不相同，仅供参考。

前者来源于《论语·为政》中的"五十而知天命"。《淮南子·原道》云："故蘧伯玉年五十，而知四十九年非。"图《乙巳岁愚春秋四十九辞疾拜章将免佐掖重阳独登上方》诗，有"雪鬓不禁镊，知非又此年"句，当为证。全诗如下：

乙巳岁愚春秋四十九辞疾拜章将免佐掖重阳独登上方

雪鬓不禁镊，知非又此年。退居还有旨，荣路免妨贤。

落落鸣蛩鸟，晴霞度雁天。自无佳节兴，依旧菊篱边。

后者来源于《老子》第十三章："宠辱若惊，贵大患若身。何谓宠辱若惊？宠为下，得之若惊，失之若惊，是谓宠辱若惊。何谓贵大患若身？吾所以有大患者，为吾有身，及吾无身，吾有何患？故贵以身为天下，若可寄天下；爱以身为天下，若可托天下。"耐辱居士，即来源于此思想。可见司空图同时受到儒、道两家思想的影响，以此作为安身立命之本。

唐王朝最后的结局是这样的，现简要述之。

天祐四年（907年）四月，朱温在表面上由唐宰相张文蔚率百官劝进之后，接受唐哀帝禅位，正式即皇帝位，更名为"朱晃"，改元"开平"，国号"大梁"。升汴州为开封府（今河南开封），建为东都，而以唐都洛阳为西都。废十七岁的唐哀帝为济阴王，迁往曹州济阴囚禁。次年二月，将其杀害。唐亡。

下面一段文字，也是《旧唐书》列传末尾所记，兹照录之：

> 图既脱柳璨之祸还山，乃预为寿藏终制。故人来者，引之圹中，赋诗对酌，人或难色，图规之曰："达人大观，幽显一致，非止暂游此中。公何不广哉！"图布衣鸠杖，出则以女家人鸾台自随。岁时村社雩祭祠祷，鼓舞会集，图必造之，与野老同席，曾无傲色。王重荣父子兄弟尤重之，伏腊馈遗，不绝于途。唐祚亡之明年，闻辉王遇弑于济阴，不怿而疾，数日卒，时年七十二。有文集三十卷。（录自《旧唐书·文苑下·司空图传》）

这一系列事件的背景和过程，需要交代一下。

天复四年（904年），图六十八岁。朱温（朱全忠）逼帝迁都洛阳，杀唐昭宗诸子——德王等九人，立唐昭宣帝。

天祐二年（905年，乙丑），图六十九岁。六月，宰相柳璨勾结朱温害大臣三十余人于白马驿，一夕杀之，投尸于河。李振言于全忠曰："此辈常自谓清流，宜投之黄河，使为浊流！"全忠笑而从之，史称"白马驿之祸"。

此年八月初，因柳璨见诏，图惧见诛，乃赴洛阳入朝谒见哀帝，八月十四日朝参，图故作衰老无用，"堕笏失仪"，态极疏野，璨知其不可屈，许放归，乃回中条山。这就是司空图逃脱"柳璨之祸"的过程。

至十二月，柳璨等亦被诛杀。柳璨，河东郡（今山西永济市）人，幼家贫，燃树叶以照明读书。904 年为宰相，遂投靠朱全忠，谋杀大臣三十多位。年终，即被朱斩杀。临刑大叫："负国贼柳璨，死宜矣！"

> 八月初，图至洛阳时，卢渥已病重，图以门人身份拜见之。卢渥手书诗作授之，中有"释氏多言宿分深"之句，乃属意图对其一生有所纪述。九月十日，卢渥卒，十月葬，图为其撰《唐故太子太师致仕卢公神道碑》，对卢渥一生颇称许之。①

天祐二年（905 年，乙丑）冬，司空图作《丑年冬》一诗，言及"不堪病渴仍多虑，好向濉湖便出家"。此湖在湖南岳阳县南，图当年随王凝赴湖南任，当路过此地，乃知此时图心有余悸，且有归隐故乡之意。

906 年，图七十岁，作《修史亭三首》《白菊三首》。

907 年，图七十一岁。四月，朱温即帝位，是为后梁太祖。后废唐哀帝为济阴王。征召图为礼部尚书，不起。

908 年，图七十二岁。朱温于二月二十一日，杀济阴王，图遂死。

十月，温韬聚众嵯峨山，盗掘关中唐陵。②

终唐一朝，长安城七次遭劫，十三代古都、国际大都市，从此不复存，成一废都矣！

中唐以后，关中开始衰退，经过安史之乱、黄巢入京，至唐亡，政治、农商全面衰退，旱灾、地震频仍，人才流失。汉唐盛世，伴随着政治中心东迁、南移的过程，翻过了中国历史中它值得骄傲的一页，走向不归路。

至此，让我们重温一下上引《旧唐书》中的一段文字，并以今译白话转

---

① 陶礼天：《司空图年谱汇考》，第 159 页。
② 史念海等主编《陕西通史·历史地理卷》，第 382 页。

之，杂以浅近文言，则或稍解文字之烦琐而稍失其古雅意：

> 司空图既得免于柳璨罗列之祸，乃被放归故乡山林。图为自己修筑墓穴，有故人来访，便引入其中，以诗赋对酌，来人觉得窘迫，司空图见状，乃说："达人有雅量，生死一之，无非暂且一游，有何想不开的？"司空图布衣鸠杖，有家眷女流相随而出。每遇村上祈雨祭祀，鼓舞会聚，司空图必至，和乡亲父老同席谈笑，毫无傲慢之色。河中节度使王重荣父子特为看重，逢年春冬祭祀，皆有馈赠，沿途摆放。第二年，唐亡，哀帝为朱全忠在济阴所害，图闻之，忧心数日，不食而终。时年七十有二。有诗文集三十卷传世。（朱墨试译）

图既死，友人徐夤闻之，感其忠诚，乃作《闻司空侍郎讣音》，以悼之：

> 园绮生虽逢汉室，巢由死不调尧阶。
> 夫君殁去何人葬，合取夷齐隐处埋。

诗以尧舜时的巢父、许由来比图，赞誉其"八征"不起的隐逸之志，以商末隐居首阳山不食周粟而死的伯夷、叔齐来喻图，赞誉其绝食而卒、忠于唐王朝的品德，此乃符合图生前之时人的评论。早在广明二年（中和元年）朝廷就称图与孙谯、李潼为"行在三绝"，誉之有"巢、由之风"，王禹偁《五代史阙文》本传谓图之晚年隐居王官谷，"时多以四皓、二疏誉之"。[1]

所谓"'八征'不起"，乃概括了司空图的一生，尤其是最后二十六年，历经八次朝廷征召，而有不起之举，故徐诗对此加以表彰，兹按照时间顺序，简要列出如下。

第一次，中和二年（882年），故相王徽在蒲，受诏镇潞，上表图为副使，以王徽不赴任而止。

第二次，光启三年（887年），征图知制诰，或迁中书舍人，后因唐僖宗在宝鸡，图从之不及，留京师，后归王官谷；至龙纪元年（889年）昭宗即位，复征图为中书舍人，未几，以疾辞。

第三次，大顺二年（891年），征图至朝参与修《三朝实录》，是否新拜

---

① 转引自祖保泉、陶礼天笺校《司空表圣诗文集笺校》，第383页。

官职不详，图可能参与修史或以疾未赴。

第四次，景福元年（892 年），征图为谏议大夫，不起。

第五次，景福二年（893 年），征图为户部侍郎，至朝致谢，数日乞归。

第六次，乾宁四年（897 年），昭宗在华州，征图为兵部侍郎，以足疾辞。

第七次，天祐二年（905 年），柳璨假旨诏图至洛阳，可能以兵部侍郎召之，图假装老迈，被放归。

第八次，开平元年（907 年），朱全忠即帝位，唐亡，征图为礼部侍郎，不起。

要之，"'八征'不起"之说，见于《闻司空侍郎讣音》一诗原注，当有实据，但具体情况，可能有不同。

图无子，以甥为嗣，取名"司空荷"，曾官至永州刺史。图卒后，司空荷可能重新编次过图之文集，并可能刊刻过，曾为图之《一鸣集》（三十卷本）撰写后记。图有一女，适华阴进士姚颋，有外孙女姚惟和。图之著作，有《秘史》若干卷，佚。自编《一鸣集》（又称《前集》），后又将未收入《一鸣集》的杂言及乾宁二年后的诗文，编为一集，题曰《绝麟集》（或称《后集》），佚。

　　《新书·艺文志》（亦见于宋、明书目著录）的《一鸣集》三十卷本，佚。今存宋蜀刻本《司空表圣文集》十卷，当即是陈振孙《直斋书录解题》卷十六著录的《一鸣集》十卷本，其《序》及每卷上题曰"司空表圣文集"，下题曰"一鸣集"字样，是宋人的选辑本，该本也是《四库全书》本、《四部丛刊》本（所谓某"旧钞本"）之《司空表圣文集》十卷本的祖本……今《四部丛刊》本《司空表圣诗集》五卷（《唐音戊签》七十四），乃明胡震亨的辑本，录诗 365 首（其中有几首非图之作），残句若干。今人又辑佚诗十余首。[①]

晚年的司空图隐居中条山王官谷，这是社会动荡和战乱频仍的结果。后来虽几度应诏，但都是应付局面。时运不济，仕途不顺，加之年事已高，早年的儒家积极入世的进取精神锐减，功名富贵遂成冷灰，佛道出世思想终于占据主导地位，不久又迅速地返回中条山隐居起来了。清冯继聪有诗赞曰：

---

①　祖保泉、陶礼天笺校《司空表圣诗文集笺校》，第 385 页。

归隐中条幽谷中，名僧高士共清风。

千秋独有知非子，诗思依稀姚武功。

第二节　无官无名心向本朝的诗歌创作

无官无名拘逸兴，有歌有酒任他乡。

看看万里休征戍，莫向新词寄断肠。

这是司空图写于咸通十四年（873 年）秋天的一首诗——《漫题》。他当时奔走他乡，无官无名，眼前万里无征戍，所以也无须借诗歌寄托断肠情。不过，这也不是他的常态，更不是那个时代的常态。更多的时候，则是社会动荡，官宦不保，而他诗心未灭，忠贞可见，所以在诗歌中寄托了无限的哀思和对尘世的超越。

按照我们现代人的理解和定位，司空图主要是一个诗论家，至今我们十分看重的归于他名下的《诗品》，是其代表作，然后有几封信，是论述诗歌的，也为他赢得了诗论家的荣誉。而他的大量的诗歌创作，不受重视，似乎被埋没了。可是，至少从我们介绍他的生平的第一部分时顺便列举的一些诗歌来看，司空图的诗歌创作，不仅持续了一生一世，而且有较高的成就和广泛的题材。如何看待和评价作为诗人的司空图的地位和影响是一方面，而笔者所关心的则是另一方面，那就是这些诗歌创作对他的一生有什么特殊的意义？换言之，司空图的诗歌和司空图的为人有什么样的关系？换言之，以他的主要诗文是否可以窥视到司空图的精神面貌和生存样态？或者至少可以作为上面司空图年谱式传记的一个扩充和补充？

笔者以为是完全可以的。因为我们的前人，近的如历史学家陈寅恪先生，曾提出"诗史互证"的理论，并依据钱谦益和柳如是等的诗作，参以丰厚的历史知识，撰写了著名的《柳如是别传》；远的则如著名汉学家阿瑟·韦理，曾经依据白居易的诗作，撰写了白居易的传记，而且有系统的论述可以参考：

我对白居易一生的描述，主要依据他自己的作品，包括散文和诗，以及它们的题目和序。中国传统文学作品中的题目，不仅仅是一个简单的标题，常常连带介绍了创作诗文的情境。序则比题目给出了一个更宽泛的背景描写。因此，我们常常能从作者的诗作中得到可靠的传记资

料，其可靠的程度往往胜于官方记录……①

但我们知道，中国古代是缺乏传记作品的，无论是艺术家的自画像，还是文人自己的传记——除非你是帝王或政治家有人给你画像和立传。西方的研究者认为，这是中国人自我观念不强的表现，甚至是个性或个人主义精神缺乏的表现。无论怎么说，假若我们把一个人的诗文作为体现诗人精神样态的资料来读，甚至进一步作为诗人的传记来读，那就会有另一番景致。这样，那些古代诗人的诗集（别集），就有了别样的意义。

> 让我们把别集的完整形式置于一旁，先来看一看别集所依据的那些自传性文献——文学文本，尤其是诗。诗（这里仅仅是"诗"，中文的诗）是内心生活的独特的资料，是潜含着很强的自传性质的自我表现。由于它的特别的限定，诗成为内心生活的材料，成为一个人的"志"，与"情"或者主体的意向。与叙述不同，在这里传统理论家兴趣的中心——不是经过一段时间人如何变化，而是一个人究竟如何被知名或者使自己知名。②

正因如此，我们觉得，关于司空图的诗歌创作，前人虽然有所研究，但总嫌未能穷尽，似乎还有余地。简言之，司空图的诗，不仅作为传记，而且作为诗人与时代、社会关系的印记，需要进一步落实，而与《诗品》的关系，也有在研究其诗作的基础上加以继续研究之必要。今在前人创作研究的基础上，笔者主要参考《司空表圣诗文集笺校》，加以提炼，分类描述，有些在生平中已列举的，不必重复，并以疏解形式，侧重从诗歌本身的角度加以分析，这或许对认识司空图的诗歌创作成就和深刻地理解其诗学主张会有所助益。而于《诗品》作者之辩论及问题之解决，也会有所启发。

以下是分类描述的简目，以见其概要：

一、与佛道之交游及赠诗

二、与官员之交往和应酬诗

三、隐含佛老思想的诗作

---

① 〔美〕倪豪士：《以文学印证历史：欧阳詹个案》，转引自乐黛云、陈珏编选《北美中国古典文学研究名家十年文选》，第 509～510 页。

② 〔美〕宇文所安：《自我的完整映象——自传诗》，转引自乐黛云、陈珏编选《北美中国古典文学研究名家十年文选》，第 112 页。

一　与佛道之交游及赠诗

司空图从小在家中受到佛教的教育和熏陶，而道家思想对其也有影响。当然，儒家是立身之本，忠孝节义也是封建社会人们进入仕途的基本需要。中年以后的司空图，反复经历挫折，感受政治上的失意，进而阶段性地进入隐居状态，这使他有机会和方外之人接触和交往，其中既有和尚，也有道士、居士。无论何种状态，司空图都乐于交友问道。他的诗歌创作，有的就是直接的交友和交游，有的则是写诗时加上了禅意和体道，这在《诗品》中十分明显，其中飞翔和攀升意象的反复出现，则是这一宗教观念的诗学表达。

那么，就让我们翻开司空图的诗集，看一看其中的诗篇吧：

僧舍贻老人

笑破人间事，吾徒莫自欺。解吟僧亦俗，爱舞鹤终卑。

竹上题幽梦，溪边约敌棋。旧山归有阻，不是故迟迟。

【疏解】

这首诗只说明是在僧舍赠给一位老人的，一作《僧舍贻友》，虽然没有说明是谁，但既然在僧舍，也可见其活动场所与佛事交往有关。从末两句可以看出，此诗是图回不了王官谷，滞留华阴所作。"溪边"应是敷溪边，此溪在华阴县西二十四里之遥，是司空图经常去的地方。第一联就说明了作者的槛外态度、僧佛的超脱态度，让诗人不再糊涂，但也有所怀疑，因为第二联进一步论证了僧和俗的关系不是不可能发生转化的，而鹤这样的高雅之物，在舞动的时候仍然是卑下的。这里似乎是反意用法，旨在强调心灵的高雅脱俗，而不是外在的显示出来的行为。第三联复归自然，写了人的活动，消闲而有趣。而最后，又回到来此的缘出，即回不了故乡王官谷。统观整首诗，似在雅俗之间进行取舍、进行思量，可见其出世与入世的矛盾，即便在归隐中，也一直是存在的。理性的取舍，是一种认知行为，而不完全是出于信仰。

送道者二首

其一

洞天真侣昔曾逢，西岳今居第几峰。

峰顶他时教我认，相招须把碧芙蓉。

其二

殷勤不为学烧金，道侣惟应识此心。

雪里千山访君易，微微鹿迹入深林。

【疏解】

此诗似乎写作时间较早，而与道者的认识也更早。第一首说明原来就认识，而今才来到华山，是道者将我引向此路，招我手把芙蓉，一心向道。第二首又进一步说明自己不是为了烧金。雪里进山访君，却用了鹿迹入深林的典故，应是《周易》里谨慎从事的提醒。参见《周易·屯》曰："即鹿无虞，惟入于林中，君子几，不如舍，往吝。"当然也有以鹿为社稷吉祥之物，盼望国家昌盛繁荣的意思。

上陌梯寺怀旧僧二首

其一

云根禅客居，皆说旧吾庐。松日明金像，山风响木鱼。

依栖应不阻，名利本来疏。纵有人相问，林间懒拆书。

其二

高鸦隔谷见，路转寺西门。塔影荫泉脉，山苗侵烧痕。

钟疏含杳霭，阁迥互黄昏。更待他僧到，长如前信存。

【疏解】

由其一首联可知此禅院曾是诗人家中旧庐，当建于虞乡县境或王官谷内，而后施舍给佛家。"云根"或称"云房"，屋隐云雾中，僧道或隐士居所，故称，诗人《山居记》有此交代，可证。颔联写了佛事活动，金像木鱼与松日山风相混合，煞是生动，"山风"又作"苔龛"，"响"又作"向"。接下来是议论，再接下来是卒章显志，说明与尘世的交往可以疏淡了。请注意与《诗品·疏野》中"脱毛看诗"的反意用法相对照。其二写诗人在陌梯寺所见景色，视野辽阔，峰回路转，塔影隐隐，烧痕历历，兼写心情，尾联加强了与方外交往的信念，照应了其一的末尾，只待他僧来到，便可拆信一叙，岂不快哉！

李居士

高居只在五峰前，应是精灵降作贤。

万里无云惟一鹤，乡中同看却升天。

【疏解】

李居士，何许人也？不知，但知其皈依释迦。"五峰"当然是华山五峰（东峰、西峰、南峰、北峰、中峰），有时称"三峰"，实不确。诗称颂居士高风亮节，超逸之至。

青龙师安上人

灾曜偏临许国人，雨中衰菊病中身。

清香一炷知师意，应为昭陵惜老臣。

【疏解】

青龙寺是唐朝著名寺院，旧址在今西安市东南郊铁炉庙村北高地上，初建于隋开皇二年（582 年），景云二年（711 年）改名为"青龙寺"，是唐代密宗根本道场。诗写给居于青龙寺，法号为"安"的上人。"上人"是尊称，也有道行高尚之意，司空图以"师"相称以示尊崇。"灾曜"，指耀武而成灾，藩镇呈兵，战祸连年。昭陵是唐太宗陵墓，可见此诗虽写与上人，但以许国人、老臣释之，实际上表达了对唐王朝的忠诚。创作年代，当在图于长安做中书舍人时（885～886 年）。

寄王赞学

黄卷不关兼济美，青山自保老闲身。

一行万里纤尘静，可要张仪更入秦。

【疏解】

"黄卷"当是道经或佛经，可见王赞学已经是方外人士，司空图却要他兼济天下，入朝做官，效法张仪，助秦惠王以连横策略统一天下。此诗应是司空图对唐王朝尚寄予希望之时所写，可见图的出仕意识。此时图是有儒家安身立命的坚定信念的。此诗若和《寄王十四舍人》比较而阅，当别有所悟。

二　与官员之交往和应酬诗

虽谓之应酬诗，但未必只是应酬、全是应酬。其中，可以看到司空图主要的世俗交往，以及所涉各色人物、不同情境下的不同的关系和心境。同时，也可以看出司空图儒家治国理政之心不死，即便在隐居期间，也有对于现实问题的关注。何况他是一级政府官员，焉能不和官场打交道，只和佛家高僧、道家名士打交道？事实上，从司空图生平交往可知，他和高层官员的交往贯彻始终，这也影响了他的仕途生涯。其中，王凝和卢渥则是一生有恩于司空图的高级官员。鉴于在生平中多有提及，这里就不专门介绍了。

赠李员外

危桥转溪路，经雨石丛荒。幽瀑下仙果，孤巢悬夕阳。
病辞青琐秘，心在紫芝房。更喜谐招隐，诗家有望郎。

【疏解】

此诗又名《赠步寄李员外》。李员外，不详，当是司空图为礼部郎中时的诗友。司空图于广明元年（880 年）年底归王官谷，次年希望李员外来隐。诗的前两联写景色，第三联开始写状况，做铺垫，最后一联颇为明白地点出了诗的主旨：希望对方能来归隐，和他一起去吟诗作伴。"望郎"是诗人自况，是"郎中"的古称。"青琐秘"，指朝廷秘书。"青琐"是装饰皇宫门窗的青色连环花纹。"紫芝"为紫色灵芝，是十分珍贵的中药补药，也是山中隐居的象征。传说中的秦末隐士"商山四皓"作有《紫芝曲》，又名《紫芝操》，后人便以此作为隐逸的象征。元代的倪瓒有《紫芝山房图》，当继承了此传统。

长安赠王沨

正下搜贤诏，多君独避名。客来当意惬，花发遇歌成。
乐地留高趣，权门让后生。东风闲小驷，园外好同行。

【疏解】

王沨，不详，也作王沣，当是图的诗友。从首联来看，王沨是独自没有赴诏的人。"小驷"，马名，泛指马。此诗写了在长安短暂而风光的仕途光景，当指广明元年（880 年）十月随卢渥进京任礼部员外郎，迁任本司郎中之职的情况。官场交往，颇有高趣，也颇为得意，此后便很少见。

寄考功王员外

喜闻三字耗，闲客是陪游。白鸟闲疏索，青山日滞留。

琴如高韵称，诗愧逸才酬。更勉匡君志，论思在献谋。

【疏解】

王员外，"王涣，河中人，举进士，考公郎"（《蒲州府志》）。《全唐诗》也有记载："王涣，字群吉，大顺二年（893年）登第。考功员外郎。""三字耗"，即"耗磨日"，正月十六日，官司停业，饮酒。既然如此，理当庆贺王员外在假日饮酒赋诗之高趣。最后一联点出其献谋匡君的志向，寄托了对昭宗执政的信心。

寄郑仁规

清才郑小戎，标的贵游中。万里云无侣，三山鹤不笼。
香和丹地暖，晚着彩衣风。荣路期经济，唯应在至公。

【疏解】

郑仁规是故相郑肃之孙，"有俊才，文翰高逸"。喜交游，曾"为华州、河中掌书记，入为起居郎"，唐僖宗乾符三年（876年）任湖州刺史，此诗应写于当年，时图四十岁。诗无多深意，无非赞赏其神态俊逸，对其经世济民之活动加以推崇。

寄王十四舍人

几年汶上约同游，拟为莲峰别置楼。
今日凤凰池畔客，五千仞雪不回头。

【疏解】

王十四舍人，不详。看来此人和图曾相约去官归隐华山（"莲峰"指华山）。"凤凰池"因近中书省，所以在唐代诗文中多指宰相。喻此人已在朝做官，官运亨通，不复出而为隐士了。"五千仞雪"，既指华山雪峰，又隐喻高洁。可见司空图的归隐之心乃早已有之，只是待机而动，实现理想而已。此诗也用典，"汶上"，即用《论语》中闵子骞的故事。"季氏使闵子骞为费宰。闵子骞曰：'善为我辞焉！如有复我者，则吾必在汶上矣。'"闵子骞对季氏有看法，不愿为其办事，暗示他将会辞官去齐国。"汶上"，地处山东西南部，今山东济宁市。闵子骞虽在恩师孔子的劝说下出任宰相，但后来终于辞去，随孔子周游列国。

寄永嘉崔道融

旅寓虽难定，乘闲是胜游。碧云萧寺霁，红树谢村秋。
戍鼓和潮暗，船灯照岛幽。诗家多滞此，风景似相留。

【疏解】

"道融，荆人也，自号'东瓯散人'，与司空图为诗友。出为永嘉宰。工绝句，语意甚妙。"（《唐才子传》）道融撰有《东浮集》九卷，"乾宁乙卯，永嘉山斋编成，盖避地于此"。"本年（广明元年）崔道融约已东徙，寓居于永嘉，诗盖为本年秋所寄。"（《唐五代文学编年史·晚唐卷》）此诗所写为旅途所见寺庙村树，江岸秋色。首尾两联是议论，以包住中间的景色描写。

重阳山居

其一

诗人自古恨难穷，暮节登临且喜同。四望交亲兵乱后，一川风物笛声中。
菊残深处回幽蝶，陂动晴光下早鸿。明日更期来此醉，不堪寂寞对衰翁。

其二

此身逃难入乡关，八度重阳在旧山。篱菊乱来成烂漫，家僮常得解登攀。
年随历日三分尽，醉伴浮生一片闲。满目秋光还似镜，殷勤为我照衰颜。

【疏解】

此两首诗当写于中和二年（882 年）重阳节，时王徽也躲到河中，与图一起居王官谷别业，一同登临，真是令人欣喜的事。虽是兵乱之后，但四望交亲，一川风物，煞是好看。更有那残菊幽蝶，晴光归鸿。这使司空图期待明日再来此地一醉，打发晚年余闲。此其一也。

其二呢？原在补遗中，兹合为一题，分出其一、其二即可。首联讲得很清楚，是劫后余生，回到乡关旧山，即王官谷别业。屈指算来，在此已度过八个重阳节了。景色和其一有相似之处，如东篱残菊，但"家僮"是一个新鲜的意象。第三联的对句特别工整，似乎把其一中的"明日更期来此醉"升华了，而尾联也是秋光衰颜，似乎又回到了其一的结束处。

三　隐含佛老思想的诗作

佛老既是司空图家教和家庭信仰的一部分，也是司空图一生须臾不能离开的处世良方和精神寄托，这是他不同于职业诗人和职业政治家的地方。同时信奉两种宗教，只有在中国文化中才能行得通。这不完全是宗教信仰的问题，而是可以归之于精神文化资源的问题。名士高僧，仙风道骨，都是他所需要的，这使得他在官场顺利时，可以青云直上，在遭受挫折时，可以退而求其次。这正与儒家思想的进退有道相符合：达则兼济天下，穷则独善其身。生命得以长久，则阅历和作品也愈多。

闲夜二首

其一

道侣难留为虐棋，邻家闻说厌吟诗。

前峰月照分明见，夜合香中露卧时。

其二

此身闲得易为家，业是吟诗与看花。

若使他生抛笔砚，更应无事老烟霞。

【疏解】

此诗当作于归王官谷后不久，闲暇依然新鲜，自得之情可见。在邻家和道侣之间可以徘徊，在吟诗与看花之时，想到来世若有，当也归老烟霞，享受这一种悠闲的隐居生活。这在官场争夺、尔虞我诈之后，当是一种何等侥幸的自适心态？

步虚词

阿母亲教学步虚，三元长遣下蓬壶。

云韶韵俗停瑶瑟，鸾鹤飞低拂宝炉。

【疏解】

"步虚词"是乐府杂曲歌名，也是"道家曲也，备言众仙缥缈轻举之美"（郭茂倩：《乐府解题》）。司空图应曲作词，可见对道家思想的接受程度。从词作来看，他自幼跟母亲学习，向往神仙道教境界。而第二联所用词语，多为道教神话术语，可见其工于此类词作。

偈

人若憎时我亦憎，逃名最要是无能。

后生乞汝残风月，自作深林不语僧。

【疏解】

"偈为偈陀的简称；偈陀是梵文 Gatha 的音译，义译为颂，即佛经中讲经文后，约之为唱词……通常取五、七言形式。"① 以偈为题，可见其形式之美，用意之诚。最后的"自作深林不语僧"，颇有禅意。"逃名"与"残风月"都有对世俗的否定，但这种否定毕竟是超脱现实的。

与伏牛山长老偈二首

其一

不算菩提与阐提，惟应执著便生迷。

无端指个清凉地，冻杀胡僧雪岭西。

其二

长绳不见系空虚，半偈传心亦未疏。

推倒我山无一事，莫将文字缚真如。

【疏解】

"伏牛山"，也称"洛京伏牛山"，是天息山的别名。"胡僧"，是西域僧人。该诗疑是司空图在洛阳为光禄寺主簿时所写，时在乾符六年（879 年）。第一首的开头，似乎用的是佛与禅的原理，切莫执着，这自然是从学理上来说的。第二联即对胡僧有不敬之意，"清凉地"岂是无端可以指的？"雪岭西"明显点出了胡僧的来历。"冻杀"也不是轻描淡写的口气。其二，"传心"，指传法，法即心。佛教的空虚是长绳子也缚不住的，哪怕是半偈只要传心就可以了。但不可执着于文字，所谓不立文字，直指人心。"真如"，是佛家语，犹如本体，本来面目，也不是文字可以束缚的，也是说的佛理。"推倒我山无一事"，不详为何山，也不像是道山（也指死）。可能为世俗的山？"无一事"，没什么事，不碍事。可见，司空图的佛学是学理上的，而其和宗教的世俗层面的关系则取决于对具体人的态度，这是十分有趣的。可见这两偈，不一定是赠给老僧看的。

携仙箓九首

其一

岳北秋空渭北川，晴云渐薄薄如烟。

坐来还见微风起，吹散残阳一片蝉。

其二

一半晴空一半云，远笼仙掌日初曛。

---

① 祖保泉、陶礼天笺校《司空表圣诗文集笺校》，第 118 页。

　　洞天有路不知处，绝顶异香难更闻。

其三

　　决事还须更事酬，清谭妙理一时休。

　　渔翁亦被机心误，眼暗汀边结钓钩。

其四

　　迹不趋时分不侯，功名身外最悠悠。

　　听君总画麒麟阁，还我闲眠舴艋舟。

其五

　　仙凡路阻两难留，烟树人间一片秋。

　　若道阴功能济活，且将方寸自焚修。

其六

　　若有阴功救未然，玉皇品籍亦搜贤。

　　应知谭笑还高谢，别就沧州赞上仙。

其七

　　英名何用苦搜奇，不朽才销一句诗。

　　却赖风波阻三岛，老臣犹得恋明时。

其八

　　剪取红云剩写诗，年年高会趁花时。

　　水精楼阁分明见，只欠霞浆别著旗。

其九

　　此生得作太平人，只向尘中便出尘。

　　移取碧桃花万树，年年自乐故乡春。

【疏解】

　　此组诗或作于光启三年秋，乃闻高骈之死后所写，也有哀悼卢携之意，或有暗讽高骈信奉道教仙箓之意。携箓便是携带道教的秘文仙籍。"箓皆素书，记诸天曹官属佐吏之名有多少"，初受《五千文箓》，次受《三洞箓》。以下分而浅解之。

　　其一，"岳北""渭北"都指华阴，在华山之阴。首要在于开篇，做引子。"吹散残阳一片蝉"颇有意境。

　　其二，"仙掌"是华岳著名景点，日出时分，照在绝壁上，十分逼真。"洞天有路"才是仙道的入口，但不知在何处，而绝顶的异香则难以闻到。

　　其三，嘲笑了渔翁也有处世的机心，巧设渔网钓钩，所以不是彻底归隐，但彻底归隐又如何呢？

其四，仙迹与缘分都是一定的。"麒麟阁"是记录名臣的地方，"舴艋舟"是很小的船。这里暗含了弃绝功名、归隐江湖的意思，但仍然有矛盾。

其五，对仙路、凡路都有怀疑，所以人间要点在于修行，然后才有阴功积德的可能。

其六，把玉皇大帝也算在内了，说起"谭笑还高谢"，所以不能在人间（沧州）赞上仙。

其七，英名何须搜奇，一句诗就可留名。而仙境三岛既然被阻，老臣到死还在留恋清明的政治呢！

其八，对天宫有琼浆（霞浆）可饮表示怀疑，还不如以剪取红云写诗为要。

其九，最后，似乎又回到故乡，享受人间太平了。在红尘中，也未必不出尘，这是司空图的真实思想，他从来没有彻底皈依道教或佛教。

总之，这几首诗与其说是提倡归隐，倒不如说是留恋江湖、效忠朝廷。可见其根本思想倾向，也尚未有彻底的宗教信仰。

四 寄托儒家经世思想的诗作

唐末多动乱，官宦自身难保，多有逃离和隐居者。司空图是其中经历最为曲折、命运最为反复之人。但无论在何种情况下，司空图始终是一个官员而非出家之人，所以儒家思想对于他来说是立身之本，而佛家和道家只是暂时逃避的护身法宝而已。即便是隐居山林，终日与闲云野鹤为伍，司空图也没有忘记过朝廷，也没忘记自己老臣的身份和对朝廷的一片忠心。这里辑录的一些诗作，多作于隐居在中条山王官谷和华阴时期，但即便如此，我们也可以从中看出司空图儒家思想的底蕴，这种思想或明或暗地、或直接或间接地反映在他的诗作中。

即事九首
其二

十年深隐地，一雨太平心。
匣涩休看剑，窗明复上琴。

【疏解】
《即事九首》作于王官谷，是对隐居华阴数年生活的回忆。"十年"举成数，"即事"便是心中有事，他希望天下太平，但实际上很难。"休看剑"，还是止不住要看剑，有报国心；而"上琴"，则是心理的调节机制。此诗看似平和，实则暗含杀机，图对朝廷未能忘怀，报国之心切切。

杂题九首

其九

溪涨渔家近，烟收鸟道高。

松花飘可惜，睡里洒离骚。

【疏解】

《杂题九首》是各自分散的诗集在一起而成的，有的写于王官谷，有的写于华阴。第九首，前面是写景，一派农家气象。可是，在晚间睡梦中还在想着屈原流放时所写的《离骚》，可见其内心颇不平静，常以屈子之报国精神激励，也因屈子之悲剧而抱憾终身。

退居漫题七首

其六

努力省前非，人生上寿稀。

青云无直道，暗室有危机。

【疏解】

这七首诗当作于退居王官谷时期。其六说明，当时司空图年近七旬，他一面庆幸自己劫后余生，能活到这把年纪；一面反思自己的过失，其精神和《休休亭记》中"耐辱自警"的精神完全一致。青云直上是不可能的了，政治是一场危险的游戏，充满杀机和诽谤，岂可不慎乎？岂可不审乎？

村西杏花二首

其一

薄腻力偏羸，看看怆别时。

东风狂不惜，西子病难医。

其二

肌细分红脉，香浓破紫苞。

无因留得玩，争忍折来抛。

【疏解】

明里写杏花，其实是写政治。这是中国诗歌的讽喻传统，风、雅、颂中就有了。

此诗以"杏花"喻唐室，借"西子心病难医"故事表忠贞。时有"狂风"，预知"杏花"留不住，但不忍参与摧折、抛弃之！殉唐之志已隐隐地埋伏下根芽。[1]

杂题二首

其一

先知左袒始同行，须待龙楼羽翼成。
若使只凭三杰力，犹应汉鼎一毫轻。

其二

鱼在枯池鸟在林，四时无奈雪霜侵。
若教激劝由真宰，亦奖青松径寸心。

【疏解】

此两首诗也是政治诗。所谓杂题，等于无题，因为不好明说，也难以定题目。第一首说要认清同行之人，等待唐室力量壮大。可是如果只凭借汉朝的三杰，即张良、萧何、韩信，那也不尽然。言下之意，唐室自有其人。第二首用"鱼在枯池"，比喻君王被挟持，而鸟犹在林，仍然有自由活动的空间。若能激励士气，奖励功臣，则不怕不能力挽狂澜，转危为安。

有 感

国事皆须救未然，汉家高阁漫凌烟。
功臣尽遣词人赞，不省沧州画鲁连。

【疏解】

此诗以鲁连说服燕将休兵、解救齐国的典故，隐射唐末情势，进而批评词人只知赞扬功臣，而不知赞扬高才达士，如鲁连那样的人。认为只有弘扬鲁连的气节，才能救国救民，改变形势，实现中兴。所以，此诗和前面二首一样，也是反映了儒家进取有为的精神。

五 反映隐居生活的诗作

司空图的一生，幼年和青少年都在山西老家，中年考中科举，出仕为

---

① 祖保泉、陶礼天笺校《司空表圣诗文集笺校》，第63页。

官，然而也有许多年都隐居在山西和陕西，过着山林野老的生活。不仅如此，他的大部分诗作，都是在隐居期间创作的。而在朝为官时，则有比较多的散文作品和少量的公文写作。由此看来，隐居生活确实构成司空图诗歌创作的主要题材，反映隐居生活的诗作，也就顺理成章地构成他的诗歌创作的主体部分。每日与闲云野鹤为伍，青山烟霞为伴，理所当然地描写山川、动植物的自然诗篇也就为数不少。这些诗作渗透了一些老庄哲学和佛道禅理，也是不难理解的。

偶题三首

其一

浮世悠悠旋一空，多情偏解挫英雄。
风光只在歌声里，不必楼前万树红。

其二

小池随事有风荷，烧酎倾壶一曲歌。
欲待秋塘擎露看，自怜生意已无多。

其三

辽阳音信近来稀，纵有虚传逼节归。
永日无人新睡觉，小窗晴暖蛣虫飞。

【疏解】

《偶题三首》应写于图退居王官谷的第一年（882 年）或第二年（883年），景物是夏季的池荷、蛣虫，也是当下所见，反映了其复杂的思想变化，以及逐渐的适应过程。其一写了人生无常、万事皆空的道理，以及英雄挫败的必然，然后其心境转向对命运的接受和享受眼前的景色。其二感觉到人生的"秋季"即将来临，何不趁夏对荷举杯，对酒高歌。其三写外面的消息逐渐减少，而谣传守节归隐的消息，他则淡然听之，且消闲度日，窗下睡眠而已。

杂题二首

其一

棋局长携上钓船，杀中棋杀胜丝牵。
洪炉任铸千钧鼎，只在磻溪一缕悬。

其二

晓镜高窗气象深，自怜清格笑尘心。

世间不为蛾眉误，海上方应鹤背吟。

【疏解】

《杂题二首》也当写于王官谷归隐初期，但与《偶题三首》不同。其一借棋局影射外面的争夺世界，但又以垂钓写消闲的归隐生活。"千钧鼎"象征皇家政权，我却似姜太公钓鱼在磻溪，享受悠闲的时光。其二写不留恋世间的高官爵位，只管高格自赏做神仙，驾鹤漫游在海上，好不逍遥！这里流露出的道家思想很多、很明显。

狂题二首

其一

草堂旧隐犹招我，烟阁英才不见君。

惆怅故山归未得，酒狂叫断暮天云。

其二

须知世乱身难保，莫喜天晴菊并开，

长短此身长是客，黄花更助白头催。

【疏解】

《狂题二首》应作于华阴，因为其中提到"故山"，即王官谷。因为不能回去，也不见君王，便惆怅不已，以至于狂叫暮天云。真个狂徒、酒狂之壮举！这是其一。其二呢？将此身视为客，可见有一人生的本体论，就是此生此世借住于此的意思，所以乱世明哲保身是应当的，而花开花落则不应引起心情的变化。归隐加深了诗人对人生的认识和对周围环境变化的淡漠。此外，作者还有《狂题十八首》，总结了自己归隐的历程，似乎是晚年所写，恕不再举例。

六　漫书偶书与组诗

漫书五首

其一

长拟求闲未得闲，又劳行役出秦关。

逢人渐觉乡音异，却恨莺声似故山。

其二

溪边随事有桑麻，尽日山程十数家。

莫怪行人频怅望，杜鹃不是故乡花。

其三

海上昔闻麋爱鹤，山中今见鹿憎龟。

爱憎止竟须关分，莫把微才望所知。

其四

世路快心无好事，恩门嘉话合书绅。

神藏鬼伏能千变，亦胜忘机避要津。

其五

四翁识势保安闲，须为生灵暂出山。

一种老人能算度，磻溪心迹愧商颜。

【疏解】

这五首漫书应是作者随王凝由陕西到皖南的见闻杂感，描写了南方宣、歙、池三郡的景物，杜鹃当然不是故乡的花了，有莫把他乡认故乡的言外之意。其一写出秦关的感觉，乡音已变，而莺啼依然，故而生出恨来，这是诗人的敏感。其二不仅写了路途中的景色人家和桑麻农事，而且写了行人的"怅望"，尽管如此，也不能错认他乡是故乡。其三写麋爱鹤、鹿恨龟，本来是无道理的，但诗人要使其有道理，符合人间爱憎分明的情感，于是一切皆自然而然了。其四写了恩师王凝的嘱托，要永志不忘，即使世事万变、鬼神莫测，也要如此。其五写了要学习商山四翁（"商颜"即商山，泛指"商山四皓"，秦末避秦乱，居商山，皆八十有余，白须飘飘），识得事务，但也要为生灵计而暂时出山，即要像磻溪钓鱼的姜太公，仍然有出山济世的机会和心迹。此诗用了"商山四皓不如淮南一老"的民谚，即"一种老人能算度"。"算度"是棋语。可见此诗用典之深、之神。

偶书五首

其一

情知了得未如僧，客处高楼莫强登。

莺也解啼花也发，不关心事最堪憎。

其二

自有池荷作扇摇，不关风动爱芭蕉。

只怜直上抽红蕊，似我丹心向本朝。

其三

曾看轻舟渡远津，无风著岸不经旬。

只缘命蹇须知命，却是人争阻得人。

其四

上谷何曾解有情，有情人自惜君行。

证因池上今生愿，的的他生作化生。

其五

新店南原后夜程，黄河风浪信难平。

渡头杨柳知人意，为惹官船莫放行。

【疏解】

"新店"是唐时地名，在今河南省三门峡市西南，濒临黄河。这一组诗大约写于乾宁二年（895 年）秋，司空图于八月，自华阴至浙上避难途经新店所见。是年七月，李克用兵渡黄河以征讨，昭宗幸沙城镇，移石门镇，这是司空图南行的背景。其一写了佛，僧最能看透世事，但又说"不关心事最堪憎"，因为莺啼花发都是有节令、懂人意的，何况人呢！其二写爱芭蕉，也暗示了佛，但诗人的心仍然在朝廷，"似我丹心向本朝"表明了忠于朝廷的心迹，显然是儒家的忠君思想。其三写了知命，但又不能如此超脱，无风着岸，轻舟远渡，都有"慈航"的隐喻。其四"有情""有情人"都是佛家言，似乎超脱了，"证因池上今生愿，的的他生作化生"，但这只不过是愿望，不是今生要实现的。其五直写到新店后将夜间赶路到南原（南行进入高原的路程），但黄河风浪是平不了的，以"渡头杨柳知人意"写但愿旅途顺利。可见这一组诗有十分复杂的思想，但以入世为主，多次涉及佛事是因为在避难中。

偶诗五首

其一

闲韵虽高不炫才，偶抛猿鸟乍归来。

夕阳照个新红叶，似要题诗落砚台。

其二

芙蓉骚客空留怨，芍药诗家只寄情。

谁似天才李山甫，牡丹属思亦纵横。

其三

贤豪出处尽沉吟，白日高悬只照心。

一掬信陵坟上土，便如碣石累千金。

其四

声貌由来固绝伦，今朝共许占残春。

当歌莫怪频垂泪，得地翻惭早失身。

其五

中宵茶鼎沸时惊，正是寒窗竹雪明。

甘得寂寥能到老，一生心地亦应平。

【疏解】

这一组偶诗，共五首，当写于天祐二年（905 年），司空图逃脱柳璨之祸，被放还山之后。虽余悸在心，时时忧惧，却无佛老之言，一心只有儒家的思想，可谓忠君。其第三首，"贤豪出处""白日高悬""一掬信陵坟上土，便如碣石累千金"，贞节可见。但第一首似乎有出山、归山皆出于偶然的感觉，所谓"偶抛猿鸟乍归来"，而"闲韵虽高不炫才"才是其内在修养功夫。红叶夕照，飘落砚台，似要题诗，十分巧妙地写了欣然命笔的心情。第二首是对诗人李山甫的回应，因李山甫有《牡丹》诗，兹转录如下：

邀勒春风不早开，众芳飘后上楼台。数苞仙艳火中出，一片异香天上来。
晓露精神妖欲动，暮烟情态恨成堆。知君也解相轻薄，斜倚阑干首重回。

李山甫，生卒年不详，咸通中累举不第，依魏博幕府为从事。其代表作《松》，写松"孤标百尺雪中见，长啸一声风里闻"，颇有气势。另有诗《陪郑先辈华山罗谷访张隐者》，可知其来过华山。诗云：

白云闲洞口，飞盖入岚光。好鸟共人语，异花迎客香。
谷风闻鼓吹，苔石见文章。不是陪仙侣，无因访阮郎。

第四首庆幸自己脱离灾祸，"今朝共许占残春"，但频频垂泪，似有惭意。最后一首，似乎描写了冬季景色，写了寂寥到老、心地自平的心境，是一个很好的收笔。纵观此一组诗，有起兴，有收笔，中间有唱和，有直叙，但以儒家忠君思想为主，未曾须臾离开这个文化基质。

此年图已六十九岁，几度归隐，几度出山，可见其儒家思想的根基牢固，所以佛道思想，似乎只是出世的借助和心理平衡机制，不可过于强调。

七 花鸟山水与咏物诗

司空图的咏物诗，有的写于隐居前，但多数写于隐居后，也有的写于出山做官期间，以及与王凝等旅居或避居外地的途中。其中大部分不是纯粹咏物，甚至也不是用比的手法寄托自己的思想感情到景物上去，做一夸大的、拟人的描写，歌颂常见的君子风度和禅道之意，而是结合自己的经历和经验，见景生情，以花鸟和山水为缘由，表达自己的处境和心境，注入强烈的生命意识和存在感，也有一定的情境性和情节性，所以也很有趣，耐人寻味。司空图的这些花鸟山水诗，虽然多写山西、陕西两地的风物，但也有的写到了南方，所以在一定程度上，开拓了花鸟山水的题材，而且情节化的写法本身也值得注意和研究。至于其生命意识的注入，则要联系其整个生存环境和千变万化的心境，加以揣摩和理解，才能有所体悟。绝对不能拿来做生硬的类比和牵强的解释，把一切都与政治相联系，如果这样就失去了生命的本体状态和诗的意味。这是值得特别指出的。

扇

珍重逢秋莫弃捐，依依只仰故人怜。

有时池上遮残日，承得霜林几个蝉。

【疏解】

此诗题为《扇》，似乎是咏物诗，但就其内容而言，则是赠物诗。因为中和二年（882 年），故相王徽在河中，待图颇厚，曾与图共度重阳（参见七律《重阳山居》笺语），图当赠扇以报之。若以此解为本，则"池上遮残日"，应指王徽；"霜林几个蝉"，应是自谓。二人同有忠贞节操，引为同调。不过这种解释，或许过于牵强。事实上，中国古代文学中早已有了扇的题材，如汉代班婕妤的《怨歌行》：

怨歌行

新裂齐纨素，皎洁如霜雪。

裁为合欢扇，团团似明月。

出入君怀袖，动摇微风发。

常恐秋节至，凉飙夺炎热。

弃捐箧笥中，恩情中道绝。

这里的扇，同样有文化意义的象征在。不过，司空图的诗，当然不一定都是表达男女之间的爱情关系的，而是也有表达文人仕宦以扇为赠的友情关系的。也许图诗首联的出句，已经显示了这种互文关系。

石　楠

客处偷闲未是闲，石楠虽好懒频攀。

如何风叶西归路，吹断寒云见故山。

【疏解】

石楠是一药用植物，生于石间向阳处，泡茶泡酒，可医头风。从"客处""见故山"可知，"西归路"当为自洛阳归王官谷之路。广明元年（880年）作者至陕州为观察使卢渥幕僚，即由洛阳归王官谷，度岁后，再由王官谷去陕州，后与卢渥一道入朝，或当指此事。上联只写景物，而下联则写到了心境。

红茶花

景物诗人见即夸，岂怜高韵说红茶。

牡丹枉用三春力，开得方知不是花。

【疏解】

红茶花即红色的山茶花，木本花卉，南方皆可见，而云南最多。李时珍名著《本草纲目》云："山茶花，其叶类茶，又可作饮，故得茶名。"乾符四年（877年）春，司空图随王凝到宣、歙、池三郡，见过红色的山茶花，状似牡丹，又有实用价值，或胜似牡丹。晚唐贯休有《山茶花》咏物诗，司空图当是第二人，开拓了中国咏物诗的范围，丰富了咏物诗的品类。首联的红茶，也是指红色山茶花。下联也不是说牡丹不是花，而是反其意而用之，有"岂不是花"的意思在内。

杏　花

诗家偏为此伤情，品韵由来莫与争。

解笑亦应兼解语，只应慵语倩莺声。

【疏解】

杏花为司空图家乡常见之花，也为华阴山下常见。司空图有《故乡杏花》一首，写了故乡寄来的杏花和酒，诗人"左把花枝右把杯"，问"故人何得不归来？"颇为动人。又写了《力疾山下吴村看杏花十九首》，极尽怀古、伤时、抒情、品诗之能事，堪为名篇。这里一首杏花诗，却云"诗家偏为此伤情"，因为"品韵由来莫与争"。须知"解笑亦应兼解语，只应慵语倩莺声"。此诗写得有禅意，远远超过一般把杏花写成乡间俗花的诗篇。高人雅士，笔下自然有韵致、有闲情，这使人想起《红楼梦》中第十九回"情切切良宵花解语，意绵绵静日玉生香"的寓意来。

秋　燕

从扑香尘拂面飞，怜渠只为解相依。
经冬好近深炉暖，何必千岩万水归。

【疏解】

以司空图写诗之习惯，很难只写眼前景物而未有寄托的。燕为候鸟，春归来，秋离去，此后在北方便很难看到，但为何要以秋燕命名呢？此诗必有寄托，但寄托者何？则很难得解。若作为政治诗，则与朝廷形势有关；若作为生活诗，则与个人情绪有关。惜春伤秋，渲染离愁，甚至孤独无依靠，千山万水无皈依，都有可能。不解之解罢了。只有秋的时令，是当下的生命状态，而人间晚冬已近，燕归何处？人何以堪？

见后雁有感

笑尔穷通亦似人，高飞偶滞莫悲辛。
却缘风雪频相阻，只向关中待得春。

【疏解】

天空归雁南飞，也见诗人心迹。穷通似人，高飞滞留，且莫要悲伤酸辛。风雪相阻，关中待春的寓意，似乎很明显。无论是华山隐居，还是长安赴任，都在关中。关于"悲辛"，从李白的"坐客论悲辛"，到"万古共悲辛"，再到鲍照的《野鹅赋》"舍水泽之欢逸，对钟鼓之悲辛"的名句，"悲辛"似乎成为人的存在论的基本感受概念了。作为政治隐喻，当在唐僖宗之时，图尚抱有希望，未到唐昭宗之时的绝望心境。而"莫悲辛"的提出，与其说是劝告，不如说是述己。

山　鹊

多惊本为好毛衣，只赖人怜始却归。
众鸟自知颜色减，妒他偏向眼前飞。

【疏解】

喜鹊本为祥鸟，但山鹊是不常入诗的鸟雀，而司空图入之。若没有闲居

55

山林的生活，也不可能与山鹊为邻、为友。比拟自己逃脱柳璨之祸，却有"恨别鸟惊心"的余悸和伤痛。诗的后两句隐约可见司空图自诩清高、鹤立鸡群的感受，和屈原《离骚》所描写的境遇颇为相似：

> 虽萎绝其亦何伤兮，哀众芳之芜秽。众皆竞进以贪婪兮，凭不厌乎求索。
> 羌内恕己以量人兮，各兴心而嫉妒。忽驰骛以追逐兮，非余心之所急。

喜山鹊初归三首

其一

翠袊红嘴便知机，久避重罗稳处飞。

只为从来偏护惜，窗前今贺主人归。

其二

山中只是惜珍禽，语不分明识尔心。

若使解言天下事，燕台今筑几千金。

其三

阻他罗网到柴扉，不奈偷仓雀转肥。

赖尔林塘添景趣，剩留山果引教归。

【疏解】

有了前面那一首《山鹊》，这三首就变得十分容易理解了。标题说得再清楚不过了。其一首先以鹊喻人，谓山鹊得以逃脱罗网，在于"知机"，识得机缘，方能不入险境。转而写人鹊关系，因为平日得到主人的喜爱，今日当然要祝贺主人的归来了。其二进一步写人鹊关系，恨当时不识尔语，进而寄托以天下为己任的理想。燕台是燕赵王所筑，以招揽天下之士，在今河北省易县东南。用典加深了政治隐喻的含义。其三先把山鹊和山雀做了对照，固然山鹊也能逃脱罗网，但后者既然是偷仓之徒，便将前者视为知己，留得山果，以便山鹊归来，给林塘增添景色、情趣，以之作结。此处指出有两种漏网之鸟，颇有深意在。

放龟二首

其一

却为多知自不灵，今朝教汝卜长生。

若求深处无深处，只有依人会有情。

其二

世外犹迷不死庭，人间莫恃自无营。

本期沧海堪投迹，却向朱门待放生。

【疏解】

"龟"与"归"同音，所以此两首诗名为"放龟"，其实是"放归"。放归，便是柳璨之祸得以逃脱，其实也是"璨知无意于事，乃听还"的意思。"卜"字当有以龟甲占卜是否可得长生之意。"不死庭"当指仙境，在"世外犹迷"之列，而"自无营"也在"人间莫恃"之列。龟为海中长生兽，"却向朱门待放生"，自有一种讽刺的意味在内。总之，这两首诗既有大难不死之侥幸，也有祈求长生之希冀，岂可等闲视为咏物诗乎？

八　有吟诗品诗倾向的诗作

司空图吟诗、品诗、论诗的诗句，在诗歌创作中比比皆是，可谓美不胜收。无论是独处、赠友、交游、宅居、寺庙、京师、隐居、赋闲，还是狂题、赏菊、观花、孤灯、夜眠、饮宴、罢宴，都和诗有缘。诗歌成了诗人的事业、痴病、爱好、消闲方式、前世后生的责任和债务，须臾不能离开。而诗的感兴、创作、品评、交流都是诗人随时随地可以做的事情，哪怕是京师清秋、世外方人、竹影斑驳、独鹤与飞，都是诗歌主题和主体精神的显现。这里有本体论，是纯心灵的，而不管时事、不怨天尤人又是艺术的，可以精益求精，但无止境。是终生的，甚至是前生的；是即时的，也是永恒的。当然，既是创作论，也是鉴赏论。这些诗句为我们提供了大量鲜活的资料和思想，供我们进行研究。这里只是一个开端，一个概要。一个有趣的现象就是：司空图自己以为最好的诗句，是以五言为主，而他写诗、评诗、论诗的诗，则大多是七言。这里可见七言长于议论的特点。其他诗人的论诗诗也多是七言，如杜甫。

偶诗五首

其一

闲韵虽高不炫才，偶抛猿鸟乍归来。

夕阳照个新红叶，似要题诗落砚台。

其二

芙蓉骚客空留怨，芍药诗家只寄情。

谁似天才李山甫，牡丹属思亦纵横。

【简评】

其一，在逃脱厄运后不久，却有诗性袭来，将夕阳照红叶看作题诗落砚台，颇有新意。其二，诗家把"寄情"和"怨"相比较，自然不同意后者。这里，李山甫的诗，成为一种借鉴，因其乐观率性，不是幽怨缠身。这是司空图重要的诗学观点，主张个性抒情功能，而不是济世功能或群怨功能。

杂题二首

其二

晓镜高窗气象深，自怜清格笑尘心。
世间不为蛾眉误，海上方应鹤背吟。

【简评】

清晨，诗意盎然，自我勃兴。这里的诗歌精神是浪漫的、出尘的，不是寄情山水女色，而是寄情海岳仙鹤。可见司空图的高雅脱俗和他的诗歌本体论是一致的、一贯的。

争　名

争名岂在更搜奇，不朽才消一句诗。穷辱未甘英气阻，乖疏还有正人知。
荷香泡露侵衣润，松影和风傍枕移。只此共栖尘外境，无妨亦恋好文时。

【简评】

诗歌与不朽相联系，是一个高妙的立论。三不朽，无非立德、立功、立言，而诗人则以诗为不朽。这和《莎士比亚十四行诗》第十八首中的精神是一致的。古今一理，中外一理。超脱了世俗的争名争利，诗才能不朽。但这首诗中也不排除文章，因为司空图的诗文是一致的，不矛盾，但诗似乎更高于文。

"争名"当不是争名于朝、争利于市。何须如此？一句诗就可以让人不朽。穷通乖疏都有正人知，即便是隐退，也有知己。这"正人"就是故相王徽，时在蒲州，对图甚厚。王徽在蒲约在中和元年至三年之间，这也是图写此诗的时间。此时图已置身事外，荷香松影，但也期望有好文章写写看看。

力疾山下吴村看杏花十九首

其六

浮世枯荣总不知，且忧花阵被风欺。

侬家自有麒麟阁，第一功名只赏诗。

其十四

闲步偏宜舞袖迎，春光何事独无情。

垂杨合是诗家物，只爱敷溪道北生。

其十六

潘郎爱说是诗家，枉占河阳一县花，

千载几人搜警句，补方金字爱晴霞。

其十八

此身衰病转堪嗟，长忍春寒独惜花。

更恨新诗无纸写，蜀笺堆积是谁家。

【简评】

其六，即便是跻身农家，也是不忘欣赏诗歌，而且视为第一功名，可见其人生价值，在诗的方面。其十八，衰病嗟叹，还要冒着寒冷去赏花，有了新诗一时没有纸笔，所以羡慕或嫉恨那些有蜀笺的人。可见诗魔中毒之深，不可救药。其十四，描写了垂杨作为诗家的爱物，只爱道北的敷溪。敷溪是王凝住的地方，诗人借助柳树喜欢溪水的关系，间接表达了对恩师王凝的热爱。其十六，西晋的潘安，貌美，惹女人喜爱，诗中以潘郎相戏。"补方金字爱晴霞"，直接取了一首诗的一句；而"千载几人搜警句"下，其讽刺之意昭然。为了清楚起见，特引下面整首诗——其为藏头诗，竖读则得"江心补漏，心中无数"。

江南风土欢乐多，心讶愁来惟贮火。补方金字爱晴霞，漏苦霜传五夜钟。

心意相尤自相问，中有佳人画阁深。无限区区尽虚掷，数卷新游蜀客诗。

南至四首

其二

花时不是偏愁我，好事应难总取他。

已被诗魔长役思，眼中莫厌早梅多。

【简评】

"南至"即冬至。"日南至者，冬至日也。"① 但此解释与写诗的日期不

---

① 　祖保泉、陶礼天笺校《司空表圣诗文集笺校》，第112页。

俜。诗意为开花时节，令诗人发愁，此愁也是感兴的来源。既然诗魔占据了心思，诗人又甘为其奴，哪里还有什么理由去厌倦早梅呢？多多益善，然而写不过来了，虽然贪婪也是诗魔作祟，值得表述。

狂题十八首

其六

由来相爱只诗僧，怪石长松自得朋。

却怕他生还识字，依前日下作孤灯。

其十

雨洗芭蕉叶上诗，独来凭槛晚晴时。

故园虽恨风荷腻，新句闲题亦满池。

【简评】

其六，诗僧成为超脱的诗人的写照。以自然为朋友，以诗歌为朋友，竟然想到了来世，如果还识字，那就要在日下作诗不辍，岂有他哉！其十，"雨洗芭蕉叶上诗"，出句十分自然，完全是说自然就已经是诗了——晚晴凭槛，故园风荷。"新句闲题亦满池"，也是呈上第一句，相当有诗意。

杨柳枝二首

其一

陶家五柳簇衡门，还有高情爱此君。

何处更添诗境好，新蝉欹枕每先闻。

【简评】

该诗既写了陶渊明的《五柳先生传》，也写了骆宾王的《在狱咏蝉》。可见陶渊明是内心修养，骆宾王是高洁精神。自诩为高洁之徒，则体现了司空图的志向，但他同时懂得去捕捉意象，利用灵感，写出新诗来。

携仙箓九首

其七

英名何用苦搜奇，不朽才销一句诗。

却赖风波阻三岛，老臣犹得恋明时。

其八

剪取红云剩写诗，年年高会趁花时。

水精楼阁分明见，只欠霞浆别著旗。

【简评】

这是一组携带道家仙籍秘文进入仙境的诗，但有两首写到了诗的问题。其七，英名何须搜奇，一句诗就可留名。这个句子在《争名》中也出现过，略有不同："争名岂在更搜奇，不朽才消一句诗。"如果不是别有原因，则可看出司空图对于一句诗可留名不朽的信念有多么强烈。可是，虽然埋怨通往仙境三岛的道路被阻，但老臣到死还在留恋清明的政治。这里隐含着深刻的矛盾和对人间的眷恋，以及对于社稷江山的忠心。其八，对于天宫有琼浆（霞浆）可饮表示怀疑，还不如剪取天边的红云写诗更为靠谱。同时，写诗又和花期有关，而且和第二联的饮酒有关。这样，诗歌活动就产生了自己的关联系统，而不是单独可以言说和成就的了。

即事二首

其一

茶爽添诗句，天清莹道心。

只留鹤一只，此外是空林。

【简评】

"茶爽添诗句"，说明写诗的心境和饮茶的关系，而且阔而广之，和天清也有关系，因为后者和道心有关。还有鹤在空林中的空灵境界，都是和写诗有关系的。这里似乎写出了理想的写诗心境和环境，俨然是出家人的心怀和飘逸之境。

退居漫题七首

其二

堤柳自绵绵，幽人无恨牵。

只忧诗病发，莫寄校书笺。

其五

诗家通籍美，工部与司勋。

高贾虽难敌，微官偶胜君。

【简评】

其二，幽人乃无欲无情之高人惠中，但会有诗魔作祟，一旦诗病发了，便无法遏制，连寄来的要校核的书简也给推辞掉了。其五，诗家赞扬了杜甫（杜工部）和杜牧（曾为司勋员外郎）的诗美。杜牧与杜甫，并提为"小杜""大杜"，在唐代诗人中独树一帜。这一首，其实是论诗诗，是否发《诗品》之端倪，也未知。

杂题九首

其五

宴罢论诗久，亭高拜表频。

岸芹蕃舶月，洲色海烟春。

【简评】

"宴罢论诗久"是实写，也是习惯，也是生活，也是高情。最高雅的生活，是诗友相交，宴罢论诗，于是外面的景色，也不一样了，心中的感受也不一样了。诗歌是孤寂的事业，和拜表辞官一样，需要安静的心态。

闲夜两首

其一

道侣难留为虐棋，邻家闻说厌吟诗。

前峰月照分明见，夜合香中露卧时。

其二

此身闲得易为家，业是吟诗与看花。

若使他生抛笔砚，更应无事老烟霞。

【简评】

其一，道友之间挽留是为了切磋棋艺，而邻家听说了，都不愿吟诗了。只见面前的山峰在明月下愈加分明，在夜色中卧于露水上，看山赏月，自然别有情趣。

其二，赋闲是吟诗看花的条件，如果抛弃了世俗的应付的文章，那就可以达到"老烟霞"的境界了。用木心的话说，就是"不工作"。那就连职业也没有了，岂不成了"专业"的创作家？

即事九首

其五

落叶频惊鹿，连峰欲映雕。

此生诗病苦，此病更萧条。

【简评】

诗人有诗病，苦苦不得解脱。叶落可惊鹿，诗矣！远处的雕在碧空峰峦背景下，高飞翱翔，自由自在，成为诗人向往的境地。

白菊杂书四首

其二

四面云屏一带天，是非断得自翛然。

此生只是偿诗债，白菊开时最不眠。

【简评】

尘世的琐事，断得是非就可以了，诗债，却一生无法了却，特别是白菊开的时候，就很难入眠了。司空图对白菊的喜爱是出了名的，有许多写菊的诗。

有　赠

有诗有酒有高歌，春色年年奈我何。

试问羲和能驻否，不劳频借鲁阳戈。

【简评】

时光春色，虽留不住，但都不如诗酒精神，甚至可以借助诗意，延续时光，何须鲁阳挥戈，日退三舍？将诗歌提高到挥戈退日的神话境界，可谓奇思妙想，古今一人而已。

白菊三首

其一

不疑陶令是狂生，作赋其如有定情。

犹胜江南隐居士，诗魔终衷负孤名。

其二

自古诗人少显荣，逃名何用更题名。

诗中有虑犹须戒，莫向诗中著不平。

【简评】

陶渊明虽然是淡泊一派诗人的祖师，但也有狂的一面，否则难以为诗人。而他作赋也有定情，较之江南的隐士，陶渊明的优点是很明显的。而其他人徒有名气而已，虽然也为诗着迷，但没有赋的功底，没有狂的根性，岂可于诗有为？这是其一。

其二写了诗人容易被埋没无名。以诗沽名，实不足取。逃名的诗人，更无须题名了。但司空图提醒说，你心中有不平之气，切莫题诗，因为诗歌不是发泄私愤的手段，只能引来杀身之祸。据此可知，司空图的诗歌功能是修养身心的、是向内的；而不是外泄的、社会实现型的。

华下送文浦

郊居谢名利，何事最相亲。渐与论诗久，皆知得句新。
川明虹照雨，树密鸟冲人。应念从今去，还来岳下频。

【简评】

"文浦"一作"文涓"。诗友之间，因为交往多、论诗久，所以谁有了新句，都可以知道，而相互之间，当然互相启发，也容易产生新的诗句。这是单独创作的诗人所不能得到的条件，是值得纪念和怀念的，所以诗友要告别了，诗人还是盼望他经常回到山里来，多交流、多得句。

五 十

闲身事少只题诗，五十今来觉陡衰。清秩偶叨非养望，丹方频试更堪疑。
髭须强染三分折，弦管遥听一半悲。漉酒有巾无黍酿，负他黄菊满东篱。

【简评】

"闲身事少只题诗，五十今来觉陡衰。"这一年司空图在京师，五十初度，已显精力不济、心劲不高的龙钟状态。不过他觉得没有太多的事务，徒有清秩，只是题诗，也是一种乐趣、一种寄托。出家隐退的想法和方外炼丹的效果，不怎么好，一听到音乐感觉一半是悲声。酒也不能尽饮，有负东篱把酒论诗的诗人情怀了。

第三节 司空图的诗歌评论与诗学思想

作为诗人，司空图也许是不幸的，因为他没有生活在盛唐；但作为诗论家，也许他是有幸的，因为他生活在晚唐，让他有可能看到唐诗的历史全貌。当然，司空图又是生活在当代，晚唐的某一阶段的当代，所以，欲完全理解司空图的诗作和诗歌评论，就需要了解司空图所处的时代，看看那些此前此后的大诗人与司空图的生命周期的交错和同步的程度，以及由此显示的巨大的背景意义，这对于理解司空图本身及其诗作和诗论，是十分必要的。

> 司空图生于"甘露之变"后二年（文宗开成二年丁巳，公元 837年）七月，山西永济人。其时，他的同乡大诗人柳宗元辞世已经十八年，元稹谢世也已有五年，白居易和刘禹锡都已经六十有五，只有杜牧（三十四岁）和李商隐（二十四岁）正当创作年华的盛时，算得上与他同时代的前辈大诗人了。后来的诗人皮日休（四岁）、韦庄（二岁）、夏夷中（一岁）等人才是他的平辈，至于王驾、郑谷等，则已是他的后辈和门生了。披览这样的历史现实，不免会使人产生那种所谓的"世纪末日"之叹！①

以这些同代人的近距离作为近坐标，来确定司空图所处的时代，看来只说"晚唐"似乎是不够的，似乎"唐末"才是正确的说法。这不仅因为司空图的时代，初唐四杰以及盛唐、中唐的李白、杜甫等已经不再，韩愈、柳宗元发起的"古文运动"已经远去，而且大诗人白居易、刘禹锡都到了垂暮之年，只有他司空图及其同辈诗人注定要陪着大唐帝国走完那日暮途穷的岁月，而坚持到底、殉道大唐的只有他一人。这还不是地道的"唐末"吗？让我们在这"夕阳无限好，只是近黄昏"的日暮里，重新翻阅司空图的诗卷和论诗书信，从中见识一下他的诗歌观点以及对唐诗的评论吧。

一　窃作者之肝脾：司空图对自己诗歌的认识

波德莱尔说，诗人都是评论家。司空图也不例外。他的诗歌评论，既有理论，也有实践。在实践方面，既有对自己诗歌创作成就的认识，也有对唐代整个诗歌创作流派、诗歌发展史和具体诗人的评论。关于前者，即诗歌的自我评价，主要见于司空图的《与李生论诗书》，里面基本上是其自我感觉比较好的名句；又见于《与极浦谈诗书》，也是列举了数例自己感觉良好的句子，并加以简要说明。后者即对唐代诗歌的总体评价，则是简略地勾勒总体流派和特点，主要体现在《与王驾评诗书》中，也见于《题柳柳州集后》中，论及诗歌和散文可以兼善的道理。

---

① 王济亨、高仲章选注《司空图选集注》，第 90～91 页。

在涉及司空图对自己诗歌创作成就的认识的时候，首先要提的一点是，一般人都以为《与李生论诗书》是司空图论诗的重要文章，因为司空图在该文中不仅提出了重要的诗论观点，而且对自己的诗歌大量列举，做了颇有价值的评价。这是不错的，但实际上，早在此前两年，即天复二年（902年），司空图在《〈绝麟集〉述》中，提及自己的诗文作品时，乃有如下一段评价，先当提起：

> 盖此集杂言，实病于负气，亦犹小星将坠，则芒焰骤作，且有声曳其后，而可骇者，撑霆裂月，挟之而共肆，其愤固不能自戢耳。今之云云，况恃白首无复顾藉，然后之贤英能喀出肺肝以示千载，亦当不免斯累，岂遽咄咄耶！知非子述。①

可见司空图对于自己的诗文很是得意，对其成就则自负不浅。为便于理解，特翻译如下，以供参考：

> 本集不主一家一科之言，其缺点在于任性使气、锋芒太露，就好像是小星将坠，突然迸发出耀眼的光芒，其后的声响也足比雷霆炸裂，携光带电划破月夜，穿越时空，不可遏制。而今已是白首老人，不再那般有所顾忌，而后才能成为贤英倾吐内心，以昭示后人；哪里还能做到不以之为累，以至于萎缩叹息呢？知非子述。（笔者试译）

接下来，我们主要讨论《与李生论诗书》《与极浦谈诗书》两篇文章。我们的方法是，首先对这两篇文章加以整体解读，然后对其相关的例证进行评说。鉴于这些文章在本书附录中要整体重现，并有详细注解，这里只做学理的讨论，不究个别的细节。根据其中例证的内容推测，《与李生论诗书》应写于天祐元年（904年）或稍后。这一推论过程，在《司空表圣诗文集笺校》中有详细论述，兹转录如下：

> 这篇"论诗书"中，例句有"殷勤元旦日，歌舞又明年"，而注曰："上句：甲子今重数，生涯只自怜。"按甲子纪年推算，图出生于开成二年丁巳，8岁时值甲子年，"甲子今重数"，则作此诗时为68岁，即天祐元年。"论诗书"引例有《元旦诗》，则其作年当在天祐元年

---

① 转引自祖保泉、陶礼天笺校《司空表圣诗文集笺校》，第224页。

（904）或稍后。①

此文在一开始论述了作者对于诗歌的基本认识，提出了重要的诗学命题，在这里先做概要说明，并据此进行诗歌品评，而把复杂的理论问题，留待后文再做综合讨论。

> 文之难，而诗之难尤难。古今之喻多矣，愚以为辨于味而后可以言诗也。江岭之南，凡足资于适口者，若醯非不酸也，止于酸而已；若醝非不咸也，止于咸而已。华之人所以充饥而遽辍者，知其咸酸之外，醇美者有所乏耳。彼江岭之人习之而不辨也，宜哉。②

文章首先提到了诗和文都很难的问题，继而论述"诗之难尤难"，然后提出了著名的"辨味说"，以之作为品诗、评诗的基本原则。作者论证道，江岭之南的人，只知道咸味和酸味的区别，而不懂得咸酸味可以混合的道理；而华之人则"知其咸酸之外，醇美者有所乏耳"，酸咸味之外，还有余味，已达到中和醇美之感觉。所以江岭之人习而不察，习而不辨。江岭，本指"南临晓起，东接溪头，地处婺源县最东北"的地方，一解作"长江五岭"，这里"江岭之人"当泛指南方人，而与"华之人"即北方人相对应。而"华之人"的居住区域，狭义而言，当指山西、陕西一带，司空图的出生地和主要的活动领域，总之是他比较熟悉的地方。这里的习俗，以咸和酸为主，特别是陕西以咸为主，而山西以酸为主，但两地相邻，习性相染，所以有酸咸的中和与渗透，各有不同的品味。可见司空图的这一概念，主要来源于他对当地生活、饮食口味的理解和体悟，又结合自古以来的理论表述（古今之喻多矣）加以推广，运用到诗歌品评领域，推而广之，更加成为一种诗学理论。至于对南方人的推论，基于个人的有限经验，未必是十分准确的，但这不要紧，这只是司空图本人的理论来源和思维方式而已，不是十分当紧的问题。推而广之，这一理论可有三点评说。

第一，"古今之喻多矣"。这是理论来源，可以上推到钟嵘的"滋味说"，甚至进一步可以推到印度的"味论说"，作为东方美学的一种认同。在文化习惯上，也可以借用林语堂作为中国人特重视味觉的事例，加强这一方面的认识。

---

① 祖保泉、陶礼天笺校《司空表圣诗文集笺校》，第195页。
② 转引自祖保泉、陶礼天笺校《司空表圣诗文集笺校》，第193页。

　　第二，"知其咸酸之外，醇美者有所乏耳"。这是经验层面，可以理解为一种文化地理学的根本，在中华南北文化和文学方面，自《诗经》和楚辞以来，就有了分野；而唐诗和宋词，一北一南，始有重要的区分；到了明代，董其昌提出的南北宗绘画论，奠定了南北山水习染作为书法绘画风格分野的理论基础；近人王国维，进一步发挥了这一学说，提出南方文学和北方文学的分野概念，用于强化屈子文学精神，使其达到了高潮。至今各种理论及其应用，不绝如缕，蔚为大观也。

　　第三，"愚以为辨于味，而后可以言诗也"。综上，司空图将其作为一种诗歌品评理论，使其也可实用于文章、广义的文学，从而为"辨味说"的成立做出了突出的贡献。此论虽不自图开始，但图的影响巨大，此后几乎成为一种普遍可以接受的诗学理论和诗歌鉴赏标准及原则，被后人推崇和应用。至于在理论上的发展和系统化推论，或者在实践中、应用中是否出现过重大的评论性成果，那就另当别论了。

　　至于在认识论和方法论上，这一"辨味说"，强调先要学会辨别滋味，然后才可以言诗。在本质上，这和石涛《画语录》中提出的"尊受"概念十分接近。石涛强调"先受而后识"，而不是相反，即强调品书论画，得先有感觉（受），然后才能上升为理论范畴（识），而不是相反。同样，石涛也关注清代全国各地的画派与习气，主张加以吸收和超越，而不限于一隅。这和司空图的主张是很接近的。质言之，这是地道的东方的审美滋味论、中国的文学艺术论，而不是时下一些人习惯的理论先行，用西方理论流派和某一概念、某一观点来覆盖生活（生动活泼）的文学艺术作品，得出和理论假设相一致的结论。这是地道的品味论、直觉论、顿悟说、艺术本体论、艺术家的鉴赏论，而不是理论家的批评论。

　　这一理论鉴赏的要点在于综合感受，浑然一体。司空图接着说：

　　　诗贯六义，则讽谕、抑扬、渟蓄、温雅，皆在其间矣。然直致所得，以格自奇。前辈编集，亦不专工于此，矧其下者耶！王右丞、韦苏州，澄澹精致，格在其中，岂妨于道举哉？贾浪仙诚有警句，视其全篇，意思殊馁，大抵附于寒涩，方可致才，亦为体之不备也，矧其下者哉！噫，近而不浮、远而不尽，然后可以言韵外之致耳。①

———————
　①　转引自祖保泉、陶礼天笺校《司空表圣诗文集笺校》，第193～194页。

这一观点十分重要。"诗贯六义，则讽谕、抑扬、渟蓄、温雅，皆在其间矣。然直致所得，以格自奇。前辈编集，亦不专工于此，矧其下者耶！"由此可以看出，司空图主要继承了《诗经》的批评传统，将"讽谕、抑扬、渟蓄、温雅"熔为一炉，一次性地综合处理，统一在辨味之中，可见辨味是一个综合概念、统一概念，不是技巧层面，也不是技术层面。"然直致所得，以格自奇"是说，以直觉直接切入作品，就会获得诗品的格，格即格调、格位、风格、意境的划分，而且每一格都有自己的特点和存在的价值，所谓不主一格，就是不受某一格的限制（这里可以自然而然地联系到《诗品》的诗歌分类和意象品评的方法）。他还举出各位前辈诗人的诗集，说明其"不专工于此"的道理。在进一步的论述中，他认为王维和韦应物的诗，"澄澹精致，格在其中"，不是勉强为之；而贾岛的诗，虽偶尔有警句，但"视其全篇，意思殊馁，大抵附于蹇涩，方可致才，亦为体之不备也，矧其下者哉！"即所谓的文义艰涩，体制不备，勉力而为之，当属等而下之了。这一论证，有力地体现了作者的整体论诗、品诗观点，是有理有据、以理服人的诗歌评论的典范。

不料作者又提出一条原理，即"近而不浮、远而不尽"和"韵外之致"的概念。简言之，"韵外之致"可以说是理论概要，而具体的两点论则是鉴赏中的远近关系。好的作品，无论是诗歌还是绘画，甚至书法作品，都必须经得起近看气韵沉着、远观余味不尽的鉴赏品评，然后，才可以认为是有"韵外之致"的好诗句、好作品。这一理论似乎可有如下归纳。

第一，这里似乎借鉴了绘画理论，至少是借鉴了视觉艺术，这和刚才的"辨味说"似乎有点不同，但笔者以为，这正是司空图所要变换一种角度的提法，是加以进一步强调的内容，也可以说，这里的"韵外之致"，和前述"辨于味而后可以言诗"是不矛盾的，是一种承接和发展，深化和升华。

第二，"近而不浮、远而不尽"和"韵外之致"的概念，较之"辨味说"，有更高的理论追求和更为准确的理论表述，在原则上也可以操作，而不是仅仅限于理论原则的提法和改变。这一偏于视觉艺术的概念，在原理上就是"审美距离"说。一般认为，审美距离是一种西方概念，只强调审美主体（鉴赏者）和审美对象（作品）之间要有距离（如加拿大美学家弗莱所提出的那样，参见叶舒宪主编《结构主义神话学》）；但没有意识到中国的审美距离说与西方相比是有一定程度差别的，它既有远近的视点移动，也有两端所设的极限，是一种中间状态理论，是《易经》思维中所谓"叩其两端，得其环中"的方法。俗言之，"抓两头，带中间"。

结束的时候涉及绝句的做法，司空图认为，绝句作品的创作要有极深的造诣，然后千变万化，不知不觉间达到神奇的地步，这也不是容易的事。关于李生的诗作，时下的人很难追上，但若能达到全美，语词工巧，则可以知晓味外之旨。然后加以勉励，即告结束。原文如下：

> 绝句之作，本于诣极，此外千变为状，不知所以神而自神也，岂容易哉？今足下之诗，时辈固有难色，倘复以全美为工，即知味外之旨矣。勉旃，某再拜。①

中间就是司空图关于自己的诗歌的列举了，不过，他也有一句自谦的话，说年轻时颇自负，后来久而久之，便觉得仍然有所不足。这也是人之常情，否则，怎么能突然抛出自己那么多诗句呢？关于这些诗句，自古有一些异文，有以为是二十四韵的，也有认为是二十五韵或二十六韵的，这里不再细究，而将其所列例证和类别分开排列，以便于阅览：

> 愚幼常自负，既久而逾觉缺然。
>
> 然得于早春，则有："草嫩侵沙短，冰轻著雨销。"又："人家寒食月，花影午时天。"又："雨微吟足思，花落梦无憀。"
>
> 得于山中，则有："坡暖冬生笋，松凉夏健人。"又："川明虹照雨，树密鸟冲人。"
>
> 得于江南，则有："戍鼓和潮暗，船灯照岛幽。"又："曲塘春尽雨，方响夜深船。"又："夜短猿悲减，风和鹊喜灵。"
>
> 得于塞上，则有："马色经寒惨，雕声带晚饥。"
>
> 得于丧乱，则有："骅骝思故第，鹦鹉失佳人。"又："鲸鲵人海涸，魑魅棘林高。"
>
> 得于道宫，则有："棋声花院闭，幡影石幢幽。"
>
> 得于夏景，则有："地凉清鹤梦，林静肃僧仪。"
>
> 得于佛寺，则有："松日明金像，苔龛（山风）响木鱼"。又："解吟僧也俗，爱舞鹤终卑。"
>
> 得于郊园，则有："远陂春早渗，犹有水禽飞。"
>
> 得于乐府，则有："晚妆留拜月，春睡更生香。"

---

① 转引自祖保泉、陶礼天笺校《司空表圣诗文集笺校》，第194页。

得于寂寥，则有："孤萤出荒池，落叶穿破屋。"

得于惬适，则有："客来当意惬，花发遇歌成。"虽庶几不滨与浅涧，亦未废作者之讥诃也。

七言云："逃难人多分隙地，放生鹿大出寒林。"又："得剑乍如添健仆，亡书久似忆良朋。"又："孤屿池痕春涨满，小栏花韵午初晴。"又："五更惆怅回孤枕，犹自残灯照落花。"

又："殷勤元旦日，歌舞又明年。"皆不拘于一概也。①

关于司空图个人诗歌中的名句，他一口气列举了二十几条，可以分为若干种类。以下我们按照更大的范围加以归纳，使其既不失之烦琐，也不过于简略。名曰时令、地域、圣俗、治乱、心境、体式，各举其例证，找出全诗的出处，一并加以解释，名曰"简评"。关于残句，也做适当的品评，不求完美无缺。这里力求对其详加考证，以每一首诗为讨论单位，逐一简评如下。

A 类时令

时令在司空图的诗歌中是很多的，一年中的春夏秋冬皆可，但他只提到春夏两种，其实他的诗作《秋思》也有诗人得意之句，不过按他的分类归到"寂寥"，和"惬适"一同归于心境中去了。而冬天的诗似乎得意的不多，至少他自己没有提到，只好把他提到的《元旦》也算上，但《文苑英华》中则没有这一联。

元 旦

甲子今重数，生涯只自怜。
殷勤元旦日，歌舞又明年。

【简评】

此诗当是图晚年所作，时六十八岁，是甲子重数日。下联转喜，写出了喜悦的心境。

早 春

伤怀同客处，病眼即花朝。**草嫩侵沙短，冰轻著雨销。**
风光知可爱，容发不相饶。早晚丹丘伴，飞书肯见招。

---

① 转引自祖保泉、陶礼天笺校《司空表圣诗文集笺校》，第 194 页。

【简评】

此诗应是柳璨之祸后，移居华阴所作。所谓"伤怀同客处"，而且有眼疾，花朝节也不好看了。但仍然写了"草嫩侵沙短，冰轻著雨销"的早春景象，颇有水彩画的效果，其中"销"又作"消"。只是风光诚可爱，但容发不饶人，只好想象超脱了。但就这两句诗而论，意象新奇，对仗较工，仍然是早春景色中的上品。

独　望

绿树连村暗，黄花入麦稀。

远陂春早渗，犹有水禽飞。

【简评】

虽然题目是《独望》，但写的是春景。"远陂"可指远处的池塘、岸边或山坡，这里当是池塘边的坡地，因为有水禽飞起。"《独望》，着意写望中景象。四句诗画出虞乡县北门外的景色：东往解池的官道绿树成荫，横贯北门外的田野、村落的姚遏渠，缓缓地流入五姓湖，白鸥正在湖上飞翔。——这是一幅色调淡雅的风景画，显示它的作者是个闲逸之士。"① 不过，诗人得意的是后一联，东坡先生却推崇前一联。东坡云："图诗得味外味，如绿树一联最善。"②

又：据《文苑英华》，在"远陂"句前有"暖景鸡声美，微风蝶影繁"，可参考。

地凉清鹤梦，林静肃僧仪。（残句）

【简评】

此联为残句。司空图将其归于夏景，当有道理。就诗本身而言，也很有意境，有隐士、高僧之风。舍此，则无以从地凉得到鹤梦愈清的感觉，也不能从林静感觉到僧仪的肃穆。可见此联不仅仅是写夏景，而且隐含深刻的隐士、高僧的意趣，没有隐居山林的个人经历，没有相当的诗学修养，是不可能有此感受，也不可能写出此联诗的。

---

① 祖保泉、陶礼天笺校《司空表圣诗文集笺校》，第 55 页。
② 祖保泉、陶礼天笺校《司空表圣诗文集笺校》，第 55 页。

隔谷见鸡犬，山苗接楚田。（残句）

人家寒食月，花影午时天。（残句）

【简评】

这也许原非一首诗，但在"人家寒食月，花影午时天"后有原注，"上句云：'隔谷见鸡犬，山苗接楚田。'""田"一作"天"，甚可疑。因为两联都以"天"字作结，是不可能的。若是"田"，当作一首看，唯失题。"午时"，一作"舞时"，似不如"午时"好，因为要对前面的寒食，该是一个时间概念。不过，总体来看，"隔谷见鸡犬"有《老子》意，含"鸡犬之声相闻"，而"花影午时天"也有一定的意味。

B 类地域

关于地域，这里主要指塞上和江南，关于塞上，只有一联，"马色经寒惨，雕声带晚饥"，其余都是关于江南的，可见司空图本人对江南风景有独特的、新鲜的感觉，自己以为精彩的诗句也多一些。

塞　上

万里隋城在，三边虏气衰。沙填孤障角，烧断故关碑。

马色经寒惨，雕声带晚饥。将军正闲暇，留客换歌辞。

【简评】

这里的塞上，当在陕西榆林一带，与内蒙古交界处，属于陕北地界。"三边"也是当时的称呼，现在仍然使用，在陕北民歌《走三边》中经常出现。所见隋长城，多已崩坏，成为时断时续的土垛高丘，唐时当比现在好些。"晚饥"，一作"晚悲"，笔者以为"晚饥"更好一些。因饥而悲，犹可，显得更惨烈一些。当然，司空图的《塞上》，不是出塞曲，不是亲临战斗，而是怀古之作。或作于在陕西避居的时候，也有可能作于早年，是想象的作品。

寄永嘉崔道融

旅寓虽难定，乘闲是胜游。碧云萧寺霁，红树谢村秋。

戍鼓和潮暗，船灯照岛幽。诗家多滞此，风景似相留。

【疏解】

崔道融是司空图的诗友，出为永嘉宰，故有此诗的题名。广明元年，崔道融大约已东徙，寓居永嘉，此诗盖为本年秋所寄。此诗中间所写旅途所见，寺庙村树，江岸秋色，当是南方景色。首尾两联，是感兴和议论，包住中间的景色描写。司空图将其归入江南，当然也是，只要是与塞北和北方相对即可，但不是明丽优美的西湖风光，而是江湖之地夕暮中的潮汐和船灯，配以戍鼓的声响混合和岛屿的幽暗光感，的确有特色。尾联写到诗家流连忘返，此乃是景色宜人、诗性勃发的作用。

夜短猿悲减，风和鹊喜灵。（残句）

【简评】

此为残句。"灵"，一作"虚"。虽归于江南，但因不知背景和整首诗的内容，故无从判断地域。但从这一联本身来看，是隐含生命感受的诗，一悲一喜，"灵"似乎好于"虚"。猿啼的悲声似乎因夏日夜短也减少了些许，而喜鹊的姿态则在和风中更加空灵（或与虚相关），灵动则活灵活现，可见与"虚"无涉了。

江行二首

其一

地阔分吴塞，枫高映楚天。**曲塘春尽雨，方响夜深船。**

行纪添新梦，羁愁甚往年。何时京洛路，马上见人烟。

其二

初程风信好，回望失津楼。**日带潮声晚，烟含楚色秋。**

戍旗当远客，岛树转惊鸥。此去非名利，孤帆任白头。

【简评】

《江行二首》写的是吴楚交界处的宣州一带，当然属于江南，但不是典型的江浙一带的江南，而是比邻湖北一带的江南。两首诗，重复出现"楚"字（"楚天"和"楚色"），还有"烟"字（"人烟"和"烟含"），是一个问题。

此外，我们把山中和郊原也看作地域，这样就有了新的诗句。

得之于山中，则有《下方二首》（暂且归入圣俗，详下）。

得之于山中，又有《华下送文浦》：

华下送文浦

郊居谢名利，何事最相亲。渐与论诗久，皆知得句新。

川明虹照雨，树密鸟冲人。应念从今去，还来岳下频。

【简评】

此诗写于龙纪元年（889 年），因为河北乱，移居华阴。"文浦"，或作"文涓"，不详，当是图的诗友，并相亲。"川明虹照雨"是明亮的景色，而"树密鸟冲人"是幽暗的景色，二者对照，一静一动，一明一暗，效果极佳。

C 类圣俗

关于圣俗，实际上是偏于神圣的，因为司空图大量作品是隐居时所写，自然佛道题材的诗句要多一些，而他自己也感觉这一部分诗歌的味道浓一些。也许可以说，司空图最好的诗是在这一方面的，但他又不是一个彻底的隐者，所以即便如此，他关于隐居和佛道的诗，也不能说是超凡绝伦，但至少就空灵的意境来说，比隐居以前的诗要好一些。

上陌梯寺怀旧僧二首

其一

云根禅客居，皆说旧吾庐。**松日明金像，山风响木鱼。**
依栖应不阻，名利本来疏。纵有人相问，林间懒拆书。

【简评】

由首联即可知此禅院曾是诗人家中旧庐，而后施舍给佛家。其中的"云根"，即指道院僧寺，为云游的僧道歇脚之地，是这里的本意。但也可指山石，或深山云气之处。贾岛的诗《题李凝幽居》云：

题李凝幽居

闲居少邻并，草径入荒园。鸟宿池边树，僧敲月下门。
过桥分野色，移石动云根。暂去还来此，幽期不负言。

云脚在飘动，好像山石也在移动。将山石和云气集中在一对并存的意象里，尤其指云起处。

次联写了佛事活动，其中的山风，一作"苔龛"，似乎更有沧桑感，唯山风与响声更有关系些。木鱼金像与山风松日相混合，一视觉一听觉，煞是生动。难怪诗人自己十分喜欢这一联诗。接下来是议论，出入圣俗皆可，又何必一定要注重名利？再接下来是卒章显志，说明与尘世的交往可以疏淡一些了。

下方二首

其一

三十年来往，中间京洛尘。倦行今白首，归卧已清神。
坡暖冬生笋，松凉夏健人。更惭征诏起，避世迹非真。

其二

昏旦松轩下，怡然对一瓢。**雨微吟足思，花落梦无憀**。
细事当棋遣，衰容喜镜饶。溪僧有深趣，书至又相邀。

【简评】

　　下方和上方都是西岳华山景色，今徒有地名，已无寺庙道观所存。下方本指地势较低、阴气较重的地方，但也指人间、下界，有宗教含义。司空图的下方，即唐时寺庙。下方，乃"华山名刹，位于华峪中，前行一箭之地，名上方，屋宇背依山崖，面对山涧，流水清澈，环境十分肃穆幽静"。① 而且上方、下方，也是他幽居华山期间经常光顾的地方。

　　其一，前两联回忆从年轻时入京应试及第，到老迈之年。于是，尾联谓老年召拜为兵部侍郎，应在华阴，图当时六十，是年应为乾宁三年（896年）。可见，第三联所写景色当在华山。一冬一夏两个季节，两种景色，都是宜人的，对仗也工整。

　　其二，第二联涉及微雨和落花，可归于春景，当然按照上方也可归于地域。但整个一首诗是关于宗教的，故归于圣俗之列，强调起圣，而将其一归入俗的范畴。"雨微吟足思"一句或作"雨微吟思足"，也有"雨微春未足"的，皆可与后一句对。总之，把自然景色和思想梦境相联系，乃是创造意象的基本方法，这里堪称妙句。

棋声花院闭，幡影石幢幽。（残句）

【简评】

　　苏东坡云："吾尝独入白鹤观，松阴满地，不见一人，惟闻棋声，然后知此句之工，但恨其寒俭有僧态。" 如此看来，苏东坡与司空图的区别，尚不完全在于入僧道的深浅，而在于司空图有以僧道写诗、论诗的倾向，而苏东坡则厌恶其过于以僧道入诗。因此，即便是处于同一境地，感受不同耳；或曰，即便苏东坡已感受到司空图的诗境，而对其感受的滋味有不同耳。

---

①　王济亨、高仲章选注《司空图选集注》，第155页。

僧舍贻老人

笑破人间事，吾徒莫自欺。**解吟僧亦俗，爱舞鹤终卑**。

竹上题幽梦，溪边约敌棋。旧山归有阻，不是故迟迟。

【简评】

这首诗的活动场所在僧舍，诗人既然回不了王官谷，便滞留在华阴。开局很有气势，表明了作者的槛外态度。第二联论证了僧和俗的关系，认为二者不是不可能发生转化的；而鹤这样的高雅之物，在舞动的时候仍然是卑下的。这里似乎强调了心灵的高雅脱俗，而不是外在的、显示出来的行为。第三联写人的活动，竹影溪流，棋局幽梦，略有禅意。而最后说明滞留华阴的原因。诗人在雅俗之间颇费思量，可见其出世与入世的矛盾。

D 类治乱

名曰治乱，其实是丧乱，如司空图自己所表述的那样。这里的丧乱，主要指黄巢起义军进入长安城，甚至就在当夜，司空图都有诗作描述，当然不一定写于当夜，可能是后来补写的，但发生的事情是当夜的。此后，他自己认为出色的，还有一首。当然我们说了，不限于这两首。只是这里不再记述和评论，而在其他地方加以记述和评论罢了。

庚子腊月五日

复道朝廷火，严城夜涨尘。骅骝思故第，鹦鹉失佳人。

禁漏虚传点，妖星不振辰。何当回万乘，重睹玉京春。

【简评】

这首诗写了黄巢起义军兵进长安城的当夜，只第一联就写尽了景色和状态。接下来转入抒情，写君臣失散，思念毋宁说更担心君王的真情实感，以骏马和鹦鹉相比，也很贴切。再往下就写到对时局的估计，当然希望能够有转机，看到光复的一天。正统思想自然居于首位，只是就其忠君思想而言，在当时的条件下，有可取之处。

鲸鲵入海涸，魑魅棘林高。（残句）

【简评】

此为残句。"高"，一作"幽"。因无背景和主题，当然不好妄评。不过就诗论诗，"高"字不如"幽"字，因为"魑魅"本属幽冥，而以林高来写，则不涉此境，与"鲸鲵入海涸"也不完全对应。何况司空图有用"幽"字的习惯，姑且评之。

E 类心境

所谓心境，在司空图那里归于"寂寥"，但还有"惬适"，所以归为一类，便为心境。归于"寂寥"的，见于《秋思》，所以也可以归入"时令"，这里仍然以司空图自己的归类为本，所以归于此。

秋　思

身病时亦危，逢秋多恸哭。风波一摇荡，天地几翻覆。

孤萤出荒池，落叶穿破屋。势利长草草，何人访幽独。

【简评】

《秋思》写在丧乱之后，确实伤悲，"身病时亦危"，加上悲秋意识，而时局反复，风波难平，颇有气势。铺垫到一定程度，则第三联推出了写景的高潮："孤萤出荒池，落叶穿破屋。"既是景色描写，也是心绪描写。尾联转向孤独的心境和对势利的厌恶。一首《秋思》，可谓全璧。

长安赠王泞

正下搜贤诏，多君独避名。**客来当意惬，花发遇歌成。**

乐地留高趣，权门让后生。东风闲小驷，园外好同行。

【简评】

此诗写了广明元年（880 年）十月司空图随卢渥进京任礼部员外郎，迁任本司郎中之职的情况，官场交往，颇有高趣，图的心情也极好。第二联"客来当意惬，花发遇歌成"，恰如其分地表达了当时的得意心情，堪称妙句。

F 类体式

关于体式，司空图主要写的是乐府，五言、七言绝句和律诗，但在举例的时候，绝大多数是五言。也许司空图认为五言高古，而七言近俗一点儿也未可知。但他以五言为主，多次提到自己的得意之作，却是事实。

晚妆留拜月，春睡更生香。（残句）

【简评】

此联为残句，归入乐府，仅此一例。唯觉"晚妆留拜月"一句，颇有新意，而"春睡更生香"或是其余音也。

退　栖

宦游萧索为无能，移住中条最上层。**得剑乍如添健仆，亡书久似忆良朋。**
燕昭不是空怜马，支遁何妨亦爱鹰。自此致身绳检外，肯教世路日兢兢。

【简评】

此诗写于退居中条山王官谷时期，由首联即可知。第二联确实有惊人之
处。其中的"忆"字，一作"失"字，当与"添"字工对，但意思略减损，
而且太直，似不如"忆"。尤其是"乍"字，有突然、初次的感觉，可成为
"乍添"，而"久"字，就不是简单的"失"可以解释的，而且不能"久
失"，故不如"久忆"好。汉语的"失去"多用作瞬间动词，而"回忆"则
是持续的心理状态。第三联是第二联的继续，马和鹰也是人所爱之物，燕昭
怜马、支遁爱鹰的典故，司空图借用之，表达了自己雄心未灭、壮志犹存的
决心。然而末联又归于恐惧祸殃其身，因而流露出归隐山林的心态。可见此
诗是充满矛盾的。

华下二首

其一

故国春归未有涯，小栏高槛别人家。
五更惆怅回孤枕，犹自残灯照落花。

【简评】

此为《华下二首》之一，当为图旅居华阴当年（890 年）所作。既然春
天不能回京城，便只能旅居华阴于别人的家园。下联写了惆怅的心境，几乎
是彻夜未眠，五更还不能回到床上去睡，只能独自对照残灯，看到落花，更
是心虚萧索，惆怅愈加重了。此联并非对仗，但于诗人感受颇深，所以视为佳
句，自在可以理解之中。其中隐含了"孤独"二字，也是一重心境的写照。

山　中

全家与我恋孤岑，踏得苍苔一径深。**逃难人多分隙地，放生鹿大出寒林。**
名应不朽轻仙骨，理到忘机近佛心。昨夜前溪骤雷雨，晚晴独步数峰吟。

【简评】

司空图退还河中，与全家一起逃难，亲眼见到人民的疾苦，也想到佛道

的修养，不啻是上了一堂生动的政治教育课。虽然仍然有雨后吟诗的雅兴，但艰难的时事是眼前不争的事实，在诗人的笔下，这一《流民图》却化为惊人的文字。第二联"逃难人多分隙地，放生鹿大出寒林"的绝妙之处不仅在于生动地描写了逃难人漫山遍野，而且写了放生的鹿从寒林中逃出的侥幸心理。更有甚者，"寒林"是"翰林"的谐音，暗示了唐时所设的翰林院，以及文人与官宦身份的联系。难怪司空图对这一联诗十分看重。

归王官次年作

乱后烧残满架书，峰前犹自恋吾庐。忘机渐喜逢人少，览镜空怜待鹤疏。**孤屿池痕春涨满，小栏花韵午晴初。**酣歌自适逃名久，不必门多长者车。

【简评】

此诗作于光启四年戊申（888 年），写了司空图不得已而归隐故山，酣歌自适。首联写了可怕的遭遇和景色。第二联已写入心境，到第三联进入高潮，含蓄蕴藉，诗意也最浓。最后，归于哲理和收笔。此诗一波三折，颇多含义，为司空图得意之作。

小　结

司空图对自己诗歌的评论，自然是其自己的感受，其中对仗工整，也有佳句和诗意，只是由于多数涉及个人一时的心境，需要读者认真领会才能有所感悟和认同。但若今人从诗的社会性来考察，则这些诗句多数是闲适性的，所以其社会意义不大。但这不是评价诗歌的唯一标准。倘若要说诗人对自己的作品都爱不释手，爱屋及乌，难免有过高的评价，则不光司空图一个人如此，这几乎是一种普遍的文学现象，不足为奇。

下面讲一下另一篇文章《与极浦谈诗书》。

与极浦谈诗书

戴容州云："诗家之景，如蓝田日暖，良玉生烟，可望而不可置于眉睫之前也。"象外之象，景外之景，岂容易可谈哉？然题纪之作，目击可图，体势自别，不可废也。愚近作《虞乡县楼》及《柏梯》二篇，诚非平生所得者。然"官路好禽声，轩车驻晚程"，即虞乡入境可见也。又"南楼山最秀，北路邑遍清"，假令作者复生，亦当以著题见许。其《柏梯》之作，大抵亦然。浦公试为我一过县城，少留寺阁，足知其不诬也。岂徒雪月之间哉？仆归山后，"看花满眼泪"、"回首汉公卿"、"人意共春风"、"哀多如更闻"，下至于"寒广雪无穷"之句，可得而评也。郑杂事不罪章指，亦望逞达。知非子之狂笔。①

由于全文较短，可以一次讲完，所以直接给出今译全文，省却注释的麻烦，也便于说明一些重要的问题。

【今译】

与极浦谈诗书

　　戴叔伦说："诗家的境地，宛如蓝田日暖，美玉生烟，烟岚缭绕处，可远望而不可以近观。"象外之象，景外之景，难道是那么容易就可以谈论做到的吗？纪实题咏一类诗作，眼前景物一望而知，但别成一种文体，也是不可或缺、偏废的。我近来有两首纪实诗篇——《虞乡县楼》和《柏梯》，确实算不上平生得意之作。不过，"官路好禽声，轩车驻晚程"，那景色，一进入虞乡就可以看见的。还有"南楼山最秀，北路邑遍清"，即使前辈名家重生，也会赞许其为切题之作。《柏梯》大体上也是如此吧。您若能代我去一趟虞乡县城，稍微注意一下寺庙馆阁，就知道这些诗句无愧于那里的景色了。这岂是吟风弄月之作可比的？回到山里，"看花满眼泪""回首汉公卿""人意共春风""哀多如更闻"，以至于"塞广雪无穷"等句子，亦可一评。郑杂事不怪罪这样的篇章要旨的话，也望给他看看。知非子狂笔。　　　（笔者试译）

【简评】

　　关于"蓝田日暖玉生烟"的名句，再联想到"象外之象，景外之景"的理论概括，可以有如下言说。

　　首先，"蓝田日暖玉生烟"出于李商隐的诗《锦瑟》，全诗如下：

锦瑟无端五十弦，一弦一柱思华年。庄生晓梦迷蝴蝶，望帝春心托杜鹃。沧海月明珠有泪，**蓝田日暖玉生烟**。此情可待成追忆，只是当时已惘然。

　　戴叔伦将其引入美学范畴，做了卓越的发挥："诗人的境地，一如蓝田之玉，阳光照耀下，如同有烟雾缭绕，而烟雾乃虚幻之物，远望之则有，近观之则无，就好像是诗歌中的意象，之外又生出意象，景外又生出景物，正所谓'象外之象，景外之景'，怎么可以轻易谈论、轻易做到呢？"这里司空图借助戴叔伦的言论，又进了一步，提出"象外之象，景外之景"的理

---

① 转引自王济亨、高仲章选注《司空图选集注》，第108～109页。

论，真是超妙绝伦。

王济亨、高仲章认为司空图在这里提出的是艺术类形象的直接性与诗歌类形象的间接性的区分，进一步认为是诗歌意象与意境的区分，是有一定道理的。

> 用"蓝田日暖，良玉生烟"，来比喻"诗家之景"，即诗中的意象，一方面说明了诗中意象间接性的特点，它与绘画、雕塑等直接造型的艺术不同，不能直接作用于人的感觉器官，因而说它"不可置于眉睫之前"，而只能存在于读者的幻觉之中。另一方面，由于诗人形神兼备的生动描绘，可以激发读者的想象和情感，使他用自己的生活经验和审美经验进行再创造，在脑海中形成生动鲜明的图画，使读者有如临其境的艺术真实感，因而又说它具有"可望"的性质。①

> 司空图继承了皎然、刘禹锡及戴叔伦等人的看法，指出意境与艺术形象的区别，意境虽以艺术形象为基础，但必须经读者的再创造，才能再在读者头脑中产生，这是一种"象外之象，景外之景"，只可意会，而难以指实。这就从艺术欣赏的角度，丰富和发展了"意境"理论的内容，值得我们重视。②

假若我们不急于下结论，而是再往下看司空图对于纪实题咏一类诗作的认识，就可以找到一个更为扎实的理论基础。那就是：纪实题咏一类作品，依据于客观实存的景物，眼前景物一望而知，自成一种文体，也是不可或缺、偏废的。或者可以说，每一处景物，都自成一体，需要诗家别具一格的描写，哪一格也不能偏废。抛开司空图对纪实一类作品的具体描述，甚至暂时不必涉及《诗品》中的《实境》一品的认识来源，单就意象和景物的关系而言，这里又多了一重意思。据此，可以理出一个系统的景物意象系统，来完整地表述司空图的诗学理论。

第一层面：若就文学作品的取材而言，眼前生活中实际的景物之外，还有诗中描写的景物，实际的意象之外尚有诗人心中的意象，前者是实象，后者是虚象。

第二层面：若就文学作品的表现而论，诗歌中的景物和意象，虽有现实

---

① 王济亨、高仲章选注《司空图选集注》，第109～110页。
② 王济亨、高仲章选注《司空图选集注》，第111页。

生活基础作为创作的原型，但一旦进入作品，就成为作品中的景物和意象，不同于实际生活中的景色和意象了，前者是原型启发，后者是艺术形象。

第三层面：若就作品的接受而言，读者阅读时眼前所生之景物意象（派生意象）和诗中描写之景物意象（召唤结构）又有不同，而和实际生活中的原始景物和意象（原始意象）或许有更远的距离，除非读者见过实际的景物，并有切实的诗学感受。

关于纪实题咏作品，司空图有两个实际的景点，那就是《虞乡县楼》和《柏梯》，可惜两首作品早已失传，无从考察了。但司空图认为，他还有些句子可以提一下，那就是"官路好禽声，轩车驻晚程""南楼山最秀，北路邑遍清"，前者指虞乡一望而知，看起来实一些，后者则有点发挥，有点抽象，但前辈见过此类景色的人，也当以为切题而受到赞许。从关于《柏梯》的说明可知，《柏梯》当时就没引用，以上两联皆出于《虞乡县楼》。由此，可知：

其一，司空图既然觉得纪实之作不是得意之作，题材上靠近素描，故不足道哉，何必还要引用呢？但也可进一步推论，司空图认为，纪实之作过于靠近现实，在诗意上要少一点，故而列为下品，不值得专门讨论。他之所以要提及，就是因为涉及一个直观重要的诗学理论，不得不提及耳。

其二，即便如此，司空图仍然认为，纪实题咏之作也有两个层次：一个是纪实层次，可实写，要让人有所辨认，一望而知是写的那里；一个是写意层次，要有诗意和发挥，让诗人有所寄托，不至于味同嚼蜡，毫无感兴，那就失去写诗的初衷和目的了。

其三，无论何种作品，甚至包括散文和诗歌，都必须有实际的生活基础和人生体验，有真情实感，不能毫无渊源，随意命题发挥。这一点，在司空图所有的诗歌和散文作品中，皆可以看出，即便是狂题（如《狂题十八首》）、狂笔（如此信所署名），也都是如此。绝没有空穴来风、脱离生活的空泛之想、空头文学。前人往往不谙此理，甚至认为司空图超凡脱俗，是脱离生活、逃避现实。那是不切实际的，也是不符合司空图的实际创作情况的。

即便是隐逸之作，也是眼前景物所描写、所感发、所寄托。即便其对于唐末政治的态度是逃避，也是生存所需、济世无望、被迫而为，并非出于他的本意。他的本意还是儒家的济世观点，只是生逢乱世，不得不如此耳！再则，即便作为隐逸文学，也有其地位和价值，当自成一格，不能偏废。同样是隐逸，在唐代，为何王维就可以（何况王维还于大节有亏），而司空图不可以？再往前推到魏晋，为何陶渊明就可以，而司空图不可以？难道他是官员？陶渊明不也曾是官员？再往后看，苏东坡，一再被贬谪，生命反而更灿烂，诗文反而更豪爽，贬谪与退隐，竟是五十步和百步的差别，一为被动，一为主动，皆为不得已！为何历来对于贬谪文学几乎一概肯定，而对于隐逸文学要另当别论？

既然对自己的诗作不是很满意，那么，在提到的几位著名诗人的纪实性诗作中，有无优秀的句子呢？司空图做出如下例证。

第一句是王维的诗句"看花满眼泪"，全诗如下：

息夫人
王　维

莫以今时宠，宁忘昔日恩。

看花满眼泪，不共楚王言。

这背后有一个感人的故事。

宁王曼贵盛，有宠妓数十人，皆绝艺上色。宅左有卖饼者妻，纤白明晰，王一见注目，厚遗其夫，取之宠惜逾等。环岁，因问之："汝复忆饼师否？"默然不对。王召饼师使见之。其妻注视，双泪垂颊，若不胜情。时王座客十余人，皆当时文士，无不凄异。王命赋诗，王右丞维诗先成："莫以今时宠，宁忘昔日恩。看花满眼泪，不共楚王言。"座客无敢继者。王乃归饼师，使终其志。〔（唐）孟棨：《本事诗·情感》〕

有趣的是，王维谓此女为"息夫人"，可见文人对妇女的尊敬，对其品德的推崇。而汉语诗歌类型里有"本事诗"，当比纪实一类诗更有故事，也更真实。司空图以之举例，可见其用意颇深。对于了解司空图的《实境》一品，也更可添一例证。当然，诗中的"看花满眼泪"语虽平实，却是实写。因是实写，乃感人，更因故事感人。看来文学作品本身，语言表现是一方面，而背后的史实更具重要性。

第二句是杜甫的诗句，见《孤雁》：

孤　雁
杜　甫

孤雁不饮啄，飞鸣声念群。谁怜一片影，相失万重云。

望尽似犹见，**哀多如更闻**。野鸦无意绪，鸣噪自纷纷。

【简评】

这首诗的感人之处在于孤雁本身的念群意识，而且和野鸦做了对照，野鸦各自顾各自，没有群体概念，虽然鸣噪纷纷，但没有真实感情，故不足论。当然，诗圣描写的仔细和想象也是出色的。孤雁离群落后，乃不吃不喝，只是念叨或思念它的群体，追云乃至于捉影，虽然看不见了，好像还是能听见哀鸣的声音，好像它的群体也能听见似的。这是多么感人的描写啊！这里的本事，其实没有故事，而是一种想象，一种合理的想象，也许是诗人亲眼所见，亲耳所闻。但那不重要，重要的是写得逼真可信。这是纪实类诗作的灵魂。

第三句是无可的诗句，全诗如下：

送颙法师
往太原讲兼呈李司徒
无　可

近腊辞精舍，并州谒尚公。路长山忽尽，**塞广雪无穷**。
讲席开晴垒，禅衣涉远风。闻经诸弟子，应满此门中。

这显然也是一种本事诗，因为是应用文体的功能，是送给实际的人物的，有名有姓，有官职，有地方。故事是关于禅师出行、讲习的，禅师弟子满门，堪称颂，诗人送之。而"路长山忽尽，塞广雪无穷"是写景的，有点对仗，要说名句，也未必，但对铺垫路途的遥远、艰难和禅师的心胸广阔、禅意无边也是有用的。

只是我们不知道，既然诗歌本身是一联，为何司空图只举例一句？也许他只记得一句，而不能整联全录，也许他觉得没有必要全录，只要提个醒就行。因为是书信，也没必要过于严格，这也讲得通。

其余几句，"回首汉公卿""人意共春风"，因不详其出处，就诗论诗，不如就事论事，就不多论了。

关于郑杂事何人，不详。因唐人每以官职称人，杂事当是官职。也因无重要的关联，也不多论。

从理论的角度言，《与极浦谈诗书》提出了重要的理论观点，一是涉及"象外之象，景外之景"，一是涉及对纪实类文学的认识和评价。同时，使我们联想到司空图总体的文艺学思想和诗歌创作倾向，应该说是现实主义的，而不是浪漫主义的。也能使我们联想到它和《诗品》中《实境》一品的关系。

从实践角度言，这封信同时涉及对本人诗歌的评价和对他人诗歌的评价，是一个过渡阶段，连接了《与李生论诗书》（自评）和《与王驾评诗书》（评他）、《题柳柳州集后》（评他），因而是一篇重要的论文。当然，也扩充了我们的资料来源，加深了我们的认识。

二　各有胜会：司空图对唐代诗家的评论

中国古典诗话，以及诗论和诗品、诗评，在表述上有两个基本特征。一个是它的文学性，即用生动而形象的文学语言写诗和议论，其本身就是优美的散文甚至诗歌艺术作品，有的甚至充满比喻性语言，夸张之词也时常可见。一个是它的含混性，即它的理论表述在概念上往往不求准确、逻辑上不够严密、理论上缺乏系统性。不过，我们今天要是从繁多的资料中寻找重要的东西，并把它们整理出来，加以理论化和系统化，就会发现其中不乏至今仍然很有价值的东西。司空图的诗歌品鉴和评论部分，尤其是这样。

关于司空图诗品和诗评，我们准备讨论三个问题：

（1）诗歌品评所要考虑的背景情况；

（2）诗歌品评的主要标准和程序；

（3）关于诗歌品评的几点澄清。

我们的资料，主要依据司空图《与王驾评诗书》《与李生论诗书》，也参考《题柳柳州集后》和《与极浦谈诗书》，其他资料辅之。鉴于前面论及司空图对自己诗歌创作成就的认识时，我们已经主要地参考了《与李生论诗书》和《与极浦谈诗书》，这里，我们将比较集中地讨论《与王驾评诗书》和《题柳柳州集后》中的有关论述。先看《与王驾评诗书》。关于王驾，有传记如下：

> 驾，字大用，蒲中人，自号"守素先生"。大顺元年，杨赞禹榜登第，授校书郎，仕至礼部员外郎。弃官嘉遁于别业，与郑谷、司空图为诗友，才名藉甚。图尝与驾书评诗曰："国初，雅风特盛……岂若神跃色扬而已哉？"驾得书，自以誉不虚己。当时价重，乃如此也。今集六卷，行于世。（见《唐才子传》卷九《王驾传》）

从此传可以看出，王驾与司空图友善，而且其传记本身引用的司空图信中的文字，在篇幅上远过于传记本身。

图又有《与台丞书》推荐王驾，台丞大约是指中书省（称台西）副职（如中书侍郎），时图为中书舍人。其云："又有王驾者，勋休之后，于诗颇工，于道颇固。"还说："所与论诗一首亦辄缄献"，当即指此文。王驾于 890 年中进士，此《与台丞书》当作于 888 年或 889 年。《与王驾论诗书》之作在此文之前，故知其最晚不会超过 888 年。①

以上简要介绍了王驾生平及其与司空图的交往，以及司空图对王驾的推荐，还有《与王驾评诗书》的写作时间等。现在，重新回到我们的问题上。

关于第一个问题，司空图首先提出诗歌品评的作用和态度问题。他在《与王驾评诗书》起首便说：

> 足下末伎之工，虽蒙誉于哲贤，亦未足自（谓）信，必俟推于其类，而后神跃而色扬。今之赞艺者反是，若即医而靳其病也，唯恐彼之善察，药之我攻耳。以是率人以谩，莫能自振，痛哉！痛哉！且工之尤者，莫若工于文章，其能不死于诗者，比他伎尤寡，岂可容易较量哉！②

【今译】

足下手头一些诗作乃为末技之工，是不足称道的，虽蒙贤达之人的赞誉，但自己未全信，必有待于同类诗人的推举赞许，然后才可有志得意满之表现。当今许多诗作者不是这样，就医却怕医出病来，怕医生查出来，给自己用药。这样相互欺瞒，不能自己奋起而立。真是可惜！既然要下功夫，莫如下在写文章上，而在写诗上死消磨而不能出之人，较之做其他事情的人来说，成功的机遇毕竟是少数。怎么可能容易比较优劣、衡量高下呢？（笔者试译）

从以上说法中可以总结出几个要点：

（1）诗歌的品评是为了认清自己的诗艺，尤其是自己的缺点，以便改进和提高；

（2）今日不少人害怕别人看出自己的缺点，如同就医而讳疾，无异于自欺欺人，令人痛心疾首；

（3）品评宜在同行间进行，品评的过程是同行之间相互切磋诗艺、共同

---

① 张少康：《司空图及其诗论研究》，第 44 页。

② 转引自祖保泉《司空图诗品解说》（修订本），安徽人民出版社，1980，第 106 页。

提高的过程；

（4）同时注意到诗文兼善的问题，而诗要写得灵活不死，较之其他文体更为困难，所以较难评价。

司空图注意自我批评。他说："愚幼常自负，既久而愈觉缺然。"（《与李生论诗书》）另外，他还指出，写诗比写文章难，和者盖寡，评者更难。这样就发挥了《与李生论诗书》中"文之难，而诗之难尤难"的观点。由此可见，司空图对品诗、评诗重视和慎重的态度。

接下来，司空图便直接进入对唐代诗歌的总体评价，并涉及时间顺序、地点流派和代表人物的诗歌评论。由此构成这篇至关重要的诗论文章：

> 国初，主上好文章，雅风特盛，沈、宋始兴之后，杰出于江宁，宏肆于李、杜，极矣！右丞、苏州，趣味澄夐，若清沇之贯达。大历十数公，抑又其次。元、白力勍而气孱，乃都市豪估耳。刘公梦得、杨公巨源亦各有胜会。浪仙、无可、刘德（得）仁辈，时得佳致，亦足涤烦。厥后所闻，徒褊浅矣。河汾蟠郁之气，宜继有人，今王生者，寓居其间，沉渍益久，五言所得，长于思与境偕，乃诗家之所尚者，则前所谓必推于其类，岂止神跃色扬哉？经乱索居，得其所录，尚累百篇，其勤亦至矣。吾适又自编一鸣集，且云撑霆裂月，劫作者肝脾，亦当吾言之无怍也，道之不疑。①

【今译】

开国之初，皇上喜好文章风雅，诗歌一时兴盛，先是沈佺期和宋之问风云发其端，而后有王昌龄崛起，到了李白、杜甫那里，隆盛至极，不可超越了。王维、韦应物，趣味澄淡而深远，犹如清澈的泉水清新自然地流淌出谷。大历年间十位才子，紧随其后，等而下之了。元稹和白居易，用力强劲，可惜气韵不足，都市豪富一般。刘禹锡、杨巨源各有佳作，至于贾岛、无可、刘得仁三位，偶尔有些妙句，只能读作消遣，解除烦恼而已。其后再听闻的若干，就只有褊狭肤浅之作了。黄河、汾河间的河中一带，葱郁钟秀，代继有人。今王驾兄寓居其间，濡染已久，其五言诗有兴会，竟至于思与境偕，这正是诗家所推崇激赏的。前文提到有待于同类诗人的推举赞许，岂是自个志得意满所能了得？世事

---

① 转引自祖保泉《司空图诗品解说》（修订本），第106页。

纷乱之间，能有百篇之积累，可见吾兄勤奋刻苦至极。适逢我近来自编了拙作《一鸣集》，可算得是气势雄强、披肝沥胆之作，就当我自言是真实无欺，既然说出来也不觉得自愧了。（笔者试译）

我们把这封书信的主体部分加以分解，按序排列，使其显示出不同方面的考虑。显然，司空图注意到了以下诸多背景因素的综合表现。

（1）时代与世风。如说，"国初，主上好文章，雅风特盛"。
（2）地域与风习。如说，"河汾蟠郁之气，宜继有人"。
（3）生活与积累。如说，"今王生者，寓居其间，沉渍益久"。
（4）气韵与胸襟。如说，"厥后所闻，徒褊浅矣"。
（5）趣味与文风。如说，"趣味澄夐，若清沇之贯达"。
（6）创作与阅读。如说，"时得佳致，亦足涤烦"。
（7）散佚与留存。如说，"经乱索居，得其所录，尚累百篇"。

应当说，就当时的具体情况而言，司空图能有以上诸多方面的考虑，已经是难能可贵的了。以这样一些因素所构成的背景条件为参照，具体的品评工作就有了一个大环境，因而就比较容易确定了。

关于第二个问题，即古人评诗、论诗的标准和程序，其实很难详论。但从其具体的操作规范中也可以看出一二。根据其书信中的有关内容，我们不妨说，在具体品评的时候，司空图注意到从以下几个方面进行深入而细致的分析和评价。

1. 视其全篇，考其体制

司空图在评价贾岛的诗歌时指出："贾浪仙诚有警句，视其全篇，意思殊馁，大抵附于蹇涩，方可致才，亦为体之不备也……"（《与李生论诗书》）

司空图首先看到的是贾岛的诗中有若干警句，这构成了诗境中亮丽的风景线，例如，"鸟宿池边树，僧敲月下门"。但这是诗人刻意追求、苦心营造的结果，以此来显示才能，似乎不足为凭。即便局部很好，也不是最重要的。在司空图看来，最重要的是观其大略，以见诗歌的全貌，尤其是体制的完备。以此来衡量贾岛的诗，就可以发现他的诗缺乏韵外之致，因而在整体上是不合格的。

这是诗歌品评的第一要点，即体制要具备。

2. 全美为工，味外之旨

司空图在评价李生的诗的时候，也是既有肯定，也有批评。他说："今足下之诗，时辈固有难色，倘复以全美为工，即知味外之旨矣。"（《与李生论诗书》）这里提出的重要问题是"全美为工"，也就是前文所谓"近而不浮、远而不尽"这一贯通全部诗歌审美的大原则问题。司空图认为，假如达到了这个要求，就可以说是有"味外之旨"了。可见，司空图对于诗歌艺术的审美趣味有很高的要求。除王维、韦应物二人荣获"趣味澄夐，若清沇之贯达"的赞誉之外，即便是较有成就的诗人如李生之流，也很难达到这一要求。

此为诗歌品评的第二点，即审美趣味。

3. 撑霆裂月，劫之肝脾

注重欣赏效果是司空图品诗、评诗的一个极为重要的方面。读者在阅读优秀诗篇之时，不禁深为感动，产生奇妙的审美体验，由此构成评价和议论文学作品的经验基础。例如，司空图在读了韩愈的诗歌后写道："愚常览韩吏部诗数百首，其驱驾气势，若掀雷抉（挟）电，撑抉于天地之间，物状奇怪，不得不鼓舞而徇其呼吸也。"（《题柳柳州集后》）不难理解，其中若干词语，极为夸张，不深入其中，真有体验，不能为也。当然，审美体验虽然重要，但毕竟有感性的、个人的成分，在下断语的时候，尚需要理性的概念和明智的裁决。

此为司空图品诗、论诗之三，即注重效果。

4. 盖其全工，无或偏说

司空图的诗评有一个特点，就是诗文兼评，不尚偏废。这和一般人的观点和做法颇有不同。他于韩愈诗中独见其气势，就不是一般不观其文的人所能理解的。而在评论柳宗元的诗时，又能深见其味深远，且有发展眼光。他说："今于华下方得柳诗，味其深搜之致，亦深远矣。俾其穷而克寿，玩精极思，则固非琐琐者轻可拟议其优劣。"（《题柳柳州集后》）此言不仅评了柳诗的长处，而且锐敏地看到诗人的才情未得充分之伸展，乃是其早逝所致。言谓若天假寿于柳，则其诗风可有一充分展开之势，岂是平庸之辈可以望其项背的？应当说，这是颇有见地的。

此为司空图评诗、论诗之四，即力求全面。

以上是观其大略，概而言之。接下来我们回到原文，把每一部分具体的评价再梳理一番，以见细部。

> 国初，主上好文章，雅风特盛，沈、宋始兴之后，杰出于江宁，宏肆于李、杜，极矣！右丞、苏州，趣味澄夐，若清沇之贯达。

开国之初，由于皇帝的提倡，诗文并茂成为社会风尚，这是大的历史背景、社会风尚所致，在此之形势下，司空图特别看重的是沈、宋的诗作。沈指沈佺期，字云卿，相州内黄（今属河南）人，著有《沈佺期集》。宋指宋之问，字延清，又字少连，汾州（今山西汾阳）人，著有《宋之问集》。关于"沈、宋始兴"，可参看《新唐书·宋之问传》，云："及宋之问、沈佺期，又加靡丽，回忌声病，约句准篇，如锦绣成文，学者宗之，号曰沈、宋。"

从原理上，这样说也无问题，而且有根有据，但仔细一想，这样的评论和我们习惯的文学史上的说法不符，对初唐四杰只字不提，也不突出陈子昂等人的作用，是人们一时所难以接受的。而对于前人的评论，大都有名人提倡、权威言论。例如，杜甫的论诗诗两首：

戏为六绝句
其二

王杨卢骆当时体，轻薄为文哂未休。

尔曹身与名俱灭，不废江河万古流。

其三

纵使卢王操翰墨，劣于汉魏近风骚。

龙文虎脊皆君驭，历块过都见尔曹。

前一首不仅推崇初唐四杰，而且反对那些讥笑他们的人，认为这些人轻薄自负，难于长久；后一首更是站在历史的高度，认为即便四杰的诗歌格调不及汉魏风骨，接近《国风》和《离骚》，那也是驾驭骏马越野过市，远非你们这些凡夫俗子比得了的。

白居易更是以给朋友写书信的方式，长篇大论地加以罗列和论证：

唐兴二百年，其间诗人不可胜数。所可举者，陈子昂有《感遇》诗二十首，鲍防有《感兴》诗十五首。又诗之豪者，世称李、杜。李之作，才矣奇矣，人不逮矣。索其风雅比兴，十无一焉。（白居易：《与元九书》）

关于司空图的意见，张少康先生有这样的评论：

他们的批评眼光都集中在诗歌济世救时的思想内容和刚健清醒的艺术风貌上，而对诗歌的格律技巧方面则重视得不够，司空图正好和他们相反，所以对在律诗形成上起了重大作用的沈佺期、宋之问特别重视。司空图本人的创作也基本上都是近体诗，以律诗和绝句占绝大多数。①

此外，张先生还认为，司空图"在论盛唐诗歌时对王昌龄的评价很高，认为他是李、杜以前最杰出的诗人"，这也是十分明确的事实。也就是司空图所说的"沈、宋始兴之后，杰出于江宁，宏肆于李、杜，极矣"（《与王驾评诗书》）。这里的江宁，是今之南京，代指王昌龄。《新唐书·文艺传》记王曰："工诗，缜密而思清，时谓王江宁云。"其实，王昌龄是河南晋阳（今山西太原）人，一说陕西西安人，即唐时的京兆长安人。出身贫寒，三十岁及第，先后任秘书省校书郎、汜水尉，后被贬谪到岭南，开元末返回长安，改授江宁丞。江宁应是他做官的地方，所以叫"王江宁"。其以边塞诗见长，有"诗家夫子"之誉。

王昌龄的诗作，总体风格上达到了盛唐诗歌的"气象浑成，神韵轩举"（胡应麟语）的境界，而"境象超诣"（翁方纲语）。其雄浑意境和《诗品》首品的《雄浑》境界十分相似，这也许是司空图特别推崇王昌龄的原因。清人翁方纲对司空图十分赞赏，他说：

> 龙标精深可敌李东川，而秀色乃更掩出其上。若以有明弘、正之间，徐迪功尚与李、何鼎峙，则有唐开、宝诸公，太白、少陵之外，舍斯人其谁与归！司空表圣之论曰："杰出于江宁，宏肆于李、杜。"信古人不我欺也。（翁方纲：《石洲诗话》）

李杜是李白与杜甫的合称。李白，诗仙，字太白，号青莲居士，著有《李太白集》。杜甫，诗圣，字子美，曾任检校工部员外郎，世称杜工部，著有《杜工部集》。诗仙、诗圣，雄贯古今，无人能敌。无论何人评论诗家，无论如何重写诗史，李白、杜甫的地位是千古定论，是不可撼动的，二人并驾齐驱，是独一无二的。这一点，司空图也没有否认，可见他对于整个唐代诗歌史的图景，既了然于胸，又不囿于前人成说，的确有史家之胸襟、诗家之见识。尽管如此，司空图对于杜甫仍然有批评的意见，那是由于风格与观点不同：

> 司空图对杜甫的评价在他的诗中也还有一些论述，例如《力疾山下

---

① 张少康：《司空图及其诗论研究》，第45页。

吴村看杏花十九首》中说："亦知王大是昌龄，杜二其如律韵清。还有寒酸堪笑处，拟夸朱绂更峥嵘。"他赞扬的是杜甫的"律韵清"，而对杜甫科举不第后向权贵献诗献赋，以求得他们的提携的穷酸书生气，则给与（予）了嘲笑讽刺，因为它和司空图清高不仕的人生处世态度是很不相同的。对诗歌创作司空图强调的是"诗中有虑犹须戒，莫向诗中著不平。"他不喜欢在诗歌创作中对朝廷表示不满和发牢骚。①

这里有几点需要说明一下。一是这一首论诗诗是其中的第十五首，整个一组诗作于司空图在华阴隐居时期，表达了十分丰富、深刻的思想，值得进一步仔细、深入地研究。二是司空图本身并非没有和权贵结交的愿望和行动，他在初试不第以后，即主动去找拥有实权的王凝，并为其写了《太原王公同州修堰记》，希望得到他的提携。他和其他社会名流的交往，也有这种倾向。当然，偶尔也有一些诗歌唱和的应酬之作。但在总体上，司空图却不赞成在诗歌中议论朝政、发泄私愤。可见，他把诗歌看作一种高档的文类，是"纯艺术"，而把散文看作可以经世致用的实用文体，可以用来进行社会交往，人情应酬。这一点，也需指出。这和他在创作能力上强调诗文并举、相互促进的思想，又有所不同，但那是另外一个问题了。而且涉及对韩愈、柳宗元诗文兼善一类作家的评价和认识，就另当别论了。

接下来，司空图对王维和韦应物的诗歌创作成就，评价也很高，他说："右丞、苏州，趣味澄夐，若清沇之贯达。"右丞，即王维，因他曾官至右丞，故称；又因他常以佛理入诗，乃成气象，故有"诗佛"之称。苏州，即韦应物。王、韦诗味澄夐清朗而深远，"若清沇之贯达"，或谓清澈如流泉，一作"若清风之出岫"，则飘逸如清风了。这和他在《与李生论诗书》中的评价是一致的："王右丞、韦苏州，澄澹精致，格在其中，岂妨于遒举哉？"总的说来，他们的诗可归于《冲淡》一品，在司空图的《诗品》中应有表率的地位。而其清新淡远的诗歌创作倾向和司空图本人诗作中表现的隐逸精神，也是十分靠近的。

> 大历十数公，抑又其次。元、白力勍而气孱，乃都市豪估耳。刘公梦得、杨公巨源亦各有胜会。浪仙、无可、刘德（得）仁辈，时得佳

---

① 张少康：《司空图及其诗论研究》，第47页。其中，"还有寒酸堪笑处"一句中的"寒酸"应为"酸寒"。

致，亦足涤烦。厥后所闻，徒祸浅矣。

大历十才子，泛称唐大历年间（公元766～779年）的十几位诗人，《新唐书·文艺志·卢纶传》云："（卢）纶与吉中孚，韩翃，钱起，司空曙，苗发，催峒（洞），耿讳，夏侯审，李端皆能诗。齐名，号大历十才子。"其说法不完全正确，当不限于此数，有的人认为还有李益。大历十才子诗歌创作多沉湎于山水，歌舞升平，而难有表现社会生活的深刻主题，遂形成一代诗风。其诗作多以五言近体为尚，语词优美，音律和谐，善于景物描写，抒发乡情旅思，风格较为单调。这和那些开拓性的诗人相比，当然要差一些，但和司空图的隐逸作品也不无共同之点。所以，他只是出于文学史的时代考虑和流派考虑，顺便提及，未做深究，也未细论。

最有争议的当是司空图对元稹和白居易的评价，"元、白力劲而气孱，乃都市豪估耳"，换言之，说元稹和白居易用力很强劲，但气韵不足，都市豪富一般。这在历来的诗品、诗评中，似乎还没有见到。"元、白"分别指元稹和白居易。元稹，字微之，河南府洛阳（今河南洛阳）人，诗人，著有《元氏长庆集》。白居易，字乐天，原籍太原（今山西太原），后迁居下邽（今陕西渭南），诗人，著有《白氏长庆集》。历史上"元白"并提，不仅因为二人诗风接近，来往密切，也因为他们在文学史上的地位相当，都是当时的名家。尤其是白居易，不仅以其诗歌朴实通俗、贴近现实生活深受人们的喜爱，拥有诸多永久的读者，而且以《琵琶行》《长恨歌》两首长诗奠定了永久的经典地位，在唐代诗歌中，仅次于大李杜，经常被列为第三位（有时是王维）。可是在司空图的评价中，却说他们用力劲猛、韵味不足，就像都市里的暴发户。可见司空图对元白二人确实有看法。

不仅如此，司空图还在《修史亭三首》中的第二首，不以为然地写了白居易的晚年，批评了他对禅宗的迷恋。他这样写道：

> 甘心七十且酣歌，自算平生幸已多。
> 不似香山白居士，晚将心地著禅魔。

也许我们可以将其和白居易本人的诗作比较一下，想必很有趣：

> 三十四十五欲牵，七十八十百病缠。
> 五十六十却不恶，恬淡清净心安然。
> …………

闲开新酒尝数盏，醉忆旧诗吟一篇。

敦诗梦得且相劝，不用嫌他耳顺年。

这是白居易在六十大寿之际，从洛阳寄给好友崔群和刘禹锡的七言古诗的首尾八行，题目为《耳顺吟寄敦诗梦得》，从中可以看出对孔子"六十而耳顺"的化用。

以下，张少康先生这样分析司空图对元白诗歌的否定态度，确有其更为深刻的道理：

> 他也不喜欢元白的诗歌，尖锐地批评了元白的"力勍而气孱"，认为他们像"都市豪估"，而非山林隐逸的高人名士，所以是很看不起他们的。并认为他们的诗作看起来强劲有力，实际上则底气不足、浅俗而卑下，没有高雅深远的意境和韵味。元白的诗歌有两类比较突出：一是以"新乐府"为代表的讽喻诗，强调诗歌的社会教育作用，特别是直接为现实政治服务，即所谓"救济人病"和"裨补时阙"。另一类是所谓的"元和体"的诗作，其特点是"别创新辞"、"风情宛然"。在内容上，以坦然自若的态度描写按照正统观点不应入诗的个人私生活，描写一般文人不愿公诸于世的隐秘的感情角落，这毫无疑问是诗歌发展的一个新变化。而这种内容又是适应中唐时期城市繁荣、商品经济发达、士人生活放荡、歌楼妓院林立的社会状况的。在形式上，"元和诗体"的长篇诗作、千言排律，在语言运用上叙述性很强，接近诗体散文。所以元白说他们这种千字排律是以诗代书。由于以诗代书，所以采用平铺直叙的方法，用典不多，叙说详尽，使读者感到清楚明白，一览无余。这和一般精粹跳跃的诗歌语言很不相同，相对地说是比较晓畅通俗的。[①]

关于中唐时期元白诗作的情况和司空图的评价，笔者认为已经十分清楚了。从中唐到晚唐，世风与文艺思潮发生变化，其中既有时代精神和社会风气的变化所引起的诗歌风格的变化和内容形式的变化，也有评论家个人的诗歌风格和个性气质以及对于诗歌的认识定式所造成的批评观点的映照效果。如此看来，司空图尽管主张诗歌创作是纯艺术，不主张涉及社会现实和政治态度，但实际上他并非没有社会观念和对社会的观察，也并非没有对诗歌功能的恰适调整，再加上他的仕宦出身和居于社会上层的贵族气质，对于出身

---

① 张少康：《司空图及其诗论研究》，第 48~49 页。

贫寒、反映平民都市生活的元白二人自然是不以为然的了。但这种评论并非完全脱离现实或毫无价值，就一个方面而论，他洞察到诗人的创作能力和他所实际表现的东西之间还是有差距的。这种能力和内容相分离的观点，也是相当有价值的。

回到历史的语境中，我们不难认识到，虽然官宦出身的司空图批评了较他更早的平民出身的白居易，但从白居易的角度来看，其中不乏"在当时与他同类的人同旧官员以及宫廷宦官之间进行的权力斗争，由于他那批评的，而且也是以诗歌方式表现出来的态度，他就同从前（810年）他的朋友一样，逐渐陷入政治逆境。因此，自从815年在逐渐显现出来，而且是用诗歌来表示的同京城告别之后，外地就成为他大部分诗歌的创作场所"。①

不无讽刺意味的是，从下面白居易的人生三段论的逻辑来看，司空图和白居易的出仕和归隐逻辑并非没有一点类似的轨迹：

> 第一阶段：早年到821年，在这些年月，诗人在政治上事业心很强，感情冲动，他常常将自己带进业已著名的长诗中。第二阶段：从822年到832年。在这时开始淡泊名利的阶段，白居易宁可沉醉于公众生活和生活享受，而不是首先去写作。这时他的诗倾向于自传性质、边缘事物和娱乐消遣。第三阶段：从833年到846年，在这些年里，诗人逐渐从公众视野中消失，开始过上退隐生活。他用自己的实例使那种对于中国文人学士十分重要的悠闲文化变得尽善尽美，而且在淡泊名利的诗篇中表现出来。②

如果说二人之间有什么大的不同的话，那就无外乎下列几点。

（1）历史阶段不同：白居易是从盛唐到中唐，司空图是从晚唐或唐末到唐亡；

（2）转折事件不同：白居易是遭遇安禄山叛乱，司空图是陷入黄巢起义军攻克长安的困境；

（3）处世态度不同：白居易是积极有为屡受挫折与贬谪，司空图是反复辞退以保持晚节；

（4）文艺功能不同：白居易是以文艺为改造社会的手段，司空图则认为

---

① 〔德〕顾彬：《中国诗歌史——从起始到皇朝的终结》，刁承俊译，华东师范大学出版社，2013，第205页。

② 〔德〕顾彬：《中国诗歌史——从起始到皇朝的终结》，第205~206页。

诗不干政而文尚可济世。

诚然，白居易也是晚年退隐，保全名节，聚诗成集，而且即使在积极有为的早期，也是在政治不得志的时候，主动要求离开京城，进入地方，为一方百姓造福，更不用说被贬谪告别京城了。这原本就是中国文化中的儒释道三教为士人提供的丰富的选择项和结合模式可以成就的。在这个意义上，白居易和司空图无异于殊途同归。

接下来，关于"刘公梦得、杨公巨源亦各有胜会"，可以不详论。一指刘禹锡，字梦得，中山无极（今属河北）人，诗人，官太子宾客，故称刘宾客，著有《刘宾客集》；二指杨巨源，字景山，河中治所（今山西永济）人，《全唐诗》存其诗一卷。二人并提，一笔带过，没有太多的评论，但基本上是肯定的，而且肯定了二人各自的成就，这也是一种评法。而关于"浪仙、无可、刘德（得）仁辈，时得佳致，亦足涤烦"，甚至其后那些无名之辈，几乎无须专门提及了。"厥后所闻，徒褊浅矣"，都是些褊狭肤浅之作，何足挂齿？

> 司空图喜欢自然清新之作，而不喜欢刻意雕琢的苦吟之作，所以，他对贾岛、孟郊等人的诗作，评价不是很高，只是说他们的作品"时得佳致，亦足涤烦"。这与他在《与李生论诗书》中所说："贾浪仙诚有警句，视其全篇，意思殊馁，大抵附于寒涩，方可致才，亦为体之不备也，"其基本思想是相同的……从司空图对唐诗发展及唐代一些重要诗人的评价中，我们可以清楚地看出他的诗学思想和审美趣味之特点。这些和《诗品》的诗歌美学思想应该说是比较一致的。[1]

关于司空图在《与王驾评诗书》中对于唐代诗歌和诗人的评价，我们在今天究竟如何认识呢？换言之，如何看待和评价司空图的这个评价体系和认识框架？在总体上，和唐代诗人杜甫、白居易等人的评价有一定或很大的差距，和时下许多唐诗研究专家的评论也不见得一致，至于一般读者心目中的唐诗图景和唐代诗人的情况，就更是各有感受，莫衷一是了。

大体说来，我们目前的认识，是基于理论正确，然后才有观点正确的一种既定思量。但也有人认为，司空图的诗论本身虽有一定的价值，但他用来评论诗人时发生了很大的偏差。究竟是他的诗论本身有问题，抑或是他的品

---

[1] 张少康：《司空图及其诗论研究》，第 49~50 页。

评方法有问题？或者说，司空图对某些诗风的偏爱可能影响了他对同时代其他诗人的正确评价，应当如何看待这些问题？实际上，这些问题在本质上可以说属于一个问题，只不过在回答的时候，需要一个一个地回答而已。

一般说来，假如一种理论有其价值，它就必然有其不同于其他理论的独特或深刻之处。而在运用这种理论进行诗歌品评的时候，至少会给人以某些方面、某种程度的启发。司空图的诗论，就其基本观点倾向来看，主要是"辨味说"。这种辨味说本身其实最适合进行诗歌品鉴和诗歌评论。何况他还有一定的诗歌创作经验，尤其是可以其《诗品》作为参照，易于从风格或意境上辨别当时各种诗歌的不同品味和品位。

此外，像诗歌这种高度艺术化的东西，它的创作和评论必然带有很强的主观性和个性。缺乏个性的理论和诗歌同样是不可思议的。在运用一种理论进行诗歌鉴赏的时候，当然会带上品评者自己的爱好和倾向，这是无可非议的。同样，在进行诗歌品评的时候，如果评论家能够将一种理论贯彻到底并且不再参合别的与之不协调的因素，也不带对作者本人的偏见，那么，就可以说是公正的和合适的。而不应当由于事先顾虑到可能得到的结果而有所偏离，哪怕这种偏离是有意无意地向着当时流行的观点或大多数人可以接受的看法倾斜，以便求得整个学术界乃至全社会的认同。在这个意义上，运用一种理论得出不同于别的理论的批评性结论和评价，是完全可能的，也是十分正常的。

司空图的诗评，在笔者看来正好符合以上两点。其一，他运用"韵味说"来鉴赏和评价唐代各家诗歌作品，关注的是诗中是否有"韵外之致"的问题，并以之作为评价的标准，因此从中可以得到某种启示。其二，他在评价和鉴赏不同的诗歌作品的时候，一般说来，并没有参合别的主观因素，也没有迎合时下多数人的评价意见，因而他的具体观点和结论就不同于前人和与他同时代的人。

显然，司空图这一以历史线索为主按时间顺序评述的方法，虽然同时兼及若干诗人的评价，但总体说来，追寻的乃是唐诗发展之大势而非具体而微地细究某一诗人的成就可以言说尽。尽管如此，与钟嵘的《诗品》详尽评述汉以来各家诗人的五言诗作品并且分为上、中、下三品的全面性品评相比，司空图以史带诗的宏观评价策略，不仅过于简略而且很难对各家诗人一概公允。或许正由于此，清人许印芳评曰："中间论有唐一代诗人优劣，盖据一时所记忆者，略举数人以伸其说，故人多遗漏，而论中晚唐人，殊乖公允。"

在具体的人物品评上，参考许印芳的评论，可得出如下几点。

（1）关于大历十数公，基本公允："大历十数公，虽不及李杜王韦，置之其次，皆无愧词。"（许印芳）

（2）关于元稹、白居易，贬之过甚："而云元白力勍气孱，乃都市豪估，贬之太过，非公论也。"（许印芳）

（3）关于刘禹锡、杨巨源，评价一般，基本肯定："刘公梦得，杨公巨源亦各有胜会。"（司空图）

（4）关于浪仙、东野与刘得仁相提并论，是有限的："表圣相提并论，盖止取其律诗，又止摘句称佳……"属于就事论事类。由此造成对浪仙和东野二人评价皆有失公允："持此以评东野，正如管中窥豹，时见一斑；即以之评浪仙诗，亦未允协。"（许印芳）

至于许印芳未专门提及的几点，但言语之中并无异议的，似也应当重申。

（1）若认为中晚唐诗人的评论非公允，则初盛唐诗人除有遗漏外并无特别不公允之处。

（2）对于李杜，司空图评曰："宏肆于李、杜，极矣！"似无异议。但司空图本人对于杜甫另有诗论。

（3）对于王维、韦应物，司空图评曰："右丞、苏州，趣味澄复，若清沇之贯达。"也无异议。

综合以上各点，我们可大致做出以下几点推论，姑且作为结论。

（1）司空图对于唐代诗歌发展大势的评价，基本上是正确的，即初唐和盛唐是其发轫和发展时期，诗才辈出，到李白、杜甫而达到高峰。中晚唐诗风呈下降之势，故而导致对相应时期的诗人总体上评价偏低。

（2）这一总体评价的理论基础，除史学家的见识外，显然是司空图所推崇的"味外之旨"的基本原则。倘若降低评价标准，则可有更多诗人进入中流，但恐非司空图本意。由此可见其理论主张与评论实践之契合。

（3）假若结合钟嵘《诗品》的等级评价方式，以之来衡量唐代诗人，则中线以上者有李杜王韦，以及刘杨贾东，而尤以李杜王韦为上，其余视为中上或中等。对贾东评价略低，主要系与刘得仁辈并列所致。对元白贬之太甚，主要是距离其标准太远使然，也是诗人创作倾向和诗评家个人风格的不同使然。

（4）对李杜的肯定，不仅是就其诗歌成就而言，而且包括对其文的肯定和推崇。例如："又尝㙦（睹）杜子美祭太尉房公文，李太白佛寺碑赞，宏拔清厉，乃其歌诗也。"（《题柳柳州集后》）对于王韦的诗歌评价，则尤其推崇其诗风——"趣味澄夐"。可见并没有偏离他的评价标准和诗书兼善的基本主张。

最后，我们不妨推究一下司空图品诗、评诗的要点和分级框架。

第一，至高至上品，当为诗文兼善者，如李杜偏于诗、韩柳偏于文。（可能态）

第二，上品，当为有"味外之旨"者，如王韦。（极致态）

第三，中品，当推"各有胜会"或"时有佳致"者，如刘杨、贾东。（随机态）

第四，下品，则"力勍而气孱"者，如元白。（流俗态）

值得一提的是这一系统的可能态的设立，与上、中、下三品合而构成的现实态相对应，带有形而上的性质。

这显示了钟嵘《诗品》以及司空图前后的不少品评家所未能达到的理论思维高度。至于中国传统文化品诗论人喜欢三品九品而列，当然不是自司空图始，不过是他做得较为干净利落而已。至于这个系统本身是否准确，甚至有用，则应留给今日读者各自去品评。

三　金之精粗考其声：诗文兼善论与实用批评

由于司空图的论诗评诗言论多见于与友人的书信中，我们无法像阅读今人的专论那样看到某一作者全部的、系统的评诗论诗的主张和方法。这些没有看到的或者言之甚少的未必是作者的疏忽和缺陷，如关于诗歌辞藻句法方面的议论很少，以自己的诗句为例的却有不少，但毕竟缺乏正面的议论，因而很难下断语。这是古人论诗书信的不足之处，也不可强求。

司空图的诗歌批评提倡一种良好的批评风气，他因此严厉地批评时下一些人的不正之风。他指出："后之学者褊浅，片词只句，不能自辨，已侧目相诋訾矣。痛哉！"可见对于诗学批评上的浅陋之见、偏颇之论，甚至文人相轻、互相攻讦等不正之风，司空图的确是深恶痛绝。这种态度，对我们今天的优良学风的提倡和批评之风的检视，也有借鉴作用。

当我们进入最后阶段转而讨论司空图诗品、诗评的功用性问题时，我们几乎无法避免前人、今人已经涉及或经常提出的一些问题。在涉及同时代人和后人对于司空图作为诗评、诗论家本身功过的评价的时候，我们的视野和心胸当然应当较之前人更广阔一些，态度和动机较之古人更公正一些，虽然我们的见识未必超过先哲和时贤。不过，这里只想就学术界已经论及的几个问题讲一下自己的看法，以期引起学界的关注和讨论。至于全面评价司空图在诗评、诗论，乃至在中国文学史上的地位，实非笔者此处可以仓促应对的。

1. 文有二道：柳宗元的典籍分类和刘禹锡的文体划分

在讨论司空图的《题柳柳州集后》一文的时候，我们不得不涉及柳宗元本人的一篇与之密切相关的论文，那就是他的《杨评事文集后序》。之所以要提到这篇文章，是因为司空图为之作序的《柳柳州集》却早就有了一篇作者自己的序文在先，那就是这篇《杨评事文集后序》。本来这是一篇应人之邀而写的不无社会应酬式的文章，柳宗元却写得十分认真，故十分有论文味道和学术价值，这就是这篇文章不得不提及的道理。且不说这篇文章背后的人际关系和杨评事为何人，只关心其中的理论观点及其价值取向，以便将其作为引入的部分，让我们从此开始介入讨论。

其实，在此以前，在谈到柳宗元自己对于文化典籍与个人修养的关系时，他还写过一篇《答韦中立论师道书》，也收在这个集子里。此文首次明确了文以明道的思想："始吾幼且少，为文章以辞为工。及长，乃知文者以明道，是故不苟为炳炳烺烺、务采色、夸声音而以为能也。"① 此外，还集中谈到他个人眼中中国文化典籍的不同修养功能。而笔者之所以在原则上把柳宗元的文章认为是中国文化典籍的分类，而不简单是诗文兼善问题的直接叙述，就是基于他的写作本身所立足的基点，而不是就所写的具体文章的功能而言的。

在谈到有关中国文化典籍的源头性文献对于文人修养所起的作用时，柳宗元说：

> 本之《书》以求其质，本之《诗》以求其恒，本之《礼》以求其宜，本之《春秋》以求其断，本之《易》以求其动，此吾所以取道之原也。参之《谷梁》以厉其气，参之《孟》、《荀》以畅其支，参之《庄》、《老》以肆其端，参之《国语》以博其趣，参之《离骚》以致其幽，参之《太史公》以著其洁，此吾所以旁推交通而以为之文也。②

---

① 转引自陈望衡《中国古典美学史》，湖南教育出版社，1998，第511页。

② 《答韦中立论师道书》，转引自张炯等主编《中华文学通史 第二卷·古代文学编》，第365～366页。

【今译】

以《书》为本以求其认识事物的本质，以《诗》为本以求其体察人情之恒常，以《礼》为本以求其社会行为之适宜，以《春秋》为本以求其历史事件之明断，以《易》为本以求其掌握运动之态势，这些就是我读经取道的源泉。然后，再参之《谷梁传》以激励我之浩然之气，参之《孟子》《荀子》以舒展我思想之枝叶，参之《庄子》《老子》以横肆我思维之端绪，参之《国语》以广博我的志趣，参之《离骚》以致我情感之幽深细微，参之《史记》以锻炼文人的节操品行，这就是我可以触类旁通和融会贯通的为文之道。（笔者试译）

这里重要的是，柳宗元把这些文献分为两类：一类是基本文献，用了"本之以"的句法结构；一类是延伸性文献，用了"参之以"的句法结构。从划分的文献类别来说，一类基本上是《诗》、《书》、《礼》、《易》和《春秋》，是其根本性的文献（primary documents），就是文史类；一类是语言和诸子作品类，是派生性的文献（secondary documents）。当然中间也有交叉，例如，《诗》和《离骚》就被分为两类，可见仍然是以北方文献为主导的。而《春秋》和《国语》其实也不是截然而分为历史类和语言类的，二者都可以说是历史类的，如此而已。

但就笔者的理解而言，第一类大体上属于经（无作者的圣人所作），第二类属于文（贤才、先秦诸子之作）。由此也可以理解，上述所记，基本上属于典籍类，除《诗》（无作者的经）和《离骚》（有作者的文）之外，其余的乃属于非文学类。在《杨评事文集后序》中，柳宗元进一步提出"文有二道"的原则，将文学与非文学加以明确区分：

作于圣，故曰经；述于才，故曰文。文有二道：辞令褒贬，本乎著述者也。导扬讽喻，本乎比兴者也。著述者流，盖出于《书》之《谟》、《训》，《易》之《象》、《系》，《春秋》之笔削。其要于高壮广厚，词正而理备，谓宜藏于简册也。比兴者流，盖出于虞、夏之咏歌，殷、周之风雅，其要在于丽则清越，言畅而意美，谓宜流于谣诵也。

这里首先是圣人作经（canon）、贤才作文（literature）的论述。然后才是经典中的文学和非文学的区分。张少康先生对其做了进一步的、现代的、专业的区分：

他看到了"文有二道"，这里的"文"是广义的，它包括非文学的"著述"之类和艺术文学的"比兴"之作。前者以辞令褒贬为主，着重于阐发某种思想学说、政治主张，故以"高壮广厚"、"词正理备"为特征；后者则以"导扬讽喻"为主，从审美的角度创造艺术形象，寄托作者的理想、愿望，抒发自己的思想感情，故以"丽则清越"、"言畅意美"为特征。[①]

然而，这一划分的实质，不仅是文学和非文学，而且是诗与非诗，因为他的文学是狭义的，用比兴，当然只能指诗歌，而其他均归之于散文，即广义的"文"，而"文"又有文学的艺术散文和非文学的实用散文的区分。可见柳宗元的划分还不是现代的文艺学专业的划分，而是基于典籍中的非文学和诗的区分，类似于后来的"义理之学"与"辞章之学"的概念。既然如此，把诗单独列出，就有夸大诗的作用和难写的一面，所以柳宗元认为的，文学类和非文学类的创作罕有兼顾的观点，也是基于这种认识的。不过，他的论证是以人为本的，即按照实际的人才情况，有偏于文的，有偏于诗的，诗人写文章不行，文人写诗也不行。（这当然是等而下之，不能包括圣人所作的经的含义了。在宗经传统中，又岂能讨论经的作者的问题、圣人的问题？）

> 兹二者，考其旨义，乖离不合。故秉笔之士，恒偏胜独得，而罕有兼者焉。厥有能而专美，命之曰艺成。虽古文雅之盛世，不能并肩而生。唐兴以来，称是选而不祚者，梓潼陈拾遗。其后燕文贞以著述之余，攻比兴而莫能极；张曲江以比兴之隙，穷著述而不克备。其余各探一隅，相与背驰于道者，其去弥远。文之难兼，斯亦甚矣。（《杨评事文集后序》）

具体的例证首推陈子昂，其可谓诗文兼善者，但那是例外、少数。张说（即燕国公，谥号文贞）以著述即非文学写作为主，后来攻诗歌，终于没能达到极致或理想的境界。张九龄是诗人，趁写诗之空闲，努力学写文章，而没能功成。其余的人就不用说了，文与诗越来越远。可见诗文兼善，难乎其难。

刘禹锡在此基础上，进一步有所发挥。他在《唐故相国赠司空令狐公集

---

① 张少康：《司空图及其诗论研究》，第83页。

序》中说，令狐楚擅长公牍文体，"导畎浍于章奏，鼓洪澜于训诰，笔端肤寸，膏润天下，文章之用，极其至也"。但又能努力于诗歌创作，以"余力工于篇什，古文士所难兼焉"。这里见出他的公牍文章作用于社会的直接效果，但后来其努力写诗赋等文学作品，是古代文士所难以兼善的。这是先官后文的例证。他又在《唐故中书侍郎平章事韦公集序》中，论及韦处厚"未为近臣以前，所著词、赋、赞、论、记、述、铭、志，皆文士之词也，以才丽为主。自入为学士至宰相以往，所执笔皆经纶制置财成润色之词也，以识度为宗"。这是先文后官的例证，可见也可以兼顾，而且有一定的成就，至少是应用价值。[①] 张少康先生认为，刘禹锡对文学和非文学文章的区分法比柳宗元更进一步，以"才丽"和"识度"来说明其不同特点，"文士之词"中既有辞赋，也有散文。然而，这种划分仍然在一定程度上混淆了文学和非文学，因为刘禹锡的划分是以政论文公牍体为主体，将其归于"识度"，即社会公用方面的政论文体，其核心是官样文章或馆阁体，而在"文士之词"中，却包含了诗、赋、赞、论（文论）等诗文艺术和记、述、铭、志，即实用散文的两种情况。这样，如同柳宗元以诗人为核心，将诗与其他文体分开一样，刘禹锡则是以官宦（政治家）为核心，将政论文和文人之诗文加以区分。

严格说来，他们的划分仍然是有问题的。大致的区分在于，柳宗元是典籍文献基础上的分类学目录，偏重于文献整理和个人修养的关系，是以自己为主体的例证，而刘禹锡则是文体学（文类学）意义上的文士之词，侧重于文人修养和辞章表现，只是在一个人身上分先后而已。当然，他所列举的各类文体，都可以写得有艺术性、有文采，甚至政论文和公文也可以写得有文采，但那和文类划分还是有区别的。换言之，只要是文人写作，就属于文士之词，要有文学性、有文采，正所谓"才丽"；而政治家的写作，重点在于社会认识和调度作用，故而是"识度"。沿着这一条思路下去，还有没有其他的思路呢？

正是在以上两家思想典籍分类与文体划分的语境里，我们要展开司空图关于"诗人之为文"和"文人之为诗"的论述。

2. 为文为诗，才格可见：司空图的诗文兼善论

据笔者了解，学界对司空图兼评诗文的做法表示不太理解，并且普遍认

---

① 张少康：《司空图及其诗论研究》，第85页。

为司空图关于文和诗可以兼善的提法在理论上不妥。一个比较适中的说法是，司空图"提醒人们既宜重视柳文，亦宜重视其诗。对柳州来说，司空之说，是对的。但他的兼善论却是错的"。① 作者的观点显然是：柳宗元诗文兼善只是一个特例，诗文虽可以兼善，在理论上却是错误的。其主要的根据是柳宗元在《杨评事文集后序》中的一句话："故秉笔之士，恒偏胜独得，而罕有兼者焉……文之难兼，斯亦甚矣。"

其实，就愚所见，诗文兼评既然不错，诗文兼得也堪称奇才，那么诗文兼善论也就可以成立。以实际上诗文兼善在文学史上罕有其人，或以柳宗元本人认为诗文兼善者罕有其人为由加以反对，认为其在理论上不对，实在是理由不足。倘若仔细重读一遍司空图的原文，则这一问题便不难弄清了。是的，由于司空图是题在《柳柳州集》上的，他对于其中所载柳宗元的文章不可能没有看到，对于柳宗元的观点也许不完全赞同，而是有感而发，提出自己的观点，而这一观点，也不完全反对柳宗元的观点，而是一种补充、一种调整。同时，就这篇序言本身的语境来说，因为涉及对柳宗元的诗文的评论，认为其能兼善，不仅在学术上有新意，在交往方面也是十分得体的。下面，我们来看一下这篇著名的文章。

> 金之精粗，考其声，皆可辨也，岂清于磬（磬）而浑于钟哉。然则作者为文为诗，格亦可见，岂当善于彼而不善于此耶！思（愚）观文人之为诗，诗人之为文，始皆系其所尚，既专则搜研愈至，故能炫其工于不朽，亦犹力巨而斗者，所持之器各异，而皆能济胜，以为勍敌也。②

司空图开门见山，认为金玉的精细与粗糙，从听其声响便可辨别出来，未必仅仅是玉磬的声音清脆爽利、金钟的声音浑厚悠远那样简单。若是一个人的诗和文，如诗人写文章、文人写诗，也可见出其才性品格，不能只说是善于诗就不能善于文了吧。他所看到的诗人为文、文人为诗，都是其所喜欢的，是专门修炼、搜集钻研的结果，所以才能显示不朽的才华与工巧，这就好像是力士搏斗一样，虽可执的武器不同，但十八般武艺样样都足以抗敌获胜。这些道理当然依据的是类推逻辑，却是至理名言。接下来他分析了几个代表人物及其阅读感受，作为例证。

---

① 参见郭晋稀注译《白话二十四诗品》，岳麓书社，1997，附录，第 69 页。
② 转引自祖保泉、陶礼天笺校《司空表圣诗文集笺校》，第 196 页。

愚常览韩吏部歌诗数百首，其驱驾气势，若掀雷抉（挟）电，撑抉于天地之间，物状奇怪，不得不鼓舞而徇其呼吸也。其次皇甫祠部文集，所作亦为遒逸，非无意于渊密，盖或未遑耳。今于华下方得柳诗，味其深搜之致，亦深远矣。俾其穷而克寿，玩精极思，则固非琐琐者轻可拟议其优劣。又尝铺（睹）杜子美祭太尉房公文，李太白佛寺碑赞，宏拔清厉，乃其歌诗也。张曲江五言沈（沉）郁，亦其文笔也，岂相伤哉！

噫，后之学者褊浅，片词只句，不能自辨，已侧目相诋訾矣。痛哉！因题柳集之末，庶俾后之诠评者，无或偏说，以盖其全工。①

柳宗元，字子厚，河东（今山西永济）人，由此可见其和司空图是同乡。唐贞元年间进士，政治上和文学上皆有巨大成就，其所主张的革新失败后，被贬为永州（今湖南零陵）司马，后迁居柳州，任刺史，世称"柳柳州"。柳宗元和韩愈齐名，共同发起古文运动，提倡社会和文学改革，影响深远。韩愈，字退之，河南河阳（今河南孟州市）人，郡望昌黎，自称"昌黎韩愈"。贞元年间进士，曾任监察御史、国子监博士，因谏迎佛骨，贬潮州刺史，后至吏部侍郎，故称"韩吏部"。

司空图认为，韩愈的诗歌，数百首，显示了其非凡的驾驭思想和语言的能力。他以掀雷挟电状韩诗文之气势，撑开天地，在其间鼓荡，万物在其笔下各显示奇特的状态，令人读之鼓舞，呼吸紧迫而后快。关于柳宗元，今天在华阴，才得一览柳宗元的诗作，感其有深邃悠长之韵味。但须穷尽其趣，玩味其精巧，所以不是浅薄之徒可以随便评价其优劣的。这也是给予了很高的评价。至于赏读杜甫的《祭太尉房公文》、李白的《佛寺碑赞》，更觉其渊博出众、清新峭拔，俨然一首歌行体诗歌。另外，他还进行举例——《皇甫祠部文集》，即《皇甫湜文集》（今常作《皇甫持正集》，别集，乃皇甫湜撰写，湜字持正，故名），认为此文集也属于遒劲俊逸之作，不是不注意玄深和周密，只是他还没有闲暇时间细读而已。最后，还有诗人张九龄［字子寿，韶州曲江（今广东韶关）人，著有《曲江集》］的文章，他认为张九龄的五言写得沉郁，文笔也不错，难道便能说是诗文相互抵牾了吗？这些论证，虽然是阅读印象，但也可以说明他们是诗文兼善的，而不是诗文互不相关的。

其实，就一般人的印象而论，柳宗元是诗文兼善的大师级人物，这是无

---

① 转引自祖保泉、陶礼天笺校《司空表圣诗文集笺校》，第196~197页。

可非议的。他的诗，无论是格律，还是意境，都是上乘，可称绝句之独，无出其右者。如：

江　雪

千山鸟飞绝，万径人踪灭。

孤舟蓑笠翁，独钓寒江雪。

他的文，

> 如《永州八记》中的《钴鉧潭记》、《钴鉧潭西小丘记》、《至小丘西小石潭记》、《袁家渴记》等文，写一草一木，一泉一石，颜色、声音、动静、远近等，均生动逼真，神妙入微。如：

> 潭中鱼可百许头，皆若空游无所依；日光下彻，影布石上，怡然不动；俶而远逝，往来翕忽，似与游者相乐。

> ——《至小丘西小石潭记》

> 这里对于游鱼形态的揣摹，臻于化境。虽无一笔写水，但水的明净和清澈已可完全感到，体现了实中写虚、以少胜多的美学原则。而字凝语炼，多用短句，则代表了他散文语言的共同特点。①

司空图对于后辈之学者偏颇浅露，只言片语都不能有所见，便相互诋毁以至于侧目，大不以为然，因此才题在《柳柳州集》之后，乃是要提醒后来的诠释品评者，不要以偏概全，而要诗文兼评、全面看待才行。

看来，即便不论及司空图为柳宗元的文集作序这一特殊任务，单就他的兼善论而言，也是理论上的，而不是说任何人都可以做到诗文兼善。他的诗人为文、文人为诗的立论，不同于柳宗元以典籍分类进行立论的方法，也不同于李商隐以文体划分进行立论的方法，而是注重创作主体本人，以文人写诗、诗人写文，来进行交叉论证，尤其独特的是其立论视角和考察结论。虽然人们未必完全赞同他对每一个人的评论，特别是张九龄和皇甫湜的例证，但这一总体立论还是有其实证观察基础，并有一定的理论价值的。仔细品味其理论，认为有才能的诗人、文人才可以做到诗文兼善，也有其深刻的道理。就学理而言，仔细分析起来，其中包含这样几层意思。

---

① 张炳等主编《中华文学通史 第二卷·古代文学编》，第158页。

（1）由外而内，于具体的诗文中可见作者独特之才性品格。

（2）由内而外，既然人的才性和品格统其诗文，故依人之天性本可以诗文兼得。

（3）就具体的实现情况而言，诗文成就罕有兼善，主要是后天选择和个人专攻的结果。

（4）就统一于"道"这一本体而言，为诗为文的分离是表象的、现象学的、工具性的，而非实质性的。

（5）就认识论而言，无论具体到诗还是文，都可以评论，考其声，乃有精粗之分，叩其要点，乃可以加以认识、加以评论，并非不可知论者也。

从中还可以引申出一点，就创作主体而言：为文者，其为诗的潜力尚有待于进一步发现和发展，为诗者亦然。此外，还可以找到一个理论上的根据：既然诗和文都是道的体现，则二者就不应当是矛盾的，而应当是相互促进的。但尽管如此，司空图并没有把诗和文等量齐观，不加区分，而是认为诗比文更难，而且诗创作和评论要更加灵活，才不至于"死于诗"。

> 文之难，而诗之难尤难。古今之喻多矣。（《与李生论诗书》）
>
> 且工之尤者，莫若工于文章，其能不死于诗者，比他伎尤寡，岂可容易较量哉！（《与王驾评诗书》）

最后，我们可以尝试把这三种理论加以分类总结，列出各自的模式如下。

（1）理论之一，柳宗元"文有二道"论。（duality of literature）

理论基础：典籍修身之道，惠及个人和社会。（canon and cultivation）

典籍分类：核心文献（文、典章制度等），扩充文献（诗、辞章才性等）。（core document, extended document）

文体分类：广义文学（literature）概念，其中比兴（诗）（poetry）独立。

延伸推论：甲、诗文可以兼善，在典籍修身问道的过程中，有见道深浅而已；（Can be both good at literature and poetry.）

乙、不可以兼善，因为不能并肩而生，罕有兼者焉。（Can not, for fewer examples could be found.）

（2）理论之二，刘禹锡"才丽识度"论。（individual literary mind）

理论基础：为个人与为社会的不同理论。（For oneself or for the society.）

文体分类：才丽类（文人诗文），识度类（政论文）。（for poetry or for polity）

典型例证：令狐楚，初为公牍文（document），后为篇什（article）；或相反，韦处厚，先诗文后公牍。

延伸推论：诗文基本可以兼善，如在一个人的不同发展阶段，可有侧重。（Can both be achieved at one stage or another in a man's intellectual development.）

（3）理论之三，司空图的"诗文兼善"论。（towards a literary mind）

理论基础：道之为体，学问诗文为表。（Tao hidden as is literature manifested.）

文体分类：文人为诗（文人之诗），诗人为文（诗人之文）。（Poetry by a man of letters, or article by a poet.）

典型例证：李白、杜甫之文，韩愈、柳宗元之诗。（Li Bai's and Du Fu's articles, Han Yu's and Liu Zongyuan's poems.）

延伸推论：诗文可以兼善，如文人可以写诗，诗人可以著文。（Can both be good if one strives for better commitment in poetry and article.）

3. 余论：三个可以继续讨论的问题

此三论到此可以说已经论述完毕，但还有三个问题没能交代清楚。故作余论，以彻底说明问题。

其一，关于诗文兼善的推论。

如前所述，似乎三个理论中有两个都提出不可以兼善的问题，只有司空图认为可以兼善，但他是隐含的兼善论者，而在非兼善论者中，只有柳宗元是坚决的绝对论者，而刘禹锡则是中间的、温和的非兼善论者。既然如此，为什么还要说他们三人的答案都是可以兼善的呢？这要从我们中国人习惯的论述方式和论述态度说起。一般说来，如果一个人要提出一个问题，提出一个明确的命题，然后再加以论证，其结果就会和他的论证结果相一致。但我们中国人不是，他是提出一个命题，然后举例说明，而他的例证可以有两种解释、结果，他要说的是一种结论，而读者看到的是另一种结论。岂不怪哉？

例如，假若李商隐认为"才丽"之文和"识度"之文，不可以兼善，也没有什么问题。但他提出的例证有两个，第一个写令狐楚，先写公牍文，后写篇什，结论是"古文士所难兼"。既然是难兼，就不是不可以兼，而是不容易兼，或很少兼。那还不是可以兼吗？接下来又以韦处厚为例，先写"文人之词"，后来当了宰相，始写"经纶制置财成润色之词也，以识度为宗"，他并没有说后者写得不好，不能兼善。那还不是可以兼善吗？何况一个文人，做官到了宰相，还不会写一些官样应酬文章吗？反过来说，他要是文章写得不好，又怎么混迹朝野，当上宰相呢？

这种论证方式，在司空图那里也大同小异。他说，观察文人的诗和诗人的文，都是自己喜欢，然后搜集研习，久而久之，始能在人面前炫技夸耀，甚至以诗文而不朽。就和搏斗持的器械一样，器械不同，但都可以克敌制胜。这还不等于说，是可以兼善的吗？然后，他讲了李杜的文章精彩绝伦，韩柳的诗也很了得，那还不是说二者可以兼得吗？但他确实没有直接提出一种"兼善论"的命题。只是由于他的结论或者态度是对于诗文要"无或偏说，以盖全工"，所以人们认为他是兼善论者。

诚然，司空图所说的诗人可以为文、文人可以写诗，是在文人的领域内来论证的，而李商隐则例证说同一个人，可改变身份，或兼有身份，也都可以为文为诗，二者的观点是有些不同的。但其不同乃在于"人"的不同，而不是"文"的不同。而今我们把"人"的不同，混同于"文"的不同，说他们都提出了文学和非文学的划分主题，即便如此，那也不是他们本来要论证的东西，而是在论证中顺便涉及的东西。这种情况，笔者认为称为"间接论证"可能较为合适。

只有柳宗元的论述，有些特殊。他首先是联系到个人修养，对所读过的文化典籍加以分类，但是实用的、分级的、阅读式的分类，"本乎以""参乎以"，既是阅读的，又是修养的，既有本体论，也有功能论。然后说了不同文章的特点，做了"经"和"才"的区分，"本乎著述"者，当如何写，或"本乎比兴"者，当如何写（其实皆是标准而不是写作指南）。由此看来，三人之中，只有柳宗元是在做文体的分类，而且直接提出"文有二道"的理论命题（"道"若理解为本意，便有本体论的含义），可以说属于直接论证。但由于他的例证是他自己的阅读和写作经验，你可以说他是兼善论者，是主张可以兼顾的，因为他本来就是（或后来成为）大文豪，故诗文兼善，又有何奇怪？由此看来，他的兼善论的观点，是可以从他自己的论证中推论出来的，而不是他自己明确提出来的。在这个意义上，也可以说是一种间接推论，或间接论证，属于一种特例。

不过，这个推论和柳宗元本人的结论似乎是有矛盾的，因为他确实明确地提出了不可以兼善。他在《杨评事文集后序》中是这样说的："兹二者，考其旨义，乖离不合。故秉笔之士，恒偏胜独得，而罕有兼者焉。厥有能而专美，命之曰艺成。虽古文雅之盛世，不能并肩而生。"

可问题就出在这里：两种文体，"考其旨义，乖离不合"，是不能兼顾的。这是原理部分，不能怀疑。

但是，转移到写诗、写文的人身上，语气就不那么肯定了，"故秉笔之士，恒偏胜独得，而罕有兼者焉"成了比例关系、概率关系。属于统计数字，实证论据。到了最后，"厥有能而专美，命之曰艺成"变成了一种概念，用"艺成"来概括这种现象。既然没有兼善的情况，就不需要概括了。

结论："虽古文雅之盛世，不能并肩而生。"又回到一开始的论题了，这个结论本身，是无可怀疑的。

这种论证方式，不是原理的推论，一推到底，直逼结论（事），而是转向例证（人），而例证成为比例关系，既然是比例，就不可能有绝对的结论。但回到了结论，又绝对了。而我们对于"绝对"这个词很反感，认为它是错误的、唯心的、非辩证法的、形而上学的。

相对于西方的直线的、逻辑的论证方式，中国的论证是一种循环的、实证的论证方式。

当然，柳宗元的具体例证，也是程度性的，或以程度论概率。柳宗元在《杨评事文集后序》中曰："唐兴以来，称是选而不祚者，梓潼陈拾遗。其后燕文贞以著述之余，攻比兴而莫能极；张曲江以比兴之隙，穷著述而不克备。其余各探一隅，相与背驰于道者，其去弥远。文之难兼，斯亦甚矣。"

结论是"文之难兼，斯亦甚矣"。（It's difficult to be good at both poetry and article.）

难则难也，并非不能兼，只要有一个例外，就是可以兼的例证。那就是陈子昂。

一则以存在为真理（有，there is）。由此看来，陈子昂又未必只是一个例外。他可以是表率、是天才、是极致。

一则以众数为真理（常态、常模，norm）。多数人，兼攻都不是很成功，不是很成功，就是程度、就是潜力、就是可能性。

由此看来，成功的，就是实现了的。未完全成功的，就是可发展的、有潜力的、有前途的。在最终的本体和现象之间，或潜能和实现之间，是一个连续体，是隐与显的关系、是本质和现象的关系。一切皆因条件而定，不是绝对不可能。

其二，关于诗比文更难的论证。

柳宗元好像没有直接说诗和文哪一个更难，姑且不论。而司空图和刘禹锡都说了哪一个更难。

司空图在《与李生论诗书》中说："文之难，而诗之难尤难。古今之喻多矣。"古今之喻，可以理解为比喻，也可以理解为间接论述。以之为论证，是诉诸古人、诉诸权威，说诗难写甚于文。

他又在《与王驾评诗书》中说："且工之尤者，莫若工于文章，其能不死于诗者，比他伎尤寡，岂可容易较量哉！"这里有三个层次，一是技能层次（尤），一是文章层次，一是诗歌层次。一个比一个更精致、一个比一个更高端、一个比一个更难。这是以技术含量为基础的论证，以精致、精品为基础的论证，以功夫或直觉感悟为基础的论证。

这里有一个派生的问题，就是司空图所谓的"诗人之为文"和"文人之为诗"的问题，可以顺便讨论一下。诚如司空图所论述、所举例说明的那样，诗人为文难一些，文人为诗也难一些。但这里也可转化为"诗人之文"和"文人之诗"的问题，稍加分类，举例讨论一下。

第一，"诗人之为文"和"文人之为诗"，作为一种有先在定论的身份，要改换之，有一定的困难。但在极致下，也不是不可能，故而有兼善者，有不兼善者也。而他们的诗文状态，则可据以分为两类，其下又各有典型的和一般的状态。

A类：一般状态，如张九龄，诗人之文也，不再讨论。

而李杜，属于极致状态，诗人之文也。其典型特征是诗意的描述、丰富的想象、优美的语言，兼有对仗和韵律。下引李白一篇文章，作为唐文的典范。

春夜宴桃李园序

李　白

夫天地者，万物之逆旅；光阴者，百代之过客，而浮生若梦，为欢几何？古人秉烛夜游，良有以也。

况阳春召我以烟景，大块假我以文章。会桃李之芳园，序天伦之乐事。群季俊秀，皆为惠连，吾人咏歌，独惭康乐。幽赏未已，高谈转清。开琼筵以坐花，飞羽觞而醉月。

不有佳作，何伸雅怀？如诗不成，罚依金谷酒数。

【旁证】里尔克是世界级的大诗人，其文是想象的、意象的、发挥的、丰富的、哲思的、诗意的。

奥地利诗人里尔克（Rainer Maria Rilke，1879～1926 年），以诗歌著名，散文也上乘。《就为了一首诗》，深入其中，方见得细节感人、想象丰富，以纯粹之联想，得一篇之架构，千古奇文，近乎诗也。连贯中有顿挫，描述中有变化，是基本要义，但就其章法而言，也是首尾照应，中间丰富深刻，意境全出，而各部分之细节，看似散乱，其实隐藏了一个基本的逻辑，似乎隐约可见一段人生的经验历程，此乃一微妙处。

就为了一首诗

啊，你若一生过早地写诗，诗就微不足道。你应当等一等，收聚感觉和甜美，要一辈子，可能的话，还要更长，然后，到最终的时候，你也许有可能写上十行好诗吧。因为诗不像人们所想的那样，只是感情（人们的感情早就有了）——诗是经验。就为了一首诗，你要看许多城市，许多人，许多事，你必须了解动物，感觉鸟的飞翔，知道大清早小花开放时是怎样的姿态。你要能够回忆四邻陌生的街道，意想不到的情势，想象到你早就看到即将要发生的分离；回忆童年，其神秘至今无法解释；回忆双亲，他们带回来一个好东西，而你却没有捡到（那好东西是给别人的），因而便伤害了亲情；回忆童年的病患，莫名地开始了，又有那么多深刻而困难的过度；回忆安静的岁月，屈居一室；回忆清晨临海，回忆下海，回忆多次下海；回忆趁夜色游览，登高远望，与群星共飞舞，——还有，就已经想到了的这一切而言，还是不够。你还要记得许多次良宵恋爱，每一次都不同，记忆中女人在临盆尖叫，以及轻松、苍白、沉睡、刚刚在产后收敛的女人。可是你还要守候在垂死者的身旁，与死者同在一室，窗户洞开着，喧闹声方散。光有记忆还是不够。你还要能在记忆太多时，忘记它，你要有足够的耐性等待它返回。因为记忆本身并不重要。只有当记忆进入我们的血液，进入眼神，进入姿态，而又未名，永远不能确认会独立于我们自身——只有此时，才可能发生某种十分罕见的时刻，一首诗的第一个词从中升起，怡然而去。

B 类：皇甫湜，一般状态，文人之诗也。不再讨论。

韩柳，极致状态，文人之诗也，大家都熟悉。下引理学大师朱熹诗一首，作为宋诗的代表。

活水亭观书有感二首

其一

朱　熹

半亩方塘一鉴开，天光云影共徘徊。

问渠那得清如许？为有源头活水来。

这几乎是一首记叙真实景色的诗，但其后一联是议论，堪称名句。以议论入诗，乃学者之诗、哲人之诗、文人之诗，而非诗人之诗也。由此可见宋诗的性质，以及和唐诗的区别。换言之，由诗人之诗，到文人之诗也。

【旁证】美国哲学家爱默生之诗是论述的、评论的、议论的，虽有意象、有妙句，但终非诗人之诗也。

R. W. 爱默生（Ralph Waldo Emerson，1803～1882年）是美国超验主义思想的创始人和代表人物，他的思想奠定了美国精神的哲学基础。爱默生的诗歌，也颇可一读，虽然有论者以为其思想未免多于意象。这首《紫杜鹃》，借助于林中小花的问答，讨论了美存在的根据在于自身的命题。这种情况和朱熹借助于诗的意境，提出和回答这里的问题一样，具有议论入诗的特点，乃文人之诗也、哲人之诗也。

紫杜鹃

有感于此问：此花出自何方？

五月，海风如刀刺入我们的孤寂地，

我在林中发现了新开的紫杜鹃

绽开他无叶的花朵在湿漉漉的僻壤，

给荒芜之地和懒散的溪水些许欣慰。

紫色的花瓣，凋零在池水间，

以其自身的美艳令黑幽幽的池潭欢欣；

那红雀会飞来此地纳凉，她一身的华羽，

竟求偶于使他相形见绌的花冠。

紫杜鹃！假若圣贤问你：为何

此番魅力会消损于天地之间，

告诉他，亲爱的，倘若眼用于观看，

美就是她自身存在的理据：

你为何在此，哦，与玫瑰夺冠！

我从不明知故问，也未曾知晓：

但以鄙人之愚见，我想

那导引我旅途的大神，也安置了你。

其三，关于诗文一体的来源。

关于这个问题，刘禹锡论证得较为明确：

他说："诗者，其文章之蕴耶！"（《董氏武陵集纪》）可解释为：诗歌比文章更为含蓄，更为寓意深远。

又说："心之精微，发而为文；文之神妙，咏而为诗。"（《唐故尚书主客员外郎卢公集序》）可理解为：心之本体（文心），发而为文（功能文本）；文之神妙（特异功能、精粹），咏而为诗（吟唱出来为诗歌，强调诗的音乐性）。

其理论基础是心之本源论（唯心论），发源于《诗大序》（见后）。文是功能，诗是文的精粹或精华的体现（主要是音乐性、情感的丰富性）所致。加上第一条诗文关系可知，诗比文含蓄，且寓意深远。

由此看来，诗文是一个连续体，从心的本体发出，粗而为文，精而为诗。所以，一个比一个难。

> 诗者，志之所之也。在心为志，发言为诗；情动于中而形于言。言之不足，故嗟叹之；嗟叹之不足，故永歌之；永歌之不足，不知手之舞之，足之蹈之也。情发于声，声成文谓之音……（《诗大序》）

诗者，心志，言文（嗟叹），舞蹈解读：心志之发于外，为动作（舞蹈）。

情声，文音（诗）解读：情声成于文音，则为诗歌（有文的音乐，或有音乐性的文）。

同样也是一个循环论证，从诗开始，到诗结束。

将这一两段逻辑加以简化，就得到一个"心—文—诗"的连续逻辑图。

那就是刘禹锡的"心—文—诗"一体论了。

第二章

文人气质，诗赋精神：司空图的
诗文创作及其与《诗品》的关联

第一节　诗赋文章：司空图的文章、文风及思想

中国人看重文章，不似西方人，以为其是修辞学的一部分，而是认为：文章有本体论，与宇宙同源、天地同寿，在功能上又是经国大业，教化文明，德被后世，千古不朽。古人十分重视文章，因为文章是关乎社稷兴衰、个人荣辱、生命不朽的事业，而且不假当朝之威势，不假史官之吹捧，文章自可千古流传。

曹丕《典论·论文》曰：

> 盖文章，经国之大业，不朽之盛事。年寿有时而尽，荣乐止乎其身，二者必至之常期，未若文章之无穷。是以古之作者，寄身于翰墨，见意于篇籍，不假良史之辞，不托飞驰之势，而声名自传于后。①

文发于先秦，至盛唐，则达鼎盛。古人评论文章，自是以上古先秦、汉代为最好。清末民初学者来裕恂的《汉文典》谓唐代为"文章振作时代"，并给出唐代文章的三大阶段，可以一读：

> 唐兴，文人锐志学古，凡三变而始得正宗。初唐沿江左雕饰之风，故虽以王、杨、卢、骆之才，不能脱六朝之范围。中唐崇尚经术，文章遂趋浑厚，燕（张说——笔者注）、许（苏颋——笔者注）以大手笔称，犹不能上追两汉。自元结奋起，独孤及、李华之徒左右之，于是文章一变。大历、正元之间，韩退之提倡古文，起八代之衰，由是唐代有

---

① 转引自孟蓝天等编著《中国文论精华》，河北教育出版社，1993，第131页。

文章。其时柳子厚浸淫《庄》、《孟》，得与昌黎并雄。李翱、黄甫湜渊源退之，亦矫矫也。余若陆贽之奏议，刘蒉之对策，杜牧之《罪言》，亦略可称述者也。①

翻译家林纾在《论古文白话之相消长》一文中也论及唐代文章，有一段较为完整的文字，也涉及对不同作者诗文的评论，颇有参考价值：

> 文之盛，莫如唐。然《全唐文》，余已阅至大半。四杰唯子安为腴厚；燕、许则貌为汉京，力学《典引》，而思力不及独孤；常州较有法而多懈，权文公则寝处必具衣冠矣；李白、萧颖士皆近六朝，然颖士之渊雅，似较太白为重，故李华终生畏颖士也。其余李峤诸人，皆貌为虚枵。其中昌黎一出，觉日光霞彩照耀四隅。柳州则珠玉琳琅，不能与之论价，于是废其下不观。以鄙意论之，晚唐之罗江东及皮、陆尚有作法，视初唐之陈子昂、张曲江滋味尚多。②

为便于理解，省却注释，兹今译如下：

> 文章至唐为至盛。《全唐文》我已读之过半。初唐四杰中，只有王勃的文章堪称丰美。张说和苏颋的文章貌似两汉，努力学习《典引》，但思力不及独孤及；而独孤及的文章有法度但时有懈怠，而权德舆之文雅正而弘博。李白、萧颖士皆近六朝，不过颖士渊雅，似较李白为重，所以李华终生对颖士抱有敬畏之心。其余如李峤等人，貌似空虚无物。唯韩愈一出，如日光霞彩照耀四方，柳宗元则是珠玉琳琅，不能与之论价，于是其下皆不足观也。就鄙意而论，晚唐的罗隐及皮日休、陆龟蒙尚有作法，视初唐的陈子昂、张九龄滋味尚多。（笔者试译）

之所以引用这一段文字，除了可以作为司空图晚唐论诗歌和文章的历史背景，尚有几点可以提及。

其一，来裕恂、林纾乃晚清和民国时期的人，他们对文章的看法，基本上还是以古文为上，先秦至汉文是其标准。这种做法，固然有崇古的因素在，也有追根穷源的意味，不能断然否定。

其二，论及古文时，基本上都用类似于司空图论唐诗的笔法，可见古人

---

① 高维国、张格注释《汉文典注释》，南开大学出版社，1993，第409~410页。
② 许桂亭选注《林纾文选》（注释本），百花文艺出版社，2006，第92页。

117

对于古文、古诗的评论，有其习惯的以时为序、点到为止的共同做法，值得我们注意，也可做一佐证。

其三，文中论及韩愈、柳宗元的文章，以及李白等人，可作为参考意见。初唐、晚唐之对比写法，均可参考。二人均没有提到司空图，可见司空图在文学史上不以文章见长，而以诗论出名。

关于古代中国知识分子和朝廷的关系，以及和官方意识形态的关系，他的忠君思想和自由选择，有若干重要的方面，值得关注。在这一方面，德国汉学家顾彬对于唐代仕宦阶层有一段著名的论述，可以帮助我们在总体上认识和把握以司空图为代表的晚唐文人仕宦的精神面貌，进而深入理解其诗文精神：

> 文人学士必须一如既往，为由佛教、道教和儒教因素构成的国家崇拜写祭祀文章。但是在对自己宗教地位的认识方面，他们又是自由的，与此相应地，他们时而佛教，时而道教，时而儒教。有时候，他们甚至同时受到这三种教义的影响。通过唐代衙门使所有宗教事务合理化，官僚化，并以此控制所有宗教事务，是这样一个事实存在的理由：在中国决不可能像在西方国家那样，一种精神上的教义作为独立的权力因素存在，（因为）这种因素会帮助个人认识到一种不依赖权力中心的个人地位。这一点也可以从广义上来说明，中国"知识分子"对皇帝以及由他所代表的权力事实上的、既是精神上、也是心灵上的依赖性。仕宦文人要对皇帝感恩戴德的不仅是他的社会地位，还有他受的教育，在诗歌艺术（"诗"、"赋"）诸方面的指导和考试也同样属于这一教育范围。①

司空图不仅是诗人，也是文人，当然也是官员和隐士。他在诗歌创作之外，有大量的文章，包括应用的和艺术的两大类，基本上涵盖了他的生活和思想情感的方方面面。所以，要理解司空图，就不仅要了解他的诗作，也要了解他的文章。由于他的诗作是纯艺术性质的，而他的文章则有知人和用事的应用倾向，所以也许在其文章中，我们能找到一个更加社会化的、更加真实的、行动中的司空图。

司空图的文章，若按现有的《司空表圣诗文集笺校》的文选式的分类，就是文体的形式化的，那也是中国古代文选、诗选一般的原则和通用的形

---

① 〔德〕顾彬：《中国诗歌史——从起始到皇朝的终结》，第 121～122 页。

式。可是在司空图文章的分类中，除了少量的碑文，就是杂著了，所谓杂著，即不好分类的文章。不过，这大量的杂著，却可以按照分卷，做出进一步的分类。以下，我们就按形式和内容进行分类。

A. 先是有迹可循的形式类。

第一类：碑文及墓志，见卷五、卷六、卷七。

第二类：赋赞及述讽，见卷八、卷九、卷十。

B. 其他就要从其余各卷和各卷的杂著中做进一步的分类了，我们可尝试做以下分类。

第三类：史传。

第四类：书信。

第五类：序文。

第六类：纪实。

第七类：政论。

第八类：文艺。

第九类：寓言。

为了便于说明问题，我们以下将基本上按照内容的分类，简化上述分类的数目，做进一步的主题性的归纳，进行有代表性的文章的述评，以见司空图的知人论世和为政为文之大概。

一 书信类：诗文交游，书生意气

在传记部分，我们已经引述了一部分俗交与神交的例证，这里只就其中和政治较为密切的关系，再做叙述。早在司空图及第之前，他就给时任河中晋绛节度使的夏侯孜上书，此人后来被封为"谯郡开国公"。大约在咸通九年，司空图有《上谯公书》，自称"布衣""小子"，以策士口吻谈论人才使用，虽貌似谦恭，却有教授之嫌，也见其用世之心何切。

> 再拜。愚伏以布衣犯将相之威者，近皆指笑率为狂愚，是轻薄子不能以恢然之量待今贤杰也。相公得不念之耶……
>
> 请陈其说。夫用人也固得矣，亦在知失之不足盖为明，则伪者惩而实者劝，且无伤于爱士；处事也固济矣，又知谋之不必自我出为知，则听日广而神不劳，且无伤于好谋，是道也……
>
> 抑自古钓奇而售迹者，既多以分寨，动无所合，且实必俟临机方见其万一，非敢率易并黩尊威干犯之诛，则不复自同轻薄子以为疑惧。俟

命。再拜。①

从行文的语气和文风来看，司空图显然是年轻气盛，独自兜售个人的理论与文采，而人情尚未练达，貌似恭敬之间，尚不能说深谙世事和官场之礼。这种近似莽撞的行文，与后来的《与台丞书》，从闲聊入手，顺理成章地推荐王驾等人才的书信相比，可谓有天壤之别。相比之下，司空图及第后写的《与惠生书》，纵论天下事，痛陈丈夫志，文采飞扬，才气横溢，当是另一种景象。其起手便不凡：

> 足下：某赘于天地之间三十三年矣。及览古之贤豪事迹，惭企不暇，则又环顾尘簑，自知不足为天下之赘也。噫，岂非才不足而自强者耶？虽然，丈夫志业，弘之犹恐自蹈，诚不敢以此为惮，故便文之外，往往探治乱之本，俟知我者纵其狂愚，以成万一之效。壮心未决，俯仰人群，今遇先生，俾仆得以尽论，愿修本讨源，然后次第及于济时之机也。②

当然，虽出身仕宦家庭，但司空图毕竟是文人入政界，书信也多有文人情怀、书生意气，而非官样文章或馆阁体。其中一个关键的因素便是其为人，特别是其对晚辈的态度——能以才能见重、以诚相待，而非官场的势利或政客的虚伪。虽涉及政治和政治交往，却是一副文人心肠，其文也是如此。在这一方面，写得最好的当推他的《答孙郃书》，因生平部分已经有引文，故不复引，只就此事加以简论。图在五十七岁居于华阴，收到布衣孙郃来信，劝他出山效忠朝廷，图不允，乃作书以复。后来，孙郃及第，做了官，乃来华山拜见图，所作《卜年论》一文，尤其为图所重，于是刮目相看。还可能受其启发，图写了《疑经》，借考辨《春秋》词语，发"尊王""宗周"的忠君思想，以应对唐末的乱世。图又在《〈疑经〉后述》中，讲了他对孙郃印象的改变，表达了文人之间的尊重。《〈疑经〉后述》还论及其与陈用拙的交往，希望收到回复。

以下仅引《〈疑经〉后述》全文，以见其为诗为文的宗旨和对待此二人的态度：

---

① 转引自祖保泉、陶礼天笺校《司空表圣诗文集笺校》，第 186～187 页。
② 转引自祖保泉、陶礼天笺校《司空表圣诗文集笺校》，第 208 页。

《疑经》后述

愚为诗为文一也，所务得诸己而已，未尝撷拾前贤之谬误。然为儒证道，又不可皆无也。尝得柳子厚《封建论》，以为三王树置，盖势使之然，又有是苌弘之辩，意其多于救时。今夏孙邻自淮阳缄所著新文而至，愚雅以孙文不尚辞，待之颇易，及见其《卜年论》，又耸然加敬。今钟陵秀士陈用拙，出其宗人岳所作《春秋折衷论》数十篇，赡博精致，足以下视两汉迂儒矣。因激刚肠，乃有诋经之说，亦疑经文误耳。盖急于时病，言或不得其中，亦欲鼓陈君之锐气，当有以复于我耳。时光化中兴二年。①

后来，陈用拙回复了司空图，图乃作《复陈君后书》，进一步表达了对陈的敬意。他甚至说明，自己毕竟是朝廷老臣，有些话语也是言不由衷，望后辈谅解。甚至千载后，也望读者能知他的言、他的心。而这颗心，便是文人之心，而非政客之心。因其文不长，也全文录之：

复陈君后书

吾既以《疑经》为《后述》矣，今年夏，陈君果复致累百言，且援《穀梁》之说，欲以质吾。吾熟视其书，率意而答之。足下所复云云，非不知也，且夫谓之"求"，则固当偕受其讥矣。虽然，舅姑之疾且餧，苟力不能制其悍妇，则必羸其声哀求于一饭，岂忍谪之乎？吾本朝之臣耳，岂敢讳其苞茅不贡之渐耶？千载之下，必有知言者。不多谭。②

但这里也透露出另一条信息，司空图的研究，还不是纯粹的科学研究，而是有适应政治形势的一面。他毕竟是文人，也懂得何为更纯粹的学术，所以语气之中，虽有解嘲和自我辩解，顾及老脸和面子，但毕竟承认对方的学问，于是愈加敬重其人品，哪怕是后学后辈。这岂是很容易的？他甚至计较自己的身后名，莫让人以为他是不学无术之徒，或者言行不一之辈，又岂止是一个不贰的臣子？

二 政论文：文人论政，华夷可图

司空图论政，不仅在出仕之后，而且在出仕之前，有的甚至写在年轻的

---

① 转引自祖保泉、陶礼天笺校《司空表圣诗文集笺校》，第213页。
② 转引自祖保泉、陶礼天笺校《司空表圣诗文集笺校》，第214页。

时候。这可以看出他的志向，是做一个儒士，他没有做将军的打算，也没有成为艺术家的想法，但他的诗和文，都很有造诣，都是上乘的。也许他想做一个诗人，因为文章还不足以传世。这从他光启三年编写诗集《一鸣集》并为之作序的序文中即可看出：

> 知非子雅嗜奇，以为文墨之伎，不足曝其名也。盖欲揣机穷变，角功利于古豪。及遭乱窜伏，又顾无有忧天下而访于我者，曷以自见平生之志哉！因捃拾诗笔，残缺亡几，乃以中条别业"一鸣"以目其前集，庶警子孙耳……有唐光启三年，泗水司空氏中条王官谷濯缨亭记。

很明显，他认为"文墨之伎"，不足以曝其名，不如诗歌，可以流芳百世，但他在青年时期，却写了几篇政治倾向很明显而且很单纯的政论文章。假若我们不拘泥于一种文体，那么他的记和铭也有涉及政治的，例如，《铭秦坑》《辩楚刑》《议华夷》《〈华夷图〉记》。当然最重要的是《将儒》，还有前面提到的《疑经》和《〈疑经〉后述》等，都是有政治主题和政治内容的。关于《将儒》，在传记中已有全文，不再赘述。而关于《疑经》，也在《〈疑经〉后述》中有所交代，因是其晚年所作，其忠于朝廷的用事之目的十分明确，也就不再议论。这里先就其关于秦坑和楚刑的铭和辩，加以引用并置简评，以见其对于政治的理解和对于政治传统的继承与批判。

铭秦坑

秦术戾儒，厥民斯酷。秦儒既坑，厥祀随覆。
天复儒仇，儒绝而家。秦坑儒耶，儒坑秦耶？

【简评】

从《铭秦坑》来看，显然司空图是反对坑儒的，最后一联的两个"坑"字，自有不同的含义：一为"坑埋"，即坑杀或杀害；一为"坑害"，即颠覆或毁灭。这里的逻辑是报应论，或者是历史报应论。但若从另一方面来看，也可知司空图乃是一个反暴政主义者，这在政治伦理上，又是有进步意义的。

辩楚刑

楚谓献璞者欺我，乃连刖之，酷哉！曰：彼独鉴之不胜耳。然其嗜宝之心，皆达于卞子，故连刖之无怨，玉亦卒受于楚国。

嗟乎！国之嗜贤，宜急于楚之嗜宝也。必嗜心，则上心达于天下，则负材求进者，虽黜于见疑，亦未为怨，必有释其疑者，则其卒用于世也可几矣。不犹愈于易其知而嫉其进者耶？

嗟乎！刑与辱，上之所以肆于下也。楚无嗜宝之心，下岂受刑；上无嗜贤之实，士岂受辱。必待诚而绝愧哉！

【简评】

此篇论述楚刑对于献璞者的施用，因怀疑其真诚而砍掉他的脚，固然残酷，但是嗜宝之心既不除，则连刖之也无怨。进而认为，嗜贤之心更为重要。所以，结论是要嗜贤，而不要嗜宝。虽然这样的文章在道德上和道理上都是可以的，但作为政治论文，并没有提出什么新观点和个人见解，也不能反映出作者的治国才能。由此可见，司空图并非一个政治家，而是一个文士。文士论政治，或囿于文人的道德之见，而不能有杰出的政治作为。但是话又说回来，司空图毕竟是反对酷刑的，也就是说，他反对酷刑而主张尚贤，或者说，主张"贤人政治"，这也是没有错的。

然而，司空图也不总是无的放矢，空发议论。他有时也能借助手边的图文资料，抒发自己的政治见解。例如，德宗贞元九年（793 年），贾耽征为右仆射、同中书门下平章事，他嗜好地理，画成《关中陇右及山南九州图》《海内华夷图》《古今关中郡国县道四夷述》等，并有《别录》六卷。司空图乃写《议华夷》一文，发表他对于关防和战守的见解。文三节，仅录其首尾两节，以见其大要：

议天下之大势者，滞而拘古，必曰固于德；刚而简谋，必曰弭于威，是皆不足扼阺危之机也。必济德于谋，济谋于险，庶几可以寿宗社之数矣。

…………

虽然，量力救时，当置远荒于度外，国史事有追述而不可形于纪述者，或关防战而不守，或控制议而不行，或仓廪弃而不保，利害之效可见于斯。愚是以玩而不厌也，虽失之已久，得不虑哉！

后来，乾宁三年（896 年），陕军复入，贾家中所藏图书，大多焚毁，只有贾仆射耽方域之志，煨烬尚存。于是，图览图而作《〈华夷图〉记》一文，表达了自己的见解和感慨，虽述其家学渊源，哀其不肖，也多涉及政治事也。兹录之：

《华夷图》记

辨于微而能制之者，势也；审乎要而能备之者，险也。势所以决用奇之智，险所以济经久之谋。虽英豪复生，亦亡易此论也。愚中外家世究天人之际，而不肖者更文文自喜，不能屈己以救时。他日虽苟行，亦不可追已失之机矣。苟危极而变，当寄之后生者耳。煨烬所残，尚存贾仆射耽方域之志。披图校检，成败可知，以是恳恳未能默已。千载之下，必有知吾言不昧者。司空氏寮鹤亭记。①

三　记述类：目击道存，心系人天

经历既多，又喜文字，司空图乃有很多真实的记录。著名的当包括早期的《太原王公修堰记》《纪恩门王公宣城遗事》，后来的《〈荥阳族系记〉序》《山居记》《休休亭记》，还有记载民俗风俗的《移雨神》《障车文》等。《太原王公修堰记》《纪恩门王公宣城遗事》皆是早年所写，前者记载了王凝在同州修堰利民的功绩，后者是对王凝一生功绩和品德的赞誉，两文皆记述了王凝对司空图的恩情，表达了司空图对王凝的感激之情。关于前文，祖保泉先生有如下评论：

> 此记起笔有气势，先写洛水入黄河的山川之势，继而历叙同州之水、旱、蝗灾，逼出修堰之重要；再继叙王公修堰之功，层次井然，跌宕有致，颇足显示青年司空图的文才。②

兹录其中一节，以证其言不虚。

> 时国家兵役屡兴，漕挽已绝。故自淮、汴至于河、潼之交，百敖皆刬，人无所仰视之者，虽已鼎食，亦若衔馁而返，农饥卒怠，何以振其威力哉？关中不涸之辙，必本是堰，公果成之，以明大计。虽旋亦决败，而功绪足遗后人矣。（《太原王公修堰记》）

至于《纪恩门王公宣城遗事》，乃是对王凝一生的评价。因王凝任宣歙观察使，为指挥军旅，阻击黄巢起义军入境，劳累得疾而死，时在乾符五年八月七日，司空图乃作此文，表达自己对恩师的敬慕之情。其最后一节，颇

---

① 祖保泉、陶礼天笺校《司空表圣诗文集笺校》，第228～229页。
② 祖保泉、陶礼天笺校《司空表圣诗文集笺校》，第207页。

为感人：

> 噫，公始以杰德峻望，为时耸服，而夐特恢济之心，人莫能见。虽不得致其道以和平天下，然捍境蔽邻、不涸得赋，亦足济庸而塞恨耳。愚尝袭迹门下，受知特异，敢次见闻，以开史氏之听。(《纪恩门王公宣城遗事》)

作为纪实文字，这篇文章，连同后面的《唐故宣州观察使检校礼部王公行状》，当是新旧唐书《王凝传》的重要参考文献。按唐时惯例，三品以上官员死，当由其门生故吏为其撰写行状，申报尚书省考功郎中校勘，再由太常博士议谥。所以，司空图为王凝写行状，述其一生功德，然秉笔直书，文体古雅，语言平实，颇见功力。而其《上考功》乃是《上考功郎中》的略称。而考功郎中，乃是考察文武官员行状，决定其优劣品行的官员。司空图因王凝卒而请礼部赐谥号以旌表，故撰此文。文虽短，却是骈体行文，少用故事，语句整饬明朗，层次密接无间，是一篇上好的骈文。因不长，全文录于下：

上考功

窃以修名校德，非无可久之规；稽实图芳，亦在饰终之典。恭惟故府尚书王公，标延雅道，藻耀儒林；业裕匡时，仁周济物。洛下则神仙元礼，威振边陲；江南则谈笑谢公，勋高册府。必弘声价，未浇风华，中外具瞻，浅深莫际。方启钓川之兆，俄缠罢市之悲。懋实不彰，清尘遽远。褒扬未尽，增一字而何惭；耸劝可神，登九原而如在。共仰推公之志，敢忘效报之心！克振彝章，必光金议。谨状。

记述类文字，不仅有个人的，也有族群的。由于研究的逐渐深入，司空图的一篇佚文被发现，那就是《〈荥阳族系记〉序》。这篇作品，不仅记叙了图家族的历史，兵火焚毁图书的过程，而且上承整个民族的史记和渊源，写得有头有尾，堪称一篇妙文。前有序曰，后有叹语，不啻一本著作的规模体制。特全文录于此：

《荥阳族系记》序

序曰：木之参天也，其条叶之敷繁，亦犹虯龙之鳞、熊虎之毛，虽圣于算者卒难尽推之，然原其初，岂非一蘗芽之萌哉？然则受姓定氏，支流固不同，岂不当反其始而究其本邪？

我皇唐之有天下也，仰稽前代族姓之学，下诏高士廉、韦挺、岑文本、令狐德棻，参以天下谱牒，合二百九十二姓，一千六百五十一家，定为九等，号曰《氏族志》，藏之秘阁，副在左户。夫以朝廷之威尊，乃为甄类析差，宝藏之惟谨，矧其后人哉！

愚自丙辰之乱前后，所储图书七千四百卷，皆被陕军所焚，独司空氏之谱犹存者，以卧起每与之俱，故虽经丧乱弗失也。今年春，愚再还居中条，观陇西郑回《族系记》："回为定著，桓公至温为上篇，南阳公至回为下篇，且旁稽户部侍郎郑元哲《故家考》，及中书舍人袁晞《姬姓录》，二公皆博洽大儒，订核尤为精绝，簿状之或遗，名爵之或讹者，咸谳正之，故愚定此谱，颇自谓无所憾焉！"回，进士也，宜有以久其传矣。

噫！后之子孙，岂能皆如回？不皆如回，则传及其身，历代之图谱，一朝或坠，是何异荆璧之遭焚，神剑之沉泉，岂不痛哉！此愚之序不作不可也。乾宁三年春闰正月二十八日，泗水司空图序。

司空图的诗文虽多为济世纪实之文，从中可见其文史笔法，但也不乏既有纪实性质，又兼顾责问语气的"移文"。其《移雨神》，便是这样一篇诗文。就其功能而言，当和民间的《祈雨调》有异曲同工之妙。兹录之，也有助于了解司空图对民间疾苦的关注，对民心向背的洞察。总之，其不失为一篇讽刺性的杂文。

移雨神

夏满不雨，民前后走神所，刲羊豕而跪乞者凡三，而后得请。民大喜，且将报祀。愚独以为惑，何者？

天以神乳育百苗谷，必时既丰，然后民相率以劳神之勤，于事而祀焉。今始吝其施，以愁疲民，是神怠天之职也。必希民之求而遂应之，是神玩天之权也。既应而俾民输怨于天，归惠于己，是神攘天之德也。推怨，何以为义？利腥膻之馈，何以为仁？怠天下之事，何以为敬？蔑是数者，何以为神？假曰：非吾所得颛。然知民之情而不时请于上，是亦徒偶于位，此愚所以惑也。

噫！天不可终谩，民不可久侮。窃为神危之。奈何！

平心而论，司空图这篇怨天的文字，有和屈原的《天问》同样的价值。

《天问》是对天的询问，问其中的宇宙奥秘，是科学性质的叩问，而这篇《移雨神》则是对天的责问，责问其不仁不义、不神不敬，所以为天感到担忧。质言之，从民本的立场出发，忧患而及于人天，对天的道德品行提出终极的发问，在这个意义上，其怀疑主义的倾向，或有甚于屈子精神。能不惊异乎？

"天不可终谩，民不可久侮。"且牢记之！

四　赞赋类：三教皆流，圣俗精神

与纪实性文字相比，赞赋类是更加见其文字功夫和思想感情的文类。下面先说赋，赋是古代的文体，对仗排比，气势雄伟，铺陈押韵，音韵和谐。这里仅举其《题山赋》和《共命鸟赋》两篇，以见其飞扬的文采和深刻的讽喻。赞则是古文末尾的韵体赞语，后来才独立出来，成为赞文，容稍后叙之。

关于隐居，司空图有《山居记》，在生平里已经有叙述和例证，此处只说《题山赋》。如果说《山居记》是纪实性散文，那么《题山赋》则是文艺性作品。可能后者是前者完成之后，诗人激情难耐而命笔的。全赋十八韵，一韵到底，十分工整。其思想则含有隐居与报国的深刻矛盾。其文辞华美，读之满口余香，乃是一篇上乘的作品。

题山赋

茧吾发以群嬉兮，乃恣狎于林壑。窖世路之榛榛兮，匪兹焉而何托。仰基矩之惟旧兮，岂扉眇之彼度。矧薪纡而还农兮，亦靡劳于浚凿。壮神功之骋奇兮，树一峰而中攉。齁鰲鼻而嘘空兮，涌佛螺而旁络。阜交跰于艮隅兮，俯川塍而龋错。跻遗墣以仰眩兮，汹瀑巅而电薄。腴卉木易骈昌兮，蔼葩屏而麕幄。滋彩缛以纷翔兮，玩韶鲜而戏濯。睹群物之遂性兮，澹吾躬而斯乐。笑殊道以徇强兮，喜夸鹏而局蠁。虽穴处而志扬兮，邀轩肆于宏廓。借家国之未忘兮，鄙荣伸而陋约。镜贞珉而自勖兮，行与息而靡怍。

司空图生于乱世，唐末藩镇、宦官的相互争斗，直接导致了唐王朝的灭亡。图目睹了这一过程，深为痛绝。他要将心中悲愤，借助寓言以警示世人，甚至不惜利用外来资料、佛经故事。有一则佛经故事《共命鸟》，始见于北魏时期译自印度的《杂宝藏经》，极为简略，曰：

共命鸟

昔雪山中有鸟，名为共命，一身二头。一头常食美果，欲使身得安稳。一头便生嫉妒之心，而作是言：彼常云何食好美果，我不曾得；即取毒果食之，使二头俱死。

这则故事，今见于《佛经文学故事选》（常任侠选注，中华书局，1961，第119页）。雪山，即指从西域翻过大雪山，就是天竺国，即今印度，也称西方世界。司空图将此故事改写成一则同名赋，不仅注入了汉语文言小说的语言特点和故事情节，显示了更为丰富的中国文化元素，而且赋予其更为深刻的现实政治意义。前面是一则引子，转述了故事本身，后面则是赋的内容。两部分浑然一体，寓意深刻而耐人寻味：

共命鸟赋

西方之鸟，有名共命者，连腹异首，而爱憎同。一伺其寐，得毒卉乃饵之。既而药作，果皆毙。吾痛其愚，因为之赋，且以自警。赋曰：

彼翼而鸷，罔憎其类。彼虫而螫，罔害于己。惟斯鸟者，宜禀乎义。首尾虽殊，腹皆匪异。均休共患，宁忿宁已。致彼无猜，衔堇以饵。厥谋虽良，厥祸孰避。枭鸱竞笑，凤凰愕视。躬虽俱毙，我则忘类。

人固有之，是尤可畏。或兢或否，情状靡穷，我同而异。钩挐其外，胶致其中。痛囊已溃，赤舌弥缝。缓如□□，迅如骇蜂。附强迎意，掩丑自容。忌其不校，寝以顽凶。

若兹党类，彼实孔多。一胜一负，终婴祸罗。乘危逞怨，积世不磨。孰救其殆，药以至和。怪虽厉鸟，勿伐庭柯。尔不此病，国如之何？

在司空图的赞类作品中，有大量的是释道二教的有关内容和特定的形式，可作为圣的方面，而少量的是俗的方面，是关于儒家和社会的。我们先从俗的方面说起。

一首非常短的，是关于李白的赞，名曰《李翰林写真赞》：

李翰林写真赞

水浑而冰，其中莫莹。气澄而幽，万象一镜。跃然翩然，傲睨浮云。仰公之格，称公之文。

祖保泉先生在《司空表圣诗文集笺校》中有一段评语，颇为精彩：

> 此"赞"赞李白画像。所赞的是被唐玄宗疏远之后、"浪迹纵酒，以自昏秽"（李阳冰语）的李白；是仰视浮云，傲视王侯的李白；是"辩如悬河，笔不停缀"（范传正语）的斗酒诗百篇的李白。赞词能道着人物的个性特征。[①]

另一篇赞，是赞唐代政坛三杰的，即宰相房玄龄、高参魏征、兵家李靖。"李靖，本名药师，其舅韩擒虎伏其善论兵，惠物而勇断。"[②] 该篇赞名曰《三贤赞》，共九句，分三层意思，颂扬贤臣遇明君乃为千古历史机缘。赞前有小引，以述其人物与时代：

三贤赞

> 隋大业间，房公、李公、魏公，皆师文中子。尝谓其徒曰："玄龄也志而密，靖也惠而断，征也直而遂，俾其遭时致力，必济谟庸。"厥后果然，宜有赞激云。

> 三贤同志，凤尚儒风，以植公忠。出遇太宗，讽议从容，谋蹶群雄。君老臣惕，荒夷阻辟，百千年社稷。

又有《兵部恩门王贞公赞》，是赞扬其恩师王凝的，可和前文关于王凝的文字，对照阅读：

> 发粹而文，蕴和而秀。德无不尊，名无不寿。内专外济，气厚神全。贞公在此，千载耸然。

在圣的赞文中，首要的是老子：

相国老君赞

> 道专教主，帝系仙源。牢笼天壤，施掌羲轩。施于孝孙，克隆圣祚。介佑攸宜，忠贤是保。

此赞当因某相国所画老子像而作。须知李唐王朝信奉老子道教，唐玄宗

---

①　祖保泉、陶礼天笺校《司空表圣诗文集笺校》，第 300 页。

②　祖保泉、陶礼天笺校《司空表圣诗文集笺校》，第 298～299 页。

尊老子为"玄元皇帝",赞中对此认同。另有《香岩长老赞》,涉及香岩寺长老,也是道教的。还有《今相国地藏赞》则是佛教的,内有"三界同伦,六幽莫际。圣有佛缘,极之无滞。相不可睹,理不可穷。人有虔恳,感之则通"等字样。

司空图隐居华阴期间,多在华山之上。华山乃道教圣山,尚有云台观,观内有三官堂(指天、地、水三官),因年久失修,应道者之请,为文募捐以重修。其文曰《云台三官堂》,起首先写意义,可略去,中间以后开始进入正题,人情练达,文采优美,兹录之:

> ……况此观地连名岳,境胜元都。在历览而可知,乃众星之所集。一池菡萏,时时而雪里异香;五夜沈寥,往往而峰前仙乐。闻于肸蚃,雅合归依。今则自属时艰,多嗟力罄。坏檐不葺,朽壁难坊。尘蒙而庙貌全隳,薜驳而天衣半褫。莫能起敬,但速退殃。将希保佑之功,合置修崇之誓。倘使丹青克焕,结构重新;必凭香火之因,永拔沉沦之苦。幽明洞感,罪疾咸祛。家游不死之乡,国庆无疆之祚。烹妖斫魅,免助虐于三虫;控鹤羁龙,笑摧枯于一鹿。别置金天之社,长为玉帝之神。凡愿列明,庶同不朽。

隐居期间,司空图还作有不少与佛教和佛事有关的赞文,例如,《观音赞》《观音忏文》《迎修十会斋》《十会斋文》等。其中,《观音赞》体现了"三世轮回,因果报应"的法则,提醒早种善果、结善缘,也表达了期望善有善报的思想和愿望。这是司空图回归中条山以后,修建证因亭时所写的有关观音菩萨像的记录文字,时在光启三年。赞曰:

观音赞

　　万仞峨山之险,争辣祸梯;一坑浮世之尘,长遮觉路。骋云汉而贪味,临鼎镬以求哀。当种善缘,方希慈拯。某早坚信受,频致感通。梦则可征,足见未萌之诚;行而必禀,冀无入晨之虞。用建虔诚,永贻来裔。赞云:
　　惟仁之尤,警于昭幽。将政而阻,将轧而游。忏者以宠,呻者以讴。岳抒冥冥,证因斯休。

大约在乾宁四年(897年),司空图六十一岁,丧乱中,眼疾方见好("况积疹初平,殊恩有自"),便写了下面这首《观音忏文》。所谓忏文,一般是礼佛时向佛表示忏悔之意，此文指拜观音时的忏悔文字，有乞求保佑、降福之意。一篇忏文，竟然涉及家国（"于家则崎岖自奉，忍骨肉之饥寒；于国则苟且求容，啄生灵之膏血。是乃神惟必照，鬼得而诛"），可见其家国情怀恳恳，用世之心切切，不徒明哲保身而已。

观音忏文

　　伏以圣感至诚，祥符吉梦。久期瞻仰，辄用庄严。上以报罔极之恩，下以遂平生之愿。亦冀仁滋庶汇，福必旁臻。且自叨窃一名，晓夕三省。虑增隐匿，有负深知。以此归心，诚无愧色。必也行欺暗室，业堕分阴；饰伪沽名，伏机稔恶。于家则崎岖自奉，忍骨肉之饥寒；于国则苟且求容，啄生灵之膏血。是乃神惟必照，鬼得而诛。敢将负衅之身，曲累无私之照。至若见持寒分，将触祸机。或不幸以逢尤，或求全而受毁。即常希拥佑，必保孤危。况积疹初平，殊恩有自。置斋生日，用表成功。所期劫尽微尘，不竭依投之恩；庆流末裔，共成香火之缘。粗写丹诚，仰回元鉴。

　　如前所说，佛教赞文，除了《观音赞》和《观音忏文》，尚有《迎修十会斋》《十会斋文》等。恕不再一一论述。

　　我们所得的印象是，有关佛道，司空图内心虔诚，原理精通，文体精熟，充满敬畏之意，但他毕竟是俗家子弟，不是职业神职人员，也非僧侣道士，其对于宗教的信仰，乃属于一种礼仪范畴的虔敬行为，而他非信仰高度的虔诚信徒。因为但凡彻底的宗教信仰，必是互相排斥和抵牾，不可能佛道兼修，取得双重的正果。而司空图心系家国，儒家思想未灭，人间孽缘未断，他不过是借助佛道礼仪，表达一个人的世间疾苦，祈求一种生命的超脱而已，岂有他哉！

五　注述类：文艺关怀，诗赋风采

　　据《新唐书》卷六十《艺文志四》所载，范阳卢献卿曾作《愍征赋》一卷，凡数千言，"时人以为庚子山《哀江南》之亚。今谏议大夫司空图为注之"。今此赋连同注释皆散佚，只有司空图为其所作的《注〈愍征赋〉述》和《注〈愍征赋〉后述》尚在。单就这两篇述本身而言，已经是十分重要的文论作品，不仅文笔优美，而且思想新，这足以证明司空图的文学批评思想和其当时在文坛的地位。司空图任谏议大夫在景福元年（892 年），由此当知此文应作于本年或稍后。时年图五十六岁，在华阴。虽然隐退山林，却正是文采飞扬、性格放浪之时，其文超卓一时，当不虚也。全文共三节，兹引其第二节：

> 然则著明幸于弃黜，而能以《愍征》争勋于千载之下，吾知后之作者，有呕血不能逮之者矣，其所得何如于彼哉？且上自圣智，下至豪特之士，得于文学者多矣，岂以一灵运之狂，而可沮辱于天下之奇伟哉！况面墙而悖谬者，何翅于此耶？愚前述虽已恣道其道壮、凄艳矣，而终不能研其方外之致。是以掷笔狂叫，寄之他生。又尝著《擢英引》，以雪词人之愤，其旨亦属于卢君。（《注〈愍征赋〉后述》）

虽然字里行间未尝没有夸张之词，但总体来看，仍是一段记叙性的文字。然而，《注〈愍征赋〉述》则不同，俨然是一篇赋，即便开头述其文之起源，也是大文气概，俨然与《文心雕龙》之语气相仿：

> 夫垂象著文，炳灵叶爽。擅流宗于笔海，则时仰龟龙；骇揽藻于天庭，则国资云雨。至若金羁角势，锦字争妍，兼吞汉魏之雄，回跨风骚之域，宏才独振，何代无奇！
>
> …………
>
> 观其才情之旖旎也，有若霞阵之叠鲜，金缕晴天。鸳塘匣碧，芙蓉曙折。浓艳思芳，琼楼诧妆。烟霏晚媚，鲛绡拂翠。其雅调之清越也，有若缥缈鸾鸿，謷謷袅空。瑶簧凄庚，羽磬玲珑。幽人啸月，杂佩敲风。其道逸之壮冠也，则若云鹏回举，势陷天宇。鳌抃沧溟，蓬瀛倒舞，百万交锋，雄棱一鼓。其寓词之哀怨也，复若血凝蜀魄，猿断巫峰。咽水警夜，冤郁霭空。日魂惨澹，鬼哭荒丛。其变态之无穷也，则若月吊边秋，旅恨悠悠。湘南地古，清辉处处。花映秦人，玉洞扃春。澄流练直，森然目极。斯盖缘情纷状，触兴冥搜，回景物之盛衰，制人臣之哀乐，穷微尽美，□古排今……（《注〈愍征赋〉述》）

从本篇的内容来看，其既是对原文的一种模仿和描述，也是一种品评和批评。从中不仅可见司空图一贯的手眼身法，即从不同角度进行观照的流动批评视角，也可看出他非凡的文采和思路，以及行文章法，还有对文学史上各种题材写法的谙熟。所以，这本身就是一篇文辞华美的批评论文，且不是那种提出概念和命题，进行理论概括的文章可以比拟的。

也可能是司空图对这件事印象太深，他竟然作诗一首，表达了他文中不能表达的思想，同时为我们提供了更为丰富的思想资料：

杂题九首

其一

病来胜未病，名缚便忘名。

今日甘为客，当时注恝征。

又一篇《〈擢英集〉述》，大约作于广明元年（880年）十月至十一月。《擢英》是选拔人才的纪实文集，赞其人，美其文，是其序文，而谓之"述"，但用的是骈体文。格调高雅，议论纵横，文采风流，不可一世。首节写古今名利混杂，选集难免挂一漏万，"名擢英灵，宁甘顿挫"，是破题开篇。继而以较长的篇幅追述历代文笔人物事迹，说明文章千古，知人论世，经天纬地，胸襟万象，文章焕彩，美不胜收，然褒贬难定。最后一节才回到本题，言及著言纪事的原委，说明选取与评价的标准，以及倾诉"褒采之难"云云。兹将最后一节抄录如下：

> 夫著言纪事，在演致于全篇；赋象缘情，或标工于偶句。虽豹文必备，方成隐雾之姿；而翠羽已零，犹称凌波之玩。诚欲兼收于笔海，亦当间摄于兰丛。人不陋今，才惟振滞。韵笙簧于骚雅，资粉泽于风流。事窃推公，盖止交游之内？僭将罪我，益知褒采之难。题以"擢英"，庶能竿听。有唐仪曹外吏司空图。

如果说《〈擢英集〉述》是为别人写的序，那么《〈寿星集〉述》则是为自己写的序。那是一个令司空图一生不能忘怀的日子。唐昭宗被迫迁洛阳，乙丑年（905年）八月，右相柳璨召司空图至洛，欲加害。图拜谒哀帝，坠笏失仪，见老迂形态，璨遂放图归山。图离洛，群公饯之，有作，成《寿星集》，图序之。（参见《旧唐书·文苑下·司空图传》）今摘要录之：

《寿星集》述

自昔贞期不爽，逸轨难留。尧天大而必容，岂追独往；汉道亨而必至，终亦超然。未足济时，且资激俗。宜经商略，乃称搜扬……

昔江表则赋诗而褒孔令，汉廷则出饯而宠疏翁。时振孤芳，实标胜事。今也龙门回望，鹤盖交驰。落日琴樽，前朝图画。想家山之醉石，认客处之渔舟。白首归心，黄花缘路。来时不下，飘零海上之鸥；去兮自怜，放旷人间之世。

斯乃仅能忘怨，庶可息机。敢慕高风，猥烦众作。诗家此会，谁邀清夜之游；仙装不回，别有白云之集。徒攀逸唱，益愧馁才。

此情此景，此番表白，令人读之落泪，酸楚不已。一代老臣，九死一生，放归南山，终老故乡。然而，天地一孤鸥，他还要飞过多少险滩，经过多少风雨，才能在最后的平坦的沙丘上降落人生的一息。生命诚可悲，得失一瞬间。妄谈放旷人间之世，岂是容易的？

古人常以道德、文章并列，把写文章和道德修炼看作一件事。司空图是一个多才多艺的人物，他还模仿枚乘《七发》启发太子的思路，写了《释怨》。文章虚构了振俗先生对殉华公子和夸世豪举进行教训，让其摆脱浮名、权势、美女、财货"四怨"的影响，树立正确的人生观和价值观的故事。首尾是故事情节，中间是大段说教，俨然一教育文章也。

他又模仿古人的"连珠"体裁，兼叙兼议，事理兼容，条贯一通，如串连珠，写成《连珠》一篇，系统地表达了自己的世界观和处世策略的十个方面。祖保泉先生将其总结如下：

> 就内容总体看，表圣《连珠》从多侧面表述他的应世哲学：
> 第一首：表述"辨势"必揣机应变，方可致功。
> 第二首：表述万物各有禀赋，本性不可移。
> 第三首：表述怀才若不逢时，以隐退为妙。
> 第四首：表述事物变化，必有预兆；要建立事功，务必"乘时"。
> 第五首：表述必忠必诚，方可以正避邪。
> 第六首：警告因贪容而入险者。
> 第七首：行己端正，则能优游人世。
> 第八首：表述至诚者而有经久之行，方可取信于人。
> 第九首：表述积德而不求回报，而冥冥中自有报应。
> 第十首：宣扬老子的忘情物我、泯灭是非思想，以此为人生至境。
> 结合表圣生平看，《连珠》十首亦是自我表白的记录之一。①

综上所述，司空图可以说是一个文章圣手，诗歌全才，他善于写各种文

---

① 祖保泉、陶礼天笺校《司空表圣诗文集笺校》，第294页。

体和各种题材的文章和诗歌，而且各悟其妙，各得其道。然而，司空图的文章并非没有缺点，如他任礼部郎中期间，上书唐僖宗，撰写《成均赋》，奏明振兴教育之事，这本属分内之事，但此文写得冗长拖沓、不堪卒读，文章引经据典，铺陈排序，文采虽好，却不符合公文体简洁明了、条目清晰的要求，使人徒费时间，不得要领。这不是说他不善于短文、不能一击而中，而是说他的愚忠和迂腐，使他不懂得公文体的简明扼要、开门见山，或者说是封建社会里一种官场恶劣的文风，影响甚广，流毒甚深。由此也可以证明，司空图在思维和行为方式上，不是一个政治家，而是一个文人、诗人、艺术家。故而他的诗文，归于诗人之文、文人之诗可也。

历代对于司空图诗文的评价，可以引述数则，以见其要：

> 唐末司空图，崎岖兵乱之间，而诗文高雅，犹有承平之遗风。
>
> （苏轼：《书黄子思诗集后》）

> 其文尚有唐代旧格，无五季猥杂之习。
>
> （《四库全书》卷一五一《集部·别集类四》）

> 表圣馆阁旧臣，诡隐瞻乌之日；致尧闽南逋客，完节改玉之秋。读其诗，当知其意中别有一事在。此等吟人，未论工拙，要为无负昭陵。
>
> （《唐音癸签》卷八《评汇四》）

> 司空表圣自评其集，"撑霆裂月，劫作者之肝脾"，夸负不浅。此公气体，不类衰末，但篇法未甚谙，每每意不贯浃，如炉金欠火未融。
>
> （《唐音癸签》卷八《评汇四》）

第二节　诗人言说：司空图的诗歌评论与诗学思想

到目前为止，我们基本上还是就司空图的生平、诗文以及其中可以勾连的关系进行单方面的叙述。我们所列举的他的诗文的大体情况，也能反映他的诗文创作的大势，但是，还未能联系传统中国的意识形态进行更为基础性的归纳和更为深入的探讨。所以我们觉得，有必要就司空图的整个诗歌评论和他的诗学思想做一梳理和解释，以便可以找到一个更为可靠的整体性的伦理系统，以之为起点或基础，再进行下一轮的讨论和论证，这样也许可以有更多的发现和更加科学的探索结果。这是我们的初衷，也是我们可以依赖的一种后续的研究方法。依据这一方法，我们也许可以达到我们期望的目标，或者说，至少可以更为接近它，而不是错过它。

一　人生况味：节仕生涯与儒释道意识形态

在本书一开始，我们用了相当的篇幅，系统梳理了司空图一生的经历和他所经历的五个阶段。对于司空图的一生经历和创作与思想，可以说在读者的心目中，已有了基本的了解。然而，作者的时代和生平能为我们理解他的人格和艺术提供什么样的背景和基础，确实是一个不易说明的问题。单凭他的几个生活事件，以及他自己和别人的几首诗，就以为了解了司空图的世界观，并从中推断出他的艺术观，这种单向的决定论式的研究，不仅缺乏更为深刻的思想方法和论述方法加以论证，甚至其本身也是很幼稚的。在方法论上，首先我们应当避免以今人的甚至今天某一种人的观点对我们的研究对象进行简单的价值判断。也就是说，关于司空图的人品，他对于现实所采取的态度，那是他个人选择或无所选择的结果，以及当时的生存环境对他模塑的结果。我们不能把今人的或者评论者个人的观点强加到古人头上，要他应当如何如何才对。做到了这一点，就至少可以避免某些先入之见进入我们的个案研究。

> 在历经几个世纪逐渐形成，只是在唐代的诗歌、宋代的绘画中才最后显示出来的中国美学后面，存在一种建立在共同话语基础上的集体记忆。这种话语各按其重要性，按照各自不同的历史时期，可以是道教的、佛教的、儒家的，或者甚至还是不同信仰调和而成的。这种记忆超越时代，有助于培养对历史和历史上的某种存在的共同意识。这种意识不理睬任何最终的个别、具体、个体，而只认宇宙，只认全宇宙包装起来、永远处于周期性循环往复中的原型。在循环往复中，现在、过去和未来作为持续的存在和继续会同时出现。①

依据上述观点，关于古人，我们最能有效地讨论的是他的文化资源及其对他的影响方式或结果，你可以说是集体记忆，也可以说是文学原型，也可以说是司空图的文化人格模型的建构。总之，这是一个依据一定的文化考察

---

① 〔德〕顾彬：《中国诗歌史——从起始到皇朝的终结》，第16~17页。

和文本考察相结合的方法企图重建个人文化心理结构的尝试，又有点儿心态史学的味道。不言而喻，我们所能凭借的主要是中国传统文化资源即儒、释、道，作为三种不同的因子组合建构个体人格的心理文化机制，当然同时要依据特定个体本人的生活史料和艺术表现加以观察和验证，但并不完全信赖作者本人的自我道德标榜，因为后者带有历史随机性和文化防卫的性质。

关于中国传统的三大人格模型，尤其是以李白为代表的文人人格，笔者曾在《跨文化心理学导论》（陕西师范大学出版社，1993）中有专门论述。笔者根据一种文化的基本构成，提出文化基质的理论概念，并在此基础上，构拟了道家人格（常人人格）、儒家人格（圣人人格）以及佛家人格（文人人格）三种文化人格模型。这里不再赘述复杂的中西文化对照机制，单就司空图的文化人格而言，仍以儒、释、道三教之影响概括之，则可以构思出一个基本模型：

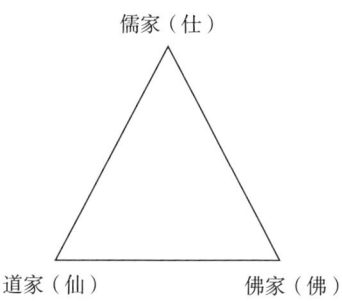

关于这个图，可做如下几点言说。

中国文化三重结构的形成，有一个过程，也有一个构成。

就过程而言，儒家思想和道家思想几乎是同时产生的，产生于中国社会的轴心时代，即春秋战国时期。究竟是儒家在前还是道家在前，取决于人们对老庄和孔孟生活时代的考察，尤其是老子和孔子生活时代的先后排序。在这一方面，据笔者了解，并没有十分可靠和绝对肯定的答案。按照一种说法，似乎老子和孔子生活在同一时代，而且二人见过面，老子比孔子年长，并对孔子有所教诲。这种观点，是否建立在可靠而科学的年代谱系上面尚不能肯定，但就其思维方式而言，则是认为老子既然思想高于孔子，换言之，《老子》比《论语》哲学化更强一些，抽象层次更高一些，那么，其作者势必要在年龄上大于孔子，出生早于孔子。这自然是有一定合理性的思维。

但若将老子思想和孔子思想各自奠基的文化地域类型加以考虑，则孔子代表中原的齐鲁农耕栽培文化，而老子代表楚湘的稻耕和巫术文化，前者代表中原农耕文明的核心价值观念，和《诗经》风雅颂、赋比兴的文学精神较为吻合，而后者则代表南方的水乡文化，和楚辞浪漫主义修辞方式较为吻合。由此看来，若从形成的时间和成熟程度来说，自然是《诗经》早于《离骚》，即中原文明高于荆楚文明，政治制度也处于优先地位，而从文明进展的历程和所处的阶段来看，则南方水乡文化的巫术精神所代表的文化的原始性、动荡性，应早于北方农耕文明的伦理政治思想的形成。依据这种推论，也许可以说，老子思想是对反映农业文明的先进的中原文化的一种反思。可是无论如何，到了秦汉一统，特别是自董仲舒提出"罢黜百家，独尊儒术"以来，则儒家文化逐渐取得意识形态上的支配地位，占据朝廷和知识分子的做人方式，而道家文化则化道成教，占据山林道观，对国家政治和儒家意识形态进行监督批评，形成了儒道互补的文化格局。

　　假若没有经过佛经翻译的伟大实践和理论洗礼，没有从印度传来的佛教文化介入中国儒道互补的基本格局，那么中国传统文化就是二元论而不是三元论。可是，东汉开始，佛教兴起，佛经源源不断地从印度传来，起先经西域僧人传入，后来中原僧人也介入，一直到最后以中原僧人为主，以"华梵并举"的方式，翻译了大量的佛经、佛经故事，并经过中国文化的改造，形成了各宗各派，尤其是主张不立文字的禅宗的出现，使得佛教中国化的历程始告完成。在这一过程中，佛经和佛教，不仅形成了戒定慧三元修行传统，而且佛家与道家平起平坐，相互抗衡，又互相渗透，进而又和儒家相抗衡，终于形成了佛道互补、辅佐和超越儒家文化的基本格局。这一格局的建立，乃是在唐朝。至于三教教义上相互渗透、相互吸收，进一步形成了综合三大宗教的心性之学、形成了宋明理学庞大的形而上学的哲学体系，那就到了唐以后的宋朝和明朝了。这一基本的意识形态三元格局的形成，而又有出世、入世二元格局的基础，乃体现中国传统文化的格局大要，也是中国传统人格的基本格局。

　　唐代是一个胸怀宽广、极富包容性的时代。在民族上说，唐代本身就是华夏民族与西北少数民族融合的产物；在文明形态上说，则是农耕文化与游牧文化交互影响的文明形态；在意识形态上说，唐太宗奉行三教并行政策。虽然有唐一代，不同君主由于不同原因而在三教之中各有所偏重，武宗甚至一度灭佛，但就总情势而言，三教基本上并行不悖形成如下景观：

　　　　唐代统治者尊道、礼佛、崇儒，更鼓励三教自由展开辩论。德宗贞
　　元年间，儒、道、佛三家大论辩于麟德殿："始三家若矛楯然，卒而同

归于善。"文宗太和元年（827 年）十月，儒、佛、道三家御前论辩，其情形载入白居易的《三教论衡》。①

话虽如此，但毕竟李唐王朝崇拜李耳为先，所以李世民《令道士在僧前诏》云："自今以后，斋供行立，至于称谓，其道士女冠，可在僧尼之前。庶敦本之俗，畅于九有；尊祖之风，贻诸万叶。告报天下，主者施行。"帝王如此，而文人雅士，则从学理上阐发儒释道的关系，提出调和论调。三者之中，韩愈似乎强调其异，白居易多看到其同，而刘禹锡的观点，则参合儒佛，阐发佛理，沟通任性与教化，可能最具代表性：

> 天生人而不能使其情欲有节，君牧人而不能去威势以理至有。乘天工之隙，以补其化；释王者之位，以迁其人。则素王立中枢之教，懋建大中；慈氏起西方之教，习登正觉。至哉！乾坤定位，有圣人之道参行乎其中。亦犹水火异气，成味也同德；轮辕异象，致远也同功……阴助教化，总持人天，所谓生成之外，别有陶冶。刑政不及，曲为调柔，其方可言，其旨不可得而言也。惟四海之大，群伦之富，必有以得其门而会其宗者，为世导师焉。②

由此进一步结合时代背景和个人经历、家庭影响、生平际遇，来考察晚唐司空图的人格结构和思想倾向，也可以看出以下几点。

（1）出身于仕宦家庭的司空图，虽然自幼受到佛道影响，但其所受主要教育和世俗影响，使其做人方式和世界观得以形成的，基本上是儒家的、修身的、济世的。他在《将儒》中说："儒以将道，肥其内也；武以将威，肃其外也。未有内自瘠而外能劝者焉。"这里的"道"，当是儒家所谓的道，即为人处世之道、修身济事之道、治国平天下之道。但他的人格之中，又有道家和佛家思想的影响和出世倾向。尤其是他处于晚唐政局动荡、儒道思想盛行的时代，而当个人官位不稳或者做官与做人、作诗、作文相矛盾时，就会与佛家结交，向往道家的出世生活，以便寻求新的心理平衡点和应时、应世的人生策略。而他的诗文作品及其诗论、诗品，归根结底，不外是这种内外适应的文化升华和文学表达而已。

---

① 冯天瑜等：《中华文化史》（上），上海人民出版社，1990，第565页。
② 刘禹锡：《刘宾客文集》卷四《袁州萍乡县杨岐山故广禅师碑》，转引自《中国思想宝库》，中国广播电视出版社，1990，第138页。

（2）他的文学观和文艺观，由此看来，也应当是儒家的或者基本上是儒家的才对。也就是说，司空图的作诗作文、论诗论文，就其功用性而言，是儒家的和为人生的，而非艺术本体的和为艺术而艺术的。这是就他以诗文作为进身之阶，通过科考进入仕途的方面而言的。但是，另一方面，司空图本人诗文创作的直接目的和主要倾向，却并不只是为社会的和为政治的，而是为个人的和为自己的。也就是说，他写作诗文并非为了政治和济世，而是为了修养和认识。这一点有别于原始儒学的文艺观如"兴观群怨"，也有别于"诗贯六义"的中国传统诗歌论，无论从他的诗文所涉内容和他与同时代人切磋诗艺的态度来看，还是从他评论唐人诗歌的立足点来看，都是艺术至上的，艺术本体的，这也是显而易见的。

（3）然而，司空图对于艺术本体、宇宙本体的认识，以及由此而引发的对于人生问题的认识，却具有本体论的高度和认识论的维度，而且基本上是道家的本体论。之所以并不认为是佛家的本体论，乃是因为在笔者看来，司空图尚未达到佛家那样四大皆空彻底地否定现世和皈依宗教的人生高度，因而其艺术观和宇宙观就不易达到相应的高度。何况佛家艺术本体论究竟如何界定，在中国现有的文艺理论著述中，似乎至今并不十分清楚。之所以又说他的宇宙本体和艺术本体基本上是道家的，乃是因为他一再援用道家思想，视道为宇宙的本原和诗文的本体，而视万事万物乃至艺术本身为道的体现。这在《诗品》和《诗赋赞》中都看得出来。且不说儒道两家思想互补，道家以其哲学的宣告弥补了儒家的本体论的不足，进而使其成为中国人的文化心理机制的形而上超越层面，司空图其人在人生志趣和创作倾向中明显可感的自然主义，在中国传统文化中属于道家思想，则自不待言。

（4）就《诗品》本身所表现的人格模型或生存方式而言，则可以说以道家居多，以儒家附之，佛家偶尔有所流露。何以如此言说？其一，《诗品》中反复出现的飞翔意象及其所体现的理想人格，多属于道家类型，如《高古》中的畸人、《自然》中的幽人、《飘逸》中的高人。其二，即便是像《雄浑》、《实境》或《悲慨》等具有儒家入世精神的诗篇，"荒荒坤轴，悠悠天枢""超超神明，返返冥无"（《流动》），也或多或少带上了儒道天、地、人三才的性质，而否定现实、超脱生活的出世倾向，也不见佛教的至尊至神。其三，关于佛家思想的熏染和流露，也有个别词句涉及，如"如有佳语，大河前横"（《沉著》）。此外，便是更为隐秘的踪迹有待于深入探讨和追寻。司空图是写过一些关于佛事和礼佛的文章的，在诗歌中也有不少流露出佛家思想的影响，但这在很大程度上仍然是仪式层面上的外显行为，而在诗歌中多数也是语词上的艺术表现，甚至他的有些意象是佛道公用的，如荷花，但他用的是道教的"手把芙蓉"，而不是佛教的莲花座。在研究方法上，虽然不能完全依赖反映论和决定论，但三教总体图景及其组合比例仍然是服从于这一合乎逻辑的总体倾向的。

以上是宏观的文化学和心态史学的考量之路，下面我们依据司空图论诗书信和序文在其生平中出现的大体时间段，以及前后出现的时间顺序，来看一下他的诗学和文艺学观点，及其表现历程。先看一下司空图的论诗书信和序文。

（1）《与王驾评诗书》（887 年）

（2）《与极浦谈诗书》（887 年）

（3）《题柳柳州集后》（889～890 年）

（4）《与李生论诗书》（904 年）

一个基本的不容辩驳的事实是，司空图的这几篇重要文章，皆出现在他的晚年，即光启三年（887 年）及以后。是年，司空图五十一岁，居于中条山王官谷。这一年，司空图开始整理自己的诗文，编成《一鸣集》，并写了序言。同时，他还写了《山居记》等重要文章。此外，创作诗歌《五十》，启用"知非子"的号，也是和五十岁有关的。

> 虽然《与王驾评诗书》、《与极浦书》的具体作年，这里暂未能得出肯定性结论，但通过本谱研究可知，司空图一生的思想发展，大体可以其五十岁（四十九岁后号为知非子）为界，分为前后两个时期，后期的司空图，因时世的动荡，随着大唐帝国一天天走向灭亡的道路，其积极入世的精神也一天天减退，而其道家思想、佛教思想也日益浓厚。《与王驾评诗书》、《与极浦书》及《与李生论诗书》反映的诗学观念非常类似，共同体现了后期司空图诗学理论批评的成熟性。[①]

除我们也要强调一下他早年所受教育和家庭信仰的佛道影响之外，这一基本的判断，乃是可以成立的。至于如何解释这种现象，笔者以为可有如下几点说明。

第一，如同所有的人都是现实中的人，而诗人则是艺术中的人一样，生

---

① 陶礼天：《司空图年谱汇考》，第 103 页。

活中的司空图和艺术中的司空图毕竟是有区别的。若加以类型化的定性考察，则可说前者为现实人格，后者为艺术人格，其后者更趋于超脱现实，进入理想人格。

第二，艺术中更倾向于表现人的艺术人格，即理想人格，如视艺术为现实之解脱或生命之升华，无论是否运用弗洛伊德的压抑或升华理论。但反过来，艺术中仍然可以看出现实社会的影响和影子，即便他的艺术论是艺术本体的、艺术至上的或纯艺术的。

第三，与时代联系起来看，唐代的中国文化，已经形成儒释道三教并列的基本格局。而在晚唐社会动乱之中，个人宦海沉浮之中，则个人人格的结构有可能偏于道家和佛家，或曰儒入而道出。此时释道在功能上更为接近，有更多一致性，而并非互相排斥或各不相干。

第四，《诗品》是作者一生艺术追求的最终成果，很可能完成于作者的晚年，即在其生活态度由早年的儒家入世转向道家出世之后，是其艺术人格已经定型与完善之后的集中表现。因此，《诗品》中才有那么多的不确定的因素和神秘性的诗学表征（参阅《诗品》及其创作追述相关部分）。

二　象外之象：感性诗学与感性学三维之发微

据历史记载，司空图有雄文三十卷，后来大多散佚，关于论诗的却多在其与友人的书信来往中。由此可见中国古代的文艺理论所具有的非论文、非学术的形态，至今仍然是一个重要的规定性说法。以下我们暂且排列一下司空图几篇主要文论的时间顺序，并列出相应的要点，从中大概也可看出一些症候。

（1）《与王驾评诗书》（887 年）

关于诗歌品评的功能，提倡自由批评并联系个人实际；

关于唐代各家诗歌创作成就的总体评价，突出文学史线索和各家要旨。

（2）《与极浦谈诗书》（887 年）

关于纪实之作的论述，对这一实用题材加以肯定；

提出"象外之象，景外之景"的论述，构成其非常重要的思想之一。

（3）《题柳柳州集后》（889～890 年）

提出诗文兼善的理论；

并据以对唐代名家的诗文进行评论和论证。

（4）《与李生论诗书》（904 年）

提出著名的"辨味说"；

并对自己的诗歌成就进行随感式的词句评论。

以上的顺序和内容给我们如下的印象。

其一，不管具体的写作背景如何，其表现的时间顺序表明，司空图首先是全局性地观照整个唐代诗歌发展，并给予几乎是全方位的观照和逐一的胸有成竹的品评。他是诗歌图景全局在胸，创作经验十分丰富，而批评眼光已经形成，才发表总结性议论的，是点评式的，而不是理论先行或进行逻辑推演的。

其二，从实用题材开始，间或对自己的诗作进行评论，以建立清晰的自我认识和自信，这种情况和他主张诗文兼善的理论是一致的，可见他对于自己的诗文也有隐含的认识。而他对于自己诗歌的评价，则基于和晚辈的交往，而不是公开和名家竞争的言论。

其三，对自己的诗歌评论出现较晚，与之有关的诗歌理论如"辨味说"，也出现较晚。其他理论命题，如"象外之象，景外之景"，随实际谈论的题目而变化，表现为发表批评意见的前提和标准，或从具体评论中引出的结论性意见。始终没有形成完整的理论体系，至少没有这样的理论系统化的表述。所以，这一任务就落在我们现今研究者的肩上。

这里有一个问题需要提及，那就是中唐到晚唐，究竟发生了什么样的变化，使得司空图的理论表述有那么多的"象外之象""景外之景""韵外之致""味外之旨"？

就整个大唐的形势而言，从中唐到晚唐和唐末，似乎有一个从统一走向分裂的过程，而诗歌则有一个从规律走向个别和例外的过程。换言之，按照宇文所安的说法，诗歌的秩序感已经失去，而片断化开始出现，诗的词语和皇家秩序传统上的严格统一至少在中唐已经结束。这就迫使晚唐诗人和诗论家在传统的规律与规整之外，寻求另外一种模式，寻求另外一种领域，寻求另外一种语言来表达自己，或者表达自己心目中的秩序感——无论是宇宙论意义上的秩序感，还是诗学和美学意义上的秩序感。按照顾彬的意见，可以从宗教学、社会学和诗学三种模式寻求对这一普遍现象的解释：

> 总的说来，当时诗歌中的片断化可以借助三种解释模式来说明：第一种是佛教模式，该模式允许完整性只作为个别部分视野里的顿悟；第二种是世界观模式，这种模式再也无法从宇宙学和美学上连续不断的角度来解释事物的统一；第三种是诗歌学模式，此种模式为艺术的完整性

安排一个"象外"、"言外"、"景外"艺术空间，也就是一个由内行从个别情况中提炼出来的，而且也只有行家才能作为整体体验到的空间。①

单就诗学的模式而言，诗人和诗论家，包括司空图自己，正是实践这一超脱传统本体论，进入"外层空间"寻求理论资源的代表。但这一理论，在说明司空图《诗品》的规整性和完整性的特质方面，并没有足够的说服力。关于《诗品》本身，我们差不多要寻找一种整体性和规整性延迟的理论思路，来加以说明。而关于司空图《诗品》以外的诗学理论的基本观点和基本框架，由于前文已有详细的文本分析，这里只就相关观点进行普遍联系和综合总结，重点是建构他的理论形态和理论模式。

在论诗的书信中，《与李生论诗书》虽然写作时间靠后，但论题当推其首。此信开门见山曰：

> 文之难，而诗之难尤难。古今之喻多矣，愚以为辨于味而后可以言诗也。

这就是著名的"辨味说"的头角。司空图认为，长江五岭一带的南方人只是一味地食咸或酸，而中原华下人却懂得酸咸之外，另求滋味，即"知其酸咸之外，醇美者有所乏耳"。而酸咸之外，也就是"味外之旨"。司空图认为，为了实现诗的"味外之旨"，诗应该具有"近而不浮、远而不尽"的美学表征。这就是说，好的诗歌作品，甚至文艺作品，近观有细节之美，亲切可喜，远望有回味余地，整体可图，有多次欣赏之价值。只有达到了"近而不浮、远而不尽"的地步，"然后可以言韵外之致耳"。

其实，"韵外之致"与"味外之旨"还是有些不同。如果把"味外之旨"姑且看作和味觉直接有关的方面，那么，视"韵外之致"为和听觉有关的方面也未尚不可。当然，二者也都可以归结为意义和意味。况且司空图在《题柳柳州集后》的开头论诗、论文的时候，首先就讲到了"考其声"的问题：

> 金之精粗，考其声，皆可辨也，岂清于磬而浑于钟哉。

这样就可以找到司空图论述诗的音韵方面的一维。它当然不应限于诗歌

---

① 〔德〕顾彬：《中国诗歌史——从起始到皇朝的终结》，第238～239页。

的音乐性和音韵美，而是一种总体印象和听觉感受，在艺术欣赏中作用于人的通感。

在《与极浦谈诗书》里，司空图先引用戴容州的话："诗家之景，如蓝田日暖，良玉生烟，可望而不可置于眉睫之前也。"然后径直叹道：

象外之象，景外之景，岂容易可谈哉。

不难看出，司空图在这里讨论的是诗歌中的视觉表现问题，粗浅地说，是涉及诗中的景物和意象等问题，但若细较起来，则涉及视觉艺术（绘画、雕塑）与语言艺术（诗歌）之间的关系，或者进一步而言，则涉及语言艺术中可见意象（语象）和隐藏要素（韵味）的关系。

用"蓝田日暖，良玉生烟"来比喻"诗家之景"，即诗中的意象，一方面说明了诗中意象间接性的特点，它与绘画、雕塑等直接造型的艺术不同，不能直接作用于人的感觉器官，因而说它"不可置于眉睫之前"，而只能存在于读者的幻觉之中。另一方面，由于诗人形神兼备的生动描绘，可以激发读者的想象和情感，使他用自己的生活经验和审美经验进行再创造，在脑海中形成生动鲜明的图画，使读者有如临其境的艺术真实感，因而又说它具有"可望"的性质。①

把以上三个方面联系到一起，我们大概可以得到司空图的一个包括三维结构在内的感性学的基本框架：

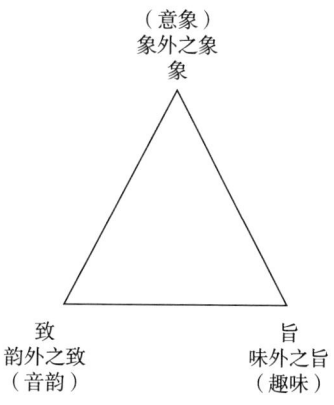

（意象）
象外之象
象

致
韵外之致
（音韵）

旨
味外之旨
（趣味）

---

① 王济亨、高仲章选注《司空图选集注》，第 109 ~ 110 页。

从比较文学的角度来看，司空图感性学之三维说颇类似于美国意象派诗人庞德所谓的诗歌三重结构：音乐性（melopoeia），意象性（phoenopoeia），思理的舞跃（logopoeia）。然而，比较复杂的是要让我们从以上关于司空图感性学之三维的粗浅认识，进展到一种诗学的三重结构，这就要做一个并不完全是字面的调整，即由"象外之象"转向"意象"的调整、由"韵外之致"转向"音韵"的调整，以及由"味外之旨"转向"趣味"的调整。单就中国诗学本身的传统而言，我们不妨把司空图这一基本框架的诗学定向做调整，融入其与中国文化渊源的天然的历史联系之中，从中进行诗学内涵的揭示和哲理的阐发。由此不难看出：这一基本框架可以从他的前人那里，找到若干文化上的渊源；从后人的发展中，找到所产生的重要的影响作用；从司空图本人的创作实践和理论表述中，找到一些有说服力的例证。

首先，从理论渊源上说，"象外之象"的理论，如果不远求《易经》中的"观物取象"说，至少可以追溯到谢赫的"取之象外"论："若拘以物体，则未见精粹；若取之象外，方餍膏腴，可谓微妙也。"（谢赫：《古画品录》）如果说谢赫此说尚未脱离对绘画艺术的直接性描述的话，那么，刘禹锡则进一步把象与境联系起来，用于说明诗歌创作中和言意有关的审美特征的本质。刘禹锡说："诗者，其文章之蕴耶？义得而言丧，故微而难能；境生象外，故精而寡和。"不难看出，从谢赫的"取之象外"和刘禹锡的"境生象外"，到司空图的"象外之象"，其间是有一些概念上的继承关系的。只有到了司空图那里，才把这种"象外之象"的理论推广成为一种比较普遍的思维模式和推论模式，使其形成一个系统化的理论命题。我们的任务，就是要把这些命题连接成为一个系统的诗学理论。在这一方面，我们也要借助《诗品》本身的诗学命题，将其作为旁证资料，来验证和补充司空图在《诗品》以外的诗学理论，其理想的结果，就是内外沟通，形成一个并不矛盾的诗学理论。

在司空图那里，"象外之象"的基本含义，首先是观物取象式的观照现实和认识事物。"超以象外，得其环中"（《雄浑》）意味着，只有不拘泥于具体物象，才有可能把握事物的本质特征。其中既需要长期的积累和修养，也需要瞬间的感通和了悟。换言之，只有做到"控物自富，与率为期"（《疏野》），才可能进入"意象欲出，造化已奇"（《缜密》）的创作境界。不仅如此，"象外之象"还是对诗歌意象的一种基本要求。它不是简单的"离形得似"（《形容》），而是要造成"有意味的形式"（意象），而真正的意境性的"境生象外"，则需要包含"象外之象，景外之景"，才可能出现复杂多变的奇幻意境，即所谓的"意象欲出，造化已奇"（《缜密》）。最后，诗的意境中诸多意象的统一性的获得，包含创作时"浅深聚散，万取一收"（《含蓄》），从发散型到收敛型思维方式的转换，更是创作主体在"真力弥满，万象在旁"（《豪放》）状态下进行艺术选择和艺术构思的生动体现。

形象思维的本质性特征多数依赖于视觉形象才能显示，因而视觉艺术也可以作为狭义的形象思维的代名词，但五官的感觉并不局限于此。听觉和味觉，还有触觉和嗅觉都会参与进来，构成通感式的艺术感受和诗学感受。诗歌的形象或意象或意境首先体现在创作过程中诗人的主观想象中，继之则体现在读者阅读过程中的再造形象的想象心态中。但这种形象也可以带有视觉以外的其他感官的作用，最重要的就是听觉印象的作用。事实上，诗歌的听觉作用是可以分为两种情况的：一种是纯粹的音韵效果，如中文诗的平仄和韵律（rhythm）；另一种则是与语音形象（sound image）相联系的语义联想。如果是后者，那么我们就可以把司空图的"韵外之致"理解为不单纯是指诗的韵律方面，而是侧重于音义联想的后一种情况。"韵外之致"因而就带有"言意之辩"的味道了。

赵则诚等主编的《中国古代文学理论辞典》明确地指出了这一点。该书在"韵外之致"条目下写道："指诗歌创作中言和意的关系。"然后在引用了《与李生论诗书》中的"近而不浮、远而不尽，然后可以言韵外之致耳"之后，再次强调说："'韵'即诗的语言，'致'即意态，情趣。所谓'韵外之致'，大致等于'言外之意'。司空图要求诗歌作品的含义应当深远，要超出它的语言描写本身。'近而不浮'指诗的形象鲜明，如在目前，而不浮浅；'远而不尽'指诗意含蓄，意境深远，不尽于句中。诗歌作品的言与意浑然一体，便可以产生'韵外之致'。"

事无远源，必有近因。从先秦诸子中名家的《名实论》（《公孙龙子·第五》）到魏晋时期的"言意之辩"若为远源，则钟嵘《诗品序》中"文已尽而意有余"、皎然《诗式》中"两重意已上，皆文外之旨"的说法，就可以视为近因了。司空图发挥和发展了这种"文外之致"的思想，将其进一步归结为"韵外之致"，似乎一方面暗示了诗的音韵特点，一方面强调了诗的语义关联。同时加强了言外有意和韵外有味的含蓄和淡远，作为司空图所推崇的诗风的审美特征的具体表现。在《诗品》的创作过程中，"韵外之致"可以体现为"语不涉己，若不堪忧"（《含蓄》）的含蓄表达，"语不欲犯，思不欲痴"（《缜密》）的流畅要求，以及"诵之思之，其声愈希"（《飘逸》）的阅读效果。

"味外之旨"的说法，构成了司空图感性学三维度的最后一维，也是至关重要的一维。在这里，"味外之旨"至少包含三层意思。第一，诗歌首先要有味，而且不能是单纯的酸咸之味，而应当是某种带有综合性质的混合味。只有不止于酸咸，才能显其丰富，才能有味可辨。第二，味的混合不同显示了某种倾向性，因而可能形成风格，而且风格本身与其说是作者有意造成的各种风格要素的不同组合，倒不如说是读者在阅读之余仔细欣赏辨味的结果。第三，既然味是艺术欣赏的结果，其中必然有读者接受时的再创作的努力。于是乎，社会习尚、地域差别、审美情趣等因素都可能共同起作用。甚至要避免"习之而不辨也"所造成的审美距离的消失，进而使审美疲劳造成缺乏敏感，要想避免这种情况发生，就要求诗人和读者不断地提高欣赏水平，以至于不断地改变欣赏趣味，保持其新鲜可感，这是十分重要的。

虽然韵味与辨味是司空图诗论和审美感受的核心，他在《诗品》中却没有使用"味"这个词，似乎这个词不大好入诗，甚至司空图是否只把它作为纯理论的术语也未可知。其实，味的说法源远流长。古代印度诗学《舞论》中早就有了味的概念，汉语羊大为美的造字概念，显然使美和味觉在中国人的潜意识中具有不可分割的关系。《国语》中的"五味调口"和王充的"美味"比喻姑且不论，刘勰和钟嵘已经把味作为专门的审美概念了。刘勰《文心雕龙·宗经》云："辞约而旨丰，事近而喻远，是以往者虽旧，余味日新。"钟嵘《诗品序》也云："五言居文辞之要，是以众作之最有滋味者也……"司空图的功绩主要在于，他把辨味作为言诗的前提，即在说"辨于味而后可以言诗"的时候，实际上已经把味作为最基本的诗学范畴正式提出来了。而味是最容易感觉却最不容易言说的，更不用说界定和理论表述了。

考察一下司空图感性学三维度的总原则，无非"近而不浮、远而不尽"八个大字。这不仅是因为这八个大字是在论述"辨味"这个最根本的问题时提出来的，而且直接联系到"韵外之致"的问题。更为重要的是它同时适合于"象外之象""韵外之致""味外之旨"三个维度而不牵强。就"象外之象"而言，它不仅要求诗歌意象的多层次性、模糊性及隐逸性，而且暗示了阅读诗歌作品时要有适当的审美距离。就"韵外之致"而言，它既包含了音韵之外别有兴致和旨趣，也包含了言外之意有不可尽述的余韵，甚至还有诗不可尽解的神秘感。就"味外之旨"而言，单调寡味固然难以进入审美感受过程，味之不醇厚、不永久也难以令人尽兴。总之，"近而不浮、远而不尽"一方面划出了审美领域的大致范围，同时还给出了品诗、评诗时可资衡量的尺度，是一条十分重要的美学原则。

三　心与道契：诗歌艺术本体与诗人主体意识

即便不在感性学的意义上把西文 aesthetics 一词恢复其原义改译成"感性学"，也就是说不改变人们对于美学的传统观念，我们也看得出司空图诗学思想所具有的音形义（即听觉、视觉、味觉/意义联想）三个感性维度及其密切关系。进一步而言，倘若进入诗学的整体结构，则可以发现他的"意象—音韵—趣味"三重结构，向内则可以其象、致、旨为三个内在的维度，结构出一个内核来。这个内核，在西方理论思维大行其道的今日，比较容易陷入"意义"（meanning）的泥潭。其实在笔者看来，却是 sense（意味）最贴近司空图诗学内核的意思。这也是笔者宁愿不用大家习以为常的"美学"，而用"感性学"的一个原因。其实，它们在英文中是同一个词——aesthetics。

然而，这恐怕还只是司空图对于中国传统诗学贡献的较为明显的一面，或者说是长期以来学界比较容易关注（可惜并未给予综合考察）的一面。其实事情的另一方面，即司空图对于诗学本体论的贡献，却往往被忽略。笔者认为，只有在把本体论的问题澄清之后，才能够真正进入司空图对于诗歌创作论的贡献的认识，这后一方面的讨论也才会有意义。在这一方面，笔者当然也不是要推崇俄罗斯形式主义认文本为文学本体的肤浅之论，而是要返回中国文化的"道"的本原，来探讨司空图的诗学本体。

过去中国文学史界普遍认为，司空图作为隐逸山水诗人，其诗歌创作"内容非常单薄，有形式主义的倾向"，其创作倾向是消极的，主要是受了老庄哲学的消极影响。这种看法虽然普遍，却是意识形态化的一种表现，是文学适应政治生活并将其等同于社会反映的产物。近年来，由于中国传统文化研究的深入，人们比较能够容忍《诗品》中反复出现的"道"字，但并不完全明白它在诗歌本体论上的巨大意义。又由于许多版本只收《诗品》，不收司空图的诗论散文，或者只收《与李生论诗书》一篇作为代表，以至于不少读者和一些研究者不能把有关材料综合起来形成统一印象，于是便很难建构起司空图诗学本体论的基本框架。

就笔者所见，《诗赋赞》的首句，应当作为讨论这一问题的起点。赞曰："知道非诗，诗未为奇。"这应当引起充分的注意。这里，除了版本的不同所造成的字句不同和由于解释的不同所造成的理解不同之外，一个合乎情理的解释是：司空图所谓的道，乃是作为宇宙本原和本体的道。因此，道也应当是作为艺术的诗的本原和本体。假若道不能通过一定的艺术形式表现为诗，则诗便无奇可言。同理，若诗人不能体悟道的真谛，或者不能以艺术的形式表现自己独特的体悟，则其诗也不可能标新立异、令人称奇。其实，关于这两方面的关系，清人许印芳在其《诗赋赞跋》中早已经有了清楚的认识：

> 见道浅而笔力弱，又作用不熟，有恢张，无变化，遇好题目，亦不能尽题之能事。若夫理学名儒，见道宜有深者，而诗又不逮古人，因其高谈性命，薄视文艺，偶然拈笔，且以语录为诗……表圣云："知道非诗，诗未为奇"，此类是矣。

这一富于启发性的思想，如果不拘泥于诗人的艺术修养和认识高低及其对二者关系的直说，而是向诗歌本体的方向进一步靠拢，就会找到更为明晰的表述："夫岂可道，假体如愚。"（《流动》）在这里，不可言说的道是本原和本体，万事万物是道的体现的思想是十分清楚的。进一步而言，诗歌也是道的体现，诗论也是道的体现。这岂不是有点儿像柏拉图：理念是宇宙本体，客观事物是理念的影子，诗歌艺术又是客观事物的影子。可是，"道"并不仅仅是理念，而是有宇宙论的起源和宇宙本原、万物本质的意思。

> 那么，《诗品》的主旨究竟是什么？我个人认为：主旨其实就是一个"道"字。整个文本的展开也就是作者"体道"的过程。综观《诗品》，我们会产生一种强烈的印象，即作者对"道境"的追慕与向往。在《诗品》中，仅"道"一词便出现了7次，与"道"同义的还有"真体"、"真宰"、"妙机"、"太和"、"大用"、"天钧"、"天枢"、"自然"等。此外，《诗品》还频频出现"真"、"神"、"素"、"淡"、"幽"等与道家思想相关的词语及典故，这足以表明《诗品》作者与道家哲学的关系。[①]

虽然这样说是不错的，但其不仅仅是与道家哲学关系密切。植根于东方文化资源中的唐代诗论家司空图，运用的是双重的理论思路，他一方面在道化生万物和假体艺术的方向上沿着老子的思路从形而上向形而下落实，一方

---

① 邵盈午：《诗品解说》，中央编译出版社，2015，第23页。

面则在注重诗人哲学修养的道路上让艺术家认识道、遵循道，由知道悟道走向诗歌创作和艺术欣赏，即艺术人格的提升。前一方面的代表言论是："道不自器，与之圆方。"（《委曲》）后一方面则有"俱道适往，著手成春"（《自然》）。前者是说道在化生万物时使万物各具形态，在假体诗歌时使诗歌各具体格；后者是说沿着自然之道自顾前行，将万事万物作为素材，经过艺术处理便赋形为诗歌艺术作品。

　　这里有一点必须特别指出，那就是，在讨论一般的诗学本体、美学本体时，司空图并不强调诗歌与散文的区别，甚至认为无须着意区别诗与文。他之所以不强调二者的区别，并非否认二者的区别甚或认为诗与文的区别不重要，而是基于"无或偏说，以盖其全工"的实际考虑，甚至是源于诗文同源、同源于道的更根本性的认识。因此，我们不妨说，司空图的诗学本体论，与滥觞于韩愈形成于宋儒的"文以载道"说相仿，甚至比后者更加接近自然本体论的本质（因为"文以载道"的"道"，有儒家伦理政治的内核在），从而实际上宣告了古典诗学自然本体论的建立。

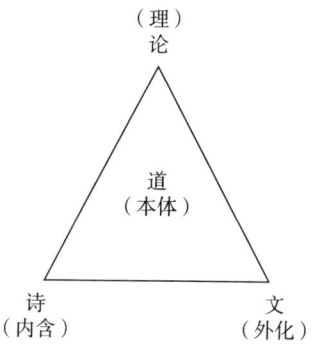

　　以上的图示是十分清楚的，无论是诗文还是理论都是道的外化和外显，道是本体，但道又居于中心和人心，而与诗作接近，因为诗是内含的，而文则是诗的外化，至于理论，则是诗文的理论概括和机能解释了。这样一来，司空图的思想体系就比较清楚，也容易说明白了。

　　基于对司空图诗学本体论的认识，我们不难理解他何以如此重视诗人的主体性建设，尤其是关注诗人道的修养方面。除了上述原因，从创作主体方面探讨，也可以行得通。这首先是因为，道之化生万物，固然要通过自然造化作为机制，道之假体为诗文，却要越过自然界的"无识之物"，通过人这个"有心之器"，才能运用"象天法地"的原理，创造出惊天地泣鬼神的艺术作品来。从这里，我们不难看出《易经》对中国文学神圣观念的本原性的影响，也不难追溯刘勰的《文心雕龙·原道》对司空图诗学本体论的直接性的影响。

> 愚常览韩吏部歌诗数百首，其驱驾气势，若掀雷抉（挟）电，撑抉于天地之间，物状奇怪，不得不鼓舞而徇其呼吸也。（《题柳柳州集后》）

> 吾适又自编一鸣集，且云撑霆裂月，劫作者肝脾，亦当吾言之无怍也，道之不疑。（《与王驾评诗书》）

人们在读这些句子的时候，往往认为司空图言过其实、过于夸张，甚至认为他对自己的诗作过于自信，进而加以贬低或不屑一顾，其实，如果认识到司空图是在述说一种诗歌阅读或创作的本体感受，就不难理解他的意思了，也就不会计较他的用词了。试想一下柏拉图的"迷狂"说，还有马斯洛的"高峰体验"，对于这种似疯近痴的说法，就不足为怪了。

就诗人个体的道学修养而言，司空图认为需要经过三个精神修养的阶段。首先，"返虚入浑，积健为雄"（《雄浑》），其意为：诗人要能够以虚空的心灵追溯事物的本原到那混沌未分化的原初状态，从中逐渐积累强健的力量，以便形成雄浑的气象。这里如不拘泥于将"雄浑"作为一种风格，则包含主体内在之充实建构和创作动力之冲动两个方面。其次，在认识了万物本原（即道）并形成基本的主体状态之后，诗人便要经历"由道返气，处得以狂"（《豪放》）的阶段。这里的"气"似乎较之"道"更接近人的诗性本质，或如西方现代主义者奥逊和克尔里所说的诗是"气的运行"，或如中国诗人苏东坡所说的创作中的"随物赋形"，而"狂"则有点儿尤维纳利斯所谓的"愤怒出诗人"的味道，或者毛泽东的"自信人生二百年，会当水击三千里"的神气了。最后，近乎疯狂状态的诗人已是"真力弥满，万象在旁"（《豪放》），"神与物游"（《文心雕龙·神思》），浮想联翩，无法自制，只待欣然命笔了。

究竟凡人能否像幽人、真人那样达到与道在精神上或在心灵上的完全统一或同一呢？或者说诗人是否必须和道学家一样才能够达到如此高的境界呢？甚至可以进一步追问：人类究竟能否达到与道彻底合一的状态呢？司空图的回答似乎有点否定的意思。他在《超诣》一品中谈起自己的亲身体会时叹道："少有道契，终与俗违。"无论解释为诗人年轻时曾想与道契合，终老时竟发现与俗相违，还是很少有人能与道契合，以至于违背了常人的习俗，甚至解释为与道的些微契合都毕竟与俗相违背，即"道与俗反"，其基本意思似乎并无大错。那就是：即便以牺牲世俗生活的规范为代价，也很难达到与道的完全契合化一。毫不奇怪，这倒有点像古希腊人的观念：诗人是半神（demigod），置身于半空，一方面向神明报告人间的消息，但更重要的还是向人们传达神的预言和谕旨。

其实，人既不能得道成仙，又何妨去领略一下天国的风韵，暂时超脱一下尘世的畦封呢？因此，《诗品》中才有那么多的飞翔意象。但是，"背负青天朝下看"从空中俯瞰人间城郭是一码事，从地上仰观天象或近察万物之态，借以认识道的端倪，追寻道的端绪，却是另一回事。故而司空图强调"载要其端，载同其符"（《流动》）。只要能够从现实事物的呈现中认识道的表现，对诗人来说也就可以了。这也许有点类似于艾略特那与带有宗教超脱意味的诗歌本体观念相对的"客观对应物"，二者同样是由形而上向形而下的落实功夫。或许在司空图看来，只要达到这个层次的认识，再加上对事物的仔细观察和细心描写，就可以达到"俱似大道，妙契同尘"（《形容》）的诗境了。

然而，在理论上，也许这种说法就不能令人满意了。长期以来，似乎有一种现象：一强调主体，就会把人（其实是诗人）的地位抬到不适当的高度，一如主体性文艺学昔日之所为；一强调本体，又会把人（其实是人类）的主体性消解得形迹全无，一如中国的后现代主义者所宣称的那样。其实，诗人主体性的提升并不是要强调诗歌的社会功能，借以抬高诗人的社会地位，而是以诗人创作主体的充实为真正的诗歌创作准备条件，司空图《雄浑》一品的首篇地位和诗学题旨正是如此。此外，探究诗歌本体也不是要消解诗人的创作主体性，更不是要取消诗人的社会功能，而是要通过探究诗的本原和本体，提高人对诗的认识，以便创作出更多、更好的诗歌作品。今日之所以要研究司空图的诗歌本体论，其宗旨即在于此，岂有他哉？

诗歌本体的深入探究和诗人主体意识的明细阐述，二者之间也许需要一个逻辑上的中介，以便做玄学的说明。但是，考虑到二者之间在逻辑前提上似乎并无矛盾，便省却了这样一层不便。我们不妨拿一条最简单的原理来说明主客体之间的契合，那就是中国传统的"天人合一"。但不是人与自然的原始不分的混沌状，也不是司空图所谓的心与道契那种理想的契合态，而是要结合诗歌创作和接受活动本身做一最简要的总结。那就是：道通过宇宙化生和显示万物，人借助万物以现象把握宇宙本体，这是主体建设的认识论层面；此外，人以诗性智慧触摸自然，并借助创作实现诗歌本体，这是诗性活动的实现层面。前者是本部分的讨论内容，而后者则是下一部分的论述题旨。因为离开了诗歌创作活动和过程的具体研究，诗人的主体性就无从展开，而诗歌本体的问题也就无法说清楚。

四　思与境偕：诗歌创作与创作过程论

综观司空图的诗歌创作与评论可知，司空图的诗歌创作论同时反映在他的《诗品》和诗评之中，而以后者为多。他一方面自然特别强调道学的修养，但同时不放松生活本身的经验累积功夫。例如，在评论王生的诗歌成就时，就强调他"寓居其间，沉渍益久"的生活积累。当然，这种生活积累也是文化积累，是和生于斯长于斯的地方文化的丰厚底蕴有关系的一种集体文化积累。由此出发，我们不难找到司空图对于诗歌创作在题材和体裁两个方面及其关系的认识。

他在《与李生论诗书》中提出"直致所得，以格自奇"的思想。这里虽然有论述风格的意思，但尤其包含了从生活经验中直接取材入诗与从经验材料中依势形成格调和风格的问题。这一基本思想，与《与极浦谈诗书》中的说法大同小异。不过后者特指纪实一类作品，"目击可图，体势自别"，不可废也。似乎是说这一类纪实性作品，其创作素材在决定作品格调方面所起的作用还要相对大一些。事实上，以取自客观世界的素材为基础，加以文类本身的规范和限制，正是诗歌创作和一般文学创作的正途。由此构成我们关于司空图诗歌创作第一方面即格调的粗浅认识。

如果说司空图重视从生活和自然中获取素材时要追求真实的话，那么，这种真实感的获得实际上包含了主客体两个方面的协同作用。第一，取材良好有待于创作主体状态的良好准备，即创造精神的周期性的凝聚，这就是"欲返不尽，相期与来"（《精神》）；第二，取材要自然而不可强求，也即要等待客观事物的自然显露，或者说要有一定的机遇，"真与不夺，强得易贫"（《自然》），它同时包含了真实性和自然性两个方面的内容，而这两个方面的真契合，在笔者看来，首要的便是"情悟"。

司空图在《自然》一品中说："薄言情悟，悠悠天钧。"当然，这里的"情悟"，既可以在"脱巾独步，时闻鸟声"（《沉著》）中受自然启发油然而生，也可能是"素处以默，妙机其微"（《冲淡》）心物交互感通的必然结果。显然，司空图所谓的"情悟"不仅仅是指创作主体感情的外投和感觉的沟通，而且是诗人整个心灵与外物的交流、交融乃至契合化一。这种交流和交融的基本点就是：人以有情之心去感受天地万物之有情世界，方可进入

"相看两不厌"的真情境界。此之谓"情悟"说之大略。

诗歌创作过程中主客体之间交融贯通的另一个重要方面，就是诗人思虑与景象的相投相和。这就是司空图在《与王驾评诗书》中所谓的"思与境偕，乃诗家之所尚者"。据笔者所知，司空图的这一思想应本于前人的《文镜秘府》，其"十七势"云：

> 诗不可一向把理，皆须入景，语始清味……其景与理不相惬，理通无味。
>
> 诗一向言意则不清，及无味。事须景与意相兼始好。

以笔者之见，司空图至少在三个方面界定或规定了思应当如何才能与境相惬相偕。一是"所思不远"，如同在《沉著》中所言；二是"计思匪深"，如同在《实境》中所言；三是"思不欲痴"，如同在《缜密》中所言。"所思不远"虽然可直接解为所思念之人在诗人心目中并不很远，但实际上其中已隐含了这种思是有对象的思，而且是不能脱离具体对象的思，但由于语言对人的认识对象具有可以超越时空的作用，即置换（displacement）变形，诗人完全可以把在远方的对象想象得很近。初唐诗人王勃"海内存知己，天涯若比邻"的名句，就是一个典型例证。其英文翻译更妙：A bosom friend a-far brings a distant land near（远方一位知心朋友把遥远的国度拉近了）。这当然是指心理距离。

如果把"所思不远"理解为所思考的对象与诗人或诗人当时所处之境密切相关的话，那么，"计思匪深"就意味着诗歌思维不能脱离所造之境或具体物象而片面地求其抽象和深奥。这里虽然表现了形象思维的某些基本特点，但也暴露了中国古典诗歌不如西方诗歌深刻的背后可能隐藏着的这样一种价值观，也就是一般不脱离悲欢离合一类人情往来和世态炎凉一类习惯表达。其囿于具象的思维方式与汉语的象形文字的特点更存在一层难舍难分的互为表里的关系。这从司空图"取语甚直，计思匪深"（《实境》）的表述中不难看出。

再者，就是"语不欲犯，思不欲痴"（《缜密》），语言与思维的关系更加密不可分，具体要求也很相似。"语不欲犯"指的是，诗的语言不能重复烦琐，臃肿肥痴，前后矛盾。"思不欲痴"指的是，诗的思绪忌讳呆痴死板，缺乏灵气。如果联系到《缜密》一品此句的上文，那么"要路愈远，幽行为迟"（《缜密》）说的则是：诗歌的思路要有主线，主线要清晰辽远。同时，也许要有作为延伸的副线，副线也要曲径通幽，细密如织锦。

看来"思与境偕"这一问题本身不可能不涉及思维与语言的关系问题，而司空图对这一问题也始终没有回避。除了上述几点，这一问题还可以分为思维与语言的一般关系，以及诗歌创作过程中致思用语的原则和技巧两个彼此有关的问题。

先谈第二个问题。如果把上文"取语甚直，计思匪深"看作诗歌创作中的一种策略，那么它完全有可能指实境描写中的直接描写。这样也可以说，由于"取语甚直"的语言描写本身的要求，它不可能思维深刻。虽然在取材上，诗人可以"浅深聚散，万取一收"，但这是对物象而言的，并不是要一览无余、事无巨细都加以直接描写。由此可以确定，实境描写未必都是直接描写和直接描写未必一定呆实的意思。

在《含蓄》一品中，司空图着眼于间接描写，提出"语不涉己，若不堪忧"的描写技巧及其可能达到的欣赏效果的问题，这是值得注意的。当然，含蓄并不单纯是一种诗的风格，它应该更多地被理解为诗的普遍特点。司空图不仅从取材上提出"浅深聚散"、兼收并蓄的方法，而且借助物象说明"花时返秋"一类含而不露的现象；然后，再在"是有真宰，与之沉浮"的博大意境中，突出这样一种观点：诗歌意象无论多么复杂多变，其中必有一个支配一切、主导一切的"绝对者"在起作用。这样，就同时暗示了数个理论问题的解决思路。

（1）支配诗歌意境的并不完全取决于语言的描写，而更多取决于某种不可描写的东西。

（2）可以描写的东西充其量只能构成可见意境的有形部分，大量的潜台词在可见意境之外秘而不宣。

（3）可以描写的未必一定要描写，有必要描写的未必一定要直接描写。

（4）正是不可描写的、未必描写的东西，形成了弥漫于诗歌意象之间的或之外的广大空间的意境。

（5）正是这种空灵的意境，可以让诗人和读者共同进入、共同居住、共同分享。

至此，"不著一字，尽得风流"（《含蓄》）这八个大字才有了意义和可理解性。

至此，语言与思维的一般关系问题才可能获得其在诗歌艺术领域内的解决。要之：

第一，在"素处以默，妙机其微"（《冲淡》）的主体活跃状态中，人对客观事物的认识是"乘之愈往，识之愈真"（《纤秾》）；

第二，这种诗性认识中包含了对客观世界的"如将不尽，与古为新"（《纤秾》）的再认识和无限可创造、可表达的可能性；

第三，如果把这种可表达性理解为语言的可表达性，那么以语言之思去接触外物就只能是"遇之匪深，即之愈稀"（《冲淡》）；

第四，如果以整个诗性的人的感觉去直接触摸世界，就可以达到"如不可执，如将有闻"（《飘逸》）的神妙之境；

第五，假如不拘泥于概念的认识和形体的把握，便可能进入"俱似大道，妙契同尘"（《形容》）的天人合一的至高境界；

第六，将所思所感如实记录下来的同时，若能纳入诗的体式，始可做到"离形得似，庶几斯人"（《形容》）；

第七，读诗时若不局限于把握语词，而是借助诗境求其与诗人心灵上的感通，则又会"诵之思之，其声愈希"（《超诣》）。

以上是司空图《诗品》中若干哲理性表述连缀而成的一个思路，由此基本上可以看出司空图关于"思与境偕"的诗学思想在创作中的体现。他的核心部分似乎可以这样表述：诗性本身的可表达性和可理解性很有限，这是就概念性语言或语言的"概念隐喻"的参与程度而言的；如果用神会（即情悟）去感通和接受，则思、诗、境之间的沟通就不会有太大的矛盾和问题了。这一基本观点构成了司空图诗学的至关重要的理论表征，也是他用来进行诗歌品鉴和评论的一个十分重要的理论参照。

关于司空图诗学思想的一个总体框架，也可以有这样一种表述，那就是把他提出的几个命题，结合到一起，成为一个命题组，那么，这几个命题组之间经过一定的逻辑运演，就可以形成一个正反合题三段推论，从而涵盖或容纳《诗品》内外关于司空图诗学理论的基本内容，于是完成一个唐代诗学框架的搭建。

第一组命题（朝外指向）：

A. 象外之象，景外之景；【意象】

B. 味外之旨，韵外之致。【韵味】

第二组命题（朝内统一）：

A. 超以象外，得其环中；【道枢】

B. 澄淡精致，格在其中。【韵格】

第三组命题（内外兼修）：

A. 思与境偕，语内之境；【意境】

B. 情与境偕，言外之境。【情境】

第一组命题是正题，核心是象外之象，即向客观物象之外求其视野，所谓观花匪禁，外师造化，其结果是获得外物的意象和感觉的韵味。

第二组命题是反题，核心是得其环中，即转向内心求对宇宙的体悟，所谓如见道心，中得心源，其结果是获得道枢的体悟和韵格的确立。

第三组命题是合题，核心是思与境偕，即获得内外兼修之后的境界，所谓"俱似大道，妙契同尘"，其结果是获得诗歌的意境和无言的情境。

第三节 《诗品》精神：司空图的诗文创作 与《诗品》景物描写的关系

迄今为止，我们已经研究了司空图的生平历程和时代背景，研究了他的诗歌和文章与思想倾向和知人论世的关系，还有他的文艺学、诗学思想以及对己、对人的诗歌评论。可以说，我们对司空图已经有了一个基本的印象和大体的评论。在这个基础上，我们不妨把司空图的诗文创作，和他的以诗论诗的作品——《诗品》联系起来，做一个尝试性的评论和考证，从中大约也会得出一些有益的启示和普遍性的结论。

一 司空图的生活环境与《诗品》景物描写的关系

名物、典故是两个不同的概念，但又有联系。名物是一些具体的生活中的环境和事物，如山川河流及动植物；而典故则是古诗文中反复被运用的东西，是一种文化资源。但就一个人的具体情况而言，一定的典故也和他的生活环境有关。特别是司空图生活在一种有浓厚的人文精神的三秦环境中，就更是如此了。就此而言，自古以来的文人骚客、高人隐士，以独占这种自然景物和人文资源为荣耀，而这一方宝地，则为他们的诗文创作提供了便利的条件和启发的源泉。

> 就像语义学范畴制造一个世界万物的原型组织那样，具有历史意义的原型则为事件的世界，尤其是那些致力于人类活动的事件的世界创造同样东西。由此得出同样结论。当一个词出现在诗歌中时，它就不仅涉及某一事物，而且还代表它所归属的那个范畴。由此可见，如果一个具

有历史意义的暗示在一首诗中出现的话，那它就不仅涉及某一过去的事件或者现在的事件，而且还涉及这个永恒的原型。因此，一首涉及种种事物和事件的诗至少有两个意义层面，一个个体的，一个原型的意义层面。由于这个原因，古典诗中的世界很明显，十分牢固而稳定。个体的事物和人物来来往往，但是原型却一成不变，永世长存。确实可以说，人们的所作所为是以永恒的历史为背景实现的，而且就是这个事实赋予该行动以道德意义。[①]

由此可知，一首诗中反复出现的关键词语不仅为那一首诗的创作提供了背景和环境，而且提供了诗境的象征和原型，因而使一首诗获得了特殊的文化含义和诗学含义，对于读者来说（对作者也是一样），这种含义则可以为一首诗提供原型启发和道德基础。

司空图的景物诗和怀古诗，为上述论断提供了典型的证据。

华　下

日炙旱云裂，迸为千道血。天地沸一镬，竟自烹妖孽。

尧汤遇灾数，灾数还中辍。何事奸与邪，古来难扑灭。

作者写"华下"的诗，有好几首，此一首最为惨烈。此《华下》虽是作者寓居华阴华山之下的真实表述，但也许隐喻了"华夏"的意思。整个民族遭遇悲惨境地，赤日炎炎，旱云崩裂，作千道血沟，天地如同一口巨大的锅（镬，用来烹煮牲肉的大型铜器），那些妖孽被放在里面烹，尧水汤旱，都是灾数，但灾数终究要中止，但不会彻底消亡，一如奸邪在人间不会消亡一样。

假如我们把视野放大一点，睁眼看看整个中国历史上的大变动和大破坏，我们就不能不折服于诗人的精彩描写，其实这是一个诗人眼中放大了的华夏大地从古到今的悲惨命运。有历史文化学者指出：如果我们研究周期性大动乱对经济积累的破坏，可以发现一个很明显的规律，即越是繁荣富庶的地区，破坏得越厉害。凡是经济高度发达的地方，正是无组织力量聚集之处，贪官污吏、豪门大户、富商巨贾往往十分集中，农民大起义会首先扫荡这些地区。

[①]　高友工、梅祖麟：*Meaning, Metaphor, and Allusion in Tang Poetry*，转引自〔德〕顾彬《中国诗歌史——从起始到皇朝的终结》，第17页。

经济史研究者常常谈到中国封建社会的经济文化中心有一个转移过程，即由西向东、由北向南转移。由秦汉时陕西关中平原东移到华北平原，唐宋以后又向江南转移。实际上这一转移是和大动乱对经济中心周期性的扫荡与破坏联在一起的。①

伴随着政治经济文化中心的东迁南移，古代的秦关，即今日的陕西，特别是古代十三个朝代的都城长安，也遭遇了致命性的打击。这是唐末社会大动乱展现在诗人司空图眼前的一幅真实的悲惨画面，不过，在司空图的眼中，它更多的是秦关这一具有沉重的政治和文化负载的地域文物名胜的破坏，而不是下面一段文字中所描述的长安城市经济和金融状态的破坏，而且是自唐末到宋元不复回返的彻底破坏。

唐代是我国古代商品经济相当发达的朝代。长安已出现了金融市场，并有专门办理汇兑的商人组织，有供给普通信用的公廨，还出现了供抵押信贷的质库，现代的几种金融业务在唐代差不多都有了。公元782年，政府以筹措军费为名，向长安金融市场勒借200万，商人为之罢市，政府不得不让步，可见市民有相当力量了。但唐末大动乱后，进步的经济萌芽又被动乱所摧毁。五代时没有一个政府不是穷困的。唐代出现的世界上最早的汇兑制度——飞钱，在南宋和元代就消失了。唐代的柜坊中，有类似近代银行的萌芽，宋以后竟变成了赌坊，元代就完全消失了。②

自然，以上是经济金融角度的历史，它使我们认识到中国历史的周期性动荡会导致先进的生产力的破坏及资本主义萌芽和现代因素的毁灭。这是我们不愿看到的，也是唐末的司空图看不到的。他所看到的是虎狼的秦国的短命与衰亡，阴谋的汉室化为陵墓空空。这便是司空图的诗作《秦关》：

秦　关

形胜今虽在，荒凉恨不穷。

虎狼秦国破，孤兔汉陵空。

秦关，是一个笼统的历史地理概念，可指秦地关塞，东有黄河天险，南

---

① 金观涛、刘青峰：《兴盛与危机：论中国社会超稳定结构》，法律出版社，2011，第209页。
② 金观涛、刘青峰：《兴盛与危机：论中国社会超稳定结构》，第211~212页。

有秦岭阻断，西出西域，北邻大漠；也可指关中地带（关中平原），与陕南、陕北形成对照（统称"三秦"）；所谓"秦中自古帝王州"，也是指秦关。长安位居关中之中央，东南有文帝霸陵，西北有武帝茂陵，北四十里有汉高祖的长陵。可谓雄关四起，王陵环绕，霸气十足。李白所谓"西风残照，汉家陵阙"（《忆秦娥》），写尽了秦关风貌，无可超越。而唐末司空图的《秦关》，固然是写景的，但也是怀古的。首联"形胜今虽在，荒凉恨不穷"是起兴，奠定了基调，而尾联"虎狼秦国破，孤兔汉陵空"则是怀古、评论，但仍然是正统观点，视秦国如虎狼之邦，谓汉代为兔死狗烹的阴谋时代。秦国已破，汉陵亦空，岂不悲哉！

河湟有感

一自萧关起战尘，河湟隔断异乡春。
汉儿尽作胡儿语，却向城头骂汉人。

河指黄河，湟指湟水，统称为两河流域。唐时湟水流域在鄯州（今青海省东境）。为灭黄巢起义军，僖宗召西突厥沙陀军李克用为节度使，李与背叛黄巢的朱温在镇压起义军后，互相角逐，争夺李唐天下。李克用长期盘踞河湟地区，司空图有感而发，乃作此诗。"汉儿尽作胡儿语，却向城头骂汉人"一句嘲笑的是汉人对胡人的重用，而反过来招致胡人对汉人的嘲弄。其中既有深刻的民族矛盾，也有复杂的派系之争，而诗中除政治讽刺之外，诗人的民族情绪，尤其溢于言表。

以上我们可以看到一个以关中为中心，将眼界放大到整个西北乃至全国的古代的宏观世界。这正是出生在山西，做官和归隐在陕西的司空图所熟悉的人文地理环境和汉唐古迹所在。由此可知，司空图不仅是一个隐逸诗人，一个朝廷命官，而且是身怀历史使命的文化人。他胸怀天下，关乎苍生，可惜生于末世，无回天之力，空有一腔幽怨和愤恨。

现在，让我们把视野收回到狭义的华下，即华山本身。身处唐末乱世中的司空图在华山隐居多年，对其自然景观和人文景观均很熟悉，这在他的诗文里有不少反映。他的许多道教的诗文都是和华山有关的，他甚至应华山道士的邀请，为修葺三官堂写文募捐（见《云台三官堂》），可以说他对华山是有深刻的感情和认同感的。在其诗歌中，以华阴、华山命名的不在少数，例如，《华下二首》《华下乞归》《华下社日寄乡中》《华下对菊》《华阴县楼》《莲峰前轩》等。而提到华山的诗句更是比比皆是：

寄王十四舍人

几年汶上约同游，拟为莲峰别置楼。

今日凤凰池畔客，五千仞雪不回头。

送道者二首

其一

洞天真侣昔曾逢，西岳今居第几峰。

峰顶他时教我认，相招须把碧芙蓉。

李居士

高风只在五峰前，应是精灵降作贤。

万里无云惟一鹤，乡中同看却升天。

诗中所描写的景色，直接提到地名的，和《诗品》第五品《高古》的描写十分相似，简直可以说是如出一辙。

高　古

畸人乘真，手把芙蓉。泛彼浩劫，窅然空踪。

月出东斗，好风相从。太华夜碧，人闻清钟。

虚伫神素，脱然畦封。黄唐在独，落落玄宗。

诗中提到的太华，就是华山，在今陕西省华阴市境内，世称"西岳"，为五岳之一，也是道家修仙练道和羽化登仙之境。《华山记》载曰：

山顶有池，生千叶莲花，服之羽化，因曰华山。

而"夜碧"，则指幽静的夜晚。碧为青白色玉石，转指青绿色，用来形容华山"壁立千仞"的花岗岩巨峰，似刀削斧劈一般的奇景，真是再贴切不过。尤其在传统的青绿山水画中，碧用来画耸立的华岳山峰是再合适不过了，今日张大千就有此类画作。而清人王夫之《小云山记》曰："（南岳之西峰）寒则苍，春则碧。"此一句描述的正是此种情境。夜碧与清钟相连，前者是视觉意象，后者乃是清亮悦耳的钟声，是听觉意象。深夜清钟，缥缈于华岳诸峰之间，使人易入万念澄寂之境。

特别是其中的"手把芙蓉"中的芙蓉，即莲花，乃香洁之草。李白《古风五十九首》（其十九）云：

> 西上莲花山，迢迢见明星。素手把芙蓉，虚步蹑太清。

李白又有《庐山谣》，句云：

> 遥见仙人彩云里，手把芙蓉朝玉京。

此上下句谓畸人手持莲花，乘仙气飞升而入天宇。这不仅是道家在西岳活动的逼真记录，也是《诗品》里"高古"境界的艺术写照。

另一个实际的例证，就是第二十二首《飘逸》，全诗如下：

> 落落欲往，矫矫不群。缑山之鹤，华顶之云。
> 高人惠中，令色絪缊。御风蓬叶，泛彼无垠。
> 如不可执，如将有闻。识者已领，期之愈分。

其中，与华山并列的是缑山，即缑氏之山，在今河南偃师县南。"缑山之鹤"借用王子乔乘鹤登仙之事，表达高古之人从山顶羽化成仙，进入天界的故事。《列仙传》记曰：

> 周王子乔好吹笙，作凤鸣，后告其家曰："七月七日待我于缑山之头。"及期，果乘白鹤谢时人而去。

而华顶就是华山之顶了，山顶飘过白云，引起了人们无限的遐想，寄托了人们的愿望。古人常用孤云野鹤象征超凡出尘的仙人。上人虽不一定是仙人，但已近之。刘长卿《送上人》云：

> 孤云将野鹤，岂向人间往！莫买沃洲山，时人已知处。

而诗中的"高人惠中"便是飘洒出尘之人，而惠中犹言惠心。韩愈《送李愿归盘谷序》云："曲眉丰颊，清声而变体，秀外而惠中。""令色絪缊"则是有德之高人脸上的玄气。杨廷芝《诗品浅解》云："高人顺其心之自然，无隔无阂，飘然意远。色根于心，则浑然元气之流露，非同作伪心劳也。""御风蓬叶"，乃蓬草之叶，状如柳叶，此处指一叶扁舟，乘风而去。《商子》曰："今夫飞蓬，遇飘风而行千里，乘风之势也。"杨廷芝《诗品浅解》云："飘逸近于化。识者期之，亦惟是优游渐渍以俟化而已。如有心求之，欲得其法于飘逸之中，愈分其心于飘逸之外。愈近而愈远，化不可为也。"

顺便可一提的是，《诗品》中的《超诣》（第二十一品）与《飘逸》相继出现，是有意义的。简言之，超诣是精神的超脱，包含了脱俗和超验向着理想的道德境界的提升，是哲理性的，而飘逸则是较为具体的形体飞翔的态势，是象征性的、风格性的、描写性的。作为生命哲学和生命历程来理解更好，就是说，在精神得到超脱的意向之后，身体也可以向着终极的世界提升，就是向着升天的状态飞翔。这不仅在原理上和逻辑上讲得通，而且在《飘逸》一品的隐喻系统和言辞表达中，也能找到证据。例如，"候山之鹤，华顶之云"，都具有飘飘欲仙、羽化成仙的象征意义。这种境界，在宋人苏轼的前后《赤壁赋》中，便有精彩的描写。

在更大的生态环境的描写里，作为华山的主体意象的远推，则可以看出第十七首《委曲》中"登彼太行，翠绕羊肠"的思路。因为太行山在山西境内，和华山在陕西境内一样。对于出生在山西，而一度隐居在陕西的司空图而言，秦晋之毗邻，接近之联想，乃是可以想到、可以理解的。

委　曲

登彼太行，翠绕羊肠。杳霭流玉，悠悠花香。
力之于时，声之于羌。似往已回，如幽匪藏。
水理漩洑，鹏风翱翔。道不自器，与之圆方。

太行山，位于山西东部与河北西部，呈东北西南走向，山脊海拔 1500～2000 米，气势雄伟。山间的羊肠小道，弯曲狭窄。曹操《苦寒行》云："北上太行山，艰哉何巍巍！羊肠坂诘屈，车轮为之摧。"羊肠坂为太行山地名，诘屈状盘旋迂回。此上下句乃是以太行山的羊肠小道比喻诗的委曲特色。"杳霭流玉"又言山中的云气缭绕，雾霭辽远如清澈的流水曲折，再加上"悠悠花香"，与前句写山路盘旋构成一完整意象，极言委曲转折之妙。此等描写，若同华山的刚毅直硬相比，太行山便是弯曲柔韧的，一刚一柔，乃是道的体现。《诗品》用意之深，思路之密，可见一斑。然都是以北方山水为其灵感来源，不能脱离生活实际的。

南山，又曰终南山，位于长安城南远郊，是秦岭山脉的余脉，陕西人称为"前坡"，出城驱车数里当能望见，有象征终老之地的含义，在唐诗中多见。《诗品》中《旷达》一首，乃一见：

倒酒既尽，杖藜行歌。
孰不有古，南山峨峨。

司空图的诗歌并未遍查，但已发现几首，兹举例如下：

杨柳枝寿杯词十八首
其十八

圣主千年乐未央，御沟金翠满垂杨。

年年织作升平字，高映南山献寿觞。

杂题九首
其七

带雪南山道，和钟北阙明。

太平当共贺，开化喝来声。

第一首是献寿诗，因为终南山象征长寿。第二首比较复杂。南山道是终南山三清观，即南山道院、南山道场，是李唐时期的皇家道场。北阙是古代宫殿北面的门楼，是臣子等候朝见或上书奏事之处，也作为宫禁或朝廷的别称。北阙与南山相对而用，在孟浩然的诗里就有：

岁暮归南山

北阙休上书，南山归敝庐。不才明主弃，多病故人疏。

白发催年老，青阳逼岁除。永怀愁不寐，松月夜窗虚。

从这些地域特色十分鲜明的诗文词句中，可以看出作者应是久居长安附近的人，对于关中地区的环境与文物古迹相当熟悉，否则不可能写出这样的诗文来。虽然我们的举例以诗为主，但也不排除文章，不过由于文章庞杂，且不具有诗的简洁和直接，所以稍微困难一些而已（参见相关的文章例证）。尽管如此，司空图诗文和《诗品》还是有很高的相关度。

二　司空图诗歌中的意象范畴与《诗品》意象系统的关系

即便不从意象派的观点，而从古诗鉴赏的观点来看，意象也是诗歌的核心和基础。从一个人的诗文创作的意象范畴，大约可以看出他的创作的最为关键的部分。因为意象一方面是生活里的物象的累积和心象的形成的基础，另一方面也是客观事物见之于主观感受的东西，是经过个人的语言加工和艺术构思以后所产生的艺术机制，是既有个人特色又有一定的普适性的东西。

　　虽然意象是一个普遍的文艺学和诗学概念，但也许中国的汉字给了中国诗学以更为特殊的媒介和感觉。群经之首的《易经》里已有"意象"的概念，《系辞》里说："易者，象也，象也者，像也。"《易传》中说："观物以取象"，"立象以见意"，"书不尽言，言不尽意"。其后，王弼进一步发挥道："夫象者，出意者也；言者，明象者也，尽意莫若象，尽象莫若言，言生于象，故可寻言以观象；象生于意，故可寻象以观意。意以象尽，象以言著。故言者所以明象，得象而忘言；象者所以存意，得意而忘象。"（王弼：《周易略例·明象》）

　　最早在文论中使用"意象"概念的是刘勰，但刘勰对意象的美学特征未加论证。真正对"意象"的美学特征作深入描述的是唐代的美学家：王昌龄、殷璠、白居易、司空图、张怀瓘、日僧遍照金刚……明清对意象的论述尤多，也较为深入。"意象"已不是单一的理论，它成了中心的理论，跟许多理论相关，并成为它们的基础。[①]

　　以下按照司空图《诗品》的意象系统，摘取其诗作中的重要句子，加以举例说明：

　　1. 造化：造化、真迹、机（机心、忘机）

　　这里的造化，即自然，也指宇宙本体，甚至变化之机。在司空图的《诗品》中，多用造化、真迹、真、虚、浑、道等术语描述，因"道"字颇多，归于词语一类，后面再讨论。"虚""浑"等字，不再详述。

　　　　　　意象欲出，**造化**已奇。（《缜密》）
　　　　　　造化无端欲自神，裁红剪翠为新春。
　　　　　　　　　　　　（《力疾山下吴村看杏花十九首》）

　　　　　　是有**真迹**，如不可知。（《缜密》）
　　　　　　瑶函**真迹**在，妖魅敢扬威。（《月下留丹灶》）

　　　　　　素处以默，妙**机**其微。（《冲淡》）
　　　　　　匪神之灵，匪**机**之微。（《超诣》）

　　《诗品》中的"机"，在诗歌中有单独使用的，也有构成词组如"机心"

---

　　① 陈望衡：《中国古典美学史》，绪论，第 2~3 页。

"知机""忘机"反复使用的，兹举数例证之：

名应不朽轻仙骨，理到**忘机**近佛心。（《山中》）

忘机渐喜逢人少，览镜空怜待鹤疏。（《归王官次年作》）

神藏鬼伏能千变，亦胜**忘机**避要津。（《漫书五首》）

渔翁亦被**机心**误，眼暗汀边结钓钩。（《携仙箓九首》）

冥得**机心**岂在僧，柏东闲步爱腾腾。（《柏东》）

翠衿红嘴便**知机**，久避重罗稳处飞。（《喜山鹊初归三首》）

2. 天空：空碧（碧空）、天风、碧云、白云

这里以天空总名，包括天空气象症候，如天风、白云、碧云。"碧空"乃"空碧"之倒，视若同一。

载瞻载止，**空碧**悠悠。（《清奇》）
月姊殷勤留不住，**碧空**遗下水精钗。（《狂题十八首》）

海风**碧云**，夜渚月明。（《沉著》）
旋书红叶落，拟画**碧云**收。（《秋景》）

碧云萧寺霁，红数谢秋村。（《寄永嘉崔道融》）

天风浪浪，海山苍苍。（《豪放》）
天风瀚海怒唱鲸，永固南来百万兵。（《南北史感遇十首》）

白云初晴，幽鸟相逐。（《典雅》）
如将**白云**，清风与归。（《超诣》）
白云深处寄生涯，岁暮生情懒此花。（《歌者十二首》）

3. 气象：月明（明月）、晴雪（雪晴）、烟萝

所谓"气象"，乃是概说，包括了月明（"明月"是其倒字）、晴雪（"雪晴"为其倒字），烟萝也在其中。

海风碧云，夜渚**月明**。(《沉著》)
月明华屋，画桥碧阴。(《绮丽》)
流水今日，**明月**前身。(《洗炼》)
凡鸟爱喧人静处，闲云似妒**月明**时。(《山中》)

晴雪满汀，隔岸渔舟。(《清奇》)
篱落轻寒整顿新，**雪晴**步屟会诸邻。(《修史亭二首》)

何如尊酒，日往**烟萝**。(《旷达》)
闲得此身归未得，磬声深夏隔**烟萝**。(《陈疾》)

4. 植物：碧桃、杨柳、绿荫（阴）、红杏

《诗品》中的植物，杨柳居多，绿荫（阴）是间接词语。红杏一见，但在诗中以杏、杏花多见，遂不取。而碧桃一见，碧桃是一种木本花卉，不是桃树开的桃花，多粉色，也有红色，是观赏性植物，未见结果。杨柳，多指柳树，与杨树合称而已。

碧桃满树，风日水滨。(《纤秾》)
移取**碧桃**花万树，年年自乐故乡春。(《携仙箓九首》)

青春鹦鹉，**杨柳**楼台。(《精神》)
渡头**杨柳**知人意，为惹官船莫放行。(《偶书五首》)

眠琴**绿荫**，上有飞瀑。(《典雅》)
何似浣纱溪畔住，**绿阴**相间两三家。(《杨柳枝寿杯词十八首》)

5. 禽鸟：鹤、流莺、鹦鹉、幽鸟

禽鸟中鹤最多，山人多养鹤。诗中凡二十四见，当引起注意。流莺也多，凡十三见，全以"流莺"搭配见于诗，可见其个人语词特色，也可见流莺已常见。鹦鹉常见，也是养鸟。幽鸟乃泛称，也用之。至于兽，在诗中也出现了鹿、麒麟等，但不见于《诗品》，故不提。

饮之太和，独**鹤**与飞。(《冲淡》)
缑山之**鹤**，华顶之云。(《飘逸》)
解吟僧亦俗，爱舞**鹤**终卑。(《僧舍贻老人》)

只留**鹤**一只，此外是空林。(《即事二首》)

松须依石长，**鹤**不傍人卑。(《即事九首》)

万里云无侣，三山**鹤**不笼。(《寄郑仁规》)

忘机渐喜逢人少，览镜空怜待**鹤**疏。(《归王官次年作》)

昔岁攀游景物同，药炉今在**鹤**归空。(《敷溪桥院有感》)

鹤群长扰三珠树，不借人间一只骑。(《自河西归山二首》)

太白东归**鹤**背吟，镜湖空在酒船沉。(《贺翰林侍郎二首》)

张少康先生说："鹤是孤独清高、远离尘世的象征，司空图特别喜欢以鹤来比喻自己的为人处世。"此言甚是。因为本性高洁，所以司空图几次要让鹤"卑"。在中国文化中，鹤还以松为伴，表示"松鹤延年"，但司空图笔下的鹤只是道家意象，他很少使用与鹤有关的词组，多是单独用"鹤"，"鹤群""骑鹤"也很少见，可见他对鹤的尊重与喜爱。因为鹤还是自由的象征，它能归于空：

万里无云惟一**鹤**，乡中同看却升天。(《李居士》)

柳荫路曲，**流莺**比邻。(《纤秾》)

不是**流莺**独占春，林间彩翠四时新。(《鹦》)

昨日**流莺**今日蝉，起来又是夕阳天。(《狂题十八首》)

昨日**流莺**今不见，乱萤飞初照黄昏。(《杨柳枝寿杯词十八首》)

禅客笑移山上看，**流莺**直到槛前来。(《移桃栽》)

青春**鹦鹉**，杨柳楼台。(《精神》)

宁教**鹦鹉**哑，不遣麒麟吠。(《感时》)

骅骝思故第，**鹦鹉**失佳人。(《庚子腊月五日》)

满鸭香薰**鹦鹉**睡，隔帘灯照牡丹开。(《乐府》)

白云初晴，**幽鸟**相逐。(《典雅》)

幽鸟穿篱去，邻翁采药回。(《即事九首》)

6. 花卉：芙蓉、菊花、落花

花卉，诗中常见。芙蓉，有两种。木芙蓉，是木本花树，见于南方。水芙蓉，乃荷花。司空图所谓芙蓉，当指水芙蓉，华山池中有，诗中也有，唯《诗品》见一次。菊花为司空图所爱，常见于山中或庭院，诗中有白菊、黄

菊、残菊、篱菊等，凡二十见。落花是泛称，也用。芍药在诗中见，不见于
《诗品》，故不取。

> 畸人乘真，手把**芙蓉**。(《高古》)
> **芙蓉**骚客空留怨，芍药诗家只寄情。(《偶诗五首》)
> 峰顶他时教我认，相招须把碧**芙蓉**。(《送道者二首》)

> 落花无言，人淡如**菊**。(《典雅》)
> **菊**开犹阻雨，蝶意切余人。(《重阳》)
> 自无佳节兴，依旧**菊**篱旁。(《重阳独登上方》)
> **菊**残深处回幽蝶，陂动晴光下早鸿。(《重阳山居》)
> 此生只是赏诗债，**白菊**开时最不眠。(《白菊杂书四首》)
> 檐外莲峰阶下**菊**，碧莲**黄菊**是吾家。(《雨中》)
> 檐前减燕**菊**添芳，燕尽庭前**菊**又荒。(《重阳四首》)
> 雨寒莫待**菊花**催，须怕晴空暖并开。(《重阳四首》)
> 灾曜偏临许国人，雨中衰**菊**病中身。(《青龙师安上人》)

> **落花**无言，人淡如菊。(《典雅》)
> 五更惆怅回孤枕，犹自残灯照**落花**。(《华下二首》)

7. 人物：幽人、独步

关于人物，在《诗品》中有幽人、高人、畸人等。诗中仅见一首，有幽
人。其他多不见于诗，而诗中只有抽象的人，还有诗人的行为，如独步。兹
取之。至于"幽"字在诗中的大量运用，容后详述。

> 载瞻星辰，载歌**幽人**。(《洗炼》)
> **幽人**空山，过雨采蘋。(《自然》)
> 忽逢**幽人**，如见道心。(《实境》)

退居漫题七首

其二

> 堤柳自绵绵，**幽人**无恨牵，
> 只忧诗病发，莫寄校书笺。

这里的"幽人"，是无恨的、没有可以牵肠挂肚的人或事的，可是他又

是诗人。可见，这里的"幽人"就是诗人本人，是自诩。关于"独步"，诗中有两见，都是独自散步的意思：

> 脱巾**独步**，时闻鸟声。（《沉著》）
> **独步**荒郊暮，沉思远墅幽。（《偶书五首》）
>
> 昨夜前溪骤雷雨，晚晴**独步**数峰吟。（《山中》）

"独步"指人物的习惯性动作和诗人的独自散步的行为，并非司空图独创，但是巧合的是，《诗品》中《沉著》一首的整个意境和《偶书五首》中这一联诗的意境颇为相似，这恐怕不是偶然的。《偶书五首》写作情况及其与《诗品》的关系，容后面详加讨论。

三　司空图的诗文创作与《诗品》语言修辞的关系

个人用语习惯往往是无法掩饰的潜意识行为，常见于诗文创作和评论他人的诗文中。这些用法，有的是语义上的，关联起来甚至可以构成一个语义场；有的是语法上的，粗略分类可以看出其诗歌技巧。以下根据一些显而易见的例证和耦合关系，实录且加以评论，以见《诗品》和司空图诗文创作的密切关系。

1. 喜用"幽"字

> 载瞻星辰，载歌**幽**人。（《洗炼》）
> **幽**人空山，过雨采蘋。（《自然》）
> 忽逢**幽**人，如见道心。（《实境》）

在汉语中，"幽"字是一个特殊的用词，不仅仅是书面语，而且是诗歌语、文人用语。它的寓意是很难琢磨的，不一定是深色，也有可能是安静、隐秘、深奥，还可能表示孤独、孤寂，等等。仔细体会司空图对"幽"字的使用，将是一门很大的学问。在《诗品》中，"幽"字多见，主要指人，即"幽人"。在诗歌中，仅见一例，可能是诗人自己不好以幽人见称，只是偶尔一用罢了。关于"幽人"和"幽"字，张少康先生有如下简介：

> "幽人"即是隐逸的幽居高人，司空图就是这样的"幽人"，所以在他的眼里周围环境里的一切都是"幽"的，如"幽岛"、"幽瀑"、"幽蝶"、"幽鹤"、"幽径"、"幽墅"、"幽村"、"幽亭"、"幽幢"等，"幽人"的心情也是幽的，"幽怀"、"幽寂"、"幽栖"、"幽独"，连做

171

梦也是幽的，"幽梦"。①

如果我们将这样的词语加以分类，则可以有三类。

一是鸟类（幽鸟）：幽鸟，幽蝶，幽鹤，幽栖。

二是人类（幽人）：幽人，幽怀，幽寂，幽独，幽梦。

三是环境类：幽瀑，幽幢，幽径，幽墅，幽村，幽亭。

除此之外，诗中"幽"字的特殊使用，更应引起注意。

（1）用作形容词：

幽径入麻桑，坞西逢一家。（《独坐》）

幽瀑下仙果，孤巢悬夕阳。（《赠步寄李员外》）

竹上题**幽梦**，溪边约敌棋。（《僧舍贻老人》）

孤枕闻莺起，**幽怀**独悄然。（《杂题》）

峰北**幽亭**愿证因，他生此地却容身。（《证因亭》）

（2）用作副词：

行在多新贵，**幽栖**独长年。（《乱后三首》）

（3）用作动词：

棋声花院闭，幡影石幢**幽**。（《与李生论诗书》）

独步荒郊暮，沉思远墅**幽**。（《偶书五首》）

戍鼓和潮暗，船灯照鸟**幽**。（《寄永嘉崔道融》）

鼓声和吟断，残灯照卧**幽**。（《即事九首》）

楚田人立带残晖，驿回村**幽**客路微。（《浔阳渡》）

（4）用作名词：

势利长草草，何人访**幽独**。（《秋思》）

2. 喜用"碧"字

张少康先生认为："喜欢用碧字是和司空图的高洁情操分不开的。"汉语中的"碧"字，十分复杂，它是一个颜色词，但不是一个单独的、固定的、单一的颜色词，可以说是青、绿、蓝，但不尽然，"碧空"是好理解的，"碧云"就不那么好理解了，"碧血"就更不好理解了。《诗品》中的"碧"，有多种用法，例如，"画桥碧阴""碧山人来""碧松之阴""碧苔芳晖"等，主要用作形容词：

---

① 张少康：《司空图及其诗论研究》，第35页。

而在诗歌中，"碧"字的用法更多。

> 太华夜**碧**，人闻清钟。（《高古》）

（1）用作动词：

> 霄汉**碧**来心不动，鬓毛白尽兴犹多。（《陈疾》）
> 纱**碧**笼名画，灯寒照净禅。（《赠信美寺岑上人》）
> 青山满眼泪堪**碧**，绛帐无人花自红。（《敷溪桥院有感》）

（2）用作形容词：

> 峰顶他时教我认，相招须把**碧芙蓉**。（《送道者二首》）
> 檐外莲峰阶下菊，**碧莲**黄菊是吾家。（《雨中》）
> 芭蕉丛畔**碧婵娟**，免更悠悠扰蜀川。（《狂题十八首》）

3. 喜用"莺"字

在古代，环境尚未遭到普遍破坏的时候，莺是日常可以看见的鸟类，在今天，可能在林中、山里也能看到。无论在《诗品》还是在其他诗作中，"流莺"的搭配都是最常见的用法，只用于视觉意象。可是除此之外，莺还有很多其他用法不见于《诗品》，而见于司空图的其他诗作中。

（1）用于视觉意象：

> 禅客笑移山上看，**流莺**直到槛前来。（《移桃栽》）
> 徘徊自劝莫沾缨，分付年年谷口**莺**。（《力疾山下吴村看杏花十九首》）

（2）用于听觉意象：

> 孤枕**闻莺**起，幽怀独悄然。（《杂题》）
> 花缺伤难缀，**莺喧**奈细听。（《退居漫题七首》）
> 解笑亦应兼解语，只应慵语倩**莺声**。（《杏花》）
> 万里往来无一事，便帆轻拂乱**莺啼**。（《杨柳枝寿杯词十八首》）

（3）用于拟人：

> **娇莺**方晓听，无事过南塘。（《春中》）
> **莺**也解啼花也发，不关心事最堪憎。（《偶书五首》）

（4）其他用法：

此时恰遇**莺花月**，堤上轩车昼不绝。（《冯燕歌》）
色变**莺雏**长，竿齐笋箨垂。（《偶书五首》）

4. 喜用"雪"字

雪是北方特有的自然现象，北方人对雪有特殊的感情和敏锐的感觉。特别是山中的雪、原野的雪、初晴的雪、明月下的霜雪，甚至春水岸边的残雪、岩涯顶端的积雪、悬崖上倒挂的冰凌雪柱，比比皆是。没有对自然的长期观察，没有诗歌创作的精到用词，是不可能写出那么多雪的。

（1）用作名词：

晴**雪**满汀，隔溪渔舟。（《清奇》）
絮惹轻枝**雪**未飘，小溪烟束带危桥。（《杨柳枝寿杯词十八首》）
若似松篁须带**雪**，人间何处认风流。（《杨柳枝寿杯词十八首》）
雨淋麟阁名臣画，**雪**卧龙庭猛将碑。（《南北史感遇十首》）
中宵茶鼎沸时惊，正是寒窗竹**雪**明。（《偶诗五首》）
篱落轻寒整顿新，**雪**晴步屟会诸邻。（《修史亭二首》）

（2）用作形容词：

粉闱深锁唱同人，正是终南**雪**霁春。（《省试》）
无端指个清凉地，冻杀胡僧**雪**岭西。（《与伏牛山长老偈二首》）

（3）用作动词：

犹春于绿，明月**雪**时。（《缜密》）

关于司空图对雪的喜爱，张少康先生有一段特殊的描写，很是到位：

"明月"和"白雪"，洁白纯净，体现了高尚的人品。司空图生在乱世，但坚决不和势利小人同流合污，白雪，特别是阳光下的白雪，明月照映的雪夜，更加显得晶莹透彻，而没有丝毫尘垢，这就是司空图对自己品格的要求。[①]

---

① 张少康：《司空图及其诗论研究》，第37页。

5. 喜用"道"字

> 由**道**返气，处得以狂。(《豪放》)
>
> **道**不自器，与之圆方。(《委曲》)
>
> 大**道**日往，若为雄才。(《悲慨》)
>
> 俱似大**道**，妙契同尘。(《形容》)
>
> 夫岂可**道**，假体如愚。(《流动》)

本来，"道"是一个哲学范畴，是很难入诗的，可是在司空图的《诗品》中，"道"字却出现了五次（即便第五个"道"是"言说"的意思）。这是十分罕见的。假若我们把"机""虚""真""默""浑""气""神""天枢""坤轴""神明""冥无""造化""自然"等表示抽象概念的词语再计算进来，《诗品》中使用的这些抽象的哲学概念之多，就是十分引人注目的了。之所以如此，笔者理解，那是因为《诗品》有诗论的性质，作者要建立一个形而上的诗歌理念世界，特别是本体论，就少不了这样的抽象词语。当然，除与"道"相关的道家本体论，《诗品》中有些词语可能还具有佛家色彩，例如，"如有佳语，大河前横"。甚至日常所说的"水流花开""月印万川"这些看似纯粹自然的现象，都染上了佛家色彩。所以在这里，我们先以"道"为例，看一下司空图诗歌创作与《诗品》的关系，然后再顺便看一下其他相关的词语，也许可以找到一些蛛丝马迹。

自 诫

> 我祖铭座右，嘉谋诒厥孙。勤此苟不怠，令名日可存。
>
> 媒炫士所耻，懋俭**道**所尊。松柏岂不茂，桃李亦自繁。
>
> 众人皆察察，而我独昏昏。取训于老氏，大辩欲讷言。

这是司空图年轻时的一首诗，有趣的是，诗中不仅使用了"道"，而且有"存""大辩""讷言"，这些与老氏的话语如出一辙，而"察察""昏昏"这些叠字，也是《诗品》中常见的用语现象。这大概不是偶然的吧？

碉 户

> 碉户芳烟接水村，乱来归得**道**仍存。
>
> 数竿新竹当轩上，不羡侯家立戟门。

这首诗描写的是居住在多石的水涧边的山野人家，芳烟缭绕，新竹当

175

轩，颇有道家风范。诗人认为，这样的人家比侯门还高贵，很有诗意。古代帝王外出，居处立戟为门。唐设戟之制，庙社宫殿之门二十有四，设戟于门，故曰"戟门"，引申为显贵之家，显赫官署。司空图以竹为戟，以柴门喻戟门，颇有深意。出世诗人的眼中，平凡人家都是"道"，真是"目击道存"。

闲夜二首

其一

道侣难留为虐棋，邻家闻说厌吟诗。

前峰月照分明见，夜合香中露卧时。

道侣是道家一起修行修炼的同伴。有的道派只承认出家前是夫妻关系的男女道侣。有的道派允许出家后的道家徒弟男女结为夫妻，也称之为道侣。唐代的钱起有句："孤烟出深谷，道侣正焚香。"（《夕游覆釜山道士观因登玄元庙》）这首诗也提到了香火，两首诗有共同之处。

即事二首

其一

茶爽添诗句，天清莹道心。

只留鹤一只，此外是空林。

其二

御礼征奇策，人心注盛时。

从来留振滞，只待济临危。

诗中的"道心"，是一词组，和《实境》中完全一样。

取语甚直，计思匪深。

忽逢幽人，如见道心。

有趣的是，这里的"道心"和上一首的"人心"相对。"人心"是和"盛时""临危"相联系，而"道心"是和"天清""空林"相联系，真有意思。

书　怀

病来犹强引雏行，力上东原欲试耕。几处马嘶春麦长，一川人喜雪峰晴。闲知有味心难肯，道贵谋安迹易平。陶令若能兼不饮，无弦琴亦是沽名。

　　这首诗当写于归王官谷次年（881 年）的春天。诗中说，虽然闲居有味，可心里很难首肯，而道则看重安全之计，久而久之，也就心迹平息了。看来此处的"道"不是天道，而是人道，是谋生之道。为了自我解嘲、自我安慰，又抬出陶渊明，以便让自己心中平衡一些。

效陈拾遗子昂感遇三首

其一

　　高燕飞何捷，啄害恣群雄。人岂玩其暴，华轩容尔居。
　　强欺自天禀，刚吐信吾徒。乃知不平者，矫世**道**终孤。

　　这组诗原有两首，后又发现一首，乃为三首。这是司空图诗集卷一的第一首诗。"道"是孤立单独的用法，应是完整的、本来的概念含义。但和矫正世俗连用，乃是"不平者"的行为，这样，"道"终究是孤独的了。因此这里的"道"，也是人道，是矫世励俗的行为，那就终归要孤立而孤独了。

寄赠诗僧秀公

　　灵一心传**清**塞心，可公吟后础公吟。近来**雅道**相亲少，惟仰吾师所得深。
　　好句未停无暇日，旧山归老有东林。冷曹孤宦甘寥落，多谢携筇数访寻。

　　"雅道"，也是有搭配，因与"吾师"相连，可见"道"还是大道的意思，不过有了人际关系的"雅"的装饰而已。此外，首句"灵""清"的用法，也和《诗品》中喜用的奇绝用法相关联，不徒是经常出现而已。

退居漫题七首

其六

　　努力省前非，人生上寿稀。
　　青云无**直道**，暗室有危机。

　　这首诗中的"道"，是"直道"，有搭配，但也是一种用法，与"道"的本意有关联。

　　以上举例说明了司空图的生活环境、意象范畴、诗文创作与《诗品》在景物描写、意象系统以及语言修辞方面的关系，从中可以看出大体的重合与联系。总体而言，这种重合关系和关联关系虽然是概率性的，不是直接论证性的，但也可以提供一个认识的基础，使今日读者在阅读司空图的诗文作品和《诗品》的时候，建立一种心理联想和沟通机制，以便在适当的时候，做出自己的判断。

第三章

取精用宏，微言大义：司空图《诗品》探索与诗学发微

　　司空图的《诗品》，历来好之者不少，评注者不少，但难能有一致的意见，迄今为止，可以说也没有取得特别重大的研究成果。至今关于司空图的《诗品》能取得共识者，可能仅仅在于这是一部用诗体写成的古代诗歌美学和诗歌理论专著而已。而对于《诗品》的作者，近年来，学界都有了疑问。但这样说并不意味着笔者认为不应当怀疑《诗品》的"现有"作者，也并不意味着笔者认为这种怀疑及其研究结果一定不会对迄今为止的《诗品》研究产生颠覆和积极的影响。就笔者的所知而言，一方面，迄今尚未发现有足以推翻现有作者的证据；当然，另一方面，也没有找到一定能够反驳怀疑现有作者的充足理由。

　　既然无论是关于原作者还是后来推论出来的作者，都没有找到直接的证据来说明《诗品》一定出于何人之手，笔者姑且我行我素，按既定的写作计划和多年的研究兴趣继续下去，并把自己的相关研究，连同作者生平思想、诗文创作及其与《诗品》的关系，特别是《诗品》本身的研究，公之于世，以飨读者。另外，在行文方便的时候，如本章第一节开头利用诗作创作追述，笔者也就有关资料的勾连及其叙述，顺便发表一点有关《诗品》创作连带其作者的意见，以展示阶段性的研究成果，但非终极性的结论。只是在全书的最后，联系到论辩双方的论述，就《诗品》作者的考证问题做一统一的清理，以进一步供研究者参考。

第一节　《诗品》的创作、结构及其影响

　　就笔者所涉猎的有限范围而言，对于《诗品》创作的背景条件和主观动机，似乎后人研究的并不太多，而大多数研究似乎集中在对《诗品》本身的文字和文的解读上。这是由于我们的学术研究具有本本主义的惯性和惯习，

即便是考证本身，也未脱离文本。这和西方学问中注重事实调查的实证研究和深入事物内在结构的实验科学是完全不同的。本节在前人研究基础上，特别是以清代以来一些学者对《诗品》的开拓性研究为起点，继之以民国以来的借助西学的努力，先对《诗品》的创作做一大体追述，然后把重点放在《诗品》的宏观结构和微观结构的分析上，最后再就《诗品》所产生的影响和继承问题做一论述。

一　《诗品》及其创作追述

古典文学的研究中，很多有价值的观点和资料都来源于作品的序、跋。关于《诗品》的研究也不例外。后人的评论和推测，在历代所出《诗品》的各种版本的序、跋、题记中尚有不少涉及，例如，最著名的是郑鄥《题诗品》中引用的苏轼的一段话：

> 唐末司空图崎岖兵乱之间，而诗文高雅，犹有承平之遗风。其论诗曰："梅止于酸，盐止于咸，饮食不可以盐梅，而其美常在咸酸之外。"盖自列其诗之有得于文字之表者二十四韵，恨当时不识其妙。予三复其言而悲之。

东坡先生的这一段话，出自《书黄子思诗集后》，整个论述的是书法史及其对历代书家的评论。此言时代背景，身处乱世而人文高雅，而自列其二十四韵，感慨其言，为之伤悲。关于二十四韵是指《与李生论诗书》中自列的二十四联诗，还是《诗品》，学界尚有争议，但以赞同前者为多。接着是郑鄥转而言及四言体的问题，显然这是指司空图的《诗品》，虽不过是一笔带过，未及细究，却是点睛之笔，也给人研究以启发：

> 四言体自三百篇后，独渊明一人耳。此二十四韵，悠远深逸，乃复独步，可以情生于文，可以想见其人。

如果把以上要点连为一体加以分析，当能有所感悟，或许有助于说明一些问题。

其一，自列其二十四韵，若指司空图本人自列其诗歌，则当是一个系统的组诗，但这只是推论。

其二，郑鄥明言"此二十四韵"，因在其四言后，当与四言相联系，则为《诗品》二十四首无疑。

其三，就"悠远深逸，乃复独步"和"可以情生于文，可以想见其人"的高度评价与单独评论而言，当然是指《诗品》，而且唯有《诗品》可以当之。但这只能说明郑鄤的观点，却不能直接证明《诗品》是在唐代所作，或为司空图所作。

以上是国内学者对这一段话的认识，以及我们的不成熟的推论。

不过，美国哈佛大学教授宇文所安就这一段话也有一段叙述，基本上概括了《诗品》研究的历程和命运。不妨转引如下，以供参考：

> 苏轼（1037—1101）曾比较含混地提到过《二十四诗品》，他痛惜这一作品未能得到充分重视，除此之外，直到17世纪上半叶，再无人提及此作。唐代的诗歌理论作品在宋代、元代及明代前期往往都遭遇同样的命运。在《沧浪诗话》中，严羽似乎受到过司空图讨论玄妙"诗"的书信的影响，但并没有任何证据表明他熟悉《二十四诗品》。《二十四诗品》在清代盛极一时，产生了一大批注本与仿作，并经常被一些理论作品提及。自17世纪以来，《二十四诗品》被普遍视为唐代最重要的诗歌理论的代表作。[①]

至于当时有无《诗品》之名目，尚待考察。也许"诗品"这一名称本身就是作者的友人或后人加上去的，在司空图则只有"漫书""偶书""狂题"等组诗名称，或后加多少首，而直接以《诗品》命名这一组尚未出名的诗，当属异常处理。当然，此前已有皎然的《诗式》，所以《诗品》名称的出现，尚待研究。

有趣的是，这一段至关重要的话，竟然作为作者研究的焦点和关键性证据，分为两派，加以肯定或否定，但笔者在这里重新提及，加以考量，并非热旧饭，或有意炒作，而是综合考虑，欲有所发现而已。而我们的结论不太乐观。

又有联想到唐代诗歌创作之盛及进而联想到诗人人品与诗品之相互关系的，如郑之钟的《诗品臆说序》云：

> 诗人司空二十四品，有唐三百余年，诗人盛矣，而必有取于二十四品乎？诚以二十四品者，诗家之总汇，诗道之筌蹄，而不可不品其品以

[①] 〔美〕宇文所安：《中国文论：英译与评论》，王柏华、陶庆梅译，上海社会科学院出版社，2002，第334～335页。

为诗者也。况表圣本人品为诗品，而又不可不品其品以为人者也。然则二十四诗品，技也，而进乎道也。

文若其人的观点，固然是传统做法，但其论述，也不无道理。且以《诗品》既涉及写诗之技巧，又进一步论及诗道，着实为高论。杨廷芝的《二十四诗品大序》，则比较明确地论及诗教和养志，作为创作的动机，可以说周到而了无偏差：

> 唐至中晚，颂美而流于谄谀，讥刺而失之轻薄，不可以为诗，安见其有品。司空表圣约定诗品二十四，倘也有感于诗教之原，而欲人之于诗求品者，亦先有以养其志与？

值得注意的一点乃是晚唐世风和诗风日下，有待于《诗品》一类诗论的纠正，才不失诗教的本意；也只有到了晚唐，才有机会对整个唐诗做一回顾式总结，甚至在晚唐的动乱气氛中，借助诗人的人格高洁，将诗境做一反向式的提升。由此联想到司空图孤高傲世的人格、八征不起的退隐经历、尤其是唐末其殉葬大唐的忠贞节烈，又联想到《诗品》中所流露出的生命哲学和人生历程，关于《诗品》创作动机的推论，就不会是和唐末的社会状况完全无关的了。何况古人始终认为，文章是千古的事业，与时俱进，特别是处于天崩地解、改朝换代的关节时刻，诗文就是历史，就是人心：

> 夫文章者，天地之元气也。忠臣志士之文章，与日月争光，与天地俱磨灭。然其出也，往往在阳九百六、沦亡颠覆之时，与人心愤盈之气，相与轧磨薄射，而忠臣志士之文章出焉……有战国之乱，则有屈原之楚词（楚辞）；有三国之乱，则有诸葛武侯之《出师表》。[1]

这是明清社会转折之时，著名学者钱谦益有感于世运、人心和学问之关系所发的一段议论。他认为三者交汇，"萌析于灵心，蛰启于世运，而苗长于学问"（钱谦益《题杜苍略自评诗文》），而"天地变化与人心之精华交相激发，而文章之变不可胜穷"（钱谦益《复李叔则书》），这是中国文章学和诗学的核心概念，和汉魏时曹丕的观点遥相呼应，已经进展到明清时期比较成熟的理论表述了。联想到唐末仕宦司空图激烈狂啸的诗风、大唐暮色苍茫

---

① 陈望衡：《中国古典美学史》，第 957 页。

中最后的身影，《诗品》独特的意义，乃是不言而喻的。

其实，清代民国以降，讨论得较多的还是《诗品》本身，例如，无名氏的《皋兰课业诗品解序》讲得不错：

> 惟司空图二十四章，发明宗旨，该备无遗，分别条纲，丝毫不爽，诚词林之玉尺，艺苑之金铖；虽文章关键，尽在其中，而岂独诗使云乎？

这里不仅论及诗歌品鉴的关键，而且认为它同样适合文章作法，虽有点儿远，但也属切题，因为中国古代文论中，诗文原是不分家的。然而更为重要的是涉及《诗品》的体制和结构，认为包含有"宗旨"和"条纲"，而不是今人所谓的纯粹是二十四种风格或意境。

还有涉及创作方法并将司空图《诗品》与钟嵘《诗品》和严羽《诗话》相提并论的，如杨廷芝的《诗品浅解自序》云：

> 以表圣指事类形，罕譬而喻，寄兴无端，涉笔成趣，诚于钟嵘《诗品》《沧浪诗话》外，别抒心得，以树一帜。苟非深于诗者，不能得其言外意也。

当然，司空图《诗品》和严羽《诗话》，并非出于一个时代，也不属于同一类型，加以并列，未必合适。《诗品》是唐人注重制定规则的思维习惯的产物，再加上诗歌创作与品鉴的结合状，始可言之；而《诗话》代表的是宋人以议论入诗的一种表现，也是其诗意的散文化风格的一种文章作法，以议论见长也未可知。若谓其高深而不可解，甚至要以不解为解，也多是古人之言，不可全然相信。然而，通过以上几则引文，至少可以归结一下前人的研究结论并适当地发挥如下。

（1）晚唐时期司空图《诗品》的创作，乃是以个人生活中的隐逸之道应对当时社会动乱的一种文明升华活动，同时是以哲理诗歌的形式对唐代诗歌创作之盛的理论总结与审美回应。于济世则成诗教，于修身则为养气，可谓一举两得。

（2）这一把理论思维注入诗歌意境的升华行为本身，也有总结司空图个人诗歌创作之经验，并从中转移的成分。但不可否认，其品类罗列所显示的丰富论题和诗歌资料，并非限于司空图本人的创作，而应属司空图所推崇的王维、韦应物等人的诗作一路，归于淡泊是也。

（3）就形式而言，一方面，以颇具风雅的四言替代唐代诗歌创作惯用的五言、七言，不徒体制有别，更加意趣不同，或多些理论之庄严，少些诗作之表现。但另一方面，也多了些隐晦和歧义，少了些明晰和明细，加之作者本人，有意模糊了诗歌追求的道路，将其神秘化，反而增加了趣味性和吸引力。

（4）《诗品》的产生，既是作者人格品性的自然流露，又是有意识、有目的的艺术创作活动。其基本的创作方法是观物取象，指事类形，巧用比喻，象征哲理，融合形象与观念，兼备启发与阐发。或四言所限，句法简略，歧义之多，致使语义模糊，加之年代久远，颇有疑义不可解者。

（5）《诗品》之每一品，有其内在的诗歌结构，即形象描述与哲理抒发相互为用，因而可以单独成篇。此外，二十四首诗，又按照一定的组织原则和艺术规律相互联系，结为一体。因此，需要一种特殊的阅读方法和分析方法，又不拘一格，才能揭开《诗品》所隐含的整体结构之谜。

鉴于以上原因，笔者认为《诗品》与司空图的诗歌创作和论诗论述，以及各种散文，既有联系，又有区别。主要就艺术形式上的独创性贡献和诗歌审美情趣的丰富性、多样性而言，《诗品》在符合作者整体美学思想的同时还具有独立的审美价值，在唐代乃至中国古典美学、诗学和诗歌批评诸方面均有其特殊的重要地位。

关于《诗品》的创作过程，由于年代的久远和资料的缺乏，前面我们联系司空图的诗文创作和诗论观点，就《诗品》的总体倾向和创作机制，已经做了一些研究。但总体说来，仍然是不够的。若按照一般的艺术创作规律考察其来源和机制，也可以有如下言说。

（1）对唐代整个诗歌创作的理论总结。这从司空图的评诗、论诗、品诗的书信散文中不难看出。当然，当时未必有现成的《唐诗三百首》和《全唐诗》可供凭借，也不会有现成的唐诗史和美学断代史以供参阅。但从司空图涉及的诗人的人数和范围来看，从他对这些诗人和作品的艺术把握来看，以及从他对整个唐代诗歌发展走向的审美认识来看，都可以说司空图对唐代诗歌的总览是胸有全局，其观点是颇有建树的。只不过他的理论总结并非现代意义上的西方式的逻辑推演体系，而是经验观照式的、艺术仿拟式的和直觉把握式的形象表达。不了解这一点，就会产生一些不着边际的想法要求，做出过分的沟通联系，东西比附，甚至发挥个人想象，进行过度阐释、过度开发，反而模糊了本来面目，而不会有助于深入认识。

（2）对个人诗歌创作经验的体悟总结。这几乎是不用怀疑的。司空图作为一个诗人，有《一鸣集》问世，其创作的量也不小，成就虽然不是很高，但在当时已有诗名，加之散佚不少，颇难见其全貌，这使总体评价尤难。以笔者之见，《诗品》可以单独研究，也可以联系司空图或任何其他作者的整个经历和时代背景，系统研究其全部诗文和诗歌理论，然后再回头联系到《诗品》本身，内外兼修，综合考察，得出有理有据的结论，发前人之未发。特别是新方法的使用、新观点的产生，都应立足于文本和阐释，经得起考证和推敲，然后方有可能和有条件朝着理论方向提升，甚或引申出重大的发现和重要的结论来。

（3）对于个人诗评、诗论的文体转移。散文写成的诗评、诗论，甚至以诗论诗的论诗诗，虽然可以借助于书信传述和同道交流，但尽管仓促应对之间或激发思想火花，却难以做精深系统的思考。因此，书信来往之余，创作余兴未尽，或挥毫作诗之后，偶尔浮想联翩，即生新的诗品之倾向。当其时也，换一种思路，以抽象代形象，换一种形式，以四言代五言、七言，夹叙夹议的一篇诗论便成了。然而其中形象与观念融通、创作与欣赏兼备的特点，恰好是一首诗品。数篇之积累既有，则体格之规范易定，乃成二十四首，"各以韵语十二句体貌之"。

究其中间转换形态，则可以那首著名的《诗赋赞》为例证：

知道非诗，诗未为奇。研昏练爽，戛魄凄肌。
神而不知，知而难状。挥之八埏，卷之万象。
…………

关于《诗赋赞》，这里不拟细论，容后再议。

关于《诗品》的创作情况与作品本身的研究，前人的角度和观点无非有三，兹简评如下。

一是人文混杂，偏于人品。诚如鲁迅所言，文以人传，人以文传，人文不分，文人莫辨。以郑之钟为例："况表圣本人品为诗品，而又不可不品其品以为人者也。"（《〈诗品臆说〉序》）这是典型的古典风格学理论，"文若其人"，即欲知其诗当首先知其人，此为顾及全人。但司空图的人品常被视为一极致而独特状，故而难以企及，又人品诗品相混不分，故其工作假设是：诗不可解，如同人格之不可仿效，或不可离人而单独解也。另有一派观点，从今人的政治立场出发，对司空图是唐王朝的殉道者不以为然，反而加以讽刺，言下多有不敬之词，或不经之论，同样是有问题的。此种观点，离开了具体的历史条件和传统伦理准绳，难以对古人做"了解之同情"，进而深入阐释其思其文，其诗其品，也当引以为戒。以上两种观点，看似南辕北辙，实则殊途同归，实际上是不能把研究对象区分为作品和作者加以单独的研究。换言之，让作品单独且永远只属于作者，而始终无法转移为读者的精神营养。

二是极少分析，偏于体悟。以王飞鹗为例："先生云：'《诗品》贵悟不贵解，解其字句，乃皮相也。'"（《〈诗品续解〉序》）这种理论是把作品本身的语义视为奥义，和语言一起崇拜起来。认为言意不可分，乃统一于诗，或是诗只可神遇、情悟，而不可分析研究。其极端则是方东树的"多不可解"论，名义上是诗歌本体的神秘主义，实则使读者难以理解和分析。这是自古到今，中文研究的基本方法，以至于民国以来，许多大家的综合感兴、随意阐发，犹未能免。其相反的表现，则是近世以来，利用西方文论，或流派哲学之观点，加以整体施压或详细肢解，脱离文本和文化实际，势必要产生出和理论假设一样的研究结论来才肯罢休。质言之，谈理论而不会分析、论整体而不善建构，是《诗品》研究的主要方法论倾向，或者波及整个古代文论研究和人文研究，也未可知。

三是以文释文，偏于文本。文本研究是中国古典学问的根本，也是语文学阶段的精华所在，互文见义则是古典诗歌解读和教学之基本方法，承袭既远，改观益难。如杨振纲所言："诗品者，品诗也。本属错举，原无次第。然细按之，却有脉络可寻，故缀数言，系之篇首。"（《琐言二则》）这里虽有既尊重作者又不放弃读者或研究者的索解权利之折中立场，但毕竟还是把立足点限于文本本身。当然，《诗品》作为一个整体，是一种观点，作为每一首诗，又是一种观点，但都是文本研究，而扩大到作者与时代研究、文论与哲学研究，甚至文化与文明形态研究，都是可以的，未必要局限在文本本身，做本本主义的研究才是研究。至于究竟应是一个文本还是两个文本，姑且不论，只要文本"既有脉络可寻"，便可以成为今日所谓文本研究一派的先导了。

二　《诗品》的宏观与微观结构

解释学有一条循环定律：从整体到部分，再从部分到整体。这样可以利用彼此的线索，达到相互推知以至于全知的境地。虽然我们并不全部相信仅有文本而缺乏外在的参照就能达到尽善尽美，但从宏观到微观的研究序列毕竟可以用来确定我们对《诗品》的研究顺序。由此可以确定我们目下的研究问题：

第一，关于《诗品》全书的整体结构和思想体系的研究；

第二，关于《诗品》每首诗的结构及其艺术体现的研究。

1. 《诗品》的宏观结构与诗学体系

今天人们一提起《诗品》就会说那是二十四首诗，代表二十四种风格；也有一些人认为代表二十四种意境。虽然二者都有些道理，但毕竟有所不同。就连郭绍虞的《诗品集解·续诗品注》序也含混地将二者并列，言说"司空氏所作重在体貌诗之风格意境"。究竟是风格还是意境，抑或二者兼有，可以从每一首诗本身的内部要素和结构去研究，也可以从全书的整体结构即外部联系上去研究。这里不妨先从外部去研究，而外部研究实际上又可包含分类与顺序两个方面，而且在古人那里往往是把二者结合起来进行研究。

最简单的是列举。如《四库全书总目提要》云："故是书亦深解诗理，凡分二十四品：曰雄浑，曰冲淡……曰旷达，曰流动，各以韵语十二句体貌之。所列诸体毕备，不主一格。"除有风格的倾向外，其实研究较少。

分而治之，标举特点，可形成一种简单的类列。例如，蒋斗南的《诗品目录绝句六章》：

> 首章：《雄浑》具全体，《冲淡》有余情，《纤秾》无不到，《沉著》便峥嵘。
>
> 二章：《高古》非奇屈，《典雅》非铺张，《洗炼》陈言去，《劲健》力有常。
>
> 三章：《绮丽》羞涂饰，《自然》若天造，《含蓄》色相空，《豪放》入高妙。
>
> 四章：《精神》字满腹，《缜密》乃缠绵，《疏野》谢朝市，《清奇》别有天。
>
> 五章：《委曲》诉衷怀，《实境》写情事，《悲慨》对酒歌，《形容》真得似。
>
> 六章：《超诣》出神机，《飘逸》思旋转，《旷达》不知愁，《流动》如珠铪。

仔细观之，其中也有非简单类举的说明，如"《雄浑》具全体"，但也不乏草率之作，如"《流动》如珠镏"。在顺序问题上，把原作顺序看作一成不变完美无缺者，虽然不妥，但并非绝无仅有。一般说来，这是过于系统化的思维表现，或许又有教条主义的弊端。但若在原文的顺序中寻找脉络，求其思路，则又另当别论。例如，杨廷芝的《诗品浅解总论》和《二十四诗品小序》，先取后者录之：

> 窃以为兼体用，该内外，故以雄浑先之。有不可以迹象求者，则曰冲淡；亦有可以色相见者，则曰纤秾。不沉著，不高古，则虽冲淡、纤秾，犹非妙品。出之典雅，加之洗炼，劲健不过乎质，绮丽不过乎文，无往不归于自然；含蓄不尽，则茹古而涵今，豪放无边，则空天而廓宇……夫品固出于性情，而妙尤发于精神。缜密则宜重宜严，疏野则亦松亦活。清奇而不至于凝滞，委曲而不容以径直，要之无非实境也。境值天下之变，不妨极于悲慨；境处天下之赜，亦有以拟诸形容。超则轶乎其前，诣则绝乎其后，飘则高下何定，逸则闲散自如；旷观天地之宽，达识古今之变；无美不臻，而复以流动终焉。

以上的解说和连贯，固然有助于连通二十四品，对于每一品又多有发挥，但是否完全合乎司空图的原意，就很难说了。例如，运用拆字法，拆"旷达"为"旷"与"达"，拆"飘逸"为"飘"和"逸"，分别解之，并非全无问题。另外，关于二十四品在中间分为几段的问题，尤其是开头与结尾以及中间几段的关节问题，《诗品浅解总论》似乎说得更明白些：

> 二十四目前后平分两段。一则言在个中，一则神游象外。首以雄浑起，统冒诸品，是无极而太极也……盖至此而变动不居，周流六虚，流动之妙，与天地同悠久，太极本无极也。《诗品》所为，以雄浑起，以流动结也。然则二十四品，固以精神为关键，以冲淡、纤秾、缜密等项为对待，以自然、实境为流行，浑分两宜，至详且尽，其殆有增之不得、减之不得者与？

从以上可以看出，《诗品》有头有尾，头为首领诸品，犹如总序，尾为流动不息，乃一开放之结构。又如《精神》《自然》《实境》等品，似乎各有所归，不应列为风格。只有以为对待的《冲淡》《纤秾》《缜密》等品，才可以算作风格。杨廷芝此解，虽仍有含混处，但将《诗品》二十四一分为三，各得其所，已相当有见地。

然而笔者以为分得最好的，当推清人许印芳。他在《二十四诗品跋》中将二十四品分为两大类——功用和品格，其目各有十二。为了明晰起见，先分列如下。

第一，功用（技法/作用）。

A. 哀乐两端（诗性之所由发）：（1）悲慨之幽思；（2）旷达之远怀。

B. 深造两境：（1）含蓄（温厚微婉）；（2）沉著（刻挚切至）。

C. 诗家功用：（1）实境入手；（2）洗炼工夫；（3）叙事精神；（4）写情形容；（5）意要委曲；（6）法要缜密；（7）气机流动；（8）出语自然。

第二，品格（风格/意境）。

（1）雄浑；（2）高古；（3）豪放；（4）劲健；（5）超诣；（6）飘逸；（7）清奇；（8）冲淡；（9）疏野；（10）典雅；（11）绮丽；（12）纤秾。

看来若依许印芳的研究，《诗品》本身已成为一部体系完备的诗学论著无疑。其要点可总结如下。

（1）创作动因：诗歌发乎性情，出乎人之哀乐两端，为诗则无非悲慨与旷达，前者乃幽思之抒发，后者是远怀之驰骋。"伫兴而言，无容作伪。"要有真情实感，天真放任，方能诗出惊人，或耐人寻味。

（2）创作过程：先观察生活，提炼素材，然后叙事写情用意分别要求精神、形容和委曲，语言上的要求则是出语自然，笔法缜密，待全诗气机流动，浑然一体，诗境乃成。不过，以叙事对精神、写情对形容，未必尽妥。

（3）深度把握：含蓄和沉著，不仅是一般的写诗要领，而且被归入两大风格——含蓄之美，沉著之美。一者要求温厚委婉，一者要求刻挚切至。换言之，二者之不同或出乎诗人天性，或出乎创作时的心境。

（4）风格意境：许印芳所列十二种风格或意境，并非依据诗品原来的次序，而依其调整后的顺序排列，明显可分为两类——壮美与优美。或许他本来就有对应于沉著与含蓄这两大风格流派之意。无论如何，作者已经能够意识到"末二品外貌多，内功少，要贵丽而树骨，浓而泽古，方可成家"可以为证。

其实，最早对司空图的《诗品》提出系统分类而且是哲学化观点观照的，大概要推民国时期的著名学者朱东润先生了。他的《司空图诗论综述》一文，对于系统分类之方法，可以说是发了其端。

这类评价最早、最有代表性的便是朱东润先生《司空图诗论综述》一文。朱先生说："诗品一书，可谓诗的哲学论，对于诗人之人生观，以及诗之作法，诗之品题，一一言及。"朱先生并把《二十四诗品》分为五个部分：论诗人之生活（疏野、旷达、冲淡）、论诗人之思想（高古、超诣）、论诗人与自然之关系（自然、精神）、论作品（典雅、沉著、清奇、飘逸、绮丽、纤秾为阴柔之美，雄浑、悲慨、豪放、劲健为阳刚之美）、作诗法（缜密、委曲、实境、洗炼、流动、含蓄、形容）。①

当然，张少康先生是反对这种分类的，他认为"这种分析法是违背作者原意的，这个框架也完全是朱先生强加给作者的，因为原著的二十四品只是对二十四种不同风貌的诗歌境界之描绘，互相之间是平等的，根本不存在哪几品论诗人生活、哪几品论作法之类……"② 看来这里存在两种完全不同的研究《诗品》的方法，一种是按照中国古典文学的范畴概念、按照原著的基本面貌加以解释和说明，甚至按照中国古典文学和古典文论的基本范畴和基本精神，进行研究和推进的方法。例如，从古到今有由风格发展为意境（境界）的说法，或者两种相排斥或替代，或者两种相结合而不分，到目前几乎已形成固定的认知习惯了。而另一种就是按照西方哲学和美学的分析法和分类法，进行重新分类和评价的方法。朱东润先生的分类贯穿了这样一种西方哲学和美学的框架。将上述文字加以分类排列，就得出这样一个框架：

总论："《诗品》一书，可谓诗的哲学论，对于诗人之人生观，以及诗之作法，诗之品题，一一言及。"分论：《二十四诗品》可分为五个部分：

1. 论诗人之生活（疏野、旷达、冲淡）

2. 论诗人之思想（高古、超诣）

3. 论诗人与自然之关系（自然、精神）

4. 论作品（典雅、沉著、清奇、飘逸、绮丽、纤秾为阴柔之美，雄浑、悲慨、豪放、劲健为阳刚之美）

5. 作诗法（缜密、委曲、实境、洗炼、流动、含蓄、形容）

现在，对于这个西方哲学与美学的框架，可以做如下评论。

---

① 张少康：《司空图及其诗论研究》，第 146 页。
② 张少康：《司空图及其诗论研究》，第 146 页。

（1）所谓总论（a general survey）的哲学论，并非我们所理解的哲学，或按照一个固定的哲学概念如主客二分一类概念体系来理解的西方哲学，因为这种哲学是许多搞文艺理论研究的人所依据的思想根本，但也是许多搞古典文论尤其是搞资料和思想研究的人所极力反对的，总以为这是一种思想抽象而不是扎实的内行的研究。其实，这里的哲学（philosophy）即最简单的原理和理论观点（point of view）一类说法，就像许多西方人所说的个人见解（opinion）一样，并非一个完整的哲学体系或像第一原理那样深奥和系统，当然也不是科学，因为科学（science）是一个自然科学的概念。而文艺理论或古典文论是不能归入社会科学（social sciences）一类研究的（不像我们国内的分类认识那样，一概归入社会科学了），而在人文学科（humanities）领域，是解释学（hermeneutics）一类方法所对待的认识对象。

（2）论诗人之生活（a life of the poet），相当于诗人的传记和生平，或一种生活态度，所以疏野、旷达、冲淡是三种不同的生活态度，也许可以归为一类，指诗人整个的生活方式或生活态度。作者认为，把它们放到作品或其他方面，是不合适的。尽管我们往往认为，作品中也包含了这种生活态度，但那是混沌一团的提法，是缺乏分类和分析的，不符合西方条分缕析的原则。

（3）论诗人之思想（ideas of the poet），包括高古、超诣，应当是一种超然物外的思想，认为这是所有诗人得具有的思想倾向（ideology of the poet）。否则，是不能成为诗人的，他和哲学家、科学家有区别，区别也正在这里。也许会通向浪漫主义、超现实主义、复古主义（如田园诗）等，所以属于诗人之思想，而非生平和生活态度。当然，你也可以认为是生活态度，因为思想和生活不能截然分开。

（4）论诗人与自然之关系（his relation with nature），包括自然、精神。这里的自然，不是指自然界（nature），其不和社会（society）分开，而是一整个的现实（reality），现实生活或外在生活（life）、外在世界（world）。当然，自然是存在的一切，也是艺术模仿的对象，艺术也包括文学和艺术的各个门类，当然也包括古典文学和文学理论，即艺术哲学、视觉艺术（美术）、听觉艺术（音乐）、综合艺术（戏剧、舞蹈、影视等）、语言艺术（文学、诗学），不一而足。西方基本上没有我们的文艺理论，但有艺术哲学（philosophy of art）和文学理论（literary theory）——包括文学原理和理论流派，因为文学和艺术是可以分开的，媒介不同，对象不同。但有艺术与人文的合称——art and humanities，是把艺术归于人文学了。

（5）论作品（literary works），即作品论，是西方文论的主体部分，后来发展为文本分析理论（text analysis theory）、互文性理论（intertextuality theory），和作家论（study of writers）相对，后者后来发展为主体间性或交互主体论（intersubjectivity）。这里的作品论或作品研究就包括我们所谓的风格，分为阴柔和阳刚，或秀美和壮美（崇高），前者如典雅、沉著、清奇、飘逸、绮丽、纤秾为阴柔之美；后者如雄浑、悲慨、豪放、劲健为阳刚之美。这些和我们一般所理解的风格和境界（意境）几无差别，不去细论了。

（6）作诗法（versification），包括了缜密、委曲、实境、洗炼、流动、含蓄、形容，即我们的创作论（creation theory）。但在西方，从一开始，就把写诗看作一种技巧，是 create a poem（创作一首诗）。在古希腊，作诗和其他手工艺一样，具有这样的意义和程序。那时候，工匠（craftsman，artisan）是受人尊重的职业，雕塑家（sculptor，sculpturer）和石匠（stonemason）差不多，画家（artist）和油漆工（painter）是一个词。所以不像我们现在所谓的创作论、作品论、作家论那样分类严整、不可动摇，就像我们对《文心雕龙》（*Carve the Dragon with a Literary Mind*）的分类研究一样，饶有兴趣的是，其英文翻译岂不把文学也变成了雕刻事业？但基本上也是这个格局。

回到主题上来，西方的这一套能不能用来进行中国古典文论和古典诗学的分析研究？如果说不能，一概拒绝，那就无话可说，"五四"以来以西学治国学的观念和方法就得全盘否定，不再提起。如果说可以，那就要承认这种做法，即朱先生的做法有一定的意义和根据，属于一种研究方法和研究思路，不能断然加以否定。这不是针对某个人或某部作品而言，而是就一种研究方法和途径而言。

至此，我们可以把《诗品》研究按迄今为止的方法和途径，一分为三：

第一，按照传统的中国文论和诗学做法，认为诗品是风格或意境境界，加以二十四种分类的论说和列举、发挥、批评。这一条路，也能继续走下去，但或许成效有限，突破很难，也难以有更大的发展。

第二，按照西方的美学和诗学研究体系，加以分类和分析。这样的方法，有以框架凌驾于资料之上的危险，也有不符合《诗品》作者原意的可能。至于作者原意是什么，"新批评派"有"意图谬见"的批评意见，可以参考。但这种研究要尽量切合原作，论述要有理有据，让人可以接受。

　　第三，一种折中的路线，既承认《诗品》是品第，可作为风格和意境进行分析和列举说明，分开加以阐发，也认为可以按照创作论、作品论、作家论加以更加系统化的分析和分类研究，在一个人的研究中、在一本书的内容里，这样做也是可以的。分而论之，合而论之，要各自成道理和体系，要兼收并蓄，综合创新，不是折中骑墙，模棱两可，语焉不详。

　　吸收前人研究中的合理成分，再加上今日学术的判断眼光，可知司空图的《诗品》作为一部完整的诗学著作来看，是体大虑周，道器相济，宏观、微观兼备，理论阐发与形象描述融为一体的。具体而言，可以概括要点如下。

　　《诗品》一书，是有前言总论和结语收尾的。前者以《雄浑》言，集中论述作为创作主体的诗人的学识、气魄、心态和源泉，其中抽象的议论压倒了形象的比喻，浩然正气充斥于字里行间，以之作为诗创作本体论的大略。后者以《流动》言，以诗学史的眼光看待诗歌的存在和演变现象，并探其渊源，考其流变。其背后则是一个人文学者的浩大胸襟，观天地之运行以通造化之运演，察机枢之端绪以索诗歌之形迹。居千年之先，能有如此达观之态度和开放之胸襟，不拘于一体之樊篱，或落一家之言筌，实为难能可贵。

　　首尾之间其余诸品，可以视为《诗品》的正文部分。就其排列顺序而言，若统而一观诸品之标题，显然是不易分辨。但其排列原则，无非错落有致，既使相近者不相犯，又使相邻者能相通。若侧重于风格意境而观之，可隐约见出壮美与秀美两大分野，甚至可见出作者有意将内容、风格相近者分开安排，如"冲淡"居于"雄浑"和"纤秾"之间，容易形成对比而显豁。再细察之，则又未必全是风格意境，甚至不易归入"沉著"与"含蓄"两途。有些似乎关乎创作和欣赏的一般原理和评价尺度，如"自然"，如"实境"，如"精神"。至于"悲慨"和"旷达"两品，均涉及人生态度，前者位居十九，后者则后置到二十三。或许《诗品》有一种人生感叹性质和时代认识的隐喻也未可知。但若说其中有一种成熟的"诗道沿时"的历史哲学，则未敢断言。

　　也许作者未必有如此断然的排列原则，他只是想把随即写成的二十四首诗通过　定的排列汇为一集，就如同他把自己平日写的一些诗编为《一鸣集》那样。或许截然相反，那二十四首诗之间可能隐藏着什么联系，甚至"二十四"作为数字也可能隐喻着什么，比如说，在崇尚自然的诗人眼中，或许代表二十四节气的循环往复以示流动之大道。这里的观点似乎可以概括为两个：其一，立足于二十四首诗之间的联系规律，倘若真的认为有联系的话；其二，立足于"二十四"作为数字的象征意义，假若真的认为有意义的话。除了以上已列举过的古人的例证以外，这里只说今人有代表性的意见。前者可以华人学者叶维廉先生为代表，他在《中国诗学》中先结合《易经》的结构解释了"秘响旁通"，然后说明《诗品》具有类似的总体结构：

> 秘响旁通，指的是文辞里早就含有类同互体与卦变的交相呼应、相对、旁通、变化……这种"交相呼应，互为指涉"的结构活动，无疑是前述司空图二十四品结构的意向，他在创作的时候，我们在阅读的时候都有迹可寻。①

这样的观点除了可以深化和加强各首诗之间内容上的联系，也有助于说明《诗品》排列上错落有致的基本原则，尤其适合其中可以并列的风格意境类的一些诗。

认为"二十四"本身有意义的代表性观点包括肖驰在《中国诗歌美学》中的观点。他认为尽管在字面上找不到节气与《诗品》的联系，但可以通过"诗乐是一"的原理和"音乐与历法的关系"进行推测。这种从中国传统文化的资源中寻求解决思路的方法，不失为一种可资借鉴的方法。肖驰说：

> 我们发现，《淮南子·天文训》的音律恰与"日行一度，十五日为一节，以生二十四气"的二十四气相配……

这样就可以理出一个"二十四诗品"与"二十四节气"的对照表，即把前者分为四（季）段，每段六首。这种观点的好处是能够看出《诗品》的总体布局，但其缺点是容易把诗歌排列的既定顺序固定化和合理化，成为单向的依次决定关系。即便可以如此观之，即一品代表一个节气，也未必就不能同时在整体中区分出不同的层次和类型，而居于中间状态和过渡形态者也一定还有。因此，尚需要对全部二十四品进行类型和层次的划分，既不能平列看待，也不宜抑此扬彼。

《诗品》涉及的创作论，大概有两个层次。一个是言语道出的层次，一个是篇章安排的层次。前者如每一首诗中包含哲理的部分，譬如"情性所至，妙不自寻"（《实境》），"浓者必枯，淡者屡深"（《绮丽》），"不著一

---

① 叶维廉：《中国诗学（增订版）》，黄山书社，2015，第72页。

字，尽得风流"（《含蓄》）。后者则几乎涉及创作的各个方面和主要阶段，例如，诗人要对生活敏感，善于从"实境"中索取素材，经过艺术加工、提炼（洗炼），使其升华以达"典雅"。要善于描绘事物形态（形容），行文要"委曲""含蓄"，不要一览无余，致思要流畅而"缜密"，出语要"自然"而天成，仪态宜从容而"沉著"，精于构思，要有诗意趣味弥漫于字里行间，不可缺乏生气（精神），等等。诗品所谓的创作言论，其实也可以视为欣赏言论，因为用语甚简而语义又甚丰，使一语可做两用而互不相碍。

至于把每一首诗看作一种风格或意境的代表，虽然在有些情况下行不通，但大致说来仍然是可以的，而且不应该因为考虑到与上述创作部分的项目相重合而加以舍去。由此看来，几乎每一首诗都可以构成一种意境，但其中能称为风格的却有限。这里，意境与风格的区分不仅是概念上的，而且要符合《诗品》的具体情况。笔者以为，能构成风格者首先得具有典型的意境，其次得有表现方法上的个性。但在这里把诗品中每一品视为风格，显然并不要求司空图用不同的方法来写每一品，而是将其作为一种名称记入风格学的单子。也就是说，在这里是以理论言说的方式标榜风格的，而不是说此诗本身即那种风格的典型表现。

所谓风格者共有十六种，可分为两行，分别以雄浑和冲淡打头，略相当于西方文论中的崇高和秀美。兹列举如下：

雄浑类（崇高）：雄浑，纤秾，高古，劲健，绮丽，豪放，疏野，旷达

冲淡类（秀美）：冲淡，典雅，洗炼，含蓄，缜密，清奇，委曲，飘逸

2. 《诗品》的微观结构与艺术体现

其实，对于每一首诗的结构和意境，以及具体的艺术表现，在做了以上的宏观研究之后，这种微观的研究就比较容易了。在这一方面，前人的研究也可参考：

　　且其中各品词语，俱各按其品极意形容，清词丽句，络绎不绝，实为描摹尽致，推阐无穷，是不啻以各二字为题，而以其语为诗也。不脱不粘，超元入化……学者熟复而玩味焉，得其摹绘之工，师其造语之隽，作诗之妙具于斯矣；岂非后生必读之要哉！（无名氏《司空表圣二十四诗品注释叙》）

此无名氏的序言，其实颇有见地。要之有三，借以阐发如下。

第一，二字为题，其语为诗。所谓二字为题，即说标题皆以二字结构而成。其中，除了"自然"二字不好拆开，其余大多似可以拆开来看，但以保持基本的完整概念为限度，质言之，已经成为固定修饰或限定关系的最好不要强行拆分，如"飘逸"。其他如首品"雄浑"，可拆而为"雄"和"浑"；十五品"疏野"，可拆而为"疏"和"野"；二十一品"超诣"，可拆而为"超"和"诣"；等等。它们的意义以及与正文的关系，可依次归结为三种。

一是拆词为字，复现文中。如"雄浑"一品，内有"返虚入浑，积健为雄"一句，即直接由题目拆开来说。若解"浑"为"混沌之境"，解"雄"为"至大至刚"，则标题"雄浑"之深意合而可知。就创作机制而言，也许这一首有主题先行的意思，也未可知。若其果真是率先创作出来的，则《诗品》的逻辑开端也可露出一些蛛丝马迹。

二是合而为题，分而为文。如"疏野"，《诗品浅解》云："脱略谓之疏，真率谓之野，疏以内言，野以外言。"此为分。《诗品臆说》云："疏野，谓率真也。"此为合。至于到诗中，则多分而言之，但往往字面上并不出现，而是以诗歌语言暗示其义。例如，"筑室松下，脱帽看诗"一句，力写"野"字；"但知日暮，不辨何时"一句，力写"疏"字。此种处置，又符合《诗品浅解》中"疏以内言，野以外言"的分析。《诗品》之缜密，由此可见一斑。

三是虚实相间，意会其妙。如《超诣》一品，作为标题，其实合用多于分述。但在诗中，则分而用作概念，以索其深层意蕴。"少有道契，终与俗违"。从虚字"少"与"终"着手，前后联想，并以"超诣"为概念，作为参照，即可明白"少有道契"只言"超"，"终与俗违"只言"诣"，合而复为"超诣"。

另外，关于题目与正文的关系，以及分合用笔的关系，杨廷芝《诗品浅解跋》也有专论。他说："于是乎就品诠题，就题看品，浑写者无容偏倚，分写者不可挪移。"又说"及后总阅诸章，默会其意，窃觉浑分各宜，具有妙理，而其中句句著实，字字精细……"可供进一步参考。

第二，描摹尽致，推阐无穷。这里说的是《诗品》中形象与观念的分离和结合问题，也即描摹形象以达自然之极致，推阐诗理以求普遍之意趣。在《诗品》的创作格局中，这二者的关系可以有三种表现。

第一种是以描摹见长的，如《纤秾》，如《典雅》，如《高古》，如《绮丽》。除少数议论打头的词句以外，几乎总是通篇描写景物人物，只有到了结尾时才点出要旨，或做简单的议论，随即停止。其描摹的真切生动，是很容易用绘画表现的。如《纤秾》：

> 采采流水，蓬蓬远春。窈窕深谷，时见美人。
> 碧桃满树，风日水滨。柳荫路曲，流莺比邻。
> 乘之愈往，识之愈真。如将不尽，与古为新。

　　第二种是以推阐见长的，如《雄浑》，如《流动》，如《含蓄》，如《沉著》。通篇充满说理和议论，其中少量的形象化描写主要是为了避免枯燥抽象。其中论文的味道更浓，或者说，很容易改写成专业论文或学术散文。如《雄浑》：

> 大用外腓，真体内充。返虚入浑，积健为雄。
> 具备万物，横绝太空。荒荒油云，寥寥长风。
> 超以象外，得其环中。持之匪强，来之无穷。

　　第三种是兼有描写和哲理，其形象为哲理服务，有直观真理的性质。有以感慨开其头的，如《旷达》；有以议论发其端的，如《洗炼》；有以抒情收尾的，如《疏野》；有以首尾议论中间加以描摹的，如《形容》；有以首尾写景起兴或作结而中间加以感叹或议论的，如《悲慨》。结构最为复杂且层次又最多的是《超诣》《缜密》，诗中形象化的描述和沉思性的议论穿插进行，相互渗透，真正达到了"思与境偕"的地步。现以《超诣》为例，以见其缜密：

> 匪神之灵，匪机之微。如将白云，清风与归。
> 远引若至，临之已非。少有道契，终与俗违。
> 乱山乔木，碧苔芳晖。诵之思之，其声愈希。

　　第三，不脱不粘，超元入化。形象与观念之间的关系，或者更进一步而言，"思与境偕"意境的获致，在诗歌中往往很难达到契合化一的地步。尤其是《诗品》一类形象与哲理相统一的诗，很难做到既要描写生动而形象，思想不能脱离具体物象和独特情境，而又不囿于创作主体对于某一具体事物和情境的描述和体验，从而使神思真正达到神接千载、思通万里，也就是获得韵外之致。也即所谓的"不脱不粘，超元入化"。前四字指思想感情与物象和情境既不能完全脱离，又不受其束缚；后四字则指思想感情所应达到的深度和广度。在具体的创作中，司空图所用的手法很多，概而言之，仅举三品为例。

其一，如《雄浑》。其标题"雄浑"不仅以两个汉字的形貌和低沉的音韵铺垫，而且整首诗用庄重威严的四字结构和具有轰鸣效果的 ong 音营造轰动气氛。在经过大段的哲理阐发说明主体的本源追寻和体用关系之后，通过"具备万物，横绝太空"的空间拓展，逐渐引出形象"荒荒油云，寥寥长风"。然后又借助"油云"和"长风"的形象，其本来就是非常稀薄而无迹的形象，对其加以超脱，换言之，以明白的言语升华出全诗的主旨："超以象外，得其环中。"最后再以"持之匪强，来之无穷"的言语警示来收尾。

这首诗的总体设计是空间的拓开中意识的流动。一开头就用"内""外"点出空间结构，继而以"返""入"构成流动之态势。在"万物"与"太空"的基础上，让风云掠于其上，充斥其间。又将实象超之其"外"，借空环得于其"中"。最后，复回到本不可"持"的风云，谓之若持则"匪强"，而呼吁本属于变动之风云，说其来之则"无穷"。其中，以"风云"喻诗兴、思绪、冲动、言语等抽象观念的深意妙不可言，完成了思想入乎其中又出乎其外的行进历程，结束了形象大于思想的艺术原理的想象性表述。也可以说是以整体的诗境，隐含了标题的"雄浑"气象。

其二，如《委曲》。标题本身给人以委婉曲折的形象联想和读诗前的预先介入。开头几句相继以登山的仰望、绕曲的羊肠、缥缈的云雾、流淌的山泉、悠悠的花香构成一幅委婉曲折而又音韵轻绕的画面——试感受那悠扬的尾音 ang 的微妙。除了"登彼太行"是事件的点拨之外，其余全是沿途景物的描写，又融入视觉、听觉、嗅觉的通感之中。

即便在转入哲理思考的时候，仍然不脱离形象的描述，甚至还增加了新的形象或半抽象的字，如"力"和"时"，以及"声"和"羌"。或者说，"力之于时，声之于羌"虽以逻辑关系的形式出现，实际上分别是"时力"和"羌笛"这两个形象词语的变异状。换言之，此两句名为陈述句法，实为点出物象，并暗含了弯曲如弓和笛声悠扬在原理上本属曲折之意。接下来的两句，就很难分清是阐述还是描摹了："似往已回，如幽匪藏。"毋宁说，更近于描摹，何况"往"与"回"是从线条上，"幽"与"藏"是从深浅上再度暗合了委曲之境。

点化与描摹相间是实现"思与境偕"的重要手法，在《委曲》一品中可谓一绝。但到了最后一层，因为要以哲理终结全诗，当然还有其他的考虑，于是就来一个逆向的行进，先出形象，再出哲理："水理漩洑，鹏风翱翔。道不自器，与之圆方。"在这里，不仅应注意到漩洑与翱翔均是圆形结构，而且要注意一个天上一个地下的对比效果。只有这样，当我们强烈地感觉到"道不自器，与之圆方"的"决定性宣布"的时候，才能够体会到大道循环的伟大，也就不会把"圆方"仅仅理解为"方圆"的倒装以为押韵，而是进一步强调它其实只是一个"圆"字。因为《委曲》一品从头至尾虽然意象叠加，却没有一个方形结构，只是一个"圆"字。这是以形象模仿意念的最佳例证。

其三，如《飘逸》。"飘逸"二字从形貌上已可以让人感受到从风坐车的飞动感，而且全诗的尾韵是轻盈的 en 音，更加强了这种效果。首句先用两个叠字"落落"和"矫矫"造成运动的节奏感，其语义则是"不群"的独立和"欲往"的启动。在近乎抽象的交代所造成的氛围里，用鲜明的形象突出"鹤"与"云"，而且分别出现在两个山顶，但汉语思维的散点透视并不认为其中有矛盾或不和谐。这是以直观的飘逸形象起兴，而且又有不同的层次："欲往"先为"云鹤"起兴，"云鹤"又为下面的"高人"起兴。

写人之飘逸当然不在于外貌的动感，而在于精神的昭示（惠中）。先是一个面部特写——"令色絪缊"，而抽象的概括则可以回到一开始的两句"落落欲往，矫矫不群"，因为这两句不仅写闲云野鹤，更是高人惠中的神态写照。至于其外部的飘逸状则换一种写法，用极端的远距离描写推出一组极淡雅的风景画：一片风帆如蓬叶漂于浩淼的大海，水天衔接处，又似一尾轻羽飞飘在天际。此处飘逸之境，又胜于前文所描绘的闲云野鹤。可见，起始写闲云野鹤之飘逸实在是为了此处写惠中高人之飘逸。

在物之象、人之态的层层抒写、层层铺垫之后，在飘逸之风貌得以充分展示且其神韵已经是易受感召之后，诗人方开始从正面推阐思绪，道出飘逸之境的审美特征和创作要领："如不可知，如将有闻。识者已领，期之愈分。"司空图认为，飘逸之境是不能强求的，顿悟只在瞬间，识之者识之，期之者则愈见其缥缈无迹，远不可追。总之，《飘逸》一品的写法是：物为人之境，人为思之境，思与境偕处，已见情景交融。"不脱不粘"，若即若离，"超元入化"，复归大道。

以上的分析，主要借鉴了清人的研究成果和民国时期的研究成果，采用进一步详加分类和分析的方法，但不脱离《诗品》本身和传统学问的实际，希望有助于《诗品》的研究和发现。当然总体而言，仍然是类而分之，概而言之。即便如此，也不可违背古人训导："古人用笔，说一面而面面俱到，须观定其着笔处，而意旨自显然易见。"（杨廷芝《诗品浅解凡例》）这一点，尤其与石涛《画语录》中关于古文笔法的研究相类似。至于"诗品取神不取形，切不可拘泥于字面"，对于文本分析基础上的深入研究来说，就更是至理名言了。入乎其中，出乎其外，才是真正的能入能出，也才能指望有理想的研究结果和结论。

三　《诗品》的影响与继承关系

迄今为止，我们已经研究了与我们的主题有关的大部分问题，虽然这些研究本身尚不能说是完备的和完善的。最后，只想略微涉及一下《诗品》的影响与继承问题，作为本部分的一个小结。

首先，关于《诗品》作为作品的真实性问题，笔者以为毋庸置疑。虽然《诗品》作者的问题一旦有突破性的发现和变化，也许会从根本上改变迄今为止这一方面的大多数研究定论。但对于文本分析式的研究，则不会有太大的影响。其中，有认为《诗品》为伪作者，则不可不提一下。

所谓"伪作"，有几种情况。

第一，发现一般流传或普遍接受的作者不是某一作品的真正作者，至少据某一种研究对其作者加以怀疑。这种情况在古典文献研究领域比比皆是。就连《老子》的作者也有怀疑，但无论是哪一位"老子"，也无论他的出生地和活动时间如何，都不影响《老子》的流传和思想价值的研究。

第二，原作和时代不符。例如，出现了当时不可能出现的事物或语言词语、表述习惯，如《公孙龙子》中的《迹府》说道"六国时辩士也"。那当然不会是战国时期的称谓，而是秦汉一统后的说法，可见其不是公孙龙在世时的作品。但《迹府》作为历史资料，仍有其不可替代的研究价值，特别是其中的语词考据、论证逻辑，以及后人对公孙龙思想的篡改和误解，不无价值，甚至是不可替代的。

第三，作品本身值得怀疑，不是一个人一时一地的作品，而是后人利用各种资料勉强拼凑起来的，或者资料来源、主要观点相互矛盾，以至于逻辑混乱，不能成立。这种作品，在历代文献中虽不是没有，但《诗品》似乎不属于这一类。

国外有一项早期研究，以《纤秾》一品的个别词语不符合《诗经》原意为由，认为《诗品》为伪作，这是值得注意的，但不值一驳。因为"采采"在后来的语言变化中已经成为一个形容词,可用于流水,而不是原来的"采摘荇菜"的意思了。同样,"蓬蓬"也可做类似解,即有些词语,失去了神话原型和生活原型的原始性,而流变成为一般性的词语了。这在语言发展变化中是一种常见现象,不必大惊小怪。而其他貌似不通的地方,也未必是语义混乱或逻辑混乱,而是诗意模糊,或一语多解。这在诗歌创作、欣赏和评论中不是例外。

以上指的是方志彤(1910~1995年)的研究,《论司空图诗品·第二部分》(Achilles Fang, *On Ssu-k'ung Tu's Shih-pin, Part II*),译稿现保存在哈佛大学档案馆 Pusey Library,约译于 20 世纪 60 年代,《哈佛亚洲研究》杂志曾排印,但被作者撤回。全稿包括两部分:第一部分,考证,认为《诗品》是伪作,国内学者陈尚君曾有翻译稿及《〈《诗品》作者考〉读后感》,发表在《文学遗产》2011 年第 5 期;第二部分,译文,译了十二首——5、6、9、10、12、13、17、18、19、22、23、24,重在考察《诗品》字句的矛盾之处,特别是《纤秾》,考察其英译、日译等,发现诸多矛盾,如文字矛盾、与《诗经》不合、语法不清、意象不通等,并认为其为伪作。总体看来,这些讨论的价值不大,拘泥于原作语词的出处和本意,而不懂得诗歌本身的变化和用法。又以外文的语法和思维规范为准绳,来要求中国古典诗歌的写法,进而得出不可解、不可能的结论。虽然我们不是借机完全否认这项研究的价值,因为其大胆的怀疑精神尤其值得肯定,而其引发的对《诗品》作者的怀疑,以及研究者本人严谨的治学态度和不轻易发表研究成果的谨慎处理,都是令人敬佩的。但这一问题的讨论及其最终结论本身,似乎应当进入正轨和有序状态,而不能流于"疏野",演变成漫无边际的怀疑论调。

关于诗品及其作者,就目前我们能说的情况而言,以下几点似乎不言而喻。

(1)或许由于司空图本身的诗才所限,或许是人们和他的欣赏志趣有悖,总之,与他的《诗品》相比,司空图本人的诗歌创作对同时代人和后世的影响不能说很显著,但在近年来,有回升之势,也有重新认识、重新评价的必要。

(2)司空图在论诗的书信中涉及具体人物的诗品、诗论,所影响的范围和深度似乎也不甚乐观,或知音甚少。尤其是关于唐代诗人的具体评价,似乎并没有引起太多的关注和共鸣,也没有吸收其观点写入文学史。这里或许存在忽略、误解或不以为然。然而,倘若认真起来,这一部分或许会变得十分重要。

（3）或许是由于内容与形式的兼善兼美，或许是人们欣赏趣味上的情有独钟，清代以来人们的兴趣，似乎全都集中在《诗品》本身了。由此也可以说，除书信中诗论为当下的理论界所关注以外，《诗品》本身的影响，长远而深刻。其直接可见的影响，就是历代都有的对《诗品》的仿作或拟作。（其具体讨论详后）

（4）然而，如果把《诗品》和司空图本人关于诗歌的书信中有关的诗学思想结合起来加以整理研究，或许可以找到某些最富有启发性的和有美学价值的发现。这一点既是前人研究的薄弱环节，也是本书比较着力探讨的一点。在这个意义上，将《诗品》和作者加以连贯和统一研究，而不是任意分开，就会显示出整体观的优势。而把司空图的诗学思想和诗文创作，进一步看作一个整体，加以综合研究，就是另一番境界了。

（5）而关于《诗品》本身的诗性智慧和艺术形式，除传统方法之外，则在原文注释和今译、英译的文本翻新中，使其脱胎换骨，面貌一新，以供中外人士了解和赏析。当然，这项工作只有在原诗注释的基础上，先还其以历史真面目，而后才能是有效的和可靠的。翻译研究成为古典文学和文论研究之重要一翼，甚至成为新的领域和方法的开拓基础，是不容忽视的。且不说中国古典文学和文论进入比较文学和世界文学的宏伟目标，必有赖于翻译传播这个途径。

（6）至于脱胎换骨以后的文本，能否为中外人士所接受、欣赏，那就要看这项工作本身做得如何了。不过，对外翻译作为原始文本今译与英译的延伸，其做法和观念本身似乎也应当在更新和理想化的实现之列。在这个意义上，一种文本至少提供了一种参照的可能性和现实性。因此，对现有几个文本的翻译进行对比研究，乃是一项刻不容缓的重大任务，再也不能置之不理或束之高阁了。

当然，要判断司空图《诗品》的影响，首先应当认识到《诗品》本身的价值。笔者认为，无论从文学史的角度还是从作品本身的角度，都应当肯定以下几点。

（1）《诗品》创造了一种诗论合一的文本样式，这是前所未有的。相对于前人的"论诗诗"是一种进步，并有质的飞跃。其中的双重性质既是优点，也是缺点。诗性智慧混同于理论表述，既增强了吸引力，也增加了含混性。前者尤其使人易受影响，而多数仿效者则是仿效文体和借题发挥。

（2）《诗品》规范了一些基本的风格类型，强化了一些典型的诗歌意境。如雄浑，高古，豪放，劲健，超诣，飘逸，清奇，冲淡，疏野，典雅，绮丽，纤秾。这对后世产生的影响最大、最直接，也最明显，那就是：《诗品》的类型化思维模式和规范性使分类法进入了诗歌鉴赏与评论的视野，以至于掩遮了《诗品》其他方面的成就和问题。

（3）《诗品》强化了中国诗学的符号象征系统。不仅指山川河流、日月风云、花草兰竹、龟鹤凤莺等自然景物的象征意义，而且尤其指亭台楼阁、金樽华屋、画桥清钟、畸人雅士、黄帝唐尧等人文形象的符号象征意义。但这一方面的影响是隐而不显的、潜意识的。然而无论如何，这对后世诗歌的创作和鉴赏，应当说是影响甚巨，以至于不可忽视。

就《诗品》对后世创作所产生的直接影响而言，似乎还不在于运用《诗品》的方法和品类范畴进行具体的诗歌评论，至少迄今为止，尚未发现有这样做的显著成绩。考察后人今人的做法，反而是把古代诗人的创作，用来作为说明《诗品》品类的例证了。这种本末倒置的研究路径，给人的震惊不小，也发人深思。

而其后陆续产生的为数不少的仿作，则一度盛行，蔚为大观。主要又可以分为内容上的发挥和形式上的模拟两种情况。

一个直接的结果就是《题咏》，其中又以蒋斗南的《诗品目录绝句六章》最为典型，实际上是以《诗品》为标题增加五言为一句的说明诗。其他就是以四言、七言创作的颂赞《诗品》及其作者的题咏之作。实际上，此类作品很难算作仿作或发挥，只能是即兴感发情绪以表示崇敬。

感发之余又有所见者则做演补。曾纪泽的《演司空表圣诗品二十四首》是以七言演其诸品，二十四品的标题与之相同，属于内容上的发挥。顾翰的《补诗品》则以四言补出二十四品，标题为——古淡，蕴藉，雄浑，清丽，哀怨，激烈，奥折，华贵，疏散，超逸，闲适，奇艳，凄婉，飞动，感慨，隽雅，高洁，精炼，峭拔，悲壮，明秀，豪迈，真挚，浑脱，属于风格上的增数。

仿作其形式而进入词作的有郭麟的《词品》和杨夔生的《续词品》。前者还有一篇序言，序中曰："……因弄墨余闲，仿表圣《诗品》，为之标举风华，发明逸态，以其涂较隘，止得表圣之半……"可见作者若非自谦，便是有自知之明。扩而大之，还有《二十四赋品》，乃魏谦升所作，也有序，全录之：

自司空表圣作《诗品》，仿而为之者，《词品》《画品》各有其人，而于赋阙焉。余惟彦和《诠赋》大畅宗风，乐天《赋赋》别裁伪体，以四始之流派，为六仪之附庸，虽耻壮夫，实非小道。因于消寒之暇，效为成韵之辞，别系于三百五篇，循格为二十四则。若夫上下古今，考镜得失，先民论之详矣，故不复云。

其《二十四赋品》的标题分举如下：源流，结构，气体，声律，符采，情韵，造端，事类，应举，程试，骈俪，散行，比附，讽谕，感兴，研炼，雅赡，浏亮，宏富，丽则，短峭，纤密，飞动，古奥。

《文品》的作者是许奉恩，及三十六则而结束。而马荣祖的《文颂》，不仅有序且分上下两部分。上有四十八则，总叙文章之源和作文之法，下有四十八则，分列各派风格及其特征，可谓体大虑周，且颇有见地。

还有来裕恂的《汉文典》，其中有一篇《文品》，分六章，以下列出各篇章的目录，黑体即和《诗品》相同或相近的项目：

第一章　庄重类：**典雅、雄浑**、崇大、**闳肆、谨严、高远**
第二章　优美类：丰润、**殊丽、委婉**、和易、秀美、蕴藉
第三章　轻快类：神妙、**飘逸、平淡**、潇洒、**新奇**、圆适、滑稽
第四章　遒劲类：清刚、强直、**豪放**、倾险、峭刻、英锐、**劲拔**
第五章　明晰类：简洁、平正、明畅
第六章　精致类：精约、**缜密、纯粹**、温厚①

然而最负盛名且最有成就的还是袁枚的《续诗品》。因为"司空氏所作重在体貌诗之风格意境，而袁氏所作则重在协作之苦心"，所以，"在袁氏《续诗品》后，形成二种不同性质的倾向"（郭绍虞《诗品集解·续诗品注》序）。现录其标题三十二则，以见其大概：崇意，精思，博习，相题，选材，用笔，理气，布格，择韵，尚识，振采，结应，取径，知难，葆真，安雅，空行，固存，辨微，澄滓，齐心，矜严，藏拙，神悟，即景，勇改，著我，戒偏，割忍，求友，拔萃，迹灭。袁氏《续诗品》之成就和影响，不仅可以郭绍虞及新近的注解为证，而且有江顺诒着意仿效《续诗品》之作《补词品》并序云：

---

① 高维国、张格注释《汉文典注释》，目录，第 11～12 页。

昔随园补《诗品》三十二首，谓前人只标妙境，未写苦心，特为续之。诒于《词品》亦同此论，因仿其意得二十首。

除文学类之外，《诗品》的影响还波及艺术类。明末清初的徐上瀛（约1582～1662年）著有《溪山琴况》，遂仿《诗品》二十四，列琴品二十四：和静清远，古淡恬逸，雅丽亮采，洁润圆坚，宏细溜健，轻重迟速。况者，况味也。

又清人黄钺（1750～1841年），著有《二十四画品》，曰：气韵，神妙，高古，苍润，沉雄，冲和，淡远，朴拙，超脱，奇僻，纵横，淋漓，荒寒，清旷，性灵，圆浑，幽邃，明净，健拔，简洁，精谨，俊爽，空灵，韶秀。

甚至有将《诗品》推到明清家具的鉴赏中，加以品类化的，就不一一举例了。

极而言之，《诗品》被后世频频模仿，一是基于一种类推原理，作为思维的常态化表现；一是作为一种分类鉴赏，易于掌握和品评而实用。但皆是出于一种民族模仿习惯，是从众心理的反映。由此也可见中国传统的思维方式，长于品评和鉴赏，短于体系和论证。由此可知中西比较、他山之石的重要作用。这也是做学问的大道和大势，不可不察也。

由此还可见，一部《诗品》，引出仿作不计其数，虽说是文坛、诗坛、词坛之幸事，但也可知仿作之风，一旦形成，就会愈演愈烈，其中难免狗尾续貂之辈，也难免画蛇添足之徒，岂非又是憾事？

最后，关于迄今为止司空图及其《诗品》的研究方法，兹总结出几种，并加以简要评论。

（1）注释法。得益于古文功底和文本意义。但若局限于此，为注释而注释，则是作茧自缚。其本身就违背了《诗品》的原则："超以象外，得其环中。"

（2）臆说法。长于思想活跃，想象丰富。但若信马由缰，信口开河，则终归失其所本。根据一本书就想建立一个学科，迟早会陷入"远引若至，临之已非"的尴尬境地。

（3）笼罩法。以一家之言，套古人之思想，虽可谓严丝合缝，卓然成一体系，但毕竟不能给这个体系增加新的东西，也不能公正地对待古人。岂不闻"诵之思之，其声愈希"？

行文至此，似乎可以说明一下笔者在本书中所使用的基本方法和原则。一方面吸收上述三种基本方法的长处以避免其短处，一方面结合本人的知识结构和治学方法有效地进行研究，笔者在本书中运用的方法及所遵循的原则可以简要地归结如下。

（1）文本注译。从文本注释和翻译入手，不带任何先入为主的意见而进入作品。只参考各家注本做文字解释，从中发现语言线索、文本结构并注意体悟诗人的思想、风格和一般倾向，不轻易扩充发挥，也不轻易下结论。保持文本系统的开放性和多种解释的可能性。原始文本的今译和英译只是研究之参照和传播之代用品，但其本身须是文学作品，即具有相应的文学价值。

（2）文学考证。重视作者本人的论述，但不完全相信其表白，而要验之以他自己的创作实践，使二者基本吻合。不提过分苛刻之要求，也不强行要求系统化的表述，尤其避免将西学和今日之学术概念直接套入古人之作品和理论。运用合理想象补充实证资料之不足，尽量在头脑中重现古人生活和创作的历史文化氛围，参照西学建制力图建立中国式的又符合司空图本人情况的诗学体系，但不求其完美无缺。

（3）文化解释。从作者的生活经历和时代环境中寻找思想根源，从诗人的社会思潮和时代风尚中寻求创作倾向，从中国语言文字的符号特征和诗文做法中寻求样态模式，从中国传统文化的稳定要素及其结合方式中寻求个人的人格建构，并从中国文化的运行机制中寻求对以上诸多方面及其整合方式的解释。在这个过程中，要不放弃与西学和世界其他诗学的比照和参较，但要保持各文化本身的自然状态而不过分地追求中西打通。

第二节　《诗品》与其他诗学著作的相关研究

迄今为止，我们对司空图的《诗品》已经做了多方面的研究，但是，还缺乏一个普遍的相关类型的研究，因为我们的视野还不够宏阔，还不足以进行更大范围的更高主题的古典诗学研究。所以，在这一部分，我们将放宽我们的视野，将其置于整个中国古典诗学的领域，看看司空图的《诗品》在其中的地位。首先，我们将追溯钟嵘《诗品》与司空图《诗品》的关系，特别是传统诗论与四言、五言诗之间的形式化关系；其次，特别是集中在唐代诗学的整体背景下，我们将借助海外华人的相关研究，重点比较皎然《诗式》与司空图《诗品》的关系，以及"诗式"走向"作诗手册"的世俗影响。这一影响应当说是关键性的，特别是联想到近世以来对诗话、词话实用倾向的研究态度和对待态度，甚至涉及对《诗品》作者的怀疑态度。在时间上，我们将前推到魏晋南北朝时期钟嵘的同名作品《诗品》，其作为中国古典诗学的奠基之作，和司空图的《诗品》进行比较，从中能发现诸多有价值的东西。

一　历史回眸：从钟嵘的《诗品》到司空图的《诗品》

齐梁年间，中国古典诗论、文论获得了惊人的双丰收。在刘勰的《文心雕龙》之后，钟嵘的《诗品》问世，一文论也，一诗论也，开中国古典诗文专论的先河，流传久远。而钟嵘的《诗品》恰好和唐代司空图的《诗品》同名，假若不以数量词称司空图的《诗品》为《二十四诗品》以与钟嵘的《诗品》相区别，几乎很难区分彼此。事实上，钟嵘的《诗品》也曾名《诗评》，因为它确实是一本关于五言诗品评的书，而不是专门的理论著作。而司空图的《诗品》，却只有二十四首诗，且最初的得名也不详，只是后来才确定为《诗品》或《二十四诗品》。在名称和功能上，它倒是和唐时皎然的《诗式》有一比较，不过《诗式》旨在为诗歌建立规范，而《诗品》旨在为诗歌做一样板。由此看来，司空图的《诗品》，和钟嵘的《诗品》有继承关系，和皎然的《诗式》则有类同关系，是不待言的了。

然而，钟嵘的《诗品序》却是一篇地地道道的诗论。它不仅发挥了前人的"物感"论，而且重新阐释了《诗经》的"三义"说，辨析了四言与五言的诗歌形式和审美特点，高扬了"质寻"与"自然英旨"的诗歌创作和批评原则，与司空图《诗品》中的"实境"与"自然"等诗歌概念具有异曲同工之妙。让我们从头说起，一一道来。

物感原是先秦儒家经典《礼记·乐记》中的概念，指自然界的四季变化与景物气象会与诗人的思想感情交互作用，产生美感和诗歌。钟嵘继承了这一概念，并加以发挥。这样，诗歌就首次被钟嵘提到发生学和本体论的高度。且看他的说法：

> 气之动物，物之感人，故摇荡性情，形诸舞咏。照烛三才，晖丽万有。灵祇待之以致飨，幽微借之以昭告。动天地，感鬼神，莫近于诗。①

为使其语义昭彰，主旨显豁，特尝试译为白话文，以便于读者理解：

> 自然界的四季之气，能使景物产生变化，而景物又能使人感动，使人性情摇荡，歌舞和诗歌进而由此产生。歌舞辉映于天地人间，使万物

---

① 钟嵘撰《诗品》，李子广评注，中华书局，2019，序，第1页。

披上光彩。依赖它祭奠神灵，告知鬼魂世界。可见惊天地、泣鬼神，只有诗歌足以担当之。（笔者试译）

从发生学角度而言，诗歌、舞蹈一开始是和祭奠神灵有关的活动，所以动天地、泣鬼神不是夸大的说辞，而是人类文明初期真实的歌舞功能。从本体论角度而言，先民的歌舞和祭祀活动是一个统一的过程，诗歌的本质得以反映，其后逐渐从宗教活动中剥离出来，成为今天意义上的诗歌，而且和音乐、舞蹈也分离了，成为单一功能的抒情诗歌。这一过程在《诗经》尤其是"颂"中最为明显，即祭祀祖先和神灵的统一活动，而在楚辞中，则表现为诗人对原始民间信仰和祭祀习俗的利用，将其作为创作诗歌的文化基础和抒情手段。除此之外，关于"物"的概念，钟嵘把它从自然界的四季变化向外扩展并包括了诗人的社会条件和人生经历，统称为外物，与人心产生交互感应的作用，因而进一步阐发了产生诗歌的社会动因和心理动因，并且特别指出了诗歌的宣泄和平衡功能：

> 若乃春风春鸟，秋月秋蝉，夏云暑雨，冬月祁寒，斯四候之感诸诗者也。嘉会寄诗以亲，离群托诗以怨。至于楚臣去境，汉妾辞宫；或骨横朔野，或魂逐飞蓬；或负戈外戍，或杀气雄边；塞客衣单，孀闺泪尽；又士有解佩出朝，一去忘返；女有扬蛾入宠，再盼倾国。凡斯种种，感荡心灵，非陈诗何以展其义？非长歌何以骋其情？故曰："《诗》可以群，可以怨。"使穷贱易安，幽居靡闷，莫尚于诗矣。[1]

此一段十分精彩的话语，大体可分为三层意思。

其一，自然景物四时变化，可以感人的心境，引起人的反应的四时变化是情绪的底色和大的环境因素，而社会经历、人生际遇尤其给人情感思想以大的影响，使人产生对社会、人生的感悟和反应，尤其是后者，从钟嵘所举的诸多例证看来，似乎人生的重大变故和社稷群体之兴衰际遇，尤其给人以灵魂的摇荡和诗性的勃兴，所以至关重要。难能可贵的是，诗人心目中的男女个体、朝臣将士、宫女烈士，虽然身份不同，但具有鲜明的个性，可见钟嵘心目中的诗人，是多种多样的，但又各具代表性和典型性。

其二，诗歌的功能，在儒家诗论中是"兴观群怨"，钟嵘却独标"群怨"，而最后则落脚到"怨"，可见其在儒家原始诗论中是以诗歌观察社会

---

[1]　钟嵘撰《诗品》，序，第10～11页。

风尚、讽刺政治的社会认知功能，到了钟嵘那里，则是以诗歌作为个人情感形成和抒发的契机，在诗歌历史上，这一转变至关重要。与之相对应的则是《诗大序》中的情动于中而形于外，在钟嵘这里则是诗人由外物感发而产生的情感反应。这两者的结合，就是钟嵘诗歌思想的核心，既是交互感应论，又是诗人担当论。

其三，具体说来，钟嵘心目中的诗歌功能是双重的。一方面，诗歌在抒发诗人的心性和气质方面是最适当的、最具有效力的，正所谓"凡斯种种，感荡心灵，非陈诗何以展其义？非长歌何以骋其情？"另一方面，诗人的激愤情绪和压抑情感，却可以借助诗歌创作和欣赏加以消解，使其在情绪激昂的创作之余，逐渐归于平静。故曰："使穷贱易安，幽居靡闷，莫尚于诗矣。"可贵的是，这里既有尤维纳利斯"愤怒出诗人"的宣言和宣泄，也有亚里士多德的灵魂"净化"说的影子，真是奇妙至极！

在解决了诗歌是什么的问题，以及诗歌的功能是什么的问题之后，诗歌的内在机制是什么就提到了议事日程上，在这个问题上，《诗经》中"诗贯六义"的说法，成为钟嵘必须取法的基本原则，而在"风雅颂""赋比兴"中，钟嵘却独独选取了"赋比兴"，并且重新进行解释。因为"风雅颂"是《诗经》的分类，当然，其中也有美刺政教的诗学含义，而"赋比兴"才是创作手法，最需要加以继承。

> 故诗有三义焉：一曰兴，二曰比，三曰赋。文已尽而意有余，兴也；因物喻志，比也；直书其事，寓言写物，赋也。宏斯三义，酌而用之，干之以风力，润之以丹彩，使味之者无极，闻之者动心，是诗之至也。若专用比兴，患在意深，意深则词踬；若但用赋体，患在意浮，意浮则文散。嬉成流移，文无止泊，有芜漫之累矣。①

关于赋比兴的解释，重点在兴。而比和赋，距一般的解释不远。兴的解释是"文已尽而意有余"，便是从创作手法，转换为诗歌鉴赏，而这一转变和钟嵘对五言诗"有滋味者也"的解释是相互沟通的，而且在效果上由有限变为无限。就其逻辑关系而言，"赋"相对于言辞与事物，是一对一的关系，"比"相对于喻体与比喻，也是一对一的关系，而"兴"就不同了，它是由一物兴起，变成无限可以兴发和感兴的审美效果，所以才有这样的重新解释。

---

① 钟嵘撰《诗品》，序，第9页。

　　此外，钟嵘也看到了辞藻雕饰和直书其事的关系，实际上就类似于文质关系。只用赋体，相当于白描，缺乏文采，就会使诗文意义浅显，更有甚者，诗文若散漫无稽，随意赋形，便没有了归属，变得俗不可耐了。相反，如果过分依赖或强调比兴，美则美也，却有词义过深之嫌，词义过深，则难免呆滞，不能流畅易懂，也是诗的缺点。所以，三种方法，"酌而用之，干之以风力，润之以丹彩，使味之者无极，闻之者动心，是诗之至也"。相互周济，相得益彰，才能既有充实的思想内容为其主干，又有丰富华美的辞藻为之雕饰，感动人心，才是诗的极致状态。

　　钟嵘对诗的本质的认识，可以说基于他对诗歌等文学作品和史传政论等实用性作品特点的认识和区分。而魏晋时期的文论，如曹丕的《典论·论文》，则为这一区分提供了政论文体和应用文体的理论范畴和分类典范。自从《文心雕龙》开篇提出"文之为德也大矣"的论断后，此论被一分为二，文章学有了"经国之大业"的本体论，诗歌则有了缘情抒情的本体论。甚至可以这样说，后来的政治的、历史的和哲学的论著，如《资治通鉴》和与宋明理学相关的著作等，都有曹丕的文章本体论的影子，文艺学和诗歌的缘情说，则在《红楼梦》的《警幻仙姑赋》里得到了淋漓尽致的发挥，因为作者找到了主管人类情感世界和爱情生活的女神。

　　　　钟嵘认为，作为文学样式之一的诗文与别的文章是不同的，记载史实的文章，"属词比事，乃为通谈"，当然要博采故实；"经国文符"，也"应资博古"；呈献皇帝看的奏疏以及政治性的公文，也"宜穷往烈"，让历史故实来为之增加分量；"至于吟咏情性，亦何贵于用事？"像"思君如流水"、"高台多悲风"、"清晨多陇首"、"明月照积雪"等著名诗句，都是"即目""所见"，而非出自"故实"、"经史"。①

　　在具体的诗歌认识上，钟嵘对沈约严格强调声韵方面的"四声八病"之说有所保留，也不赞成过分用典、一味说理的方法。而在联系到诗歌评论的时候，钟嵘的《诗品》似乎更推崇谢灵运的"出水芙蓉"，但也不排除颜延之的"错金镂彩"。陈望衡认为，这样的提法，不仅准确地评论了两位诗人的风格，而且提出了中国诗学的两种范式。历朝历代，双峰对峙，时有高下之见和起伏之波。"钟嵘当然很明显地推崇'初发芙蓉'这种美。这种美的

---

① 陈望衡：《中国古典美学史》，第391页。

理想在唐代、宋代、明代均受到重视，相比于错金镂采（彩）的美，它似乎更受知识分子的青睐。"①

在具体的诗歌形式上，钟嵘很有眼光地关注到五言诗的新动态。和《诗经》惯用的四言形式相比，钟嵘大胆地提出五言是更加适合的诗歌形式，"居文词之要，是众作之有滋味者也"，在叙事状物、抒情写景方面都有其长处；而四言的句子短而意广，但在全章看来，则文繁而意少，即用句很多，而表达得少，也不容易掌握。他的这些认识，虽然缺乏进一步的句法分析，但其判断是十分精到的，也符合时代潮流和文学发展演变的规律。可见，钟嵘是主张文学进步的，以及诗歌形式和内容皆与时俱进的，所以他认为四言形式和古典精神在一开始是完全吻合的，离开了《诗经》精神，而徒留四言，便会舍本求末，违背诗歌的发展规律。

> 夫四言，文约意广，取效《风》《骚》，便可多得。每苦文繁而意少，故世罕习焉。五言居文词之要，是众作之有滋味者也，故云会于流俗。岂不以指事造形，穷情写物，最为详切者耶？②

钟嵘在这里提出的"滋味说"，不仅意味着与古代印度的"味论"遥远照应，而且与中国"滋味说"的来源有继承关系，同时下启唐代司空图的"辨味说"。但若不拘泥于用词，只从钟嵘《诗品序》和《诗品》内容所涉及的诗歌概念的内涵而言，却可以看出他反对的是晋代玄言诗的"理过其辞"，因而"淡乎寡味"，同时推崇优秀的五言诗的内容丰富。思想深刻而且不乏文采的五言杰作，必定是"词彩葱蒨，音韵铿锵"。我们更愿意把他的"滋味说"看作对新兴的五言诗的时代的审美敏感、对四言诗与古典相联系的一种有条件的肯定，同时看作一种有历史观的古典审美态度。即在钟嵘那里，四言已成过去，但它曾经和历史上的经典诗歌一同辉煌过，而五言方兴未艾，正在产生大量的优秀作品，故而是有前途的诗歌形式，正待发扬光大。

但由此产生的问题是：即便我们认为钟嵘的观点是正确的，那么，又何以解释五言中也有上、中、下三品，而四言诗到了唐代又何以出现了司空图《诗品》这样的杰作，而且流传甚广、影响巨大？

---

① 陈望衡：《中国古典美学史》，第393页。
② 钟嵘撰《诗品》，序，第8页。

由于这一问题十分复杂，又牵扯甚广，我们只能简要地予以回答。待到适当的时候，再全面地论述。

关于第一个问题。钟嵘其实是有十分详尽的论述的。他联想到当时的世风和诗风，批评了那些尚未成年、缺乏社会经验就学习作诗的人，认为其诗句平庸、诗体散乱、不成体统。而富家子弟，终日苦思冥想，闭门吟咏，自鸣得意，却不入众人眼。再下来还有一些轻浮刻薄之徒，讥笑曹植、刘桢古朴笨拙，称赏鲍照、谢朓，然而他们的师法不对，取法其中，乃得其下，终不能有所成就。正因为如此，钟嵘才师法彭城刘绘，搜罗诗歌，排列分类，建立规范，树立标准，又写序言，乃成《诗品》。可见，认为诗歌形式上的五言在具体的历史条件下优于四言是一回事，而具体的评论诗歌创作的成就高低则是另一回事。

关于第二个问题，即司空图何以要用四言写成《诗品》二十四首，而舍去自己经常写作的五言和七言诗歌形式，笔者以为有以下几个原因：

其一，四言是古典诗歌形式，立意古雅，容易建立理论和意境，适合《诗品》的诗歌内容，采用夹叙夹议的诗论形式，不落俗套；

其二，司空图创作的诗歌，虽然以五言和七言为主，而且有一些佳句可以示人，但他毕竟觉得这些诗歌的成就还不够高，而要另辟蹊径，写就传世之作，那就要变换手法，选择四言作为《诗品》的基本格式；

其三，在这一过程中，《诗赋赞》作为四言诗论，是一个转折点和开头，使他得到了一个机会，成功地由此转入《诗品》的写作，而且厘定格局、形成规模，完成了这一杰作。

我们且把以上问题留待以后再详论。目前，我们只把四言诗和五言诗的句法结构加以解析，以便从中看出二者之间究竟有什么样的本质区别，从而有助于我们评价这两种诗歌形式的优劣和功用。

我们且以陶渊明最著名的一首诗为例，来分析一下五言诗句法：

饮酒·其五	句子结构及语法关系
结庐**在**人境，	【二一二结构：动宾＋地点状语，介词】
而无车马**喧**。	【二二一结构：否定＋主谓描述句，动词】
问君何能**尔**？	【二二一结构：提问主语＋能力，虚词】
心远地自**偏**。	【二二一结构：主观原因＋结果，动词】
采菊东篱下，	【二二一结构：动宾＋地点状语，介词】
悠然见南山。	【二一二结构：状语＋动宾结构，动词】

山气日夕佳，　　【二二一结构：复杂主谓＋判断词，形容词】
飞鸟相与还。　　【二二一结构：主语＋状语＋谓语，动词】
此中有真意，　　【二一二结构：地点＋存在，存在动词】
欲辨已忘言。　　【二一二结构：目的＋转折，时态副词】

【小节】

一方面使我们感到惊讶的是，五言诗中几乎千篇一律的二三结构（可以细分为二二一或二一二结构），竟然可以有这样丰富的表现力。其奥妙基本在一个单音节词的位置上（句中以黑体标出），是在第三字或第五字，再加上这个词的词性（分析中最后一个词表示这个单音节词的词性），就基本上决定了一个句子的性质和语气，再加上其他的因素，就可以实现描写句式或者判断句式。另一方面使我们感到惊讶的是，诗人陶渊明在如此有限的句法结构中，巧妙地利用虚词、实词、问答、流水等句法，竟然可以表现得如此丰富而自然，就好像是写散文一样，简直是如行云流水一般，毫无雕琢之感。不过，这只是一首诗的分析结果，不足以代表五言诗的全部，至少只有一种结构及其变体，换言之，没有以一开头的结构，如一二二结构或一一三结构。至少，我们可以再读一读陶渊明的《读山海经十三首》（其一），从中必可找到一些新的句法结构（黑体表示一些异样的结构），而我们的解释则以联为单位：

读山海经十三首

其一

孟夏草木长，绕屋树扶疏。
众鸟欣有托，**吾亦爱吾庐**。【对比关系，单音节词成句。】
既耕亦已种，时还读我书。【主宾语省略，杂以句法变换。】
穷巷隔深辙，颇回故人车。
欢言酌春酒，**摘我园中蔬**。【比兴关系，善用物主代词。】
微雨从东来，好风与之俱。
泛览周王传，流观山海图。
俯仰终宇宙，不乐复何如？

在涉及司空图的四言诗的时候，我们最好的范本应当就是他的《诗品》了。我们遍览全诗，从中找出一些有代表性的句子，然后结合内容和句法功能，分门别类，建立模式，充之以例句，顺便加以说明。我们能建立的基本上是这样一种格局：

第一类，陈述式。

（1）主谓结构：

> 大用外腓，真体内充。真力弥满，万象在旁。
> 欢乐苦短，忧愁实多。识者已领，期者愈分。

（2）宾补结构：

> 返虚入浑，积健为雄。持之匪强，来之无穷。
> 欲返不尽，相期与来。超以象外，得其环中。

（3）混合结构：

> 具备万物，横绝太空。如渌满酒，花时返秋。
> 水流花开，清露未晞。花覆茅屋，疏雨相过。

（4）命题结构：

> 不著一字，尽得风流。浅深聚散，万取一收。
> 取语甚直，计思匪深。夫岂可道，假体遗愚。

【小节】

主谓结构和宾补结构是互补的结构，几乎可以形成较为完整的主要的结构形式。混合结构中有的是流水对，有的是结构的变换，是变异形式。而命题结构是陈述结构的高级形式，四言诗的命题结构特别有力而决绝，具有斩钉截铁、不可违逆的果断效果。

第二类，描写式。

（1）流水结构：

> 犹之惠风，荏苒在衣。窈窕深谷，时见美人。
> 生气远出，不著死灰。远引若至，临之已非。

（2）动宾结构：

> 遇之匪深，即之愈稀。乘之愈往，识之愈真。
> 诵之思之，其声愈希。倒酒既尽，杖藜行歌。

（3）叠字结构：

采采流水，蓬蓬远春。
落落欲往，矫矫不群。
悠悠空尘，忽忽海沤。
天风浪浪，海山苍苍。
荒荒油云，寥寥长风。

（4）对比结构：

白云初晴，幽鸟相逐。流水今日，明月前身。
荒荒坤轴，悠悠天枢。但知旦暮，不辨何时。

【小节】

如果说陈述结构以人为核心，主语多有保留的话，那么描述结构则以物为核心，主语多省略，或转换为物，这样，动宾结构依然保留，而主谓结构大为减少。流水结构是扩大的描述，具有延长和细节铺陈的效果。而叠字结构和对比结构则是修辞式的，前者是词语修辞，后者则是句法修辞。

第三类，比喻式。

（1）明喻结构：

如纳水輨，如转丸珠。如逢花开，如瞻岁新。
如矿出金，如铅出银。行神如空，行气如虹。

（2）暗喻结构：

力之于时，声之于羌。道不自器，与之圆方。
犹春于绿，明月雪时。饮之太和，独鹤与飞。

（3）比兴结构：

大风卷水，林木为摧。萧萧落叶，漏雨苍苔。
玉壶买春，赏雨茅屋。落花无言，人淡如菊。

（4）归结结构：

俱似大道，妙契同尘。可人如玉，步屧寻幽。

如将白云，清风与归。远引若至，临之已非。

【小节】

比喻是分为明喻与暗喻的，多以句子本身的功能为准，而比兴则以兴为主，例证多以其在章法中的位置和功能为准，以此标准加以区分。同样，归结结构也是以句子在章法中的归结功能为准，其多出现在多个描写的句子之后，所以有归结作用。

第四类，感叹式。

（1）设问结构：

> 生者百岁，相去几何。妙造自然，伊谁与裁？
> 倘然适意，岂必有为。离形得似，庶几斯人。

（2）抱憾结构：

> 少有道契，终与俗违。远引若至，临之已非。
> 大道日丧，若为雄才。脱有形似，握手已违。

（3）吁请结构：

> 何如尊酒，日往烟萝。来往千载，是之谓乎。
> 书之岁华，其曰可读。倘然适意，岂必有为。

（4）否定结构：

> 匪神之机，匪机之微。
> 语不欲犯，思不欲痴。
> 语不涉难，已不堪忧。
> 俯拾即是，不取诸邻。
> 真与不夺，强得易贫。

【小节】

第四类是以语气为核心的句型，在总体上描写多于陈述，在语气上则体现为加强式、变异式。在《诗品》中，这种类型的句式结构，改变了四言诗单调的行文，但同时保持甚或加强了四平八稳的铿锵节奏，使其获得变异和多样化的效果，所以在总体上是不可缺少的。

第五类：修辞式。

（1）平行结构：

> 载瞻星辰，载歌幽人。海之波澜，山之嶙峋。
> 欲返不尽，相期与来。载瞻载止，空碧悠悠。

（2）叠加结构：

> 明漪绝底，奇花初胎。青春鹦鹉，杨柳楼台。
> 月明华屋，画桥碧阴。海风碧云，夜渚月明。

（3）限定结构：

> 乱山乔木，碧苔芳晖。缑山之鹤，华顶之云。
> 晴雪满汀，隔溪渔舟。流水今日，明月前身。

（4）补足结构：

> 碧桃满树，风日水滨。
> 眠琴绿荫，上有飞瀑。
> 太华夜碧，人闻清钟。
> 月出东斗，好风相从。
> 神出古异，淡不可收。

【小节】

平行结构有的具有对比和相得益彰的效果，有的具有加强和延续的效果。叠加结构也可以是词语叠加，也可以是意象叠加，在诗歌中是不可缺少的。限定结构原本是和修饰结构相对而言的，但因为限定反而增加了修饰效果的也不是没有。至于补足结构，既是句法上的，也是语义上的，一般使得描写更加完整，也有加强的效果在。

以上比较了五言和四言的结构特点和修辞效果。从中可见四言有权威和宣布的特点，而五言则有细腻和散文化的特点。所以作为诗歌，四言更适合叙事和议论，而五言更适合描写和抒情。由此建立的诗歌体裁的区分，有利于我们理解钟嵘《诗品》和司空图《诗品》的区别，也有利于理解整个诗歌形式演变的历史趋势。若就后来七言的"论诗诗"而言，则描写细腻而显得啰唆，缺少语气的果断，很多时候有流于散文说教和议论过度的弊病。即便像诗圣杜甫那样的见解和诗笔，也未能免。由此反衬出司空图以四言为诗论的高明决策。也由于四言兼有陈述和描写的功能，所以，关于司空图《诗品》，有的人的理解侧重于诗论，有的人的理解侧重于诗歌。其双重性，乃潜藏于司空图《诗品》的形式和内容自身的两面性之中，不可不察。

由此结束我们关于钟嵘《诗品》和司空图《诗品》的讨论。

二 海外景观：从皎然《诗式》看司空图《诗品》的影响与独创

以上是关于司空图及其《诗品》与钟嵘《诗品》的关系问题的研究。此外，还有两个方面要说。一方面是关于海外华人对司空图及其《诗品》的研究，总的说来，叙述不够。另一方面，便是中国大陆近年来针对《诗品》作者的问题发生了很重要的争论，也需要专门交代一下。所以，在这一部分，我们将介绍海外华人王润华先生的《诗品》翻译与创作研究。鉴于资料所限，我们将主要介绍王润华先生的《诗品》创作研究，其中，重点涉及《诗品》和《诗式》的关系。然后，在下一部分，关于中国大陆多年来的《诗品》作者研究的情况也进行介绍，并全文引录包含《诗品》的出版物《诗家一指》文本。为了便于进一步研究和向海外传播，笔者将其译为英文，以汉英对照形式加以呈现。也作为附录，供读者参考。

王润华是新加坡作家协会会长（1984~2003 年），华裔华文作家协会副会长及东南亚文学奖新加坡国家评选委员会副主席（1997 年至今），中国社会科学院比较文学研究中心艺术顾问等，有多方面的社会学术身份并在多个大学任教或受聘。王润华著有《司空图诗品：翻译及评介》（Wong Yoon Wah, *Sikong Tu's Shi Pin: Translation with an Introduction*, Singapore, 1994）。此外，他的著作和翻译都很多，在现代文学中包括鲁迅、郁达夫［《郁达夫在新加坡与马来亚》（*A Study of Yu Tafu's Life in Singapore and Malaya, 1939—1942*），硕士学位论文，1969］、沈从文、老舍等作家研究，关于司空图有《司空图新论》《从司空图到沈从文》《司空图诗品英译》等著述和译作。

在文艺理论方面，王润华借鉴西方理论，做了修正性的工作。他按照艾布拉姆斯《镜与灯》中提出的作品、作家（艺术家）、世界、读者四分法结构，结合西方文论传统，分别归纳出模拟论（相对于作品对世界而言）、实用论（相对于作品意义对读者的功用而言）、表现论（就作者与作品的关系而言），艺术论（只对作品本身而言）。他的文学批评有实用批评倾向。从内容与形式两分法变化而来的素材与结构，强调诗歌结构中的"张力"、"矛盾语法"与"多义性"，辅之以传统诗学的"意境""味""兴趣"等概念，并结合比较文学的内部、外部研究框架，加上生命、存在、心灵等观察体验，就构成王润华的文学批评思想的基本状态。

在批评家研究中，王润华特别关注艾略特、沈从文和司空图三位不同国家和不同时期的"诗人批评家"，把他们归为一类。并且特别指出，"像唐代的司空图（837—908）就是典型的批评家。他终生写诗，但也偶尔批评诗歌，他的《二十四诗品》及论诗杂著，虽是偶尔为之，却成为中国文学批评史上的经典之作"。①

他同时总结出艾略特的"创作室批评"，以之作为诗人批评家的普遍特点。

第一，诗人批评家的创作室批评，只是诗人在搞创造诗歌的副产品，他既不是要做学术全面性的批评研究，也不是要建立完整严密的文学理论体系。

第二，诗人的文评，目的是替他自己所写的那种作品辩护，要宣传这种作品，以便争取承认，因此替它建设理论基础。

第三，这种诗人批评家经常重复自己提出的理论，因为他只讨论与自己作品有关的作家与作品。其他与自己背道而驰的作家，他一概不理。

第四，诗人批评家，不是主持公道的法官，而是替自己作品寻求辩护证据与理由的好律师。

第五，创作室批评言论只有从诗人批评家的作品来考察，才能准确了解其意义。

第六，创作室批评展现最大的权威性，是作者在讨论与他自己创作有关的理论，或评论影响过他的作家与作品的时候。

王润华的英文著作《司空图及其诗论研究》（*Ssu-K'ung T'u*：*The Man and His Theory of Poetry*），记录了他研究司空图的起点以及中国大陆和台湾地区的司空图研究状况，特别重要，这里摘引如下：

> 我在一九六〇年代末期开始研究司空图……在当时还算是一个冷僻题目。除了《历代诗话》之类著作偶而有三言两语评论《诗品》，便

---

① 王润华：《沈从文小说新论》，学林出版社，1998，第55页。

是那些《诗品》注释及序跋题记。中国大陆现代学人对司空图的研究，虽然因为郭绍虞、罗根泽和朱东润等人的《中国文学批评史》给予他很重要的地位而展开，接着郭绍虞、吴调公、祖保泉等人更把研究推广，可是一九六五年文化大革命之后，便突然停止了……在台湾，对司空图有兴趣者，也只有陈晓蔷、蔡朝钟、罗联添等几位，开始发表研究司空图的论文。

一九七二年以后……台湾却突然涌现一阵司空图热，李丰楙、萧水顺、杜松柏、彭锦堂、江国贞、蔡朝钟都有不少论文发表。美国普林斯顿大学在一九七六年，也有巴巴拉·特普（Barbara Tropp）的《司空图评论作品研究》（*A Study of the Critical Writings of Ssu-K'ung T'u*）的博士论文之完成。

一九八〇年代一开始，中国大陆的司空图研究突然呈现极其蓬勃的现象……一九八〇年，就有二本书出版，十五篇论文发表，一九八二（年）也有十六篇论文，其他每年都有近十篇论文刊登。①

而王润华的《司空图新论》也于 1989 年出版。全书分上下卷，分别研究司空图的生平（包括出身和家世、早年生活、政治生涯、隐居生活、文学友人等）和思想，诗歌和诗学，以及诗歌创作与论诗作品。他肯定司空图的诗论虽少，但影响大，"广阔且深长"。关于著录情况，和国内研究差不多，而评价略有不同：苏轼说司空图"诗文高雅，犹有承平之风"；许彦周说他的诗"诚可宝贵"及"意甚委曲"；而潘德舆与翁方纲则持相反意见，前者说他"善论诗而自作不逮"，后者说他的诗"全无高韵，与其评论之语竟不相似"。他还提到吴调公在 1962 年发表《司空图的诗歌理论创作实践》一事，认为这篇文章是现代学者最早开拓这个领域的一篇论文，吴调公打破过去许多人的偏见，说司空图的佳作和他的诗论的"味外之旨"的境界是符合的。吴调公 1985 年出版的《古典文论与审美鉴赏》一书中，也有两篇论文，详细地分析了几首司空图的诗。

王润华对司空图的研究可归纳为三点：

其一，司空图的诗论，是一个统一的理论，核心是"象外之象"，构成"韵外之致"和"味外之旨"；

其二，司空图的诗歌有自然之象征，是"四时景物节候，诗家之血脉"；

---

① 转引自王润华《司空图新论》，台北：东大图书股份有限公司，1989，自序，第 5~6 页。

其三，司空图的诗友——虚中、齐己、徐寅、尚颜，都有诗论和诗格，构成司空图诗歌诗论环境氛围的营造和影响的实施与接受机制。

这些诗友激赏司空图的诗有以下几首。

徐寅：《寄华山司空侍郎二首》《寄华山司空侍郎》。

齐己：《寄华山司空图》。

虚中也有诗赞司空图曰：

> 门径放莎垂，往来投刺稀。有时开御札，特地挂朝衣。
>
> 岳信僧传去，仙香鹤带归。他年二南化，无复更衰微。

从中可以看出，王润华理所当然地认为司空图的诗作与其诗论是相一致的。笔者认为王润华的贡献之一是他特别研究了中唐和晚唐诗歌的象征体系，认为二者是不同的，认为它们构成诗人创作的不同基础。但晚唐诗人更倾向于个人化，即打破前人的模式，进行自我创造。尽管如此，还是可以找到一个较为明显的象征系统，即诗人创作的密码系统：

（1）野步、远眺，贤人观国之光也（解主题）。

（2）桥梁、枕簟，比近臣也（解危桥）。

（3）舟楫、桥梁，比上宰，又比进携之人，亦黄道达通也（解危桥）。

（4）西风、商雨，比兵也（解雨）。

（5）飘风、苦雨、霜霅、波涛，比国令，又比佞臣也（解雨）。

（6）水深、石磴、石径、怪石，比喻小人当路（解溪路与石丛）。

（7）泉声、溪声，比贤人清高之誉（解幽瀑）。

（8）残阳、落日，比乱国也（解夕阳）。

（9）夜，比暗时也（解夕阳）。

（10）岩岭、冈村、巢木、孤峰，比喻贤臣在位也（解孤巢）。[①]

这些条目是王润华从《二南密旨》（贾岛）、《流类手鉴》（虚中）、《风骚要式》（徐衍）等晚唐诗论（格）中总结出来的。他用这些资料，既证明了晚唐的诗歌象征密码确实存在，又能说明司空图的《诗品》产生所受影响的理论环境，真是一举两得。

---

① 转引自王爱金《王润华现代华文文学观的论述与实践》，博士学位论文，复旦大学，第17页。

唐朝诗歌繁荣，各种诗体都有，风格也多变化。从中唐末期开始便有很多《诗格》之类的书出现。谈论诗的风格的话题在现存的《诗格》或《诗话》中占很重要的地位。司空图认识的诗人中，便有好几位热衷于讨论诗的风格的问题。譬如虚中著有《流类手鉴》，徐夤有《雅道机要》，齐己有《风骚旨格》。这些和司空图差不多同时代的诗人的论著，是构成现存唐代诗话（包括诗格）的主要作品。把司空图与这些作品中的风格论比较一下，更能肯定我上面的假定：《诗品》的二十四种风格是代表很多诗人很多诗歌中的种种好诗。①

他还把司空图的《诗品》和皎然的《诗式》相比较，发现其中有一定的对应关系。显然，这种对应关系既可以说明《诗品》的来源，也能间接证明《诗品》出于唐代，并出于司空图之手。

皎然将每一种风格用简短的句子给予解释，譬如，"达"的按语是："心迹旷诞曰达"；"闲"的解释是："情性疏野曰闲"。参考这些注释，我们辨认出皎然所立十九种风格中至少有七种内涵与《诗品》一样，只是名称不同而已。现对两组排列起来，对比一下就清清楚楚了（括弧内是皎然的按语）：

司空图　　　　皎然

高古 —— 高（风韵切畅曰高）

飘逸 —— 逸（体格闲放曰逸）

疏野 —— 闲（情性疏野曰闲）

旷达 —— 达（心迹旷诞曰达）

悲慨 —— 悲（伤甚曰悲）

劲健 —— 力（体裁劲健曰力）

含蓄 —— 思（气多含蓄曰思）

《诗式》里有"诗有七德（或得）"，其"七德（或得）"（应指好诗的一种特性或风格）为：识理、高古、典丽、风流、精神、质干、体裁。其中高古、精神与《诗品》的第五及第十三种风格完全相同。此外

---

① 王润华：《从司空图到沈从文》，学林出版社，1989，第22页。

《诗式》的典丽已包含在《诗品》的典雅和绮丽两种风格里。①

如果说《诗式》是《诗品》的作品模式和智源启发，那么，唐代诗歌和诗格就是《诗品》的资料来源和书写模式。在这一方面，王润华也给出了有力的证据：

> 诗僧齐己在《风骚旨格》中，也将诗分成"十体"。其中也有清奇和高古两种。齐己特别的地方是各引一句其有同类风格的联句来将每种风格的内涵标出。譬如"高古"，他引"千般贵在无过达，一片闲心不奈高"来当作解释。关于"清奇"他引用这联句："未曾将一字，容易谒诸侯。"②

据此，我们也可以进一步推论，司空图的《诗品》将这种引一联句作为诗证的做法，变为自作一联句形成诗学命题的做法，普遍用于《诗品》。例如，从"未曾将一字，容易谒诸侯"提炼出"不著一字，尽得风流"。当然，很有可能，司空图从皎然的《诗式》中不仅得到品第的启发，而且决定要写成诗歌形式，而不是简单的诗论，这样更容易流传，也更具有艺术价值。然后，再将具体的引诗略去不用，代之以自己创作的意象和意境营造，以便造成空灵无依傍的《诗品》境界。至于那二十四品的数目和排列顺序，那将是另一个可以继续研究的题目。

在具体的理论方面，司空图也不能再满足于自己书信中的提法，而是吸取了周围诗友的诗学营养，甚至四言连缀的铺陈方式：

> 夫诗道幽远，理入玄微，凡俗罔知，以为浅近。善诗之人，心含造化，言含万象，且天地日月，草木烟云，皆随我用，合我晦明。此则诗人之言，应于物象，岂可易哉？（虚中：《流类手鉴》）

王润华甚至认为，这一段话是"晚唐象征主义宣言"，与西方象征主义不谋而合。

当然，司空图自己的《诗赋赞》也是四言，而且是诗论。这也可以说是一种尝试，由此过渡到《诗品》是不难想见的。只需要将过于冗长的四言连缀，缩短为六联一首的诗品格局即可。兹不多论。

王润华的硕士论文，是研究郁达夫在新加坡和马来亚的最后岁月的，属于

---

① 王润华：《从司空图到沈从文》，第23～24页。
② 王润华：《从司空图到沈从文》，第24页。

现代文学，而到了博士论文，一改而进行古典诗论的研究，选定了司空图及其《诗品》，从此古今联通，中外贯通，卓有建树，也成为其一生的立身之本。

> 一九七〇年成为博士候选人后，我便提出以研究司空图作为博士论文题目，这便是一九七二年完成的《司空图及其诗论研究》。论文厚达二百三十九页，以英文撰写……前半部强调考证工作，从各种残缺史料去考证、发现和重建司空图的生活和思想。论文后半部运用比较文学的治学方法，从世界性的诗学结构去分析司空图诗论的特殊性和普遍性。①

他的博士论文是在美国威斯康星大学完成的，指导教师是周策纵教授。五年后，他在香港中文大学出版社出版了《司空图：唐代诗人兼评论家》。二十五年后，出版《司空图新论》，这一本书的目录如下：

司空图新论：从注释考证到比较文学（自序）

上 卷：司空图的生平和思想研究

第一章 司空图的家世与早年生活考证

第二章 在晚唐政治动荡中司空图的官场风波考

第三章 司空图在中条山王官谷的隐居生活考

第四章 司空图隐居华山生活考

第五章 论司空图的退隐哲学

第六章 司空图的诗友考

下 卷：司空图的诗歌和诗学研究

第七章 司空图《诗品》风格说之理论基础

第八章 "观花匪禁"之文字及其意象之根源

第九章 从历代诗论看司空图《诗品》的风格论

第十章 从司空图论诗的基点看他的诗论

第十一章 晚唐象征主义与司空图的诗歌

第十二章 司空图研究的发展及其新方向

王润华这样介绍他的《司空图新论》的创作方法和写作要点：

> 这本书与我的博士论文《司空图及其诗论研究》和香港大学出版的《唐代诗人兼诗论家司空图》有极大的不同，可说是另一本书。这是一本论文集，因为所收十二篇，本身都是一篇独立性的研究论文。上卷共

---

① 王润华：《司空图新论》，自序，第2页。

有六篇，我把以前照时间先后秩序写的传记打碎，然后找出六个重要问题的焦点，重新彻底探讨，这样更能深入司空图的生活经验与内心世界，一方面可以宏观，另一方面也能够细察。我以前的《唐代诗人兼诗论家司空图》强调传记性，这本书的上卷，强调分析性和考证性。这是代表研究司空图的新趋势，我们已经把司空图传记的重建，推进专门、深入的研究境界了。

本书下篇也共有六篇论文，从司空图的《二十四诗品》、诗论到他的诗歌，这也代表司空图研究的新方向。正如我在《司空图研究的发展及其新方向》一文中所说，从研究司空图的生活和思想，重建他的传记，注释《二十四诗品》，解决《诗品》文字中的晦涩艰难，确定其意义，目前已进入其诗论美学中去探讨。近几年，已有迹象显示，正要开辟过去被人漠视的司空图的诗歌作品的新天地。所以我的下篇以《司空图〈诗品〉风格说之理论基础》开始，而以《晚唐象征主义与司空图的诗歌》结束，最后再总结司空图研究的发展及其新方向。①

除了司空图研究的成果，王润华沿着自己的研究道路，也提出：研究中国文学的人，应当通西学方法和研究技能，由此才能把中国文学推向世界，让它在世界文学中有立足之地。

以往从事中国文学研究的人，多半是对异国文学缺乏深切认识的中国学者。现在我们需要受过特别训练的学者，熟晓最少一种为众所知的其他文学的治学方法与技巧，由他们把这些治学方法与技巧应用于中国文学研究上。只有采用这样的研究方法，中国文学才能得到正确的评价，西方读者才会心悦诚服地承认中国文学应在世界文坛上占一个不容忽视的地位。②

通过以上对王润华的简略介绍，我们可以做如下小结：

（1）海外华人兼诗人对于诗歌的研究视野较之国内有些研究者更为广阔，其方法更加体现出中西结合的性质，而且研究的路径比较宽阔，给人以

---

① 王润华：《司空图新论》，自序，第4页。
② 王润华：《一轮明月照古今：贯通中国古今文学的阐释模式》注18，转引自 James R. Hightower《中国文学在世界文学中的地位》，宋淇译，《英美学人论中国古典文学》，香港中文大学出版社，1973，第265页。

启发。

（2）关于诗人和诗论家的分类，考虑到诗人和批评家的同一身份，有其合理性。但在诗歌理论的纯理论范围内，未必是一条普遍的真理，需要做进一步的研究。

（3）关于司空图和《诗品》的关系，比较肯定，而且从诗论与其诗歌创作的关系上、从其诗论与其他唐代诗论的关系上，都可以找到论证。这是比较有力的证据。

（4）对盛唐、中唐和晚唐诗歌的倾向，有总体的把握，并整理出意象或象征系统，这是一个十分重要的贡献。不仅对唐诗，而且对中国诗歌整体研究和分阶段研究都有很好的启示。

（5）其个人对司空图及其《诗品》的研究锲而不舍，从早期的个别的零散的实证研究，发展到晚年较为系统的理论研究，有提升和高度。这比一次性研究然后频繁改换题目的研究方法，更加具有持久性和效果，值得我们重视。

（6）总而言之，中西文艺理论相结合，翻译和研究相结合，以及有关研究对象的诗歌创作和诗论与研究者个人独特的学术个性相结合的研究方法和途径，对我们任何人从事人文社科类研究，都是必要的，也可以说是一条坦途。

以上可见海外华人研究司空图之一斑，与中国大陆殊有不同。当然，以上研究在资料和观点上，扩展到中国内地（大陆）以外的港台和东南亚地区，乃至更大的地区，对于我们了解司空图及其《诗品》以及中国古典诗学的研究情况，均有好处。对本书资料的不足，也是一个必要的补充。

三　大陆视野：从《诗品》作者的论争看《诗品》独立的诗学地位

关于《诗品》的作者，自20世纪90年代，主要是在中国大陆展开了激烈的讨论，辨伪派和维护派各自发表了一系列论文和观点。2017年，北大教授朱良志出版《〈二十四诗品〉讲记》，将《诗品》作者定为元代的虞集，纳入《诗家一指》，至此似乎辨伪派已有了系统的成果。然而，这一论辩迄今并未结束，尚难下定论。因此，笔者（从本书的立场看来自然是维护派）认为，在这里客观地介绍双方的观点和论据，并为广大读者提供思考的基础，乃是严肃的学术研究所必须做的。由于资料众多，涉及面广，难以尽述，本部分主要依据邵盈午的《诗品解说》（中央编译出版社，2015）、张少康的《司空图及其诗论研究》（学苑出版社，2005），以及朱良志的《〈二十四诗品〉讲记》（中华书局，2017）等相关章节的概要交代，再参以其他资料，加以转述和总结，以飨读者。

犹须一提的是，陈尚君、汪涌豪发表的《司空图〈二十四诗品〉辨伪》一文，在学术界影响甚巨。该文主要提出以下几个重要观点：一是《二十四诗品》与司空图的诗论大相异趣；二是从司空图去世到明万历时期的七百年间，从未有人看到或引录过此书；三是按唐宋人习称近体诗一联为一韵，苏轼所说司空图"自列其诗之有得于文学之表者二十四韵"，当指司空图在《与李生论诗书》中列举的自家诗作二十四联，而非通常所认为的是指《二十四诗品》；四是《诗品》为明末人从《诗家一指》中析出后伪署司空图以行世，《诗家一指》的作者是明代景泰间在世的嘉兴人怀悦。[①]

关于以上四点研究结论，有以下几点说明。

第一，《诗品》与司空图书信中的诗论，虽然观点上不太重复，但并不矛盾。须知《诗品》是论诗的诗，不可能把书信中提出的观点嵌入诗中，《诗品》中的观点，是命题式的，点到为止，而书信中的诗论是陈述式的，即是可以展开和论证的。即便如此，也有学者指出二者有相当的契合度。清代学者王士禛在《香祖笔记》中说：

> 司空表圣《与王驾评诗书》云："王右丞、韦苏州，趣味澄敻，如清沇之贯达。元白力勍而气孱，乃都市豪估耳。"元白正坐少此四字，故其品不贵。表圣论诗有二十四品，予最喜"不著一字，尽得风流"八字，又云："采采流水，蓬蓬远春"二语，形容诗境亦绝妙，正与戴容州"蓝田日暖，良玉生烟"八字同旨……

他所说戴叔伦的话就是司空图在《与极浦书》中引的，现在戴叔伦的原文已经没有了。王士禛看出了《二十四诗品》所描绘的诗歌意境和司空图在《与极浦书》中所说的诗歌意境美学特征"象外之象，景外之景"，是完全一致的。而且《二十四诗品》的情趣也是和司空图在

---

① 邵盈午：《诗品解说》，第5页。

《与王驾评诗书》中推崇王维、韦应物诗的"趣味澄夐"是一致的。[1]

前一段是王士禛的话，后一段是张少康对王士禛话的发挥和论证。可见二者并不矛盾。张少康还有其他的论证，兹不多引。关于司空图《诗品》和书信中诗论观点基本一致并可互相参照的观点，散见于其他当时著作和辞书中，类似资料不少，恕不一一介绍，仅就几个实证研究结论做一简述。

（1）赵福坛认为宋人陈振孙《直斋书录解题》中言司空图"诗格尤非晚唐诸子所可望也"，其中"诗格"即指《诗品》，借此可证《诗品》出自司空图之手。

（2）张国庆考察了《司空表圣诗集》与《诗品》的内在关联以及二书在意象、意境营构方面存在密切关联的 12 项例证，同时列举两书共同使用的 40 多个词语，指出二书同源性。

（3）张国庆又考察了《诗品》中出现的真实地名皆在中西部且集中于晋陕一带，与司空图长期生活之地域高度契合。据以认为司空图"仍是《诗品》作者的第一可能人选"。[2]

第二，关于"从司空图去世到明万历时期的七百年间从未有人看到或引录过此书"，则较为复杂，其中的因素较多。其一，《诗品》在当时只是二十四首诗，并非一本专著，不可能单独著录或以单行本流行于世，何况当时是否一定叫作《诗品》也不确定。而司空图的诗论主要体现在几封信中，倒是完整地流传下来了。邵盈午指出："据相关资料显示，《二十四诗品》的最早刊本大抵有三：一是吴永《续百川学海》本；二是毛晋《津逮秘书》本；三是苑委山堂刊一百二十卷《说郛》本。此三种皆成于明季，为丛书本。"[3] 以上皆为陈尚君、汪涌豪著文提到，但未提到的还有明人贺复征曾编辑的《文章辨体汇选》，是书卷四百三十九，收录梁钟嵘《诗品序》及司空图《诗品》，是书入清后今存抄本，现载于台湾影印版《四库全书》第 1402～1410 册。贺复征大约生活于明末。可见，《诗品》在明末已得到社会的公认。

又从《全唐诗》可知司空图诗集《一鸣集》三十卷，内诗十卷。自清初以后所载为文集十卷，另有诗集，不复有三十卷之记载，足见《一鸣集》

---

① 张少康：《司空图及其诗论研究》，第 182 页。

② 参见邵盈午《诗品解说》，第 13 页。

③ 邵盈午：《诗品解说》，第 8 页。

三十卷早在宋代就已鲜见，流传较广的是十卷本文集和十卷本诗集，但明代胡震亨编《唐音统签》时仅为五卷，恐在历时性的流播中多有散佚。所以，后人所见司空图诗集不全，《诗品》极有可能就在那些散佚的诗作中。但是，明末学者钱谦益曾引司空图《诗品》，他的藏书中必有另外的版本。关于这一点，已有详细说明如下：

> 若从明末钱谦益所撰写的《邵幼青诗抄序》中所引司空图《二十四诗品》中"清奇"一品的文字看，钱氏所依据的版本与毛晋《津逮秘书》中《二十四诗品》的版本显然有所不同，由此推之，在明末钱谦益的绛云楼中，显然藏有司空图的三十卷本的《一鸣集》，考虑到绛云楼失火是在顺治七年，那么，钱谦益的引文显系三十卷的《一鸣集》。钱谦益的《绛云楼书目》现存四卷，陈景云注，一般的书目下卷数为陈景云注，但卷三唐文集类中的"司空图一鸣集三十卷"却是钱谦益原文而非陈景云注文，由此推之，绛云楼钱氏所藏，当为极其珍贵的宋元版本，殆无疑义。可惜的是，这个版本由于稀有，流传不广，较为流行的是十卷本的《一鸣集》，致使元明以来不少人无从了解有关《诗品》的真实情况。①

即便这一推论和思路有孤本孤证，而且有死无对证的嫌疑，但在学理上仍然有其存在的价值。不过，沿着另一条思路，则有论证可以说明，纳入《诗家一指》的《诗品》，可能出现在明初，甚至有人论证《诗家一指》作者元人虞集为《诗品》作者，所以就间接地推翻了明万历年间尚无人见过《诗品》的结论（详下）。

第三，关于宋代苏轼《书黄子思诗集后》一文所提到的"二十四韵"，是否指司空图《诗品》，尚有分歧。认为是《与李生论诗书》中自列的二十四联诗者，有之，如陈尚君、汪涌豪、王运熙；认为其指《诗品》即二十四首诗者，有之，如祖保泉、陶礼天。后者在《〈诗家一指〉与〈二十四诗品〉作者问题》一文中论证说："二十四韵实指二十四首诗，是每首从一个韵部中选字押韵的诗。作为苏轼对司空图诗味外之旨的体会，只有《二十四诗品》足以当之。"邵盈午提出自己的观点，并拿出新的证据：

> 我个人认为，目前还不能简单地否定"二十四韵"即为《二十四

---

① 邵盈午：《诗品解说》，第9~10页。

诗品》，这一点，仅从苏轼"恨当时不识其妙"之语，便可略窥端倪。显然，苏轼在此所言之"妙"，当系指《二十四诗品》，似无疑义。四川大学古籍所祝尚书先生所发现的宋人王晞《林湖遗稿序》，其中有"全十体，备四则，该二十四品，具一十九格"之说，虽然有学者怀疑其为伪作，却并无十分确凿的材料根据；事实上，《林湖遗稿序》的真伪问题至今仍是一个悬案。倘若《林湖遗稿序》并非所谓伪作，那么，《二十四诗品》早在宋代就已然存在了。①

又有一则资料可证明《诗品》在明代祝允明书法中出现过，但祝以为"是宋人品诗韵语"。

又，据《四库全书》子部书画类中的卞永誉《式古堂书画汇考》卷二十五中所收明代祝允明的书法《枝指生书宋人品诗韵语集》，即为司空图的《诗品》。细观祝允明附于其后的跋语，当不难寻绎出祝氏及其友人当时并未认为作者为司空图，而认为是宋人品诗韵语。这则材料极具价值，至少可以说明，早在宋代《诗品》就已然行世，虽然"世不多见"。②

不过，如从另一方面来看，鉴于《诗品》这二十四首诗时断时续的出现与隐匿，或许《诗品》或者《二十四诗品》的命名，以及作者归属问题，在一个时期，即从唐末到宋代，尚未完全确定，或者说有相当多的可能性和偶然因素，这造成《诗品》长期以来归于司空图名下的某种障碍，但并不足以否认《诗品》是唐代所作，甚至是司空图所作。

不过，这同一则史料，在北大教授朱良志先生那里，其则认为是《诗品》第一次从《诗家一指》中分离出来的例证。

现今所知文献中，二十四品第一次从《诗家一指》分离出来，是祝允明正德丙子（1516 年）所书二十四品，祝氏在前言中说："诗有二十四品，偏者得其一，能者得其全，会其全者，唯李杜二人而已。"因为二十四的独特意味，有人从《诗家一指》中将其析出而玩赏，当属正

---

① 邵盈午：《诗品解说》，第 12 页。
② 邵盈午：《诗品解说》，第 15 ~ 16 页。

常。但在整个 16 世纪的流传中，未见《二十四诗品》的单独刻本。①

第四，关于《诗家一指》与《诗品》的关系及其二位作者的关系。

有论者认为，《诗品》为明末人从《诗家一指》中析出后伪署司空图而行世，《诗家一指》的作者是明代景泰间在世的嘉兴人怀悦……此说一出，反响热烈，异声纷起。其中，窃以为较重要是张健与"辨伪"说争辩的文章，该文在严密考证的基础上，得出怀悦断无作《诗家一指》的可能，因在怀悦出生以前，《诗家一指》的本子已然行世，《诗品》早已存在。明初的赵㧑谦（1352—1379 年）在《学苑》中就引用过《诗家一指》……抑有进者，据张健和日本大山洁等人考证，载有《诗品》的《诗家一指》的产生年代至少可以提前到元代，且有多种版本收有《诗家一指》。②

顺带在此提一下"虞集说"。张健认为明初赵㧑谦在《学苑》中引用过包括《诗品》在内的《诗家一指》，其时代早于怀悦 70 余年，这一事实，足以否定怀悦作《诗家一指》的可能性。据张先生考证，明初的怀悦、杨成与史潜分别据写本刊刻过《诗家一指》，并在后续的论文中细致梳理了明代诗格著作的流传情况。张健据史潜刻本《虞侍书诗法》以及文中"集之《一指》"的提法，断言《诗品》的作者很可能是元代的虞集。

但遗憾的是，这一结论并不能令人信服。在此，仅拈举一例，《诗品》的"豪放"一品云："天风浪浪，海山苍苍。"所谓"海山"者，乃元武宗之名讳。据相关资料显示，虞集出身名门，乃南宋明相虞允文四代孙，自幼饱读经书，封建礼教濡染甚深，很难想象他会在诗中直用当朝皇帝的名讳。诚然，元代避讳之严远逊宋金，故赵翼在《二十二史札记》中有所谓"元帝后皆不讳名"之说，但对一般士人来说，仍会依循惯例而避讳，这一点似无疑义。据《元史·程巨夫传》载："巨夫名文海，避武宗以字行。"足见"皆不讳名"之说是大可怀疑的。③

---

① 朱良志：《〈二十四诗品〉讲记》，中华书局，2017，第 225 页。
② 邵盈午：《诗品解说》，第 14～15 页。
③ 邵盈午：《诗品解说》，第 16 页。

不过，朱良志先生主要依据张健教授的观点，在其专著《〈二十四诗品〉讲记》中有一段极为重要的话，力求证明《诗品》的作者就是《诗家一指》的作者虞集，而《诗品》是"托名晚唐司空图所作"。

　　《诗家一指》是围绕二十四品这个核心而展开的，二十四品文采华瞻，内容深邃，见解独特，深为后世学人所爱。1516 年，吴门书家祝允明曾有单独书写二十四品的书迹传世，但在 17 世纪之前并无二十四品之独立刻本，直到 1630 年前后，大刻书家毛晋刻《津逮秘书》第八集，将二十四品从《诗家一指》中独立出来梓行于世，题名《诗品二十四则》，并托名晚唐诗人司空图所作。此后递相传抄，于是便有司空图所撰《二十四诗品》之流行。清初以来有大量关于司空图与《二十四诗品》关系的研究，这部作品便成了唐代诗学的代表性著作，为人们所广泛知晓。①

关于《诗家一指》和《诗品》的关系，朱良志教授说：

　　本讲记认为，确如陈尚君、汪涌豪二位教授所分析，《二十四诗品》假托司空图之名，产生于作伪风气浓厚的明末；《二十四诗品》非司空图所作。《诗家一指》是一具有严密内在体系的论作，其包括三造、十科、四则和二十四品，这在跋中有明确交代。二十四品是《诗家一指》不可分割的组成部分，也就是说，《诗家一指》的作者就是二十四品的作者。

　　《诗家一指》中的"四则"有关于两宋的西昆体和江西诗派的讨论，这就说明它不可能出自唐司空图之手。而更重要的是，《诗家一指》后序中明确表明："集之《一指》。"这里的"集"，就是虞集自谓。从整个《诗家一指》文本的语言呈现和思想传达等因素看，包括二十四品的《诗家一指》的作者就是元代的虞集（本书第三部分对此有分析）。②

关于这两则论断，究竟做何评论，需十分慎重。在发表直接相关的观点之前，简述一下阅读朱良志先生专著的印象，是十分必要的。总体说来，笔

---

① 朱良志：《〈二十四诗品〉讲记》，第 4 页。
② 朱良志：《〈二十四诗品〉讲记》，第 5～6 页。

者以为先生在对虞集思想的阐发上，是显示了很强的学术功底并有三教周济的结论的，而且更侧重于佛学和佛教思想的阐发。而在《诗品》的论述中，尤其在名目的搜集和讨论方面，较前人更为齐备。最后，就是关于《诗家一指》的考据，十分认真而严谨，尤其是虞集晚年收徒授课的说法，可为《诗家一指》的诗教功能提供有力支持。

以下转而就朱良志先生的上述论断，发表一些个人意见，大家一起讨论。

朱良志教授是从版本的角度直接论述的，这自然是一个非常学术的、专业的角度，但并不能从二十四首诗直到 1630 年尚无独立的版本和可靠的流传顺序就得出它在此前不存在的结论。

因为，其一，古代的诗歌流传有原稿、手抄和刊印三种形式，各有其文献价值和意义，但三种形式下诗歌的可靠性与重要性当为递减状态，并非相反，如现代人认为的那样变成铅字才是正式发表，反以后者为重，其实是本末倒置的逻辑。

其二，即便如此，在 1630 年以前，也有祝允明的手抄本（书法作品类似于手抄本）的直接证据（虽然未注明是唐人司空图所著），但也被认为"是宋人品诗韵语"，可视为《诗品》单独流传而不待《诗家一指》或其他诗歌手册一类来收容的论据。

另一个间接证据是苏轼评二十四韵的言论，至今尚无定论，但也可以作为弱式证据，提供一定程度的支持，至少可以说明《诗品》或司空图的诗作时断时续的流传过程，而不是完全销声匿迹。

朱良志教授论证了《诗家一指》的作者，但并不能就此判断《诗品》的作者就是虞集。如前所说，《诗品》前已出现过，只是并非专著和单独出版，并不能以此看作它不存在的理由或根据。同理，也不能据《诗品》后来单独出版了，就说他是伪托唐人司空图而署名。这种把一个作品是否单独出版视为其唯一合法存在形式的看法，是把事物看得太简单了。

同理，既然《诗品》在《诗家一指》中占有核心和基础的位置，就是可以单独拿出来，而其他部分不过是穿靴戴帽、掐头去尾可也。换言之，一部诗学手册或作诗法一类读物，突然收入一些诗作作为范本，而且是自作诗，而不是李白、杜甫等名家诗篇，这于教学和普及的逻辑不吻合。除非作者认为自己的诗作堪称典范，供后人学习，但《诗品》显然不属于此类作品，也不适合仿作。其后的流传与仿作的历史，已经证明了。总之，《诗品》这样的诗作，只能是本身就具有诗歌价值的诗品/诗论性作品，不为其他目的，不收入其他读诗法、作诗法的课本，这才是其合理的存在理由。因此，才有可能散失在历史的长河中，而作为作诗法或手册的核心内容，在虞集招收学徒的情况下，只能较其他诗作流传更广，怎么反而会丢失？清代画家石涛的《画语录》，就是一个恰当的存活于世并继续流传的例证。

至于《诗品》在《诗家一指》中的地位，朱良志先生也是看得很重的。他评论中强调的语气，较笔者有过之而无不及：

> 《诗家一指》包括三造、十科、四则和二十四品，前有短序，后有跋文，二十四品乃《诗家一指》的组成部分。从《诗家一指》的内在结构看，没有二十四品，也就不可能有《诗家一指》的存在。《诗家一指》其实是专为这包括四言十二句的二十四则韵文而存在的，三造、十科、四则之内容，均是羽翼二十四品而撰写。脱离二十四品，这些论述就成了一些零星的论诗感言，难以支撑一部有分量的诗论作品。如若这样，《诗家一指》之名称都有些名不副实，因为这部作品有阐扬诗家大道之弘任，是指月之指，无二十四品，月将黯淡。①

关于《诗家一指》的整体结构和各部分的职责功能，朱良志先生也说得很明白：

> 正如前文所说，《诗家一指》文字对其结构在两处有明确的交代，一是在跋中说："三造，所以发学者之关钥。十科，所以别武库之名件。四则，条达规律，指述践屦。二十四品，含摄大道，如载图经。于诗不必尽似，品不必有似，而或者为诗之尤。"一是在论"三造"第一造"观"时说："由之可以明十科、达四则、读二十四品，观观不已，而至于道。"除非证明此两段文字为后人伪托，否则无法将二十四品从《一指》的结构中剥离开去。②

不过，最后一句的强调似乎是很着意的，可是，最为重要的是，朱良志先生认为，《诗品》不可能是前人诗句，为后人所嵌入。因此，以下的段落是用黑体表示强调的：

二十四品当然是《一指》中最为重要的部分，那么是否有可能作者

---

① 朱良志：《〈二十四诗品〉讲记》，第225页。
② 朱良志：《〈二十四诗品〉讲记》，第226页。

引前人之成说，来填充自己所搭建的架构？这样的可能是不存在的。只要看看二十四品与《一指》其他部分的深层联系，这一问题可以说一目了然。

从《诗家一指》诸部分之间的理论相关度看，二十四品是这部著作的当然组成部分。以下从《诗家一指》总体思想脉络，来看二十四品与《一指》的深层联系。

一、色、情、性

二、清真

三、性悟

四、自然①

其中的色、情、性三者，至关重要。"色，指外在物象世界（包括物与事），情指内在情感世界，性指在纯粹体验中显现的真实世界，三者相互关联。""《一指》主张情性一体，于色不离不染……""也是受佛学影响，《一指》还谈到性与空的关系。""《一指》的色、情、性的三者一体观，最终就落实在当下此在的纯粹体验中。"②

为了进一步慎重地对待和理解朱良志先生的思想，以下引录一段关于"三造"的解释：

造，来自佛教，即佛教中所说之造业，简称为"业"，意思为造作，主要指外在行为等引起的心理活动。小乘佛教有身、口、意三业的说法。《一指》将"造"引入诗学，无非是强调人的行为决定于心理，而诗是由人的心灵流淌而出的。诗法即心法。"发学者之关钥"，意为这是学诗者的关键。三造中，一观，说智慧；二学，说学问；三作，说训练。三者不可缺一。③

不仅论证是侧重佛学和宗教的，结论更是落脚到佛典和宗教。

虞集将"观"造置于《诗家一指》的最前端，可能与他受天台宗的止观学说影响有关。僧肇说："系心于缘谓之止，分别深达谓之观。"

---

① 朱良志：《〈二十四诗品〉讲记》，第 226～232 页。

② 朱良志：《〈二十四诗品〉讲记》，第 227 页。

③ 朱良志：《〈二十四诗品〉讲记》，第 207 页。

止观相当于佛教三学中的定和慧。虞集的"观"所具有的发慧思想，正与此有关。①

这一段文字中的"观"的引文，还有详细出处，说明其录自《维摩诘经注》卷五、《大藏经》卷三十八。由于篇幅关系，不能细引和再多列举，但总体而言可以看出，朱良志先生侧重于对《诗家一指》思想的发挥和解读，他尤其强调的是《诗品》受佛学的影响，而据笔者看来，《诗品》中有据可查的道家思想影响显然更甚，佛学概念出现较少。而"色"字几乎未有涉及，"空"字也很少见。"性悟"概念也是一样，强调佛学影响，而且基本上在《诗家一指》的范围内言说。其他如上引"清真""自然"则与《诗品》关系较大，也许系与佛学关系较少者。不过，我们不得不承认，朱良志先生学理部分的阐发，还是很到位的，也契合虞集的思想和诗学主张，照此也可能开辟出一条理解《诗品》的新思路，但总体说来，阐释部分与《诗品》的关系，毕竟是若即若离，看不出有太直接的联系和深度契合的结论。可能是由于注重哲学和宗教的修养部分，而不完全注重诗学和文学理论的阐发吧。

为了公平起见，以下给出《诗家一指》全文及笔者的英译，以供研究之用。

【附录】　《诗家一指》及其英译

诗家一指

（元）虞集

诗，乾坤之清气、性情之流至也。由气，而有物；由事，而有理。必先养其浩然，存其真宰，弥纶六合，圆摄太虚，触处成真，而道生矣。

三造

一观　犹禅宗具摩醯眼，一视而万境归元，一举而群迷荡迹。超物象表，得造化先，夫如是，始有观诗分。观，要知身命落处，与夫神情变化、意境周流、亘天地以无穷、妙古今而独往者，则未有不得其所以然。由之可以明十科、达四则、该（读）二十四品，观观不已，而至于道。

二学　夫求于古者必法于今，求于今者必失于古。盖古之时、古之人，而其诗如之，故学者欲疏凿神情，淘汰气质，遣其迷妄，而反其清真。未有不由是而得其所以为诗者。

---

① 朱良志：《〈二十四诗品〉讲记》，第208页。

三作 下手处，先须明彻古人意格声律，其于神境事物，邂逅郁折，得其全理，胸中随寓唱出，自然超绝。若夫刻意创造，终亏于天成。苟且经营，必堕凡陋。妙在著述之多、涵养之深耳。然又当求证于宗匠名家之道，庶几可横绝旁流矣。

十科

一意 诗先命意，如构宫室，必法度形制已备于胸中，始施斤钺。此以实论，取譬则风之于空、春之于世，虽暂有其迹，而无能得之以为物者。是以造端超诣，变化易成，若立意卑凡，清真愈远。

二趣 意之所趣不尽而有余之谓，是犹听钟而得其希微，乘月而思于汗漫，窅然真用，将与造化者周流，此其趣也。

三神 其所以变化诗道，濯炼精神，含秀储真，超源达本，皆其神也。是由真心静想中生。不必尽谕，不必不谕。然月于水，触处自然。

四情 于诗为色为染，情染在心，色染在境，一时心境会至而情生焉。其于条达为清明，滞著为昏浊。

五气 贵乎流通，灵运无碍，盛大等乎空量，熹微蔼如春和，然非果有所自，而生之者愈不可知。

六理 犹王家之疆理也。今人所发，足将有所即，靡不由是而达，然犹有所未至。非日积之未深，则足力之病进。于诗亦然。非寻思之未深，则材力之病进。要在驯熟，如与握手俱往。

七兴 有所兴起而言也。故凡一事之感、一物之悟，皆兴起也。而其悲欢通塞，总属自然，非有造设，惟不尽所以尽之。

八境 耳闻目击，神遇意接，凡于形似声响，皆境也。然达其幽深玄虚，发而为佳言；遇其浅深陈腐，积而为俗意。不能复有心之（于）境、境（之）于心。心之于境，如镜之取象。境之于心，如灯之取影。亦因其虚明净妙，而实悟自然，故于情想经营，如在图画。不着一字，窅然神生。

九事 凡引古证今，当如己造，无为彼夺，缘妄失真，其如窅然色之胶青，空然水之盐味，形趣泯合，神造自如。

十物 指其一而诗，不可著，复不可脱。著则堕在陈腐窠臼，脱则失其所以然。必究其形体之微，而超乎神化之奥。

四则

一句 一诗之中，妙在一句，句为诗之根本。根本不凡，则花叶自异，复如威将示权，奇兵翕合，君子在位，善人皆来。

二字　一字之妙，所以合众要之微；一诗之根，所以生一字之妙。故夫圆活善用，如转枢机，温清自然，如瞻佩玉。字法病在炼、在浮、在常、在暗弱、在生强、在无谓、在枪棒、在嘴爪、在不经。

三格　犹陶家营器，陶本一土，而名状等差非一，然有古形今制之别、精朴浅深之殊，贵各有其体用之似尔。诗则诗矣，而名制非一，晋汉高古，盛唐风流，与夫西昆、晚唐、江西，则各家造立不等，气象差殊，亦各求其似者耳。

四律　所以条达气神，吹嘘兴趣，非音非响，诵而得之，犹清风徘徊于幽林，遇之可爱；微径萦迁于遥翠，求之愈深。

二十四品（略）

跋

世皆知诗之为，而莫知其所以为；知所以为者情性，而莫知所以情性。夫如是，而诗远矣。远之，几不失乎！

心之于色为情。天地、日月、星辰、江山、烟云、人物、草树，响答动悟，履遇形接，皆情也。拾而得之为自然，抚而出之为几造。自然者，厚而安；几造者，往而深。厚而安者，独鹤之心、大龟之息、旷古之世，君子之仁；往而深者，清风泡泡而同流，素音于于而再往，乘碧景而诣明月，抚青春而如行舟，由之而得乎性。

性之于心为空，空与性等。空非离性而有，亦不离空而性。必非空非性，而性固存矣。夫今有人，行绿阴风日间，飞泉之清，鸣禽之异，松竹之韵，樵牧之音，互遇递接，如别区宇，省揖备至，畅然无遗，是有闻性者焉。自是而尽世之所谓音者，无不得之。

而于闻性，无一物分，复有欲求其所以闻之而性者，犹即旅舍而觅过客往之，久矣。故取之非有其方，得之非睹其窍。惟翛然万物之外，云翠之深，茂林青山，扫石酌泉，荡涤神宇，独还冲真，犹春花初胎，假之时雨，夫复不有一日性悟之分耶？

集之《一指》，诗也。"三造"，所以发学者之关钥。"十科"，所以别武库之名件。"四则"，条达规律，指真（述）践履。"二十四品"，含摄大道，如载图经。于诗不必尽似，品不必有似，而或者为诗之尤。抑真人而后知之真，知诗之真而后知《一指》之非真，而非真之真，备是《一指》矣。

【注释】

这里所选《诗家一指》，系录自朱良志的《〈二十四诗品〉讲记》（中华书局，2017）附录一《诗家一指》校订，第 277～287 页。其标题下有两段说明文字：

> 《诗家一指》，元虞集撰。
> 此以明正统年间史潜所刻三卷本《新编名贤诗法》下卷所收《虞侍书诗法》为底本，参明成化年间怀悦所刻《诗家一指》本、杨成所刻五卷本《诗法》本中第二卷《诗家一指》以及明初赵㧑谦《学范》以校对。

【英译】

A Point to the Realm of Poetry

Poetry is the pneuma of the universe and the breath of the human personality. From the pneuma, the world is produced, and from the world grows the reason for all. Therefore, the pneuma must first of all be cultivated within us and truth of the world be gathered in our mind so that we know what the world is and encounter it where the Tao is manifested.

Three Stages of Making Poetry

Ⅰ. Observation：

Like Zen Buddhism, its heavenly eye is to observe the human world from the above, and get rid of all kinds of mysteries. By going beyond the material world and tracing to the very origin of all things, the nature of poetry could be perceived and defined. To observe means to know the destination of oneself, together with its spiritual motivation and realms of the realm as a whole in its cosmic and historic domains and thus see the causes of everything. Accordingly, the following ten points, as principles, as well as twenty-four realms of the poetry, are all understood and mastered. One by one, and one step by step, one stage by stage, one moves gradually towards the Tao.

Ⅱ. Study：

All learning from the ancient must be the learning for its law, and all learning from the present must be the learning losing its ancient cause. That is to say that the time in the past, and the man in the past, are the very sources of the poetry; therefore, the learners must clarify their souls and cultivate their personalities, get rid of all illusions, and return to the ultimate truth. Thus, from this, one gets on the right way of making poetry.

Ⅲ. Making：

The right place to start with, is to have a full comprehension of the rhymes and rhythms of the old poems together with their themes and rhemes, and know everything of the form and matter, and the true principles underlying their phenomena; with this knowledge and comprehension, whatever poems are made, they are superior than others. If one, however, means to create, his achievements could not be great. And his design would be base and mean. What is wonderful is to read a great deal and gain deeper knowledge. How to? One must learn from the great masters and get their correct way of doing things; otherwise, one gets astray.

Making Poetry by Ten Phases

Ⅰ. Meaning

The first thing in making poetry is to set up meaning, which is like building a house, for you must prepare the models and patterns before you use your ax to cut the material with. This is a real consideration, and if we use a metaphor, it is like the wind to the air and the spring to the season; though you have something as you think it to be, yet you have nothing at hand in the end. Therefore, the beginning must be good with a high intention to leave it with more room for the change; if otherwise, the meaning is mean, and it is far from the truth in the end.

Ⅱ. Taste

Where the meaning is not there, taste may begin, and this is like hearing the sound of the bell, or looking at the Moon and pondering on the universe. You get only the rest of it, but the real substance will go with the Tao, which is the dwelling place of the taste of poetry.

Ⅲ. Spirit

Central around the spirit lies the Tao of variation about poetry, to purify the soul, to store up true knowledge, and to go back to the very origin for the essentials, all going around it. It comes into being by quiet thinking. This calls for neither using a metaphor in all cases, nor using any metaphor at all. Like the moonlight in water, the touching is natural.

Ⅳ. Emotion

As for poetry, the phenomenon is dyed by the emotion, which is dyed further by the heart, which is again dyed by the situation; at a moment when the mind-situation is aroused, the emotion is produced. And it waits for cleaning and ordering; or else, it sinks into chaos or stagnation.

V. Pneuma

Pneuma, at its best, flows and moves and transforms and occupies the space, with a warmth of spring air. Yet where it is produced is not clear, and perhaps not knowable.

VI. Reason

Reason is like a royal kingdom. For today's people, you walk on foot around it, and you leave somewhere not reached, and unknown. Why? It needs time for observation and extension before your feet could reach every inch of it. It is the same reason for making poetry. Based on deep thought and thorough search, you may be able to walk over the whole area. The key is to get familiar with it, as if with the palm of your hand.

VII. Arousing

Whatever you speak about, it comes from something else; therefore, everything, a thing or an event, must come into the poetic realm, by perception or understanding, through the arousing of something else. Of course, whatever your feeling is or is like, happy or unhappy, fluent or blocked, it must come as it may, not as we think of or make it, and so there is always something to be left for nothing.

VIII. Realms:

The sight and hearing, and spiritual enchantment, all point to the realm of poetry. Yet one needs to reach the deeper understanding of the world to make a better utterance, instead of stepping into a mire of messes with a shallow world view. Thus he can never return to the realm of mind. The mind, however, is to the realm what the image to the marrow. And the realm to the mind, what the shadow to the light. All because of its clarification to comprehend the natural world, its wonderful design is made into a beautiful picture. Even with no single word, the liveliness is illustrated.

IX. Example:

Whatever you exemplify or wherever you quote, you should make the example or quotation as fit as it is made by yourself, never as borrowed from others. If the source and cause are lost, you lose the truth. This is like the color with the glue, and the salt with the water —— both its form and taste should be as true as it is made by the creator.

X. Thing：

If you point to one thing, and say it is poetic, then, you should not stick to it, neither should you separate from it. For in the former case, you fall into the thing itself, which is a pit, and in the latter case, you cut yourself from the source, which is the cause, and you lose it. You would rather trace it into the detail and go beyond the transformation of the material world at last.

Four Principles for the Poetic Textuality

I . Sentence：

The best part of a poem is the sentence, and the sentence is the fundamental part of a poem. Like a plant, if the root is deep, the flower and leaves grow the best; again, like a general, if he manifests its military power, with his strategy rare, and the monarch's approval, the right soldiers will come under his flag.

II. Word：

A word wonderful is to gather all goodness to the fatal place; it is also like the root of a plant, for a good poem grows out of one wonderful word. A good use is there like a pivot, meaning that a proper and natural place is there, like a gentleman with a jade. The word which is bad is a word shallow and ordinary, even weak and dull, but it will also be bad if it is too strong, too sharp, like a spear or club, or like a beak or paw, and the word worst is there with no sense or reason at all.

III. Pattern and Style：

Like a pot maker who is making a pot, the best maker makes the best pot. The clay used is different, and the shaper is different too, old and new, simple and complicated, and there is all the likeliness somewhere and somehow. Making a poem is the same, too, but the pattern and style are different. Jin and Han dynasties saw the lofty and grand style of poetry, and Tang dynasty in its prime produced great and wonderful poems, yet its late period produced some minor poets only. Besides, Xikun style and Jiangxi style are not as good as the style of Tang and that of Jin and Han. That is because their different patterns, ideas and goals of poetry.

IV. Rhythm and Rhyme：

Fluent and flowery, breathing in and out, read and recited, a poem is so produced that it is like a freshening breeze winding through the woods, lovely and deep, or a wild path snaking around the green hills, lovely and deep.

Twenty-four Realms of Poetry

(For the autor's English translation, see Section 2 in Chapter 4 of the present book)

Postscript

People tend to know how to make a poem but not know why; those who know why is by their personalities but not necessarily know what their personalities are. If that is so, then we stand far away from poetry. If so, isn't it a loss?

Mind touches things and arouses personal emotions. Things are heaven and earth, the sun and the moon, and the stars, rivers and hills, fogs and clouds, grass and trees, and of course, people. They call and reply, encounter and interact, and whatever they respond, they do it from emotions. What one picks up is natural, but what one intends to make is artificial. What is natural is safe and sound, and what is artificial is far-fetched. The former is the free mind of a lonely swan, and the quiet breath of a still turtle, the brilliant ages of old, and the constant creativity of great men. And for the latter, it is to the clinch to the wind, pine to the sound, fly up to the moon, go boating when young, and whatever they do, they do it according to their personal inclinations.

Personal inclination is, to the mind, to the great void, and void is inclination. But void is not there because it is separated from the inclination, which is not separated from the void at all. It is neither void nor inclination, yet the inclination is there. Today, we have people travel through wind and sunlight, watching spring, hearing birds' singing and roaring of the pine trees, while the woodcutter is talking to the shepherd, exchanging pleasantry and saying good-bye. All these are inclinations manifested awhile. And they gain from the sound of the world.

As for the inclination, it is not substantial, and whatever can we do to get it, it is likely to be an inn, which we watch and find travellers coming into and going out of, for some time constantly. That means we do not gain according to the right method or approach. Yet beyond the human world, green hills and dark woods, white rocks and clear springs, cleanse the mind and recover the true self, like flowers in spring or fresh rain, so that one's understanding is cultivated and developed to the full measure.

My *A Point* is to the poetry. Three stages provide the students with key points as to how to make poetry, the ten phases are meant to supply a store of weapons for the making, and the four principles are roles for guiding practices. The twenty four realms of poetry all point to the great Tao of poetics and offer a chart for advancement. But actually, no single poem is meant to be composed accordingly, and no single realm is meant to be a poem. It, on the whole, points to the true man who learns to know the truth of poetics, and he is not meant to know the truth of poetry before he knows that my *A Point* is untrue. Untrue it may well be, it is true only in the sense of it meaning to point to the true poetics. （笔者试译）

第三节　《诗品》的艺术原型与生命样态

《诗品》究竟是一部什么样的书？迄今为止，也没有什么人怀疑过。难道它不就是一组论述诗歌的诗吗？当然，这样说是没有问题的，因为人们已经习惯于这样看问题。这样认识《诗品》，近百年来，几成套路和定论。除了清人的文本分析和笔法分析，到了今人那里，更加重视它的文论价值，而且有评价越来越高的趋势：

> 司空图的《二十四诗品》是一部在中国文学批评史上影响很大的诗体理论著作。这是非常别致的书，全书论述二十四种诗的境界、风格、写作技法，见解极为精辟，然采用的表述方法却是诗。《二十四诗品》就是由二十四首精美的诗组成的。杜甫曾用绝句的形式论过诗，但杜甫的论诗绝句发议论较多，司空图的《二十四诗品》每一首诗均有鲜明生动的形象，境界极美。后人仿其做法，遂有袁枚的《续诗品》，然不论在见解与诗艺上均无法与之匹敌。①

难能可贵的是，在同一部作品中，陈望衡还提到了"生命的意味"和"生命的境界"的概念，为我们理解司空图的《诗品》打开了另一扇窗户。

> 司空图的境界说就是这样充满哲理的意味、生命的意味。换句话说，司空图所推崇的境界既是哲理的境界又是生命的境界。后世正是按

---

① 陈望衡：《中国古典美学史》，第 486 页。

照这种思路理解"意境"的。①

沿着这样一条路，以后还有学者陆续注意到这个问题，这不能不说是"柳暗花明又一村"，是一个可喜的发现。这样，假若我们换一个角度，从司空图本人的生活环境和作者的生命历程来考虑，再重新阅读这些诗篇，而且有所体悟，那就不难发现，二十四首诗构成的《诗品》是由三种不同风格的诗所构成的，并不是一部统一的无法分离和进一步分析的专著，也不是按照理论上的二元对立模式，即壮美（雄浑大气）和秀美（淡泊飘逸）就可以一劳永逸地区分殆尽的。因为这种分类方式所遗漏的，正是司空图作为诗人的生命体现中最直接的一部分，那就是"愤世嫉俗"的诗，准确地说，那是司空图晚年甚至临终心态的写照。虽然一生中大部分时间，他不愿把诗作为议论社会的工具，但这种人生经验的自我表达，毋宁说是向内而收敛的力，而不是向外而发散的力。

第一类：雄浑大气的诗，如《雄浑》《豪放》《流动》，以哲理和气势胜。

第二类：淡泊飘逸的诗，如《冲淡》《清奇》《超诣》，以形象和飞升胜。

第三类：愤世嫉俗的诗，如《疏野》《悲慨》《旷达》，以体验和发泄胜。

下面，我们将会带着这个分类，集中地考虑这样不同的诗在《诗品》中的不同地位及其体现，并且进一步深入讨论《诗品》的艺术构成及其生命哲学意义。这个意义上，一方面是更为深入地讨论艺术问题，探寻艺术生命的真谛；另一方面，也会更加深入司空图的生命历程、生命意识和生命哲学，开拓出一个从未触及过的崭新领域。

一　意象与造化：《诗品》抽象词语及其互文同现

我们在前面曾经把《诗品》的意象系统与司空图诗歌创作相联系，从中发现了某些重要的关联。这一关联性的发现和初步的陈述，使我们有可能进入对以"道"字为首的抽象词语的分析，以建立《诗品》的形而上体系，并讨论司空图的诗学本体论。换言之，文学作品的意象既然包含了意和象两个层面，就必然有把具体形象上升为意义的运演机制，或者说从具体想象转化为抽象思考的高级阶段。舍此，就不能完成诗歌作品的形象思维，更不可理解诗论创作的抽象思量。

从前文中"道"字使用情况的分析可见，司空图喜欢使用一些抽象的概

---

① 陈望衡：《中国古典美学史》，第 494 页。

念词语，其用词可体现他的形而上学思维习惯。这种现象在《诗品》中更为常见，因为《诗品》是具有诗论性质的特殊的诗，不能没有理论层面和理论思考。而这种现象，必然出现在《诗品》以外的诗作中，因为一个人的哲学思考不会突然形成而没有任何的准备，也不会不事先流露出任何迹象。例如，《豪放》一品，就是以议论入诗的典范之作：

豪　放

观花匪禁，吞吐大荒。由道返气，处得以狂。

天风浪浪，海山苍苍。真力弥满，万象在旁。

前招三辰，后引凤凰。晓策六鳌，濯足扶桑。

这首诗一开头就是放眼观花（一作"观化"），吞吐大荒世界。"道"与"气"，都是抽象词语，"真力"也是，"万象"则概括了天风和海山，统摄了整个形象世界。不仅如此，作者还借用中国神话，将天上地下、海上陆地、星辰日月、凤凰六鳌，放到一个统一的想象的世界里，尽力扩大它的无比辽阔的时间和空间范围，形成极为扩张和夸张的诗学形象和诗歌境界。与之相比，《雄浑》和《流动》也表现出类似的写作手法和诗歌境界，说明司空图的想象力和哲学概括层面，是如何统领了《诗品》的主题，并贯穿其思想的始终。

既然如此，我们下面将重点放在抽象词语之间的关联和哲学层面的分析上，除非有必要，否则就不完整地分析一首诗，而是列出一句诗或一篇作品中的关键词语，尽量综合考虑，普遍联系，以便把握较为系统深入的资料线索、进入艺术境地。这样，我们就有可能从诗作进入《诗品》，又从《诗品》进入诗作，形成形而上系统哲学术语的互文同现（intertextuality），也就是说，形成司空图这个诗学思想和作品思想内涵的打通和综合把握。进一步而言，也有可能在《诗品》及其作者之间建立一种自然而然的逻辑联系、思想联系和艺术联系，而不是假定它的作者是谁或不是谁，然后再寻找资料和线索进行论证。

我们发现，除了"道"字，司空图还喜用"真"字，并把"真"与其他字词进行搭配，如"真诀""真迹"，它们也经常出现在诗歌中。"真诀"是秘籍、秘方、妙法，道家用得较多。李白诗云："真诀自从茅氏得，恩波宁阻洞庭归。"司空图诗中也有，见于《华下》，有句："不用名山访真诀，退休便是养生方。"

"真迹"，在《诗品·缜密》中出现，而且与"造化"连用。这样，本体和现象，都照顾到了。

是有真迹，如不可知。意象欲出，造化已奇。（《诗品·缜密》）

而"造化"见于《力疾山下吴村看杏花十九首》之第十二首：

造化无端欲自神，裁红剪翠为新春。
不如分减闲心力，更助英豪济活人。

该诗中的"造化"和《诗品》中的用法一模一样，都是与意象的出现和剪裁相联系，并且作为其内在机制的。甚至"欲"字，也同时出现，岂是偶然？"真迹"，见于《月下留丹灶》：

月下留丹灶，坛边树羽衣。异香人不觉，残夜**鹤**分飞。
朝会初元盛，蓬瀛旧侣**稀**。瑶函**真迹**在，妖魅敢扬威。

《月下留丹灶》中不仅有"真迹"，而且有"月""鹤"，有司空图喜用的"稀"。有"蓬（莱）瀛（洲）"这些《诗品》中或明或暗出现过的词语和意象。更有奇者，这首诗原来是有序的，序言中不仅出现了"真""道""迹""奇"，而且出现"目击"等与《诗品》中的词语契合度十分高的语言现象，这更是需要给予充分的注意。兹将序言一并录入，见下：

月下留丹灶
序

诗题五字，乃（直）真仙之词也。邵阳某县，（原注：句绝）人或闻其山实异，斋祷积稔，果有蹈空而至者，涉笔附楹，久之乃罢去，既而熟视木文，则字皆隐起成列矣。某年，中廉帅上闻，且命镌其逸迹，藏于郡廨。其后为刺史李岫所得，今传于孙君，岂精契之所感致耶？光启三年秋八月既望，愚获睹于王官别业。噫！迹虽显奇，道必体正，故为物怪之所中者，见之莫不洗然。盖其事目击可数也。吾知挟邪佞以冒进者，亦当胆栗自废，岂俟图鼎然犀，而后辨奸妖之诡态哉？缀之全篇，以至诚敬，且期自警云。泗水司空氏记。

可见这篇序言和这首诗，出自司空图的手笔，当无可怀疑。总其要者，大体如下。

（1）首句破题，"乃（直）真仙之词也"，乃是针对题目的词句而言。其中的"词"，一作"祠"，也通。因为后面出现的"山实异"，山中必有祠，"斋祷积稔"，岂能无祠？

（2）"邵阳某县"，当指邵州下辖某县。邵州管县二：邵阳，武冈。武冈县有都梁山，在县东一百三十里，当即"其山实异"处也。这是地名的考证。[①]

（3）"中廉帅"中的"帅"指有"元帅"头衔；"廉"为"廉问"，即观察使；内官出任观察使，加"中"字。这是官职的考证。[②]

（4）"光启三年秋八月既望，愚获睹于王官别业。"该句注意之处除时间和地点，确凿如自述，无须再虑。

（5）此诗文收于文而不收于诗，盖因其序长而诗短，且序中有详尽内容，而诗不过是主观感受而已。

（6）从诗文统一的角度来看，其中许多词句，包括用语习惯，都和《诗品》极为契合。当是《诗品》出于司空图之手的可靠证据。

"光启三年秋八月既望，愚获睹于王官别业。"该句注意之处除时间地点之外，这一年，司空图的著述情况如下：

> 开始整理自己历年诗文，编为一集，题为《一鸣集》，整理编定以前所撰《密史》，另又补述其父司空舆所著家谍《照乘传》，又补亡舅刘权所撰《赞祖彭城公中兴事》一书。
>
> 本年图作诗有《丁未岁归王官谷有作》、《光启三年人日逢鹿》、《旅居重阳》、《修史亭二首》、《证因亭》、《光启丁未别山》、《月下留丹灶》诗与《序》文；另外《退栖》、《山中》（"全家与我恋孤岑"）、《携仙箓九首》或亦作于本年；撰文有《司空表圣文集序》（或作《中条王官谷序》，当为初编《一鸣集》的序文）、《山居记》、《观音赞》等。[③]

综上所述，可知相关作品以及这篇序与诗，皆是司空图此年此地所作，诗文中原载，如今记录在年谱中，当无疑义。而其中的语词考证，当有利于说明《诗品》与司空图诗文的密切关系。

---

① 祖保泉、陶礼天笺校《司空表圣诗文集笺校》，第 217 页。
② 祖保泉、陶礼天笺校《司空表圣诗文集笺校》，第 217 页。
③ 陶礼天：《司空图年谱汇考》，第 92～93 页。

余　论

其他诗文中司空图表现出的类似思想、用语习惯，也可以作为旁证。

《诗品·缜密》：是有真迹，如不可知。
《诗品·形容》：俱似大道，妙契同尘。
《诗品·委曲》：道不自器，与之圆方。
《诗品·流动》：夫岂可道，假体如愚。

司空图《与极浦谈诗书》云："然题纪之作，目击可图，体势自别，不可废也。"其中的"目击可图"，与"目击可数"，句法用词，如出一辙。这些描写叙述和无意间的词语使用，流露出司空图在《诗品》中一贯显示的道体与迹象之间，可以目击而知的认识论思想。这一思想，在诗文中处处可见，进而体现为写诗作文，可以抓取迹象，表现道体的文学本体论。就思想的周密与契合度而言，绝对不是巧合。

进一步而言，"迹"字也是司空图喜用的字。它是本体见于现象的迹象，十分重要，下面试举《下方三首》（其一）中的两联诗为例。

坡暖冬抽笋，松凉夏健人。
更惭征诏起，避世**迹**非真。

《下方三首》（其一）是司空图隐居华山时所作，下方是道观。可贵的是，诗中将"迹"字和"真"字加以区别，这是认识上的深化。诗中的"抽"字，一作"生"字。下面《永夜》中的"孤迹"，似乎指个人的迹象，侧重于身躯或行为的表露，和表达心胸的"旷怀"相对。换言之，即便是心胸能够超脱休戚相关的世界，可是孤独的躯体，在人间留下的踪迹、迹象，难道可以超脱诸多的议论吗？

永　夜

永夜疑无日，危时只赖山。
旷怀休戚外，孤**迹**是非间。

与"迹"的外显且有时可知相比，"机"是"机缘""天机"，比较内在，是道体运行的机制。在《诗品》中多见，是可以流露出的本体的迹象，很难把握，故而有那么多的"远引若至，临之已非"的不可把捉，最终归结为"少有道契，终与俗违"，即道不可彻底认识的玄妙之论。这与老子的

"道可道，非常道""玄之又玄，众妙之门"的哲学思想是完全契合的。司空图诗中也见，有时也有"无机"的搭配，有时是"忘机"。巧妙的是，下面这首诗的结尾有"烟萝"，在《诗品》中也出现过："何如尊酒，日往烟萝。"（《旷达》）

陈　疾

自怜旅舍亦酣歌，世路**无机**奈尔何。霄汉逼来心不动，鬓毛白尽兴犹多。残阳暂照乡关近，远鸟因投岳庙过。闲得此身归未得，磬声深夏隔**烟萝**。

"忘机"的描写，见于《光启四年春戊申》：

乱后烧残满架书，峰前犹自恋吾庐。
忘机渐喜逢人少，览**镜**空怜待鹤疏。

这首诗的另一标题是《归王官次年作》，这里只引前两联。诗中的"镜"，也是司空图诗中多用的意象和词语，《诗品》中也出现过：

空潭泄春，古**镜**照神。（《洗炼》）

华下对菊

清香裛露对高斋，泛酒偏能浣旅怀。
不似春风逞红艳，**镜**前空坠玉人钗。

诗中的镜与水露（酒水）、玉人钗、清香相联系，诗的整体意象是清真的、清香的、清净的、清凉的，和《洗炼》一品意境很相似。《洗炼》也是把镜和水相联系，甚至和月（月是镜的圆满形象的写照）相联系，才有"流水今日，明月前身"的结束句。又：

力疾山下吴村看杏花十九首

其三

镜留雪鬓暖消无，春到梨花日又晡。
移取扶桑阶下种，年年看长碍金乌。

晡：申时，午后三点到五点钟。通过"镜"中"雪鬓"，以及日过午，还有后面"年年"和"金乌"（太阳）等词语可知，这首诗主要表现了时间的推移，人生已过半，人已进入晚年。这也是时光反映在镜中诗人形象上的写法。李白的"高堂明镜悲白发，朝如青丝暮成雪"，就是这样的意思。

另外，《下方三首》（其二）有句："细事当棋遣，衰容喜镜饶。"也是哀衰容、愁对镜的主题。兹不再议。

以上，我们分析了司空图诗文创作及其与《诗品》形而上体系的普遍联系。尽管除了一开头的《豪放》，我们没有专门集中在一些具体的诗作上，但毕竟还是间接地说明了本节一开头列举的第一类诗歌。它以哲理和气势胜，议论入诗的现象比较普遍，而与个体生活经验和生活经历联系较少。由此构成《诗品》的肌理和第一条路线。

二　独步与沉著：《诗品》的创作契机与创作机制

独步，是一个诗人漫步沉思的契机，有的时候，会出现奇迹。而奇迹的出现，有时来源于巧合，也就是意象联想或思维沟通的一瞬间。司空图的诗歌创作，往往如此，而他的《诗品》，也许就产生在这奇妙的一瞬间，产生于思维内敛、想象勃发的关键时刻。

在《诗品》中，有"脱巾**独步**，时闻鸟声"（《沉著》）。

在诗作中，有"**独步**荒郊暮，沉思远墅幽"（《偶书五首》）。

又有"昨夜前溪骤雷雨，晚晴**独步**数峰吟"（《山中》）。

让我们先完整地看一看《偶书五首》这一例证。

独步指人物的习惯性动作和诗人独自散步的行为，并非司空图独创，但是巧合的是，《诗品》中《沉著》一首的整个意境，和《偶书五首》中的第四首第一联诗的意境十分相似，所用语言也很相似，这恐怕不是偶然。《偶书五首》（其四），写于王官谷时期，全诗如下：

偶书五首

其　四

独步荒郊暮，沉思远墅幽。

平生多少事，弹指一时休。

关于这组诗的创作情况，祖保泉先生有如下说明：

"偶书"，偶然有作，不期然而然也。诗标题"偶作"、"偶题"皆表示不期然而然也。这组诗当为晚年居王官谷时的作品。诗第一首首句称"衰谢"，第四首"远墅"即王官谷别墅。第五首"无契债难酬"，报国之心债难酬也。①

再对照一下《沉著》，一切就清楚了：

沉　著

绿林野屋，落日气清。脱巾独步，时闻鸟声。
鸿雁不来，之子远行。所思不远，若为平生。
海风碧云，夜渚月明。如有佳语，大河前横。

为了便于对比，以下列出六个方面，前者是《偶书》，是言辞提要，后者是《沉著》，是原诗词语。其对应关系显而易见：

时间：日暮时分，对"落日气清"。

地点：远郊别墅，对"绿林野屋"。

行为：独步沉思，对"脱巾独步"。

心境：沉思远墅，对"所思不远"。

事态：平生事态，对"若为平生"。

氛围：幽静内敛，对"沉著"题旨。

至此，只有一个问题需要说明了。

在隐居王官谷时期，晚年的司空图有一日黄昏时分，脱巾独步，徘徊在远郊的别墅周围，想起远方的朋友，反思自己一生的经历，不禁发出感慨："平生多少事，弹指一时休。"回去，即写下这一首"偶书之四"。至于这一首诗如何在《诗品》中体现为《沉著》，那其实不难理解。司空图将自己的主观体验变换成他喜欢使用的幽人的活动和体道现象，于是就完成了这样一首《沉著》。或许有鉴于此，有学者认为《沉著》一品整个就是幽人的体道过程：

在"沉着"一品中，实际上包含了作者为我们提供的标示"幽人"精神发展上升的五个阶段：一、二句："幽人"的居住之所；三、四句："幽人"的生命样态：五至八句：对契友（得道之人）的追慕；九、十句：与自然的深切交融；十一、十二句：体道后的超脱情态。②

---

① 祖保泉、陶礼天笺校《司空表圣诗文集笺校》，第44页。

② 邵盈午：《诗品解说》，第89页。

当时，或其前后，诗人又写了其他四首，集在一起，共有五首，题曰《偶书五首》。

其一

衰谢当何忏，惟应悔壮图。
磬声花外远，人影塔前孤。

第一首，衰年心态，后悔年轻时的雄心壮志至今未酬，而眼前塔影隐隐，磬声在耳，已是佛道形象、出世精神。孤独之中，诗矣。

其二

色变莺雏长，竿齐笋箨垂。
白头身偶在，清夏景还移。

第二首，"白头身偶在，清夏景还移"，正值清夏季节，却有晚景凄凉的秋心写照。"笋箨"，竹笋上的一片一片的老皮，隐含皮肤松弛、垂垂老矣之貌。而"色变"是"变色"的倒装，谈虎变色，心有余悸。"莺雏"，也是司空图喜欢的意象，自诩耳，自况耳。

其三

蜀妓轻成妙，吴娃狎共纤。
晚妆留拜月，卷上水精帘。

第三首，以蜀妓吴娃相比，和古代宫女相仿佛，拜月心态，卷帘意象，其自卑形态，显露无疑。

其四

独步荒郊暮，沉思远墅幽。
平生多少事，弹指一时休。

第四首，独步荒郊，夕阳西下，断肠人在何处？平生万事休，人生凄凉心境，不过如此。

其五

掩谤知迎吠，欺心见强颜。
有名人易困，无契债难还。

第五首，为了掩饰世人的诽谤，鹰犬上门也要违心地欢迎，强作欢颜，欺骗自己的内心。自知名声在外，壮心不已。"有名人易困，无契债难还。"正如祖保泉先生所说，是报国之债务，压在心头，出世入世，矛盾依旧没有解决。

总　结

显而易见，这五首诗并非互不相干，而是关系密切。前后是统一的心境，当系同一时间内的心情描述，可以全面地反映司空图当时隐居在王官谷别业的心境。那么，第四首和诗品《沉著》一首的字面关系又如何呢？

笔者想是一种继承改写和完成的过程。

其一，司空图重读这一首诗，心境依然不能平静，于是决心完成一件重大的事，那就是将其改写成一首四言诗，这是体制方面的考虑。

其二，在意境方面，前面的基本不变，只增加了末尾的几行："海风碧云，夜渚月明。/如有佳语，大河前横。"使其意境空灵，档次提升。同时，意境和风格，偏于《沉著》，也是重大的调整。

其三，四言和五言的区别，在于前者古雅，后者出尘，而一般的五言绝句，容量不够，于是增加为六行，以便于实景描写或造境，再加上议论部分，有的在前，有的在后，乃成为固定的《诗品》格局。

其四，在时间上，起先的一首诗，并非为了诗品、诗论或诗评，乃是一种随机的诗歌境界的抒发和表达，到了结合其他意境、定好题目、扩充为二十四首的时候，才有了彼此之间的区分和排序上的考虑，于是穿插和对应，成为排序的原则，其中也隐含了生命历程的路线，文学史的序言与结语的考虑，如此等等。后人作为诗品的界定，看重它的诗品、诗评的理论，而忽略其原本是一首一首的诗，至多是命题在先的诗作，这样的固定思路和价值取向，使得《诗品》成为理论研究的持续热点和古典诗论的集中对象。这是后话。

在此过程中，关于五言向四言的转变，以及理论上的把握，《诗赋赞》起了关键的作用。

诗赋赞

> 知道非诗，诗未为奇。研昏练爽，夏魄凄肌。
> 神而不知，知而难状。挥之八垠，卷之万象。
> 河浑沈清，放恣纵横。涛怒霆蹴，掀鳌倒鲸。
> 镜空攫壁，琤冰掷戟。鼓煦呵春，霞溶露滴。
> 邻女有嬉，补袖而舞。色丝屡空，续以麻縿。

鼠革丁丁，㹨之则穴。蚁聚汲汲，积而成垤。

上有日星，下有风雅。历诋自是，非吾心也。

【简评】

《诗赋赞》在诗品创作中的意义：

其一，它是一种复古形式的准备和转折、定型，但因全篇较长，容量过大，所以变成《诗品》的每一品，则为其三分之一强，成为六行，比较适宜。理由已如上述，不赘。但其从唐代七言为主返回《诗经》四言为主的基本格调，则无可怀疑。

其二，它是主题的确定和议论添加的根据。它放开了理论思维的视野，横空出世，纵横恣肆，既是诗歌创作论，也是批评论。特别是首句，说明了诗的本体和道的关系，"知道非诗，诗未为奇"乃是《诗品》纲要。纲举目张，乃衍化成二十四品。

其三，它在语言上，奠定了《诗品》中的《雄浑》《豪放》等品的语言格调，例如："挥之八垠，卷之万象。"但在内容和主题上仍然可以再分，所以分而治之，成为《诗品》二十四首的体制。据此也可知，《雄浑》当为较早出现的《诗品》作品之一。

其四，它奠基了《诗品》神秘莫测、故弄玄虚的认识论特征："神而不知，知而难状。"使得《诗品》中许多品蒙上了玄远莫测、难以掌握的氛围，但作为诗歌，这反而加强了诗的"近而不浮、远而不尽"的意境，堪为称道。《超诣》一品，"匪神之灵，匪机之微""少有道契，终与俗违"皆可为证。

其五，其他词句中，也隐约可见不同思想与风格的流露，如"研昏练爽，夐魄凄肌""镵空擢壁，玚冰掷戟"与"鼓煦呵春，霞溶露滴"显然不同，后者可能成为《纤秾》《洗炼》等意境的原型和契机，如"采采流水，蓬蓬远春""空谭泄春，古镜照神"等，恕不一一举例。

在时间上，《诗赋赞》是诗人创作成熟期对诗歌理论探讨的表现，应是毫无问题的。它当在司空图隐居王官谷别业之时或之后，很可能在《偶书五首》和《诗品》创作之间，起了一种激发、提升、促进和定型的作用。关于这一点，前人也有过猜测，但未敢定论。兹重新提出，加以论证，以便深入讨论。乃至《诗品》完成，《诗赋赞》作为一首作品，保留在司空图后期的赞类作品中，后人归于第八卷，而《诗品》二十四首，不知什么原因，反而散佚了。

【补遗】

昨夜前溪骤雷雨，晚晴**独步**数峰吟。（《山中》）

题名《山中》的诗，共有两首。其一云：

山　中

凡鸟爱喧人静处，闲云似妒月明时。

世间万事非吾事，只愧秋来未有诗。

【简评】

如果说这首诗和《诗品》创作有关的话，乃有几点值得注意。

（1）这是一首关于诗的诗，是诗人司空图所特别在意的。

（2）诗中的鸟喧和人静，和《沉著》中的"时闻鸟声"很相合。

（3）"闲云"（白云）、"月明"，都是司空图《诗品》中几次出现过的词语和意象。

（4）"世间万事非吾事"，其超脱精神，和《诗品》的总体创作倾向相吻合。

（5）在时间上，此诗应作于隐居中条山王官谷后一二年间（天复三年，即903年）。

祖保泉对该诗笺云：

隐居山中王官谷，爱静，万事不关心，只愧未有诗。雅趣自白而已。

此诗与《闲夜》句"业是吟诗与看花"同趣，疑亦作于归隐王官谷后一二年间。①

其二是这样的：

山　中

全家与我恋孤岑，蹋得苍苔一径深。逃难人多分隙地，放生鹿大出寒林。

名应不朽轻仙骨，理到忘机近佛心。昨夜前溪骤雷雨，晚晴独步数峰吟。

---

① 祖保泉、陶礼天笺校《司空表圣诗文集笺校》，第113页。

【简评】

如果说这一首和《诗品》有关的话，乃可注意以下几点。

（1）从实景实境的描写来看，这一首《山中》当作于图隐居中条山早期（祖保泉认为当在光启三年，即 887 年夏），是和乡亲一起逃难所见，但其思考，已有深度。

（2）独步吟诗的描写，可知是一个经常出现的诗人情节、创作情结，与《沉著》一首不矛盾。

（3）从"忘机""佛心""仙骨""不朽"的用词来看，在道家和佛家之间思想游离是司空图的一贯倾向，不足为奇。

（4）其中的一联"逃难人多分隙地，放生鹿大出寒林"乃是司空图在《与李生论诗书》（904 年）中提到的二十四联自作诗的得意之作之一，可见其在司空图心目中的地位，不容忽视。

（5）若可以用来做《诗品》素材的基础，则其间的时间跨度，当有七八年之久，甚或十年。可见，《诗品》至少作于 904 年之后，否则，司空图怎会不提及？此时离 908 年司空图去世，只有四年时间了。

从这两条资料可以间接推测《诗品》创作的时间、地点与情境。

（1）时间：当在天复三年（903 年）或次年之后，可能在图七十岁，因其享年七十二岁。

（2）情境：当是在面对自己新筑的房屋，观赏逗留，一面看诗，遥想往事，若有所思的实境中。

（3）地点：作于图最终返回故乡王官谷修葺别墅等纪念性建筑之时，而不是居于华阴之际。

（4）关联：华山作为道教仙山，加上羽化成仙的典故，仍对司空图创作《诗品》产生影响。

余　论

从《诗品》各品的联系来看，《疏野》一品，应看作《沉著》的变体。唯附加的议论和铺垫性文字，在前后包孕了中间的实景：

疏　野

惟性所宅，真取弗羁。控物自富，与率为期。

筑室松下，脱帽看诗。但知旦暮，不辨何时。

倘然适意，岂必有为。若其天放，如是得之。

这一"筑室"情境，被放在"惟性所宅，真取弗羁。/控物自富，与率为期"的起兴式的议论中。而"宅"字，也和筑室有关，不过是做了心理化的推演而已。同样，结尾的"倘然适意，岂必有为。/若其天放，如是得之"也是心理化的推演部分，不过是开头哲理的深化和提升罢了。而中间的实景描写，在时间上，则被虚化了。"但知旦暮，不辨何时。"有了陶渊明的"问今是何世。乃不知有汉，无论魏晋"（《桃花源记并序》），则不限于当时的"落日气清"了。

绮　丽

神存富贵，始轻黄金。浓尽必枯，淡者屡深。

雾余水畔，红杏在林。月明华屋，画桥碧阴。

金樽酒满，伴客弹琴。取之自足，良殚美襟。

可见，作为诗歌核心意象的较远的影响，甚至在第九品《绮丽》的"月明华屋，画桥碧阴"中也有反映。不仅从筑屋居住发展为"伴客弹琴"，而且表现出安贫乐道的思想。从"神存富贵，始轻黄金"开篇命题，到末尾"取之自足，良殚美襟"的自得心态，也颇为贯通化一，在艺术境界和篇章结构上，也更加缜密且完整了。

因此，此诗或可视为司空图"筑屋"心态的泛化与升华。

就主题而言，此诗作为财富上的超脱，更甚于《疏野》作为时序上的超脱。

而《沉著》，只是实景的描写、风格的确认，作为基础，实现了"不忘初心，方得始终"的心理程序。

三　原型与重塑：《诗品》的投射系统与自拟形象

诗歌创作的机制还有诗歌创作的动机到底是什么？这几乎是一切文艺理论家都关心的事，也是许多喜欢、羡慕以至于崇拜作家和诗人的文学爱好者所特别热衷的事，更不必说那些想成为诗人和作家的文学信徒和初步接触诗歌和文学创作的年轻人了。关于诗歌创作的动机，因为主要是社会的和心理的，十分复杂而隐秘，姑且不必论；而创作机制，有些倒是可以从作品中找到一些蛛丝马迹，在了解作者生平和一般思想的前提下，加以连缀和贯通性的思考，也许会有一些发现，而不至于完全无功而返吧。

那么，《诗品》的创作机制是怎样的呢？换言之，《诗品》的创作究竟有没有现实生活的基础，或者古代神话的原型，启发了诗人的思路，激发了创作的灵感？或者有没有作品的典范或者诗人的典范，可以供我们作为思考的出发点？在这一方面，张少康先生做了非常有意义的探讨，并讲出了他的认识：

> 从司空图的诗论著作中，可以鲜明地看出他在评述唐代诗歌发展时，特别突出了王、韦一派的重要地位，并给予了很高的评价，而他自己的诗歌创作也是属于这一派的。司空图的诗歌理论主要是对陶渊明、王维一派山水田园诗艺术创作经验的总结。王、韦一派诗歌上承陶渊明，司空图对陶渊明是非常钦佩的。司空图的诗歌创作和艺术风格属于陶、王、韦一派，他们在诗歌美学思想上是很一致的。①

说陶渊明、王维等的山水田园诗是司空图《诗品》的作品原型，或者借以升华的素材，这诚然是不错的，因为一方面司空图自己对他们评价很高，而另一方面司空图的诗作和他们属于一路。这从司空图的论诗文书和诗歌创作中都可以找到例证。然而，又不尽然。第一，不能说司空图自己的创作就只有这样一种风格，而且从他的整个作品来看，也不限于这样一种淡泊的出世的风格。第二，即便是《诗品》也不是只包含了这样一种风格和境界的诗，如"冲淡"一类，除此之外，我们还列出了"雄浑"一类，而且加以对照可以发现，诗品中这两类风格境界各异的诗，在数量上是相当的，形成了某种对称关系。这在《诗品》的宏观结构那一部分有明确的论述，兹不赘述。

雄浑类（崇高）：雄浑，纤秾，高古，劲健，绮丽，豪放，疏野，旷达

冲淡类（秀美）：冲淡，典雅，洗炼，含蓄，缜密，清奇，委曲，飘逸

进一步而言，倘若我们承认这两类诗的同时存在并在数量上相当，那么，进一步考察司空图的生平，进而承认他的思想中有儒释道三种价值观并存，或在生活的不同阶段，交替地上升卜降或起主导的或辅助的作用，那么，就不能只说司空图的《诗品》主要是道家和佛家的，而没有儒家的思

---

① 张少康：《司空图及其诗论研究》，第136页。

想。进一步而言，也不能把儒家的积极入世精神从"雄浑"一类诗作中完全剔除出去，认为它只是道家的，或兼有佛家的，而没有儒家的。道家和佛家思想，因为主要是出世的、隐退的，所以缺乏那种阳刚之气和雄浑意象，虽然在老子和庄子的思想中，不乏"混沌"的论述和"齐物"的思想，甚至"逍遥"的自由的主张，但毕竟不同于儒家的积极进取精神。我们不能只从"道"这一概念出发，就认为它只是道家的而不是儒家的。

再则，"道"固然是道家创始人老子提出的，而且后面又经过庄子的论述，已十分清晰，不容怀疑，但自《易经》开始，就有乾卦、坤卦的对立和融合，有"天道""人道"的区分和联系，且不说到了唐代，三教并立，相互为用，相互渗透，而在概念和认识上，仍然可以有"天道""人道"的区分。如果说老庄的"道"主要是天道，上善若水，清静无为，那么，儒家的道就主要是人道，积极有为，奋发进取。这在《雄浑》中是感觉得到的，在《豪放》和《流动》中也同样感觉得到。我们不能一见到"道"就说是道家的，也不能不注意儒家进取精神对司空图思想的影响。甚至也可以说，正因为司空图一生仕途坎坷，多次归隐，才在《诗品》上设立这样几品，使其儒家的进取精神和阳刚之气得以升华，得以表现。表现和升华，不正是常见的艺术作品的文化人格机制吗？更何况司空图到了晚年，也不完全是心灰意冷，他在老迈之年，反而无所顾忌，甚至有尽情表达自己的愿望和动机。倘若如此，他难道不想表现一下自己的男子气概和阳刚之气吗，不想表现一下自己的壮志未酬和英雄末路吗？

张少康先生进一步说：

> 《诗品》的思想主要是体现了隐逸高士的精神情操，这和以陶、王为代表的山水田园诗派是完全一致的。《诗品》中所体现的一些主要审美观念，例如整体的美、自然的美、含蓄的美、传神的美、动态的美，也大都是从山水田园诗中概括出来，虽然这些审美观念本身具有广泛性，并不仅仅只是体现在山水田园诗中，然而，在《诗品》中是以自然景物、山水田园的形态表现出来的。[1]

这也是没有问题的，隐逸高士的情操，不仅体现在陶渊明和王维一类田园诗人的诗歌创作中，而且体现在他们归隐山林的实际行动中。不仅如此，

---

[1] 张少康：《司空图及其诗论研究》，第 138 页。

我们在司空图的生平中也屡见不鲜，这在他的诗作和散文中也表露得淋漓尽致。更有意思的是，在《诗品》中，我们常常可以看到一个隐士高人，有时是幽人，有时是畸人，有时是高人，也有佳士、玉人，只有一次是美人，即便不出现什么人，也有隐去主语和主体的诗人在其中笑傲山林、杖藜行歌，或遨游太空、独鹤与飞，或脱巾独步、脱帽看诗，或载歌，或弹琴，或饮酒，或待客，或御风蓬叶，或日往烟萝，其色也氤氲，其行道也迟，载瞻载止，神出古异，诵之思之，淡不可收，即便是远引若至，临之已非，莫道是离形得似，庶几斯人。

但笔者想强调的是，这里面难道没有诗人自己的影子？换言之，那些高人隐士，难道只是外在的山水绘画中的装饰物，就如同许多山水画作中小小的观景者的身影一样，而不是诗人自己活跃在实境（诗境）中进行沉思和欣赏吗？而笔者的认识是，其中大部分是诗人自己直接出来的（如《超诣》中的"少有道气，终与俗违"，显然是自况，而"诵之思之，其声愈希"，不啻是诗人行为），或伪装的（如《纤秾》中那徘徊于风日水滨、柳荫路曲之间，时见美人出幽谷的观光者），或隐含的（如《雄浑》中的那不见踪迹，却无所不在、无所不能的诗人主体），但不可否认，其中有一部分是诗人心目中的"高人"，如同孔子心目中的"圣人"、庄子心目中的"至人"、阮籍心目中的"大人先生"，如此而已。

追溯到诗歌创作的心理机制，虽然是内隐的、不显形体的，但既然有作为理想人格形象的"陶王说"，有假托人物代言的"幽人说"，也必然就有直抒胸臆的"自我说"。甚至归根结底，我们说一切诗人主体只有一个，那就是诗人自己，这是自我的先行，是主体的先行。对于理想人格，是升华和实现，对于代言人格，是投射和扮演，而对于诗人自己，则是表现和抒发。这样说，并不局限在以哲理和气势取胜的第一类雄浑大气的诗歌中，也不局限在以形象和飞升取胜的第二类淡泊飘逸的诗歌中，甚至更加适合于以体验和发泄取胜的第三类愤世嫉俗的诗歌中。

人们或许要问，你这样说，究竟有什么根据呢？最好是文本的根据。但笔者认为总比放空言无凭据的好吧？

那么下面就让我们从《诗品》这三类诗作中，各取一例，或者干脆取出最先三品，略加分析，看看它们在今译中的人物造型及其与景物的关系，以见其在古典诗歌中隐而不见的诗人主体，是如何显现在现代的诗歌样态中的。

雄　浑

浩浩生气向外鼓荡，

主体充实自成雄浑气象。

虚心返归道之本原浑然一体，

自强不息方修得至大至刚。

纳万物之理吾心即是宇宙，

化凌空之气遨游任我来去。

如云团翻腾搅彻周天，

似长风横扫茫茫大地。

超脱物役始可境生象外，

把握关键必能应变无穷。

诗之所得岂是强求而来？

思如泉涌妙在油然而生。

【简析】

第一、二行是哲理的起兴，第三、四行是承接和叙述，至此完成了诗歌的第一部分。

接下来四行一面行动，一面出现诗人的自况，实际上是心理自白，直至云团和长风，不过是自我形象的发挥和延伸而已。

最后四行又回到议论上来，不过前两句是掌握世界的哲理，后两句则是诗理本身的阐发。一问一答，不仅起了强调的作用，而且变化了语气，不至于全篇在抽象和半抽象的展开中显得呆板无趣。

冲　淡

身自素洁心自清，

默然以处与造化相通。

吮吸着太和的气息，

仙鹤伴我神游万里碧空。

惠风和畅，轻轻掀动我的衣襟，

翠竹摇曳，仿佛向我招手吟咏。

多美啊，这美妙的仙境，

但愿能永远与你同住！

和谐的诗境，要在恬静淡远，

愈追求愈觉其妙不可言。

遇之若近在咫尺，

转瞬间又消失不见。

【简析】

一开头四句就是诗人自况了，当然又有自报家门和自我标榜的意思在。素洁淡泊岂非一般人？

而接下来的四行由外部的惠风与修竹招惹，一变而为可感觉、可触摸的行为和形象，须知这是在写诗啊！而且到了抒情的高潮，推出得十分自然。让内心独白进展到心灵的满足。

最后四行是意境的提升，同时是诗境的形成和完成，虽然若即若离，但那正是《冲淡》一品所要追求和表现的！即便是人物，也不能写得太实，要与语境融为一体，方是写诗的高手。

纤　秾

山涧清流波光粼粼，

山坡上草木一片幽深。

那边幽静的山谷里，

时而闪现出少女的倩影。

池畔风和日正丽，

满树碧桃花竞盛。

曲径在柳荫下蜿蜒，

黄莺在枝叶间穿飞。

乘兴致观赏这春日美景，

愈体味愈觉其中有纤秾。

自然之美年复一年似依然，

诗贵推陈出新，妙造佳境。

【简析】

美妙的幽谷和少女的出现，似乎是把视觉投向了远方梦境一般的情境中。

接下来的近景和周围环境的描写，使得诗人呼之欲出了，但并没有出现。现时增加了当下感。

最后四句分为两层：先说了心中的感受，再总结诗贵妙境清新自然的哲理。其实也是感受，而不流于说教。时间因素的加入和强调，补充了原诗的不足，是诗的意境在岁月中生成和发挥作用。

诗人并没有直接出现，那是因为美人已经出现：太实就会形成情节，近似小说就俗了。

但若没有自白，又怎么会有这一首诗？无主体状态，怎么会有周围环境的感受，看见美人出幽谷？

行文到此，不妨说明一下为何会在《诗品》之中，出现一个美人。

在这个男人的世界里、自然的世界里、想象的世界里，出现一个仅见一次的美人，是什么意思呢？

我们不妨引用英国早期汉学家克兰默·宾的《玉琵琶：中国古典诗作选》中，对于司空图的一节评论文字，其中提到了美人的作用：

> 关于他（指司空图——引者）的生平，知之甚少，只知道他官至礼部尚书，从此退隐，过着沉思的生活。他被引介到西方世界全赖翟理斯之功。尽管在法语版《唐诗集》中，并没有提到他，但他的作品，其重要性无论如何强调也不会过分。他是中国诗人中最常被引用的一个，肯定也是最富于哲理性的一个。他通过朴素而巧妙的设置，让高古的主题披上诗的灿烂衣装。假若说穿过红松林，从桃花源出幽谷，闪现出一个美人顾盼的倩影，那么，她就只能是一个象征，引领我们从具体走向普遍。无论我们的感官如何有限，那不过是我们逃出自我的牢笼，进入精神世界那无限自由境地的门径而已。一旦灵魂获得自由，便无须痛苦地漫无目的地徘徊游荡，无须像穆罕默德那样登上山顶，因为一旦置身于万物的中央——以宇宙为家园，我们就能分享造物的奥秘，获得真知了。[①]

他的英文翻译涉及这一节的，也很有特点，和他的思想以及对《诗品》的理解是一致的：

> A lovely maiden, roaming
> The wild dark valley through,
> Culls from the shining watersLilies and lotus blue.
>
> 一位可爱的少女，徘徊

---

① 笔者译自英文版克兰默·宾《玉琵琶：中国古典诗作选》，克辛格出版公司，1909，第103页。

穿过幽静荒野的山谷，

从采采的流水中，采摘

纤秾的百合与荷花。（笔者回译）

值得注意的是，译者一面保留了《诗经》中的原始意象（参见《关雎》），一面把百合（西方意象）和荷花（东方意象）并置在少女采摘的活动中，巧妙地处理了"采采流水，蓬蓬远春"的意境。

这立即使我们联想到意大利古典文学中但丁的《神曲》，天堂里那站在绝对者下方先于他而出现的女神，不就是诗人但丁年轻时一见钟情的少女贝阿特丽切，以至于成为诗人终生所爱和精神世界引导者的圣母吗？同样，司空图的《诗品》若作为一个整体来看，也是一种幻游文学。《纤秾》一品中仅见一次的美人，不就是司空图自己精神世界中的女神，引导诗人进入诗歌圣境、领略宇宙精神的先导吗？

即使不做这种唯一的异性的解读，姑且理解为罗马诗人维吉尔在《神曲》中作为但丁的精神引路人，不断地引导但丁克服困难，继续前行，使其有所发现和认识，那也没有什么不靠谱。只是苦了孤独的屈原：

路漫漫其修远兮，吾将上下而求索。（屈原：《离骚》）

当然，屈原也不是孤独一人，他的诗中有那么多女神，难道他是孤独的吗？

倘若要进一步讨论这个问题，就要深入英译的文本里，看一看其和中文的区别：

Where Trees Are Thick

Limpid streams dance along

Into distant hills green and deep.

Pretty girls flash around

From secluded dales, where trees are thick.

Flowering peach cracks a sunny smile,

And gentle wind breezes over the lakeside,

In the shadow of willows, a track winds its way.

Flying in pairs, orioles sing wild and gay.

Such is the delicacy of spring resplendent with joy
That attracts me, each step more satisfying.
Nature's beauty is seen infinite year in and year out,
But poetry manifests itself in every new fulfillment.

英文首节诗中多条溪水争流和多个少女的显现，是为了营造活泼的氛围与塑造春之神的形象。庞德的《仿屈原》一诗中就出现过多个少女，而诗人独自一人走上前去和她们搭讪的场面，可以作为借鉴。

最后一节（黑体）终于出现了作为宾格的"我"（me），在倒数第三行，但那多半是要 see nature's beauty（作为自然美的观者），并说出最后一句哲理：诗歌的本体表现为现象，是在人的"看"里，而且自身会愈加完美地实现自己。

可见英诗不仅比汉诗表现直率一点，而且揭示哲理也更深刻一些。

如果余兴未尽，不嫌翻译啰唆，还想继续讨论，那也可以看看英译本的回译本。因为回译与今译之不同，固然根源于英文的翻译，但也有汉语自身的诗意表现。流水对、断句、折行、字数错落的频繁使用，还有韵脚的设置，看似无意，其实有很深的玄机：

> 清溪淙淙奔流
> 注入远处的青山疏影，
> 少女的倩影，闪现
> 幽谷里，草木葱茏。

其实，英文是不那么复杂的，但也有关键的转换，两个串接的诗句中，韵脚阳刚到阴柔的转换，形成对立，但二者都是流水对（折行），只是句子设置的长短和变化，毋宁说在二、四两句中（部分地根源于英语的状语从句，以及可以自由处置的长句结尾）：

> Limpid streams dance along
> Into distant hills green and deep.
> Pretty girls flash around
> From secluded dales, where trees are thick.

接下来的事情变得简单易懂了。"碧桃笑开了阳光灿烂"根源于英语的

sunny smile，"一条小路游向远方"则是 winds its way。

至于第三节，英文翻译是把原诗彻底哲理化了、诗意化了（见上引）。不过，回译的结果，却不尽然，它是对译诗的模仿，但又部分回到了原诗，因为在汉语的层面上，类似的意境有类似的说法，不仅如此，一种意境还可以有不同的说法（括号里是技巧的说明）。

> 春意本无忧，其意悠然，（改写，逻辑反用）
> 吸引我，一步一新境。（直译，生硬模仿）
> 自然之美年年来去，（直译，机械模仿）
> 诗情画意却革面洗心。（用成语化解难题）

倘若把最后一节的今译、回译与原诗加以比较，就会发现，英文诗的回译，与今译较为接近，与原诗则悬殊。因为今译和回译，都有译者的解释在，而原诗毕竟是一成不变地"躺"在那里，任你翻来译去。

> 乘之愈往，识之愈真。
> 如将不尽，与古为新。

好了，这一部分该结束了。太多地借助于翻译，而翻译是诗歌本体的外化，变着法儿的实现。

愤世嫉俗呢？对不起，未及涉及第三类诗的例证，只好留给下一部分集中解决了。

四　生存与超脱：《诗品》的生命历程与高峰体验

上一部分的讨论已经引入了一个主题，那就是作为幻游文学的《诗品》，其中的人物关系是如何构成一种诗歌境界的。它给我们的启示是：倘若忽视了诗歌中的人物及其活动，而空言如何品诗，那就难免会继续套用一些道家名言，加以哲理上的玄解，或征引一些事例，进行诗歌风格的演绎。而我们的理解是，《诗品》和其他一切有意境、有思想的诗歌一样，必然有一个诗人主体活跃在其中，他不仅是自然的探索者，也是诗歌的体验者。而且首先，他必须是一个对实际生活有切身体会的人，甚至有自己的生命哲学，根源于一种特殊的生命历程，总之，有许多话要说，又不能说，只好写在诗里，让读者去发现，留给后人去领悟、去猜测、去研究。而他的作者，最好是隐而不显，或者干脆消失不见，甚至连身份也无从辨认、姓名也无从确定。否则，一切的理解，都难免受其具体资料的影响，陷入具体考据的陷阱，那就难以通过自由想象，进入理想的仙境了。

在这个意义上，一切诗歌都是诗人的自传，或者干脆叫作"自白诗"。他向千年以后的读者言说自己，但又使我们确信他说的不是他自己，而是诗。

> 自传诗人正是面对这样一个庞大的未来读者群开始讲话：他向他们讲述心灵史，就像普通的历史学家讲述外部历史一样。自传诗人不仅是希望获得某个职位而对统治者展示自己的优点（虽然后来的诗人也许会为了经济的原因对统治者同时也对永恒讲述）。他最初的讲述必须使我们确信他并不试图让我们相信什么，使我们认为他的写作并没有什么动机。他向我们言说并且告诉我们他根本无意向我们言说。①

虽然我们无意将《诗品》单向度地确定为司空图本人的自传或自白，但在司空图的《诗品》中，我们确实发现了下面一条线索，那就是一段生命的历程、一种生命的体验。我们发现，最显著地表现这个主题的几首诗，基本上按照出现的顺序加以连接，就会呈现这样一个序列。只要我们跳过那些穿插在中间的干扰我们视线和思路的诗歌，就能清晰地呈现下面的思路：

（1）沉著（第四品）（属于雄浑类）

（2）典雅（第六品）（属于冲淡类）

（3）疏野（第十五品）（属于雄浑类）

（4）悲慨（第十九品）（属于新类）

（5）旷达（第二十三品）（属于雄浑类）

毋庸讳言，其中的五首诗，在前面曾列举的"雄浑"和"冲淡"两类诗歌中都有，但以雄浑类居多，只有一首《典雅》是冲淡类，另有一首《悲慨》是先前所没有归类的。也就是说，这里的第三类，是前面两分法的一个变种、一个派生的分类，但已经是一个新的类别的发现了。其中，这一首《悲慨》的添加可以说明以前的两分法在说明诗人形象的时候，是不够的，所以增加了第三类。这里，我们宁可把它们连接成一个序列，按照顺序，加以解说。而且在必要的时候，也会联系《诗品》中其他诗作，加以简

---

① 〔美〕宇文所安：《自我的完整映象——自传诗》，转引自乐黛云、陈珏编选《北美中国古典文学研究名家十年文选》，第120页。

要解说，而不限于这里的五首。

不过，有一个问题是，为什么不是第一首开始和最后一首结束？因为它是另一条线索和另一种思路，不是首尾贯通的文本序诗和结束的思路，而那样的思路已经讲过了。

那么，从第四品《沉著》开始，它的逻辑起点又在哪里？

按照后期海德格尔对荷尔德林诗的解释，因为这是一首沉思的诗，是思的开始。作为一个幻游的诗人，他的思想的启动，就是诗的开端处。

沉　著

绿林野屋，落日气清。脱巾独步，时闻鸟声。
鸿雁不来，之子远行。所思不远，若为平生。
海风碧云，夜渚月明。如有佳语，大河前横。

黄昏是思考的佳时，林中是思考的佳境，而野屋在旁，家园离诗人不远，鸿雁与想象中、思念中的诗友一起进入视野，成为思绪，远处的海天明月，是真境还是幻境，谁也说不清楚，偶然有佳语袭来，便当道断，不再犹豫——于是，一首诗就要写成了。

这似乎是一个青年诗人的自况，如果说前一品《纤秾》中，那位女子是一个导引的话，这一品中的友人，便是一个男子了。从爱情到友情，有一种中国文化伦理的平衡机制，从野外收回到屋旁（《诗经》中也有），有一种贴近家园的感受。这里和美国超验主义作家爱默生《自然》一文中描写的置身山顶，背后是屋宅，面前是幽谷，诗人想起荷马和莎士比亚的情境，颇有相似性。

第六品《典雅》，却是回到屋里来，与高人雅士一起透过门窗，赏阵雨，观落花，间或见幽人枕琴瀑下，眠卧柳荫。此时此景，激发了诗人的创作欲望，他要书之岁华，就是一首可颂可读的诗篇了。

典　雅

玉壶买春，赏雨茆屋。坐中佳士，左右修竹。
白云初晴，幽鸟相逐。眠琴绿荫，上有飞瀑。
落花无言，人淡如菊。书之岁华，其曰可读。

这里继承了《诗经》中"雅"的高贵气质和诗歌风范，和《鹿鸣》有异曲同工之妙，和陶渊明的"采菊东篱下，悠然见南山"的意境也有关联。

这不仅是典范和雅正，而且是作诗和做人的正途。此种境界，在后来的"文人雅集"一类作品那里，其中许多是绘画作品，已经形成一种传统且传承有序了。

在这个意义上，第九品《绮丽》和《典雅》有类似之处，也是同一思路的接续描写，不过《绮丽》侧重于轻视财富，而变成精神产品的丰富收获了。也许到了这一品，诗人的创作已经有所收获、聚集成集了吧？

疏　野

惟性所宅，真取弗羁。控物自富，与率为期。

筑室松下，脱帽看诗。但知旦暮，不辨何时。

倘然适意，岂必有为。若其天放，如是得之。

（第十五品）

疏野是精神的放松和解放状态，比较追求野逸和户外的生活方式。可见其人生的历程已经进入中年，甚至老年，到了孔子所谓"五十而知天命"之年，甚至进入"六十而耳顺"的阶段了，对于人间事务，已经不太关心。这个时候，甚至把房屋也移到了松下，脱去头巾，只看诗作了。会是谁的呢？

当你老了，满头白发，眉眼低垂，

你会取下这卷诗，在炉火旁，

悄悄地读……

（叶芝：《当你老了》）

是的，你不是叶芝，但你有老了的时候。这时候，连人间的朝代，都不关心了，朝朝暮暮，日子一天天地过去，你只管我行我素，自得其乐："倘然适意，岂必有为。／若其天放，如是得之。"（《疏野》）而"控物自富"，是你的精神生活的满足，而你的精神状态，已经靠近庄子的思想，要与道相契合、与万物齐一了。

然而你不能。因为疏野，原本有不守礼法之嫌、有反叛传统之危。在《论语》中，孔子谓子路太野："野哉，由也。"又若钟仲伟谓左太冲"野于陆机"，"野"乃不美之辞。可是，在诗中，野是美的意思。刘熙载《艺概》云："野者，诗之美也。故表圣《诗品》中有'疏野'一品。"可见，野逸、疏野，至少不符合儒家正宗的思想，而与道家思想相符合。有些人，纵然不

269

是道家的信徒，也未必就没有疏野的习惯和打算，例如，那放荡不羁的明代大画家徐渭，在意识到自己衰老的时候，就进行了激烈的反抗。他的《葡萄图》以及那首题诗是再好不过的证明了。

> 半生落魄已成翁，独立书斋啸晚风。
> 笔底明珠无处卖，闲抛闲掷野藤中。

倘若你不会画画，不会作诗，那也不要紧。因为疏野乃人之常情，岂非只有诗人、画家才有：

> 随性之所至，
> 无拘无束，抵本真天地。
> 把握住物象，
> 使自己充实，纯朴而率直。

（《疏野》第一节今译）

进入了《疏野》，再看那《清奇》，"可人如玉""载瞻载止"就是别人的事了、是外部视觉了、是他者形象了。

再登上太行，眼前翠绕羊肠，嗅那悠悠花香，就能领悟那"道不自弃，与之圆方"的境界了。

再进入《实境》，遇见幽人，感受那道心，就有"遇之自天，泠然希音"的感觉了。

你终于不能忍耐了，你意识到大限将至，生命短促，富贵若浮云，大道日丧，人心不古，你要做烈士，反抗世界，反抗人生，反抗造物，抵抗衰老和堕落，拒斥平庸和无聊，甚至开始为孤独所困扰。于是你进入《悲慨》，不能自拔了。

悲　慨

> 大风卷水，林木为摧。适苦欲死，招憩不来。
> 百岁如流，富贵冷灰。大道日丧，若为雄才。
> 壮士拂剑，浩然弥哀。萧萧落叶，漏雨苍苔。

（第十九品）

你领略了"生年不满百，常怀千岁忧"的古意，你重温了"子在川上曰：逝者如斯夫，不舍昼夜"的圣人境界。你要拔剑而起，救世界出水火，解庶民于倒悬，然而你不能，你忘了英国王子哈姆雷特的顿悟和犹豫了：

> 这世界脱了节，脱了轨，
>
> 却要我注定来重振乾坤？
>
> （莎士比亚：《哈姆雷特》）

你迟疑了，你犹豫了，你清醒了，你的面前，只有"无边落木萧萧下，不尽长江滚滚来"。你是杜甫，忧国忧民；你是李白，笑傲王侯。然而你不能，你是司空图，你是朝廷命官，你处身于大唐末日夕阳残照的回光返照中，你八征不起，你退居山林，可是你的生命到了晚年，而大唐的辉煌也已不再，此时已是朝不虑夕，甚至苟延残喘、人命危浅了。也许，大唐，要死在你的面前，死在你的前面。于是你愤怒了，你要写《诗赋赞》，告诉世人，告诫诗人：知道非诗，诗未为奇。写诗算什么，得道算什么，何必要"研昏练爽，戛魄凄肌"。

"天将降大任于斯人也，必先苦其心志，劳其筋骨……"算了吧，你不要做诗人，因为写诗难免会"神而不知，知而难状"。

你要"挥之八垠，卷之万象"吗？你要"涛怒霆蹴，掀鳌倒鲸。镵空擢壁，玲冰掷戟"，像吕布，那三国时反复无常的将军吗？

可你已经不是写《将儒》时的你，年轻的你，已成过去。你只能"鼓煦呵春，霞溶露滴"，迎接一个灿烂的、新的春天的到来，迎来春色换人间。

于是，你讥笑那织网补袖的邻女、掘洞藏身的鼹鼠、聚土成丘自掘坟墓的蚂蚁。

然而，你是诗人，除了写诗，你能做什么？"上有日星，下有风雅。"于是你仰观上苍，见三星照耀，回首历史，吟风雅《离骚》。

你说了许多反抗世俗、诡激啸傲之辞，只有一个人理解你，说你："少有俊才，晚年遭乱避世，多诡激啸傲之辞。"那是胡震亨，数百年之后，为你的《一鸣集》作序时，如此言说。而你自己当时，还害怕世人恶评你，辩解说，也自我解嘲地说："历诋自是，非吾心也。"

清人许印芳明白你的心事，他解释最后一句为：因全赋"殆以入手翻案，语似诋諆，特解释之耳"。

对了，你又要说（那是你担心的事）："千载之下，必有知吾言不昧者。"并署上你的大名，给出出处："司空氏寮鹤亭记。"

从司空图本人的经历和晚年心态来看，这一品《悲慨》和其他同类品第的描写一样，最能代表司空图的人格特质（personality traits）和"终极关怀"。这在诗歌评论史上几乎是别无二致的、无可比拟的。极而言之，本品不是在写诗品，而是在写人品；不是在写作诗法，而是在写生命哲学。理解这一点，有助于我们理解诗品与人品合一的性质。虽然在其他诗话词话中也能表现作者的人格，但在《诗品》里，表现得更为淋漓尽致，更为贴切吻合罢了。

《悲慨》之后，过了《形容》，就是《超诣》和《飘逸》了。

难道《形容》确实是一个叉开和插断，中断了思路？也许诗人要延续或推迟一下生命的进程，直到生命的终结。

可是那《形容》，要是把开头"绝储灵素，少回清真"理解为重新凝聚生命的精气神，以便回到清真的本真状态，又何尝不可？这样，中间的"风云变幻，花草精神"，甚至"海之波澜，山之嶙峋"，就都可以纳入这样一种思路——让天地造化的精华，返回生命自身——使人豁然开朗、顿悟可解了，只要我们能够摆脱《诗品》就一定是写诗的成见，并且不要把自己束缚在一首诗就是一品，而且只能有一种理解的藩篱中。

> 诗中的"风云"、"花草"、"海"、"山"，既是实象，又被作者作了虚化的处理而成为"道"的化身，强大的象征意义穿透了这些表象，一种"妙契同尘"的道家味在文本中弥漫开来，生成为一种自为语义的深层意境。①

是的，我们可以这样理解，但在生命哲学和生命体验的视野里，抽象的"道"已不具有奠基的或核心的地位和作用。须知没有一个人会根据一种哲学观念写诗，"道不弘人"，人却可以弘道。须知写诗是一瞬间的生命能量的集中和生活经验的汇聚，在高峰体验的一刹那，诗境乃出，这正是"意象欲出，造化已奇"（《缜密》）。只要摆脱了"道"学（诗非关理）的纠缠，返回生命的本源，《诗品》的境界庶几近之！

在《超诣》中，我们的创作主体进一步认识到"少有道契，终与俗违"的人生哲理。超脱是有限的，超脱使人处于半空中，如古希腊的苏格拉底，在房顶吊一个篮子，自己坐在里面，这一行为被喜剧家阿里斯托芬所嘲笑。肉体是不能超越的，精神呢？

---

① 邵盈午：《诗品解说》，第 42 页。

《飘逸》都要得道成仙了，像王子乔那样了，还说："如不可执，如将有闻。/识者已领，期者愈分。"他是听说过，可是无法实现，既然心里明白，也就罢了，何必还抱有期望？那只能事与愿违，越期望，越遥远。

只能是这样，在精神和肉体的"超脱"之后，总结一下人生的哲理，做一次慷慨悲凉的生命哲学的宣讲，乃是《诗品》的重要意义所在，也是司空图临终心态的自然流露和诗性智慧的最后升华。

在狄兰·托马斯那里就是《不要温柔地进入诀别的良宵》。在这位苏格兰诗人感觉到父亲大限来临之际，他终于写了一首言辞非常激烈、情绪非常激动的诗。而在此之前，死亡于我何其远？

司空图也是一样，虽然他有超验的生命主张，但到了一己生命即将终结的时候，难免要激烈一些、悲慨一些，因为这是最后的反抗、最后的挣扎，没有人能逃得过。这是生命现象，不是理智问题。

可见《诗品》不仅有人生四季的隐喻，而且有生命将尽的悲叹，虽然它的美学品格和哲学精神是第二十三品《旷达》。旷达？多么美好的词语，多么可爱的性格，多么高尚的境界啊！

旷　达

生者百岁，相去几何。欢乐苦短，忧愁实多。

何如尊酒，日往烟萝。花覆茅檐，疏雨相过。

倒酒既尽，杖藜行歌。孰不有古，南山峨峨。

让我们重读这一首《旷达》，领悟它的生命真谛吧！这和写诗又有什么关系？或者说，写诗就是生命体验。须知以前的各种解释，就显得苍白多了。

沿着这一条生命哲学的路线，中国文学走过了多么古远的历程，而世界文学，又获得过多少有益的认识呢？

汉代的大政治家曹操有《短歌行》，云："对酒当歌，人生几何？譬如朝露，去日苦多。"

古希腊的伊壁鸠鲁的哲学，实际上就是一种生存哲学，而我们斥之以"犬儒学派"，不屑一顾了。

英国女作家，《呼啸山庄》的作者——艾米莉，也是一位杰出的诗人。她的诗 Old Stoic（老斯多克）劈头一个名句："富贵于我若浮云。"（Riches I hold in light esteem.）其汉语翻译，和《论语》别无二致了。Stoic，就是犬儒主义。

司空图在这里说：何不每日带上一樽美酒，去找个腾烟带萝的山野之地，躲开人间的荒唐琐事，尽情欢乐一番？他似乎是一个享乐主义者，成了"犬儒学派"的信奉者了。

杨廷芝在《诗品浅解》注中云："花覆茆檐，瞻物色之精华，乐安居之况；疏雨相过，有化机之感，无尘缘之牵。则无一时不乐也。"既有"化机之感"，怎么能没有生命归于自然的临终体验呢？

他要扶杖藜而行，边行边歌，笑傲生命，笑傲造物，比踉跄在荒野的李尔王还要疯狂，比自己刺瞎了双眼、自我流放的俄狄浦斯王还要清醒。这就是司空图的旷达之貌、旷达之心。

且看他"倒酒既尽，杖藜行歌"。歌词是："孰不有古，南山峨峨。"这便是进入最后的状态，进入死亡和永恒的地界了。

狄兰·托马斯的那一首诗，是写给他临终的父亲的：

不要温柔地进入诀别的良宵

不要温柔地进入诀别的良宵，
老年应当燃烧，对着日暮狂叫：
发怒吧，怒斥光明的损消。

聪明人临终时懂得，黑暗错不了，
因为他们的话并未发出雷闪电光，
他们没有温柔地进入诀别的良宵。

良善之人，终了临高潮，会恸哭号啕，
他们脆弱的善举本应在碧绿海湾闪亮起舞，
发怒，怒斥光明的损消。

狂狷之人，想抓住并赞美飞逝的太阳，
他们懂得，可太晚了，所以途中徒悲伤，
难以温柔地进入诀别的良宵。

严肃之人，临了，以盲目去看
盲目会像流星一样发光，欣喜若狂，
发怒，怒斥光明的损消。

你啊，我的父亲，已登上悲哀的高峰，

此刻，以你的热泪，诅咒，祝福我吧，我求您了。

不要温柔地进入诀别的良宵。

发怒吧，怒斥光明的损消。①

这最后的宣告和诅咒，是写得再明白不过了。

我们至此可以重温一下，司空图的《诗品》，有三类诗：

第一类：雄浑大气的诗，如《雄浑》《豪放》《流动》，以哲理和气势胜，积极有为，儒道兼之；

第二类：淡泊飘逸的诗，如《冲淡》《清奇》《超诣》，以形象和飞升胜，淡泊清醒，释道兼之；

第三类：愤世嫉俗的诗，如《疏野》《悲慨》《旷达》，以体验和发泄胜，儒道冲突，高峰体验。

可是，第三类诗，很久以来，几乎被忽视，似乎司空图只是一个诗人，或诗论家，不是一个人，一个过世的人，一个有过清晰而强烈的生命意识和生命体验的人。

第二类诗，作为一种典范，彪炳史册，被人传颂，因为它和道家思想一致，和司空图所习惯和提倡的诗歌范型符合，那就是唐末隐逸诗人，牧歌山水田园，有陶氏风范，摩诘精神。

而第一类诗，也基本上被忽视，甚至在客观上承认，而在理论上加以否定，因为它们不大符合人们对司空图的刻板印象。必须把他说成是一个隐士，一个殉道者，尽管他做过官，而且出身于官宦家庭。

公孙丑问孟子："请问，先生擅长在哪里？"

孟子回道："我能明白人们的话语。"

又问："怎样才能算明白话语呢？"

答曰："听了偏颇的说辞，就明白它遮蔽了什么。听了过头的话，就明白它陷在何处。听了不合正道的话，就知道它的偏差有多远。支吾躲闪的话语后面，一定是理屈词穷了呀！"

故而可知，所谓知诗，知言是也。

---

① 王宏印选译《英国诗歌选译》，外语教学与研究出版社，2018，第739页。

下　编

《诗品》的今译、英译、回译与海内外传播

中国的学术，起自先秦诸子，成为典籍。此后历经各个时期，学术演变，蔚为大观。

一言以蔽之，汉儒重训诂，宋儒重义理，清儒长于考据。经过民国，第二次学术复兴，百家争鸣，继佛典翻译，西学东渐，翻译乃大兴。人们一方面重塑经典，以复古为解放，发掘新的学理，开拓新的领域；另一方面则以白话为载体，开辟现代学术与文学样式，贴近现代生活，同时吸收外来文化，沐浴时代风雨，翻译乃成为一个不容忽视的问题。1978年改革开放之后，译学建立之风日盛，翻译的视野逐渐深入古代典籍和古典文学领域。白话语译、对外翻译，齐头并进，形成了典籍翻译的热潮，方兴未艾，其效果值得期待。

第四章

交叉观照，多维阐释：《诗品》的注释、今译与英译

随着中国从传统社会日益走向现代化，一方面，古典文学和古典文献距离人们的现实生活和精神世界日趋遥远，能够直接阅读古典文本的人越来越少，接受传统文化滋润和文学熏陶日益成为一种精神的需要。另一方面，"五四"以来白话文的兴起，新中国成立以来特别是改革开放以来对外交往的增多，尤其是比较文学的需要和翻译专业的开设，为古典文本提供了大量的译者和读者。这就造成了古诗文今译与古诗文外译的需要，尤其是英语作为世界通用语的流行，使得古典诗文及诗品诗论的英译成为必要。

这种情况，对古典文学而言，其实是喜忧参半。它一方面意味着传统在现代的新生，另一方面传承不好也可能是一种不幸。无论如何，今译与英译作为原有文本的延伸或转换，其实是欲以现代版本或外语版本代替原有的古文版本，一则是为现代懂汉语的读者，特别是古典文学以外的青年读者，提供一种可资阅读的文学文本；一则便是为外国读者，其中包括以英语为母语的读者，提供一个有文学价值的可以阅读和欣赏的外语文本。只要想一想《诗品》本身早已经有了不止一个源文本，对今文本和外语文本就不会那么大惊小怪了。

第一节 《诗品》今译和英译的原则与功能设置

先来说明一下《诗品》的今译。显然，它既属于中国古典文论的今译，也属于古典诗歌的今译：作为古典文论，它需要清晰的思路和准确的术语；作为古典诗歌，它需要新颖的意象和生动的表述。将这二者折中调和为一个统一的文本，乃是时代赋予我们的一个任务。然而，大体阅览一下今人的今译，以诗论为本者多，以诗歌为本者少。就连海外的译本，例如，哈佛大学宇文所安教授的《诗品》英译，也是重理论胜于重诗艺。这

种现象之所以普遍，恐怕和整个学术研究的势头压过文学创作和艺术欣赏有关。至于笔者自己关于《诗品》今译的原则和具体方法，则是兼顾诗论和诗艺，而这一原则，仍然要以笔者自己的翻译例证来说明。就具体的翻译处理而言，一部作品的翻译当然有不少问题需要详细探讨，何况像《诗品》这样一部版本各异、语义复杂的诗歌集子，要谈论它的翻译，谈何容易？当然，既然我们不能不有所作为，首先就需要确立一些基本的翻译原则，进而注意到一些翻译要点，考察其在具体翻译中是如何实现的，效果如何，如此而已。

一　《诗品》今译的一般原则与修辞功能

古文今译，在世界范围内，属于古典学的范围。古希腊语和拉丁语文献，如《圣经》，翻译成现代的民族语言，如英语、法语、德语，基本上属于外译了。而在汉语古今之间，则有文言文向白话文过渡和翻译的独有现象，这也根源于汉语的一个特殊的发展历程。纵观汉语书写语言的发展情况，大致经历了六个阶段。

（1）春秋战国以前：文言诞生期，其前有甲骨卜辞、钟鼎文等，有《周易》《尚书》《诗经》等。

（2）春秋战国到西汉：文言成熟和规范时期，先秦诸子散文，《左传》《国语》《战国策》《史记》等。

（3）东汉到唐代初期：白话萌芽并与文言拉开距离时期，出现整齐对偶发展趋势，其极端为骈文。

（4）唐代中叶到北宋：古文运动，文言改革，反对骈体文，白话作品诞生，代表作是变文、曲子词。

（5）南宋到明清：文言衰退白话兴盛时期，馆阁体与八股文虽盛行，但语录体出现，白话小说、戏曲兴盛。

（6）"五四"以来：废除文言，白话成现代汉语标准书面语。20世纪60年代，官方颁布正式文献。①

文言译为白话，当然有词语层面、句子层面和篇章层面的考虑，而在篇章层面，可以说有三条原则。

（1）离析章句：古文多数无标点、不分段，加之古奥难懂，有时无法卒

_____

① 参见陈蒲清《文言今译学》，岳麓书社，1999，第6~8页。

读。所以离析章句，就是要正确地断句，标出语句语气，分出段落层次。但在翻译的时候，要避免亦步亦趋地注释性翻译，那样的翻译不仅过于死板，也达不到信、达、雅的要求。

（2）贯通全篇：译文在整体上要像一个篇章，讲究生动流畅，实现彻底转换，不能晦涩难懂。就是整体上要向现代汉语的白话文完成位移，不能半文半白，或者文白夹杂。但这是就统一性而言，其中个别地方，如引文、成语等，必要时可以保持原文不译，即保留文言状态。

（3）涵泳风格：文言一般比较含蓄简练，而白话则浅显详尽，这除了使译文较长以外，也会构成翻译问题。一般文学作品，译文仍然要保持含蓄和凝练的特点，不能一览无余。尤其要避免大白话、时髦词、粗俗语言的使用。即使是解释性的语言，也要注意严谨，不要过于松散，以免影响效果。

当然，古文今译还有不同的语体文体，这里不能一一讨论，我们只限于诗歌的翻译。

古诗今译属于语内翻译，在文化方面，处于同一文化之中，在语言方面，只是古今语言的不同。所以笔者对《诗品》今译的做法和主张，集中在形式方面，兼顾内容，即侧重于诗歌形式、诗性智慧及语言表现。总体而言，包括四条，甚为简单：

（1）译为诗体，要有诗味，兼顾哲理，融合为一；

（2）押大体相同的韵，但不求一韵到底，因为不是歌曲；

（3）语言要有现代气息，句子长短错落有致，以适合现代读者；

（4）适当吸收现代诗和英诗写法，以增强表现力。

落实到翻译的具体问题上，笔者以为《诗品》的今译，可以概括为以下几点，兹例证之。

1. 译文是对原文语句的扩充

其基本点是：原诗四字结构，容量有限，今译则可以不受此限，以现代白话文自由舒展的抒情结构，准确而完整地传达原诗意味。其基本做法是增加适当的词语把词语扩成句子。例如，《沉著》开头两行十六个字"绿林野屋，落日气清。脱巾独步，时闻鸟声。"今译为四行：

> 葱绿的树木怀抱着山间小屋，
> 夕阳残照下显得林秀气清。
> 脱去头巾我独自漫步林中，
> 不时伫立，细听鸟鸣声声。

　　注意最后一行的中断，一是为了打破前几行的一通到底，二是为了模仿伫立、停顿、细听的效果。一个副产品就是"鸟鸣声声"，以叠字叠韵模仿鸟声，并与前两行押韵。

　　2. 译文是对原诗意境的仿造

　　原诗的意境在古文中固然很好，但或因文字古奥，或因词语晦涩，致使语义不显，或照样译出反而效果不佳。因此，根据原诗的意境重新设计语词和句法，使其既贴近原义，又具现代气息。例如《疏野》开头几句："惟性所宅，真取弗羁。控物自富，与率为期。"今译为：

> 随性之所至，
> 无拘无束，抵本真天地。
> 把握住物象，
> 使自己充实，纯朴而率真。

　　此译借助汉语错落有致的短句和长短相间的布局，造成自由不拘的诗性排列，有效地模仿了疏野的真境。其中"把握住物象"的翻译，是把原诗哲学化说法改变为诗论性说法的关键。"使自己充实"则是让古典意境贴近今日诗人本身，以便建构创作主体的应变形态。

　　3. 译文是对现代汉语的巧用

　　虽然古诗文今译难免要保留一些古典味道，但是能否实现彻底的现代汉语化是今译成功与否的关键。无论是在描写景物方面，还是在阐述哲理方面，都应当尽量做到译文语言的现代化。例如，《清奇》中描写景色的两行："娟娟群松，下有漪流。晴雪满汀，隔溪渔舟。"这两行诗就用了"一"字勾连的现代语言顺畅地译出：

> 一株株幼松挺拔俊秀，
> 一条溪水泛起涟漪在奔流。
> 雪后转晴，汀洲一片白皑皑，
> 在水一方，但见一叶扁舟。

　　这里的关键就是现代汉语量词的使用。它能巧妙地构成统一的开头，似乎于诗歌平添了些许辞趣。而且在句中又有黏着与贯通的不同作用，并不仅仅是前置定语。"汀洲一片白皑皑"，差不多有了构造谓语的语法功能。"在水一方"，虽然保留了古汉语的现成说法，但能融化在上下文中而显得和谐。

4. 译文是对原诗哲理的阐释

翻译不仅是转换，是模仿，同时是阐释，是转达。尤其是涉及哲理的部分，如果译者没有一定的理论基础，就不可能将原诗中隐含的深刻的哲理转达出来。这些部分的翻译，不仅要求译者弄懂诗歌本身，而且要参阅有关的哲学美学著作，尤其是作者的散文作品。因此，译文的遣词造句必然带有理论的术语和表达式，这是《诗品》翻译有别于一般诗歌翻译的特殊之处。例如，《流动》一品，通篇贯穿了道家思想，其今译也如法炮制，多采用四字结构起行的句法，并纳入了大量老子的说法。为了明晰起见，全诗照录如下：

流　动

> 道行如水，纳入水辖流不息；
> 道转如珠，圆满流转如弹丸。
> 其中的奥秘，岂可用言语道说？
> 目击道存处，只见得大化万般。
> 茫茫大地，昼夜运行靠坤轴；
> 悠悠天宇，巧运日月凭天枢。
> 天地运行，显示出动的端绪；
> 运思命笔，需符合道的法则。
> 超超神明，周行万物以常新；
> 冥冥虚无，循环往复归其根。
> 千年万载，古往今来，
> 就这样永远运作不息。

这首诗的今译，除了运用老子的说法以达其旨并借助主谓句法以述其理之外，还应注意它的结尾。突然改变的末了两行，旨在以新的结构暗示变化之道会产生若干新异事物，并不全是按部就班地古调重弹、周而复始地循环往复。在这个意义上，也可以说，译者以诗的形式表达了一种进步的世界观。在结束的章法上，部分地模仿了中国古典戏剧大段台词结束时最后对句的结构，而在莎士比亚剧作中，以对句结束诗句段落的做法也有所体现。

5. 译文是对英诗精华的吸取

古诗文今译既然是今人的一种表述方式，它理所当然就应成为充满时代气息和青春活力的新的修辞方式的体现。因此，对于英诗的有生命力的有感染力的表达方式和修辞方式，就不应当加以拒绝，何况这些表达方式有的已经通过"五四"以来的新诗创作实践，化入中国的新诗了。而且今译也是通向英译的一条路径。下面照录的一首《含蓄》就大量运用了英诗的表达法和表现法。

含　蓄

> 诗贵含蓄。气韵生动
> 须弥漫于字里行间。
> 无须长吁短叹，
> 读之却苦不堪言。
> 只要胸中有数，不离宗旨，
> 用笔可轻可重，或隐或显。
> 意味充沛，如酒汁滴滴沥出；
> 含苞欲放，似花木知遇深秋。
> 辽阔的天空微尘飘浮，
> 茫茫大海上水沫浮现：
> 一粒沙可见出整个宇宙——
> 万千气象，要在万取一收。

不难看出，诗中首二行的跨行处理，是英诗特有的新异手法。倒数第二行的破折号，以及整个一行诗"一粒沙可见出整个宇宙"，都是从外文名言化出而入诗的。仔细阅读整首诗，可以发现标点符号的用法几乎全部是西式的，进而对全篇诗作重新做了文本的整体分隔和语义连通。但由于整首诗的行文和措辞是用汉语写成的，而且翻译得严谨，可以对得住原诗每一行词句，再加上诗化语言本身的魅力，并不给人以生疏晦涩的感觉。或许在这个意义上，古诗文今译可以充当古诗文与其英译之间一个富于启发性的中介。

二　《诗品》英译的文本处理与阐释功能

与今译属于语内翻译相比，英译属于语外翻译，即从一种语言译到另一种语言。不仅如此，也是从中国文化翻译到英语文化，从中国诗学翻译到英语诗学。所以，如果把今译视为原诗和英译的一个过渡和中介，则英译理所当然地要向着西化的方向迈一大步。由此造成原诗与英诗之间一种巨大的文化张力，也就是原诗像汉诗而译诗像英诗。当然，这种各是其所是的前提，始终应当是二者之间的相似性，离开了这种相似性，翻译就不再是翻译了。这种既相分离又相契合的典型例证，就要从《诗品》英译的文本处理和阐释功能入手，然后才能进入具体的作品翻译。

所以，这一部分首先将集中讨论《诗品》英译的文本处理和阐释功能。包括每一品标题的设置所应具有的黏着与贯通功能，这是相对于篇章本身而言的。其次是文本中的典故与注释问题，企图解决的是诗中哲理的语义传达问题，尤其包含一些诗学命题的准确而有创造性的翻译传达。最后讨论一下《诗品》英译时必须设立句子主语和篇章中适当的人称，以及所涉及的叙述或抒情角度与文本多面向展开的问题。这些问题本身都具有一定的开拓性，许多想法是前人未曾涉及的翻译问题，有的是典籍翻译的根本问题，有的则是诗歌翻译的基本问题。

1. 标题：黏着与贯通

如前所述，《诗品》标题的设置，基本上是以抽象概念立名的。最典型的是名词，如"实境""悲慨"；也有动词，如"流动""冲淡"；但最多的是形容词，如"雄浑""高古""含蓄""清奇""委曲"。其中有些可以兼类，如"形容"，可做名词或动词，而"精神"，则可兼做名词、动词和形容词。其中除极少数如"自然"和"含蓄"外，多数可以拆开或合并。所有这些特点，在今译时一点没做改变，但在英译时都要加以考虑，而事实上，能直接供翻译采纳者很少。这是因为英诗的标题不适合用抽象的术语，尤其忌讳组诗中众多标题的单调和统一，而是追求变化和丰富。这是英诗的特点，也是英诗翻译所要追求的目标。

为了保证英译标题的生动形象和可理解性，只有极少数标题运用了拆字法，如"清奇"译为 Clear and Crystalline，"绮丽"译为 Ornate and Original，而且都有语义的契合和头韵的效果。有些是拆字法的变种，如"冲淡"译为 To Be Simple and Thin，如"劲健"译为 Striving to Be Strong，整合中仍然可以看出分离的痕迹。这种译法可以称为字面的拆译。

另有一种是字面的变通或释义。例如，"自然"译为 Follow Nature，"飘逸"译为 Flying into Fairyland，"流动"译为 That Wonderful Motion，都是字面添加。"实境"译为 Realm of the Real，"洗炼"译为 Sort Out for the Best，"高古"译为 Towards Remote Antiquity，都是直译略加变通。"缜密"译为 Avoid Rigidity，则是反面着笔，属于逻辑转换层次的翻译了。

再接下来的标题，有不少虽有释义的成分，但和诗歌本身的内容结合很紧，有的干脆就是从诗歌正文中取出来的一个小片断。例如，"典雅"译为 Gentlemen Remain So Tender，是取了诗中"人淡如菊"的意思压缩而成，"含蓄"译为 Telling，But Not Saying，是取了原诗第一句"不著一字，尽得风流"的意思变化而来，同时是这首诗的英译首句。"委曲"译为 By a Winding Path，是首句"翠绕羊肠"英译 Along The Path Winding Through Green Hills 变通的结果。"疏野"的英译既是标题，又是首句"惟性所宅，真取弗羁"的意译：Be Youself. Be Free。

最后一组标题的英译，单独看来，与汉语字面相差明显，甚至不易产生联想。但若考虑到诗歌本身的因素，甚至联想到《诗品》整体的布局，则这样的英译标题也并非不可解或不适当。例如，首品"雄浑"若不仅仅视为一种风格，则知其全篇讲的是主体的创作冲动，那么，译成 Zest for Poetry（诗歌冲动）不但解决了"持之匪强，来之无穷"的逻辑主语问题，而且作为首品和序言，强化了通领全书的作用。又如"旷达"一品，标题英译为 Laughing All the Way（一路大笑而去），乃是基于原诗"杖藜行歌"的英译 And Walk Out With a Cane，Laughing All the Way，取了"行歌"这一最富特色的形象来表达旷达之境的。同样，"超诣"译为 Detached，I Read a Poem（超诣中我吟诵诗篇），"豪放"译为 My Mind Marching Unhindered（我的心奔放无羁），都是由整首诗的诗境中抽取出来的关键词语（expression）作为标题的。

"沉著"译为 Ready for Composition（准备好了构思），也是基于诗中的高潮蜕变而出，况且原诗中并无字面的"沉著"。请看该诗英译的最后一节及其汉语回译：

> A gentle wind blows from the sea, clouds floating.
> Night falls over the isle while the moon is rising.
> A poetic image suddenly occurs to me
> With some words, ready for composition.

> *海上生微风，浮云飘动。*
> *夜幕临小岛，明月初升。*
> *不期忽然意象生——*
> *妙语如泉涌，沉吟有诗境。*

有些标题的英译是对整首诗意境或主旨的英文式概括。例如，"形容"，若按中文意思，当然是说形容事物的形貌和神态，刻画得栩栩如生。然而，从全诗的意思来看，在说明了创作主体的状态和各种形体的描写之后，结语则是"俱似大道，妙契同尘。离形得似，庶几斯人"。这一思想，在英译中受到西人"一中见多，多样归一"（universe）的宇宙观影响，再加上英文写作的"变异多样，不离其宗"（variation）的变异法作用，就更加强化了多样化统一于统一性的思想（统一中的变异）。因此，标题与正文核心部分即最后一节在思想上的一致，就构成了此诗翻译的关键。请看其整首诗的英译:

Variations in Unity

Concentration and imagination
Bring about such clear images
As the reflections in clear water
And landscape in a sunny spring.

Clouds varied and changing.
Flowers vigorous and quivering.
Oceans rough and ruffled,
And mountains craggy and jagged.

——All embodies the Great Tao,
Whose manifestation is manifold.
Delineation seeks likeness in essence,
And displays the craftsman's excellence.

既然标题与诗歌正文的关系密不可分，那么，从这首诗的英译也可以看出几点诗歌翻译技巧。其一是英语长句和跨行构成诗节的处理，如第一节，只有一个英文长句，就构成了四行一节诗。但若仔细对照如下的原诗和今译，仍然可以找到行与行的对应关系。因此可以说，仍然属于工对译法。

【原诗】

> 绝伫灵素，少回清真。
> 如觅水影，如写阳春。

【今译】

> 聚精会神，努力想象，形象会呈现得清晰生动。
> 如同寻觅水中的倒影，如同描绘阳春的美景。

第二节的译法，发挥了英文分词独立结构的独特作用，以两两相对的分词构成对其逻辑主语的修饰或描写句式。其句法和效果，恰似今译此节的效果，这应当说不是偶然的。请对照原诗和今译，一观其每句主位—述位安排上的信息对应关系：

【原诗】

> 风云变态，花草精神。
> 海之波澜，山之嶙峋。

【今译】

> 写风云，变化万千；状花草，生机盎然；
> 绘沧海，掀波卷澜；描山峰，高峻奇险。

最后一节的翻译借助了更多的英文词汇要素和句法要素，既表现出和原诗的若干差异，又表现出和今译的若干差异，使得这节译诗独具英诗特点。例如，首行英文 the Great Tao 的大写对"道"的强调，第二行 manifestation 与 manifold 的谐音关系，三、四两行在语义上的精心构思和尾韵的巧妙设计。相比之下，其回译比英文也许要逊色得多，但英译与原诗相比则有比今译更多的契合。

【原诗】

> 俱似大道，妙契同尘。
> 离形得似，庶几斯人。

【回译】

> ——万物皆有道。
> 道之尽显，变化万千。
> 描画追求本质相似，
> 却呈现出工艺精湛。

如果说标题是一首诗的领袖，那么，一首诗内部则有其自身的统一性所赖以形成的手段，这就是诗歌文本的黏着性（coherence）。英译的黏着，自有其不同于汉语的手段。这在考虑到汉语古典诗词句子主语不甚显著的时候，在英译中就更显得重要。忽略了这些黏着手段，就可能把一首结构严谨的诗译得散了骨架。例如，《豪放》一品的开头："观花匪禁，吞吐大荒。由道返气，处得以狂。"其英译就利用了英语篇章的主语设置（第四句），所属格的重复及其造成的句式的重复（第一、二句）作为黏着手段。更不用说英诗音韵的黏着手段了，如第二句中［m］和第三句中［s］的谐音，第四句中［b］的头韵，［ou］的谐音以及第三、四两句并不规则的尾韵。因而在整体上，此诗节可读为一个整体：

> My eyes sweep the world,
>
> My mind marches unhindered.
>
> The cosmic spirit surges inside.
>
> I am so bold and broad-minded.

简洁作为诗歌特点之一，汉英皆然。但作为诗歌同一性的手段，则未必时时为人所注意。在有的时候，利用英文的简洁性直接对应古汉语的简洁表达，甚至可以起到今译无法起到的简洁作用，几乎不用过多地考虑黏着的问题。例如，《旷达》一品的开头，英译以短句对应中文短句，效果颇佳：

> 生者百岁，
>
> 相去几何。
>
> 欢乐苦短，
>
> 忧愁实多。
>
> Man is mortal.
>
> Life is short
>
> With fewer happy hours
>
> And more suffering.

其中的"Man is mortal."来源于古希腊的哲理名言："人是必死的。"这是和神灵的永生（immortal）相比较而言的。而"Life is short"则是人生苦短，是曹操的乐府诗中也能见到的，其实是一个普遍的人类生命的命题，中西皆然，古今亦然。至于"With fewer happy hours/And more suffering."则设立了一个中间状态，或常态（norm），相比而言，乐者少于生命的常态，而悲者多于生命之常态。其中的道理，较之汉语原文还要深刻一些。

如果说古诗今译常常是对原诗语句的扩充和解释，那么，古诗英译则常常要走相反的路，即对今译的文字做大量削减，以便保持与原诗在诗行长度上和音节数目上的大体对应。然而实际上，由于汉语单音节词的大容量以及双音节词居多数，同时由于英语诗句在语法上的形式化和完整性要求，英译甚至对于四字结构的汉语诗句都要做适当的压缩或删削工作。在这一方面，将原诗、今译和英译做一片断的比较想必是有意义的。我们就拿《雄浑》开头的第一节来做例证吧。

【原诗】

> 大用外腓，真体内充。
> 返虚入浑，积健为雄。

【今译】

> 浩浩生气向外鼓荡，
> 主体充实自成雄浑气象。
> 虚心返归道之本原浑然一体，
> 自强不息方修得至大至刚。

【英译】

> Inflated with dignified air,
> I feel myself heroically empowered.
> Returning from the origin of things,
> I come up with soaring aspirations.

小　结

（1）在原文中内外之概念区分和雄浑之拆字手法，到了今译基本不用，代之以动作性的描述和解释性的发挥。

（2）今译增加了若干形象的词语和背景性的信息，以便使译文更加充实、可读、可理解，从而增加了句子的容量和长度。

（3）与今译相比，英译增加了必要的代词、介词、冠词等功能词，以便构成完整的句子结构，但并没有增加信息量。

（4）英译只能以极有限的表意词语抓取最重要的信息加以组织和表达，企图翻译每一个汉字的做法是不可取的。

（5）原诗以古汉语基本的抽象词语（用，体）做主语，今译换用哲学新词语"主体"以联通创作，英译则直取第一人称"I"（我）做主语，突出作为个体的诗人自己。

（6）伴随着一首诗的主语由抽象（古汉语）到具体（现代汉语）再到个体（英语）的历程，动作性的词语由多到少，但动作性反而有所加强，其中可见汉英构句之基本差异。

（7）同时，从原诗到今译再到英译的演进系列，可见中国典型词汇的逐渐淡化，代之而起的是英诗典型词语逐渐取得支配地位的趋势。这乃是英语作为译入语的表现所要求的。

2. 哲理：典故与注释

《诗品》的一个突出特点，就是除了极少数之外，几乎每首诗都含有颇具哲理性的诗句。如何保持这些诗句的基本语义和诗性特征，使其既能融入诗境中又能起警示作用，就成为《诗品》英译的一大问题。宇文所安在其《中国文论：英译与评论》的导言中有一段话，基本上是针对这一现象的特殊性，说明了在翻译上的困难。

> 既然它们的意义来自它们在各种具体语境中的用法以及它们与其他术语的一整套关系，所以，在西方诗学的术语中，不可能找到与之完全对等的术语。它们在英文读者那里永远不可能像在中文读者那里那么自然、那么显而易见，它们的相互联系也不是轻易就能了解的。①

针对中西诗论和文论之间的巨大差距，笔者的处理方式是：运用翻译的解释性原理，把汉语隐含的诗学命题用英语陈述出来，使其获得英语阅读和理解的可能性，从而实现中国古典诗学向英语现代诗学的一次性转变。这一翻译方法，在乐黛云先生那里得到了认可，她一看就说是解释性翻译，属于比较文学的范畴，因而加以肯定。下列若干例句和译法可见其大要（括号内是句子功能与翻译手法的扼要提醒）：

---

① 〔美〕宇文所安：《中国文论：英译与评论》，导言，第15页。

（1）超以象外，得其环中。

Beyond physical forms my imaginings go,

And the pivot of art I surely know. （化境，形象转移）

（2）遇之匪深，即之愈稀。

Poetic harmony is so simple and thin, I see,

That one may well encounter without seeking. （提醒，主语设置）

（3）如将不尽，与古为新。

Nature's beauty is seen infinite year in and year out,

But poetry manifests itself in every new fulfillment. （立意，逻辑比照）

（4）书之岁华，其曰可读。

Nature's gift is offered at such a wonderful hour,

And posies quiver in the field for me to gather. （拟人，英诗意象）

（5）俱道适往，著手成春。

Take the way that nature goes

Draw on its source and make it surely yours. （祈使，内在节奏）

（6）不著一字，尽得风流。

Telling, but not saying.

And do it with a crack style. （转义，习语借用）

（7）真力弥漫，万象在旁。

I am ONE with the universe.

And everything is at my service. （设喻，突现主体）

（8）生气远出，不著死灰。

A brilliant verse bursts with fire,

Never dying into a pile of ashes. （对照，添加意象）

（9）意象欲出，造化已奇。

Poetic image, when coming into being,

Is perfectly produced as if by nature herself. （释意，虚拟归因）

（10）控物自富，与率为期。

Your life experience is the resources of wit,

Which makes you straightforward and rich. （内化，诉诸体验）

（11）若其天放，如是得之。

For wild is the nature of a poet,

And a wilderness of words is poetry. （联想，同源词语）

（12）道不自器，与之圆方。

Nature is by no means self-confined.

It too is manifested as a torturous line. （赋形，舍去无关）

（13）遇之自天，泠然希音。

And Harmonious Music of Heaven can be heard,

So clear, so melodious, yet so remote. （命名，假设语境）

（14）大道日丧，若为雄才。

To see the world so disjointed, alas!

Shouldn't I feel up my bosom with indignation? （反问，借用意象）

（15）识者已领，期之愈分。

It is ripening only for the comprehending mind.

Even in flying and floating you may not find. （押韵，连通全篇）

（16）来往千载，是之谓乎？

The world has ever been moving from everlasting,

And for evermore will that wonderful motion go. （词趣，加深寓意）

虽然在总体上，笔者的翻译采用了归化的策略，但是，为了忠实再现

《诗品》中典型的中国文化局限词（culture-loaded words），特别是已进入中国文学传统的象征系统中的词语，仍然采用直译加注的异化翻译方法，以便借助这一部分典型形象，补充传达在其他方面（例如，标题和正文中的重要概念的翻译上）不得不损失的文化信息。现在，以《豪放》最后一节连用四个典故的情况在英文中的翻译为例：

【原诗】

前招三辰，后引凤凰。

晓策六鳌，濯足扶桑。

【英译】

The moon and stars call me ahead,

And phoenix escorts me in flight.

At dawn, I drive the Six Huge Turtles eastward,

And at twilight, I wash my feet in the Xian Sea.

这里要做几点说明：

（1）首句的"三辰"，虽指"日月星"，但因日月常不同辉，故而删去"日"，只留"月星"，以免出现异象和逻辑错误。

（2）次句的"凤凰"直译加注："传说中的鸟，善舞蹈，主祥瑞，象征和平与安详。"可与中文原注参照："瑞祥之鸟，也是虚构之鸟，凤为雌，凰为雄。"

（3）第三句"晓策六鳌"中的"六鳌"，英文用大写，以示中文典故，其注云："传说天帝命十五只巨鳌支撑海上漂浮的五座仙山，后被巨人钓走六只，二山遂沉。"此注参照《列子·汤问》，仅舍去其中太多的汉语专有名称，请参照今译汉注。

（4）第四句的"濯足扶桑"仍直译"濯足"，尽管不雅，或更显"豪放"。但"扶桑"与"濯足"关系过于曲折隐晦，故而转译为"咸池"，以省西人理解的中间环节。参见今译汉注。此处英文注释云："咸池，乃日之所出。诗人借此民间传说以创造浪漫豪放之文学形象。"

为了便于比较英译与今译对中国文化典故的不同处理和效果，兹引此节诗的今译，便可知今译与英译实属于两个完全不同的语言文化系统：

> 前方有日月星辰凭我召唤，
> 身后是百鸟之王随我翱翔。
> 拂晓，我驾着巨鳌东行，
> 傍晚洗足咸池看夕阳。

3. 人称：角度与面相

《诗品》今译和英译中的人称问题是一个十分重要但尚未引起充分关注的问题，因为人称问题涉及整首诗的理解层次与表达角度。可是，翻译界似乎很少有人认为翻译可以设立和改换人称。众所周知，古典诗词中很少有人称代词出现，这似乎有两种解释：其一，中国诗词和绘画一样，用的是散点透视，视点摇曳不定，无法确定，甚至也不需要确定，所以，人称至今仍是一个尚未引起注意的问题；其二，在大多数情况下，第一人称似乎是一个不言而喻的问题，即诗人的主体自我理所当然地会参与到诗歌创作的意境之中，并与之情境交融，密不可分，以至于不认为是一个问题。这两种解释都是有道理的，但问题在于，古典诗词翻译成现代诗，就会出现人称，英译更为明显。至于如何把握《诗品》的今译和英译中的人称问题，从而有效地表达整个一首诗的主题和内容，笔者结合自己的翻译经验，兹总结出如下的做法和看法。

第一，就今译而言，既然诗人就是我，"诗人"和"我"分别出现在不同的诗里，其实就只有间接与直接之分。例如，《超诣》一品到了最后的"诵之思之，其声愈希"，便不得不出现"我"：

> 我一边吟咏，一边沉思，
> 得意忘言，不觉渐入佳境。

又如《疏野》一品的最后一句"若其天放，如是得之"，几成哲理，当以第三人称"诗人"领之：

> 诗人若能够天然放浪，
> 诗境便获得疏野的品格。

当然，在今译中，既然"诗人"就是"我"自己，那么，在同一首诗中，"我"和作为"我"的自况的"诗人"就是一码事，因而"我"和"诗人"同时出现的可能性就是有的。但因汉语比较含蓄，在一首诗的开头并非马上就出来主语，而是到了适当的时候再出来。以《豪放》为例，第一节不出人称，第二节出第三人称"诗人"，第三节出第一人称"我"，符合汉语从隐到显的缓出规律，似乎是最典型的人称呈现模式了。

首节今译不像英译那样直接出来物主代词 my 和主格人称代词 I，而是始终隐含主语不出，或以"眼观"和"气吞"这些局部的或无形的"实体动作"代之：

> 眼观大化万千，
> 气吞大漠山川。
> 观物取象不离道根，
> 忘怀得失自在若狂。

到了第二节，在经过了前三句的铺垫之后，第四句才出来"诗人"，显然，有点儿评论性暗含其中：

> 任长风在胸中激荡，
> 任山岳海涛莽苍苍。
> 让豪气充满天地，
> 诗人独能役使万象。

试比较此节英译"I"的直截了当和大写的 ONE 几与上帝同形的"豪气"：

> Let a hurricane rise in my bosom!
> Let the landscape stimulate my ambition!
> I am ONE with the universe.
> And everything is at my service.

最后一节，今译在首两句再次隐去主语之后，第三句先是"拂晓"的一顿，直出"我驾着巨鳌东行"，而最后一句"傍晚洗足咸池看夕阳"又不见主语，则是为了调节音节和冲决语气。相比之下，英译在首两句换了物做主语后，第三、四两句连出两个 I 做主语，则是为了以被动语态为主动语态蓄势，继而以并列句式增强爆发力。

第二，一般说来，如果把"我"和看作"我"的自况的"诗人"当作第一人称，从而使诗歌实现其亲切的抒情功能，那么，若用第三人称的名词或代词，就意味着一种诗歌与读者之间的间离或疏远。假若第一人称给人以正面，第三人称就给人以背影。因此可以说，我们在塑造崇高、古奥、孤傲等疏远形象时就会使用第三人称及其变体。例如，《高古》一品，出其不意地以"畸人"开头，塑造了一个超众脱俗的飞升者形象：

> 畸人盛真，手把芙蓉。
> 泛彼浩劫，窅然空踪。

可能是由于"畸人"既已出现，今译与之并列再现乃是重复，可能是今译想着力倾诉读者对畸人的向往之情，总之，今译在首节先以无人称的"空踪"进行虚幻描写：

> 品性高古，手持芙蓉，
> 乘真气飘然飞升。
> 远离了尘世的苦难，
> 消失在渺远的天庭。

之后，连续在第二、三节用第二人称，好像是诗人或读者或与读者一同追随畸人而去，表现了一种富于抒情味道的向往和倾慕：

> 东方升起明月为你照明，
> 和风紧随其后为你送行。
> 清冷幽静的华山之夜啊，
> 传来清亮悠然的阵阵钟声。
>
> 你虚怀若谷，心性高洁，
> 超脱了人间的是非纷争。
> 徒寄心于太古的黄帝唐尧，
> 视为你玄远的道德之宗。

由于"畸人"是中国文化特有的产物，在跨文化、跨语种的英译文本中，其就不能像在同一语言、同一文化的今译中那样隐而不显或大而化之。因此，《高古》的英译不仅沿用了古文的第三人称，而且增加注释说明中文的文化背景。其注释云：

（1）芙蓉：莲花，佛教意象，一般象征宇宙从太阳中心生出，在中国文化中，象征道德的纯洁、品行的高洁；

（2）真人：道家理想人格，逍遥缥缈的不朽仙人，尤其见于庄子作品中；

（3）华山：陕西境内之花状山峰，为道家名山；

（4）黄帝唐尧：相传太古时代华夏两位圣君，也喻道德实现者。

其英译第一节和第三节为：

> Noble in mind, lotus in hands,
> The True Man ascends in boundless space,
> Escaping from the human world
> Up into the ethereal realm.
>
> ......
>
> Pure and simple, he alone enjoys freedom,
> Free from the vassalage among us mortals.
> Given to the antiquity of Huang Di and Tang Yao,
> He makes them forever his moral models.

与之类似的用第三人称的情况，在英译中至少还有《劲健》，因为"他"便于描述和叙说。但不同的是，《劲健》的今译也老老实实地运用了第三人称，虽然"劲健者"是一个根据原文意思和译文需要为全篇添加的主语：

> 劲健者的神气行走如飞，
> 　一往无前，如长虹贯空。

第三，英译的第二人称，实际上是假定了一个不存在的第一人称作为诗人的代言者，向着虚构的读者的一种开导、劝慰、告诫或宣讲。这在《诗品》这种兼有诗论性质的诗歌中，实际上是不言而喻的一种手法。只不过在古诗文中由于主语经常隐去而不被人注意罢了。甚至可以说，这里的英译乃是对原作的一种发挥，或者说是原作某些隐含维度的一种彰显。而今译，则由于古文和今文的"貌合"而被掩遮。例如，《自然》一品首节云：

> 俯拾即是，不取诸邻。
> 俱道适往，著手成春。

由于原文并无明显的人称定位，似乎第二人称和第三人称都可以，今译来了一个"分而治之"：一方面增加了一个物的主语（诗的素材），另一方面隐去了一个人的主语（人：我或你，甚或他）。译曰：

> 诗的素材随处可见，
> 用不着求助别人装点门面。
> 循着自然之道信步前往，
> 脱手而出，便能妙手成春。

英译却不同。它倾向于用第二人称说话，以示对人的尊重，兼其告诫或提醒，当然还有人我有别的身份厘清。因此，此处用第二人称和祈使句，便能收到警句般的修辞效果：

> Just look around your own world.
> Never turn to others for a word.
> Take the way that nature goes,
> Draw on its source and make it surely yours.
>
> 只在你自己的世界里寻找，
> 勿到别人那里寻章摘句。
> 沿着自然之道去搜索——
> 吸取营养，方能为己所用。

如果说以上的英译第二人称是显性的，那么，在有的时候，也需要隐性的第二人称表达方式，以期形成一种比较柔和的对讲口气。《含蓄》中的"不著一字，尽得风流。语不涉己，若不堪忧"，其英译中就没有出现一个"你"字，照样是含蓄中有直露。请看：

> Telling, but not saying.
> And do it with a crack style.
> Spare the word, say "complaint",
> And leave it for the comprehending reader.
>
> 要流露，勿要直说。
> 而且要流露得妙不可言。

用不着"抱怨"一类字眼，

只留给读者自己去体验。

　　当然，在一首诗中包含几个人称的时候也有。乍看起来是人称的不统一，但也可以理解为是对原作意境的进一步深挖，沿着对话的方向深挖。例如，前述《自然》一品，第一节用了显性第二人称以出警句。第二节的"真与不夺，强得易贫"也是如此：Whatever native to you is yours. ／Borrowing is easy come easy go.（化为内在的就是你的；／借来的来得容易也去得容易。）但到了最后一节，则转为对情景中的人物的描写（幽人空山，过雨采蘋）和议论（薄言情悟，悠悠天钧），英译也就如法炮制：

Shower over, comes the hermit collecting clover；

He is the man who knows the moral of Nature：

The Great Tao follows its natural course.

The great mind follows its natural course too.

　　这里的对话，不仅表现为前述隐含的第一人称（诗人）借助第二人称与读者对话，而且表现为这里的第三人称（幽人）假借自然之道而说话（请注意英文冒号的使用），道出了"道法自然"和"人心法自然"的至深哲理：

大道师法自然，

人心亦师法自然。

The Great Tao follows its natural course.

The great mind follows its natural course too.

　　倘若回到这首诗的标题，其英译也是：

Follow Nature

（师法自然）

　　师法自然，不仅是《诗品》的创作之道，也是《诗品》的今译之道和英译之道。因为翻译之法就是师法自然，倘若不用西方的模仿论（即艺术模仿自然本体之论），至少也是译作对于原作的模仿。更进一步而言，《诗品》历经千百年到了今日，有此类注译与研究，应当说也是人为中不乏自然而然。而今日之研究《诗品》的今译与英译，实在是为了促进其在今日中国与世界的流传。岂有他哉！

第二节　《诗品》文本注释、今译与英译

到目前为止，我们已经厘清了与诗品翻译相关的一些基本的理论认识问题，应当进入《诗品》本身的文本注释、今译与英译了。我们将按照《诗品》二十四品的前后排列顺序，依次展示我们的注释与翻译情况，作为我们对《诗品》文本研究的一个标本和表白。有一点要说明的，就是在每一品的原文注释之后，添加了一个疏解，那是典籍翻译和研究经常要用到的一个手段。这一疏解，既包含了笔者对《诗品》每一品的主题与要旨的理解与解释，又举出一种最典型的文学艺术的创作实例，作为进一步延伸的范例。其范例所包括的内容，涉及广义的文学作品和艺术作品，包括诗歌和小说、绘画和书法等艺术门类，不拘一格，也不拘泥于唐代以前的时段，只要能便于说明这一品的要点就行。

一　雄浑

大用外腓[1]，真体内充[2]。

返虚入浑[3]，积健为雄[4]。

具备万物[5]，横绝太空[6]。

荒荒油云[7]，寥寥长风[8]。

超以象外[9]，得其环中[10]。

持之匪强[11]，来之无穷[12]。

【注释】

[1] 大用：犹浩大之用。无名氏《诗品注释》云："见于外曰用，存于内曰体。"可见"用"与"体"相对，即今日所谓的"体用"之"用"，或曰内在结构与外在功能之分。腓（féi）：小腿肚，引申为鼓动，伸张。朱熹注云："腓，足肚也。欲行则先自动，躁忘而不能固守者也。"此句谓诗人以充实于体内的浩然之气向外鼓动扩张，以造成诗歌创作之势，或曰创作冲动。

[2] 真体：犹言能成为万事万物本体的道体或气，经诗人内在修养而储存于体内，故曰"真体内充"。充：充满。《管子·心术下》曰："气者，身之充

也。"此上下两句意思相连，上句言外在功能之发挥，下句言内在根据之养成，尤以后者为要，为本。

[3] 返虚：返，即返归；虚，即太虚，极言道之所在。《庄子·人间世》曰："惟道集虚。"郭象注云："虚其心则至道集于怀也。"可见虚即道。入浑：入，即进入；浑，即混沌，又言道之所生。扬雄《太玄经》云："混沌无端，莫见其根。"其实，返虚入浑就是返回道的本原而不受物役，进入混沌未分之境而物我化一。故曰返璞归真才能真体内充。

[4] 积健：积为积累，健为阳刚之气。《易·乾卦》云："天行健，君子以自强不息。"为雄：为，即成为；雄，即雄浑之气，本指男性气概。郭绍虞《诗品集解》云："何为雄？雄，刚也，大也，至大至刚之谓。"此句讲的是诗人通过自强不息的进取而达到至大至刚的长期修养功夫，同时有赖于返璞归真以便与道体相认同。

[5] 具备：犹言纳入，准备。万物：万事、万物、万象，也可以解为纳万物之理于心中。郭绍虞《诗品集解》云："万物，万理也。具于内者，至备乎万理而无不足，斯发于外者，也就塞于天地之间，自成一家，横绝太空，而莫与抗衡了。"

[6] 横绝：横贯。太空：犹言天地、宇宙、无限之时空，非今日之外层空间。此句谓诗人若能纳万物之象、万物之理于内心，即可以浩然之气充斥于天地之间。

[7] 荒荒：广漠之状。油云：流动之云。《孟子》有"天油然作云"句。赵岐注曰："油然，兴云之貌。"

[8] 寥寥：空阔之状。长风：运行之风。《庄子·齐物论》云："大块噫气，其名为风。是唯无作，作则万窍怒号，而独不闻之寥寥乎！"此上下句均紧接前句，极状诗人浩然之气充满宇宙，如油云长风，广漠无垠，其大无穷。

[9] 超以：超乎。象：物象，指具体事物。超以象外，则言诗人超脱具体事物的形体束缚而能深入认识事物的奥妙。梁武帝《舍道事佛疏文》曰："启瑞迹于中天，烁灵义于象外。"

[10] 得：悟得，掌握。环中：本指圆环的中空部分，喻指事物的关键，犹言执牛耳以把握整体，可解为"道枢"。《庄子·齐物论》云："彼是莫得其偶，谓之道枢；枢始得其环中，以应无穷。"郭象注云："夫是非反复相寻无穷，故谓之环。环中空矣。今以是非为环而得其中者，无是非也。无是无非，故能应夫是非，是非无穷，故应亦无穷。"此下句与上句相连，犹言诗人能超乎于具体物象之外，超乎于世俗的是非纷争之外，乃能综观宇宙万物而得其大理，悟大

化之妙以应无穷之变化。

[11] 持之匪强：无须勉强而持有，把握。之：代词，指代上文对雄浑的掌握。匪：通"非"。

[12] 来之无穷：即指雄浑之气作为创作源泉会不断涌上心头。之：语助词。此上下句均承接前句，谓诗人能由表及里掌握道枢，则可以应万变，不断获得创作灵感和创作冲动。

【疏解】

《雄浑》作为《诗品》第一品，自有作者在其排列上的想法和根据，对后人来说，也可以有各种不同的解释和说明。若以《易经》的原理看，则雄浑代表乾卦，代表天道和开启之功，所谓"大哉乾元，万物资始"。此为一种解释也。从历史发展来看，唐初以来，有感于六朝诗风绮靡，欲以刚健雄浑之建安风骨加以补救，加以匡正，以造成诗界群雄并起、万马奔腾的雄伟气象，故而列为首品，也是一种说法。

而雄浑作为美学范畴，有诗有文。作为文品，《汉文典》有言曰：

> 雄浑者，气力有余于文之外者也。此等文品，推杨子云、韩昌黎。子云精于选字，昌黎工于造句。字新奇，句倔强，更得瑰玮之气、劲健之笔以行之。此文之所以雄浑也。①

作为诗歌风格，后人推举李白、杜甫为其诗风典范，可见这一品第本身，也是有其原型根据的。那就是，作为诗仙的李白和作为诗圣的杜甫，他们二人不仅诗风有雄强浑厚之势，而且从《诗品》所认为的诗兼众妙的综合性的观点来看，李白、杜甫也足以当之，而史无前例后无来者追也。不过，李白诗侧重于飘逸和浪漫，杜甫诗侧重于沉雄和现实，这又是不同的，不可以等而观之。

假若我们不拘泥于诗歌和文学，而把风格扩大到艺术领域，那么，将会有更多的例证可以为《诗品》做证。以笔者的见解看来，雄浑在艺术上，以汉代石刻最为典型，作为其代表，足以当之，而且绝无仅有。

汉代石刻，这里主要指的是陕西境内的石刻作品，特别是兴平市道常村的汉骠骑将军霍去病墓前左右两廊内陈列的石雕群像。这些珍贵的汉代作品，系元狩六年少府属官"左司空"署内石匠所造。工匠运用循石造型

---

① 高维国、张格注释《汉文典注释》，第239页。

的方法，将圆雕、浮雕、线刻技法融为一体，使作品兼有写实和写意两种风格。现存的立马、卧马、跃马、卧虎、卧牛、卧象、石蛙、石鱼、石蟾、野猪、野人、野人搏熊、怪兽吃羊、母牛舔犊等，共计十四件作品。其中的立马石刻，也称"马踏匈奴"，是其立意甚高，造型生动的典型。还有卧虎、卧牛、卧象、野人搏熊等作品，无不造型浑圆，意趣天成，给人以十分深刻的印象。虽然年代久远，历经风雨侵蚀，有些地方已模糊难辨其原型，但总体风格雄浑大气，倘若不是循石而刻，则绝非人工所能为。

陕西当代作家贾平凹有散文发表，对汉代石刻作品极为推崇，特别是他的《"卧虎"说》，也可视为一个典型的鉴赏案例。

前年冬日，我看到这只卧虎时，喜欢极了。视有生以来所见的惟一艺术妙品，久久揣赏，感叹不已……"卧虎"，重精神，重情感，重整体，重气韵，具体而单一，抽象而丰富，正是我求之而苦不能的啊！

我在那墓场呆了三日，依依不肯离去。我总是想：一个混混沌沌的石头，是出自哪个荒寂的山沟呢？被雕刻家那么随便一凿，就活生生成了一只虎了？而固定的独独一块石头，要凿成虎，又受了多大的限制？可正是有了这种限制，艺术才得到了最充分的自由吗？貌似缺乏艺术，而真正的艺术则来得这么的单纯，朴素，自然，真切！

静观卧虎，便进入一种千钧一发的境界，卧虎是力的象征……

但是，这竟不是一个仰天长啸的虎，竟不是一个扑、剪、掀、翻的虎，偏偏要使它欲动，却终未动地卧着？卧着，内向而不呆滞，寂静而有力量，平波水面，狂澜深藏，它卧了个恰好，是东方的味，是我们民族的味。[1]

在美学观念上，中国诗学中的雄浑不同于西方文论中的壮美或崇高，因为它不仅仅是风格和意境范畴，也是道德范畴和修养精神。若从创作主体的角度观之，也可把《雄浑》一品认为是创作主体的准备状态，例如，理解为创作主体的内在条件、创作冲动和创作动因。这又是创作动力学的一种解释。无论从哪一种意义上，《雄浑》都具有序言和开篇的性质，而不仅仅是

---

① 贾平凹：《平凹散文》，浙江文艺出版社，2000，第 455～456 页。

一个品第了。

【今译】

浩浩生气向外鼓荡，
主体充实自成雄浑气象。
虚心返归道之本原浑然一体，
自强不息方修得至大至刚。
纳万物之理吾心即是宇宙，
化凌空之气遨游任我来去。
如云团翻腾搅彻周天，
似长风横扫茫茫大地。
超脱物役始可境生象外，
把握关键必能应变无穷。
诗之所得岂是强求而来？
思如泉涌妙在油然而生。

【英译】

Zest for Poetry

Inflated with dignified air,
I feel myself heroically empowered.
Returning from the origin of things,
I come up with soaring aspirations.

Now, open to the entire universe,
I stand far above the earthly world:
Whirlwinds come from all around,
And mountains of clouds roll by.

Beyond physical forms my imaginings go,
And the pivot of art I surely know.
Zest for poetry wells up within me
At full blast in a constant flow.

二　冲淡

素处以默[1]，妙机其微[2]。

饮之太和[3]，独鹤与飞[4]。

犹之惠风[5]，荏苒在衣[6]。

阅音修篁[7]，美曰载归[8]。

遇之匪深，即之愈稀[9]。

脱有形似，握手已违[10]。

【注释】

[1] 素：丝不染色为素，此处引申为淡，淡泊，指心中无纤尘杂念。老子《道德经》第十九章云："见素抱朴，少私寡欲。"处：居也。默：静默，犹言冲漠无朕。素处以默：平日心灵纯洁，清心寡欲，沉思冥想，默然识之。

[2] 妙：微妙。机：通"几"。《易·系辞下》曰："几者，动之微。"用作动词，义为领悟其精微。微：幽微。妙机其微：以微妙之心灵感触天机之幽微。孙联奎《诗品臆说》解为"心清闻妙香"。此两句郭绍虞《诗品集解》注云："平居澹素，以默为守，涵养既深，天机自合。"

[3] 饮之：饮以，与之饮，犹言得于内。太和：中国传统思想谓阴阳二气交合而为冲和之气，和美冲淡，谓之太和。老子《道德经》第四十二章云："万物负阴而抱阳，冲气以为和。"《易·乾卦》云："保合太和，乃利贞。"即饮以太和之气，而能利贞于万物。

[4] 鹤：白色仙鸟，高洁脱俗之象征，亦喻长寿和不朽。独鹤与飞：与鹤独飞。此句写诗人超凡入圣的精神境界和艺术审美的高峰体验。孙联奎《诗品臆说》评曰："饮之太和，冲也；独鹤与飞，淡也。"

[5] 惠风：春天的和风。王羲之《兰亭集序》云："天朗气清，惠风和畅。"犹之：犹如。

[6] 荏苒（rěn rǎn）：或作"苒苒"，轻柔舒缓。此句与上句连，郭绍虞《诗品集解》解曰："犹如惠风，惠风者春风也。其为风，冲和澹荡，似即似离，在可觉与不可觉之间，故云荏苒在衣。"

[7] 修篁（huáng）：修美的竹林。阅：历，察也。音：竹动之音。阅音修篁：惠风中修竹摇曳，其清和之音宛如轻音乐于耳际飘忽。

[8] 美曰载归：犹言多么美啊，但愿能与之同住同归。曰：语助词。《诗经·魏风·园有桃》云："彼人是哉，子曰何其！"载：语助词。《诗经·小雅·

菁菁者莪》云："汎汎扬舟，载沉载浮。"郭绍虞《诗品集解》注云："当此境地，心赏其美，神与之契，不禁发为载与俱归之愿。"

［9］遇之匪深，即之愈稀：在以上的典型意境的形象描述之后，此句以后归于诗理的借机阐发。两个"之"字均代表冲淡之境。冲淡之境无心遇之，似不见其幽深，但若有意寻求，则断然愈追愈远，愈求愈稀。稀：稀微，一作"希"。

［10］脱：倘若，假若。穆修《唐柳先生集后序》云："脱有一二废字……更资研证就真耳。"违：远去。脱有形似，握手已违：假若说有与之相似之物的话，那么，在意欲把握的一瞬间却又相去甚远，面目全非，无迹可寻了。

【疏解】

《冲淡》作为第二品，与第一品《雄浑》相继而出，则有《周易》"至哉坤元"的意义在。至此，一阴一阳，则为宇宙变化之道，人文教化之由，可见其重要意义。由此看来，则《冲淡》一品，实与《雄浑》相通，而又互补，形成阴阳互补、相辅相成之运势。当然，冲淡也不等同于秀美，但作为一种风格和境界，自有其独立存在之价值和美学形态。作为创作主体状态之修养，则偏重于静虚、沉思，作酝酿状、作蕴藉状，而不似雄浑那样至大至刚，阳气十足。

冲淡乃冲和之气，其概念起于魏晋，而至白居易，已有"公为人温和冲淡，恬然有君子德"的名句，用于评价人物。在皎然《诗式》中，俨然一美学范畴了："以虚诞而为高古，以缓慢而为冲淡。"与雄浑一样，冲淡也是一种气象，萦绕于胸中，造成"饮之太和，独鹤与飞"的形象，而不仅仅是淡泊名利一类具体主张。老子云："道冲，而用之或不盈。"可见，冲淡基本上是道家精神，也是一种美学观和修养论。须知目击道存，道本身并无差等，得道之人，独能与天地攸同，到达至高至美之境界。

在书法艺术上，也许董其昌的《试笔帖》可以称得上冲淡。这幅名帖又名《行草书罗汉赞等书卷》，现藏于日本东京国立博物馆，纸本，纵31.1厘米，横631.3厘米，飘逸洒脱，风华自足。但笔者以为，这是从笔势和运笔角度而言的，毕竟是草书，总会给人这种飞动的印象。但若从整体布局、结体造型、运笔用墨来看，则这幅作品有罕见的冲淡中和之感，是一般书法作品很难达到的淡雅的成就。一个突出的特色印象，就是少有的字体开张、笔画纤细，而具有内部空间感，这是其疏朗所致的冲淡感觉，此外，则是横式结构，又使人有大面积留白的感觉，无论字内字外，都有这样的干净清爽的感觉，而不是笔势飞动、张扬潇洒的感觉。之所以这样说，是因为草书一般动势强，静态感差，而这幅作品恰好相反，给人以静态的淡雅而不是动态的运动感，所以是可以归入《冲淡》一品的。

而在诗歌领域，所谓冲淡，则非陶渊明的诗歌莫属。这和他的高古淡雅的人格修养是相表里的，不再赘述。

【今译】

身自素洁心自清，
默然以处与造化相通。
吮吸着太和的气息，
仙鹤伴我神游万里碧空。
惠风和畅，轻轻掀动我的衣襟，
翠竹摇曳，仿佛向我招手吟咏。
多美啊，这美妙的仙境，
但原能永远与你同住！
和谐的诗境，要在恬静淡远，
愈追求愈觉其妙不可言。
遇之若近在咫尺，
转瞬间又消失不见。

【英译】

To Be Simple and Thin

My life is simple and my mind, sober.
Sensitivity keeps me so close to nature.
A crane takes me into the Great Harmony,
And I freshen up with a good air.

A gentle breeze caresses my face,
And flaps the hem of my robe so long.
How wonderful to be in the realm of wonder,
Where I hear the bamboo garden's inviting song.

Poetic harmony is so simple and thin, I see,
That one may well encounter without seeking.
For a moment it seems to be something here at hand,
But when I try to catch hold of it, it is gone.

三　纤秾

采采流水，蓬蓬远春[1]。

窈窕深谷，时见美人[2]。

碧桃满树，风日水滨[3]。

柳荫路曲，流莺比邻[4]。

乘之愈往，识之愈真[5]。

如将不尽，与古为新[6]。

【注释】

[1] 采采：读若灿灿，状鲜明之貌。《诗经·芣苢》云："采采芣苢，薄言采之。"流水：尤指水波的锦纹。蓬蓬：茂盛状，犹言生机勃勃。《诗经·小雅·采菽》云："维柞之枝，其叶蓬蓬。"远春：一望无际的春景。写水为纤，写春为秾，兼其细致与秾郁。

[2] 窈窕（yǎo tiǎo）：指人，纯洁美丽。《方言》云："秦晋之间，美心为窈，美状为窕。"指物，幽深。陶渊明《归去来兮辞·并序》云："既窈窕以寻壑，亦崎岖而经丘。"此处以"窈窕"比山水之深远，兼兴下句之"美人"。时见：不时望见。于山水之深远中偶见美人绰约之倩影，岂非既纤又秾？

[3] 碧桃：蔷薇科，落叶小乔木，叶披针形，春季开花，重瓣，白色，粉红以至于深红，或洒金。观赏性强，常入诗。如郎士元有"重门深锁无人见，惟有碧桃千树花"。风日：风光。李白《宫中行乐词》云："今朝好风日，宜入未央宫。"风日水滨：风光秀丽的水边，与碧桃满树交相辉映。

[4] 柳荫路曲：蜿蜒小道在柳荫下伸向远方。流莺：一曰黄莺穿飞如流，一曰黄莺流啭动听，皆可。比邻：邻近，相续，极言其多。流莺比邻：黄莺穿梭往飞密若织锦，呢喃发声软语缠绵。纤而不冗，秾而不肥。此为真纤秾也。

[5] 乘：趁。往：犹言远。识：认识，体验。真：真切。乘之愈往，识之愈真：纤秾之境，循其往，愈入内而愈有真切之体验，非俗艳所可以比矣。

[6] 将：把。不尽：永久不尽。如将不尽，与古为新：自然美景历久不息，如四时之常有，却又不是简单地重复自身，而必有其新颖之处，悦人之妙。郭绍虞引李德裕《文章论》云："譬诸日月，虽终古常见而光景常新，此所以为灵物也。"纤秾之境也是如此。

【疏解】

纤秾不是浓艳，更不是俗艳，而是明丽和深厚，一如中国画之设色，并不等同于自然界物象本身的颜色，而是偏重于人的感觉色彩，所以荷花不是大红大绿，而是荷塘月色，梅花也不是纯白或黄色，而是暗香浮动，这是一种类似于印象派的审美感受。因为中国画家之着色，无论是植物颜色，还是矿物颜色，都是中和之色，不用纯色，既不沉潜而发暗，也不夺目而浮泛，讲究的是花草精神和整体感觉，即精神的愉悦和画面的和谐。山水悠然，美人悠然，一派自然生机和春意盎然。《诗品》中正是这样的景色、这样的意境，而以春景为其代表，所谓"采采流水，蓬蓬远春"。《红楼梦》有诗句"淡极始知花更艳"（薛宝钗《咏白海棠》），在诗境是绚烂至极复归平淡，所谓"发纤秾于简古，寄至味于淡泊"。可见，纤秾与冲淡并非完全相反，而是相辅相成的美学范畴、诗学范畴。而此种境界，也是不可以着意求之，着意求之而不得。

在绘画艺术上，笔者觉得，黄宾虹的花鸟画，可谓代表。因为它给人的感觉，特别是着色、纤秾，略有妖冶气，但其扑面而来的印象是纤秾，有深谷美人之蕴致，让人感觉到更大的春色盎然的撩人画面，更强大的生命力隐含在花草精神之内，而不是外在的色彩感，也不是笔致和造型美。在山水画类型中，也可以说，青绿山水具有纤秾的风格和意境。虽然这一古典画类型，起于东汉佛画影响，唐代最为鼎盛，宋代始有衰落趋势，明代画分南北宗，而为文人画所替代；但落入民间后，也延续到近代，而成为现当代画家改造的底色和创作的源泉。它不是大绿大蓝，而是有一种扩大和消散的态势，加上松石相配，古屋点缀，显得幽深和沉稳，压住阵脚，而不是单纯的淡雅或浓艳，如张大千的青绿山水画作，自然融汇了今天的创作元素。究其最高典范，当推宋代王希孟的《千里江山图》。千载之下，今日得见杰作，十分感慨。笔者曾作诗一首，表达了喜爱的感情：

> 世皆慕清明，吾独爱江山。
>
> 谁知旷世才，翩翩一少年。

《千里江山图》构图上兼顾远景、中景和近景，结构严谨，布局精巧，气势恢宏，给人以咫尺之间，江山万里、辽阔开张的感觉。画卷表现了绵亘之山势，幽岩与深谷，高峰平坡，流溪飞泉，水村野市，渔船游艇，桥梁水车，茅棚楼阁等景致，以及捕鱼、游赏、行旅、呼渡等人物活动，极为丰富自然，意境悠远。在技法上，此图全面继承了隋唐以来青绿山水的表现手法，突出石青石绿的厚重与苍翠，画面爽朗富丽，水、天、树、石间，用掺粉加赭的色彩加以渲染，用勾勒画轮廓，兼以没骨画法画树干，用皴点画山坡，丰富了青绿山水的表现力。总之，此图开辟了青绿山水的新天地，令人百看不厌，流连忘返于画家构筑的艺术天地，心旷神怡，感慨连连。

笔者独以之为纤秾的代表，不过是表达一种审美精神的寄托，并非说尽此画作的奥妙。

【今译】

> 山涧清流波光粼粼，
> 山坡上草木一片幽深。
> 那边幽静的山谷里，
> 时而闪现出少女的倩影。
> 池畔风和日正丽，
> 满树碧桃花竞盛。
> 曲径在柳荫下蜿蜒，
> 黄莺在枝叶间穿飞。
> 乘兴致观赏这春日美景，
> 愈体味愈觉其中有纤秾。
> 自然之美年复一年似依然，
> 诗贵推陈出新，妙造佳境。

【英译】

Where Trees Are Thick

Limpid streams dance along

Into distant hills green and deep.

Pretty girls flash around

From secluded dales, where trees are thick.

Flowering peach cracks a sunny smile,

And gentle wind breezes over the lakeside,

In the shadow of willows, a track winds its way.

Flying in pairs, orioles sing wild and gay.

Such is the delicacy of spring resplendent with joy

That attracts me, each step more satisfying.

Nature's beauty is seen infinite year in and year out,

But poetry manifests itself in every new fulfillment.

四　沉著

绿林野屋[1]，落日气清。

脱巾独步[2]，时闻鸟声。

鸿雁不来[3]，之子远行[4]。

所思不远[5]，若为平生[6]。

海风碧云，夜渚月明[7]。

如有佳语[8]，大河前横[9]。

【注释】

[1] 绿林：一作"绿杉"，指绿色的树林。野屋：山野之屋，与绿林相映成趣。

[2] 脱巾：脱去头巾，状隐逸之士沉著自若之态。"巾，处士所服。"（李善）独步：独自漫步，写诗人悠闲安适之貌。

[3] 鸿雁：书信，古时以鸿雁代指书信消息，事出《汉书·苏武传》。杜甫《天末怀李白》云："鸿雁几时到？江湖秋水多。"

[4] 之子：犹言"那个人"。《诗经·汉广》云："之子于归。"杜甫《题张氏隐居》云："之子时相见，邀人晚兴留。"前者指女子，后者指男子。此句谓女子尚未听到出远门的游子的消息，故而心中思念。

[5] 所思：所思念的人，即"之子"。汉乐府民歌《有所思》云："有所思，乃在大海南。"所思不远：所思念的人似乎并不遥远，应指心理距离。

[6] 若为：那堪。白居易《冬至宿杨梅馆》云："若为独宿杨梅馆，冷枕单衾一病身。"平生：平日，往昔。若为平生：怎禁得所思之人不能像平日那样在眼前。此上下句相连，前者谓思之近，后者谓思之切。郭绍虞注云："所思不远，好似当前即是；若为平生，又觉握手如昨。那么千里如咫尺，似又未尝相离也。"

[7] 渚：水中小岛。夜渚月明：与上文"落日气清"相参较，暗含时间的推移。同时与上句"海风碧云"的动态相对比，有静态之喻。

[8] 佳语：一作"佳话"，指精妙的诗句。

[9] 大河前横：犹言就在眼前，不必远求。郭绍虞《诗品集解》注云："大河前横，当即言语道断之意。""言语道断"为佛家用语，意为言语之道断而不可言说。又云："钝根语本谈不到沉著，但佳语说尽，一味痛快，也复不成为沉著。所以要在言语道断之际，而成为佳语，才是真沉著。"可备一说。

【疏解】

沉著痛快，作为一种诗境和风格，可以杜诗为典范，有的以为杜诗沉雄，其实沉著有之，沉雄若为雄强，则有过之。此一品描写的对象，一开始比较放浪、清奇，因写山林隐士脱巾独步，偶尔听见鸟鸣一两声，但从远方来鸿和思念之情起，则意境转而沉着含蓄，至海风碧云，夜渚月明，则愈加显得思虑内敛，渐入佳境。可见，这里的沉著是逐渐造成的一种境界，或可追溯到《诗经》中的《考槃》所写的境界。但沉著之境与其他众品一样，都需要超脱言语和色相层面，方能抵达审美境界。所以有论者认为，沉著一品，实际上包含了幽人从居所、行止、追慕、自然交融、体道之超脱等阶段，也可备一说。但在艺术表现上，尤其在书画中，沉著可能是涩行，是顿挫，而不必是凝滞，因为它对于前一品《纤秾》有纠偏和制约的作用。在诗歌上，则要有一定的缓行和幽深才能表现。在情绪上，也不能张扬，有所压抑，才能沉著。例如，杜甫的《春望》：

> 国破山河在，城春草木深。
> 感时花溅泪，恨别鸟惊心。
> 烽火连三月，家书抵万金。
> 白头搔更短，浑欲不胜簪。

当然，沉著不是一味下沉和沉潜，它也有诗意的跃动与灵动，其中充满转折与升华。明乎此，则知杜甫的《春望》与司空图的《沉著》，庶几近之。

【今译】

> 葱绿的树木环抱着山间小屋，
> 夕阳残照下显得林秀气清。
> 脱去头巾我独自漫步林中，
> 不时伫立，细听鸟鸣声声。
> 远行的游子还没有捎来消息，

令人心生无限思念之情。

分明觉得思念之人相去不远，

握手如昨，毕竟与平日感觉不同。

仰望长天浮云，迎面海风吹拂，

渐入夜境，小岛上空月明星稀。

沉著中忽来佳语妙句——

如从眼前景象生出，却不可尽说。

【英译】

Ready for Composition

My little cottage sits among green trees.

The sun is sinking, and the air so fresh.

Head-cloth removed, I walk through the woods,

And I pause, and listen to the birds' singing.

No message sent from my friend so far,

And I keep thinking of him all the while.

Should I say that he is now not so far away?

It seems we said good-bye just yesterday.

A gentle wind blows from the sea, clouds floating.

Night falls over the isle while the moon is rising.

A poetic image suddenly occurs to me

With some words, ready for composition.

五　高古

畸人乘真[1]，手把芙蓉[2]。

泛彼浩劫[3]，窅然空踪[4]。

月出东斗[5]，好风相从[6]。

太华夜碧[7]，人闻清钟[8]。

虚伫神素[9]，脱然畦封[10]。

黄唐在独[11]，落落玄宗[12]。

【注释】

［1］畸（jī）人：道家理想中有很高修养的人。郭绍虞注云："畸，奇异也；畸人，指不偶于俗之人。"《庄子·大宗师》云："畸人者，畸于人而侔于天。"乘：驾。真：仙气，或曰自然之道。《说文》云："真：仙人变形而登天也。"郭绍虞谓："变形言炼形为气。此言畸人乘真，谓畸人乘真气以上升也。"

［2］芙蓉：莲花，乃香洁之草。李白《古风五十九首》（其十九）云："西上莲花山，迢迢见明星。素手把芙蓉，虚步蹑太清。"又李白《庐山谣》云："遥见仙人彩云里，手把芙蓉朝玉京。"此上下句谓畸人手持莲花，乘仙气飞升而入天宇。

［3］泛：漂流状。《诗·柏舟》云："泛彼柏舟。"浩劫：指人世间苦难，佛家言天地由成住至坏空为一劫，历时甚长，故云浩劫。泛彼浩劫：漂流而脱离人间苦难，一作"汎彼浩劫"。"汎""泛"同字，犹言度也。

［4］窅（yǎo）：同"窈"，深远之状。窅然：犹言邈远。空踪：一作"空纵"，谓无影无踪。窅然空踪：畸人脱离人间的苦难，愈漂愈远，以至于消失得无影无踪。郭绍虞谓："空踪者，前不见古人之谓。"可参考。

［5］东斗：东方。道家把一天分为五斗，东斗位于东方，为"阴明"。《云籍七签》又云："东斗主算，西斗记名，北斗落死，南斗上升，中生大魁，总监众灵。此名一天五斗。"月出东斗，即言月出东方。

［6］相从：相随，相送。

［7］太华：华山，在今陕西省华阴市境内，称西岳，为五岳之一，为道家登仙之境。《华山记》载曰："山顶有池，生千叶莲化，服之羽化，因曰华山。"夜碧：指幽静的夜晚，碧为青白色玉石，转指青绿色。王夫之《小云山记》曰："（南岳之西峰）寒则苍，春则碧。"

［8］清钟：清亮悦耳的钟声。深夜清钟，使人易入万念澄寂之境。

［9］虚：虚空。伫（zhù）：久立，停留；储藏，积聚。杜甫《北征》云："声心颇虚伫。"神：精神，心灵。素：纯净，超脱。虚伫神素：心灵虚静而超脱凡俗。郭绍虞注云："心之灵谓之神，象之真谓之素。"可参考。

［10］脱然：超然。畦封：喻疆界，引申为彼此、是非。畦（qí）：田畦，五十亩为一畦。封：原义为"聚土培植"，本义指疆界、田界。《说文》云："封，爵诸侯之土地。"乃为其引申义。脱然畦封：犹言超然于封疆割土是非之争，或不屑于农耕度日劳形之累。

［11］黄唐：黄帝，唐尧。语本陶潜《时运》诗："黄唐莫逮，慨独在余。"此句意为：我独寄心于淳朴的太古之世，追随黄帝和唐尧，谁又做三代以下之想。

李白有诗云："彭令去彭泽，茫然太古心。"（《赠临洺县令皓弟》）

[12] 落落：稀落，不相入。老子《道德经》云："落落如石。"玄宗：玄远的宗师，即黄帝和唐尧。晋支道林《大小品对比要钞序》云："夫般若波罗蜜者，众妙之渊府，群智之玄宗。"此句谓诗人独以太古的黄唐为宗，以为理想之高古人格的化身。

【疏解】

高古在唐代不仅见于诗文，而且见于诗论。如"山貌日高古，石容天倾侧"（李白：《宣城清溪》）、"以渊明之高古，偏放于田园"（白居易：《与元九书》），皎然的《诗式》则提醒勿"以虚诞而为高古，以缓慢而为冲淡"。中国审美情趣自来有追古慕古之风尚，从赵子昂的"古意"到王国维的"古雅"，以古为高的思想，隐约可见。若以"高"为空间，"古"为时间，则超越今古之时间和高下之空间，进入时空的永恒和无限之追求，也是艺术和诗的境界。用现代西方哲学的观点观之，则个人存在性把握的时空的当下性，便是超越古今，诗意地栖居于茫茫宇宙，赢得心灵自由和创造契机的关键。若再参入庄子的"忘是非，心之适也"，则当下的问题也已经解决、自由已经获得。诗中言"畸人乘真"，借畸人乘真气以上升的形象，乃是《高古》一品的形象的表达，即精神提升的过程。

一种风格或意境，当有不同的表达方式，表现在不同的文学艺术领域，也当有所不同。所以笔者以为，在《诗品》的《高古》一品中，飞翔的意象和精神的提升有相当的关系，因为诗歌毕竟是语言的，是艺术作品，是要表现思想内容和语义寓意的，它不可能纯粹是画面和形象，一如《高古》中的飞升意象，即便如此，也是象征性的，而不是实质性的。而在视觉艺术中，如绘画中，就不同了，高古可能就是画面，画面中的人物神态、面容表情、衣着服饰，等等，都可能是至关重要的，细节和布局都很重要。在诗中，这种描写就是象征性的，不可能有事无巨细的细节，即便是色彩和动作，也只能是描述，描述效果也是描述，而不可能像在画面中那样直接呈现。绘画笔法中的"高古游丝描"，当是一种象征性的说法。

在书法中，就更不同了。流变中的字体和书体，会起关键的作用，而古人今人皆以古为高，所以是"高古"，而书写之人，所处的时代，所有的身份、气质风度，甚至一时的性情所至、情绪所在，都是和作品的风格意境密切相关的，是不容马虎的。因此，笔者选择了西晋时期陆机的《平复帖》，作为高古的象征和代表作。

陆机（261～303年），字士衡，是西晋著名文学家、书法家，出身吴郡陆氏家族，系孙吴丞相陆逊之孙，大司马陆抗第四子，其声名远播，成就辉煌，有文论《文赋》传世，另有《君子行》《辨亡论》等诗赋著作。其书法作品《平复帖》是迄今为止中国书法史上最早见到的墨家真迹，弥足珍贵。明董其昌云："盖右军以前，元常之后，唯存数行，为稀代宝。"

《平复帖》是草隶作品。牙色麻纸本，墨迹，纵 23.8 厘米，横 20.5 厘米，现存北京故宫博物院。

《平复帖》距今 1700 余年，共 84 字，分九行书写。结体瘦长，书写简便，翩翩自姿，活泼可爱，率性顺势，自然天成。此帖以秃笔枯锋出，用笔古雅，字形质朴。清顾复称其"古意斑驳而字奇幻不可读"。

此帖对于研究文字和书法演变具有无可替代的价值。从当年的章草过渡到今草的关键问题，就是字与字之间的连带关系，在竖行书写的年代，关键就是把章草的横展笔势变成纵引笔势，容易书写，并体现草书发展的方向。《平复帖》上承汉简，下启今草，是书体演变的重要证据，其重要性无论如何说也不为高估。

历代关于此帖的评价略举数列，以见其大势。

（1）陆士衡《平复帖》以秃笔作稿草，笔精而古雅。（明代画家詹景风）

（2）相传平原精于章草，然此帖大非章草，运笔犹存篆法。（清代书法收藏家安岐）

（3）系秃颖劲毫所书，无一笔姿媚气，亦无一笔粗犷气，所以为高。（清代金石文字学家杨守敬）

在解散章草而进入今草的过程中，"运笔犹存篆法"，岂能不高古？而"笔精而古雅""所以为高"等评价，奠定了此帖高古风格之基调，也不容怀疑。凡此种种，皆是列入《高古》一品之依据也。不再赘述。

【今译】

品性高古，手持芙蓉，
乘真气飘然飞升。
远离了尘世的苦难，
消失在渺远的天庭。
东方升起明月为你照明，
和风紧随其后为你送行。
清冷幽静的华山之夜啊，

传来清亮悠然的阵阵钟声。
你虚怀若谷，心性高洁，
超脱了人间的是非纷争。
徒寄心于太古的黄帝唐尧，
视为你玄远的道德之宗。

【英译】

Towards Remote Antiquity

Noble in mind, lotus in hands[1],
The True Man ascends in boundless space[2],
Escaping from the human world
Up into the ethereal realm.

The new moon is rising in the east,
And a good wind puffs and puffs.
The tolling bell can be heard clear
On Mount Hua by this quiet night[3].

Pure and simple, he alone enjoys freedom,
Free from the vassalage among us mortals.
Given to the antiquity of Huang Di and Tang Yao[4],
He makes them forever his moral models.

Notes

[1] Lotus: a Buddhist image, generally symbolizing the universe growing out of the central sun. In Chinese tradition, especially in literature and arts, lotus is a symbol of moral purity, for it grows out of dirty water but retains its pure character.

[2] The True Man: an ideal personality of Taoist nature, who, especially in Chuang Tzu's writings, it suggests freedom and immortality.

[3] Mount Hua: a flower-shaped mountain in Shaanxi province, Northern China, where Taoist preaches gather together and live.

[4] Huang Di and Tang Yao: two legendary chiefs in ancient China, supposedly the best rulers in Chinese civilization.

六　典雅

> 玉壶买春[1]，赏雨茆屋[2]。
>
> 坐中佳士[3]，左右修竹[4]。
>
> 白云初晴[5]，幽鸟相逐[6]。
>
> 眠琴绿荫[7]，上有飞瀑。
>
> 落花无言[8]，人淡如菊[9]。
>
> 书之岁华[10]，其曰可读[11]。

【注释】

[1] 玉壶：玉制酒器，或仅以玉状壶之色泽晶莹如玉之谓。鲍照《白头吟》云：“直入玉丝绳，清如玉壶冰。”春：酒，唐时酒名多带“春”字，故名。如富平之“石东春”，剑南之“烧春”。买春：买酒。杨廷芝《诗品浅解》解为买春景：“春，春景。此言载酒游春，春光悉为我得，则以为买耳。”亦通。

[2] 茆屋：茅屋。赏雨茆屋，即在茅屋里欣赏户外的雨。谓诗人悠然自得，以见其雅致。

[3] 佳士：指品行才学兼优之人，或谓之儒雅之士。

[4] 修竹：修为修长状，状竹之高洁，以喻君子之德。

[5] 初晴：初转晴，一作“初起”。

[6] 幽鸟：深色的鸟儿，与前句悠闲的“白云”相对。

[7] 眠琴：犹言横琴，或曰枕琴而眠，或曰抱琴而眠，皆可。

[8] 落花无言：中国文人喜用的一种比拟，如“泪眼问花花不语”“花无解语还多事”等诗句。

[9] 人淡如菊：菊为孤高傲世之物，与梅、兰、竹一同构成文人雅士之所好。人淡如菊，即以菊花象征淡泊典雅的佳士。陶潜独爱菊，成为千古典范。

[10] 书：书写。岁华：年华，时光。郭绍虞《诗品集解》认为其间有“一年好景君须记”之意。之：虚词，如此。书之岁华：把这样的美景佳遇书写下来。

[11] 其：语助词。可读：可以诵读。其曰可读：可以成为可吟可咏的好诗篇。

【疏解】

典雅，也可分开讲。典者，所谓典章，典正，典范，典则不枯；雅者，所谓雅正，雅致，雅苑，雅则不俗。也有把典雅作为典籍讲的：

典者，法也。必熟于前史事迹，并当代掌故，乃可言之。雅者，有精理，有名言，有微情，有妙旨。典则《左》、《国》，雅则《诗》、《礼》，兼其长者，厥为《尚书》。①

儒家讲究典雅，是以道德文章的典章雅和为宗，而道家所谓典雅，则有出世之洒脱，隐逸之雅趣。司空图的典雅，似靠近后者，有名士风流之韵致，无俗里俗气的习气。然而，中国人所谓之典雅，同西方的贵族气质也有不同，夸富和摆派在西方几成为习惯，也不同于明清以来文人雅士所谓的清高，因为它和劳苦大众存在隔膜而为个人习尚。中国文士之典雅，如同明代书房家具，有一种亲近自然、贴近生活的雅趣，乃是一种文化修养和人格风尚。作为诗品，典雅乃是一种风格、一种境界，正如该品所描述的，赏雨茆屋，眠琴绿荫，落花无言，人淡如菊。这样的景致，写入诗篇，就是典雅的佳作了。

然而《典雅》一品，仍需追溯其源头，乃见原初精神风貌。须知诗贯六义。在《诗经》中，风雅颂中的雅，包括《大雅》《小雅》，便是中国诗歌雅的来源，所谓《鹿鸣》，乃是其代表。《鹿鸣》是《小雅》的第一篇，全诗共三章，每章八句，以鹿鸣起兴，描写宫廷贵族的宴乐，气氛高贵而祥和，充满琴瑟歌咏之雅正与宾主之间的其乐融融。兹引全诗三章：

小雅·鹿鸣

呦呦鹿鸣，食野之苹。我有嘉宾，鼓瑟吹笙。
吹笙鼓簧，承筐是将。人之好我，示我周行。

呦呦鹿鸣，食野之蒿。我有嘉宾，德音孔昭。
视民不恌，君子是则是效。我有旨酒，嘉宾式燕以敖。

呦呦鹿鸣，食野之芩。我有嘉宾，鼓瑟鼓琴。
鼓瑟鼓琴，和乐且湛。我有旨酒，以燕乐嘉宾之心。

《鹿鸣》属于《小雅》，是描述贵族大宴宾客的诗，不仅描写宴会的盛况，鼓瑟吹笙，还借助敬酒等礼仪性动作表达了对友谊的珍视与道德的修行。措辞典雅从容，出句流畅自如，在彬彬有礼的言谈中表现出大度雍容的气派和君子风度。鹿是吉祥友善的象征，鹿鸣如人语，此比兴之谓也。

---

① 高维国、张格注释《汉文典注释》，第239页。

鹿，食草动物，举止高雅，鸣声纯真，充满灵性，历来是吉祥的象征，而且和禄谐音，有福禄临门、路路恒通之喻。在音乐上，三章如同三弄：一弄平缓起奏，和乐陶然，盛世风度，泰平风华；二弄语气温和，声调悦耳，善言善因，善心好客；三弄德音昭昭，琴瑟悠悠，寓意美好，福禄吉祥。

《鹿鸣》乃宫廷贵族宴乐，起于西周初年，乃中华礼仪之邦的发轫。三国时曹操逐鹿中原，赋诗加以引用，表达了政治家的雄才大略。到了明代，进士出身的张廷玉著有《理性元雅》一书，为琴歌琴曲的继承和创作做出了贡献。其中就有关于《诗经·小雅》的题解：

> 此诗《小雅》，周王乞言于嘉宾，被之弦徽为燕享通用之乐歌也。今之《鹿鸣》佳宴，乡饮酒礼，皆作为声歌，而丝桐少传。夫以大典礼而雅乐不传，非一大缺典乎？余特编之谱，祈雅音之不废。①

可见，为了雅音之不废，张廷玉特为之谱写了琴曲。由此推想，雅乐流行于民间，文明教化乃大兴，中华礼乐文化，延续千年不衰，其中有多少有心人，做出了默默的奉献。这也证实了《诗经》中的《鹿鸣》作为《典雅》一品之代表，正是名副其实。

【今译】

　　　　　玉壶斟满玉液琼浆，
　　　　　茅屋内但听得细雨潇潇。
　　　　　高朋满座，尽是儒雅之士，
　　　　　门旁挺立着飒飒的翠竹。
　　　　　雨过天晴，白云飘浮天际，
　　　　　深色的鸟儿相逐与飞，
　　　　　树荫下静卧着我心爱的琴儿，
　　　　　高山流水在望，不觉心旷神怡。
　　　　　落红遍野，寂然无声，
　　　　　人之典雅恰似那淡淡的秋菊。
　　　　　如此美妙的光景赋形笔墨，
　　　　　岂不就是一首可吟可咏的诗？

---

① 转引自薄克礼《中国琴歌发展史》，百花文艺出版社，2013，第199页。

【英译】

Gentlemen Remain So Tender

Jade cups filled with wine.

I sit and drink in the hut, rain outside.

People around me are all fine and dandy.

Graceful bamboo makes another good companion.

White clouds drift in the air fresh from a shower,

And birds chase cheerfully hither and thither.

My lute, with me, lies dreaming in the shadow of trees,

Longing for falls hanging from the heights yonder.

Petals fall quietly onto the soft soil.

Like chrysanthemum, gentlemen remain so tender.

Nature's gift is offered at such a wonderful hour,

And posies quiver in the field for me to gather.

七　洗炼

犹矿出金[1]，如铅出银[2]。

超心炼冶[3]，绝爱淄磷[4]。

空潭泻春[5]，古镜照神[6]。

体素储洁[7]，乘月返真[8]。

载瞻星辰[9]，载歌幽人[10]。

流水今日[11]，明月前身[12]。

【注释】

[1] 犹矿：一作"如矿"。矿：金矿石。金：金子。

[2] 铅：方铅矿，含铅质和银质，炼银用方铅矿，故曰："如铅出银。"此上下句通过炼金炼银来说明诗的洗炼。

[3] 超心：犹言超脱杂念，一心一意，或曰专心。炼冶：冶炼之倒装说法。

[4] 绝爱：弃尽。淄磷：一作"缁磷"。淄（zī）：黑色。磷（lín）：汉字本义为"薄石"。孔子《论语·阳货》云："不曰坚乎，磨而不磷；不曰白乎，涅而不缁。"即用本义。此处指云母石，系非金属元素，色黑，耐火。冶炼金属时

必弃之。谢灵运诗《过始宁府》云："淄磷谢清旷，疲而惭贞坚。"李白《古风五十九首》（其五十）云："赵璧无淄磷，燕石非贞真。"绝爱淄磷：谓提取精华，除去杂质，以求洗炼。

[5] 泻春：流泻的春水，喻其纯净。

[6] 照神：映照出人的神态。此时下句均借用空潭和古镜来说明洗炼应达到透彻纯净的程度。

[7] 体：体悟。素：纯洁。《庄子·刻意》云："素也者，谓其无所杂也；纯也者，谓其不亏其神也。能体纯素，谓之真人。"储：储存。洁：纯洁。储洁：转义为保持纯洁的道德修养。体素储洁：谓能体悟纯净，保持纯洁，则可达到修炼成真人的程度。

[8] 乘月返真：月光皎洁，暗示仙境。真为本真，返其原初。"乘月"本于《晋书·庾亮传》"诸佐史殷浩等乘月登南楼"之乘。南楼，本为晋庾亮与属僚歌咏嬉戏之地，借指仙境。"返真"本于《庄子·秋水》"谨守而勿失，是谓返其真"之真。一解"乘月返真"之真为"仙境"，从唐人以仙为真说，并引证陈寅恪《读莺莺传》："故真字即与仙字同义，而会真即遇仙或游仙之谓也。"

[9] 载：语助词，置于动词前，成对使用，如"载歌载舞"。瞻：仰望。星辰：一作"星气"。

[10] 幽人：幽隐之人。《易》云："幽人贞洁。"此上下句意思连贯，谓高洁的隐士一面仰望星斗，一面歌吟自得。又与前句通，孙联奎云"星辰无阛光"，喻"洁"，"幽人无秽行"，喻"真"。可前后印证。

[11] 今日流水：以流水明净喻今天的修养状态。

[12] 明月前身：以明月无瑕喻昨日的修养功夫。前身：佛家语谓"前生"，此处转指以前。此上下句有因果关系，即今日诗境所达到的洗炼状态正是诗人一贯坚持心灵净化的结果。

【疏解】

《洗炼》一品，本于冶炼出矿，后用转义。在写诗，乃是炼字造境的方法，而在人格，则是"澡雪灵府，洗练神宅"，是提纯人品的途径。其实，孔子的《论语》中已有这种比喻，所谓："不曰坚乎，磨而不磷；不曰白乎，涅而不缁。"孔子还没脱离原型，而儒道互补，发展为道家的维度，朝着内在的道德化方向提升。老子云："致虚极，守静笃。"庄子云："虚则静，静则动。"二者皆向着虚静的方向发展而去，乃至到了佛家禅宗，则变为三境界了：

"落叶满山，何处寻行迹？"第一境界也。

"空山无人，水流花开。"第二境界也。

"万古长空，一朝风月。"第三境界也。

三个境界，逐渐提升，逐渐提纯，逐渐进入道德修养的澄明状态，进入宇宙境界的无限时空。既是人品，也是诗品。诗人一也。

其实，佛家三境界，就已经诗意盎然了。

不过说到洗炼，就笔法简括和意境深远而言，倒可以八大山人的花鸟画为其典型。

绘画艺术到了八大山人手里，是再也不能简括的了，再也不能以少胜多的了。

单说鱼。

一条鱼，在画面中央，偏下，头左尾右，右上角一个提款"石鱼"，一方印，右下角两方印。其余全是留白，留白就是水，就是世界。不著一笔，尽得风流。

一条鱼，从右上角向左下角游去，右下角署名"八大山人"，是连写的，如同一个字，读若"哭之笑之"，又一方印。左边沿线上一方印，下脚三方印。

一条鱼，横在画面右下中间，嘴大张，眼翻白，鳍尾撅起，似狰狞状。右上一大印，右下一小印（落款在其中），左下角两小印。

画鱼从来不画水，而鱼的姿态尽出，所以若在水中。不在水中，又能在何处？笔法洗炼到如此程度，鱼的境界全出。因为水，谁都见过，你可以想象，而鱼虽然谁都见过，但你画不出八大山人的鱼的样态，所以，只此样态足矣——足以令你想象那画面是什么意思。意境洗炼到这种程度，除了八大山人，还能有谁？千古一人，一人千古。

西洋画可有此番操作，此番样态，此番洗炼，此番笔意？无，绝无。

【今译】

> 如同金矿炼成金，
> 如同铅矿炼出银。
> 精心陶冶，剔除杂质，
> 把诗性修炼得纯而又纯。
> 像空潭流泻的春水一般明净，
> 像铜镜照面容不得一点儿污秽。

体悟高洁，永葆素心，
趁月朗返回那至纯的本真。
星斗灿灿，仰之弥高；
隐士之心，付之歌吟。
今日流水般的纯净，
正是昨日明月生辉。

【英译】

Sort Out for the Best

Gold and silver fine indeed.

Out of ore they are refined.

Metallurgy requires meticulousness

To sort out the best for further purification.

From limpid pools come clear brooks.

An ancient glass reflects one's glowing looks.

So the poet, his inner self as simple as can be,

Sits in moonlight and retains the simple truth.

High above, twinkling stars wonder at man's world,

As the poet, in seclusion, sings out his delight.

The poetic realm of cleansing water today

Reflects the moon as bright as yesterday.

八　劲健

行神如空[1]，行气如虹[2]。

巫峡千寻[3]，走云连风[4]。

饮真茹强[5]，蓄素守中[6]。

喻彼行健[7]，是谓存雄[8]。

天地与立[9]，神化攸同[10]。

期之以实[11]，御之以终[12]。

【注释】

[1] 神：精神，可转指诗人的精神状态。行神如空：谓诗人的精神如凌空翱翔，无滞无碍。

[2] 气：气势，可转指诗人的气势非常。虹：彩虹。行气如虹：谓诗人的气势如长虹横空，威力无穷。李贺诗《高轩过》云："入门下马气如虹。"

[3] 巫峡：长江三峡之一，又称大峡，在今四川省境内，从大宁河口一直延伸到湖北省的官渡口，全长四十公里，两岸群峰如屏，风光绚丽，以巫山十二峰最为著名。寻：古时以八尺为一寻。千寻：极言巫山之高。

[4] 走云连风：如云如风般运行迅疾，与前句神气运行相连，以状劲健之气、奔走之势。

[5] 饮：喝。茹：食。《礼记》云："食草木之实，鸟兽之肉，饮其血，茹其毛。"饮真茹强：犹言吸收真气和强力。曰饮曰茹，方见得吸收消化，充实本体。郭绍虞注云："真，真力也，亦真气也；强，强力也，亦劲气也。所饮者真，所茹者强，则真力弥满，劲气充周矣。"

[6] 蓄素：积蓄洁素。参见《洗炼》注7"体素储洁"。守中：保持内中空虚状态。语出《老子》第五章"多言数穷，不如守中"。蓄素守中：此句谓保持内心纯洁空虚，才有持久的力量。如老子以古时风箱做例，谓其"虚而不屈，动而愈出"。

[7] 喻：同"谕"，晓谕，喻勉。彼：那，与"此"相对，转指对方或他，不包括说话人。彼因其本身为"小步"，故与"行走"等词连用。行健：永不停息的运动。语出《易·乾卦》："天行健，君子以自强不息。"

[8] 是谓：是……之谓。存雄：与"守雌"相对，并与上句相连，也即上文的"积健为雄"。是谓存雄：如言能像天行健一样自强不息，这才是真正的积健为雄。《庄子·天下》云："天地其壮乎？施存雄而无术。"可参考。

[9] 天地与立：与天地并立。

[10] 神化攸同：与造化同功。攸：助词，相当于"所"。

[11] 期之以实：以实求劲。期：企求。

[12] 御之以终：用之无穷。御：驾驭，控制。终：终久，永远。此上下句相连，并与前句贯通。郭绍虞注云："期，要也。御，统驭也。实，虚实之实，言充实于中。终，始终之终，言久而不变。'期之以实'，则不同虚骄之气，得其所以劲。'御之以终'，则并无间断之时，得其所以健。两'之'字分指劲健字。"

【疏解】

"天行健，君子以自强不息"，这是《易经》的基本精神。"劲则不敝，

326

健则不息"（《诗品浅解》），合而为"劲健，总言横竖有力"（《诗品臆说》）。可见，"劲健"作为艺术概念和美学范畴，最早见于书法。虞世南《笔髓论》引王羲之云："每做一点画，皆悬管掉之，令其锋开，自然劲健矣。"继而在绘画，也云劲健。《历代名画记》评画作时说："笔力劲健，风格高举。"进而在作诗，皎然《诗式》云："题材劲健曰力。"可见，笔力劲健，风格高举，是文学艺术的普遍法则。劲健的内功是神和气，而功能是存雄，达到雄强，也就是与天地造化同一。但究其根本，乃属于实的方面，强调以实开始，以实结束，要在驾驭笔力时，一气呵成，不能中间懈怠，有始无终。

以余之见，劲健笔法，可有各种表现。在书法中，最易看出，而元代一人，堪为典范。

康里巎巎，元代书法家，蒙古族，康里部人，字子山，号正斋、恕叟。自幼读国学，博览群书，曾为文宗、顺帝讲诵经书。先后任监察御史，集贤直学士，吏部尚书，奎章阁大学士，翰林学士承旨，江浙行省平章政事等职。最早提出编纂辽、宋、金三史。著名书法家，善真、行、草书，时人谓为得晋人笔意，成书片纸，争相宝藏。楷书宗师虞世南，行草学钟繇、二王，旁及米芾，笔画遒娟清秀，转折圆劲流畅，神韵可爱，名重一时。自言日写三万字，看见其行笔之快，爽利无双是其特点。爽利者，得劲健法也。

传世作品甚多，其《李白诗卷》，纵 35.3 厘米，横 63.8 厘米，现藏日本东京国立博物馆。此帖为李白《古风五十九首》之第十九首，用笔质朴刚健，揉入章草笔法；气势豪迈，奔放络绎。

又有《述笔法意》，可为其代表作。此卷系录唐代书法大家颜真卿《述张长史笔法十二意》一文，现藏北京故宫博物院。纵 35.8 厘米，横 329.6 厘米。计四接纸，103 行。卷末论云："此文议论精绝，形容书法之要妙，今晓书意者莫如公。至顺四年三月五日康里巎巎为麓庵大学士书。"此卷又称《草书张旭笔法卷》，书于 1333 年，时年书家 39 岁，精力充沛，书法刚劲圆秀，潇洒流利，有元一代，颇有影响。赵孟頫后，仅此一人而已。

要之，汉字乃汉民族的文化精魂，而少数民族书家能有此造诣，可喜可贺，故而记于此，不忘也。

【今译】

劲健者的神气行走如飞，
一往无前，如长虹贯空。
千尺巫山，叠峦如屏；
千里巫峡，走云连风。
吸收了大化的真气强力，
保持着内心的纯净虚空。
如日月经天自强不息，
这正是所谓的积健为雄。
吞吐万物天地同，
出神入化造化功。
实实在在地追求劲健，
才能统驭万物，贯其始终。

【英译】

Striving to Be Strong

The strong figure is striving forward
Like a rainbow across the blue,
And like thunderous clouds that roll
Over the majestic Gorge of Wu [1].

Great Nature nourishes his physique,
And cosmic spirit nurtures his nous.
He nerves himself in ceaseless activity
Like substance gathers power in motion.

As capacious as earth and heaven,
He reaches the acme of perfection.
For he is always striving to be strong
Both in his self and in his song.

Notes

[1] Gorge of Wu: one of the Three Great Gorges on the Yangtse River in Sichuan province, famous for its 12 peaks associated with legendary figures.

九 绮丽

神存富贵[1]，始轻黄金[2]。

浓尽必枯[3]，淡者屡深[4]。

雾余水畔[5]，红杏在林[6]。

月明华屋[7]，画桥碧阴[8]。

金樽酒满[9]，伴客弹琴[10]。

取之自足，良殚美襟[11]。

【注释】

[1] 神存：犹言心中自有。富贵：非指物质追求，也非指世俗追求。从上下文可看出，指对自然美或精神财富的追求。无名氏《诗品注释》云："言神之所存者，必有真富贵，乃能不以形迹之富贵为富贵，而可轻彼黄金也。"孙联奎则以牡丹为例，以示真富贵。

[2] 始：方才。始轻：始能轻视。此句谓黄金非为真富贵。

[3] 浓尽必枯：既可指物形之浓艳，又可指辞藻之浓艳。枯既可谓内心之枯竭，也可谓诗意之枯竭。另外，此句还含有变化之规律性暗示。

[4] 淡者屡深：一作"浅者屡深"。淡可指物性之清淡或辞藻之恬淡，深可指内心之深厚或诗味之永久。屡：多次，常常。此句谓外淡而内浓者才是真富贵，即绮丽。薛宝钗《咏白海棠诗》云："淡极始知花更艳。"（《红楼梦》）

[5] 雾余水畔：一作"雾余山青"；一作"露余水畔"。杨廷芝《诗品浅解》云："雾余者，雾已收而未尽收，雾縠霏微，余阴晻霭于水畔，则水气与雾气交映成文。"此为淡，为绮。

[6] 红杏在林：满树红杏，遍野春色。此为浓，为丽。

[7] 月明华屋：明月照华屋。

[8] 画桥碧阴：雕刻如画的桥映在绿荫中。此上下句可相映成趣，构成绮丽。无名氏注云："月照于华屋，则屋之丹青，刻镂者愈有精神；阴碧于画桥，则桥之彩色艳妍者，愈形绚烂。碧阴，如杨柳之阴所覆皆碧也。"

[9] 金樽：一作"金尊"。樽为古代盛酒器具。杨廷芝《诗品浅解》注云："酒满不必金尊，而金尊酒满，精光辉映，不期绮丽而自绮丽。"

[10] 伴客弹琴：一作"共客弹琴"。

[11] 良殚美襟：系由陶渊明《诸人共游周家墓柏下》"未知明日事，余襟良已殚"句化出。良：很，极。殚（dān）：尽；完全。襟：本指衣襟，转义为

襟怀，胸怀。无名氏注云："殚，尽也。襟，襟怀也。美，好也。言抚斯境也，取之于内，无不自足而有余，良足以殚一己之美襟而舒畅于怀抱也。"可见良殚美襟，即今所谓能尽兴，完全满足自己的审美欲望之谓也。

【疏解】

绮丽本是一种诗歌史上不足为法的风格和倾向，谓其绮靡华丽，便不无贬义。李白《古风五十九首》（其一）批评建安以降，诗风绮丽，诗云："自从建安来，绮丽不足珍。"杜甫《偶题》则说的是首创与后继的关系："前辈飞腾入，余波绮丽为。"六朝粉黛，金碧辉煌，宫廷画派，富贵气太重，人为雕饰的斧痕也很明显，便难脱脂粉气、女人气、富家气、纨绔气。相反，清代小说《红楼梦》极写朱门闺阁，写尽儿女情，但由于其精神内涵丰富，批判力度大，则不显其女儿气、脂粉气，虽然就风格和题材而论，可以归入绮丽一路。

在美学上，绮和丽也可分开，"绮则丝丝入扣，丽则灿烂可观"（《诗品臆说》）。"绮丽，文绮光丽。此本然之绮丽，非同外至之绮丽。"（《诗品浅解》）从古人的解释可以看出，绮偏重于纹理，丽偏重于光色，绮的要点在于组织严密，丝丝入扣，丽的要点在于灿烂辉煌，令人赏心悦目。然而，绮之过分则为繁缛、混乱，而丽之过度则为满篇浮光掠影，不见本来面目，在风格上便俗不可耐，一无取处。所以，无论如何理解绮丽，都应当是事物本身的纹理光影的体现，而不是外加上去的人工制作的感觉。由此看来，关键是诗人和艺术家内在的丰富和深刻，精神修养的高古和艺术储藏的富贵，而不是外物直接呈现的样子。正所谓"神存富贵，始轻黄金。/浓尽必枯，淡者屡深"。

在这个意义上，清代曹雪芹的《红楼梦》是绝妙的例证。它本来就是一部非同寻常的小说，是古典文学的高潮和巅峰之作。其中的《好了歌》具有主题曲的作用，而《〈好了歌〉解》，则是其最佳注脚。这里仅捻出《〈好了歌〉解》，作为《绮丽》一品的例证。

《红楼梦》第一回作为全书的引子，交代了事情的由来和成书的经过，营造出小说的气氛，牵扯出重要的人物，指点出作品的主题。在某种程度上，可以说《好了歌》就是《红楼梦》的点题之作。与之密切相关的两个人物贾雨村（假雨村言）和甄士隐（真事隐去）都已出场，他们是神界（仙界）在尘世人间的代表和先知先觉者。故而作者让甄士隐进入暮年，贫病交加，渐渐地露出了那下世的光景来。一日，他挂着拐杖到街前散心，忽遇一跛足道人，疯狂落拓，麻履鹑衣，一面走来一面口中念念有词。这就是著名的《好了歌》（略）。

临了，甄士隐对《好了歌》做了一番解释，称为《〈好了歌〉解》。

《好了歌》解

陋室空堂，当年笏满床；

衰草枯杨，曾为歌舞场。

蛛丝儿结满雕梁，绿纱今又糊在蓬窗上。

说什么脂正浓、粉正香，如何两鬓又成霜？

昨日黄土陇头送白骨，今宵红灯帐底卧鸳鸯。

金满箱，银满箱，展眼乞丐人皆谤。

正叹他人命不长，那知自己归来丧！

训有方，保不定日后作强梁。

择膏粱，谁承望流落在烟花巷！

因嫌纱帽小，致使枷锁扛；

昨怜破袄寒，今嫌紫蟒长。

乱哄哄，你方唱罢我登场，反认他乡是故乡。

甚荒唐，到头来都是为他人作嫁衣裳。①

质言之，甄士隐的《〈好了歌〉解》是《好了歌》的直接继续，它对《好了歌》做了深刻含义上的解释和发挥，把《好了歌》中的总体思想或曰否定现世的世界观，落实到《红楼梦》故事中一些具体的人物身上，为全书主要人物及其命运定下了基调。然而，这种解释既形象生动又抽象含混。换言之，如果把《好了歌》视为哲学，把《〈好了歌〉解》视为文学，则对前者不宜做过分思辨之解，对后者不可做过多的考据之事。正是在从哲学向文学过渡的意义上，跛足道人说甄士隐"解得切，解得切！"《〈好了歌〉解》没有用七言，而是用了长短句，这就使得其表达更加灵活自如，显得错落有致而不是整齐划一。而在修辞上，繁密的意象描写和哲理评论的交错出现，形成了富贵繁华的温柔乡和衰草枯杨、蛛丝雕梁的强烈对比，所以，就其描写的风格来说，也不完全是绮丽，而有枯萎衰败的感觉。以此作为对历史规律和人类命运的书写，岂不是最为合适的概括了吗？

这正是所谓的"浓尽必枯，淡者屡深"。这不是风格和境界问题，却是

---

① 转引自王宏印《〈红楼梦〉诗词曲赋英译比较研究》，大连海事大学出版社，2015，第15页。

真理成为警句名言啊!

为何能做到? 岂不是因为作者历尽人间苦恨，看破红尘，才能做到"神存富贵，始轻黄金!"

【今译】

> 胸中有真富贵，
> 才不看重黄金。
> 外在的浓艳掩饰着质的枯萎，
> 设色淡雅反能使诗味长存。
> 水畔上晨雾将尽未尽，
> 红杏闹春装扮着绿林。
> 明月照华屋熠熠生辉，
> 画桥藏绿荫风光明媚。
> 让金樽把美酒斟满，
> 在堂前为嘉宾抚琴。
> 自有取之不尽的绮丽妙境，
> 来满足我一颗追求丰富的心。

【英译】

Ornate and Ariginal

A mind enriched scorns gold.

(All that glitters is not gold.)

Too much makeup spoils nature's beauty.

Simplicity can mean a good taste of poetry.

A misty pool looks ever more mystical.

Apricot pink highlights the spring forests.

A magnificent mansion invites the clear moon.

An engraved bridge hides in the shy shadow.

Let the golden cups be filled with wine.

Let the host play lute music for his fellows.

A gentleman is content with his original style,

Which in turn satisfies his truth-seeking soul.

十　自然

　　俯拾即是[1]，不取诸邻[2]。

　　俱道适往[3]，著手成春[4]。

　　如逢花开[5]，如瞻岁新[6]。

　　真与不夺[7]，强得易贫[8]。

　　幽人空山，过雨采蘋[9]。

　　薄言情悟[10]，悠悠天钧[11]。

【注释】

　　[1] 俯拾即是：俯身捡取，随手可得。喻写诗的素材乃天然所生，随手拈来，来得自然。

　　[2] 不取诸邻：不必借助于他人。

　　[3] 俱道：《庄子·天运》云："道可载而与之俱也。"道即自然。适往：《论语·子罕》云："可与共学未可与适道，可与适道未可与立。"适往：即前往。郭绍虞注云："既与道俱而再适往，自然无所勉强。"

　　[4] 著手成春：一作"着手成春"，即按照自然之道前行，则一经手就能写出好诗。杨廷芝《诗品浅解》云："著手句，言如画工之肖物，随手而出之。"

　　[5] 如逢花开：像花开一样自然而然。逢：偶遇。

　　[6] 如瞻岁新：像辞旧迎新一般自然。瞻：观看。

　　[7] 真与不夺："与"同"予"。夺：丧失。真正属于我的不会丧失。

　　[8] 强得：勉强得来。易贫：容易丧失。勉强得来的容易丧失。

　　[9] 过雨采蘋（pín）：一作"过水采蘋"，一作"过雨采苹"。蘋为蕨类植物，生于浅水，茎横生于泥中，叶有长柄，柄端生有四片小叶，俗名"田字草"。此句与上句连，谓隐士居于山中，雨后出来顺手采蘋，与首句"俯拾即是"相应。

　　[10] 薄言：语助词。《诗经·芣苢》曰："薄言采之。"情悟：一作"情晤"，指一时之情适心有所悟，即悟得自然之道。

　　[11] 悠悠天钧：悠悠，犹言长久不息。天钧：谓天道运行不息。钧：本是造瓦的转轮，此处借指天道运行。语出《庄子·齐物论》："是以圣人和之以是非而休乎天钧。"郭绍虞解为："言任天而动，若泥在钧，惟甄者所为也。"此句谓幽人于山中悟得道的真谛，与天地同行，喻诗要出得自然，浑然天成。

【疏解】

自然不能说是一种风格和境界，它是一切艺术的起码要求和最高原则，违背了自然，就不可取、不足观了。可见把《诗品》视为风格和境界，而不是诗学理论和创作典范，其本身是有缺陷的、不完备的，在方法上也值得检讨和讨论。从本品的排列位置来看，它是对前面诸品的一个总结和一个纠正，也是一种提醒，即无论属于哪一品，都不能违背自然的法则，尤其放在《绮丽》的后面，具有匡正的作用。

有论者从诗学史的发展角度论证过"自然"，认为它不是一品，而是诗学的最高原则，而且把它联系或归结为司空图《诗品》的贡献，明确指出："对'自然'最有名的论述可能是司空图的《二十四诗品》，见《中国历代文论选》卷二（上海古籍出版社，1979），第 205 页；同时请见司空图《与李生书》，同上，第 196—197 页。参见王士禛的评论，《中国历代文论选》卷三（上海古籍出版社，1980），第 369—371 页。"①

　　在此，我们有必要稍稍解释一下王维之后诗学的发展。许多批评家不受王维美学观念的束缚，将这种风格的实质，"自然"，视为中国诗歌的最高艺术理想。从这一核心概念中发展出一系列相关的概念，比如"冲淡"、"典雅"、"清奇"、"质朴"等。由于诗人不信任语言，"意在言外"逐渐演进为中国诗学的一个核心观念。这种观念当然与律诗的紧密性和田园诗的美学观念相适应，但它更多地是属于整个诗歌传统的，而不仅仅限于这一特定的诗体形式。②

下面转而分析《自然》一品的文本。从一开始到"俱道适往"，可以理解为诗歌创作中素材的获得和提取，而"道"是内在的前提和修养。"俱道适往"，不仅取材于自然，而且不能违背自然之道，所谓化石点金，"著手成春"，和自然现象有时节和火候一样，必须保持同步，不能勉强为之。过雨采蘋，即时机的把握。而且有一个很高的标准，那就是要经过自然天钧的平衡作用，而拒绝人为地加工制作。"天钧"原是天道运行之环形轨道，来自制作陶器的转轮，转指自然的运行规律和过程。质言之，"道法自然"之谓

---

① 高友工：《律诗美学》，乐黛云、陈珏编选《北美中国古典文学研究名家十年文选》，第 108 页。
② 高友工：《律诗美学》，乐黛云、陈珏编选《北美中国古典文学研究名家十年文选》，第 95 页。

也。其要点也在悟性，不仅是悟出自然之道，而且是悟出人生之道。否则，何以言诗？即便是语言本身，也有其局限。后人所谓艺术修养的"外师造化，中得心源"庶几近之。

无论是把"自然"作为一品，还是作为诗歌美学的最高的代表性原则，则均非陶渊明的《归园田居》莫属。

公元405年（东晋安帝义熙元年），陶渊明在江西彭泽做县令，八十多天后，声称不愿"为五斗米折腰向乡里小儿"，挂印回家，从此结束了时隐时仕、身不由己的生活，终老于田园。田园生活和诗酒生活，使其具有农人和诗人双重身份，但读书写诗，抒发内心的归隐情怀，描写田园生活的淳朴率真，则是其一生的事业。陶渊明以田园诗名世，其诗文今存一百三十余首（篇），其中诗一百二十余首，文十三篇。

他一生的创作大约可以分为前后两个时期。《归去来兮辞·并序》为分界，标志着他的出仕和归隐。"悟已往之不谏，知来者之可追。实迷途其未远，觉今是而昨非。"这些朴实而美妙的诗句描写了诗人转折和悔悟的心情。至于这一转折的思想基础，除了魏晋时期的社会动乱、人心觉醒、崇尚玄学、主张自然的时代精神之外，也有陶渊明自身的原因。

他出身没落仕宦家庭，少年家贫苦读立志报国，中年出仕但十年左右即告归隐，从三十八岁始躬耕田垄二十余年直到终老。就陶渊明的思想内涵而言，他显然受到嵇康"越名教而任自然"思想的影响，再向前追述，则可以探到老子自然主义哲学之宗的本原。当时的自然，一指自然界的自然，一指自然而然的自然，总之，是主张一种合理而闲适的生活，借以反对和冲决名教礼法的束缚，追求个性解放和人格自由。

陶渊明的《归园田居》（其一），可谓自然诗歌的典范，并非今日美国自然文学或自然写作（natural writing），和超验主义的代表人物梭罗的《瓦尔登湖》也不尽相同。在前者主要是环境保护的主题和生态伦理的主题，在后者则主要是人接近自然和对人性与文明的反思，和《庄子》有所同，也有所异。而在陶渊明的魏晋时代，还不是那样。他的自然诗，表达的是人生的主题。陶渊明的自然之诗，不仅在于描写了自然风光，抒发了对自然的热爱和皈依的愿望，而且其诗风本身淳朴自然，不事张扬，也不隐晦，坦白质朴，是淳朴人性的天然流露，也是归隐田园的愿望的实现，同样，也是对人类文明的一种背弃和反叛。"久在樊笼里，复得返自然"寄托的是全诗的主题，也是诗人人性得解放的自由宣言。

归园田居

其一

少无适俗韵，性本爱丘山。误落尘网中，一去三十年。
羁鸟恋旧林，池鱼思故渊。开荒南野际，守拙归园田。
方宅十余亩，草屋八九间。榆柳荫后檐，桃李罗堂前。
暖暖远人村，依依墟里烟。狗吠深巷中，鸡鸣桑树颠。
户庭无尘杂，虚室有余闲。久在樊笼里，复得返自然。

　　陶渊明的高明之处，在于他是多样的统一，既抛弃了儒教，又不尽信佛道，不信未来和来世，略有怀旧之意向，但既背离了官场，也不进入文艺圈，而日常之生活中，在隐士与平民之间，绝了返回官场的欲望，也不是完全消融在世俗之中。虽有诗酒精神，但不笑傲江湖，也不迷恋魔道，不造反，不叛逆，也不压抑，不病态，不颓废——而是守中，守着普通人的生活，但不是愚民和不开化的人，而是有文化的人，但又不是文人，不为文人气节和文艺习气所染。甚至不是中庸之道，无所谓不偏不倚，也无所谓消极与进取。他是一个很自然、很正常、很自我的人。

【今译】

诗的素材随处可见，
用不着求助别人装点门面。
循着自然之道信步前往，
脱手而出，便能妙手成春。
像花开花落适时而遇，
如冬去春来岁月常新。
真正掌握的谁也夺不去，
勉强得来的反而容易丧失。
山中隐者趁雨过水采一把蘋草，
是一时的情适而心有所悟：
天道运行不息，
人要心与道一。

【英译】

Follow Nature

Just look around your own world.

Never turn to others for a word.

Take the way that nature goes, and

Draw on its source and make it surely yours.

Flowers show in due hours of a season,

Which replaces the old to become the new.

Whatever is native to you is yours.

Borrowing is easy come and easy go.

Shower over, comes the hermit collecting clover;

He is the man who knows the moral of Nature:

The Great Tao follows its natural course.

The great mind follows its natural course too.

十一　含蓄

不著一字[1]，尽得风流[2]。

语不涉己，若不堪忧[3]。

是有真宰，与之沉浮[4]。

如渌满酒[5]，花时返秋[6]。

悠悠空尘[7]，忽忽海沤[8]。

浅深聚散，万取一收[9]。

【注释】

[1] 著：一作"着"。读若 zhù，义为"显露""写"。《史记·韩非传》云："不能道说，而善著书。"读若 zhuó，义为"附加"。贾谊《论积贮疏》云："今殴民而归之农，皆著于本，使天下各食其力……乐其所矣。"无名氏《诗品注释》云："著，粘著也。言不著一字与纸上，已尽得风流之致也。"翁方纲《神韵论》云："不著一字正是谓函盖万有。"

[2] 风流：本指功绩卓著又有文采的人物，或才学非凡而又不拘礼法的人物，转义为英俊潇洒的气度，此处指诗的风采韵流。这上下两句是说：在诗中尽管无一字是直接的描述，却可以使读者感受到其中的韵味无穷。无名氏《诗品注释》云："此二句已尽含蓄之义，以下特推而言之。"甚是。

[3] 语不涉己，若不堪忧：一作"语不涉难，已不堪忧"；一作"语不涉

难，若不堪忧"。言语中并无词语直接抒发诗人自己的痛苦，读起来却叫人痛苦得难以忍受。

[4] 是：这，承上而来。是有：于中有。真宰：主宰万物之道，即自然的主宰。《庄子·齐物论》云："若有真宰，而特不得其朕。"郭象注云："万物万情，趣舍不同，若有真宰使之然也。起索真宰之朕迹，而亦终不得，则明物皆自然，无使物然也。"沉浮：原指物在水中与之或沉或浮，此处指诗歌创作中的心境随自然而变化，谓含蓄并无定法，还需随运而变。郭绍虞注云："有此真正主宰，主乎其内，自然表现于文辞者，也就与之或沉或浮而若现若不现了。这即说明含蓄之真谛。"

[5] 渌：同"漉"（lù），滤去水分或渣滓，使液汁慢慢渗下。如渌满酒：一作"如满绿酒"，指酿酒时发酵的粮食已满含酒汁，但酒需慢慢地渗出，且渗渌不尽；也状含蓄，有言不尽意之感。

[6] 花时返秋：开花之时忽遇寒气，则花儿便不能完全开放；也喻含蓄之意，且有适时与度的概念在其中隐含。

[7] 悠悠：状天空之广，可转声做遥遥。空尘：空中的微尘。

[8] 忽忽：状海水之流，有变化不定感。沤（ōu）：水泡。海沤：海中的水泡。

[9] 浅深：指水沫在海中有深有浅。聚散：指微尘在空中或聚或散。也可前后兼之，并喻万千气象。万取一收：可取者如尘埃水沫何至千万，收入笔端时则只取其万一，以一驭万，以小见大，以少见多，也是极言含蓄之美。孙联奎《诗品臆说》发挥说："万取，即取万于一，不著一字；一收，收万于一，即尽得风流。"

【疏解】

《诗品浅解》云："含，衔也；蓄，积也。含虚而蓄实。"虽是字面的解释，但也包含了相当的道理。所谓含蓄，就是言之有物，但有虚的成分在，不是单纯的实，不留空白，或把话说尽，不留余地。既然如此，含蓄就和自然一样，不属于某一种风格和境界，也不独为诗歌所具有，而是为一切艺术创作所应具备的内在品质和修养。以少而言多，甚至"不著一字，尽得风流"，或者"语不涉己，若不堪忧"，讲的是不同的情况。在没有文字的地方，不见得没有意义。但其创作要点，似乎并不在于留白和以少胜多，还有更重要的层次。那就是"浅深聚散，万取一收"。佛经中早有"一花一世界"的说法，英文单词 universe（宇宙）便含有"一"和"多"的关系。黄檗希运《宛陵录》云："见一尘，十方世界山河大地皆然；见一滴水，即见十方世界一切性水。"而"万取一收"，既是以小见大、见微知著、见一斑而知全豹，也是宏观把握世界、纲举目张、驾驭世界、役使万物的意思。由此可知，《含蓄》一品，虽然讲的是深文隐蔚，寄意遥深，避免直露的法则，但在掌握世界和驾驭行文上，则和《雄浑》的精神是相通的，和《自然》也不违背，但似乎更偏重于《冲淡》和《沉著》。

说到含蓄，也许最为含蓄的是音乐，只有音乐可以"不著一字，尽得风流"。

而在中国，古琴可能是最有代表性的乐器。古琴，弹奏的乐曲是一，而后人唱出的琴歌又是一。也许最早的记载见于《尚书·益稷》：

夔曰："嘎击鸣球，搏拊琴瑟，以咏。"
（今译：夔说："敲起玉磬，打起搏拊，弹起琴瑟，唱起歌来吧。"）

儒家经典《礼记》中记载了敬天事神的《南风歌》：

昔者，舜作五弦之琴，以歌《南风》。

可见最早的琴功能，是宗教性的、向天歌的。
《南风歌》的上古曲谱，今已不得而知，歌词却传了下来：

南风之薰兮，可以解吾民之愠兮；
南风之时兮，可以阜吾民之财兮。

到了唐代，琴的演奏技巧、乐曲和琴歌都很发达，但由于胡乐的引进，音乐多元化的格局形成，琴歌并不是定于一尊甚或不是特别时尚的类型。尽管如此，作琴歌的诗人还是大有人在，李白和韩愈是其中最为多产的作者。而白居易，则有《废琴》《邓鲂、张彻落第》二首诗，后者尤其感慨"古琴无俗韵，奏罢无人听"的尴尬境况。然而，与其说琴在唐不很盛行，不如说唐代的文人雅士对琴的渴望和喜爱更甚于别时。

司空图《诗品》中至少有三处提到琴，可见其对琴情有独钟。

眠琴绿荫，上有飞瀑。

（《典雅》第六）

金樽酒满，伴客弹琴。

（《绮丽》第八）

一客荷樵，一客听琴。

（《实境》第十八）

白居易的《清夜琴兴》便是一首描写月夜空林弹琴的佳作：

月出鸟栖尽，寂然坐空林。是时心境闲，可以弹素琴。

清泠由木性，恬澹随人心。心积和平气，木应正始音。

响馀群动息，曲罢秋夜深。正声感元化，天地清沉沉。

不仅如此，《四库全书》子部《琴史》卷四，记录了白居易耽于琴曲的真实场面，把一个热爱古琴、心性旷达的白乐天及唐时的琴文化写得令人如痴如醉、向往不已：

白居易，字乐天……自云嗜酒、耽琴、淫诗。凡酒徒、琴侣、诗客，多与之游。每良辰美景，或雪朝月夕，好事者相遇，必为之先拂酒罍，次开诗箧。酒既酣，乃自援琴，操宫声，弄《秋思》一遍。若兴发，命家童调法部丝竹，合奏《霓裳羽衣》一曲，放情自娱，酩酊而后已。肩舁适野，舁中置一琴一枕，陶、谢诗数卷，竿左右悬双酒壶，寻水望山，率情便去，抱琴引酌，兴尽而返，其旷达如此。[1]

当然，琴自身的声音和人歌唱的声音还是有区别的，相比之下，琴歌当然不及琴音本身来得含蓄和高雅。所以，到了宋元时代，人们对琴音和琴歌的关系开始有一个根本的纠正，即基于这样一种认识——认为琴歌不如琴曲高雅含蓄，尤其对后世人们乱作琴歌、附庸风雅的做法，表示明确反对。元人陈敏子的《琴律发微》便有这样的高论：

夫琴，其法度旨趣尤邃密，圣人所嘉尚也。琴曲后世得与知音，肇于歌《南风》，千古之远，稍诵其诗，即有虞氏之心，一天地化育之心可见矣，矧当时日涵泳其德音者乎？风雅颂，披之弦歌，即曲也，皆缘辞而寓意于声。如《文王操》、《泰山》、《流水》，则类皆于声而求意，所尚初不在辞也。汉晋以来，固有为乐府辞韵于弦者，然意在声为多，或写其境，或见其情，或象其事，所取非一，而皆寄之声。后亦有实亡

---

[1] 转引自薄克礼《中国琴歌发展史》，第112页。

所得，妄加之名，为街鬻讨者，斯亦不足算也矣。①

陈敏子之高论，诚与郑樵的观点相一致，而又为后来的严澂所赞成，并加以发挥，开启了虞山派的先河。此为后话，不赘。盖因愚意在琴曲之含蓄也。

【今译】

> 诗贵含蓄。气韵生动
> 须弥漫于字里行间。
> 无须长吁短叹，
> 读之却苦不堪言。
> 只要胸中有数，不离宗旨，
> 用笔可轻可重，或隐或显。
> 意味充沛，如酒汁滴滴沥出；
> 含苞欲放，似花木知遇深秋。
> 辽阔的天空微尘飘浮，
> 茫茫大海上水沫浮现；
> 一粒沙可见出整个宇宙——
> 万千气象，要在万取一收。

【英译】

> Telling, But Not Saying
>
> Telling, but not saying.
> And do it with a crack style.
> Spare the word, say, "complaint",
> And leave it for the comprehending reader.
>
> For poetic image speaks for its self：
> Implicit is a better implement.
> Wine in brew keeps dripping little by little.
> Flowers in fall hold back from full blossom.

---

① 转引自薄克礼《中国琴歌发展史》，第146～147页。

Infinite are dusts in the air

And fine foams on the vast sea.

Poetic flavor lies well concealed, you know.

A grain of sand contains a great sense.

十二　豪放

观花匪禁[1]，吞吐大荒[2]。

由道返气[3]，处得以狂[4]。

天风浪浪[5]，海山苍苍[6]

真力弥满[7]，万象在旁[8]。

前招三辰[9]，后引凤凰[10]。

晓策六鳌[11]，濯足扶桑[12]。

【注释】

[1] 观花匪禁：一作"观化匪禁"。孙联奎《诗品臆说》解"花"作"化"："化，造化也。禁，滞窒也。能洞悉造化，而略无滞室。"祖保泉《司空图诗品臆说》解"观花匪禁"为"放眼在都城看花"并引孟郊《登科后》诗句"春风得意马蹄疾，一日看尽长安花"，似也可通，但以前者语气上更为贴切。

[2] 大荒：指广漠辽远的边陲荒野。《山海经》有《大荒经》，状其辽远荒漠，诗人用来状豪放之气。贾谊《过秦论》云："有席卷天下，包举宇内，囊括四海之意，并吞八荒之心。"此上下两句指无拘无束地放眼观自然大化之万象，表现出气吞山河的豪迈气势。

[3] 由道返气：道为万物之源泉、根本；气为万物之元素、构成。由道返气，即观物取象不离道的根本，再从道的本原认识物象的变化。

[4] 处得以狂：一作"处得以强"。狂：狂放不羁，即以狂为处世吟诗之要端，几近豪放。郭绍虞解曰："由道返气，言豪气是集义所在，根于道，故不馁。处得以狂，言忘怀得失，才能自得，超于世，故无累。不馁无累，自近豪放。"

[5] 浪浪：流动之状。屈原《离骚》曰："沾余襟之浪浪。"

[6] 苍苍：深青色，谓山川河海苍茫。

[7] 真力：真正的气概和力量。弥满：弥漫，或充满。真力弥满：犹言宇宙元气和诗人豪气化为一体，充满天地之间。参看《雄浑》注2"真体内充"。

　　[8] 万象：万物，或万物的气象。在旁：如在近旁，咫尺可触，以供役使。孙联奎注解云："凡所应有，无不俱有，鬼斧神工，奔赴腕下，是之谓万象在旁。"似创作时的书写动作过于紧贴，实谓创作之际形象招之即来，浮想联翩。

　　[9] 三辰：日、月、星谓"三辰"。

　　[10] 凤凰：祥瑞之鸟，也为虚构之鸟，凤为雌，凰为雄。

　　[11] 晓：拂晓，清晨。策：策动，驱使。六鳌：六只鳌鱼，见于《列子·汤问篇》。其载，渤海之东有五座大山，上居仙人，因山不相连，恐流散失，天帝命禹疆使十五只巨鳌举首负载之。后龙伯之国的巨人钓去六鳌，致使其中岱舆、员峤二山无所依托，北流沉于海。故今只剩蓬莱三岛存之。

　　[12] 濯（zhuó）足：洗脚，可泛指沐浴。扶桑：古时神话中的神树，代指太阳升起的地方，谓日出扶桑。《十洲记》云："扶桑在大海上，树长数千丈，一千余围，两干同根，更相依倚，日所出处。"《淮南子》记曰：日出于旸谷，浴于咸池，从扶桑上方拂掠而过，升上天空。诗中谓诗人招星辰，引凤凰，驱巨鳌，沐扶桑，可见其有经天纬地之胆，驱神弄鬼之才，以状其豪放之势，豪放之态。

【疏解】

> 秦时明月汉时关，万里长征人未还。
> 但使龙城飞将在，不教胡马度阴山。

　　边塞一轮明月，照过秦朝和汉朝，而眼前要穿越的关塞，也是秦汉遗迹。这种秦汉时空的描写，把诗人和读者都带到了远古的边疆岁月，历史感在这里不仅追溯以往，也是当下的观照，是历史遗迹和战事的继续，历历如在目前。而那些边疆的将士呢？如此的遥远，如此的故旧，却不见一个人回来——他们一去不复返了，成了累累白骨，成了闺中梦里思念的亲人。然后转向现实。假若飞将军李广还在，岂能让胡人度过阴山，来骚扰我们的边疆？换言之，今日戍边的将士，就是当年的龙城飞将李广啊！

　　这就是王昌龄的《出塞》，边塞诗的杰作。而司空图所激赏的，在唐代诗人中，首推王昌龄。

　　王昌龄（698～757年），字少伯，幼家贫，务农养家糊口，约三十岁进士及第，初任秘书省校书郎，后任汜水尉，因事被贬岭南。开元末返长安，改授江宁丞。被谤谪龙标尉。安史之乱起，被刺史闾丘晓所杀。一代七绝圣手，死于非命，可叹！

　　司空图首推王昌龄，这是为什么呢？其中的原因是很多的。首先，晚唐时的司空图本人的创作基本上都是近体诗，以律诗和绝句居多，这与盛唐诗人杜甫等对初唐四杰的强调是不一样的。白居易首推陈子昂和大李杜。韩愈也是如此，有诗云："国朝盛文章，子昂始高蹈。勃兴得李杜，万类困陵暴。"司空图则不然，他竭力推王昌龄，认为在李杜之前，王昌龄是最杰出的，因为王昌龄代表盛唐诗的特点，就是："盛唐气象浑成，神韵轩举"（胡应麟）；或曰"盛唐诸公，全在境象超诣"（翁方纲）。而明代李攀龙则认为王昌龄的《出塞》是七绝的压卷之作。

王昌龄的另一首诗——《从军行》也堪称边塞诗的杰作、豪放一派的代表。

> 青海长云暗雪山，孤城遥望玉门关。
> 黄沙百战穿金甲，不破楼兰终不还。

这里的青海是青海湖，以长空云阵把雪山都压暗了来营造水云浮动的气氛，而遥望远处的玉门关，孤城远景，则拉开了空间距离，展开巨大的时空想象。经过千百次的战斗，战士们的铁甲都磨破了、穿透了，他们毫不气馁，发誓要驱逐胡人的骑兵，保卫国土，然后才还家。楼兰是汉朝时西域的一个小国，在今新疆维吾尔自治区鄯善县东南部，这里用以指入侵中原的突厥人。

这样的诗作，当然属于豪放一路。但与其说豪放是行文作诗的风格，不如说是文人的一种性格和人生态度。这从《诗品》该品的行文中可以窥探出蛛丝马迹。也许我们可以说，从《自然》开始，经过《含蓄》，进入《豪放》，《诗品》就不在于完全描写和说明风格、境界，而是进入诗人自己的修养之中，表达创作者的主体意识和状态了。由此看来，早从第一品《雄浑》开始，乃至第二品《冲淡》，第四品《沉著》，都有这样的意思，循此而往，可见其贯穿了一条诗人追寻真理的思路，只不过分散在各品之间，草蛇灰线，不太容易看出罢了。这也可以看出含蓄的另一重意味、诗人司空图行文的委曲和用意的精深。

也有人把王昌龄归入雄浑一路。其实，豪放和雄浑，就《诗品》的写作而言，不仅在意境上，而且在行文上，都似曾相识。甚至在用词上，在结构上，都十分相似。只是到了《豪放》的最后"前招三辰，后引凤凰。晓策六鳌，濯足扶桑"不是以哲理作结，而是以意象作结。因此，我们有理由把豪放既看作风格意境，也看作诗人修养，就像我们说起宋词的豪放派（相对于婉约派)，往往以苏轼、辛弃疾代表此类作品一样。

> 豪放之文，其势如万马之冲，河流之决。东坡为文，放言高论，辨难攻击，虽厉声色、露锋芒，而气力雄健，光焰长远，自若也。[1]

尽管如此，《豪放》在一开始，提出"观花匪禁，吞吐大荒"的命题，乃是以观察大千世界的造化开始，以傲物做内在的根据，由此也可看出，豪放性格的形成，乃至于进入创作过程，也是对《雄浑》的补充和发挥。如果说《雄浑》重在创作动因，强调内在的修炼功夫，与大道合一的境界，《豪放》就重在创作态度，啸傲山林、睥睨万物是其所尚也。

不过，这样的解释，是纯粹学理的，而且难免囿于司空图本人在《诗品》中的具体描写，例如，总会朝浪漫气质的方向流去，向儒释道结合的总体归去。其实，作为一种诗词的风格，甚至意境，未必一定如《诗品》所写的那样，因为囿于具体的以事论事、以诗论诗的写法，而难免与抽象的分类和典型描述有不完全吻合之处。所以，我们的列举和说明虽然以司空图的《诗品》为基础，但也不局限于此，而是结合司空图的其他作品，将其看作一个整体，来加以审美的观照，来进行诗歌的品评。

【今译】

眼观大化万千，
气吞大漠山川。
观物取象不离道根，
忘怀得失自在若狂。
任长风在胸中激荡，
任山岳海涛莽苍苍。
让豪气充满天地，
诗人独能役使万象。
前方有日月星辰凭我召唤，
身后是百鸟之王随我翱翔。
拂晓，我驾着巨鳌东行，
傍晚洗足咸池看夕阳。

---

[1]　高维国、张格注释《汉文典注释》，第 248 页。

【英译】

My Mind Marching Unhindered

My eyes sweep the world.

My mind marches unhindered.

The cosmic spirit surges inside.

I am so bold and broad-minded.

Let a hurricane rise in my bosom!

Let the landscape stimulate my ambition!

I am ONE with the universe.

And everything is at my service.

The moon and stars call me ahead,

And phoenix escorts me in flight[1].

At dawn, I drive the Six Huge Turtles eastward[2],

And at twilight, I wash my feet in the Xian Sea[3].

Notes

[1] Phoenix: a legendary bird and a graceful dancer suggesting good luck, which is also a symbol of peace and stability.

[2] Six Huge Turtles: legend has it that 15 huge turtles were sent by Heavenly Emperor to support the five mountains of immortals floating in the sea, and Six of the turtles were angled by a giant, and two of the five mountains sank.

[3] Xian Sea: a place in which the sun bathes before it rises from the horizon. The poet borrows the image from folklore to create a bold figure in the romantic style.

十三　精神

欲返不尽[1]，相期与来[2]。

明漪绝底[3]，奇花初胎[4]。

青春鹦鹉[5]，杨柳楼台[6]。

碧山人来[7]，清酒满杯[8]。

生气远出[9]，不著死灰[10]。

妙造自然[11]，伊谁与裁[12]？

【注释】

[1] 返：返回，归还。《说文》："返，还也。"此处指人的精气和神采重新聚拢收敛而回到自身，但不能尽还。故云"欲返不尽"。

[2] 期：本指期限，转义为"约会"或"期待"。《诗经·鄘风·桑中》云："期我乎桑中。"相期，即相约，相待。上下两句指人的精神周期性地有聚有散，聚之不尽，需如友朋相约，尚能如愿而来。诸本解"期"为"求"，似不妥。相约或相待而来，则可与上下文"碧山人来"相勾连，也符合创作时灵感出现的偶然性和随机性，使有身心最佳契合之意。

[3] 漪（yī）：水面微波。《广韵》曰："漪：水文也。"《初学记》云："水纹如锦曰漪。"袁宏道《叙咼氏家绳集》有云："风值水而漪生，日薄山而岚出。"明漪绝底：状水静有漪，清澈见底。

[4] 初胎：郭绍虞注云："胎，谓花始发苞，如人之有胎也。曰初胎，则奇花之精神更可见。"

[5] 青春鹦鹉：谓鸟类逢春而有生气。

[6] 杨柳楼台：一作"杨柳池台"，谓绿树与池台相映而愈见精神。

[7] 碧山人来：李白有"问余何事栖碧山"的诗句，可见"碧山人来"乃影射李白等高人雅士若能前来做客，岂不令人精神百倍？

[8] 清酒满杯：一作"清酒深杯"，谓主人满怀欣喜，置酒相待，能不乐乎？

[9] 生气远出：精神尽出。《礼记·月令》有言："生气方盛，阳气发泄，句者毕出，萌者尽达。"郭绍虞解为"远出纸上"，可参考。

[10] 不著死灰：死灰，喻死气。语出《庄子·齐物论》："形固可使如槁木，而心固可使如死灰乎？"

[11] 妙造自然：以生动活泼的文思妙造自然之境，而不是勉强造作。

[12] 伊谁与裁：伊，语助词；裁，裁论。谁又能说三道四呢？

【疏解】

就汉字的意思而言，"精神"可指人的精力（精气神），也可以指动植物的精神状态，所以有"欲返不尽，相期与来"的说法，即周期性地回返到主体状态，这种情况，可以是早晚的不同，也可以是一年四季的不同，甚至是终生一世的不同，故老少有别、朝暮各异也。

但是，作者在《精神》一品，又强调要状物写景，写出花草精神、山水精神，甚至人的精神来。其最高的标准，便是"妙造自然"，所以是属于描写一类诗歌的要点了。且忌死灰一团，强调"生气远出"是一个可以具体考量的标准。在这一方面，朱良志先生将中国美学史上的相关观念概括为三个阶段，即汉代开始的"以形写神"、南北朝时期的"气韵生动"、五代北宋以来的"追求生意"，是颇有见地的。

在哲学上，"精神"应较早见于《周易》。《易传》云："精气为神。"而气有清浊、上升或下降，乃成宇宙万象，所以精神乃是天地万物精气所凝结，集中于人的身上，滋养着人的精神。《庄子·天下》"独与天地精神往来"，便是审美主体的人与宇宙生命的接触和交融，而且其接触与交融本身，也是精神性的，而非指物质性的。

例如，郑板桥的《竹石》，以拟人的手法写竹子，便写出了竹子的精神状态：

> 咬定青山不放松，立根原在破岩中。
>
> 千磨万击还坚劲，任尔东西南北风。

这是写竹子的坚韧和自守，对于四面的风，皆不为其所动，悠然自得，堪为君子也。倘若以人拟竹，则又写出另一番情意来：

潍县署中画竹呈年伯包大中丞括
郑板桥

> 衙斋卧听萧萧竹，疑是民间疾苦声。
>
> 些小吾曹州县吏，一枝一叶总关情。

这首诗是题在一幅《风竹图》上的。诗人真实地抒发了一个县级小官吏对人民的爱和对人民疾苦的关心。这种精神，此种手眼，岂是一般画家或艺术家所能具有的？

郑板桥（1693~1765年），姓郑名燮，号板桥，江苏兴化人。清代画家，以画竹而著名。清乾隆元年（1736年）进士，曾任山东范县、潍县知县，因帮助农民胜诉、办理赈灾事宜得罪豪绅而去职，寄居扬州，以卖画为生。擅长兰竹，挺拔精神，有骨力。"扬州八怪"之一。除了大量绘画作品之外，尚有《板桥诗钞》《词钞》《家书》等文字作品。

何以郑板桥的竹子有如此精神呢？他的《题画竹》中有这样的自况："盖竹之体，瘦孤高，枝枝傲雪，节节千霄，有似君子好气凌云，不为俗屈。故板桥画竹，不特为竹写神，亦为竹写生。瘦劲孤高，是其神也；豪迈凌云，是（其）生也。"

中国古人有所谓的"比德"之说，对于我们理解画家、史家、诗家笔下的动植物形象，有很大的帮助。挖掘各种事物内涵的物理，加以拟人的手法，往往可以刻画出事物的神态，进而描写其深刻的人格精神。所谓的匠心独运，所谓的天造地设，皆不出其所也。

【今译】

> 精气神采难以尽聚，
> 只有乘兴而起相待而来。
> 来如春风涟漪微动于心，
> 又似奇花含苞精聚神锐。
> 如春光明媚鹦鹉欢跃，
> 似杨柳依依碧水楼台。
> 青山有远客隐者来访，
> 清酒满杯助知己开怀。
> 诗要生机勃勃荧荧生辉，
> 且不可暗淡无光死灰一堆。
> 天造地设，匠心独运，
> 谁还能说什么缺乏神采？

【英译】

Create a Lively Style

Vitality builds up in due time.

Concentration makes best of it.

Ripples stir in cleansing water.

Essence surges in shooting buds.

Parrots in springtime sing the liveliest.

Pavilions by a willow-lined pool look ever the best.

Wine fills up the cups of gold;

Welcome the recluse from a mountain remote.

A brilliant verse bursts with fire,

Never dying into a pile of ashes.

Nature's beauty so well expressed is to be admired,

And who could say it lacks in lively style?

十四　缜密

是有真迹^[1]，如不可知^[2]。
意象欲出^[3]，造化已奇^[4]。
水流花开^[5]，清露未晞^[6]。
要路愈远^[7]，幽行为迟^[8]。
语不欲犯，思不欲痴^[9]。
犹春于绿^[10]，明月雪时^[11]。

【注释】

[1] 是：这，此。无名氏注云："是，指缜密，言是缜密者明明有真迹之可寻。"孙联奎《诗品臆说》解缜密为："美人细意熨帖平，裁缝灭尽针线迹，斯缜密也。"

[2] 如：如同，好像。不可知：不易觉察。此上下句为：所谓缜密就是明明有真迹可寻，却使人看不出来。

[3] 意象欲出：一作"意象欲生"。意象：文学作品所创造的具有独特意味的形象。孙联奎《诗品臆说》解曰："有意斯有象，意不可知，象则可知。"可知古汉语中意与象可以分说，从认识论角度讲更为有趣。

[4] 造化：指自然。杜甫《望岳》云："造化钟神秀，阴阳割昏晓。"造化已奇：指诗中意象如天造地设，奇妙无比。孙联奎解曰："当意象欲出未出之际，笔端已有造化；如下文水之流、花之开、露之未晞，皆造化之所为也。"

[5] 水流花开：如水流之自有纹理，如花开之层次错落。一作"水流花闻"，喻解缜密。

[6] 清露未晞（xī）：晞，晒干。《诗经·秦风·蒹葭》："白露未晞。"清晨露珠未干，斑斑点点，也喻缜密。

[7] 要路愈远：要路，指大路，大路必通向遥远。杨廷芝《诗品浅解》云："要路，犹正路，必经之路也。"暗喻诗歌创作要有一以贯之的主线。

[8] 幽行为迟：幽行，指在幽径上独行；迟，缓。意为曲折的道路要小心缓慢而行，暗喻作品的细节安排要缜密。杨廷芝《诗品浅解》云："幽行，深入于密。"故此句与上句连，谓缜密不是密不透风，而是疏密相间、曲折有致，又脉络分明。

[9] 语不欲犯，思不欲痴：犯，即繁复；痴，即呆滞。前者为词语之病，

后者为思绪之患。诗对语和思的要求是："窈渺而不犯，妥帖而不痴。"

　　[10]　犹春于绿：如同春天之于绿色。春为意，绿为象。有意斯有象，意象不可分，此为缜密之要。

　　[11]　明月雪时：如同明月照白雪，一片清辉，难分彼此。返喻全诗首句："是有真迹，如不可知。"

【疏解】

　　　缜密者，功力兼到、无懈可击之谓。文之能以缜密称者，《周礼》之记载，《汉书》之叙述而已。①

　　然而，缜密可以是思路，与文思互用；也可以是风格，和疏朗相对，靠近描写过程和画面感，甚至靠近中国画的工笔重彩。这从《缜密》一品的行文即可以看出。

　　不过一开始，却讲了一个很大的道理："是有真迹，如不可知。"明明有真迹在其中隐含，却非仔细观察，便看不出端倪来。原来诗歌作品和绘画作品的创作，和自然意象的产生是一样的，所谓"意象欲出，造化已奇"。有一种布置，但也要符合自然，细节的地方要安排得周密可信，如"水流花开，清露未晞"。而其中的线索（远路），要布置得深远有致，如"要路愈远，幽行为迟"。尤其是语言不能违背语言规律，而致思则不能呆滞不前，所谓"语不欲犯，思不欲痴"。须知思路如同"透网金鳞"，不可以人为的网络遮盖活泼的生命和鱼鳞的光泽。最后，"犹春于绿，明月雪时"，前者指意象色彩之安排，要浑然一体，不可分离，而后者则是说，整个画面之光照笔调要和谐一致。至此，便返回到第一句去了。

　　由于《诗品》是用意象来表现思想的，所以其中的画面感必不可少的，至于绘画技巧，如水纹的笔触、花鸟的描摹、清露的点染、远路的勾勒，都是有要求的，还有着色（以大片绿显示春景）、晕染（以林木显示白雪，以云彩显示明月）等，都是很讲究细节的。这种细节描写和缜密的思路，包括整个画面的效果，都是很讲究的。这和写诗虽然不同，但也有共通之处。中国艺术和文学的相通相合，在原理和程度上，远甚于其他民族的艺术和文学传统。所谓书画同源、诗画同源，便是这个道理。

　　在绘画领域，石涛的《细笔山水册》可为缜密之代表，虽然石涛也有粗放的一面。其早期山水画，受梅清影响颇深，景物奇秀，用笔方折，皴法纠

---

　　①　高维国、张格注释《汉文典注释》，第 251 页。

结，画面苍浑，有细笔石涛之称。

此作品乃册页，共十开，20.7cm×16cm，约0.3平尺（每开）。画作小中见大，气象阔大，流传有序，经多位名家递藏，十分珍罕。此为壬午（1702年）所作。关于这幅杰作的描述如下：

> 此册以渴笔写景，或仰取山势，或俯摭江河，或写竹里高城，或写陡壁泉瀑，或作秋涧暮霭，或作歇雨山村。尺幅虽小而气象阔大，或悠远，或深邃，或险峻，命意构思，皆能于奇变中寓平正，与怪诞欺世者不可同日语。笔墨虽枯而腴，虽淡而厚，轻松任意，心手两畅，是格韵俱佳的精作。此作作于康熙四十一年，石涛六十一岁，正是定居扬州，专心画事，艺术大成之时。

又有《细笔花卉册》，凡十开，设色纸本，37.5cm×24.5cm，约0.8平尺（每开）。因不能细细描述画面，仅举出其一，画面是杏花和竹叶的一开，转抄出其题识，其诗歌本身也见出缜密的画面和狂放的意态，而诗中的意象繁多，远为画面所不及（须知画面只有一枝杏花、一枝墨竹）。诗云：

苦瓜老人雨花深雪
地湿沙青雨后天，墙头春杏正鲜妍。
水边新燕衔泥蚤，花下蜻蜓戏蕊先。
买醉江南好亭榭，放歌曲里快蹁跹。
一枝我意簪冠去，且与狂夫是为联。

明末清初文学家、戏剧家李渔（1611～1680年），在其《闲情偶寄》中讲到戏剧结构，乃有立主脑、密针线、减头绪、审虚实等关节要目，其中关于密针线有这样的描述：

> 编戏有如缝衣，其初则以完全者剪碎，其后又以剪碎者凑成。剪碎易，凑成难。凑成之工，全在针线紧密，一节偶疏，全篇之破绽出矣。

在文章方面，诸葛孔明的《出师表》、李密的《陈情表》都有缜密的思虑、真诚的情感，以此打动和征服读者，而它们的读者，都不是普通读者。因篇幅关系，就不一一详述了。

【今译】

明明知道有真迹可寻，

却使人觉察不出痕迹。

意象在将出欲出之时，

早已构思成无缝天衣。

水流有纹理，花开显层次；

晨露密密点点，未干还湿。

任重道远，险要处愈应谨慎；

曲径通幽，独行时举步宜迟。

词语切忌重复，

思绪不可呆滞。

如春生新绿，诗意盎然；

似雪映明月，清辉熠熠。

【英译】

Avoid Rigidity

Nature leaves clear traces.

But craftsmanship shows no sign of work.

Poetic image, when coming into being,

Is perfectly produced as if by nature herself.

Torrents have veins; flowers store convolution.

Dewdrops on morning grass thin out in a wink.

Let this be a warning to you, traveler,

Who is walking on a rare-beaten track of art:

Never let words be overloaded with details

Or thoughts stagnate in rigidity.

But be fresh as the tender green of early spring,

And clarified as high snows under the moonlight.

十五　疏野

惟性所宅[1]，真取弗羁[2]。

控物自富[3]，与率为期[4]。

筑室松下，脱帽看诗。

但知旦暮，不辨何时[5]。

倘然适意，岂必有为[6]。

若其天放，如是得之[7]。

【注释】

[1] 惟：听从，顺从。性：指个人的本性，天性。宅：居所。段玉裁《说文解字注》云："凡物所安皆曰居。"无名氏注云："宅，居也，安也。惟，随也。随其性之所安，言自在也。"惟性所宅：随诗性之所至。

[2] 真：本真，天真。弗：不。弗羁：不受拘束。无名氏注云："真，天真也。取，取材也。言随其天真以取，如马之弗羁束也。"真取弗羁：观物取象，无拘无束，随性之所至，真在性分之内也。

[3] 控物自富：一作"拾物自富"。控：古时"控"有两义，一为"引"，如控弦为引弦拉弓；一为"止"，如控马使马不动。控物：对万物的掌握。自富：自然内心丰富。杨廷芝注云："控物则无物不有，自富则充裕不迫。"

[4] 与：以。率：率真。期：期约。与率为期：与率真为友、相伴。杨廷芝《诗品浅解》解曰："与率为期，有质无文则谓之野。"

[5] 旦暮：早晚。时：时辰，时代，尤指后者。该句可参照陶渊明《桃花源记》中谓桃花源中人"不知有汉，无论魏晋"。

[6] 倘然：倘若，一作"倘其"。适意：合乎意愿，一作"自适"。有为：有所作为，与无为相对。岂必有为：岂是一定有所企求。此上下句谓：倘若能够悠然自得，也就心满意足了，难道一定要有意为之吗？

[7] 若其：假若。天放：天指自然，放即放任。合而谓慷慨任气，率性放浪。《庄子·马蹄》云："彼民有常性：织而衣，耕而食，是谓同德；一而不党，命曰天放。"如是：如此，这样。杨廷芝解"如是得之"为"言是乃得乎疏野之宜然"。此上下句意为：若诗人如此天然放浪，便是达到了疏野的诗境。

【疏解】

疏野靠近野逸，与闲适相关，但过于野则不成趣，过于疏则无规矩，难以成格调，何来风格？何来意境？不过在诗人看来，疏野是一种性情。白居易云："不知疏野性，解爱凤池无？"《诗式》则把疏野列为闲格，谓"情性疏野曰闲"。《诗品臆说》则把疏野与率真相类，谓"疏野谓率真也"。在具体的描写中，《诗品》强调"真取弗羁""与率为期"，即随性情所至，随意取材，率性为之；"倘然适意""若其天放"，则不必计较其他。从"脱帽看诗"来看，这一品讲的是读诗的审美过程，尤其是阅读所进入的境界，由于十分投入而专注，只知朝暮，而不知具体的日月了。只有"筑室松下"是讲率性的野逸之趣。

> 在司空图看来，有牵累而为牵累所桎梏，有忧患而为忧患所纷扰，皆未臻于"控物自富，与率为期"的境界，惟有"游心于淡，合气于漠，顺物自然而无容私焉"（《庄子·应帝王》），方能获致精神上的"逍遥"，由此生发出的那种"倘然适意，岂必有为"的生命样态，是在化解了心身、主客对峙的矛盾后本然的存在。惟有将心的"逍遥"与形体的"逍遥"（"筑室松下，脱帽看诗"）置于"道能为一"的境界之上，才能得其"天放"，使道家的人格理想在现实人生的层面上得以落实。[1]

就文化传统而言，疏野有不守礼法之嫌、反叛传统之危。在《论语》中，孔子谓子路太野："野哉，由也。"若钟仲伟谓左太冲"野于陆机"，"野"乃不美之辞。可是在诗中，野是美的意思。刘熙载《艺概》云："野者，诗之美也。故表圣《诗品》中有'疏野'一品。"可见，野逸、疏野，至少不符合儒家正宗的思想，而与道家思想相符合。在文明构建的过程中，疏野未尝不是一种纠偏的机制，而在艺术领域，野逸甚至成为一种高标准。徐文长的书法和绘画，曾令无数文人画家倾倒，其中就有齐白石大师，而梭罗的《瓦尔登湖》则孕育了一代一代的思想家，由此便可以说明问题了。而在诗中，问题没有那么严重，只不过是风格不同、趣味不同罢了。就连古典的田园风光，高士如陶渊明者、孟浩然者，也不乏野逸之气，而今的乡土文学、民间艺术，更是疏野过之，难返典雅之途了。

疏野论诗论画，都可以明代山阴（今浙江绍兴）徐渭的写意《墨葡萄图》为最典型。

徐渭，字文长，号青藤道人、山阴布衣。他的《墨葡萄图》，构图奇特，信笔挥洒，似不经意间，却创造了动人心魄的艺术珍品，笔墨气势，自然流

---

[1] 邵盈午：《诗品解说》，第 169 页。

动成为倒挂的枝叶，而气韵生动，则随意垂象成为晶莹欲滴的珍珠。画藤则分披错落，画果则随意点染，翰逸神飞，逼走蛟龙，兼有草书之飞动流变，内含篆籀之圆润如玉。

立轴之右上方，歪歪斜斜四行题诗，与画面极为和谐，笔墨似乎浑然一体，中间也不换笔，其诗云：

> 半生落魄已成翁，独立书斋啸晚风。
> 笔底明珠无处卖，闲抛闲掷野藤中。

署名"天池"，也徐渭号也，又号"田水月"等。初字"文清"，后改为"文长"。

其画，其诗，其书法，其剧本，疏野而充满野气逸气，兼有悲慨、苦涩与苍凉，不是一个简单的疏野可以打发得了的。

徐渭的写意花鸟，继承梁楷等大写意人物笔法，以陈淳花鸟画法为借鉴，将小写意发展为大写意，用笔纵逸飘忽，用墨酣畅淋漓，正所谓"走笔如飞，泼墨淋漓"。他自谓花鸟画作，"大抵以墨汁淋漓，烟岚满纸，旷如无天，密如天地为上"，"百丛媚萼，一干枯枝，墨则雨润，彩则露鲜，飞鸣栖息，动静如生，悦性弄情，工而入逸，斯为妙品"。

更有其《竹图》上的题诗，俨然是疏野派不拘礼法、不守规则的宣言：

> 枝枝叶叶自成排，嫩嫩枯枯向上栽；
> 信手扫来非着意，是晴是雨凭人猜。

然而疏野如徐渭者，却是历代画家心目中的大师和天才、导师、典范。他影响了清代以来的郑板桥、八大山人、石涛，更影响了黄宾虹、齐白石等现代画家。徐渭堪称疏野派的奠基人、开一代风气的大写意花鸟画家。

【今译】

> 随性之所至，
> 无拘无束，抵本真天地。
> 把握住物象，
> 使自己充实，纯朴而率直。
> 松树下搭起简陋的茅舍，
> 悠然自得地品评着诗句。

只知日出日落，

不管何代何时。

只求真情实感涌流而出，

又何必一定要有意为之！

诗人若能够天然放浪，

诗境便获得疏野的品格。

【英译】

Be Yourself. Be Free

Be yourself. Be free.

Expose your inner self as full as it can be.

Your life experience is the resources of wit,

Which makes you straightforward and rich.

A hut is built under pines,

Where you enjoy reading lines,

Aware of sunrise and sunset,

And forget months and years.

Just let your real image flow,

Don't be concerned where it might go.

For wild is the nature of a poet,

And a wilderness of words is poetry.

十六 清奇

娟娟群松[1]，下有漪流[2]。

晴雪满汀[3]，隔溪渔舟。

可人如玉[4]，步屟寻幽[5]。

载瞻载止[6]，空碧悠悠[7]。

神出古异[8]，澹不可收[9]。

如月之曙[10]，如气之秋[11]。

【注释】

[1] 娟娟：秀美。

[2] 漪流：有涟漪的清流。群松挺拔，溪水奔流。首两句写一山中清奇之境。

[3] 汀：水边小洲。晴雪：放晴后的积雪。"晴雪满汀"，一作"晴雪满竹"，是近景，"隔溪渔舟"是远景。此两句写一水边清奇之境。

[4] 可人：可意人。陈师道《绝句》云："诗当快意读易尽，客有可人期不来。"如玉：以玉喻人的淡雅气质，像玉一样雅致优秀。典出《诗经·白驹》："其人如玉。"又据《世说·容止》云："裴令公有俊仪……时人以为玉人。"此处皆指清奇之人。

[5] 屐（xiè）：木屐。步屐：脚蹬木屐步行，晴雨登山皆可，十分惬意。寻幽：探幽览胜。此谓清奇之事。

[6] 载瞻载止：一作"载行载止"，指看看停停。

[7] 空碧：蔚蓝的天空。悠悠：辽阔淡远。此两句是清奇之人触清奇之境。

[8] 神出古异：指神采的高古奇异，不落俗套；一作"神出古心"。此句与下句共写清奇之神。

[9] 澹（dàn）不可收：一作"淡不可收"。澹：原义为水波荡漾之状，又指恬淡、淡雅，或作澹淡。郭绍虞解曰："'神出古异，澹不可收'，谓所存者只是清奇之想。心神出于高古奇异，自觉萧然淡远。'不可收'，亦状悠悠不尽之意。"

[10] 如月之曙：如破晓时的明月。曙月：晓月。

[11] 如气之秋：如秋高气爽。末两句以典型景物再兴清奇之意，与开头的起兴相呼应。

【疏解】

《清奇》一品，也可合可分。"清，对俗浊言；奇，对平庸言。"（《诗品臆说》）。合为一格，唐时已有。唐齐己《风骚旨格》云："诗有十体，一曰高古，二曰清奇……"可见清奇的位置。唐高仲武编选的《中兴间气集》云："诗格清奇，理致清澹。"可见清奇又与清澹为伍，时常提起。《清奇》一品，唯一作为哲理的是："神出古异，澹不可收。"可以为证。

从其中所描写的意境来看，"娟娟群松，下有漪流。/晴雪满汀，隔溪渔舟。/可人如玉，步屐寻幽"。前面是环境，只有可人如玉是写人物。古人以玉喻君子，因君子常佩玉，屐则是晋以来的士人所喜，即便不下雨也可以步屐而行，以为风尚。李白诗有"脚着谢公屐"句，谢公者，谢灵运是也。可见清奇一格、清丽奇异、不着俗迹，是其特点。

有人以柳宗元的五言绝句《江雪》为清奇的典型，其实未必。《江雪》

之境，乃荒寒、寂寥、冷艳、奇绝，未必只是清奇。以"如秋之爽"看，清奇是秋高气爽，以"如月之曙"看，清奇是晓月气清，都是合适的。但都是单一因素，而非一首诗的整体感觉。究其原因，要描述一品的特征，不是太难，要写出一品的理据，或许容易，而要举出一些典型的例证来，也许有一定的困难。

不过，我们可以从王维的诗里找到几首风格清丽、诗格古奇的诗，作为清奇的代表。

一首是《送元二使安西》，一首是《山居秋暝》。

先来看第一首：

> 渭城朝雨浥轻尘，客舍青青柳色新。
> 劝君更进一杯酒，西出阳关无故人。

元二是王维的朋友，他要出使西北边疆的安西都护府，王维设酒招待，二人痛饮达旦，翌日清晨，天下起小雨，客舍附近的柳树一色青青，路上的浮尘为细雨沾湿，一路清爽，正好赶路，整个渭河边上的咸阳城显得清新可爱，使人顿觉神清气爽。于是，诗人再举酒杯，劝远行的客人再喝一杯，就要上路了。因为过了阳关，就是今天甘肃敦煌市的西南部，就再也没有您认识的朋友了。此情此景，岂不清奇？清奇者，格调清新，诗意出奇，非此诗莫属了。

同样，《山居秋暝》也是这样，不过画面风景和诗的意境不太一样罢了。

> 空山新雨后，天气晚来秋。
> 明月松间照，清泉石上流。
> 竹喧归浣女，莲动下渔舟。
> 随意春芳歇，王孙自可留。

这首诗写诗人住在山里所看到的景色，乍看有南方气象，其实应当是离长安不太远的地方，即诗人闲居的辋川。下午晚些时候，一场秋雨，空旷的山间，秋高气爽，一碧如洗，一会儿，明月升起，穿过松树枝叶照下来，清泉从白色的岩石上流过。气韵生动，意境雅致。竹林喧闹响动处，原来是洗衣女回来了，莲叶莲花摇曳的地方，有渔舟顺水而下。此等画面，此番境界，谁还能忍心离去？去吧，去吧，即使不是春天，山间的秋景也很宜人，我何不就此再待一阵，也胜似回到长安的闹市中去呢！

王维之所以能取得这样骄人的成就，和他的全面修养是分不开的。王维出身河东王氏家族，开元十九年（731 年）状元及第。唐玄宗天宝年间，拜吏部郎中、给事中。唐肃宗乾元年间任尚书右丞，世称"王右丞"。他参禅悟佛，学庄信道，精通诗、书、画、音乐等，以诗名声于开元、天宝年间，尤长五言，多咏山水田园，有"诗佛"之称。其诗风清奇淡远，格调高雅，特别是诗中有画，画中有诗，自成一格。

【今译】

> 一株株幼松挺拔俊秀，
> 一条溪水泛起涟漪在奔流。
> 雪后转晴，汀洲一片白皑皑，
> 在水一方，但见一叶扁舟。
> 冰清玉洁的可意人儿，
> 踩着木屐览胜探幽。
> 若有所思，欲步还止，
> 不时凝望那碧空悠悠。
> 那高古奇异的神态，
> 淡远清奇得无法描述：
> 清淡似拂晓的月色，
> 奇爽如蓝天在深秋。

【英译】

Clear and Crystalline

Upright stand young pine trees
Beside a brook-let rippled by a breeze.
Sunlit snowy islet shines with crystalline.
Beyond, a little fishing boat is seen.

A gentleman, pure as jade,
Comes out in clogs for delight.
Here and there he pauses,
Reflecting on the vast azure.

So tender and rare is his air

That no word can describe it all：

Like crescent at daybreak，

And crisp air in fall.

十七　委曲

登彼太行[1]，翠绕羊肠[2]。

杳霭流玉[3]，悠悠花香。

力之于时[4]，声之于羌[5]。

似往已回[6]，如幽匪藏[7]。

水理漩洑[8]，鹏风翱翔[9]。

道不自器[10]，与之圆方[11]。

【注释】

［1］太行：太行山，位于山西东部与河北西部，呈东北西南走向，山脊海拔 1500～2000 米，气势雄伟。

［2］翠绕羊肠：羊肠小道，弯曲狭窄。曹操《苦寒行》云："北上太行山，艰哉何巍巍！羊肠坂诘屈，车轮为之摧。"羊肠坂为太行山地名，诘屈状盘旋迂回。此上下句以太行山的羊肠小道比喻诗的委曲特色。

［3］杳（yǎo）：犹杳渺，形容遥远、深远。霭（ǎi）：山中的云气，犹雾霭。流玉：指清澈的流水。颜延之《赠王太常僧达诗》云："玉水记方流，璇源载圆折。"李善《文选注》引《尸子》："凡水，其方折者有玉，其圆折者有珠。"可参考。杳霭流玉：言山中云气缭绕，水流曲折，再加上"悠悠花香"，与前句写山路盘旋构成一完整意象。

［4］力之于时：由"时力"化出。时力为古代弓名。《史记·苏秦列传》云："天下之强弓劲弩皆从韩出。谿（xī）子，少府时力，距来者，皆射六百步之外。"又司贞《索隐》云："韩有少府所造时力，距来两种弓弩，其名并见淮南子。"这里用"时力"形容弓的曲折，宛如满弓。杨廷芝《诗品浅解》中解"力之于时"为"言力之于用其时，轻重低昂，无不因其时之宜然"，恐为望文之误。

［5］声之于羌：羌为中国古时西部一少数民族。《说文》曰："羌，西戎牧羊人也。"相传羌是笛子的发源地，故有"羌笛"一说。李欣《古意》云："辽东小妇年十五，惯弹琴瑟解歌舞。今为羌笛出塞声，使我三军泪如雨。"温庭筠

诗曰："羌管一声何处曲，流莺百啭最高枝。"此处以声过羌笛曲折悠扬状诗的委曲特征，与上句以弓做喻相互映衬，异曲同工。

[6]似往已回：看来已去却又返回，言委曲。

[7]如幽匪藏：反复幽深却无所藏，言尽致。此上下句是进一步说明前两句如弓似羌的深刻哲理，故可视为全诗第二层意思。

[8]水理：水纹。漩洑（xuán fú）：状水波的回旋和暗流的涌动。郭绍虞注曰："漩洑，回旋起伏也。水之理漩洑无定，随乎势也。"甚是。

[9]鹏风翱翔：鹏风指大鹏飞动之风，扶摇直上，也状委曲。唯与水理相比，前者柔和，后者刚劲。《庄子·逍遥游》云："北冥有鱼，其名为鲲……化而为鸟，其名为鹏……《谐》之言曰：'鹏之徙于南冥也，水击三千里，抟扶摇而上者九万里，去以六月息者也。'"

[10]道不自器：道指万物的本原和本体，也即自然之道；器指具体的万事万物，以器做比，以容纳道。《易·系辞上》曰："形而上者谓之道，形而下者谓之器。"老子《道德经》第二十一章云："道之为物，惟恍惟惚。"即道没有固定的形体之谓。此处用来说明作诗之道（如委曲）不应拘泥于某一固定的格式，只要适意尽兴即可。

[11]与之圆方：一作"与时圆方"。接上句，即谓作诗之道与时或随物象而可以变化，或圆或方，以曲尽人情物理之妙。陆机《文赋》云："虽离方而遁圆，期穷形而尽相。"此上下句既是前句水理鹏风之喻的哲理化，更是全诗意境的总结和升华。

【疏解】

《委曲》的写法，很独特，也很工整。三层意思，总是前面先举出例证，然后加以引申、发挥或阐发，及至最后，给出结论性陈述："道不自器，与之圆方。"太行山的羊肠小道，配以曲流和云气，将其隐去。弯弓和羌笛，射出的箭，也是弧形，而发出的乐音，悠扬婉转，似有似无，往复回旋。"水流漩洑，鹏风翱翔"最是细密幽隐，所以用道加以规范，乃知其圆方。其实，此处的方是辅助的，它可以用来消解纯粹的圆，太圆了就不符合美的标准了。一如草书中的圆转，总有方形加以调和，使其亦方亦圆，才是最好的形状。此当以于右任草书中的包围结构为最典型：一笔下去，勾出一个似方似圆的"口"字，将内涵包容在其中，浑然大气，拙而见巧。因为《委曲》一品，是以写弧线为特征的，圆形是弧的完满和整合状，是众弧之合成状。《诗品集解》大体道出了《委曲》一品的要旨：

杳霭流玉二句谓委曲出于自然，非力可致。力之于时二句，言自然才能委曲，委曲任之，是自然说正是委曲，即下文"道不自器，与之圆方"。

就此一品而言，委曲若用来说自然之婉转回旋之意象，乃无问题，说文笔贵曲折起伏、委曲圆转，而忌讳一泻千里，质直言之，也有道理，但要以委曲来说明写诗的某一品，则较为困难。说是一种风格或境界，也有困难，虽然就《委曲》一品的写法而言，尚能够形成境界，自成一格。

在一个更深刻的审美层面上，朱良志先生将其归结为"随运任化"的观物态度，颇有见地。下引若干名句，括号内的词语，便是观照方式的提炼。

《庄子》云："与物**委蛇**，而同其波。"（委蛇）

刘勰《文心雕龙》云："既随物以**宛转**，亦与心而**徘徊**。"（宛转，徘徊）

曹植《洛神赋》云："**容与**乎阳林，**流眄**乎洛川。"（容与，流眄）

宗炳《画山水序》云："身所**盘桓**，目所**绸缪**。"（盘桓，绸缪）

《世说新语》云："郊邑正自**飘瞥**，林岫便已皓（浩）然。"（飘瞥）

孙过庭《书谱》云："自然**容与徘徊**，意先笔后，潇洒流落，翰逸神飞。"（容与，徘徊）

黄庭坚云："**跌荡（宕）**于风烟无人之野（境）。"［跌荡（宕）］[1]

不过，这只是语言上的模仿，即你如何观照这个世界，就把观照的概念直接用作动词，让它成为你的行为动作或行为方式。同样，世界也如此地观照你，如出一辙，只是你不自知而已。这一模仿原则，在绘画中最为明显，也体现在古文笔法中。且以石涛的画论作品而论，在《石涛画语录》中，海涛一章的写法，不仅山水相抱，还以海为主体，写其委曲瀛流之态，如果说海多洪流吞吐之势，山也如海，自居为海洋，汪洋含泓，潮汐周流，徘徊留恋。此种写法，也是一种委曲环抱的写法，行文致思，莫不如此。

海涛章第十三

海有洪流，山有潜伏。海有吞吐，山有拱揖。海能荐灵，山能脉运。

山有层峦叠嶂，邃谷深崖，嶙峋突兀，岚气雾露，烟云毕至。犹如

---

[1]　参见朱良志《〈二十四诗品〉讲记》，第148～150页。

海之洪流，海之吞吐。此非海之荐灵，亦山之自居于海也。

海亦能自居于山也。海之汪洋，海之含泓，海之激啸，海之蜃楼雉气，海之鲸跃龙腾，海潮如峰，海汐如岭。此海之自居于山也，非山之自居于海也。

山海自居若是，而人亦有目视之者。如瀛洲、阆苑、弱水、蓬莱、元圃、方壶，纵使棋布星分，亦可以水源龙脉，推而知之。

若得之于海，失之于山；得之于山，失之于海，是人妄受之也。我之受也，山即海也，海即山也。山海而知我受也。皆在人一笔一墨之风流也。

以画作而论，以线条取胜的作品，就很容易使人联想到《委曲》一品。如石涛海外佛画精品，现藏于美国大都会艺术博物馆，就有一幅这样的图。

整个画面是三块巨石，由左向右拱起，形成如弓的总体结构，占据了三分之二的画面空间，以淡墨勾勒而成，似轻歌曼舞，而画面下方的两丛树木，则以枯枝重墨勾勒而成，也是委曲盘桓，如英雄起舞，相互勾连，极具照应萦回之势。就连岩石缝里的小草，也是细笔勾出，婀娜多姿，作为兰叶观之，而岩石本身的纹理，也是轻笔勾出，似是荷花皴法，极富柔情蜜意。再点缀几株小花，在草地上、树枝间，却是小圆勾勒，状似串串小珠，迎接阳光雨露。这就是委曲的画面、委曲的笔法、委曲的章法、委曲的状态，却极为自然，分明是大家手笔，竟毫无人为痕迹。

【今译】

攀登那高高的太行山，
羊肠小道在一片苍翠中盘旋而上。
山间云雾缭绕，山泉如玉带蜿蜒；
山花烂漫，送来幽幽花香。
时力之弓弯如满月，
羌笛之音婉转悠扬。
看似去时却又回，
意境深远无尽藏。
水波荡漾，回旋涌流；
鲲鹏展翅，乘风翔翔。
自然之道不以一器之形体自拘，
诗的委曲之态随万千气象自成圆方。

【英译】

By a Winding Path

Climbing up the heights of Mount Taihang[1]

Along the path winding through green hills,

You see clouds wandering and stream snaking along

And wildflowers breathe fragrance everywhere.

Bending the bow to make it fully round;

Blowing the flute, you hear a whirring wind.

So many convolutions in nature you find.

So many expressions go turning around.

Either in a whirlpool

Or in Roc's flight,

Nature is by no means self-confined.

It too is manifested as a torturous line.

Notes

[1] Mountain Taihang: a high mountain ranging across Henan, Hebei and Shanxi provinces, it's well known for its winding path, especially in Yangchangban.

十八　实境

取语甚直[1]，计思匪深[2]。

忽逢幽人，如见道心[3]。

清涧之曲，碧松之阴[4]，

一客荷樵，一客听琴[5]。

情性所至，妙不自寻[6]。

遇之自天[7]，泠然希音[8]。

【注释】

[1] 取语：用词，出句。甚直：一作"如直"；直，质朴自然。

[2] 计思：思虑。匪深：不深曲，即不求过分深奥。无名氏解为"取语甚直，言所采取之语甚觉直实，无纤曲也。计思匪深，言较论其所运之思亦觉浅露，非深微也"。上句为字面释义，下句解为"浅露"似有不妥。既然是题解实

境，当谓诗的意思不能脱离实境而求深奥，即不离物象的本真内涵而事抽象议论之深微，方为贴切。

[3] 幽人：隐者。孟浩然《上巳日涧南园期王山人陈七诸公不至》诗云："浴蚕逢姹女，采艾值幽人。"忽逢幽人：偶遇隐者高士。道心：悟道之心。李端《寄庐山真上人》诗曰："月明潭色澄空性，夜静猿声证道心。"如见道心：犹言能从幽人形貌气质观其内心，未必限于道家信徒对道的理解和信仰。此处以道心做比，即谓实境之遇也要靠机会和发现，也有其些微难状的深旨，一如创作中的灵感。

[4] 清涧之曲：一作"清硐之曲"，或作"晴涧之曲"。"涧"同"硐"，皆为山间水沟。《说文》云："涧，山夹水也。"此句言清澈的山涧曲曲弯弯。碧松之阴：苍翠松林的树荫下。

[5] 客：犹言人。荷：挑担子。荷樵：挑着打来的柴。此两句实际上是承上两句，前者为背景，后者为实境。一客荷樵，当在清涧之曲；一客听琴，当在碧松之阴。一俗一雅，一动一静，共同构成实境的佳例。

[6] 情性所至，妙不自寻：犹言诗人随性情和兴致即可在无意间发现奇妙之境。

[7] 遇之自天：妙境所造，纯为天然，诗人只能遇，不可求。这里仅就实境而言。郭绍虞解此句为："言'情性所至'，见得无非是实；言'妙不自寻'，又见得妙境独造，非出自寻：正所谓'遇之自天'也。"

[8] 泠（líng）然希音：泠，本义为"水清貌"，转义为声音的清越。《玉篇》曰："泠，清也。"陆机《文赋》云："音泠泠而盈耳。"郭绍虞解曰："泠然，清和之意。"甚是。希音：本老子《道德经》第十四章："听之不闻名曰希。"《道德经》第四十一章："大音希声，大象无形。"既然是听之不闻的希音又遇之自天，当然包含虚的意思。"见得境虽实而出于虚，非呆实之谓矣。"郭绍虞此解，也中肯。实境所取，必有余音，诗有余味，为其旨。

【疏解】

所谓实境，并非真实的情境，更不是自然景物的直接摹写，或西画训练中的素描，而是诗人当下所遇情境与心灵的结合，正所谓"此以天机为实境也"（《诗品浅解》）。或如《诗品臆说》所说："古人诗即目即事，皆实境也。"

在《诗品》中，《实境》一品的哲理描写，只在头尾。开头是："取语甚直，计思匪深。"意谓"用质朴的语言直写实境，/无须追求思虑的深奥"。而结尾两行，则是"情性所至，妙不自寻。/ 遇之自天，泠然希音"。

其今译可以参考，故引如下：

> 尽其兴致，并不着意寻找，
> 奇妙的境地便会自然来到。
> 可遇而不可求，妙境如从天降：
> 大音希声，清和，悠远，缥缈。

其实，这样的翻译和理解，仍需加以解释，才能真正达意。

古人所谓实景，当然是实际发生之境，实际上，却是与人的会心所生之境，而不是纯自然。它是自然之境对人心的当下的敞开，换言之，也是人心对自然认识中加以除蔽而后产生的澄明之境，所以具有真理的性质。现象学所谓"直观真理"，即有这样的意思。此外，关于学理，或曰知识、理性，在其中的位置和作用，仍然值得一提。在实景中，学理或知识通过人的性情和观察得以体现，并不是纯知识和哲学原理直接用于观察和体验，也不是自然科学知识的美化和装饰性的表现，换言之，一切知识和理性，都经过当下的触景生情而变成情感体验性的东西，而绝不是赤裸裸的原理或条理性的说教了。关于这一问题，美国诗人弗罗斯特也有类似的说法，与《诗品》的精神相契合。

《石涛画语录》中有《尊受》一章，特别讲了这个道理，就是尊重自然感受，而不以知识强加于艺术之上的原理。

尊受章第四

受与识，先受而后识也。识然后受，非受也。古今至明之士，借其识而发其所受，知其受而发其所识。不过一事之能，其小受小识也，未能识一画之权扩而大之也。

夫一画，含万物于中。画受墨，墨受笔，笔受腕，腕受心。如天之造生，地之造成。此其所以受也。然贵乎人能尊。得其受而不尊，自弃也；得其画而不化，自缚也。

夫受，画者必尊而守之，强而用之。无间于外，无息于内。《易》曰："天行健，君子以自强不息。"此乃所以尊受之也。

机缘巧合，是心灵通过当下的领悟，进入自然之境的境遇，就其本质而言，仍然偏于自然，而非人力，所以用"实境"加以表现。而实境，又如天造，不可尽知，也不会永存，转瞬即逝是也。之所以转瞬即逝，就是因为它不是自然之物，古今皆在那里，一无变化，而是心灵感应的结果，既是心灵感应，就不可能没有变化，所以不会长久，而且要自己善于把握，才能得之。

西方的模仿论，以自然为本体，认为自然是无限可以生成和创作的源泉，而人力则无论如何都不能完全达到自然的境地。这种理论有其机械论、反映论的痕迹，和中国美学的触景生情、内外兼修是不一样的。中国绘画有自然主义的倾向，即把写生和创作结合为一，不做纯粹的写生，也不做无根据的创造。这和西方的模仿论、反映论，也是有区别的。明乎此，则知《实境》一品，自有其深意在。

【今译】

用质朴的语言直写实境，
无须追求思虑的深奥。
恰似路遇高人隐士，
一望而知他道心的高妙。
幽幽青山，山涧弯道上，
遥看樵夫负薪蹒跚而行。
苍松翠柏的浓荫里，
雅士侧耳细听悠扬的琴声。
尽其兴致，并不着意寻找，
奇妙的境地便会自然来到。
可遇而不可求，妙境如从天降：
大音希声，清和，悠远，缥缈。

【英译】

Realm of the Real

Use simple words, jot down what is real.
Never pretend to be too deep a thinker.
When you meet with a recluse from up hill,
You'll see his profundity much clearer.

Along a winding path in the mountains,
A burdened woodcutter hobbles his way.

Another man, leaning under a pine tree,
Lost in the tone of lute of a wonderful play.

With a mood to enjoy life and nature, I believe,
You will find yourself in a realm of the real.
And Harmonious Music of Heaven can be heard,
So clear, so melodious, yet so remote.

十九　悲慨

大风卷水，林木为摧[1]。

适苦欲死，招憩不来[2]。

百岁如流，富贵冷灰[3]。

大道日丧，若为雄才[4]。

壮士拂剑，浩然弥哀[5]。

萧萧落叶，漏雨苍苔[6]。

【注释】

[1] 卷：卷起，掀起。为摧：被摧折。此句谓狂风卷起怒涛，树木纷纷被摧折。以景物起兴，营造悲剧气氛。

[2] 适：适逢，正当。适苦欲死：在这痛不欲生求死不得之际，一作"意苦若死"。招：邀。憩（qì）：休息，安慰。招憩不来：可给我以安慰的人却迟迟不见到来。古人借思美人而不得极写不得志的悲慨。此句以诗人所出实境，与上句自然之境一起构成整首诗的背景描写。

[3] 百岁：百年光阴，指人生。《古诗十九首》云："生年不满百，常怀千岁忧。"如流：如流水，喻生命易逝。《论语·子罕》曰："子在川上曰：逝者如斯夫，不舍昼夜。"富贵冷灰：富贵转眼成冷灰，即使人心灰意冷。

[4] 大道日丧：一作"大道日往"。大道：可兼指天道和人道，此处犹指后者。《礼记·礼运》曰："大道之行也，天下为公。"日丧：每日只见丧失，或被人淡忘。若为：如何，奈何；又有解释为"谁为"的，见朱良志《〈二十四诗品〉讲记》。雄才：指有雄才大略的仁人、志士。此句由上句人生易逝、富贵难再的个人感慨转向对天下秩序志士责任的终极发问，诗人的内心境界得到扩充和升华。

[5] 壮士：豪杰之士，与上句雄才相通互指。曹植《鰕篇》云："谁知壮士

忧?"拂剑：拔剑。李白《赠何七判官昌浩》诗云："不然拂剑起，沙漠收奇勋。"浩然：指心情激荡，心胸扩张。弥：充满。弥哀：指慷慨悲哀充满胸膛。此句以明显的外部造型使诗意形象生动，呼之欲出。

[6] 萧萧（xiāo xiāo）：状冷落，凄凉的样子。杜甫《登高》云："无边落木萧萧下，不尽长江滚滚来。"苍苔：青苔。漏雨苍苔：漏雨不断地滴在青苔上。此句复以凄苦的物象点化诗人的悲慨之情，为收笔。

【疏解】

如果把《诗品》视为作者司空图本人人格的提升道路和道德的追求历程，那么，《悲慨》一品是最能说明这个问题的。从这个线索入手，也可以看出，前面第十二品《豪放》、第十六品《旷达》和第一品《雄浑》，也是同一类型的作品，具有阳刚之气和雄强之美。甚至再前面的第五品《高古》、第八品《劲健》、第十五品《疏野》以及后面第二十二品《飘逸》，也是同一类型。由此可以进一步看出，《诗品》的排列顺序，有一个穿插原则，而同一类作品品第，便相隔几品而出现。同时，也和相反的作品品第，即阴性因素，形成成对的对应关系。这又是一种整体思路，是可以通观《诗品》的顺序一望而知的。

从《悲慨》的文字组织来看，这一品几乎通篇是描写和感叹，没有哲理的总结，也没有作诗法。这种写法，和曹操的《短歌行》的精神基调很相似，和陈子昂的《登幽州台歌》也十分类似，在气度和品格上均可视为典范。且将后者录之，以示比较：

> 前不见古人，后不见来者。
> 念天地之悠悠，独怆然而涕下。

从司空图本人的经历和晚年心态来看，这一品《悲慨》和其他同类品第的描写一样，也最能代表司空图的人格特质（personality traits）和晚年心态。这在诗歌评论史上几乎是别无二致的、无可比拟的。极而言之，本品不是在写诗品，而是在写人品；不是在写作诗法，而是在写生命哲学。理解了这一点，有助于我们理解诗品与人品合一的性质。虽然在其他诗话、词话中也能表现作者的人格，但在《诗品》里，表现得更为淋漓尽致、更为贴切吻合罢了。

司空图的诗集《一鸣集》，后人胡震亨作序云：

> 图少有俊才，晚年遭乱避世，多诡激啸傲之辞。有《一鸣集》三十卷，内诗十卷，今存诗五卷。

以"多诡激啸傲之辞"来总结司空图的诗品、诗风，确是恰到好处。《悲慨》一首姑且不论，而另一首《诗赋赞》也可看出其诗的奇特和不伦，立意、用词与意象，皆可见出诡激啸傲的风格:

诗赋赞

知道非诗，诗未为奇。研昏练爽，戛魄凄肌。

神而不知，知而难状。挥之八垠，卷之万象。

河浑沈清，放恣纵横。涛怒霆蹴，掀鳌倒鲸。

镵空擢壁，琤冰掷戟。鼓煦呵春，霞溶露滴。

邻女有嬉，补袖而舞。色丝屡空，续以麻絇。

鼠革丁丁，燉之则穴。蚁聚汲汲，积而成垤。

上有日星，下有风雅。历诋自是，非吾心也。

也许司空图自己也感觉到了，在最后加以解释或辩解。许印芳解释最后一句为:因全赋"殆以入手翻案，语似诋諆，特解释之耳"。

前人以司空图有出世隐居倾向，就认定他必然属于心性平和、温文尔雅之辈，其实非也。从司空图的诗文整体风格而言，除长态的应时顺世之作外，他毕竟遭逢乱世，内心多有不平，发诡激啸傲之词、发笑傲江湖之叹，才是必然的。

【今译】

狂风掀起滚滚怒涛，

把草木纷纷摧折夭。

人在痛不欲生之际，

偏不见有人来排忧解愁。

人生百年，光阴似水，

富贵之梦早已意冷心灰。

眼看天下无道乱糟糟，

叹吾辈空有奇才恨悠悠。

怎不叫壮士拔剑起，

慷慨悲凉满胸膛!

秋风落叶一片萧瑟气，

漏雨青苔声声悲煞人。

【英译】

Be Like a Hero

A hurricane rolls up waves

And pulls down tall trees.

Agony preys upon my heart

But nobody comes to give me solace.

Life is short and wearing away.

Dreams of wealth turn into dead ashes.

Shouldn't I be like a hero, then,

Who rises up with a sword drawn?

To see the world so disjointed, alas!

Shouldn't I fill up my bosom with indignation?

Trees shedding their leaves in showers;

Rain drops beating mossy steps for hours.

二十　形容

绝伫灵素[1]，少回清真[2]。

如觅水影[3]，如写阳春[4]。

风云变态[5]，花草精神[6]。

海之波澜[7]，山之嶙峋[8]。

俱似大道[9]，妙契同尘[10]。

离形得似[11]，庶几斯人[12]。

【注释】

[1] 绝：极，尽。伫：伫立，凝神。灵：神气，思绪。素：本性，夙愿。陶渊明《感士不遇赋》云："抱朴守静，君子之笃素。"江淹《伤友人赋》云："个傥远度，寂寥灵素。"绝伫灵素：犹言尽力凝神思索，展开艺术想象。郭绍虞《诗品集解》云："绝伫灵素，谓凝神壹志，专注于是也。"其中的"是"，当指思索的对象。

[2] 少：少顷，一会儿。回：回转，此处引申为物象在脑际呈现。清真：清晰而真切的形象。杨廷芝《诗品浅解》云："言人能存心摹想得见本来面目，

而清真之气不愈时来矣。"解"清真"为"清真之气"，似仍然含混未明，容易引起误解。

[3] 觅：寻觅，寻求。

[4] 写：描写，形容。阳春：春的别称，也可解为暖融融的春光。

[5] 变态：风云变幻的万千形态。

[6] 精神：花草生机勃勃的样子。

[7] 波澜：海的波澜起伏。

[8] 嶙峋：山的峻高奇险。

[9] 俱：全部，指上述风云花草海山诸态。似：相似，好像；一作"追求"解（见朱良志《〈二十四诗品〉讲记》）。大道：自然之道。俱似大道：犹言山川海洋、风云花草都好像有自然之道体现于其中，正所谓万事万物都是自然之道的具体显现。

[10] 妙契：绝妙的符合。同尘：语出老子《道德经》第四章，"道冲，而用之或不盈。渊兮，似万物之宗。挫其锐，解其纷，和其光，同其尘"；王弼《老子注》"和其光而不污其体，同其尘而不愈德"意为大道无形，但与万物有奇妙的契合，化为万物形体而不改变其本质。郭绍虞《诗品集解》解此两句为："言形容不可以形迹求，亦不可以强力致，必不即不离，妙合同尘之旨，才称合拍，故云'俱似大道'。"

[11] 离形得似：犹言形容在似与不似之间，或舍形似以求神似。郭绍虞解曰："离形，不求貌同；得似，正由神合。能如是，庶几为形容高手矣。"

[12] 庶几：近似，差不多。斯人：此人，指善于离形得似巧妙形容的行家里手。全句为：能得山川云海的神似而不求其形似，这样的人才是形容的高手。

【疏解】

"形容"作为作诗法，是再明显不过的事，而这样作为《诗品》品第的，也不是绝无仅有，如"洗炼"（用字）、"劲健"（行笔）、"委曲"（描摹）、"缜密"（致思）或多或少都有具体描写的意味。而形容的本意，确是指人的体貌，如《渔父》写屈子"行吟泽畔，颜色憔悴，形容枯槁"。同样，"颜色"也是如此，原指面容，因为颜色也是形容的重要因素；后来转化为形象，进入艺术作品的讨论，仍然用作名词，兼顾形容词词性。而《形容》一品，就是讨论诗歌艺术如何形象地表达的，即用作动词或形容词了。

但《形容》的结构也简单，首尾写理，中间部分是例证，但例证也包含哲理，而且是在列举中自然渗透了哲理的。而收尾和中间的连接，则是用的

"如""似"，也即是说，通篇章法是上下包蕴，而句法则是隐喻句型。

> 如觅水影，如写阳春。
> 风云变态，花草精神。
> 海之波澜，山之嶙峋。

诗品这样行文出句，究竟是要说明什么写诗方法呢？

不是写出水的样态，而是追寻水的影子；不是写春天的诸般物态，而是显现春意盎然的意态；不是写出风啊、云啊的具体物象，而是要表现出风云变幻的精神；再比如，不是看你写有多少花草树木，而是看你由花草树木所发现的精神；不是写出大海的外在梗概，而是突出大海的波澜壮阔；不是写出山的外在形态，而是突出山的高耸奇绝。[①]

绘画和诗歌相通。绘画中有八大山人的"画者东西影"，徐渭的"舍形而悦影"，而在诗歌理论中，则有陶渊明的"形神影"，说出了最深刻的哲理。当然，这里的"形神影"，也是灵魂的三态，是说人的精神结构的。可见，《形容》一品和《精神》又息息相通，前后映照，相互阐发作诗、做人的道理，而不是各自独立，前后不搭调的。

【今译】

> 聚精会神，努力想象，
> 形象会呈现得清晰生动。
> 如同寻觅水中的倒影，
> 如同描绘阳春的美景。
> 写风云，变化万千；
> 状花草，生机盎然；
> 绘沧海，掀波卷澜；
> 描山峰，高峻奇险。
> 千姿百态不离道的宗旨，
> 万千变化不逾物的形态。
> 不求貌合，但求神似，
> 可算得形容的行家里手。

---

① 朱良志：《〈二十四诗品〉讲记》，第175页。

【英译】

Variations In Unity

Concentration and imagination
Bring about such clear images
As the reflections in clear water
And landscape in a sunny spring：

Clouds varied and changing，
Flowers vigorous and quivering，
Oceans rough and ruffled，
And mountains craggy and jagged.

——All embodies the Great Tao，
Whose manifestation is manifold.
Delineation seeks likeness in essence，
And displays the craftsman's excellence.

二十一　超诣

匪神之灵[1]，匪机之微[2]。
如将白云[3]，清风与归[4]。
远引若至[5]，临之已非[6]。
少有道契[7]，终与俗违[8]。
乱山乔木[9]，碧苔芳晖[10]。
诵之思之[11]，其声愈希[12]。

【注释】

[1] 匪：非。神：心神。灵：灵敏。合而解为"神灵"，也通。即超越神灵世界。

[2] 机：天机，征兆。《三国志·蜀书·先主传》云："睹其机兆。"机微：事物变化的最初征兆。微：微妙。杨廷芝《诗品浅解》谓："机不得以显其微。"此上下句意为：超诣既不依赖诗人心神的机敏，也不依赖某种微妙的机兆，因二者皆不足以达到超诣的灵妙之境。

[3] 将：与。李白《江夏别宋之悌》云："楚水清若空，遥将碧海通。"如

将白云：如同乘白云飘然飞升。《庄子·天地》有"乘彼白云，至于帝乡"名句。

[4] 清风与归：与清风同归于冥冥太空。此上下句意为：如同驾白云乘清风升入超脱的境界。郭绍虞《诗品集解》云："白云清风，皆高妙清淡之物，将白云而与清风俱归，则飘然无迹之象，正是拟议超诣之境。"甚得其妙。

[5] 引：招引。《管子·任法》云："其民引之而来，推之而往。"远引若至：远远地在招引诗人前往，好像已到了超诣的境界；一作"远引莫至"，也通。

[6] 临之已非：及至跟前，又觉得并不是原先所想象的那个样子。郭绍虞解为："超诣之境，可望而不可即。远远招引，好似相近，但无由践之途。即而近之，才觉超诣，便非超诣。"杨廷芝解为："远引若至，犹言可以模仿；临之已非，犹言究竟不像。"也可参考。一作"迹之已非"，"迹"作为动词，很少见，也通。

[7] 少：年少时。少有道契：一作"少有道气"（"道气"为佛家语，指修养功夫），谓年少时就觉得心与道有所相通；一解为很少有能够与道完全契合的，也可通，似乎后者更好些。

[8] 终与俗违：到如今才晓得道心的超脱境界终究不合世俗之情，或谓既不能完全与道契合，也不能不与世俗相违背。"少有道契，言出于本性，终与俗违，亦正言是自然结果。"郭绍虞《诗品集解》如是解说，属于第一解。

[9] 乱山乔木：一作"乱山高木"。

[10] 碧苔芳晖：一作"碧苔方晖"，阳光映照在青苔上，熠熠生辉。此上下句共同构成诗人寻求超诣之境的现实境遇，似近于王维《鹿柴》诗意境"返景入深林，复照青苔上"。

[11] 诵之思之：诗人边吟诵诗句边沉思其妙。

[12] 其声愈希：一作"其声愈稀"，诵读之声愈来愈轻，以至于听不到了。犹言"得意忘言"，进入物我两忘之境。无名氏注云："是境也，口为诵之，心为思之，宜乎其妙可即矣，而其声实为天籁之发，大音之作，愈觉其希微入化而不可求，此所谓超诣乎？"可备一说。

【疏解】

从"少有道契，终与俗违"的主题句来看，此品起点是脱离尘世和超越红尘，从而进入道的形而上高度，但又不能最终达到那么理想的境界，可是又不能完全回到这世俗世界里与其"杂然共处"（海德格尔语），最终也不能完全脱离这个现实世界。这样深刻的矛盾性的表述，在《诗品》里还是比较少见的。"远引若至，临之已非。"也是进一步说明这样的矛盾的。至于《诗品》中这一类表述甚多，一直到最后的"诵之思之，其声愈希"也有类似的表达，笔者以为，这和诗贵含蓄，不能一览无余，把话说尽有一定的关系，毕竟不是纯粹的诗学理论文章，可以展开逻辑推理，毕竟中国诗学理论也不像西方诗学那样侧重逻辑推理和理性论证。

至于"如将白云，清风与归"和"乱山乔木，碧苔芳晖"也不仅是写景，而是把哲理宣讲带到具体的当下的语境中，加以比兴的渲染，尤其是沟通上下句，特别是与上句的哲理相连相通。这种写法，在《诗品》每一品固然不全同，但也是一种基本的格局和行文思路，这也是以诗论诗的方法很难改变的格局了。最后，即使把"诵之思之"不完全看作读诗的过程，而是自我吟诵，甚至是创作过程，也不能完全排除是读诗和接受的过程，因为这样的表述同样是双关的、有歧义的、可以多解的。

就超诣的风格和意境而论，当然是超越层面愈高愈该当此任，所以笔者以为屈原的《离骚》是最具有此品美学特征和生命特征的作品，其理由如下。

其一，就诗歌的源流而论，唐诗宋词皆已到了中国文学史的中间位置，而楚辞仍居于源头，仅次于《诗经》，故后者有其不可替代的原型和典范的作用，尤其在南方文学和浪漫主义诗歌的传统方面，是独一无二的，无可替代的。

其二，楚辞的超越，固然没有唐诗宋词的复杂的宗教（如儒、释、道）原理可以讲，但其超越是生命境界的超越，而非单纯的诗学风格的超越。诗人屈原以生命为代价，达成了人格的最高理想，实现了生命的最高价值，此千古一人，无可匹敌者。

其三，楚辞在诗学意象上的超越，是神话的超越手段，即诗人乘着太阳车做周天的旅行，追随太阳的轨迹，从早到晚，而不是唐诗宋词中诗人立于地面，遥望天空的超越，例如，李白的"相期邈云汉"，苏轼的"我欲乘风归去"，后者只是想象的超越。

在诗学美学特征上，楚辞既继承了《诗经》传统，又有很大的发展和明显的改进。

继中国第一部诗歌总集《诗经》之后，中国文学史上出现了又一辉煌诗集《楚辞》（*Elegies of Chu*）。《楚辞》不同于《诗经》是以中原较早文明为主体的众人诗集，而是以春秋战国以来在南方江河流域兴盛起来的楚国地方文化为根基而生成的新诗体。《楚辞》一反《诗经》质朴淳厚的四字为主的结构，采用比较松散而自由伸展的句式，并把《诗经》中较为简单的比兴（metaphor）发展为象征（symbolism）。它大量吸收楚地民歌、巫歌、地方方言和地方音乐的表现形式，在内容上则描写楚地的江湖山川和人情风俗习惯，创造出一种飘洒奇丽的个性风格。[1]

楚辞的代表作家是战国时楚国三闾大夫、大诗人屈原，而《离骚》是屈原的代表作。

屈原位居楚怀王左徒，内政外交亲自参与，但其联齐抗秦、举贤修法的美政理想受到挫折，终归失宠被流放。他在流亡途中忧国忧民，写下大量诗篇后，投汨罗江而死，以死表明了自己的高洁品性和坚贞态度。这一艰难历程，在其代表作《离骚》中充分地表现为超诣的意境，超迈古今诗人文人，进入道德天地境界的非凡高度。这里节选了《离骚》中描写屈原驱车苍穹上下求索的片段，是其典型的追日神话的艺术表现，也是屈子追索精神的典型表现。

> 曾歔欷余郁悒兮，哀朕时之不当。
> 揽茹蕙以掩涕兮，沾余襟之浪浪。
> 跪敷衽以陈辞兮，耿吾既得此中正。
> 驷玉虬以乘鹥兮，溘埃风余上征。
> 朝发轫于苍梧兮，夕余至乎县圃。
> 欲少留此灵琐兮，日忽忽其将暮。
> 吾令羲和弭节兮，望崦嵫而勿迫。
> 路曼曼其修远兮，吾将上下而求索。

屈子精神，不仅是个人精神的超诣，而且是中华民族精神超诣的典范。

【今译】

> 心神机敏，不足以擅其灵；
> 天机有兆，不足以显其微。
> 驾一片白云，携一缕清风，
> 飘然飞升去探寻那超诣之境。
> 分明感到她在远方把我召唤，

---

[1]　王宏印：《中国文化典籍英译》，外语教学与研究出版社，2009，第53页。

临近时又觉得似是而非。

人生很少能做到心与道契，

可终将感到违背了俗尘。

乱山之中，草木丛生，

日照青苔，熠熠生辉。

我一边吟咏，一边沉思，

得意忘言，不觉渐入佳境。

【英译】

Detached, I Read a Poem

So subtle that it dulls human intelligence;

So divine as to invalidate nature's omens;

So solitary is the flight on wind and cloud

For the wonder of the transcendental world!

For a while it seems to call me from a distance,

But closer, it turns out to be something else.

To be transcendental is my wonderful dream,

I now know it goes against man's earthly affairs.

Here lie the green mossy rocks glistening with sunlit

Penetrating through the woods on hillocks.

And, detached, I read a poem in meditation, so soft,

And I pass unconsciously into my innermost self.

二十二　飘逸

落落欲往[1]，矫矫不群[2]。

缑山之鹤[3]，华顶之云[4]。

高人惠中[5]，令色姻缊[6]。

御风蓬叶[7]，泛彼无垠[8]。

如不可执，如将有闻[9]。

识者已领，期之愈分[10]。

【注释】

[1] 落落：孤独状。左思《咏史》云："落落穷巷士。"落落欲往：孤单一人欲有所往，欲超凡入圣。

[2] 矫矫：高举状，翘然貌。《汉书·叙传下》曰："贾生矫矫，弱冠登朝。"矫矫不群：超群出众，非同一般。无名氏注云："落落然而欲有所往，矫矫然而不与众群，此见其独绝流俗，孤行己意，诚飘洒之天姿也。"

[3] 缑（gōu）：姓，缑氏。缑山：缑氏之山，在今河南偃师市南。缑山之鹤：借用王子乔乘鹤登仙之事。《列仙传》记曰："周王子乔好吹笙，作凤鸣，后告其家曰：'七月七日待我于缑山之头。'及期，果乘白鹤谢时人而去。"

[4] 华顶：华山之顶，参见《高古》注7。古人常用孤云野鹤象征超凡出尘的仙人。刘长卿《送上人》云："孤云将野鹤，岂向人间往！莫买沃洲山，时人已知处。"

[5] 高人惠中：一作"高人画中"。高人：飘洒出尘之人。惠中：犹言惠心。韩愈《送李愿归盘谷序》云："曲眉丰颊，清声而便体，秀外而惠中。"

[6] 令色：指高人的容颜。令：美好或有德，如令人。绅缊（yīn yūn）：同"氤氲"，元气交密之状。《易·系辞》曰："天地绅缊，万物化醇。"令色绅缊：有德之高人脸上有玄气。杨廷芝《诗品浅解》云："高人顺其心之自然，无隔无阂，飘然意远。色根于心，则浑然元气之流露，非同作伪心劳也。"

[7] 御风：乘风。蓬叶：蓬草之叶，状如柳叶，此处指一叶扁舟。《商子》曰："今夫飞蓬，遇飘风而行千里，乘风之势也。"

[8] 泛彼无垠：一作"汎彼无垠"，"汎"同"泛"。泛：漂流。无垠：无边无际的水域或天空。李白《古风五十九首》（其一）有"开流荡无垠"的诗句。杨廷芝《诗品浅解》云："汎彼无垠，任意逍遥，无入而不自得也。"

[9] 执：抓住，执着，谓强求。闻：闻道之闻，领悟。此上下句谓飘逸之境不可强求于执，而需能领悟其精神。杨廷芝《诗品浅解》曰："如不可执，言其势凌空，若上若下，有若捉不得然也。如将有闻，言其深造自得，如道之将有闻也。何从容自如耶？"

[10] 识者已领，期之愈分：一作"识者期之，欲得愈分"。领：领悟。期：期待。分：分离，相违。此上下句谓飘逸之境只有识得者才能领悟，求之者反而愈求愈远，愈求愈离，终不得也。杨廷芝《诗品浅解》云："结言飘逸近于化。识者期之，亦惟是优游渐渍以俟化而已。如有心求之，欲得其法于飘逸之中，愈分其心于飘逸之外。愈近而愈远，化不可为也。"

【疏解】

《飘逸》放在《超诣》之后，着实有点不太好理解，而论两品的特点，也不太好区分。如果说《超诣》偏于达到理想境界而不可尽然，《飘逸》侧重于和现实与群集的关系而要脱俗超俗，那也不是最好的解释，因为按照排列的逻辑，后者应该高于前者变得更为抽象或更加高举，但事实上，却是《超诣》比《飘逸》更抽象和高妙，而《飘逸》似乎是在描写一种飞翔的态势，而不是精神的超越，这就有点难以理解司空图的本意了。

以笔者的看法，超诣是精神的超脱，包含了脱俗和超验向着理想的道德境界的提升，是哲理性的；而飘逸则是较为具体的形体飞翔的态势，是象征性的、风格性的、描写性的。但是这样说似乎还有一点疑问，那就是为何要如此？笔者以为作为生命哲学和生命历程来理解，似乎更好。那就是说，在精神得到超脱的意向之后，身体也可以向着终极的世界提升，就是向着升天的状态飞翔。这不仅在原理上和逻辑上讲得通，而且在《飘逸》一品的隐喻系统和言辞表达中，也能找到证据。例如，"緱山之鹤，华顶之云"，都具有飘飘欲仙、羽化成仙的象征意义。

> 飘飘乎有凌云气者，相如之文。在世出世，渊明有焉。逸少、东坡，并具此致。[①]

这是最有力的证据了。在苏轼的前后赤壁赋里也可以看出这种描写。有趣的是，在《前赤壁赋》里是哲理和意境，在《后赤壁赋》里却成了故事和描写了。这和《诗品》中《超诣》与《飘逸》两品中的描写和前后接续的逻辑何其相似尔？一哲理一例证，一抽象一具象，一超诣一飞翔，岂是无理而偶合？

> 驾一叶之扁舟，举匏樽以相属。寄蜉蝣于天地，渺沧海之一粟；哀吾生之须臾，羡长江之无穷。挟飞仙以遨游，抱明月而长终；知不可乎骤得，托遗响于悲风。（苏轼：《前赤壁赋》）

> 梦一道士，羽衣翩跹，过临皋之下，揖予而言曰："赤壁之游乐乎？"问其姓名，俯而不答。"呜呼！噫嘻！我知之矣。畴昔之夜，飞鸣而过我者，非子也邪？"道士顾笑，予亦惊寤。开户视之，不见其处。（苏轼：《后赤壁赋》）

---

① 高维国、张格注释《汉文典注释》，第 244 页。

在做了这样的理解和解释之后，就可以顺利地进入第二十三品《旷达》——作为生命历程和生命终结的最后描述了。"向死而生"，《诗品》早就说过了。

至于《飘逸》一品作为诗歌的风格，则苏轼虽可当之，但毕竟不及李白。苏轼的诗和词，更偏于豪放。关于李白的诗的品评，固然有不同的说法，但作为酒仙诗仙，就其飘逸之致的评价，则毫无疑义。而又以严羽《沧浪诗话》中的评价，最为准确。更为可贵的是，严羽的评价还是和杜甫相比较而言的。这样，我们也就顺便又谈起杜甫，所谓的诗圣，因为他们二人在诗歌史上的地位不分伯仲，而各有侧重，是无人可以比肩的。韩愈曰："李杜文章在，光焰万丈长。"此之谓也。

下面看严羽的评价：

> 李、杜二公，正不当优劣。太白有一二妙处，子美不能道；子美有一二妙处，太白不能作。子美不能为太白之飘逸。太白不能为子美之沉郁。太白《梦游天姥吟》《远别离》等，子美不能道，子美《北征》《兵车行》《垂老别》等，太白不能作。论诗以李、杜为准，挟天子以令诸侯。少陵诗如孙吴。太白诗如李广。

刘熙载的《艺概》论起李白的诗，只一个"飞"字。飞，飞翔也，飘逸也。

【今译】

> 独自一人去追寻那飘逸之境，
> 心性高傲，不屑于流俗污染。
> 如王子乔从缑山乘鹤登仙，
> 像华山之巅飘悠的闲云一般。
> 飘洒之人秀于外而惠于内，
> 面容和善，但器宇不凡。
> 蓬叶作舟，惠风作帆，
> 漂游于浩瀚的大海自如悠闲。
> 飘逸之境不可以执着把捉，
> 了然于心始能够怡然自得。
> 得其精神就会悟得其妙，
> 执意追求反而愈追愈远。

【英译】

Flying into Fairyland

So lofty a mind you have, and unconventional,

That you long for flying to the fairyland, alone,

As the man of old climbing Mount Gou and riding a crane[1],

And the drifting clouds above Mount Hua wandering away.

A man of flying grace has a gentle heart

And an extraordinary noble bearing.

Floating a leafy boat in the vast sea,

The full sailing is unbounded and free.

But flowing and flying has certainly not to be held.

Running after it, you drive it all the more remote.

It is ripening only for the comprehending mind.

Even in flying and floating you may not find.

Notes

[1] Mount Gou: short for Mount Goushi in Henan province, where Wang Ziqiao, a prince of old, is said to have become an immortal by riding on a crane.

二十三　旷达

> 生者百岁，相去几何[1]。
>
> 欢乐苦短，忧愁实多[2]。
>
> 何如尊酒，日往烟萝[3]。
>
> 花覆茅檐，疏雨相过[4]。
>
> 倒酒既尽，杖藜行歌[5]。
>
> 孰不有古，南山峨峨[6]。

【注释】

[1] 百岁：谓人生时限。《唐风·葛生》云："百岁之后，归于其室。"相去：指从生到死。几何：多久。此两句谓：人生不过百年，从生到死用不了多久。

[2] 苦：犹言"苦于"。此两句谓：苦于人生欢乐太少，忧愁又实在太多。曹操《短歌行》云："对酒当歌，人生几何？譬如朝露，去日苦多。"

[3]何如：一作"如何"。尊：同"樽"，原为古时酒器，转为量词，此处为动词用法。《管子·中匡》曰："公执爵，夫人执尊，觞三行，管子趋出。"尊酒：手执一樽酒。日往：每日前往。烟萝：腾烟带萝的幽僻之处。此句谓何不每日间带上一樽美酒，去找个腾烟带萝的山野之地，躲开人间的繁忙琐事，尽情欢乐。

[4]覆：覆盖。茅（máo）檐：茅草覆盖的屋檐。茅：系一种多年生草本植物，又曰茅草。疏雨：小雨。相过：偶相经过。此句谓花草覆盖茅屋檐，偶尔有一阵小雨飘过，令人生出自适之感。杨廷芝《诗品浅解》注云："花覆茆檐，瞻物色之精华，乐安居之况；疏雨相过，有化机之感，无尘缘之牵。则无一时不乐也。"

[5]杖藜：扶杖藜而行。藜：一种植物，茎老而坚劲，可做手杖。行歌：一作"行过"。边行边歌，啸歌山林。此句状旷达之貌。

[6]孰：谁。古：喻死。"作古"之"古"。南山：常指陕西关中长安南边的终南山，作为长寿的象征，也可泛指。如陶渊明《饮酒》诗句："采菊东篱下，悠然见南山。"峨峨（é）：山岳高峻之状。司马相如《上林赋》云："南山峨峨。"杨廷芝《诗品浅解》评曰："人孰不死，而惟南山峨峨，得以长存。悟得此理，则对欢乐不会苦其短，对忧愁亦不会嫌其多，乃真旷达矣。"

【疏解】

在精神和肉体的超脱之后，如何总结一下人生的哲理，做一次慷慨悲凉的生命哲学的宣讲，乃是《诗品》的重要意义所在，也是司空图临终心态的自然流露和诗性智慧的最后升华。在狄兰·托马斯那里就是《不要温柔地进入诀别的良宵》。在这位苏格兰诗人感觉到父亲大限来临之际，他终于写了一首言辞非常激烈、情绪非常激动的诗。司空图也是一样，虽然他有超验的生命主张，但到了一己生命即将终结的时候，都难免要激烈一些、悲慨一些，因为这是最后的反抗、最后的挣扎，没有人能逃得过的。

可见《诗品》不仅有人生四季的隐喻，而且有生命将尽的悲叹，虽然他的美学品格和哲学精神是《旷达》。

愤怒出诗人。然而，过于愤怒的诗人，则与含蓄蕴藉的精神相违背，情绪感动人，诗味反而减少了。

可是，既然是《悲慨》，也难免有慷慨悲凉之心境和言辞，所以在这样的标题下，也不为过。

> 生者百岁，相去几何。
>
> 欢乐苦短，忧愁实多。

这和曹操的《短歌行》的开端，十分相似：

> 对酒当歌，人生几何！
> 譬如朝露，去日苦多。

有趣的是，曹操喝酒了，司空图也是喝酒去了。这没有什么不同的，因为在一种文化中、一个诗学传统中，只能这样解决；这样解决，大家都好，诗人和读者都好。曹操也是旷达之士，他的诗，有汉代的雄风，飘然荡人雄心，何其慷慨：

> 慨当以慷，忧思难忘，
> 何以解忧？唯有杜康。

无论如何，到了唐代——汉唐雄风本是一体——在人生百年的感慨之后，半生政治失意，半生避祸全身的司空图，该如何呢？且看他"倒酒既尽，杖藜行歌"。歌词是："孰不有古，南山峨峨。"这便是进入最后的状态，进入死亡和永恒的地界了。这最后的宣布和归宿，是写得再明白不过了。

且慢，有一种排列，联通了二十一、二十二、二十三这三品，它们是：

21. 悲慨
22. 超诣
23. 飘逸

还有另外一种排列，是：

21. 超诣
22. 飘逸
23. 悲慨

这两种排列，哪一种更好一些？很难说。第一种的逻辑是，先悲慨，然后再做精神和灵魂的超脱，进入永恒，可是这一排列的要点还是要照顾《诗品》整体的含蓄品质，所以觉得把《悲慨》放在倒数第二的位置，太突兀了。而第二种排列，则是在说明了精神和肉体的超脱之后，再做一个生命哲学的总结和人生最后的宣布，于是进入永恒。这样的排列，更加适合于一个生命的精神发展历程，在逻辑上也是归于永恒了。但往前一看，《悲慨》夹在《实境》和《形容》之间，不伦不类。而前一种呢？也是一样。其实，《悲慨》应当和《豪放》《疏野》《旷达》属于同一系统，放在它们的后面，作为这一系统发展的极致，而这在两种排列顺序中，区别不大。唯一的区别是，在第二种排列中，《悲慨》离它们太远了，但作为落点，靠近结束，却比较有力。

可见一品之安排，动了全局的线索，动了诗人的思索，终究难以周全。要不是组诗就好了，要是变成一首长诗就好了。或者干脆变成一篇长文，那就没有这样的困难了。

【今译】

人生不过百年，

从生到死能有几何？

可惜欢乐的时光太少，

忧愁苦闷实在太多。

何如手执一樽美酒，

每日里去那腾烟带萝的去处？

茅屋的屋檐上覆盖着花草，

一阵阵细雨时而飘过。

把杯中的酒一口喝干，

步出茅屋杖藜啸歌。

人生自古谁无死？

唯有那终南山千古巍峨。

【英译】

Laughing All the Way

Man is mortal.

Life is short

With fewer happy hours

And more suffering.

Why not, then, take a bottle of wine,

And step aside each day into the secluded mists,

Where the cottage is covered with wildflowers

And visited by passing showers?

Why not drink the cup of sorrow,

And walk out with a cane, laughing all the way:

"Who can live a long, long life,

But the majestic Southern Mountain[1]?"

Notes

[1] Southern Mountain: transliterated as Zhongnanshan, a high mountain to the south of Chang'an, now Xi'an, symbolizing longevity.

二十四　流动

若纳水𥗠，如转丸珠[1]。

夫岂可道，假体如愚[2]。

荒荒坤轴，悠悠天枢[3]。

载要其端，载同其符[4]。

超超神明，返返冥无[5]。

来往千载，是之谓乎[6]。

【注释】

[1] 水𥗠（guǎn）：水车，一种戽水的农具。若纳水𥗠：如同把水纳入水车使其运转不息。如转丸珠：一作"如转圆珠"，如同把圆珠不停地转动。以丸珠比诗，语出《南史·王弘传》载沈约述谢朓语："好诗圆美流转如弹丸。"此句以流动和转动两种微观的运动状态，喻流动的诗境。

[2] 夫：句首虚词。岂：岂可。道：道说。老子《道德经》第一章云："道可道，非常道。"此句谓道岂是用言语说得清楚的，只能假借万物的形体而存在，即假体，作诗之道亦然。如愚：一作"遗愚"。愚：笨办法，作者自谦语。全句犹言作诗之道本不可道明，此处不过借笔者之口姑且言之。

[3] 荒荒：茫茫无际。坤轴：地轴，古时常言地为坤，天为乾。悠悠：广漠无垠。天枢：一作"天机"，天空旋转之机枢。此处用天旋地转各有其根据来比喻宇宙间的宏观运动，如诗境的流动，空阔无垠，真气充于其间，妙不可言。

[4] 载：语助词，在语句之首，可连用，如"载歌载舞"。载要其端：犹言要求得道的端绪。《庄子·大宗师》云："反复始终，不知端倪。"载同其符：一作"载闻其符"，犹言要使言行思虑与道相契合。《庄子·德充符》王先谦注云："德充于内，自有形外之符验也。"孙联奎《诗品臆说》解端与符为："枢轴即流动之端。流动即枢轴之符。"可参考。

[5] 超超：玄妙。返返：往返不尽。冥无：虚空。此句以玄妙的神明，在虚空中来往无踪，来说明运动在时空中进行，但又有超自然之力在起作用，一如诗境之运作，非全凭人力。孙联奎《诗品臆说》解曰："神明，流动之妙用，冥无，流动之根本。总言极力用心，返求根本意。"可参考。

[6] 来往千载：古往今来，万物流变。是：这。谓：叫作。是之谓乎：犹言就是这样。

【疏解】

如果说《诗品》是一首连贯的长诗，那么，《雄浑》就是开头，《流动》就是结尾，《诗品》从头到尾贯穿了一种生生不息、流动不息的精神：

卜算子

李之仪

我住长江头，
君住长江尾。
日日思君不见君，
共饮长江水。

《雄浑》是"荒荒油云，寥寥长风。超以象外，得其环中"。《流动》是"荒荒坤轴，悠悠天枢。载要其端，载同其符"。可见，《诗品》有一种"物理化"的倾向，即一首诗，在必要的时候，会采取各种手段，把同一类意象集中起来，建立一个意象系统，通过这些意象，通过物理的比喻，形成一个抽象的概念，说明一个抽象的道理。尽管前者倾向于风云变幻和空间的运动，后者倾向于水流水辐和时间的运动，但也有共同的比喻模式，也有必要的超脱机制，例如，都以天地运行比喻时空的运动，以抒发胸中的诗情画意，都以"超以象外，得其环中"来建立超脱的机制，摆脱具体物象和物理世界的桎梏，不过前者偏重于空间感、扩张感和崇高感，后者偏重于时间感、过程感和历史感而已。这种情况，除《雄浑》和《流动》之外，《委曲》一品的旋转意象和环形运动，也有类似的诗歌肌理和天然情趣，可见这也是一种文化的思维方式，一种写诗作文的惯常思路。

关于过程感，它可以是一首诗歌，可以是一段诗史，也可以指一切艺术创造和审美感受，在时间中流动，在过程和历史中流动，可见，用《流动》来说明《诗品》就不仅可以说明每一首诗，而且可以说明整个诗品的结构规律。而我们在此之前倾向于把《诗品》说成一个一个的风格和意境，解释每一首诗的时候，也倾向于空间性的、结构性的解释，而不是时间性的、流动性的解释。因此，这里要做一个总的补充、纠正和说明。

而这一说明，还可以有两点补充。

第一点，关于历史、诗歌史，司空图是有很强的意识的，它在《与王驾评诗书》中，评价唐代的诗人时，就表现出这样的历史意识，不仅是社会政治和风气的层面，还有诗人个人的情操和习染的层面，这样，就不能把《诗品》仅仅看作单独的毫无联系的诗作，而是要看成对唐代诗歌以及整个中国史诗的一种变动的发展的意识。我们在一种固定的思维模式的影响下，容易产生一种千篇一律的历史观点，而且是单一因素的历史决定论，或者是经济决定论，或者是政治决定论，而没有把历史运动看作一条既有一定规律，也包含许多偶然因素不可尽知和不可完全由历史学家和政治家所把握、所认识的复杂情况的运动。甚至在对待历史的时候，把它简单地加以切分，变成几个阶段，分别标出起始点，总结出几个特点，写上一个标准性、标志性的说法，就算完成了历史的研究和叙述了。

第二点，关于《诗品》的顺序排列和每一首诗在其中的位置，也需要一种新的、流动的、变化的认识，而不能认准了一个原则就一意孤行，贯彻到底，不加改变，不考虑变异和偶然因素，不考虑中间是否有流散、传抄和被后人改编的可能。所以，像蒋斗南先生的《诗品目录绝句六章》那样，把《诗品》的序列和接续看作一条必然的逻辑链条，而没有一点活动余地的思维方法，还是要重新考虑的。即便像朱良志先生那样，认为《诗品》的排列有一个原则，那就是《周易》的原则，其中又包含对待和流行两个方面："对待和流行是易之两大根本特性，流行是对待中的流行，对待是流行中的对待。"[1] 虽然比较全面了，但还是有新的因素的介入，有新的必要考虑的模式或原则，或变通机制。例如，生命哲学和道德提升的机制，它们同样是可以依据诗歌的性质，分出阴阳两面，进行交互提升的运动，而完成从头至尾的过程运行甚至是循环运动的运行轨迹的。

别忘了，唐代诗人张若虚的《春江花月夜》是流动性的一个典范。它会把人们带进一个开阔而辽远、幽深而恬静的诗的世界。在我们即将结束《诗品》疏解的时候，或许一个象征性的表述远胜于理论性的阐发：

---

① 朱良志：《〈二十四诗品〉讲记》，第 269 页。

春江潮水连海平，海上明月共潮生。滟滟随波千万里，何处春江无月明。
江流宛转绕芳甸，月照花林皆似霰。空里流霜不觉飞，汀上白沙看不见。
江天一色无纤尘，皎皎空中孤月轮。江畔何人初见月，江月何年初照人。
人生代代无穷已，江月年年只相似。不知江月待何人，但见长江送流水。
…………

　　在这样浩渺清澈的意境中感知诗意，感悟人生，领略诗艺，提升诗品，
岂能不有所悟？

　　明乎此，则《诗品》可读也；诗史，可解也。

【今译】

　　　　　　　道行如水，纳入水辐流不息；

　　　　　　　道转如珠，圆满流转如弹丸。

　　　　　　　其中的奥妙，岂可用言语道说？

　　　　　　　目击道存处，只见得大化万般。

　　　　　　　茫茫大地，昼夜运行靠坤轴；

　　　　　　　悠悠天宇，巧运日月凭天枢。

　　　　　　　天地运行，显示出动的端绪；

　　　　　　　运思命笔，需符合道的法则。

　　　　　　　超超神明，周行万物以常新；

　　　　　　　冥冥虚无，循环往复归其根。

　　　　　　　千年万载，古往今来，

　　　　　　　就这样永远运作不息。

【英译】

That Wonderful Motion

Water through waterwheel flows.

A bead rolls as it ever goes——and poetry?

So does it, with no telling of the primary cause.

For not the visible are workings of the universe.

The earth rotates on its axis.

And heaven revolves around its center.

The underlying principle is disclosed by various clues;

Human efforts must go with nature's changing course.

Divinity, the absolute, dwells high above,

Watching the self-returning process to its root.

The world has ever been moving from everlasting,

And for evermore will that wonderful motion go.

第五章
诗心蓬勃，流动不息：《诗品》
回译、今译与渗透

　　在翻译领域，回译是一个较新的题目。在文学翻译领域，回译往往具有更为复杂的机制，更为高深的学理。第五章将以《诗品》的个人翻译（主要指英译）为基础，进行全文向汉语诗歌的回译，这是一种尝试，也是一种提升。其中反映的问题，既有语言的文化的，也有诗学的诗论的。我们希望第五章展开一新颖而有趣的诗歌世界，为广大读者提供参照。

　　第四章已经给出了笔者本人关于《诗品》的文本注释及今译、英译，还有结合主题和内容的疏解。这一部分，在此基础上，再给出《诗品》英译的回译，而在讨论这些回译的时候，也结合今译加以比较和评论，实际上，是一个综合的文本转换过程的进一步展示。我们仍然按照原来的顺序，一品一品，依次进行。为了节省篇幅，不再给出原文和英译，直接给出回译和讨论。需要注意的是，每一品的题目会在原来的序号后依照英文翻译而有变动，字面上不一定呈现原文的标题，而在后面的讨论部分，则以"译者小语"的形式出现，展开更为广泛的讨论。

　　在理论上，关于回译，有三种作用。其一，回译可以检验原文翻译的质量，主要依靠相似性原理，即可以回到原文的，就证明原译比较准确，回不去的，或者差距较大的，至少在忠实性方面就要打折扣。其二，回译本身可以研究翻译过程，看其能不能发生倒逆，事实上，完全的倒逆是不可能的，但回译可以揭示翻译过程，暴露其中的矛盾，所以在理论上说，可以提高我们对翻译过程与翻译本质的认识。其三，好的回译作品，如果语言漂亮，富于文采，甚至有思想，就可以成为作品，相对独立于原作，尤其是诗歌的回译。

　　我们的意图，既是研究性的，也是创造性的。那就是，通过回译，揭示《诗品》的诗性品质，看其能否使我们产生新的认识。与此同时，也尽力把回译作品提高到一个创作水平，让它呈现一种新的文本样式。而这种样式，也可能和原作进行比较，那就是检验翻译质量的意思了。不过我们的意图，并不是要检验翻译质量（主要鉴于诗歌翻译的特殊性和译者解释性翻译的特点），而是要产生《诗品》今译和英译相融合的一个新文本。从中自然可以看出翻译的作用了。这是笔者的初衷，至于效果如何，那就要取决于众多的因素了。一个合适的做法，就是随后的"译者小语"，希望它是一个兼顾创作与翻译的综合性的评论，从中能生发出一些新颖而有趣的东西来。

1. 诗心冲动

雄心鼓荡我心
顿成气象雄浑；
从世界的本原返回，
我有笑傲云天的气概。

此刻，我敞开胸襟
悦纳宇宙，立于世界的顶端，
任周遭旋风乍起，
云卷涛立。

我的想象穿过世间万象，
艺术真谛在我一握中。
只觉诗心冲动，思如泉涌，
蓬勃继之，来之无穷。

【译者小语】

"诗心冲动"，是四言，领其衣袖，做标题，可谓回归《诗经》传统。

"雄心鼓荡我心／顿成气象雄浑"以六言开启篇章，奇特寓于偶数，不为时常所见。六言诗篇，在仓央嘉措情歌中常见，因是藏族民歌体，而汉族诗歌中极为少见，故而显示雄奇别意。继而，由语言古拙，转向白话散句，"从世界的本原返回，／我有笑傲云天的气概"。就形式而言，俨然一部中国诗歌史。

接下来，第二节，立定在现代时空下，保持了古典的句法和突兀的长短句格局，产生强烈的对比。第二节突兀的倒立悬崖（恰似八大山人画的石头，总是上下倾覆，站立不稳），与第一节的梯形形成强烈对比，从稳定到不稳定，是起首两节诗的整体视觉效果：

此刻，我敞开胸襟

悦纳宇宙，立于世界的顶端，

任周遭旋风乍起，

云卷涛立。

（回译）

　　而最后的归一，当然要回到常态，在一个基本四平八稳的结构中，承接前文，从主体意象的渲染，走向哲理的归宿和主题的统一。但其中的语句，又有变化，兼顾古文和今译："我的想象穿过世间万象，／艺术真谛在我一握中。"以一种叙述式的语句，展示稳定而开放的心理状态，可视为主体结构的象征性表述。而最后的两句，是感觉的描写，基本上回到了原文的位置和语言状态：

只觉诗心冲动，思如泉涌，

蓬勃继之，来之无穷。

（回译）

　　可见回译之中，自有千变万化的学问和语言表现，即便紧紧固定在诗学的位置上。

　　且不用说，这第一首《雄浑》大体讲述的是诗歌主体的道德修养以及含纳宇宙的浩浩生气，就篇章地位而言，乃居《诗品》二十四品之首，或可谓之序言。

　　《雄浑》一品因而具有相当的哲理性。就语言的性质而言，只有"荒荒油云，寥寥长风"似乎是纯粹的自然描写，事实上却是"具备万物，横绝太空"的注脚。这一理解使其凸显乾卦的地位，那天空风云变幻的描写和下一品的《冲淡》偏于阴柔和坤卦（但从地面上升而不限于此）形成对照。这一表述本身无疑具有鲜明的《易经》哲学色彩和深刻的"六经之首"的文化内涵，而在今译中竟然可以窥见陆王心学的痕迹：

纳万物之理吾心即是宇宙，

化凌空之气遨游任我来去。

（今译）

　　其他老庄之学的体现及其语言的化出和套用，几乎比比皆是，恕不一一。

2. 淳朴，淡泊

> 我的生活淳朴，心灵淡泊，
> 敏感，使我与自然临近。
> 我驾鹤冲盈着太和之气，
> 一股清新令我心旷神怡。
>
> 惠风和畅，拂我面庞，
> 掀动我的长袍衣襟。
> 遨游在仙境是多么的惬意，
> 我听见竹林发出诱人的歌吟。
>
> 诗之和谐如此的淳朴、淡泊啊，
> 遇之可以，万不可强求。
> 一瞬间，似乎近在手边，
> 我欲把握，它已逃遁无踪。

【译者小语】

雄浑是雄强与混沌，而冲淡是冲和与清淡。两相对照，相映成趣，一壮美一淡远，便是古文的章法安排，既有对比，又有穿插。明乎此，《诗品》的章法和顺序，可得大体。

于是，冲淡，变为"淳朴，淡泊"，以离散和单纯出之。

> 我的生活淳朴，心灵淡泊，
> 敏感，使我与自然临近。

（回译）

可是，别忘了，这是从英文诗转译过来的。拿关键的一个句子，作为标题，竟然是 To be Simple and Thin。而完全不考虑英文表达的今译，在第一节说出一个与英语身心二元（body and soul）有关的诗句，"身自素洁心自清"。这在原诗"素处以默，妙机其微"中是完全看不出来的。

回译第一句承接了标题，分而为生活和心灵，而第二句，则以"敏感"带动与自然的临近，因为"敏感"是诗人的天性，也是其性情使然。接下来的感觉描写，驾鹤西行作为主导意象，无论就意象还是意境来说，都是原诗所具有的，不过转换为白话诗的轻盈与灵秀而已。

　　惠风和畅，拂我面庞，
　　掀动我的长袍衣襟。
　　遨游在仙境是多么的惬意，
　　我听见竹林发出诱人的歌吟。

（回译）

　　好像是要有韵脚了，却又没有，从四言的规整到多言的放纵，自由自在地推出飞升的意象，没有一丝一毫的俗气，没有故意安排的匠气。这种情况，一直保持到最后一节，即便是转向哲理的教诲，也将其包裹在自我感觉的陶醉中。甚至在伸手可及，却又逃遁无踪的无奈中：

　　诗之和谐如此的淳朴、淡泊啊，
　　遇之可以，万不可强求。
　　一瞬间，似乎近在手边，
　　我欲把握，它已逃遁无踪。

（回译）

　　原来古诗的意境，现代汉语也可以表达得如此冲淡而契合呀。

　　3. 纤秾处处

　　清溪淙淙奔流
　　注入远处的青山疏影，
　　少女的倩影，闪现
　　幽谷里，草木葱茏。

　　碧桃笑开了阳光灿烂，
　　微风荡漾在湖畔水滨。
　　柳荫下，一条小路游向远方。
　　流萤比邻，追逐着和鸣。

　　春意本无忧，其意悠然，
　　吸引我，一步一新境。
　　自然之美年年来去，
　　诗情画意却革面洗心。

【译者小语】

如果说《冲淡》用的是拆字法，那么《纤秾》用的则是提取法。后者从英文译诗的行文中，提取了一个现成的短语 where trees are thick，于是，"纤秾处处" 无非这个短语的回译，其要点是把 "纤秾" 固定在处所或地点的位置上。

从原诗到今译，有一种奇妙的过渡：

> 采采流水，蓬蓬远春。
> 窈窕深谷，时见美人。

古诗是一种半抽象的描写，极为简略，极为概括，许多细节，要读者自己去想象。

今译就不同了，它是状态的摹写，有细节和色彩，呈现一幅生动可感的画面：

> 山涧清流波光粼粼，
> 山坡上草木一片幽深。
> 那边幽静的山谷里，
> 时而闪现出少女的倩影。
>
> （今译）

回译之不同，固然根源于英文的翻译，但也有汉语自身的诗意表现。流水对、断句、折行、字数错落的频繁使用，还有韵脚的设置，看似无意，其实有很深的玄机：

> 清溪淙淙奔流
> 注入远处的青山疏影，
> 少女的倩影，闪现
> 幽谷里，草木葱茏。
>
> （回译）

其实，英文是不那么复杂的，但也有关键的转换，两个串接的诗句中，韵脚阳刚到阴柔的转换形成对立，但二者都是流水对（折行），只是句子设置的长短和变化，毋宁说在二、四两句中（部分地根源于英语的状语从句，以及可以自由处置的长句结尾）：

Limpid streams dance along

Into distant hills green and deep.

Pretty girls flash around

From secluded dales, where trees are thick.

接下来的事情变得简单易懂了。"碧桃笑开了阳光灿烂"根源于英语的 sunny smile，而"一条小路游向远方"则是 winds its way。

至于第三节，英文翻译是把原诗彻底地哲理化了，诗意化了：

Such is the delicacy of spring resplendent with joy

That attracts me, each step more satisfying.

Nature's beauty is seen year in and year out,

But poetry manifests itself in every new fulfillment.

不过，回译的结果，却不尽然，它是对译诗的模仿，但又部分地回到了原诗，因为在汉语的层面上，类似的意境有类似的说法，不仅如此，一种意境还可以有不同的表现法。

春意本无忧，其意悠然，（改写，逻辑反用）

吸引我，一步一新境。（直译，生硬模仿）

自然之美年年来去，（直译，机械模仿）

诗情画意却革面洗心。（用成语化解难题）

（回译）

倘若比较这最后一节就会发现，英文诗的回译与今译较为接近，与原诗悬殊。因为今译和回译，都有译者的解释在，而原诗毕竟是一成不变地"躺"在那里，任你翻来译去。

乘之愈往，识之愈真。

如将不尽，与古为新。

这一些半抽象的诗句，如同金缕玉衣下的古人遗体，总是难得其详，无论通过何种手段得到它，总有无限的文学的想象和有限的科学的解释。这便是翻译的有限的空间和无限的可能。

走得愈远，认识愈准。

为了长远，不断革新。

（今译直译）

The farther you go,

The truer you get;

Forever you go,

Forever you renew.

（英译直译）

这样的纯哲理，固然准确，却难以入诗，尤其是像《诗品》这样意象和哲理浑然一体的诗。一种以诗论诗的诗、以诗品诗的诗，不能那么直截了当地译、简单对等地译。

这里的教训是许多翻译中国古诗的初学者所要汲取的。以为英语可以和汉语一样简洁，以为一定要保持汉语的音节和节奏，其实是一种误解。

4. 沉著构思

我的小屋居住在绿林中。

日落迟迟，空气清新如洗，

我脱巾独步，漫步在林间地，

驻足间，聆听鸟鸣声声。

至今未收到友人的消息，

我只能在心里不断地思议。

难道要我说出他不会太远？

握手道别似乎是昨日事。

海上吹来和风，流云飞渡，

洲中明月升起，夜幕降临。

一句诗——意象莽然入我心，

可以为诗了，因有词句可闻。

【译者小语】

绿林野屋，落日气清，

脱巾独步，时闻鸟声。

399

　　从英语向汉语回译，固然要依据英译，而原诗的意象却可以复现在脑际，不经意间，一种写境的手法，让一节诗的意境跃然纸上，更加称奇的是，四句诗竟然是一个怀抱韵的格局。

　　"绿林野屋"，本是意象并置，但在英译中，却是 My little cottage sits among green trees，即让小屋坐落在绿树之间了，而回译回来，竟然是"我的小屋居住在绿林中"。倘不说别的意思，"绿林"也不同于一般绿色的树林，有了些野逸的味道，而"居住"的拟人，使得我的小屋获得了意外的灵气和人性。

　　日落迟迟，脱巾独步，虽然几乎是原来的诗句，但略加装饰和点缀，也就有了现代诗的意味。同样，第二节的"思议"，似乎也不是今日汉语的日常用法，却也就有了点儿"思索"和"想象"的意趣。这种意义上的微妙变化，总是给人以新奇的感受。

　　"海风碧云，夜渚月明。"既然也是意象并置，那么，它们就可以有不同的表现，无论是在今译还是在回译中：

　　　　仰望长天浮云，迎面海风吹拂，
　　　　渐入夜境，小岛上空月明星稀。

　　　　　　　　　　　　　　　　　　　　　　　（今译）

　　　　海上吹来和风，流云飞渡，
　　　　洲中明月升起，夜幕降临。

　　　　　　　　　　　　　　　　　　　　　　　（回译）

　　"如有佳语，大河前横。"原本的多重解释，必须而且终于有了现代理解的回归。在今译中，是向主题的回归，尽量不脱离字面解释：

　　　　沉著中忽来佳语妙句——
　　　　如从眼前景象生出，却不可尽说。

　　　　　　　　　　　　　　　　　　　　　　　（今译）

　　回译不是这样，它要尽量避免原义的诗句雷同，照应英文本身的表述，使其获得较为准确的对应：

　　　　A poetic image suddenly occurs to me
　　　　With some words, ready for composition.

一句诗——意象莽然入我心，

可以为诗了，因有词句可闻。

（回译）

但也不尽然，"一句诗"出现在"意象莽然入我心"之前，实际上是把英文的 poetic image 分而两译（诗歌意象），中间再以破折号相连。这样，就有理由把 composition（构思）译为"可以为诗了"，而将词语的出现作为原因（因有词句可闻），加以颠倒的处理，这也是靠近一首诗的创作主题的表现。

可见，翻译中围绕的一种主题的联想是潜意识的，而且允许复杂的想象。

5. 高古之境

品性高古，手把芙蓉，

畸人飞升在无限的夜空，

超脱了人间尘世，

进入浩渺的太空仙境。

东方，月正升，

有好风阵阵相从；

华山顶，此夜良宵，

传来袅袅钟声。

只有畸人清高绝尘，

超绝了尘世的凡俗域畛；

黄帝唐尧，玄妙的宗旨，

才是他永恒的道德追从。

【译者小语】

今译与回译的一个重要区别似乎在于人称。在英文是"he"，第三人称，因为英语读者对所谓的畸人（The True Man）不会有真实的敬仰与崇拜的心情，而在汉语中，就不同了，我们把这种古代的高人，继续推崇备至，所以用了第二人称"你"，来强调这种仰视态度。

东方升起明月为你照明，

和风紧随其后为你送行。

…………

你虚怀若谷，心性高洁，

超脱了人间的是非纷争。

徒寄心于太古的黄帝唐尧，

视为你玄远的道德之宗。

（今译）

今译根据英译而来，而英译在一开始使用了 The True Man，后来便是几个 he，保持了中性的态度。而与景色有关的诗词中，例如，第二节，则完全是中立的态度，看不出景色对于中心人物的依附和归属：

The new moon is rising in the east

And a good wind puffs and puffs.

The tolling bell can be heard clear

On Mount Hua by this quiet night.

东方，月正升，

有好风阵阵相从；

华山顶，此夜良宵，

传来袅袅钟声。

（回译）

另一个重要的区别，就是乘真气飘然飞升，在英译时淡化掉了，一是因为真气已经包含在真人（The True Man）的命名中，二是因为英文的飞升本身不是强调得道成仙，而是强调获得自由，虽然自由的概念在回译中明显减弱，甚至置换成"清高绝尘""超绝"的概念。而实际超绝的是英语的仆从（vassalage）身份、那些尘世的凡人与生俱来的依附性——一种存在论意义上的人对圣灵的依附与皈依。

Pure and simple, he alone enjoys freedom,

Free from the vassalage among us mortals.

只有畸人清高绝尘，

超绝了尘世的凡俗域畛；

（回译）

　　最后需指出一点，翻译是一种跨文化的交流活动，需要在中西之间进行彻底的文化置换，甚至是价值观的置换。由得道成仙到绝对自由的转换，按理也包括了对于黄帝唐尧和落落玄宗的淡化，虽然这一淡化过程在英译和回译中未能彻底实现，甚至英译本直译加注的翻译方法本身就是一种文化的坚守，但是，通过回译，毕竟从第二人称的仰视，转换为第三人称的平视和疏远——敬而远之，乃是一种文化态度，须明察之。

　　6. 人淡如菊

玉壶斟满美酒，

我在茅屋里赏雨，品酒。

座中全是高情雅士，

门外的修竹为君子伴宿。

雨过天晴，白云浮动，

飞鸟成双追逐上下不离。

我抱琴眠于林荫下，恍惚间

看对面崖上，飞瀑挂千尺胜景。

花瓣轻轻地飘落，入泥土，

人淡如菊，人性温柔。

佳时佳地，自然也慷慨馈赠，

原野上，诗成簇，待人采撷。

【译者小语】

　　"人淡如菊"作为名句，自然是上好的标题，但其英文是最具本质性的句子：gentlemen remain so tender（人性温柔）；"如菊"，只是一个状语而已。

　　同样，"玉壶买春"这样文雅的句子，也恢复了其本来的面目："玉壶斟满美酒。"不能再有其他的奢望了。因为英语和汉语毕竟不同，而古汉语和现代汉语也有些差异。只是在另一个好伴侣的意义上，竹子和贵客一样，makes another good companion，而赏雨和品酒之间，汉语将二者并列，似是两个享受的动作，而英语则认为品酒是真实的主要的行为，和坐着一起，同时发生，而雨在窗外下着，就可以了，属于自然现象。两者并置在一起，自然就有了赏雨的意思联想了，但和饮酒无语法上的联系。可见，"赏雨"在英语中不宜直译表达，只可于品酒之际，译出窗外下着雨，引起读者联想就可以了。

语法之外，有些事情是更加靠近诗学核心的。第二节，在"雨过天晴，白云浮动"之后，今译"深色的鸟儿相逐于飞"，几乎是"幽鸟相逐"的扩充式翻译，也是字面的解释。回译却在 birds chase cheerfully hither and thither 的基础上，尽力描写鸟的飞翔状态，"飞鸟成双追逐上下不离"。最是那抱琴（枕琴，依琴）眠于树荫仰观飞瀑流泉的意境，其实，在汉语诗学中是有相当的表达空间的（眠琴绿荫，上有飞瀑），英语却用了琴作为拟人的主体，顿时诗歌的意境飘升：

> My lute, with me, lies dreaming in the shadow of trees,
> Longing for falls hanging from the heights yonder.

> 我的琴，和我一起，卧于树荫下，做梦，
> 向往对面悬崖上倒挂的飞瀑胜景。

（回译直译）

> 我抱琴眠于林荫下，恍惚间
> 看对面崖上，飞瀑挂千尺胜景。

（回译意译）

> 树荫下静卧着我心爱的琴儿，
> 高山流水在望，不觉心旷神怡。

（今译）

自然是今译更加靠近琴的主体，在附加了"我心爱的"之后，便是成语的连用，尤其是"高山流水"，俞伯牙与钟子期关于听琴的典故，至此便是点到为止了。而英语中，无论如何也不会有如此的语内契合度，只能是客观景色的描写了。

花瓣轻轻地飘落，入泥土，
人淡如菊，人性温柔。
佳时佳地，自然也慷慨馈赠，
原野上，诗成簇，待人采撷。

（回译）

细察这最后一节，诗意盎然。"人性温柔"是"人淡如菊"的补写和深化，而"原野上，诗成簇，待人采撷"，虽没有译出 posies（花束，诗句，常刻在戒指内圈）"花"的那一层含义，却把"诗"译出和"成簇"搭配，赢得了一重崭新的诗意。

原来"书之岁华，其曰可读"，才是这首《典雅》的主题句。

7. 洗炼

沙里淘金方成真，
出矿识得真银品。
冶炼终须精益求精，
做进一步的提纯。

深潭泻春水，
古镜照今人；
诗人的内心纯真，
明月朗照观自身。

繁星窥视人间世，
诗人隐逸，独自歌吟。
今日流水何纯净，
明月昨日是前身。

【译者小语】

洗炼，若说是追求纯洁，那也没有什么不对，但总归是字面解释，不能有所超越和深入，反而失去了洗炼本身冶金和炼钢的比喻原型，使我们徘徊在抽象思维的荒原上了。这就是第一节诗的局限了。原文犹可，今译不佳，回译也不怎么样。前者有急于靠近诗性修炼的突兀，后者则囿于冶炼金银本身的语义而难以脱身。

到了第二节的回译，才有了一些长进：

> 深潭泻春水，
> 古镜照今人；
> 诗人的内心纯真，
> 明月朗照观自身。
>
> （回译）

　　好就好在"深潭泻春，古镜照人"，这些看似纯粹的景物描写，都找到了各自的寓意。而明月，也在朗照中让诗人反观自身内心的纯真，获得了外物的验证。于是，第一组冶金意象的乌涂和沉重，至此才脱离了其比喻自身的局限（虽然深层的寓意还是可以的，但金银引出的铜臭味，毕竟难以消除）。

> 像空潭流泻的春水一般明净，
> 像铜镜照面容不得一点儿污秽。
>
> （今译）

　　今译利用汉语可以自由发挥的长处，在有限的篇幅里准确而及时地直接陈述了另一重意思，使得语义得免于俗，英语的逻辑却不同。"载瞻星辰，载歌幽人"，围绕人间，让天地星辰聚拢来：

> 繁星窥视人间世，
> 诗人隐逸，独自歌吟。
>
> （回译）

　　英语一个漂亮的构思，让群星窥视人间，而诗人独自歌吟，使得一种焦点透视、画面集中、寓意明确的诗歌意境，跃然纸上。相比之下，今译却让星斗召唤主体，产生了特殊意境的升华：

> 星斗灿灿，仰之弥高；
> 隐士之心，付之歌吟。
>
> （今译）

　　最后，"流水今日，明月前身"今译和回译都有引申和展开，扩充与深化，但其思路略有不同：

今日流水何纯净，
明月昨日是前身。

（回译）

今日流水般的纯净，
正是昨日明月生辉。

（今译）

前者是意象并置，后者是因果关联。

8. 追求强大

强者奋力前行，
如凌空飞架彩虹，
如滚滚的雷云，
横绝巫峡携电带风。

自然大化滋养了体格
宇宙之气培育了品行。
他在无休止地运行——
在运行中积聚力量无穷。

如天地大包大容，
他达到了至善至情。
因为他始终追求强盛，
化入自我，融入歌声。

【译者小语】

像汉语的"神、气"一类东西，在英文中几乎无法表达，而汉语今译则有可能将其连并，组合成"神气"行走如飞，其他不过是比喻和夸张，不值得仔细考虑了。英语并不考虑这些虚空的东西，却紧扣主题建立一个强者（the strong figure）作为主语，直接抒写了第一节。

强者奋力前行，
如凌空飞架彩虹，
如滚滚的雷云，

横绝巫峡携电带风。

（回译）

到了第二节，英语便用了灵肉二分逻辑，区分出 physique（体格）和
nous（心灵），分别加以描写，然后再合为一体，进行运动中的勉力锻炼
（nerve himself）的描写，然后进入一个综合阶段。

自然大化滋养了体格
宇宙之气培育了品行。
他在无休止地运行——
在运行中积聚力量无穷。

（回译）

即便是"德参天地"一类说法，在英文中也转换为天地造出的空间感和
容量感（包容及能力，capacious），然后再以顶点（acme）为极致，描写完
善的境界。这就是"天地与立，神化攸同"的境界了。

As capacious as earth and heaven,
He reaches the acme of perfection.
For he is always striving to be strong
Both in himself and in his song.

如天地大包大容，
他达到了至善至情。
因为他始终追求强盛，
化入自我，融入歌声。

（回译）

最后两行，回到了开端和标题，那就是《追求强大》（*Striving to be
Strong*），产生了首尾照应的传统文章写法所应达到的效果。虽然标题不用人
称，强化了祈使句的作用，但整个一首诗具有第三人称单数的表述角度，那
就是推远和背影，更适合表现劲健有力的人物形象，如同一个运动员矫健
的、逐渐远去的背影。

9. 丰富与创意

丰富的心灵蔑视黄金，
（并非一切闪光的都是金）
过分地装扮毁了自然之美，
朴实无华才是诗中良品。

神秘之气在雾天水滨，
杏林粉黛点缀着春林。
豪宅隐隐邀出一轮明月，
画桥映掩于娇羞的阴影。

让金杯盛满美酒，
让主人奏曲给嘉宾；
雅士满足于自身的创意，
复满足了追求真理的灵魂。

【译者小语】

绮丽本来是一种风格或意境，但由于诗歌的设色和比喻，在一开始就和富有相联系，和内在的品质相始终，甚至反对设色艳丽，作为一条规律或原则，这是发人深思的。"浓尽必枯，淡者屡深"是艺术规律，特用于绘画的中式色彩，中国人已经习以为常了。

然而英语不能这样说，它的立意要更加深远，更加符合逻辑，因此也更加接近普遍真理。

Too much makeup spoils nature's beauty.
Simplicity can mean a good taste of poetry.

过分地装扮毁了自然之美，
朴实无华才是诗中良品。

（回译）

由此推出一个伦理性的原理："神存富贵，始轻黄金。"字面翻译就是："胸中有真富贵，／才不看重黄金。"（今译）而一个更加洋气的译法是"丰富的心灵蔑视黄金"（回译）。然后，给出一个论证的理由，放在括号里：（并非一切闪光的都是金）。从有些貌似闪光的东西，不是黄金，有假象，推

409

出不可靠，因此需要警惕，不可轻信，"始轻黄金"至此得到了完满的论证。

英诗在骨子里是科学，是哲学，离不开论证或论争。其余的不过是意象，各种意象，丰富而绮丽。但英语的意象还要本身有意义，例如，雾林显示神秘，阴影掩盖羞怯，方能有意义。

直至结尾，汉语以第一人称作结，完成了一种自我标榜的诗人情怀，一种"神存富贵，始轻黄金"的富家形象、贵族气派、文人雅兴。而英语始终是第三人称的描述，高雅之士满足于自身的创意，创意本身则满足了他追求真理的灵魂。

> 自有取之不尽的绮丽妙境，
> 来满足我一颗追求丰富的心。

（今译）

> 雅士满足于自身的创意，
> 复满足了追求真理的灵魂。

（回译）

总体说来，汉语诗境重视内心向外的发射和表现，或外物为主体役使的满足感，而英语诗境重视内省和灵魂状态本身，重视灵魂本身的实现过程和感受体验。

可见，诗学的不同，乃是伦理的差异。

10. 自然之道

> 盼顾四周的世界
> 不要他顾索句寻觅；
> 只顾追随自然之道，
> 吸取营养，为我所用。
>
> 花朵开放有其时，
> 新陈代谢在其中；
> 本土的，便是自我的，
> 借得容易丢得也容易。
>
> 雨过天晴，幽人出山采蘋，
> 因为他懂得自然的寓意：

> 　　大道自有其运行的轨迹，
> 　　大人心怀大道而行之。

【译者小语】

　　"自然"，既然是一首诗的标题，便是一首诗不变的贯通始终的主题，也就是可能的、潜在的主题句子的主语，除非在必要时换成以人做主语，构思一个以人为主体运作的世界，而把潜在的自然世界作为人类活动的背景和存在的基础。但在道法自然和人类追随自然之道的意义上，自然则与道合一，人则是顺其自然的幽人、诗人心目中的得道者了。

　　周围的世界就是自然的世界，以自然为诗的源泉，也就是模仿自然。把西方的模仿论，借到中国古代的自然主义之中，也是一种中西结合的路子。这是英语翻译回到汉语时不假思索就可以得到的结论。在第一节中体现得很好。

> 　　本土的，便是自我的，
> 　　借得容易丢得也容易。
>
> 　　　　　　　　　　　　　　　　　　　　　　　　　　（回译）

　　本土的，英文是 native，即内在的、与生俱来的、自我的、自己的、为己所有与所用的。"Borrowing is easy come and easy go."是一个创造的成语句子，与 native 相对，当然来得容易去得也容易。因为在英文翻译中用来创造和借用的，回译时再转回来就很容易接受。这是经验层面上中国人和外国人都容易接受和理解的东西，无须过多说明和解释。

> 　　薄言情悟，悠悠天钧。

可以直接解释为："天道运行不息，人要心与道一。"（今译）
也可以做进一步的解释，翻译成：

> The Great Tao follows its natural course,
> The great mind follows its natural course too.

回译过来便是：

> 　　大道自有其运行的轨迹，
> 　　大人心怀大道而行之。

只不过今译和回译（基于英译本身），都把这一名言至理放在幽人的口中，这样，便增强了诗歌的戏剧化效果：有了直接引语，便于警世。

11. 含蓄：勿直说

> 要流露，切勿直说，
> 要流露得流利酣畅。
> 不要"抱怨"一类字眼，
> 要留待读者去想象。
>
> 诗境会表达自身，
> 含而不露是更好的选择。
> 酒汁滴沥，点点滴滴，
> 秋寒之花，内敛含蓄。
>
> 空中微尘无限多，
> 海上波涛泛微沫。
> 诗贵含蓄，你懂得，
> 一粒沙奥妙无穷哦。

【译者小语】

"不著一字，尽得风流。"本身就是一个含蓄甚至含混的命题，今译解释为："诗贵含蓄。气韵生动，／须弥漫于字里行间。"这是用气韵生动来解释诗贵含蓄。英语没有这种诗学资源，只好直译为祈使句：Telling, but not saying. ／ And do it with a crack style. "要流露，切勿直说，／要流露得流利酣畅。"后半句是对前面语义上的补救和气韵上的补足。考虑到读者的阅读效果，宁愿不要说出"抱怨"（怨天尤人）这个词，而要留待读者自己去体会，去领悟。

相对于汉语今译的自由发挥（无须长吁短叹，读之却苦不堪言），英译和回译都是比较严谨的。

> 诗境会表达自身，
> 含而不露是更好的选择。

（回译）

For poetic image speaks for itself：
Implicit is a better implement.

除了善于立定命题，英语甚至有点文字游戏的意思（implicit 和 imple-ment）。汉语却继续其随意发挥的功能：

> 只要胸中有数，不离宗旨，
> 用笔可轻可重，或隐或显。
> 意味充沛，如酒汁滴滴沥出；
> 含苞待放，似花木知遇深秋。

（今译）

显而易见，英译和回译都无法这样随意发挥，特别是描写酒汁和秋花的诗句，几乎是干瘪的描写，无从朝主题靠近了。这种情况，对今译也是一样，到了空中微尘，海上泡沫，几乎脱离了原文（古文：悠悠空尘，忽忽海沤。/浅深聚散，万取一收。），变成孤立的意象描写，失去主题依托了。

于是，今译在最后两行用了非常的强调手段，务必使之回到主题，收束整首诗歌：

> 一粒沙可见出整个宇宙——
> 万千气象，要在万取一收。

（今译）

前一行是一个借喻而来的主题句（佛教认识论），后一行则是返回《诗品》本来的话题，借用其语词，重新叙述。英译和今译同样借鉴了这个关于沙子的命题，但放在不同的地方，获得了不同的效果：

> Poetic flavor lies well concealed，you know.
> A grain of sand contains a great sense.
>
> 诗贵含蓄，你懂得，
> 一粒沙奥妙无穷哦。

（回译）

当然，英语也有文字游戏的作用，sand 和 sense 被用作节奏和语义的回环呈现。

毕竟，汉语中"万取一收"这种说法，以及其背后所用的超现实的魔法概念，是英语不好接受也不好借用的。明乎此，则知今译与英译，基本上还是在两个不同的文化系统里运作词句，或者说，无论何种翻译，归根结底都难以从根本上突破自身的美学和诗学藩篱。源自英译的回译，便是这样一件很难完成的任务。

可是回译的最后一句，把一个佛法哲理句，结束在一声"哦"的轻叹中，便平添了无限奥妙。

12. 豪放不羁：我心狂野

> 眼观四面八荒，
> 我心狂野无方。
> 宇宙之气在内心激荡，
> 我雄心勃勃，胸怀宽广。
>
> 让胸中狂风乍起，
> 让山河壮怀激昂。
> 我与世间万物同一，
> 让万物为我役使。
>
> 明月疏星在头顶，
> 凤凰护我向前行。
> 黎明，我驱赶六鳌向东方，
> 黄昏，在咸池濯足看扶桑。

【译者小语】

主语和主体，在句子中的体现，即隐显（现）（covert or overt），随着语言的不同而各异。

英语的主语是显性的，汉译时则可以时隐时现（somewhat overt or covert），保持统一和连贯即可。

> My eyes sweep the world.
> My mind marches unhindered.
> The cosmic spirit surges inside.
> I am so bold and broad-minded.

眼观四面八荒，（隐）

我心狂野无方。（显）

宇宙之气在内心激荡，（置换主语）

我雄心勃勃，胸怀宽广。（恢复主语）

（回译）

如果说祈使句"让"（let）字结构是把主语置于宾语的位置，那么，也可以看作一种半隐半显的处置形式，这便可以解释第二节的回译规则：

让胸中狂风乍起，（半隐）

让山河壮怀激昂。（半隐）

我与世间万物同一，（显）

让万物为我役使。（半隐）

（回译）

隐去的主体，可以显示在以物做主语的句子里，也可以显示在宾语或其他成分中。这可以看作"二级隐现模式"（secondary covert model）。例如，第三节前两行的情况。而整个句子开端的时间状语（有时是地点状语），也可以把主体半隐在一种主题的地位上，如同第三节后两行的情况，姑且称其为"遮盖式隐现模式"（covered covert model）。整个这一节诗的格局如下：

明月疏星在头顶，（隐二）

凤凰护我向前行。（显二）

黎明，我驱赶六鳌向东方，（遮显）

黄昏，在咸池濯足看扶桑。（遮隐）

（回译）

人在世界中的主体地位是一种奇妙的体现，在不同的语言中可能有不同的体现。在英语刚性地体现这种关系于句子成分（依托于一定的句子结构）的同时，汉语则可以有省略与保全两种应付方式。这样，在语序结构不发生变化的条件下，也可以看出一首诗从英译到回译的若干基本的规律和变化来。这是极为有意义的事情，岂能不察不顾？

至于这首诗的语言，回译采用的基本上是彻底回到汉语原诗的策略，不过不是回到古文，而是回到它的现代形式，其中的四字结构和固定说法（包括典故），基本上得以保留。在隐现理论的观照下，也可以看作另一种隐现，即把古文显示在现代汉语的词汇和句法结构里，或者将其隐去，即置换成现代汉语的白话形式。如此观之，最后一节诗的汉语回译基本上是显性的（overt），由此也可以说明，其英译形式中，后三行采用直译加注的三个例证，正是对汉语原诗典故的一种处理方式。

> 前招三辰，（？）
> 后引凤凰。（显）
> 晓策六鳌，（显）
> 濯足扶桑。（显）

换言之，在通用三辰（日、月、星）的前提下，英语和汉语均视其为非典故，而凤凰、六鳌、扶桑，则是典型的汉语典故，当然也是文化负载词（cultural loaded words），所以英译采用直译加注的处置方式，就是可以理解的了。相反，回译采用恢复其原貌的处置方式，加以显性处理，并不加注，因为这是同一文化背景下的典故翻译，也就是回到原文，或原文复现（original text）。至于有些许语言上的变化，那不过是从古汉语到现代汉语的变化，在文化上，是非本质的差异，虽然在语言形态上，也可以说具有某些本质的差异。

至于第一行括号里的问号，其所表示的，非隐非显，并不是不隐，也不是不显，而是在文化差异的意义上，无所谓隐显，所以给出问号，而不是"隐"字。这样的标识处理，也是为了洞明地了解，至少避免在理论上的误解。

当然，若是执意去追究其天文学上的意义，那么，在英语中也有 star（恒星，指太阳）和 planet（行星，指月亮和其他星辰）的区分，此非汉语的"三辰"可以一言以蔽之的。只是在诗歌表现的意义上，并不强调这种区分而已，所以，也可以认为是一种文化的"隐"或诗学的"隐"。当然，循此道理，也就是翻译学上的"隐"了。

13. 创造生动风格

> 精神预期而至，
> 集中精力是要旨。
> 涟漪触及一池圣水，
> 精睿绽放万朵花卉。

　　　　春来鹦鹉鸣如歌，

　　　　柳池楼榭绝景致。

　　　　金杯里斟满了琼浆，

　　　　欢迎山中来的隐士。

　　　　奇诗如炬能自燃，

　　　　勿为死灰一团。

　　　　自然美幻诚可美，

　　　　谁敢开言论长短？

【译者小语】

　　汉语的"精神"，具有不同的意义。基本的含义指"精气神"，简称"精神"，专指人的精力及其外在表现。在这个意义上，"欲返不尽，相期与来"就是指人的精神或精力，可以周期性地恢复（相期与来），但因有一部分要散失，所以不会完全恢复（欲返不尽）。这一原理也可指任何有生命的事物，如"奇花初胎"，甚至指无生命的事物，如"杨柳楼台"（这里重在楼台建筑，而非旁边的植物杨柳）。由此，理解为"生命力"（vitality），即"生气远出，不著死灰"正是其中深意，至于落实到纸上，变为艺术品，便是花草精神、人物精神、山水精神了。

　　其实在英译时，"欲返不尽，相期与来"只译出了后半句，然后发挥出的部分，则是"集中精力便可有最佳的状态"（concentration makes best of it），作为"精力适时汇聚来"（vitality builds up on due time）的一种补充。在接下来的各种例证中，则要解决一个问题，那就是通过描写，反映其精神表现的不同层面或方式：

　　　　Ripples stir in cleansing water.

　　　　Essence surges in shooting buds.

　　　　Parrots in springtime sing the liveliest.

　　　　Pavilions by a willow-lined pool look ever the best.

　　只有金樽斟满美酒，迎接山中幽人的句子，变成了纯粹的社交礼仪，失去了原先所隐含的幽人超群的精神面貌。尽管如此，上述细节描写还是要尽量回译出其中的内涵，勿使其失之浅露。

> 涟漪触及一池圣水，
> 精睿绽放万朵花卉。
>
> 春来鹦鹉鸣如歌，
> 柳池楼榭绝景致。
>
> （回译）

相比之下，今译似乎更加靠近原文，发挥得也恰到好处：

> 精气神采难以尽聚，
> 只有乘兴而起相待而来。
> 来如春风涟漪微动于心，
> 又似奇花含苞精聚神锐。
> 如春光明媚鹦鹉雀跃，
> 似杨柳依依碧水楼台。
>
> （今译）

话又说回来，尽管今译在阐释中国古典诗学的原理方面尤其擅长，但并不意味着在英文里就要亦步亦趋、如法炮制。倒是在最后一节，集中说明学理的时候，英译发挥了立论深刻、直逼真理的优势，在阐发时也放得开。

> Brilliant verse bursts with fire,
> Never dying into a pile of ashes.
> Nature's beauty so well expressed is to be admired,
> And who could say it lacks in lively style?
>
> 奇诗如炬能自燃，
> 勿为死灰一团。
> 自然美幻诚可美，
> 谁敢开言论长短？
>
> （回译）

总而言之，无论是今译还是回译（包括英译），都要建立在对中文"精神"一词的多重理解上，在宇宙论上打通本质和现象，认识论上连通主体和客体，在诗学文本上贯通全篇。要从高处立论，一泻而下，切勿做各种扭捏作态的翻译，或者人为地设置各种理论障碍，以为发现了翻译的奥秘。

14. 避免呆板

　　　　　自然处处留迹，
　　　　　良匠不露斧痕。
　　　　　意象从出的一瞬间，
　　　　　奇幻完美，如造化天设。

　　　　　激水留痕，花貌见形，
　　　　　清晨草露转瞬即逝。
　　　　　旅人啊，这岂不是一则警世语，
　　　　　赠给那欲往人迹罕至处的独步者。

　　　　　不要让词语充斥过满，
　　　　　不要让思绪呆滞不变。
　　　　　清新，如早春出翠绿，
　　　　　澄明，如雪地映明月。

【译者小语】

缜密，本来是思路缜密无有疏漏的意思，其反面则会变得思路呆板、迟滞，缺乏生气或灵动之气，所以，这一首诗的标题的回译便成为《避免呆板》。在一开始，"是有真迹，如不可知"尚不明白是说自然，还是说艺术，待到"意象欲出，造化已奇"才知道是说自然。所以英文直接就以自然开篇，顺势叙说下来。回译亦然。联想到《诗品》不少都归属自然，也可以看出司空图的自然主义美学观，其实更多还是可以追溯到道家的自然主义。这和英国乃至美国文学中的自然主义，虽有具体的、历史文化的、内涵的不同，但在志趣上则无大异。

　　　　　自然处处留迹，
　　　　　良匠不露斧痕。
　　　　　意象从出的一瞬间，
　　　　　奇幻完美，如造化天设。

　　　　　　　　　　　　　　　　　　（回译）

如此行文，自然和人工都照顾到了，而且从自然转向人工，又以自然的天造地设来说明诗歌意象的奇幻完美之境，实际上是完成了一个循环。

> 激水留痕，花貌见形，
> 清晨草露转瞬即稀。
>
> （回译）

上述这些具体的意象，都是倾向于留痕而又消失痕迹的逻辑思路。待到最后一节的最后两行，则对"清新"和"澄明"做出本质界定，让"早春出翠绿"和"雪地映明月"获得质的规定性，并以此作为归结：

> 清新，如早春出翠绿，
> 澄明，如雪地映明月。
>
> （回译）

那么，如何避免呆滞与古板呢？

> 不要让词语充斥过满，
> 不要让思绪呆滞不变。
>
> （回译）

> Never let words be overloaded with details
> Or thoughts stagnate in rigidity.

这便是"语不欲犯，思不欲痴"，按照字面，便是"词语切勿重复，思绪不可呆痴"（今译）。如果把作诗的思路比作行路，则"要路愈远，幽行为迟"可作为一则劝导，不过今译时难免有所发挥：

> 任重道远，险要处愈应谨慎；
> 曲径通幽，独行时举步宜迟。
>
> （今译）

英语若是如此翻译，便难以脱离书卷气和好为人师的学究气，这正可在英国古典时期诗人 Alexander Pope（蒲柏）的 *An Assay on Man*（《人论》）中找到类似的例证，所以转换成一种戏剧化的提醒，从而成就了另一番诗歌意境：

　　　　　旅人啊，这岂不是一则警世语，
　　　　　赠给那欲往人迹罕至处的独步者。

　　　　　　　　　　　　　　　　　　　　　　（回译）

　　顺便提一下司空图《诗品》的章法，其中自然细节或艺术细节的描写和哲理劝导的穿插是一个基本的手段，而人际关系的出现，则是诗人与读者之间的一种潜在的比喻关系，有时借助诗人心目中的高人（幽人、隐士、高士等）塑造道德的理想人格，作为为人为文的终极典范。这样一来，古典诗论的诗歌形式就成为经典了。而现代诗，则不需要这种高人、幽人的导引——这是时代精神使然。

　　15. 成就自我，追随自由

　　　　　自我，自由，
　　　　　敢于充分地暴露自我。
　　　　　你的生活经验就是智慧之源，
　　　　　使你充实，坦率天真。

　　　　　松下筑起小屋，
　　　　　是读诗的好地方。
　　　　　只知日出日落，
　　　　　不辨何年何月。

　　　　　让你的形象自然流露，
　　　　　不计较它去了何方。
　　　　　诗人之心本狂野，
　　　　　诗中诳语，不为过。

【译者小语】

　　　　　松下筑起小屋，
　　　　　是读诗的好地方。
　　　　　只知日出日落，
　　　　　不辨何年何月。

　　这种自由自在的境界是一种比兴，意在托出一种深刻的哲理，那就是自我和自由的概念，虽然这一对概念和"疏野"的原意，即顺从天真的本性相比，仍然有一些差距，但在中西之间基本上可以形成一种对应关系。所以，在翻译时就成为一种可以选取的语词，进入译文的构思。细心的读者可能会觉察，"只知日出日落，／不辨何年何月"和陶渊明《桃花源记》中的句子十分相似。这在无形中丰富了译文的互文性内涵。

汉语的思路是这样的：

> 随性之所至，
> 无拘无束，抵本真天地。
> 把握住物象，
> 使自己充实，纯朴而率真。

（今译）

由表及里，进入自我的本真天地，再通过掌握外部世界，使自己充实，然后坦率地表现出来。但英语不是这样：

> Be yourself. Be free.
> Expose your inner self as full as it can be.
> Your life experience is the resources of wit,
> Which makes you straightforward and rich.

> 自我，自由。
> 敢于充分地暴露自我。
> 你的生活经验就是智慧之源，
> 使你充实，坦率天真。

（回译）

英语是从自我和自由的概念出发，要把内在的自我表露出来，认为这才是真正的自我。

然后是生活经验，它本身就在那里，是智慧的来源和资源。生活经验多的人，常常丰富而充实，能坦率地表达自己。

> Just let your real image flow,
> Don't be concerned where it might go.
> For wild is the nature of a poet.
> And a wilderness of words is poetry.

让你的形象自然流露，

不计较它去了何方。

诗人之心本狂野，

诗中诳语，不为过。

（回译）

前两句是把内心转变为自我形象的表露，这是符合英语由内到外的逻辑的，而后两句的翻译倾向于汉语逻辑。一个是把英语的诗人本性狂野，变为诗人之心狂野，实现了心性之学向心理学的转变（在中国文化内部）；一个是把诗歌语言狂野转变为诗中诳语（佛教用语），不为过（也是与诗人比较，不为过，而在常人那里，当然是不行的，在佛教徒那里，就更不行了，因为它违背了佛教的戒律）。但在诗中是可以的，因为这是写诗，诗心狂野啊！

今译中的这段诗，并非完全依据原诗，因为它要回到疏野的意境，回到诗歌的意境：

只求真情实感涌流而出，

又何必一定要有意为之！

诗人若能够天然放浪，

诗境便获得疏野的品格。

（今译）

原文是：

倘然适意，岂必有为。

若其天放，如是得之。

直译：

只要我感觉适意，

又何必一定要有所作为！

如果能够天然放纵，

也一定会有所收获吧。

（今译直译）

423

总体而言，英诗比汉诗要放得更开一些，一如中西性格所显示的。但不是一放到底，毫无收敛，那就不是艺术了。

16. 清奇晶莹

> 幼松株株直立，
> 清风吹拂在水溪。
> 雪汀初晴，一片晶莹，
> 一叶扁舟来天际。
>
> 可人如玉，
> 脚踩木屐寻乐趣，
> 他时时驻足，
> 追思悠悠空碧。
>
> 神气清奇如此，
> 非言辞可以表述。
> 一如晓月朗。
> 又似秋气爽。

【译者小语】

《清奇》，基本上是一首写景兼写人物神气的诗。回译依据英译，没有太多的变化，但求语言本身的诗意表达；时时处处，可与今译比较，形成两种不同风格的行文，一简略、一繁复，一率直、一曲折耳。

> 幼松株株直立，
> 清风吹拂在水溪。
> 雪汀初晴，一片晶莹，
> 一叶扁舟来天际。

（回译）

此节添加清风，因有涟漪所本，更兼清风穿过松林，使画面生动、可感。看似不起眼，其实是为后面的神气埋下伏笔，因为英语的 air，本身虽可以指人的神气，毕竟不如汉语中的"神气"那样直接和突出。相比于回译的简略，今译的繁复细腻一望而知，如工笔细描：

> 一株株幼松挺拔俊秀，
> 一条溪水泛起涟漪在奔流。
> 雪后转晴，汀洲一片白皑皑，
> 在水一方，但见一叶扁舟。
>
> （今译）

也许我们可以推测出这样一个道理：在无英译细节可本的前提下，回译一般不会过多添加细节进行细细描摹。上述今译的"一"字结构，在其中起了重要的作用，以区分单数和复数，"一"和"多"是一个基本的语法功能，而造成汉语本身的辞趣才是修辞的修饰功能所在。

回到回译的《清奇》。在"可人如玉"这样轻而易举的原文复现之外，有些词语直取原文，不加改变，有返回原文的简洁风格，节奏的明白短促，整齐与错落，如一首清丽的短歌：

> 可人如玉，
> 脚踩木屐寻乐趣，
> 他时时驻足，
> 追思悠悠空碧。
>
> 神气清奇如此，
> 非言辞可以表述。
> 一如晓月朗。
> 又似秋气爽。
>
> （回译）

回译如此轻松自然，可谓少见。但其中的道理，也值得思索。

点题在最后一节（神气清奇如此），而最后的收束，是一个五言对仗。

如果说回译的四行诗节、三段式结构，是基于英文的分界原则对原作的一种创造的话，那么，今译的连贯和不分节则有利于形成整篇的章法和繁复的行文印象。后八行描写了玉人的外貌特征和心理气质，客观上有利于形成一气呵成、气韵生动的诗学效果，但其稍有扩张的行文，较之原文四言的简洁，可谓恰到好处：

> 冰清玉洁的可意人儿，
> 踩着木屐览胜探幽。

若有所思，欲步还止，
不时凝望那碧空悠悠。
那高古奇异的神态，
淡远清奇得无法描述：
清淡似拂晓的月色，
奇爽如蓝天在深秋。

（今译）

今译用细笔淡彩细细地描摹人物的神气和举止，许多地方也用了原文的词句。描写人物形态的时候，注意利用汉语的多种语源词语，建立起丰富的语内互文联想，使得效果非同一般。下面给出一些词语，可以将其视为《清奇》一品的核心词语，它们未必完全不加改变地出现在原诗中，但可以作为今译甚至回译的基本依据，因为它们是自然的汉语资源。

冰清玉洁
览胜探幽
碧空悠悠
高古奇异
淡远清奇
清淡奇爽

清淡与奇爽，是对标题"清奇"的拆字处理，分则为清淡似晓月、奇爽如秋空，和之则为清奇的人格象征。须知以景写人，正是汉语诗歌的一种手法，是衬托与凸显，使情景合一、天人合一。

17. 九曲路径

太行路曲，
青山径凄迷。
白云悠悠，溪水流，
野花芬芳傍人立。

弯弓如月满，
吹笛如回肠。
天地间多少委曲，
言辞间多少幽怨。

水波回旋成肌理，
苍鹰盘旋瞰大地。
自然并非自足自限，
曲径通幽，其理自见。

【译者小语】

委曲与直率相对，曲折盘绕，可谓荡气回肠。今译采用长句，铺垫和描写，让读者追踪译者的脚步，按照他指引的路线，体验这无限风光与委婉的行文曲折、文笔蜿蜒。开头是一句记忆中的歌词"攀登那高高的太行山"的模仿：

攀登那高高的太行山，
羊肠小道在一片苍翠中盘旋而上。
山间云雾缭绕，山泉如玉带蜿蜒；
山花烂漫，送来幽幽花香。

（今译）

四句四个山，每个句子几乎不离"山"字，营造出一种山路盘绕而上、蜿蜒曲折的意境。四句之中，两个突出的长句，更是把长长的效果推向极致。再加上句子的连贯与中断，客观上模仿了中国山水画立轴可观、可居、可行的立体品质。

正在山水之间流连忘返，难以脱身之际，若给你回译，则是另一番景致：

太行路曲，
青山径凄迷。
白云悠悠，溪水流，
野花芬芳傍人立。

（回译）

其格调，如宋词，语句清新简约，读诗如览景，回首与挥手之间，令人应接不暇，只觉佳句连连，美景连连，不虚此行。其实这一节诗的英文本身，行文繁复曲折，一句连四行，倒是和今译有几分相像，可见回译的风格，其实是一种再创造。

Climbing up the heights of Mount Taihang
Along the path winding through green hills,
You see clouds wandering and stream snaking along
And wildflowers breathe fragrance everywhere.

　　古文今译，许多时候，可以保留古文自己的要素在今译的文本中，有些是直接嵌入，有些是转译和解释，从古至今，万变不离其宗：

时力之弓弯如满月，
羌笛之音婉转悠扬。
看似去时却又回，
意境深远无尽藏。
水波荡漾，回旋涌流；
鲲鹏展翅，乘风翱翔。

（今译）

　　今译在竭力表达原文意思的时候，原文的词句也尽量照顾，"时力之弓""羌笛之音"只有在中国文化中才有意义，而翻译成英文，就没有必要了。勉力为之，效果并不好（不免使人想起翟理斯此句的误译来）。"看似去时却又回，意境深远无尽藏"可表述为"委曲求全"，即求意境之深远尽致，兼取道路的蜿蜒曲折，实际上是对各种委曲现象的哲理的总结，在这一首诗中，插在各种意象的描写之间，既是上下连接，也是暂时中断。
　　在描写委曲的各种形体和声音的时候，英译能做的也只能是对自然现象中可以观察和理解的事物，加以间接地表达：

Bending the bow to make it fully round;
Blowing the flute, you hear a whirring wind.
So many convolutions in nature you find.
So many expressions go turning around.

前两句的直译无非：

弯弓到圆满，
吹笛如旋风。

自然中如此多的回旋肌理，
言辞中如此多的委曲倾诉。

（回译直译）

相对于汉语今译直接转达原文的意思，英译则将自然和言辞巧妙地对立，形成一个深层的哲理对应，是一种见缝插针的委曲智慧，实乃技高一筹。

弯弓如月满，
吹笛如回肠。
天地间多少委曲，
言辞间多少幽怨。

（回译意译）

细看上述回译意译，其又加深了一层意思，不尽是中文的"弯弓如月满，吹笛如回肠"，还有"天地间多少委曲，言辞间多少幽怨"，简直是一种"委曲"的诉说、曲意的妙用。

Either in a whirlpool
Or in Roc's flight,
Nature is by no means self-confined.
It too is manifested as a torturous line.

水波回旋成肌理，
苍鹰盘旋瞰大地。
自然并非自足自限，
曲径通幽，其理自见。

（回译）

英语一个长句舒展达意，再加一个短句神完气足。而汉语恢复了其成双成对的行文习惯，通过补充加词，让水波和苍鹰各自成句、各自成局。而最后一句哲理的归属，基本上是直译，但也有汉语的行文味道，作为彻底的回译，不露斧痕。

自然之道不以一器之形体自拘，
诗的委曲之态随万千气象自成圆方。

（今译）

今译倒是更加能够显示原文的委曲与尽致，在自然之道和诗歌之道两个层面上，究其原因，道器关系的深层理念是一个文化资源的问题，英语很难享用。万千气象的自由表达与自成圆方的人工形式，更是一个工匠意义上的生活经验的表达，和古希腊作诗如做事的做法，作为一种技巧性的努力，又有了某种深层的相通相合了。

18. 实景，实境

> 用朴实言辞，记下实景，
> 不要假装沉思深奥难懂。
> 当你路遇山中来的隐士，
> 你就会看出他高深的道行。
>
> 山中弯弯的道路上，
> 樵夫负重艰难行。
> 又一个，依松而立，
> 迷失于悠扬的琴声。
>
> 我能欣赏自然和生活，
> 相信你会自觉在实境中。
> 天国飘来和谐的音乐，
> 天籁清越，来自遥远的圣境。

【译者小语】

一首诗有一首诗的结构。这首诗是可操作性的建议在前，继之以具体的意象和情境描写，最后便是意境和哲理的升华。

把实际生活当作创作的源泉，这和自然主义的创作态度相比只在伯仲之间。语言的质直、思虑的适中，并非掩饰诗句的浅露，却道出诗歌不能当作学问读，不可过于追求思虑的深远而失之晦涩难懂。诗非关学理，在中国诗话里有，不能尽以学问入诗，在弗罗斯特（Robert Frost）的诗论里也有。

> 用朴实言辞，记下实景，
> 不要假装沉思深奥难懂。

（回译）

> 用质朴的语言直写实境，

无须追求思虑的深奥。

（今译）

这两者之间，虽有语气轻重的不同，却无实质性的差别。下面的幽人、道心，其实表达了更深的一层意思。在重视修养甚于言辞技巧的中国传统社会里，内心始终是第一位的、内在的、永恒的、根本的，而不是外在的言辞。所谓文质彬彬，对儒家而言，许多时候更加注重内心修养，巧言令色者反而是提防的对象（见孔子《论语》）。

恰似路遇高人隐士，
一望而知他道心的高妙。

（今译）

当你路遇山中来的隐士，
你就会看出他高深的道行。

（回译）

在接下来的山中道上，对于樵夫和雅士的对立，今译体现得更为明显，而且透出一个叙述者和旁观者的角度：

悠悠青山，山涧弯道上，
遥看樵夫负薪蹒跚而行。
丛松翠柏的浓荫里，
雅士侧耳细听悠扬的琴声。

（今译）

这样的行文和下面归结性的文字之间几乎不曾有隔，而最后描写天籁之音的时候，却用大音希声这样的道家思想，再加之三个漂亮的形容词，营造了一种奇妙的圣境。

尽其兴致，并不着意寻找，
奇妙的境地便会自然来到。
可遇不可求，妙境如从天降：
大音希声，清和，悠远，缥缈。

（今译）

431

而英文的回译，不是松荫中朦胧的意境，而是在保留英译的基础上，将另一个"依松而立"（化用李白的诗句）的外部造型，牵引到"迷失于悠扬的琴声"的境界中。

> 山中弯弯的道路上，
> 樵夫负重艰难行。
> 又一个，依松而立，
> 迷失于悠扬的琴声。
>
> （回译）

一直没有机会发挥自己的英文诗歌传统特长，在临近结束的时候，用了你我分离的手法，将诗人（也就是观察者和记叙者）自己的感受和对读者的劝导，既分开又合拢，巧妙地体现在一个和谐的诗歌语境中：

> 我能欣赏自然和生活，
> 相信你会自觉在实境中。
> 天国飘来和谐的音乐，
> 天籁清越，来自遥远的圣境。
>
> （回译）

至于天上来的音乐（天籁之音），作为一种资源，与实境中的音乐相对照，可以使人联想到西方的宗教音乐或天国的乐曲，与现实世界形成对照或观照关系，另出一重洞天。

19. 英勇悲壮

> 大风卷起狂浪；
> 摧折高木成腐朽。
> 痛苦咬噬着我的心，
> 可没有人赶来安慰。
>
> 生命苦短，转瞬消磨尽。
> 富贵之梦转眼成死灰。
> 何当英雄奋起，气宇轩昂，
> 我拔剑而起——

眼看着世界脱轨，
难道不该义愤填膺？
啊呀！且看木摇叶落，雨滴
击打着石阶上的青苔。

【译者小语】

由生活意识进入生命意识，在这一首《悲慨》中体现得最为充分。

从自然界的"摧枯拉朽"，到英雄末路、大限将至，一种存在论意义上的悲苦浸入骨髓，噬咬着唐末诗人老迈的心。这种境地，回译是实写、直写，今译是假设、曲写：

痛苦咬噬着我的心，
可没有人赶来安慰。

（回译）

人在痛不欲生之际，
偏不见有人来排忧解愁。

（今译）

毋庸讳言，今译的路子基本上是戏剧化的，语言也是戏剧化的，不徒是造型手段。在"人生百年，光阴似水，富贵之梦早已意冷心灰"的散板叫板之后，接下来的语句几乎全是戏剧语言的句法结构、语气神气。其中"眼看""叹吾辈""怎不叫"等词语的使用，就有明显的现场感和表演性：

人生百年，光阴似水，
富贵之梦早已意冷心灰。
眼看天下无道乱糟糟，
叹吾辈空有奇才恨悠悠。
怎不叫壮士拔剑起，
慷慨悲凉满胸膛！
秋风落叶一片萧瑟气，
漏雨青苔声声悲煞人。

（今译）

英语的回译也是戏剧化，但不是模仿舞台上整齐的唱词和唱腔，而是模仿宋词的长短句，造句突兀与错落，包括诗节之间的连属关系，也用了大幅度的戏剧跳跃的法则。

> 生命苦短，转瞬消磨尽。
> 富贵之梦转眼成死灰。
> 何当英雄奋起，气宇轩昂，
> 我拔剑而起——
>
> 眼看着世界脱轨，
> 难道不该义愤填膺？
> 啊呀！且看木摇叶落，雨滴
> 击打着石阶上的青苔。

（回译）

拔剑而起的动作、义愤填膺的心情，都表现了烈士就义的壮怀激烈。特别是"啊呀""且看"的运用，明显有京剧的味道。而世界脱轨的比喻，则来源于莎士比亚的《哈姆雷特》：

> 这世界脱了节，脱了轨，
> 却要我注定来重振乾坤？

倘若一定要追究"英勇悲壮"作为标题的来源，那也是《红灯记》里的"听奶奶，讲革命，英勇悲壮"，岂有他哉！其英文的名称则是：Be Like a Hero。完整的语境是这样的：

> Shouldn't I be like a hero, then,
> Who rises up with a sword drawn?
>
> To see the world so disjointed,
> Shouldn't I fill up my bosom with indignation?

> 英雄的形象被分割在两节诗中，如同被现实撕裂！
> 木摇叶落，雨滴苍苔，分明是眼前景色。
> 一声"啊呀！"正是英雄末路，四面楚歌。

20. 变化统一

集中精力，努力想象，
让意象清晰撞入脑际，
透彻如清水照影，
光鲜如春日美景。

风云百态如斯，
花草震颤如诉，
大海扬波起宏图，
大山兀立称雄奇。

——万物皆有道。
道之尽显，变化万千。
描画追求本质相似，
却呈现出工艺精湛。

【译者小语】

《形容》一品，本来可作 description（描述）解，但《诗品》中哪一品不是描述呢？

文学的写法，无非两图：一是描述，一是叙述（narration）。在小说中合二为一，在诗歌则是以描述为主，辅之以叙述。当然，二者都要有助于抒情（expression），而抒情，是诗的本能。

译为《变化统一》，本于英文的标题——Variation in Unity，旨在说明对于世间万象的描绘临摹，既有变化之道，也有规矩可循（其中英文的 variation 表示变异，有"从常规跃出"的意思，这样，便可以表达常态与反常态了，而反常的程度与方向，便是俄罗斯形式主义者所谓的"风格"的含义了）。诚如开头一节所叙述的那样：

集中精力，努力想象，
让意象清晰撞入脑际，
透彻如清水照影，
光鲜如春日美景。

（回译）

435

在关于具体形态的描摹上，今译比回译更加完整达意：

> 写风云，变化万千；
> 状花草，生机盎然；
> 绘沧海，掀波卷澜；
> 描山峰，高峻奇险。
>
> （今译）

在原理上，也是这样，今译表现了完整和充分：

> 千姿百态不离道的宗旨，
> 万千变化不逾物的形态。
> 不求貌合，但求神似，
> 可算得形容的行家里手。
>
> （今译）

而回译要显得简单明了一些。其描述部分，要把内在生命显示为外部动态，并有添加、扩展的成分。

> 风云百态如斯，
> 花草震颤如诉，
> 大海杨波起宏图，
> 大山兀立称雄奇。
>
> （回译）

更不同的是最后两行，回译突出了描摹的相似本质和精湛的工艺要求，这样比说什么"行家里手"要好得多。另外，"神似""形似"一类说法，毕竟难以尽显于英语的表达中，所以尽量避免不用。

> ——万物皆有道。
> 道之尽显，变化万千。
> 描画追求本质相似，
> 却呈现出工艺精湛。
>
> （回译）

436

21. 超诣，且读诗

【回译一】

读诗：我心摇曳

如此美妙，人类智慧嫌其愚钝；
如此神圣，自然征兆显其无效；
风云之上你独自遨游——
在超验世界里有无限美妙！

一瞬间，好像在前方召唤，
到临近，却发现它彼此难辨。
超验，本是我青年时的梦想，
到现在才知道有悖于尘世的习惯。

阳光映照着苍岩青苔，
穿透山坡上的林木枝叶。
我心摇曳，且读诗，默想，
不知不觉间进入自我的深切。

【回译二】

超诣，且读诗

妙机其微，人神难辨，
圣境其高，大化莫测。
风云之上独自飞翔，
超越超验的奇妙体验！

一时间似从远处召唤，
但一邻近，又觉其非。
超诣是我少年的梦幻，
今始知违背了人间俗习。

苍岩青苔上阳光闪烁，
光影穿越林间的山坡。
我怡情读诗，默想，"嘘"——
不知不觉进入深度的自我。

【译者小语】

> 匪神之灵，匪机之微。
> 如将白云，清风与归。
> 远引若至，临之已非。
> 少有道契，终与俗违。
> 乱山乔木，碧苔芳晖。
> 诵之思之，其声愈希。

《超诣》一首，似乎有些神乎其神，但若仔细追究，毕竟在道理上还是可以言明，而不至于完全如堕五里雾中，不知所云。仔细考察，似乎还是今译更加贴近原意，也更加符合中文的说法：

> 心神机敏，不足以擅其灵；
> 天机有兆，不足以显其微。
> 驾一片白云，携一缕清风，
> 飘然飞升去探寻那超诣之境。
> 分明感到她在远方把我召唤，
> 临近时又觉得似是而非。

（今译）

无论如何，依据英语表达习惯的英译和依据汉语古文的今译相比，还是有很大的差别。其中的语言逻辑和习惯用语都不一样。若是把英译直译出来，也会有相当的意趣：

> So subtle that it dulls human intelligence;
> So divine as to invalidate nature's omens;
> So solitary is the flight on wind and cloud
> For the wonder of the transcendental world!
>
> For a while it seems to call me from a distance,
> But closer, it turns out to be something else.
> To be transcendental is my youthful dream.
> I now know it goes against man's earthly affairs.

> 如此美妙，人类智慧嫌其愚钝；

如此神圣，自然征兆显其无效；
风云之上你独自遨游——
在超验世界里有无限美妙！

一瞬间，好像在前方召唤，
到临近，却发现它彼此难辨。
超验，本是我青年时的梦想，
到现在才知道有悖于尘世习惯。

（回译一）

若把最后两行与今译对照，可发现汉语本来的说法与之略有不同。原诗比前者要自然流畅，而今译意思虽然也通，但毕竟有些生硬：

人生很少能做到心与道契，
可终将感到违背了俗尘。

（今译）

毕竟回译受到的英译的影响，不仅在语言，而且在构思。写境则依托景致，写人则逼近内心，这是其基本特点：

Here lie the green mossy rocks glistening with sunlit
Penetrating through the woods on hillocks.
And, detached, I read a poem in meditation, so soft,
And I pass unconsciously into my innermost self.

阳光映照着苍岩青苔，
穿透山坡上的林木枝叶。
我心摇曳，且读诗，默想，
不知不觉间进入自我的深切。

（回译一）

苍岩青苔上阳光闪烁，
光影穿越林间的山坡。
我怡情读诗，默想，"嘘"——
不知不觉进入深度的自我。

（回译二）

soft 回译为 "嘘"，是一个特殊的处理。

而今译只在汉语固定的语境中驰骋，非古非今，忽古忽今，有时毕竟技高一筹，有时又觉得有几分墨守。

> 乱山之中，草木丛生，
> 日照青苔，熠熠生辉。
> 我一边吟咏，一边沉思，
> 得意忘言，不觉渐入佳境。

（今译）

22. 飞入仙境

> 心性本高傲，超凡脱俗，
> 你早就梦想着独自飞入仙境，
> 追随缑山上驾鹤成仙的王子乔，
> 太华峰顶上有白云相从。
>
> 飘逸之人自有君子之心，
> 其外貌也有不凡的高贵。
> 大洋飞舟一叶漂逝，
> 涨满的风帆自由自在。
>
> 可那飘逸之境却难以把捉，
> 追之随之，渐行愈渐远。
> 成熟之机有待于有心之人，
> 飘逸之境岂至于眼前？

【译者小语】

英语是一种务实的语言，常囿于物理的世界，所以 "飘逸" 一类概念在英诗中难以体现，即便天使也在飞升，其本身毕竟是进入天国仙境，而不是飞翔体验本身。鉴于此，径将《飘逸》译为 Flying into the Fairyland，直译就是《飞入仙境》。

尽管保留了汉语的王子乔得道成仙飞越缑山，同时加上闻道太华清钟的典故（英文有详细注解），但飞翔的意象毕竟是第一位的。可在回译中这些似乎无关紧要，因为飞翔是英语中司空见惯的表述内容。第二人称单数在回译时保留，致使译文不存在一般汉语诗歌那样由于人称模糊而推测为第三人称的习惯表述，这样限制读者的介入阅读和想象的余地，而使诗歌本身带有崇敬的心情和崇高的风格。

> 心性本高傲，超凡脱俗，
> 你早就梦想着独自飞入仙境，
> 追随缑山上驾鹤成仙的王子乔，
> 太华峰顶上有白云相从。
>
> （回译）

原文的"高人惠中"这一简单的成语，在英文中成为横跨两行的描述性句子，但已侧重于内心，回译照旧，而与今译的描写大相径庭：

> 飘逸之人自有君子之心，
> 其外貌也有不凡的高贵。
>
> （回译）

> 飘洒之人秀于外而惠于内，
> 面容和善，但器宇不凡。
>
> （今译）

原来今译采用的是拆解成语"高人惠中"的方法，着重在第二行又描写了一下外表，只是外表的描写本身也渗透了"气宇不凡"的精神品格，可谓你中有我，我中有你。不仅如此，今译甚至利用"惠风和畅"（来源于王羲之的《兰亭集序》），发挥了大海扬帆的自如和悠闲。

> 蓬叶作舟，惠风作帆，
> 漂游于浩瀚的大海自如悠闲。
>
> （今译）

在最后作结的时候，回译把飘逸之境本身视为不可把捉，并说明它不是眼前所看到的那样——仅止于一种自由的飞翔行为，但它寄希望于一种成熟的机遇，因为有心之人才有望看到这样的前景：

可那飘逸之境却难以把捉，
追之随之，渐行愈渐远。
成熟之机有待于有心之人，
飘逸之境岂至于眼前？

（回译）

今译则反复强调了了然于心和得其精神的重要性，指出了执意追求可能会产生事与愿违的不佳效果。可以说，今译在讲道理和发挥劝说的心理机制的同时把汉语本身的语言资源和思想资源利用到了极致：

飘逸之境不可以执着把捉，
了然于心始能够怡然自得。
得其精神就会悟得其妙，
执意追求反而愈追愈远。

（今译）

23. 一路大笑归去

人生百年欲一死，
人生苦短常叹息。
欢乐时光嫌太少，
苦难总要伴随你。

唉，为何不携酒适道
每日里去那幽僻的雾林，
那里，野花覆满茅屋，
疏雨潇潇，凭窗今又闻。

为何不与愁苦干杯？
扶杖出离，一路大笑归去？
"谁人能活百千岁？
唯有终南山岳高巍巍。"

【译者小语】

英语的翻译，有各种途径和思路，并不都是字面的翻译。最好的方式是在译入语中寻找对应的词语和表达方式，最好是这种方式具有更高一个层次的概括性。汉语所谓的"生者百岁，相去几何"，归根结底就是对于人生必死和生命周期的陈述，在英语里可以采用希腊古语"Man is mortal."的表述，事实上这也是亚里士多德逻辑三段论中的经典名句：

> Man is mortal.
> Socrates is a man.
> Therefore，Socrates is mortal.

> 人都是要死的。（大前提）
> 苏格拉底是人。（小前提）
> 所以，苏格拉底终究是要死的。（结论）

据此可以把第一节译出如下对应语言：

> 生者百岁，相去几何。
> 欢乐苦短，忧愁实多。

> Man is mortal.
> Life is short
> With fewer happy hours
> And more suffering.

直译回来就是：

> 人生必死，
> 生命短促。
> 欢乐的时候少，
> 受罪的时候多。

英译之所以将 fewer 和 more 进行对照，是和一个生命的常态（norm）对比而发出的两极偏差的算计，可以说更能体现生命中对幸福价值的考量。我们的回译也不是一种。下面的回译用七言格局，却具有不同的语调，从而产生滑稽与调侃的感觉：

> 人生百年欲一死，
> 人生苦短常叹息。
> 欢乐时光嫌太少，

苦难总要伴随你。

（回译）

　　接下来的句子，多用反问句式，表达强烈的感情和出走的愿望，给人以李尔王奔走在旷野中哭嚎一般的感觉，尤其是最后一节，杖藜行歌，大笑归去，体现了古希腊犬儒主义哲人一样的风范。

　　　　唉，为何不携酒适道
　　　　每日里去那幽僻的雾林，
　　　　那里，野花覆满茅屋，
　　　　疏雨潇潇，凭窗今又闻。

　　　　为何不与愁苦干杯？
　　　　扶杖出离，一路大笑归去？
　　　　"谁人能活百千岁？
　　　　唯有终南山岳高巍巍。"

（回译）

Why not, then, take a bottle of wine,
And step aside each day into the secluded mists,
Where the cottage is covered with wildflowers
And visited by passing showers?

Why not drink the cup of sorrow,
And walk out with a cane, laughing all the way:
"Who can live a long, long life,
But the majestic Southern Mountain ?"

　　与回译不同的是，也许今译在一开头就注意保持原诗的韵脚，所以自始至终保持了通韵、同韵，这在古文今译中不足为怪，也不少见。

　　　　人生不过百年，
　　　　从生到死能有几何？
　　　　可惜欢乐的时光太少，
　　　　忧愁苦闷实在太多。

何如手执一樽美酒，
每日里去那腾烟带萝的去处？
茅屋的屋檐上覆盖着花草，
一阵阵细雨时而飘过。
把杯中的酒一口喝干，
步出茅屋杖藜啸歌。
人生自古谁无死？
唯有那终南山千古巍峨。

（今译）

今译有一种诉说语气，贯穿始终。你感觉出来了吗？

24. 奇妙的流动

水辋内水流不息——
珠圆玉润，圆转如诗。
莫非要讲述道的端绪，
自古难窥的宇宙之机？

地轴载归大地转，
天宇围绕中央旋。
目击道存多维显，
人力要与天道谐。

神明昭昭居高位，
观环宇茫茫归其根。
悠悠世界终流转，
唯有奇妙的流动长存。

【译者小语】

《流动》是讲世界运行和运行规律的，借助于水流的基本意象，可以归结为道的运行。因为它居于最后一品，也有终结文学史的味道。其中的主要意象是水辋中的流水，还有珠子的滚动，还有就是天地的运行，围绕地轴，转动不息。此外，没有别的意思，形式上也比较单一，因此译文比较规整。标题为了更加形象生动，就用了最后一句中的 that wonderful motion（那奇妙的流动），权且做题了。

Water through waterwheel flows.

A bead rolls as it ever goes——and poetry?

So does it, with no telling of the primary cause.

For not the visible are workings of the universe.

英译在一开头要拉上诗歌，其实是比较牵强的，但在语气上则显得活泼，否则，行文千篇一律，雷同的句子犹似八股文，便令人生厌。不仅如此，"诗"与"道"并列，还使人联想起《诗赋赞》的首句："知道非诗，诗未为奇。"深其旨也。

> 水辁内水流不息——
> 珠圆玉润，圆转如诗。
> 莫非要讲述道的端绪，
> 自古难窥的宇宙之机？
>
> 　　　　　　　　　　　　　　　　　　　　　（回译）

在天地运行的描述中，英译的用词十分讲究（rotate, revolve），而天道与人为的区分和联系，正可以体现老子"道法自然"的原理。

The earth rotates on its axis.

And heaven revolves around its center.

The underlying principle is disclosed by various clues;

Human efforts must go with nature's changing course.

> 地轴载归大地转，
> 天宇围绕中央旋。
> 目击道存多维显，
> 人力要与天道谐。
>
> 　　　　　　　　　　　　　　　　　　　　　（回译）

接下来神明的出现，也是西方的，用了divinity（神明）和the absolute（绝对者），让他观览自强不息回归自身的道的运行过程，最后，复归宇宙自我运行的亘古不变。究其实，世间万事万物都在变化，只有这永恒的运动是不变的。

Divinity, the absolute, dwells high above,
Watching the self-returning process to its root.
The world has ever been moving from everlasting,
And for evermore will that wonderful motion go.

神明昭昭居高位，
观环宇茫茫归其根。
悠悠世界终流转，
唯有奇妙的流动长存。

（回译）

　　即便是回译，也没有忘记使用汉字的叠字等修辞手段，这既表达了思想的深邃，又调节了音节、美化了诗歌本身。但回译毕竟是单式句子，相反，今译由于采用了汉语的复式结构，使得一个句子有了主位和述位的区分，或者主题和释义的连续（前者是语言学上的术语，后者是哲学上的命题），所以，形式上要灵活很多、思想上要丰富很多。主要是道家思想的陈述，再加上日月、星辰、天地运行的现象描述，便构成了一幅色彩斑斓而又井然有序的运行图：

道行如水，纳入水辐流不息；
道转如珠，圆满流转如弹丸。
其中的奥妙，岂可用言语道说？
目击道存处，只见得大化万般。
茫茫大地，昼夜运行靠坤轴；
悠悠天宇，巧运日月凭天枢。
天地运行，显示出动的端绪；
运思命笔，需符合道的法则。
超超神明，周行万物以常新；
冥冥虚无，循环往复归其根。
千年万载，古往今来，
就这样永远运作不息。

（今译）

　　关于人类作为和诗歌创作的问题，在《流动》一品单纯的今译版本中也

447

可以看出，那就是"运思命笔，需符合道的法则"。没有这样的句子，这一品就会失去诗学或文学史的依据，变得游离于诗歌创作活动之外，与《诗品》离题万里。

结　语

以上在英译回译与古诗今译之间纵横驰骋、穿梭往来、无拘无束地运行和解说，使得《诗品》本身在两种语言和两种文化之间，通行无阻、相互渗透，时而融为一体，大道无讹无碍，时而又相对分离，各自讲各自的道理。这样的写作方式，也是一种新的尝试。它大大地扩充了《诗品》古典诗境的想象空间，在自由创作和反复释义中达到一种自由自在的逍遥游状态，这种翻译，在实践上和理论上也打破了常规化的认识和做法，使之与现代人的思维比较接近，于中英读者而言皆可体会、受益。诗之生命得以流传绵延，乃是一种福气。但愿我们的努力，没有白费。客观地说来，这一章，在《诗品》本身的文本解读与注释疏解和下一章《诗品》的今译、英译与世界传播之间，架设了一个桥梁，从而为从笔者本人的翻译呈现出发，向中外更多的译者的翻译活动的研究图景迈进，铺设了一条道路。兹不多论。

第六章

《诗品》的域内域外翻译
与国际传播

迄今为止，我们已经系统地介绍了笔者对《诗品》的文本研究，以及这个在古文古注研究基础上的今译、英译与回译模式，由此构成一个有趣的注释、研究与多维翻译的循环系统。在这一章，我们将放开眼界，考察国内外其他人对《诗品》的翻译，看一看国内和国外的人们是如何研究、评价和翻译司空图的《诗品》的。按照一般的分类，我们仍然分为今译和英译两个大的类别，鉴于今译基本上是国内的翻译行为，而英译部分则有国内译者和国外译者的翻译之分，所以，对英译部分又按照国内的翻译和国外的翻译分别进行研究。

第一节　语内翻译：《诗品》的今译与国内传播

从翻译的角度来看，如前所述，古文今译实际上属于语内翻译，即在同一语言内部的不同变体之间进行翻译。古诗文今译实际上是在汉语不同的时间和时代变体之间进行顺向的翻译。除了不同文体之间的翻译，如把诗体译成散体（散文），假若一定要把诗歌译成诗体，则是古体格律诗向现代自由诗的一种翻译。理想的情况当然是以现代韵体译古典格律诗最好，但未必在韵律上亦步亦趋，而是允许有若干变化。但是，由于译者各自的翻译观点不同，翻译手法高低不一，加之对原作的理解不同，于是便形成了不同的翻译格局。

这本身也应反映了《诗品》作者的初衷：诗歌是一种品赏行为、鉴赏行为，一如它的"品"，原本有品尝、品评的意思，或曰"风格"，原本指人的风神气度，或曰"风神气格"，又有点靠近"境界"了。既然是风神气格，便是内在的性格要素，发之于外，成为外显的品评行为，又会有各自的兴致趣味，若是境界，则有高低品第的不同了。以之为出发点，则翻译本身就不是和古典文学研究相外的一种不可理解的古怪行为，而是文学和诗学阐释品鉴的题中应有之义了。

一　三种今译形式及其对比研究

迄今为止，国内的《诗品》今译不外有以下三种做法，形成了三种翻译的基本形式。

1. 散体翻译

主要是认为诗不可译，或者古诗不好译，或者觉得译出来不像样子，或者强调保持诗的意境，因而不得不牺牲诗的韵味或韵律，等等。具体说来，在翻译的时候，又表现为两种倾向：一种是彻底的散文化，或近似于译述；一种是带有诗意的散文，或可称作散文诗。当然，这两种倾向除处理方式不同之外，还可以看出理解上的差异。以下以《精神》一品为例，来看看这两种不同的译法及其效果。为了节省篇幅，不再给出原诗，直接给出两种译文：

精　神

　　有些诗文的神情常常流露于文字之外，这是作者的神情，透过作者的笔墨文字而表露出来。譬如明洁澄澈的沧溯的精神表现出了一清到底，奇花异草的神态表露在细嫩的条枝和未吐的花胎。又譬如有精神活力的春天鹦鹉，绿杨掩映下的楼阁亭台。深林走出来的幽人，手提玉壶，举杯邀月，自然逸兴遄飞，不会是形如槁木而心如死灰。诗文创作到了如此自然的地步，自然是妙手新裁。

（郭晋稀译）

精　神

　　让思绪返回精神世界，其中有无穷的宝藏。下笔如有神助，意到笔随。如清水见底，奇花初开。
　　如春光明媚时的鹦鹉，如春风杨柳旁的池台，深山中的隐士到来，清酒盛满了酒杯。
　　诗要长久地透出生气，不能像死火寒灰，诗要奇妙得如天造地设般生动自然，谁还能对这样的诗说三道四。

（汉骏译）

【简评】

从文体变异的角度来说，翻译中的诗歌译为散文是一种下降式翻译。一方面，在翻译操作的技术含量上，翻译的难度系数降低，所以自由度反而提高了；另一方面，在审美情趣上，则艺术品位有所下降，欣赏的要求也随之降低了，换言之，也容易获得满足了。

郭晋稀的译本，用"有些诗文"带出本篇，使神情借助文笔表露出来，进行主题的解读，是一种可以接受的正确的解释。但其中的"精神"一词，数次出现，并非在关键的部位，似有不妥。同样，"自然"出现三次，反映出词汇的缺乏和使用的重复，也易引起歧义。而把后半部分（碧山人来，清酒满杯。生气远出，不著死灰）一直解释为幽人的神情，似与所写的诗境有所脱离。与此同时，把最后的结语，用诗文创作提起，也是回指本文的意思。可见译者的文本意识、主体意识，始终支配着翻译活动的思路，所以思路缜密。而语言的处理上，似注意度不够，未能臻于完美。

汉骏的翻译，"让思绪返回精神世界，其中有无穷的宝藏"，理解有误，语言逻辑不通，疑有直译之嫌。而第二句（下笔如有神助，意到笔随），则有意译解释倾向和添加文义的可能，失之随意。最后一句的翻译，也显示出直译的痕迹较浓。"诗"做主语两次，体现了诗歌本体意识，无形中在操纵译笔和思路。全篇分为三段，截断了中间的写景部分，似乎不太合理。整个翻译，显示出专业训练的不足，而译事本身，也有待提高。最后的标点，应是反问，但用了句号。不过，总体而言，出句有较多排比，文辞较为流畅，文风清丽，显得年轻而有才情，这倒是值得关注。

2. 无韵诗翻译

作为散体向韵体的一种过渡，无韵诗要求在排列上是诗，而韵律缺失，当算作比较得不太严格，因而能有较多的自由度，但往往也要求诗的节奏和意境，因而又不同于散文，或在文体上略有上升。可能译者认为无须保留原诗的韵律，或者觉得无法保持这种韵律，所以不讲究韵脚设计。事实上，在翻译时又有两种情况，一种是有相对整齐的诗行，另一种则是充斥着散文化的句式。自由诗的貌似无规矩却实则有限制，造成了人们创作和阅读时的观念不同、翻译上的手法不同，甚至在一个人的手中每一首诗也会有不同的处理方法，从而造成译风不一致的情况。

为了照顾全面，以下同一位译者，举两首为例：

缜　密

这首诗缠绵周致，细意熨帖，
是有真迹可寻竟一点察觉不到。
原来它的意象在尚未动笔描绘时，
就已经构思得栩栩如生，如天造地设。

（缜密的诗境巧夺天工：）
流水涓涓縠纹细密，
花开诱人萼瓣粉敷，
似干未干的晨露密密点点。
如登紧要的远路处处不得疏忽，
若处幽境又需缓行品玩。
语词切忌繁复，
思路不可滞涩。
写诗细针密缕，一线穿成：
如春至草木绿，如雪月相映白。

（畅广元译）

清　奇

细松幼林青翠秀美，
涓涓明溪微波偎依。
皑皑白雪素裹汀洲，
一叶渔舟寂然独钓。
如花似玉的可意人儿，
踏着木屐觅幽寻胜。
在蔚蓝而又辽阔的天空下，
一会儿抬头远望，一会儿凝神近观。
心神有着高古奇异的风采，
诗味自会萧然淡远。
像初升的月光那样明洁，
如秋高气爽的季节那样让人心旷神怡。

（畅广元译）

【简评】

以上两首诗的翻译，呈现了不同的样态，但总体而言，在语词的优美上，比较突出。

其一（《缜密》）句子长度控制不够，长短错落较多；其二（《清奇》）则相对整齐，行文流畅，视觉印象也较为舒服。

其一开篇"这首诗"的出现，是一种文本的回指，说明译者有较强的翻译意识和文本意识，不会使译文流于一般化的议论。但议论时的散文化比较明显，加之括号的使用，形成复杂的文本语义层次，深刻地揭示和解释了原诗的寓意。"天造地设"与"巧夺天工"的使用，实际上是一词多译，形成议论与描写的顺利过渡。最后回到"写诗"，是首尾照应，可见古文笔法，贯穿始终。

其二的译文，清丽奇秀，很好地再现了原文的意境和修辞特征，给人以古诗今译的美感和享受，实为难得。但总体而言，还是有诗行控制的问题在，或者说，仍然有诗歌形式美的规整感可以作为提升空间。

在总体上，若不强求各品译风之间的机械化一，则相对统一并有变化也是一种选择。

3. 韵体翻译

当然一般说来，以韵译韵是译诗的最佳追求，因为它能使译诗趋于完美。不过，要能够像原诗一样的韵律工整而自然，实非易事。其翻译大体可分为两种情况：一种是完全沿用原诗的韵脚；另一种是时而打乱原诗的韵脚，甚至从头至尾重设韵脚。前者看似较易，但常失之呆板和仿拟，后者则要求有与韵脚变通相应的其他手段，实际上是要求更高的语言操纵能力。以下两品，属于同一译者，但处理方式不同，兹各举一例，以供讨论：

含 蓄

表面上虽不曾道著一字，
骨子里已尽得神采风流。
语句中还没有涉及苦难，
就已使读者不堪其忧。

情感与文辞已融为一体，
仿佛有"真宰"隐现沉浮。
就像酒曲中满蓄着美酒，
就像春天里忽又轻寒飕飕。

天空中因风聚散的尘埃，
大海里随波上下的浮沤。
世间万象是这样沉浮聚散，
构思时你必须博采精收。

（罗仲鼎等译）

缜 密

这里面有着分明的脉络，
却细密得无法寻找。
恰如心中的意象才始生发，
自然界却已经起了奇妙变化。

像水流花开般无迹可求，
像早晨的清露遍润大地。
篇中的主线愈是悠远，
经营它要讲究幽婉绵密。

语句不能够前后复沓，
思路不可以呆滞死板。
犹如春天的萌发新绿，
又像雪月交辉，浑成一片。

（罗仲鼎等译）

【简评】

《含蓄》以议论开始，每句总以三字结构开头，造成呆板的行文，失去了名句的魅力，但整节诗的意思正确无误。第二节首行为加句（情感与文辞已融为一体），因为原诗的译文分行不均，便以之进行补救和调整，这在翻译中是允许的。"真宰"添加引号，在汉语中是一种强调。最后一节添加"构思"，是一种提醒，显示出译者的创作意识，也回到了文本产生的过程，似为完整的收笔。这是基本袭用原诗韵律的例证。全诗分为三节，语气和语义层次切分合理，便于阅读，是为章法上的优点。

关于《缜密》，因为涉及更为复杂的问题，所以且容笔者在行文中将不同的译文处理加以及时的对比分析，以免错过重大的翻译问题和诗学问题。

第一节的翻译，似乎容易产生误解，它深藏在古文的歧义中：究竟是宇宙产生（宇宙论），还是诗歌写作（艺术论，作诗法）？"自然界"的使用，揭示了这个矛盾，却引起语义的误读，和"心中的意象"形成对立和矛盾。相比于罗仲鼎等的译文，畅广元的译文比较准确：

> 原来它的意象在尚未动笔描绘时，
> 就已经构思得栩栩如生，如天造地设。

探究其中的道理，原来译者在语言上巧妙地回避了自然与诗人的矛盾，因为"它"是可以兼指的代词，而"已经构思"，也可以理解为拟人。更加"原来"的追溯，指向一种更深的原理，或者某种本体的东西。

其次，究竟是景色中或自然中的"要路愈远，幽行为迟"，还是"篇中的主线愈是悠远，经营它要讲究幽婉绵密"呢？至此，同样的问题也重复出现了。如下，畅广元的译文是没有问题的，因为他用了比喻的"如"和假设的"若处"，造成了自然景物与人类活动之间的逻辑连接，也可以说悬设了一个本体，而只注意现象的呈现：

> 如登紧要的远路处处不得疏忽，
> 若处幽境又需缓行品玩。

罗仲鼎等的译文却是单一地确定篇中的主线，使得深层的比喻意义丧失。

> 篇中的主线愈是悠远，
> 经营它要讲究幽婉绵密。

当然，就这一处理本身而言，在上下文中，其语义是清晰无误的。

这里导出了一则汉语古诗的奥秘——在汉语诗歌的句子主语缺失的时候，其究竟指的是自然界的变化或意象生成，还是写诗时诗人的行为和意象表现，这是一个双重的奥秘。翻译时强调一点，另一点就会缺失或淡出文本，若要二者兼顾，就要一为本体，一为现象，中间使用可以勾连的代词，避免单一理解或解读，或者使用明晰的比喻或拟人用法，将二者逻辑地、合理地连为一体。因为这一现象，不仅在《缜密》，而且在《诗品》其他诸品，也时有体现。而在古典诗歌中，则是一个常见的现象，不过由于表现方式不同，因而认识和解决的途径有所不同罢了。

二　从词语添加看今译的修辞功能

行文至此，我们仅从形式角度分析了几类翻译诗歌的方法，而且只限于有限的几个译本。实际的情况是，今译者众多，而我们无法一一照顾到。不过我们发现，在古诗今译的过程中，添加词语是一个重要的手段。因此，这里只就古诗今译中的词语添加问题，分门别类，加以归纳。大体可概括为四种情况，可分四个问题加以简评。所举例证也不限于上述几位译者及其译作，只按需要分组列举而已。

1. 今译添加人称使得叙述者获得角度

> **诗人**要冷静地默默观察，
> 任事物的微妙叩开灵感的门扉，
> 从容不迫吮吸太和之气，
> 乘独鹤在太空自由翱飞。
>
> （陆元炽译《冲淡》）

> **作家**平时保持着沉静的思考，
> 就能体会到冲淡的微妙。
> 诗歌饱含着自然的气势，
> 像伴随幽独的白鹤一起高飞。
>
> （杜黎均译《冲淡》）

"诗人"或"作家"都是第三人称，是中性的，使人有疏远的感觉；若用第一人称——"我"，就有自诩和自叙的意思，容易进入内心世界；而第二人称——"你"，则对象化，有抒情味。"诗人"犹可，而"作家"是一种职业吗？今日作家协会中的用法，难以摆脱体制的语言习惯。倘若因此而把诗人主体和诗歌文本割裂，难免会破坏了原文的统一感，这是个问题。

可能由于主体性意识的相对缺乏，汉语今译即便遇到需要第一人称自述或表达内心体验的诗歌品第（例如，《雄浑》和《冲淡》），也尽量不用第一人称单数"我"，因为这恐怕有妄自尊大的嫌疑。比较容易的选择倒是第三人称，而且多沿用模糊法，让主体消融在诗境中，不显其形：

能够不拘形貌做到神似，

那才是**真正善于形容的人**。

（杜黎均译《形容》）

那放弃外形而捕捉神似的人，

他才是掌握技巧的真正能手。

（蔡其矫译《形容》）

如果能写出景物的精髓而不是他的外象，

你将是一个十分出色的诗人。

（弘征译《形容》）

第一例是隐藏的第三人称，实际上是把原诗中隐藏的主体稍微强调了一下，让其显现出来，成为一个"人"。其实原诗中已经有了"庶几斯人"。第二例用了"他"去解释原文隐含的"人"，已经是难能可贵了。第三例用了"你"，是在虚拟状态下用的，假如不用"如果"加以限定，也不好用"你"，或不敢用。此之谓"间接化"或"弱化"。但"他的外象"，一般应用"它"，因为前面明言是"景物"的精髓，景物一般用"它"，除非拟人。总之，"他"向着"诗人"的归属不错。

2. 今译添加说明使得译作回归主题

冲淡的人，常常是默无一言，心灵却多么微妙。

他吮吸着太和之气，与独鹤一道在太空中任意逍遥。

（祖保泉译《冲淡》）

冲淡的诗文有如平素涵默自处的人，涵养既深而天机自妙。

他吮吸太和之气，与白鹤翱翔而任意逍遥。

（郭晋稀译《冲淡》）

冲淡的生活宁静而又安逸，且把万物的精微妙机体味。

随时汲取大自然太和之气，思绪像白鹤一样高翔低飞。

（王济亨、高仲章译《冲淡》）

以上三例同样是回归主题，可是归宿却不一样。从《冲淡》这一品来看，人应是自始至终的主体，贯穿整个一首诗，从一开始的伫立沉思，到起飞翔翔、空中感受，再到最后的感慨，结果仍然要返回地面，这是一个行为和体验过程。这和首品《雄浑》的写法类似。第一例是对的；第二例从诗文又返回到人，意在解题，然后再返回诗歌本身；第三例的"生活"应是今日文论中的习惯性术语，不想重复人和文，只好写成生活，含蓄谦逊，实则是泛化而已。

3. 今译添加比喻性连接词语使得描写逻辑化

> 默默然淡泊地自安自处，
> 巧妙地领悟那诗道精微。
> **就好像**呼吸着冲和之气，
> 与幽独的白鹤展羽齐飞。
>
> （罗仲鼎等译《冲淡》）

> 默默无言，只是认真观察，
> 常常有微妙的感触闯入心扉；
> 吸吮着天地间的太和之气，
> **似**仙人独个儿骑着白鹤翱飞。
>
> （弘征译《冲淡》）

> 这悲愤**好似**秋风凋木叶，漏雨滴苍苔。
>
> （祖保泉译《悲慨》）

> **就如同**枯叶陨落大地，
> 雨滴消失在青苔上面！
>
> （蔡其矫译《悲慨》）

> 无限苍凉**像**秋风的落叶，
> 又**像**碧苔上的雨点滴在心中。
>
> （弘征译《悲慨》）

第一例添加"就好像"，把真实主体和比喻性描写加以区分，使其更加逻辑化。第二例添加"似"，觉得仙人"独鹤与飞"必然是比喻，要不就信以为真了。后面三例其实都是画蛇添足，因为汉语诗歌的落尾写境，往往是虚化境界，使之离开主体叙述，就像电影里的空镜头，切换画面，形成蒙太奇一样的效果。第三例和第五例明言了这个比喻，悲慨就像是"萧萧落叶，漏雨苍苔"，其实不然，这是写诗的常见手法，不能直接进入比喻，充其量是"兴"——以环境衬托情境或感情。第四例无添加主语，应是连接上句，是"壮士拂剑"的眼前景色，如同开头的"大风卷水，林木为摧"一样。不过开头是由景入境，结束是由境出情，或情归于境。可见，不动脑筋地随意添加比喻性连接词语，以为是一种万无一失的表述方式，其实是只知其一，不知其二。

4. 今译添加说明性词语以获得评论话语权

酒汁虽满也只慢慢地渗出来，待放的花朵突然遇到了寒气，辽阔的天空中漂浮着多少微尘，浩漠的大海中浮动着多少泡沫：**这都是含蓄的事例**。（祖保泉译《含蓄》）

现在让我们来领会真实的诗意：在那溪涧畔、松荫下，有个打柴的，有个听琴的……（祖保泉译《实境》）

水畔的雾气未全收，雾縠霏微，暗霭于水面，枝头红杏，春色鲜明，艳丽昭人。**风物的绮丽最显得有精神**。

月照在屋梁明丽无纤尘，几株杨柳画桥滨。**不忮不求如此襟怀的诗篇最雅驯**。（郭晋稀译《绮丽》）

一位丰仪如玉的人，穿着一双木屐在探幽；他在边停边走，天空中浮着一片碧云悠悠。**此人形貌清奇孰与俦**？（郭晋稀译《清奇》）

以上译文来自不同的品，添加的功能也各不相同。这些添加词语，有的是导读，说明例证，领会诗意；有的是暗示，暗示主题；也有的是感慨，感慨难达此境；还有的是反问，意在增强语气、强调效果。如此等等，不一而足。

最后，让我们看一首完整的诗的今译，其中的添加几乎每句都有。我们把每句明显添加的词语用黑体标出，看一看有哪些规律和归类可以总结出来：

委　曲

出中条前往登攀巍峨的太行，

诗翁面前羊肠小道郁郁葱葱。

雾中青峰玉雕一样摇曳流动，
阵阵花香**深深渗入诗翁胸中。**
他步履矫健赛过那时力古弓，
山家羌笛**激起他赏心的吟咏。**
迁回的山路**宛如**曲折的诗情，
幽深的山谷**更是动人的诗境。**
流水**湍急在山涧中**回漩浟涌，
鹏翼翻飞**扇动起一阵阵雄风。**
自然规律是这样的千仪百态，
按各自的方式演化圆方相成。

（王济亨、高仲章）

　　总的说来，一方面，以上译文添加的词语主要是围绕诗歌主体（诗翁）的动作、感受和反应而设置的。另一方面，"出中条山"而将自然景色引入诗境、诗情本身；围绕自然现象本身的词语添加无非为了描写清晰生动，而把自然规律（道）说成是千仪百态，已经有点混同了本体和现象；但"圆方"的并举，更说明了译者对《委曲》的"圆"缺少一种特殊的、整体的掌握，因而把圆在词语上的对举（方）也表达出来了。当然，在道理上，也可以说方圆并举是"圆"系统之外的"方"，因而整体上说明了道的完整性（方圆并举、刚柔相济的性质）。在这个意义上，则最后一句添加的意译也就没有什么问题了。

　　以上讨论了《诗品》今译中的一些问题，让我们印象很深的有下列几点。

　　第一，即便是从事古典文学研究的人，基于专业的理解也不是没有问题，多体现在对《诗品》意境和诗艺的不同理解上。当然，有的反映在篇章分析和综合把握的能力上。

　　第二，对翻译普遍缺乏专业的训练和意识，由于不能区分译述和严格意义上的翻译，有些今译不够严谨。过于自由的处理，很多时候使语言的华美遮掩了翻译能力的不足。

　　第三，也许由于古文今译还不是一个专业，所以缺乏专业的训练和规范性的操作是一个普遍的现象。单从现代汉语的表达来看，汉语基本功的训练和修辞写作要求，尚有普遍提高的必要，也有相当的提升空间。

第二节 语际翻译:《诗品》的英译与国际传播

关于司空图《诗品》的外译,由于语种的限制,我们仅局限在英译本之内。迄今为止,关于《诗品》的英译文本,据不完全统计,共有五个全译本、五个节译本。以下先按照时间顺序,分别列举出来。

第一,《诗品》五英译全译本。

1. 翟理斯 1901 年

翟理斯:《诗品》,《中国文学史》,1901。(全译本)

H. A. Giles, *History of Chinese Literature*, London, 1901.

2. 杨宪益、戴乃迭 1963 年

杨宪益、戴乃迭:《诗品》,《中国文学》1963 年第 7 期。(全译本,有作者简介,无注释,实际上是合作译本)

Yang Hsien-yi and Gladys Yang, "Twenty-four Modes of Poetry," in *Chinese Literature*, No. 7, 1963.

3. 宇文所安 1994 年

宇文所安:《司空图诗品》,《中国诗学思想读本》,1994;又见其所译编的《中国文论:英译与评论》,有中译本。(全译本,有详细注释)

Stephen Owen, *Readings in Chinese Literary Thought*, Cambridge, MA:

Harvard Council on East Asian Studies, 1992.

4. 王润华 1994 年 (暂缺)

王润华(新加坡诗人及翻译家):《司空图诗品:翻译及评介》,1994。

Wong Yoon Wah, *Sikong Tu's Shi Pin: Translation with an Introduction*, Singapore, 1994.

又见《司空图:唐代诗人兼评论家》(*Ssu-k'ung T'u: A Poet-Critic of the T'ang*)。

5. 王宏印 2002 年

王宏印:《〈诗品〉注译与司空图诗学研究》,北京图书馆出版社,2002。(注释本,英译本,今译本,回译本,研究专著,又见本书第四章、第五章)

第二,《诗品》五英译节译本。

1. 克兰默·宾 1909 年(选译十首)

克兰默·宾：《玉琵琶：中国古典诗作选》，1909。（有序，选译十首）

L. Crammer-Byng, *A Lute of Jade：Being Selections from the Classical Poets of China*, Published by Kessinger Publishing, LLC., 1909.

2. 方志彤 1960 年（选译十二首）（暂缺）

译了十二首：5、6、9、10、12、13、17、18、19、22、23、24。

参见陈尚君《〈诗品作者考〉读后感》，《文学遗产》2011 年第 5 期。

3. 叶维廉（不详）

4. 余宝琳（暂缺）

余宝琳：《司空图的〈诗品〉：诗歌形式的诗歌理论》。

Pauline Ruth Yu (1949 –   ), *Ssu-k'ung T'u's Shih-p'in：Poetic Theory in Poetic Form*.

余宝琳是加州大学洛杉矶分校东亚语言文化系美籍华裔汉学家［又见《王维的诗：新译及评论》，1980；《中国诗歌传统中意象的读法》，1987；《中国（曲子）词的声音》，1994］。

5. 莫林·罗伯逊

莫林·罗伯逊：《传达微妙之物：司空图的诗学与〈二十四诗品〉》。（部分英译）（暂缺）

Maureen Robertson, *To Convey What Is Precious：Ssu-k'ung T'u's Poetics and the Erh-shih-ssu Shih P'in*.

鉴于以上的资料情况，我们的评论原则是，由于篇幅与资料所限，我们主要关注全译本，而节译本也给予必要的介绍和评价。鉴于本人的译本已在本书第四章至第五章全文介绍，所以本章则不再列入评论范围。若按照译者的身份和语言情况来分类，则可以分为三类：

第一类，英语为母语的翻译，姑且称为"西方译本"，翟理斯、宇文所安、克兰默·宾，共三个，有两个全译本，一个节译本，可做研究；

第二类，汉语为母语的大陆译本，杨宪益夫妇、王宏印，共两个，均为全译本，可做研究；

第二类，汉语为母语的海外译本，王润华、方志彤，仅有王润华的《诗品》研究资料，可介绍。

一　西方翻译：英语为母语的译本

在以英语为母语的西方翻译文本中，我们主要介绍翟理斯和宇文所安的全译本，以及克兰默·宾的节译本。基本上是总论之后有重点地举例两品译文加以分析鉴赏，然后再归入总体的评价。各译本呈现的顺序，还是以发表的时间为据，这样可以看出前后的沿革，也便于讲述影响关系。

1. 开拓者：翟理斯全译本

翟理斯：《诗品》，《中国文学史》，1901。

(H. A. Giles, *History of Chinese Literature*, London, 1901.)

翟理斯是英国著名汉学家，译著等身，影响巨大，而他的译作，是迄今为止最早的《诗品》英译本，而且是全译本，有很高的翻译质量，这是大可赞许的事。英国汉学家克兰默·宾在其1909年出版的《玉琵琶：中国古典诗作选》中，专门讨论了司空图《诗品》翻译的问题（他本人也翻译了其中的十首），他的序言就是从提到翟理斯的译本开始的，并引用了翟理斯翻译的《雄浑》一品。容我摘录一段：

> 关于他（指司空图——引者）的生平，知之甚少，只知道他官至礼部尚书，从此退隐，过着沉思的生活。他被引介到西方世界全赖翟理斯之功。尽管在法语版《唐诗集》中，并没有提到他，但他的作品，其重要性无论如何强调也不会过分。他是中国诗人中最常被引用的一个，肯定也是最富于哲理性的一个。他通过朴素而巧妙的设置，让高古的主题披上诗的灿烂衣装。假若说穿过红松林，从桃花源出幽谷，闪现出一个美人顾盼的倩影，那么，她就只能是一个象征，引领我们从具体走向普遍。无论我们的感官如何有限，那不过是我们逃出自我的牢笼，进入精神世界那无限自由境地的门径而已。一旦灵魂获得自由，便无须痛苦地漫无目的地徘徊游荡，无须像穆罕默德那样登上山顶，因为一旦置身于万物的中央——以宇宙为家园，我们就能分享造物的奥秘，获得真知了。[1]

就是以这美妙的词语和巧妙的思路，克兰默·宾将我们引进了西方世界对中国唐代诗人司空图的认知世界中。关于翟理斯《诗品》英译的具体情况，我们仅举出两例来看一下他的译作大貌。先看第一首《雄浑》的英译及笔者的回译。之所以提供汉语回译，一是为了方便国内不懂英语的读者可以借助回译间接阅读译文；一是回译本身也是一个独立的文本，具有参考和研究价值。

先来看一下第一品《雄浑》的翻译：

---

[1] 笔者译自英文版克兰默·宾《玉琵琶：中国古典诗作选》，第103页。

Energy-Absolute

Expenditure of force leads to outward decay.

Spiritual existence means inward fullness.

Let us revert to Nothing and enter the Absolute,

Hoarding up strength for Energy.

Freighted with eternal principles,

Athwart the mighty void,

Where cloud-masses darken,

And the wind blows ceaseless around,

Beyond the range of conceptions,

Let us gain the Center,

And there hold fast without violence,

Fed from an inexhaustible supply.

【回译】

能量－绝对

扩张力量，导致向外腐朽，

精神存在意味着内在充实。

让我们回到虚无，进入绝对，

集中力量形成能量。

运行永恒的原则，

横绝浩茫的天空，

在那里，云阵转暗，

风在四周无休止地吹，

在概念的范围之外，

让我们获得中心，

在那里，抓紧，但不勉强，

饮一个无穷无尽的源泉。

【简评】

首品《雄浑》的标题，译为《能量－绝对》，具有双重的意义，其一是代表创作主体的能量（按照弗洛伊德的精神动力学原理，人体是一个能力系统），其二是代表宇宙本原的绝对（绝对者，上帝），二者统一在创作主体的准备状态中。足见其翻译时对原文的掌握程度和注重全局的眼光。但首句的 decay（腐朽），并不是"腓"的意思，"腓"是向外鼓荡。其余所用词语，多在虚无（Nothing）、空洞（void）、力量（strength）、能量（Energy）、原则（principle）等方面，基本上反映了西方的物理主义和弗洛伊德的精神动力学的原理。Beyond the range of conceptions，/ Let us gain the Center，超越"概念范围"基本上是正确的（尽管汉语是"超乎形象"），但 Center 的意思不甚明确。另外，整体缺乏统一的主语，而以抽象词语做主语，这反映了译者在中文原句结构的范围里运行译文句子，只在词语方面转向西方和英文概念的翻译操作的局限。而 Expenditure of force leads to outward decay. /Spiritual existence means inward fullness. 这种抽象的描述，和 Let us revert to Nothing and enter the Absolute，/Hoarding up strength for Energy. 具体的号召，使得整个作品的意境被一分为二，失去了整体感。

接下来讨论一下第二十品《形容》的翻译：

Form and Feature

After gazing fixedly upon expression and substance.

The mind returns with a spiritual image，

As when seeking the outlines of waves，

As when painting the glory of spring.

The changing shapes of wind-swept clouds，

The energies of flowers and plants，

The rolling breakers of ocean，

The crags and cliffs of mountains，

All these are like mighty Tao，

Skillfully woven into earthly surroundings …

To obtain likeness without form，

Is not that to possess the man？

【回译】

形式与特征

在凝视了表象和本质之后，

思想回到了精神意象的层面，

就如同追寻水波的轮廓，

如同描画盎然的春色。

风卷云团的形态改变，

花草树木的能量显现，

大海大洋卷起的波涛，

山石嶙峋岩岸断裂的形态，

这一切都像无所不能的道，

被巧妙地编织进尘世环境之中……

要获得相似，而没有形式，

不正是人可以拥有的吗？

【简评】

汉语的"形容"可以是形容词，也可以是名词，也可以做动词用，但这里偏重于形式感，所以译成"形式与特征"（Form and Feature）是可以的。英文是形式主义的，西方文化亦然。在亚里士多德的哲学中，形式（form）就是本质，而我们所谓的"本质"只是物质（matter）或质料。所以，首句的翻译也很漂亮，"在凝视了表象（expression，显露的表现出来的东西）和本质（substance，物质背后或下面的东西）之后，思想回到了精神意象（spiritual image，高于物质存在的意象）的层面"，因为这是一个主题句，要统领下文。在用了 seeking 和 painting 两个动词之后，接下来全是名词结构了（当然它们都有形容和修饰）。然后用 all these 加以收束："这一切都像无所不能的道，／被巧妙地编织进尘世环境之中……"最后一个句子的费解之处，恰好在于所谓西方文化对于形式的理解，既然如此，如何可以离开形式，求得神的相似（离形得似）呢？但中文意思如此，只好这样了。看来，翻译只要表层过得去，就得过且过，而深层的哲学是难以过得去的。

总而言之，翟理斯的英语翻译，虽然是第一个英译本，却已经是十分成熟的译本。除所依据的汉语版本在词句上略有差异之外，在翻译的整体设计上，运用归化策略，企图让中国文学和西方文化进行沟通和对话，显示了高层次的理解和转换水平。整体理解准确，表达流畅，章法严谨，语气贯通，是上好的译文。至于其中有些误译，有的是理解问题；有的则是由于汉语用典过于艰深、晦涩（例如，《委曲》中的"力之于时"，不是指力量和时间，而是一种古代的良弓），所以英文无法表达，只好就文字表面译出；还有的则是由于中国文化和西方文化的差异，以及汉语和英语表达上的差异，无法通过翻译进行融合，于是表现出一些深层的矛盾。这是不足为奇的。这个译本，后来出过不少的版本，产生了很大的影响，当不是偶然的。《大中华文库》用的也是这个译本，序言则是克兰默·宾《玉琵琶：中国古典诗作选》中关于司空图的序言。

2. 玉琵琶：克兰默·宾节译本

克兰默·宾：《玉琵琶：中国古典诗作选》，1909。

L. Crammer-Byng, *A Lute of Jade：Being Selections from the Classical Poets of China*, Published by Kessinger Publishing, LLC., 1909.

这是一个较早的中国诗歌节译本，有相当的流行度和持续的影响，在国外没有人不知晓。自 1909 年初版以来，多次重印，分别是 1911、1913、1915、1917，每两年一次，足见其畅销程度。另外，还为多个诗歌和文学选集所收集：（1）《荷与菊：中日诗选》（*Lotus and Chrysanthemum：An Anthology of Chinese and Japanese Poetry*, ed. by Joseph Lewis French, 1927）；（2）《疾风集》（*The Herald Wind：Translations of Sung Dynasty Poems, Lyrics and Sangs*, ed. by Clara M. Candlin, 1935）；（3）《晚唐诗歌》（*Poems of the late Tang*, ed. by Angus Charles Graham, 1965）；（4）《哥伦比亚中国文学经典翻译选集》（*Classical Chinese Literature：An Anthology of Translations*, eds. by John Minford and Joseph S. M. Lau, Columbia University Press, 2002）。

此译本的题写是献给翟理斯教授的，足见其对前辈汉学家的尊重和他们之间的继承关系。所写的长篇序言，论及上古民歌、唐以前的诗歌、唐诗诸家、帝王之诗、汉诗形式，以及宗教对汉诗的影响等，可以说是有研究价值的序言。其中所选的内容，包括了《诗经》、楚辞、唐诗诸家（李白、杜甫、白居易皆入选），而且选译了司空图《诗品》中的十品，可谓独具眼光。此外，还选译了宋代欧阳修的散文名篇，足见其想照顾全面的雄心和比较周密的计划。

克兰默·宾认为，司空图是玄学诗人（occultist），可以超出自然法则，主张神秘莫测，超越时空限制，与对象沟通交流，进入无限的可能之中。在序言中，译者对司空图的艺术哲学与诗歌艺术有精到的分析，兹翻译并引述如下：

> 司空图更甚于其他诗人，他教导说，人类的局限是非真实的，他可"与天地共生"（the peer of heaven and earth），"与造化攸同"（a co-worker in Divine transformation）。诗人有敏锐的意象，一瞬间看透事物，

一行诗将其描摹，若把诗歌看作整体，你可以洞穿世间形迹，通过象外之象（look into a world that underlay the world of form），进入美外之美（get the sense of beauty beyond beauty）。但不可强求，"如将不尽，以古为新"并不是要用望远镜，它只要凝神沉思，而这强大的力量也不是视力，而是感同身受（sympathy）。

你若爱自然，会得到充分的回报，但不能挥霍它。自然并不向古老的艺术钟情者透露细节，其美与质也不会产生随机启迪，而是整个纯粹的自己显露给你。但这种馈赠是有限的，它玄妙莫测，即之已非（from secret to secret, and die unsatisfied），你去抓一万，只得到一（万取一收）。

这样的言辞，宛如诗句，只配镌刻在他的墓碑上，陪伴他。司空图与宇宙和谐地融为一体，他的蓬勃的生命力便能找到合适的表达，这些闪光的诗篇从他的生命之诗卷中散落，经过千年时空飘残，飞向我们，宛如落花追逐流水一般。①

司空图（Ssu-K'ung T'u）的《诗品》，此译本共选译了十首，其所选诗作，大概偏于优美的意境，而不侧重太哲理性的诗作（如《雄浑》），反映生命状态的诗（如《豪放》《悲慨》）也有选录。其目录如下：

1. Return of Spring（纤秾：春回大地）

2. The Colour of Life（精神：生命的色彩）

3. Set Free（豪放）

4. Fascination（清奇：入迷）

5. Tranquil Repose（冲淡：安静的小憩）

6. The Poet's Vision（典雅：诗人的想象）

7. Despondent（悲慨）

8. Embroideries（绮丽）

9. Concentration（沉著）

10. Motion（流动）

从其翻译的情况来说，有三点显而易见：

第一，有的译文分为二节，有的不分节；

第二，全部押韵，句子控制得较好；

第三，诗中出现的人物，除诗人以外，多为女性。

---

① 笔者译自英文版克兰默·宾《玉琵琶：中国古典诗作选》，第104～105页。

而其标题，有的参考了翟理斯的翻译，有的则自拟标题，所以需要查对原文，才能确定。以下是要引用和评析的诗歌。第一首是《豪放》：

Set Free

I revel in flowers without let，
An atom at random in space；
My soul dwells in regions ethereal，
And the world is my dreaming-place.

As the tops of the ocean I tower，
As the winds of the air spreading wide，
I am'established in might and dominion and power，
With the universe ranged at my side.

Before me the sun，moon，and stars.
Behind me the phoenix doth clang；
In the morning I lash my leviathan.
And I bathe my feet in Fusang.

【回译】

豪　放

我纵情在花丛中，无拘无束，
我是太空中一个自由的元子；
我的灵魂居于轻漫的空气中，
那世界便是我梦寐以求的地方。

我耸立在大洋之上，
天风吹散向四面八方，
我兀立于无限的权能之中，
整个宇宙役使在我的身旁。

我的前面，是日月星辰，
我的身后，有凤凰翱翔；
清晨，我驱赶着海中巨鳌，
我还濯足在扶桑。

【简评】

译文完全放弃了汉语的"由道返气，处得以狂"等字面意思，更换了一套元子论用在太空中，实现了彻底的翻译转换，这是最难能可贵的。但与此同时，他又吸收或借用了汉语的说法，如最后的"扶桑"，甚至利用它来与英文诗句押韵，真是一举两得。与之相适应，许多地方彻底的英语用词，例如，revel，let，tower，established 等，增强了英语语感，而 might，dominion，power 三词连用，极有表现力。特别是 leviathan，是英语神话中的海中巨兽，极富西方神话形象，而凤凰、日月星辰、宇宙、太空则是中性的普遍词语，在中间起了调和、衔接与贯通的作用，没有问题。这种兼顾异化，基本归化的翻译策略，取得了较好的译文效果，是翻译的典范，值得借鉴和研究。

第二首是《清奇》：

Fascination

Fair is the pine grove and the mountain stream
That gathers to the valley far below.
The black-winged junks on the dim sea reach，adream，
The pale blue firmament o'er banks of snow.
And her，more fair，more supple smooth than jade，
Gleaming among the dark red woods I follow：
Now lingering，now as a bird afraid
Of pirate wings she seeks the haven hollow.
Vague，and beyond the daylight of recall，
Into the cloudland past my spirit flies，
As though before the gold of autumn's fall，
Before the glow of the moon-flooded skies.

【回译】

入迷（清奇）

美哉，小松林，山涧小溪
在下方在远处汇聚，
小帆船，展幽翼，梦幻般的海边，
残雪堆岸，苍穹一片蔚蓝。
她更美，软玉光润莫能比，

在红松林中闪现，我跟随：
时而徘徊，时而如惊飞之鸟
惧怕海盗之翼，她寻找庇护地。
犹豫间，白昼之光的召唤外，
经过我精灵，飞翔，遁入云梦乡，
宛如金秋降临之前，
月光如水晴空闪闪。

【简评】

写景写境的诗，如何翻译，是一大难题，难在要不要离开原作的意象，进入异域文化的文学想象，重新塑造出优美的文学意境和诗的圣地。在许多人的头脑里，这是一个未曾想甚至不容想象的问题，在翻译家和评论家那里，更是如此。而这位英国译者，却把原诗视为召唤结构，借助英语诗歌的语言，放开英国诗人的想象，重现了这个奇妙的景象，如标题"Fascination"（入迷）所表现的那样。意象之美，语言之美，真是令人叹为观止。中国的玉人，她，本就有温香软玉的比喻，在这里英语也有，译文很贴切。而整个视野则采取了居高临下、俯瞰海景的视角，加上松林山涧，汇聚在远方，二者合为一体。远山，近景，水天一色，清奇而迷人，更有那惊飞的鸟（她），如一个小舢板，畏惧海盗船（如老鹰飞降下来），犹豫间，逃逸仓促，飞掠我的灵魂，遁入秋色迷茫，月光如水的玄妙想象之中，岂不美哉！景美，境美，人更美！诗的逻辑，在散乱语词和错落意象的铺陈中，贯穿了这样一种思路，清晰而绮丽，令人目不暇接，享受无限。不过，这样完全抛开汉语诗歌字面和大量添加西方意象的翻译方法，只是一种途径，未必是最佳方案，但极富创造性，会给人以启发，特别会赢得西方读者的青睐，所以作为一种方法，予以肯定是必要的。

通过以上两首诗的评析，我们领略到了克兰默·宾的诗歌翻译策略和高超的技艺，倘若说那是两个极端，一散乱、一规整，一豪放、一清奇，那么，二者又殊途同归，进入一个异化和归化相统一的英诗境地。基本上是归化，辅助的是异化的意象或词语，甚至用拼音，常常用隐喻，融合无间，词语新奇，诗句流畅而连贯，气韵贯通全篇，给人以美的享受。不愧是名作名译，可惜没有完成，不能算完璧。但若有人想完成它，又恐不成，难免会狗尾续貂，如续《红楼梦》，又画蛇添足了。

当然，我们选取的两篇是其中笔者以为最好的。翻译的标准，不能千篇一律，也难以保证每首都成功，字字是珠玑，但在总体上，它们是上乘的诗作，较之翟理斯有明显的推进。基本上可以说，翟理斯有开创之功，大气、贯通，也有疏漏和败笔，甚至误译不在少数，而克兰默·宾则细致入微，浑然天成，词语华美，意境贯通，失败较少，特别是彻底舍去了典型的汉语哲学用词，进入英诗的创造和创造性翻译的境界。如果说有后来者，那也是极少数。可谓"离形得似，庶几斯人"。

　　以上两位早期的中国诗歌翻译者，可能反映了当时以归化为主的策略和创造性思维方法，但他们所取得的成就和到达的高度，是有目共睹的，也是不容抹杀和否认的。中国文学和文化典籍的对外翻译，经过百年的发展，已经走过了艰难曲折的历程，迄今为止，可以说取得了辉煌灿烂的成就，但毋庸讳言，也走了许多弯路，甚至误入歧途者也有之。不过，对于司空图及其《诗品》，国学汉学界似乎有较为一致的认识。以下是吕福克教授的评论：

　　　　司空图在文学史上占有一席之地，多因为他的《二十四诗品》，一般认为这是唐代文学批评的重要作品之一。这二十四首诗并未给出各位诗人的分类和评价，也没有提到名字；像其他中国文学批评作品一样，或有过之——它竭力深入诗歌领域本身。二十四首诗，用高雅的语言描述文学质量、模式、情绪等。因缺乏例证，以及直觉思维方法，其语义晦涩难懂。其语言具有高度的象征性，显示出很强的佛教和道教影响。[①]

3. 研究性译本：宇文所安的全译本

Stephen Owen, *Reading in Chinese Literary Thought*, Cambridge, MA：Harvard Council on East Asian Studies, 1992.

　　哈佛大学东亚系和比较文学系教授宇文所安，是中国文学专家和诗歌翻译专家，他的主要研究领域集中在唐诗及其翻译上，对初唐、盛唐和晚唐诗歌，都有专门研究和专著出版。对《诗品》和司空图本人的地位，特别是在中国古典文学理论领域的地位评价很高，对其出处和沿革过程也很熟悉。在花了十二年时间编译而成的《中国文论：英译与评论》一书中，他用英语翻译了《诗品》并有比较完整的论述：

----

① Volker Klopsch, "Indiana Companion, 1986," in John Minford and Joseph S. M. Lau, eds., *Classical Chinese Literature: An Anthology of Translations*, Columbia University Press, 2000, p. 944.

苏轼（1037—1101）曾比较含混地提到过《二十四诗品》，他痛惜这一作品未能得到充分重视，除此之外，直到17世纪上半叶，再无人提及此作。唐代的诗歌理论作品在宋代、元代及明代前期往往都遭遇同样的命运。在《沧浪诗话》中，严羽似乎受到过司空图讨论玄妙"诗"的书信的影响，但并没有任何证据表明他熟悉《二十四诗品》。《二十四诗品》在清代盛极一时，产生了一大批注本与仿作，并经常被一些理论作品提及。自17世纪以来，《二十四诗品》被普遍视为唐代最重要的诗歌理论的代表作。①

宇文所安关于司空图《诗品》的理解和解释，是较为宽泛的认识，他甚至感到无法辨认二十四品都是关于诗的—— 除了书名本身直接指向诗的品评或品第。在他的《中国文论：英译与评论》第六章论《诗品》的专章一开头，宇文所安就这样详细地说明了自己的感受：

> 如果在《诗品》的书名中不包含一个"诗"字，我们甚至无法猜出这些玄妙诗句的具体所指，这个事实刚好验证了《二十四诗品》的奇异与症结所在。读者很容易把它们视为传统心理学范畴中的"性格"，甚至更飘忽的"情绪"；它们也可能指绘画、书法、音乐等艺术活动的特性——在那些活动中，风格类型往往扮演重要角色。它们使用了一套既适用于人也适用于艺术的词汇，这套词语从形成到逐步精致和完善已经历了若干世纪。②

宇文所安在现代国际汉学界有举足轻重的影响。许多人都认可他的研究结论，甚至在闵福德和S. M. 劳主编的大部头的《中国文学经典选译》中都引用了宇文所安的上述评论。③ 这一评论使人们相信，《诗品》不仅仅属于诗论和文论，而且属于艺术论和性格论。他扩大了人们的关注视野和联想的范围，对于研究和鉴赏均有好处，是颇有见地的。此外，也强化了人们对《诗品》文本歧义性的认识，使之愈加不好琢磨，不好下笔翻译了。

关于《诗品》，宇文所安认为，它的来源可追溯到东汉时期的人物品评

---

① 宇文所安：《中国文论：英译与评论》，第334～335页。
② 宇文所安：《中国文论：英译与评论》，第331页。
③ *Classical Chinese Literature: An Anthology of Translations*, eds. by John Minford and Joseph S. M. Lau, Columbia University Press, 2000, p. 944.

传统，就是九品中正的等级观念，以及刘勰的《文心雕龙》中的风格分类，甚至每一篇后面的"赞"，而司空图的创造性在于，他把四字句扩充成为四言诗，而他的《诗赋赞》就可以看作这样的代表。在宇文所安看来，《诗品》的总体思想和每一品的"玄妙"诗篇之间有不一致和不和谐之处，而就每一品而言，宇文所安认为：

> 司空图关心那些位于我们感知边缘的特质；作为一种表现方式，神秘化符合《诗品》所一再表达的诗学价值，从这一点上看，他有意制造神秘的做法倒是不乏合理性。"命题式表达"（form of proposition）给读者造成的印象是在语言中有确定的信息；但与此同时，神秘化又遮蔽了这些假定命题，并迫使读者从破碎的词汇中重新寻找"信息"。基于这个原因，在没有注释的状况下阅读《二十四诗品》将是更愉快的，那样一来，就不需要面对五花八门、应接不暇的注释了。但不幸的是，要获得这个效果，你只能用中文阅读。①

这就涉及《诗品》的英译了。事实上，宇文所安关于《诗品》的英译说明很少，最多的还是关于这本《中国文论：英译与评论》的普遍的英译问题。他在导言中有一些重要的说明，不妨引录如下：

> 多数情况下，我宁取表面笨拙的译文，以便让英文读者看出一点中文原来的模样。这种相对直译的译文自然僵硬有余，文雅不足；但是，对于思想文本，尤其是来自中国的思想文本，翻译的优雅往往表明它对译文读者的概念习惯做了大幅度让步。本书所选译的作品大多数都可以找到优雅的英译；可是，中国理论究竟说了些什么，从那些优雅的译文中，你有时只能得到一个相当粗浅的印象。在中文里原本深刻和精确的观点，一经译成英文，就成了支离破碎的泛泛之谈。唯一的补救之策就是注释，如果不附加解说文字，那些译文简直不具备存在的理由。②

以笔者所见，这种翻译的方法，在用到纯理论文章时，尚且可以，但在用到《诗品》这样的特殊文本的时候，就有点捉襟见肘了。一个普遍的问题，就是把看到的概念词，都理解为概念。考虑到概念隐喻的矛盾统一，这

---

① 宇文所安：《中国文论：英译与评论》，第 332～333 页。
② 宇文所安：《中国文论：英译与评论》，导言，第 14 页。

样做往往模糊了诗学和哲学的概念，混同了形象与观念的区别，于是许多译文缺乏诗意，而生硬的概念解释和注释就不可避免了。其实，一个可见而明确的区分，在《诗品》的大部分文本中，就是诗歌的形象描述部分和诗学的抽象议论部分，往往是可以分开的。只不过二者通过不同的章法，又合而为一了。只有在议论部分，概念才作为概念使用，而在描述部分，则往往是隐喻。懂得了这个基本的分野，也就可以翻译《诗品》，使其既像诗，又有论了。

还有一个层面，是翻译中的理解问题。由于西方诗学的传统与中国迥异，所以关于《诗品》的解读和理解就大有不同了。例如，关于第二十品《形容》，宇文所安的见解与中国大陆研究者的见解就颇为不同。一般认为，《形容》论述的是形与神的关系。郭绍虞说："总结形容之妙，贵在离形得似。离形，不求貌同；得似正由神合。能如是，庶几形容高手矣。"[①] 但这样的理解和解释，基本上没有脱离《诗品》这一品的字面说明，也没有超脱传统形神关系的思路。而宇文所安却认为："本品谈论模仿（mimesis）问题，而不是描绘某种景或情的特质，这使它区别于其他 23 品；后来的批评传统十分重视'神似'（spiritual resemblance）并拒绝表面模仿，这一品就变得意义重大了。"[②] 由此看来，无论是中国大陆学者还是宇文所安，都认为《形容》一品不是关于诗歌风格而是关于诗歌表现的，不过宇文所安的认识，依据的是西方自古就有的模仿论，和汉语的描摹不是一码事。尽管如此，二者之间还是有共同之处。

以下就以《形容》为例，研究一下宇文所安教授所译的《诗品》：

Description

One awaits the ultimate spiritual purity,

Soon brings back what is pure and genuine.

Like seeking reflections in the water,

Like delineating bright spring.

The changing appearance of wind-blown clouds,

The spirit and essence of flowering plants,

The waves of the ocean,

---

① 郭绍虞：《诗品集解》，人民文学出版社，1963，第 37 页。
② 宇文所安：《中国文论：英译与评论》，第 378 页。

The jaggedness of mountains ——

All are like the great Way,

Match their subtle beauty, share their dust.

Whoever attains resemblance by diverging from external shape

Approximates such a person.

【回译】

描　写

一个人等待最高的精神的纯洁（储素），

很快就带来了"清真"。

如同寻找水中的倒影，

如同描写春天的盛景。

风吹云团改变着的外貌，

开花的植物的精神和精华。

海洋的波涛，

嶙峋的山峰——

俱似大道，

契合了微妙的美，分享了它们的尘土。

谁要是能够离开外在的形体，保持相似性，

谁就接近了这样一个人。

【简评】

首先，标题译为"描写"，是和译者对这一品的理解相一致的，但和汉语原来的"形容"一词的内涵有一定的距离。因为古汉语的"形容"是可以作为名词使用的，后来则用作形容词和动词，而描写就没有这种本体性质滑落为表象与动作的过程，这不能不说是一种损失。

其次，开头的两句，给人的印象是汉语概念的直译，句子结构也类似，所以回译尽量保持它，并给出汉语原来的说法，但"储素"并不是"精神的纯洁"（spiritual purity），而是存储和保持原始的朴素淳朴，"清真"也不是英文的 pure and genuine，而是道教的本体，可以解为"清真之气"。不过这样的解释，显然是在道家哲学的层面上进行字面翻译，而不是翻译一首诗，不仅不能作为主题句，也和后面全篇的举例完全脱节了。若按一种诗性的理解，则指的是诗人伫立凝神沉思，展开想象，让意象清晰真切地呈现在脑际。这样的理解才和全篇的描述贯通，担得起领袖统领的责任。而这些解释，也都能找到汉字渊源和准确的语义解释作为翻译的依据，请看有关注解，就不一一解释了。

接下来各个举例，基本上是字面的直译，缺乏兴趣和文采。如果说最后的"离形得似，庶几斯人"的直译还是可以的话，那么"俱似大道，妙契同尘"就不是没有问题了。道和万物的形态意象，是一种本体和现象的关系，是内因的根据和外显的表象的关系，所以用"似"是不深刻的（虽然汉语用了"似"字），而"和光同尘"这个老子的提法（原话是"和其光，同其尘"），只是一种哲学命题，是不能直接翻译成和尘土一样，或者"分享了它们的尘土"的，如果"契合了微妙的美"（match their subtle beauty）是有变通的翻译，在原理上也讲得通的话。可见主要的问题，似乎出在直译汉语的字面意思上，至于这种思维方式的根据，也许有更为深刻的认识论的根源。

让我们再来看第十品《自然》的英译：

The Natural

It is what you can bend down and pick up ——

It is not to be taken from any of your neighbors.

Go off, together with the Way,

And with a touch of the hand, springtime forms.

It is as if coming upon the flowers blossoming,

As if looking upon the renewal of the year.

One does not take by force what the genuine provides,

What is attained willfully easily becomes bankrupt.

A recluse in the deserted mountains

Stops by a stream and picks waterplants.

As it may, his heart will be enlightened ——

The Potter's Wheel of Heaven goes on and on forever.

【回译】

自　然

你可以弯下身，捡起来，

不需要从你的邻居那里拿过来。

去吧，和道在一起，

用手触摸，春天就会形成。

就好像遇到花朵开放，

就好像观看年份更新。

真实所提供的不能用强力来取，

随意志得到的会破产。

荒山里有一个隐士，

为溪流所阻，采摘水生植物。

很可能，他的心将会被启示——

制陶的天轮旋转，永不停息。

【简评】

在汉语包装的韵律被剥离之后，英译的语义被赤裸裸地凸显出来，淡如清水（回译还是尽可能押韵），而这样的意译，因为过于直译，过于字面化，在很多时候，更是离开了诗歌的比喻性语言，反而不够准确。例如，诸邻的"邻"，并不指邻居，而是不借助他人，即其他人的词句。"著手成春"，也不是用手指一接触，春天就会形成。而是"妙手回春"的"春"，是一种比喻意义，而不是字面的春天，就好像"玉壶买春"的"春"代指酒一样。"悠悠天钧"，固然是说的天轮旋转，但此处是与上句相连，指的是幽人获得道的启示，与道为一，代喻人与自然之道合一，才能生生不息，有创造力，或者转指诗人写诗要符合自然之道，才能创造出永恒的作品。这样的理解，才能切题，并回到主题和标题。

由此看来，过于直译的译文，缺乏创造性，因而不能摆脱字面，深入奥义，就连字面意思也难保准确。失去了形象思维的特点，诗就失去诗的语言和意趣，徒留下汉语的词语，借助汉语的语法（有时候也转换成英语的语法句型）连缀成句，终究还不是地道的英语，也不是地道的汉语。作为 native speaker of English（母语是英语的人），不去用英语思维和想象，不创作地道的英语的句子和有英诗意味的诗篇，就会囿于汉语的字面，造成双重的损失：别扭的英语，呆笨的汉语。这种翻译倒是和中国许多学者的主张相接近，效果几无区别了。但究其主要的原因，笔者想，还是译者把《诗品》归入诗论和文论，只想翻译成理论上正确的篇什，而忽略了诗意的传达。退一步说，即便是诗歌的翻译，在有些时候，也有字面传达的特点，但这不能代表宇文所安的诗歌翻译水平，也不能说明他的诗歌翻译方法全然不对。这只是就《诗品》本身的翻译而言，不能做泛泛的推论，得出全面否定的翻译批评观点。毕竟我们只选了两首诗而已，不能以偏概全，只能见微知著。

虽然我们不能把宇文所安的翻译方法笼统地归为和国内流行的翻译方法一样，但是大体考察一下国内译界近年来关于文化和文学典籍翻译的"直译加注"方法的来源（宇文所安也主张"直译加注"的翻译方法），仍然是有意义的。笔者认为，可能和以下三个方面的影响有关。

其一，文化学的影响。

"文化转向"以来，文化研究进入文学研究和翻译研究中，影响很大，不可忽视。其中的一种影响，就是离开文学而讲文化，这在文化学派那里很盛行，比较文学也产生了类似的现象，进而深入国别文学的研究之中。忘记了文学是有文化基础和文化内容的，但它是一种文学的想象的表现，而不是直接的文化概念和文化价值观。对翻译学的影响，就是竭力表现原初的文化要素，害怕失掉它，就不能表现原本的文化形态了。于是直译不够，再加注释，基本上把文学翻译搞成文化解释了。

其二，翻译学的解释。

近年来建立翻译学本身的努力是以对翻译理论的研究为主，而比较忽视文学翻译本身的文本表现和语言表现，不太讲翻译策略和翻译技巧，甚至不能再提翻译标准，这是一方面，而另一方面，则把翻译分为为专家的研究性的翻译、为普通读者的翻译和为艺术家或翻译家的翻译。在笔者看来，只有最后一种翻译仍然称得上是文学翻译，而为专家的研究性的翻译，有可能将翻译变成研究的附庸和学术的应声虫，为普通读者的翻译，有可能将文学翻译变成庸俗的通俗文学的合法代用品。

其三，研究型的影响。

科学研究和学术研究是必要的，但研究型的影响，值得考虑。研究有许多表现，其中常见的是，用学术研究替代或掩盖文学批评和艺术鉴赏，使人只知理论和研究，不知何为好作品，包括好的翻译作品，失去鉴赏力和评价能力。在学位论文中，按照一种固定不变的学术规范或学院派的研究惯习，提出问题，讨论问题，或用固定的理论套路复制项目，再如法炮制，写出千篇一律的研究论文，得出类似的研究结论来。影响到文学翻译，就是研究的人很多，能翻译的人很少，而越加深刻的专业研究，其文学翻译的质量越差，甚至完全不能动笔翻译文学作品，更不用说译诗写诗了。

我们这样说并不是要一概否定研究、文化和翻译，而是必须考虑大的文学翻译的背景和传统，进行专业的精深的思考，以便调整思路，进入正轨。就《诗品》本身而言，它固然有两面性：作为诗论，侧重于理论认识概念和命题的传达；作为诗歌，侧重于意象和意境的表现。二者在诗歌中的分离和结合，原本是线索明晰的，因为其中有些是理论性的提法，有些是形象思维的产物。在总体上，对每一首诗而言，首先要理解和处理成一首诗，才是最重要的，这是翻译的起码要求，而不是翻译成一篇理论文章，甚至学术散文；译成散文诗也要有诗的意趣和文采，不能枯燥乏味，令人无法卒读。

二　国内翻译：汉语为母语的译本

1. 杨宪益、戴乃迭全译本

杨宪益、戴乃迭：《诗品》，《中国文学》1963 年第 7 期。

Yang Hsien-yi and Gladys Yang, "Twenty-four Modes of Poetry," in *Chinese Literature*, No. 7, 1963.

杨宪益和戴乃迭夫妇合译的《诗品》，标题为 "Twenty-four Modes of Poetry"（诗歌的二十四种模式），这是十分贴切而保守的翻译选择。他们夫妇合作翻译的中国古典诗词和戏剧、小说、散文不少，如《史记》《红楼梦》，此外还有中国现当代文学作品，如《鲁迅选集》。而戴乃迭自己独立翻译的作品也有一些，如撒尼人的长篇叙事诗《阿诗玛》，苗族作家沈从文的小说《边城》，都取得了相当的翻译成就。他们也合作翻译过一些诗歌作品，有唐诗、宋词、元杂剧，但好像没有元曲。而文论和诗论，翻译得不多。其中就有司空图的《诗品》，这应该说是十分幸运的，否则国内便很少有《诗品》的英译本。

杨译《诗品》，原载杨主编的英文版《中国文学》杂志。在出单行本时，以《司空图》为题，扩充为作者生平和《诗品》介绍两节，但仍过于简略，过于官方化。全文回译如下。

> 司空图（837—908），山西永济人，是一个有影响的诗人和批评家。三十三岁中举，做过地方小官。当黄巢领导的农民叛军（insurgents）攻克唐朝首都的时候，他逃离了，后来又回来参与了朝政。五十五岁开始退隐生活。唐朝被推翻后，他拒不应诏服务新朝，绝食而亡。

> 他自幼是儒家，后来转向道家和佛家，写诗表达他很享受自然界。他的《二十四诗品》，是对诗歌情绪和风格的分析，在中国文学批评中有相当影响。

在这一则几乎是官方正统评价的小文中，值得注意的只有一个词——insurgents（叛军），它和当时对于农民起义军的汉语描述倾向是不一致的。这里只就其英译《诗品》的几首，进行简要的代表性评析。

先看《形容》一品的杨译：

The Vivid Mode

Only the pure of heart

May recapture the Truth,

For this is seeking shadows on water

Or painting the glory of spring.

The changing shapes of wind-swept clouds,

The vividness of herb and flower,

The roaring waves of the ocean,

The rugged crags of mountains,

All these make up the great Truth

In one subtle medley of dust.

He who abandons the form to catch the likeness

Is true master of his craft!

【回译】

生动品

只有心灵纯洁

才能捉住真理。

因为这就是寻求水的影子，

或者彩绘春的灿烂。

风卷云团变化的形状，

香草和鲜花的生动性，

大洋里咆哮的巨浪，

山岳嶙峋的形态，

这一切就造成了伟大的真理，

在一粒尘土奇妙的混合中。

谁放弃形式追寻相似性，

谁就是他才艺的真正主人。

【简评】

从标题的翻译来看，倒是十分符合总题目以模式（mode）译"品"的思路。然而，"生动"（vivid）并非"形容"的全部，这显然是受了一般写作手册要形容或描写就要生动的影响了，和宇文所安的"描写"（description）思路如出一辙。而《形容》一品的主题句，显然是要诗人聚精会神，展开想象力，让意象清晰地浮现出来，才能有体现事物精神状态的形容效果。当然，在哲学上，也就是要诗人回到人的朴素状态，返归自然，认识本体（道），然后才能抓住事物的美学特征，进入艺术创造的最佳状态，描绘出事物的精神和生活（生动活泼的生命状态，参见石涛《画语录》中的"生活"概念）。可见，首句杨译为"只有心灵纯洁／才能捉住真理"在哲学上基本上是对的，在艺术上却不能说很成功，因为他没有转换成为艺术命题，却停留在哲学命题里，甚至停留在死译"道"为"真理"的说教式理解里。

接下来，在给出许多具体形象之后，归结为"这一切就造成了伟大的真理，／在一粒尘土奇妙的混合中。"这也体现了类似的问题。那就是不能脱离老子"和光同尘"命题的字面意义，但又不能不有所舍弃，考虑到翻译的难度，只好把"光"舍弃，保留了"尘"，这样，花木和山水等自然现象都成为尘土，变得不着边际，不可理解了。当然，你可以拼凑出一个"万事万物皆是一粒尘土"的妙句，但这种貌似深刻，因不合乎上下文，反而荒诞不经。归根结底，不能进行彻底的翻译，徘徊在理解和转换的半途，就显出迟疑病症，而无法果决了。"和光同尘"，无论字面上多么玄妙，都不会脱离与宇宙本体彻底认同的认识途径，同理，对西方文化的了解和认识，也要深刻而彻底。西方思维，源自古希腊，有一脉相承的传统。在亚氏的哲学中，形式（form）就是本质，物质（matter）只是质料，抛弃了形式，就是抛弃了本质。这样，中国文化里"离形得似"的命题，在西方哲学和美学中就无法成立，所以直接译出来，就不可被接受了。由此可知，中国的"要神似不要形似"一类命题（例如，傅雷的主张），也不可直接照这样翻译，否则就难逃同样的命运。在这里，归化和异化理论都不能解决问题，只有中西哲学对接，相互参照，相互转化，又有所改变，才能谈得上翻译，才能实现沟通的目的。

然后，再看《自然》一品的杨译本：

The Spontaneous Mode

Stoop and it is yours for the taking,

No boon to ask of neighbours;

Just follow the Way

And one touch of your hand brings spring,

Simple as finding a flower in bloom

Or watching the new year in!

No true gain can be snatched away,

What is seized is easily lost.

Like a recluse in the lonely hills

Gathering duckweed after rain,

May you become aware

Of the infinitude of all creation!

【简评】

开头四句是启发式的，首句又有主题句的意思，接下来是展开，可以回译为：

> 弯下身来，就是为你所拿取的了，
>
> 不要去邻居那里索要；
>
> 只顾去追随道（路），
>
> 触手处便是春天。

这个译文似曾相识，那就是宇文所安的译文，也是用了 neighbour, touch of hand 还有 bring spring，这些好像是从汉字里搬用过来的英文单词或词组。

> It is what you can bend down and pick up ——
>
> It is not to be taken from any of your neighbors.
>
> Go off, together with the Way,
>
> And with a touch of the hand, springtime forms.

巧合的是，宇文所安也是用了 the Way 来翻译"道"，使得它在这里获得了双关意义：一方面指普通的"路"，另一方面指道家的"道"。英语的大写足以表达这样的意思，特别是后一种意思。两种译文，何其相似乃尔？

在翻译这门行当里，过于相似总是不怎么好的吧？而且一是中国译者，一是美国译者，这令我们有理由怀疑，"译者身份"这种理论到底有什么用？既然都采用了尽可能的直译译法，还不如用译者策略，更为切题，更为实用。不妨说，两个译本、译者之间并无沟通，那么，其背后的翻译原理或原则必然有某种默契或相似性。

这一品的标题译为"The Spontaneous Mode"，在意义上本来也没有什么不可以，但是因为这一品的汉语标题是《自然》，这样一来，竟然要把第十八品《实境》译为"The Natural Mode"，就不能说没有问题了。至少在名称上有两品是相混了。可见，译者在这个问题上似乎缺少统一性的考虑。此外，也能说明《诗品》单就每一首的内容而言，也是非常模糊的、不确定的，换了一个标题都可以，那还有什么不可以的呢？

让我们来看《实境》一品的英译：

The Natural Mode

Choose plain words

To voice simple thoughts,

As if, meeting suddenly with a recluse,

You have a revelation of the Truth.

Beside the winding brook,

In the green shade of pines,

One man is gathering firewood,

Another playing the lute…

Follow your natural bent

And wonders come unsought;

So at a chance encounter,

You hear rare music!

【简评】

那么，《实境》译为《自然》，又有什么不妥呢？实际上，如同文学理论所分析的，司空图所谓的"实境"并非"自然之境"，而是诗人头脑里涌现出来的诗境，有点像吴宓文论中所谓的"真境"，用我们今天比较流行的文艺学说法，就是只追求"艺术的真实"，而忽略生活素材的真实。实际上，虽然杨宪益把标题《实境》译为"The Natural Mode"，而在诗歌里也用了

natural 一词，但诗歌里的 natural 不是"自然"的意思，而是人的"本性"的意思：

> Follow your natural bent
> And wonders come unsought；

> 跟随你的天性，
> 不用思索就能得到奇迹。

（回译）

因为他的原文是：

> 情性所至，妙不自寻。

倒是《实境》最一行里有一个可以译为"自然"的"天"字：

> 遇之自天，泠然希音。

可是译者却强调了"遇"字的"偶然相遇"的意思，译成这样了：

> So at a chance encounter,
> You hear rare music！

> 因此，在一次偶然相遇中，
> 你听到了稀有的音乐！

（回译）

这"稀有的音乐"是什么呢？译者可能要人们相信，这是来自天上的音乐，是天籁，可是在英文中难以产生这种理解，西方人的头脑里也难以产生这样的联想，除非头脑里有"天籁"这个词，而"天籁"又能转换为"自然的音乐"（天上的音乐），这复杂的逻辑转换即便是一般的中国人也很难办到。当然，我们可以说，因为是偶然相遇的，所以才是稀有的。那倒也是，这种逻辑上的统一或一致，只能是译者头脑里想象出来的统一或一致，与自然（natural）或即兴（spontaneous）作诗并没有什么必然的联系。

当然，你也可以说，作诗自然的就是即兴的。是的，那也没有什么不对。因为其一，这又是"自然"的另一层意思；其二，这毕竟是作诗。人们都会说：是的，我们不是正在谈论作诗的事吗？

485

而传统的诗论，就允许我们这样，转来转去，没有确定性。因为它只有命题，并不论证。

一个孤立的命题和另一个孤立的命题，可以有一些联系，也可以有一些通约性。

也许有人会说，这就是辩证法，普遍联系。那也没有什么不好，整个宇宙都是有联系的，还没有一件事物和另外的事物一点联系也没有。

2. 解释性译本：王宏印全译本（存目）

结　语

在即将结束《诗品》英译分析的一章时，有必要对我们所看到的海内外的整体图景，做一简要的回顾和总结。我们的总体印象可以概括为如下五点。

其一，在以英语为母语或目标语的译者那里，英语本身语言逻辑和概念/意象系统背后，无疑有西方文化与诗学大背景在起作用。这样，在以归化策略为主的翻译模式下，巨大的文化张力就体现在《诗品》的英译本中。尤其在那些哲理性很强的诗歌中，一种异样的世界观和美学观的生动表述就呈现在中国读者面前，让我们感到惊异和兴奋。这一条正应和了笔者关于文学性翻译的一条规律性发现：越是优秀的有创造性的译文，文字表面与原文的差距就越大，而内在的契合度反而越高。

其二，以上情况可以分为两种表现。一种，如上所述，是哲理性的，或者以西方的哲学和世界观代替中国的哲学和世界观，于是译文和原文之间形成巨大的文化张力，一如翟理斯的译文那样，以能力和物理的宇宙空间来描写《雄浑》一品的意境。另一种是审美性的、诗性的，或者以英诗的审美观和形式感代替汉诗的画面感和形式感，从而产生地道的西洋景那样一种诗意的景观。它们在形式感或想象上或许与汉语原诗相去甚远，但毫无疑问会给人以新奇的诗歌美感，令人陶醉其中，击节点赞。这就是《玉琵琶：中国古典诗作选》中对《诗品》景色描述的处理效果。事实上，这两种处理并无原则性的区别，却是殊途而同归。

其三，以汉语为母语而以英语为外语或目标语的译者，往往不能越过汉语的字面意思和中国诗学传统与文化传统的习惯，并从本族语的内视觉将其转化为一种机械地寻找英语字面对应的"直译"方法。于是，不少译文成为用汉语语法拼凑英语词语而造就的英语句子，或者机械地转换为英语句型的汉语对应说法的中国式英语。这种缺乏想象力和超越感的诗歌译文，多数会诗意大减——既丧失了原来的诗意，又缺乏应有的英诗意味的补偿效果，出现了千篇一律的平庸译文，令人不堪卒读。再加上要求统一的韵脚设置和整齐划一的诗行排列形式，而这也几乎成为中国目前一种典型的古诗英译模式。这是值得深思和反省的。

其四，尽管如此，古诗英译的领域也并非完全以译者国籍或语种划界，泾渭分明，势不两立，其也存在相反的走向和融合状态。一个典型的例子是宇文所安的《诗品》英译，不是他所有的诗歌英译。也许是基于对中国诗歌的精深研究，译者的翻译方法明显受到原诗的影响，尽可在直译的时候就直译原诗的字面，甚至不区分作为哲学层面的"道"和作为诗学术语的"道"，当然还有其他概念词语，一律作为概念译出，这就模糊了《诗品》的形象与观念两个层次，反而效果不佳。在一些个别句子上，也许过分向汉语靠拢，竟然和杨宪益囿于中国文化视野和直译方法的译文如出一辙，字面上也十分相似了。这不得不令人寻找翻译行为背后的深层次原因——一种跨文化的翻译活动，出现在两种译者之间，却表现得如此怪异。

其五，综上所述，笔者以为《诗品》的英译有一些基本点是需要注意的。首先，就每一首诗的结构而言，它包括哲理和描写两部分，二者要相对分开，即哲理性的要求呈现诗学命题，深入英文相应的陈述中去，不要过于抽象或歧义化，而描写部分要明丽可感，并在总体风格上向哲理和主题靠拢，使其相得益彰，融为一体，构成一个风格或意境，和其他诗歌在品第上相区分。其次，要注意每一首诗在《诗品》总体框架中的地位和类别归属，有的是总体性的、形而上的，有的是技巧性的、形而下的，因此，不能用同一种方法去翻译所有的语句和诗歌。《诗品》的总体排列是序列性和穿插性兼顾的，这种带有整体序列流动性的概念和穿插对照的辩证性的效果是一种理解的线索，错失它就会迷失在一首诗中，失去整体感和关联意义。这是《诗品》所要求的一种基本格局，舍此则会迷失于道——诗道文道、学问之道、翻译之道。

我们以此结束关于《诗品》英译的讨论，同时结束这本关于司空图诗品和人品的研究著作。虽然在总体上我们认为诗品与人品是相统一的，但在面对作品的时候，还是以文本作为文学翻译和批评的依据，因此我们不仅有原注、今译、英译以及回译的各种尝试，而且有海内外不同翻译流派风格的具体评价。我们甚至对司空图的《诗品》和钟嵘的《诗品》以及皎然的《诗式》做了相关内容的比较研究，以期人们在中国古代诗论及其发展走向上，对司空图的《诗品》会有一个中肯的评价。而结合到历史的、社会的、政治的背景的时候，我们也参照司空图本人的政治生涯、社会交游与诗文创作，给予必要的道德的或伦理的人格的评价。这是中国的晚唐和唐末景致给我们的一抹回光返照中的亮色，虽然它的背景居于黑暗和消亡，但并不乏"夕阳无限好"的一瞬间。幸而就在这一瞬间，它的诗学迸发出一股夺目的光彩，使我们精神焕发，为之一震。继而掩卷沉思，若有所思。

附　录

一　《诗赋赞》及其注释、今译与英译

诗赋赞

知道非诗，诗未为奇[1]。研昏练爽，戛魄凄肌[2]。

神而不知，知而难状。挥之八垠，卷之万象。

河浑沈清，放恣纵横[3]。涛怒霆蹴，掀鳌倒鲸。

镵空攫壁，琤冰掷戟[4]。鼓煦呵春，霞溶露滴[5]。

邻女有嬉，补袖而舞。色丝屡空，续以麻絇[6]。

鼠革丁丁，烬之则穴[7]。蚁聚汲汲，积而成坯[8]。

上有日星，下有风雅[9]。历诋自是，非吾心也[10]。

【注释】

[1] 知道非诗，诗未为奇：一作"知非诗诗，未为奇奇"；又作"自知非诗，诗未为奇"。容分头解之。

第一种，道：道家学说中哲学意义上的道，即宇宙的本原和本体，而诗则是派生和外显的语言表达。或曰："既然得道之本体，就该知诗本身不足为奇。"此为一解。但也可解为："若以道为诗，则诗不必奇。"因为道（真理）是朴素的，何须刻意为之？也可从反面着笔，解为"若不知道何谓非诗，即不是诗，则不可能写出奇特的好诗"。此一解，为中文今译所依据。

第二种，"知非诗诗，未为奇奇"可解为："不刻意追求诗的奇，即心中有非同一般的诗，则可成奇诗，即平淡处方见得诗的奇，见得诗的不同凡响。"此一解为英文翻译所依据。

第三种，"自知非诗，诗未为奇"可解为："既然知道诗的局限和否定性质，又何必计较何谓奇诗，莫要走偏了道，以奇为奇呀。"此一解，是《诗赋赞》所

批评的几种写诗态度。

以上三种，文字虽不同，道理皆可通，唯含义有其认识层次与逻辑表述的不同耳。关键是掌握了司空图的诗学思想，知道其重视道的修养，主张淡泊一路诗（如陶渊明、王维的诗），反对雕琢和苦吟，瞧不起小格局的写诗技巧（如贾岛的诗）。这样的思想，要把《诗品》和论诗诗全部贯通，才能掌握，才能心中有数，不为语言表面所困。

笔者认为，道是本体，而诗是派生的现象。所以应当悟道而非诗，这样，诗就没有什么了不起。《诗赋赞》所表达的正是这样一种诗学命题。

［2］研昏练爽：此句写诗歌创作中的精神状态，语出刘勰《文心雕龙·养气》："神之方昏，再三愈黩……无扰文虑，郁此精爽。"描写诗人出昏入爽，抒怀命笔的创作过程。戛魄凄肌：此句指诗歌的接受效果，意为诗歌能够激动人的魂魄，产生刻骨切肤的深切体验。

［3］河浑：谓黄河之水浑浊。沇（yǎn）清：谓沇水清澈。沇，古水名，发源于黄河北岸王屋山。

［4］镵（chán）空攫（zhuó）壁：描述水势浪头上刺天空，旁拔岸壁。镵：刺。攫：拔。琤冰擗戟：发出冰层断裂画戟飞掷一般的声音和气势。以上六句写水势的"放恣纵横"，构成一重诗歌意象。可参阅《雄浑》《悲慨》《豪放》等品。

［5］煦（xù）：温暖的阳光。呵：呼喊。此两句写春天清晨的绚丽温润，乃另一层意象。可参阅《纤秾》等品。

［6］麻絇（qú）：织渔网用的麻绳。此四句写邻女嬉戏为乐，得意至极，却显寒酸琐细之态，作者对此加以讽刺。

［7］焮（xìn）：烧；灼。此句谓老鼠辛勤挖掘洞，无奈一把火就给烧了，遂成笑柄。

［8］汲汲：急切貌。垤（dié）：蚁穴旁大小土丘，一作"隤（tuí）凸"。此处是对蚁群辛苦掘墓的讽刺。

［9］下有：一作"下自"，指《诗经》传统，亦通。

［10］历诋：一作"历詃（jiǎn）"。许印芳解释此句为：因全赋"殆以入手翻案，语似诋諆，特解释之耳"。

【今译】

诗赋赞

得道，进而否定诗，诗便没什么奇特的了。

诗人你出昏入爽，让诗激动魂魄，生切肤之痛。

但诗之神何曾可知晓，即便知晓，也难以描摹形容。

只顾放开想象抵达太空，让笔下生出万象峥嵘。

黄河水浑，沈水清澈，都要能纵横挥洒如波涌，

浊浪滔天撞击岩壁，发出冰层断裂飞掷画戟之声。

如温暖的阳光呼唤春的到来，冰雪消融，霞飞雾蒸。

莫如邻居家的小女，补袖而翩跹起舞弄清影，

五颜六色的丝线没有了，用织网的麻绚也成。

莫如老鼠打洞丁丁，一把火烧光它一个洞。

莫如群蚁急急慌慌，堆土筑丘在巢穴旁。

仰望上苍，有日月星辰，三光照耀，

俯瞰人文，有诗贯六义，风雅成颂。

纵然谓我出言历诋，岂知我别有情衷。

【英译】

A Eulogy upon Poetry

Knowing it is not poetry, is poetry.

Presenting it non-brilliant, brilliant.

Alas！ Waning one's body and soul,

Laboring from morn till night, still

Not knowing what it is, even I know,

I know not how to make it a poem.

But let your imaginings go beyond all things,

All things involved, in poetry, in the making：

The Great River rolls on, clean or muddy,

Overflows my earthly imagination ——

Like billows rise mountains high,

Like turtles overturned by turbulence.

Like turbulence smashing the cliff,

Like iceberg broken into pieces,

Like halberd casting, sounding

Like the sun calling for a sunny spring,

Like dew drops dripping by melting ice

Or twilight burning up the evening sky.

Woe to a homely maid

Mending shabby sleeves

With silk or with hemp,

To keep on dancing along.

Neither like rats' burrow,

Which gets easily burned out,

Nor like their anthill piled up

Beside their shabby colony.

Hail to the sun and stars shining,

And ancient poetry as a model.

I don't mean to degrade what's there,

But to lay my poetic heart bare.

二　《李翰林写真赞》及其注释、今译与英译

李翰林写真赞[1]

水浑而冰，其中莫莹[2]。

气澄而幽，万象一镜[3]。

跃然翩然，傲睨浮云[4]。

仰公之格，称公之文[5]。

【注释】

[1] 李翰林：李白，于天宝初因吴筠的推荐乃供奉翰林，仅年余便离开长安，故以翰林名之。写真：画像。

[2] 莫：不能。莹：玉石之光彩。

[3] 气澄：指人的气质品格清澈澄明，了无阴影杂质。

[4] 跃然：喜悦貌。翩然：鸟飞状，转指文采飞扬。傲睨：倨傲傍视，目空一切。浮云：指财富权势。《论语》云："不义而富且贵，于我如浮云。"

[5] 格：品格。文：诗文。

【今译】

李白画像赞

浑水结而为冰，必乏玉之光彩。

气格纯洁澄明，万象映照如镜。

内心喜悦腾跃，文采飞扬如鸟。

孤傲目空万物，富贵犹如浮云。

敬仰您的品格，称颂您的诗文。

【英译】

Hail to Li Bai' Portrait

No glitter is the ice frozen of muddled water；

No clarity is not reflected by a mind-mirror

In which crystallized images come into being.

Your expression is vivid，and your poetry，great.

Hail to your personality！Hail to your great poetry！

三　司空图论诗文与序言及其注释与今译

1.《与李生论诗书》

与李生论诗书

文之难，而诗之难尤难[1]。古今之喻多矣，愚以为辨于味而后可以言诗也[2]。江岭之南，凡足资于适口者，若醯非不酸也，止于酸而已；若鹾非不咸也，止于咸而已[3]。华之人所以充饥而遽辍者，知其咸酸之外，醇美者有所乏耳[4]。彼江岭之人习之而不辨也，宜哉。

诗贯六义，则讽谕、抑扬、渟蓄、温雅，皆在其间矣[5]。然直致所得，以格自奇[6]。前辈编集，亦不专工于此，矧其下者耶[7]！王右丞、韦苏州，澄澹精致，格在其中，岂妨于道举哉[8]？贾浪仙诚有警句，视其全篇，意思殊馁，大抵附于蹇涩，方可致才，亦为体之不备也，矧其下者哉[9]！噫，近而不浮、远而不尽，然后可以言韵外之致耳[10]。

愚幼常自负，既久而逾觉缺然[11]。然得于早春，则有："草嫩侵沙短，冰轻著雨销。"[12]又："人家寒食月，花影午时天。"又："雨微吟足思，花落梦无憀。"[13]得于山中，则有："坡暖冬生笋，松凉夏健人。"[14]又："川明虹照雨，树密鸟冲人。"得于江南，则有："戍鼓和潮暗，船灯照岛幽。"又："曲塘春尽雨，方响夜深船。"[15]又："夜短猿悲减，风和鹊喜灵。"[16]得于塞上，则有："马色经寒惨，雕声带晚饥。"[17]得于丧乱，则有："骅骝思故第，鹦鹉失佳人。"又："鲸鲵人海涸，魑魅棘林高。"得于道宫，则有："棋声花院闭，幡影石幢幽。"[18]得于夏景，则有："地凉清鹤梦，林静肃僧仪。"得于佛寺，则有："松日明金像，苔龛响木鱼。"[19]又："解吟僧也俗，爱舞鹤终卑。"得于郊园，则有："远陂春早渗，犹有水禽飞。"[20]得于乐府，则有："晚妆留拜月，春睡更生香。"得于寂寥，则有："孤萤出荒池，落叶穿破屋。"[21]得于惬适，则有："客来当意惬，花发遇歌成。"虽庶几不滨与浅涸，亦未废作者之讥诃也[22]。七言云："逃难人多分隙地，放生鹿大出寒林。"[23]又："得剑乍如添健仆，亡书久似忆良朋。"[24]又："孤屿池痕春涨满，小栏花韵午初晴。"又："五更惆怅回孤枕，犹自残灯照落花。"又："殷勤元旦日，歌舞又明年。"[25]皆不拘于一概也[26]。

绝句之作，本于诣极[27]，此外千变为状，不知所以神而自神也，岂容易哉[28]？今足下之诗，时辈固有难色，倘复以全美为工，即知味外之旨矣[29]。勉旃[30]，某再拜[31]。

【注释】

[1] 而诗之难尤难：《四部丛刊》本"之"字下无"难"字，今据《唐文粹》校增。《全唐文》此句作"而诗尤难"。本句实谓论诗之难甚于论文。

[2] 辨于味：分辨诗的韵味。

[3] 江岭：长江、五岭（越城、都庞、萌渚、骑田、大庾五岭）位于湖南、江西和广东、广西等省区边境。江岭之南泛指南方。醯（xī）：醋。鹾（cuó）：盐。二者合而为酸咸味。

[4] 华：华夏，代指中原。遽辍：速止。醇美：醇厚的美味。

[5] 六义：《毛诗大序》云，"故《诗》有六义焉：一曰风，二曰赋，三曰比，四曰兴，五曰雅，六曰颂"。讽谕：委婉规劝。抑扬：情调起伏。渟（tíng）蓄：幽静含蓄。温雅：温和雅正。

[6] 直致所得：直接表述所得的意境。以格自奇：以独特的风格显示新奇。

[7] 编：《四部丛刊》作"编"，《全唐文》作"诸"。矧（shěn）：况且。

[8] 王右丞：王维，盛唐诗人、画家，官至尚书右丞，世称王右丞。韦苏州：韦应物，中唐诗人，曾任苏州刺史，故称韦苏州。澄澹精致：风格清深淡远，语言精工细致。道举：风格遒健挺拔。

[9] 贾浪仙：贾岛，中唐诗人，字"阆仙"，一作"浪仙"。馁：空乏。附：依赖。蹇（jiǎn）涩：艰深涩硬。致才：显示才华。体之不备：就总体风格而言，尚不完全具备。《文心雕龙》中的"体性"，以体指风格，如八体。

〔10〕近而不浮、远而不尽：意境显近而不流于浮泛，深远而又意味无穷。韵外之致：诗的音韵以外的情致或韵味，也即言外之意。

〔11〕幼：《全唐文》作"窈"。逾觉缺然："逾"通"愈"；缺然，即不足。

〔12〕短：一作"长"。

〔13〕吟思：一作"春未"。憀（liáo）：一作"聊"。

〔14〕生：一作"抽"。

〔15〕曲：一作"回"。

〔16〕灵：一作"虚"。

〔17〕饥：一作"悲"。

〔18〕幢：一作"坛"。

〔19〕苔龛：一作"山风"。

〔20〕旱渗：一作"草绿"。

〔21〕出荒池：一作"人空巢"。

〔22〕庶几：或许，差不多。滨：临近。浅涸（hé）：肤浅乏味。作者：作诗之人，知诗之人。未废：不免。讥诃（hē）：非难。

〔23〕鹿：一作"麋"。

〔24〕乍如：一作"更胜"。久：一作"深"。忆：一作"失"。

〔25〕旦日：一作"日日"。

〔26〕皆：一作"亦"。一概：一律，即一种风格。

〔27〕诣极：造诣极深。

〔28〕神：指诗的最高境界，自然天成，不见人工之谓。严羽《沧浪诗话》云："诗之极致有一：曰入神。"可参考。不知所以神而自神也：此句谓诗之止境固难以达到，即便达到也难以尽说其妙。

〔29〕固有：一作"自有"。此句谓同代人要赶上李生的诗当然是很难的。全美：兼指诗的语言工巧和意境深远，即如上文所言。工：一作"上"。味外之旨：韵外之致。

〔30〕勉旃（zhān）：努力啊。旃：助词。"旃"与"诸"声通；诸，之乎和音。故勉旃，犹言勉之乎，一作"勉哉"。

〔31〕某：我。《全唐文》作"司空表圣"。

【今译】

与李生论诗书

写文章本身就很难，而作诗更是难上加难。自古至今，此中比喻之词甚多。而我认为，先要辨别诗的味道，然后才可以品诗论诗。江南之人，吃东西只要适口就行，要酸，不是不要酸，而是止于酸即可，要咸，也不是不要咸，而是止于咸而已。北方人只管吃食充饥便不再要调味品，知道咸酸之外，还别有咸酸的味道，才是醇厚有余味，因此不限于此。而你们南方人，习以为常而不觉察，这样做合适吗？

《诗经》有六点涉及诗歌艺术，即风、雅、颂、赋、比、兴。其实，委婉规劝，情调起伏，幽静含蓄，温和雅正，尽在其中了。即景会心之作的意境，以其风格就能生出奇特效果。前辈诗人的作品，因而也不拘一格，何况还有那些不如他们的人呢？王维和韦应物的诗作，诗义澄明淡雅，语言精工细致，并不妨碍它们遒健挺拔的风格表达。而贾岛的诗，语言艰涩，才情毕露，总体而言，并不完备得体，便属等而下之了。唉！近观而不浮泛、远望而意不尽，然后才可以谈论诗的韵外之致吧。

我早年颇为自负，及长久浸润于诗中，才觉得犹有不足。不过得于早春，则有："草嫩侵沙短，冰轻著雨销。"又有："人家寒食月，花影午时天。"又有："雨微吟足思，花落梦无憀。"得于山中，则有："坡暖冬生笋，松凉夏健人。"又有："川明虹照雨，树密鸟冲人。"得于江南，则有："戍鼓和潮暗，船灯照岛幽。"又有："曲塘春尽雨，方响夜深船。"又有："夜短猿悲减，风和鹊喜灵。"得于塞上，则有："马色经寒惨，雕声带晚饥。"得于丧乱，则有："骅骝思故第，鹦鹉失佳人。"又有："鲸鲵人海涸，魑魅棘林高。"得于道宫，则有："棋声花院闭，幡影石幢幽。"得于夏景，则有："地凉清鹤梦，林静肃僧仪。"得于佛寺，则有："松日明金像，苔龛响木鱼。"又有："解吟僧也俗，爱舞鹤终卑。"得于郊园，则有："远陂春早渗，犹有水禽飞。"得于乐府，则有："晚妆留拜月，春睡更生香。"得于寂寥，则有："孤萤出荒池，落叶穿破屋。"得于惬适，则有："客来当意惬，花发遇歌成。"虽然接近至境，但还是难免受到内行的非难呀。此外又有七言云："逃难人多分隙地，放生鹿大出寒林。"又有："得剑乍如添健仆，亡书久似忆良朋。"又有："孤屿池痕春涨满，小栏花韵午初晴。"又有："五更惆怅回孤枕，犹自残灯照落花。"又有："殷勤元旦日，歌舞又明年。"皆不拘于一种风貌。

一般绝句作品的创作，要有极深的造诣，然后才能千变万化，于不知不觉间达到神奇的地步，这也不是容易的事啊。至于足下您的诗作，诚非时下的人可追得上，但若能追求韵味醇厚，词语工巧，则可以说是领略到了味外之旨了吧。望再接再厉呀，司空图再拜！

2.《与王驾评诗书》

与王驾评诗书

足下[1]末伎之工，虽蒙誉于哲贤，亦未足自（谓）信，必俟推于其类，而后神跃而色扬[2]。今之贽艺者反是，若即医而靳其病也，唯恐彼之善察，药之我攻耳[3]。以是率人以谩，莫能自振，痛哉！痛哉[4]！且工之尤者，莫若工于文章，其能不死于诗者，比他伎尤寡，岂可容易较量哉[5]！

国初，主上好文章，雅风特盛，沈、宋始兴之后，杰出于江宁，宏肆于李、杜，极矣[6]！右丞、苏州，趣味澄复，若清沇之贯达[7]。大历十数公，抑又其次[8]。元、白力勍而气孱，乃都市豪估耳[9]。刘公梦得、杨公巨源亦各有胜会[10]。浪仙、无可、刘德（得）仁辈，时得佳致，亦足涤烦[11]。厥后所闻，徒褊浅矣[12]。河汾蟠郁之气，宜继有人[13]，今王生者，寓居其间，沉渍益久，五言所得，长于思与境偕，乃诗家之所尚者[14]，则前所谓必推于其类，岂止神跃色扬哉？经乱索居，得其所录，尚累百篇，其勤亦至矣。吾适又自编一鸣集，且云撑霆裂月，劫作者肝脾，亦当吾言之无怍也，道之不疑[15]。

【注释】

[1] 王驾：字大用，河口（今山西永济市）人，大顺年间进士，仕至礼部员外郎，与司空图为诗友，有诗六首收入《全唐诗》。

[2] 末伎：小技。自信：一作"自谓"。俟（sì）：待。推：求。类：志同道合的朋友、诗友。

[3] 贽艺者：同"执艺者"，指著述者、诗文创作者。艺：一作"秋"。若即医而靳其病：如同就医而又讳疾。攻：治。

[4] 率：从事，对待。《左传·昭公十二年》云："率事以信为共。"谩：蒙骗。率人以谩：犹言蒙骗他人。

[5] 工于：一作"伎于"。不死于诗者：犹言不至于使诗呆滞死板，或在诗歌创作上创出一条路径，而不至于湮没无闻者。

[6] 主上：一作"主"。文章：一作"文雅"。雅风：一作"风流"。沈、

497

宋：沈指沈佺期，字云卿，相州内黄（今属河南）人，著有《沈佺期集》；宋指宋之问，字延清，又字少连，汾州（今山西汾阳）人，著有《宋之问集》。沈、宋始兴：可参看《新唐书·宋之问传》："及宋之问、沈佺期，又加靡丽，回忌声病，约句准篇，如锦绣成文，学者宗之，号曰沈、宋。"江宁：今南京，代指王昌龄。《新唐书·文艺传》记王曰："工诗，缜密而思清，时谓王江宁云。"李杜：李白与杜甫的合称。李白，诗仙，字太白，号青莲居士，著有《李太白集》；杜甫，诗圣，字子美，曾任检校工部员外郎，世称杜工部，著有《杜工部集》。

[7] 右丞：王维。苏州：韦应物。参看《与李生论诗书》注释8。澄夐（xiòng）：清朗而深远。若清沈之贯达：一作"若清风之出岫"，谓清澈如流泉。沈：一作"沅"。

[8] 大历十数公：大历十才子，唐大历年间（公元766～779年）十位诗人。据《新唐书·文艺志·卢纶传》云："（卢）纶与吉中孚，韩翃，钱起，司空曙，苗发，催峒（洞），耿湋，夏侯审，李端皆能诗。齐名，号大历十才子。"其诗歌多沉湎于山水歌舞升平，而难有表现社会生活的深刻主题，形成一代诗风。

[9] 元、白：分别指元稹和白居易。元稹，字微子，河南（今河南洛阳）人，诗人，著有《元氏长庆集》。白居易，字乐天，原籍太原（今山西太原），后迁下邽（今陕西渭南），诗人，著有《白氏长庆集》。勍（qíng）：强。屏：弱。豪估：豪富商贾。

[10] 刘公梦得：指刘禹锡，字梦得，中山无极（今河北）人，诗人，官太子宾客，故称刘宾客，著有《刘宾客集》。杨公巨源：杨巨源，字景山，河中（山西永济）人，诗人，《全唐诗》存其诗一卷。胜会：雅兴。

[11] 浪仙：贾岛。参看《与李生论诗书》注释9。无可：一作"东野"，诗僧，亦称"可上人"，范阳人，贾岛从弟，《全唐诗》存其诗两卷。刘德（得）仁：《全唐诗》存其诗两卷。佳致：奇思妙诗。涤烦：涤除烦恼。

[12] 褊（biǎn）浅：狭隘浅露。徒：一作"逾"。

[13] 河汾：指黄河与汾河之间的地区，即河中一带。蟠郁：郁郁葱葱之状。

[14] 沉渍：沉浸。思与境偕：情景交融之谓。

[15] 撑霆裂月：极言有撑持雷霆、撕裂月亮的艺术表现力。劫作者肝脾：犹言对读者有夺人心魄的感染力。劫：一作"劼"。怍（zuò）：惭愧。道之不疑：一本无。

【今译】

与王驾评诗书

　　足下手头一些诗作乃为末技之工，是不足称道的，虽蒙贤达之人的赞誉，但自己未全信，必有待于同类诗人的推举赞许，然后才可有志得意满之表现。当今许多诗作者不是这样，就医却怕医出病来，怕医生查出来，给自己用药。这样相互欺瞒，不能自己奋起而立。真是可惜！既然要下功夫，莫如下在写文章上，而在写诗上死消磨而不能出人之，较之做其他事情的人来说，成功的机遇毕竟是少数。怎么可能容易比较优劣、衡量高下呢？

　　开国之初，皇帝喜好文章风雅，诗歌一时兴盛，先是沈佺期和宋之问风云发其端，而后有王昌龄崛起，到了李白、杜甫那里，隆盛至极，不可超越了。王维、韦应物，趣味澄淡而深远，犹如清澈的泉水清新自然地流淌出谷。大历年间十位才子，紧随其后，等而下之了。元稹和白居易，用力强劲，可惜气韵不足，都市豪富一般。刘禹锡、杨巨源各有佳作，至于贾岛、无可、刘得仁三位，偶尔有些妙句，只能读作消遣，解除烦恼而已。其后再听闻的若干，就只有褊狭肤浅之作了。黄河、汾河间的河中一带，葱郁钟秀，代继有人。今王驾兄寓居其间，濡染已久，其五言诗有兴会，竟至于思与境偕，这正是诗家所推崇激赏的。前文提到有待于同类诗人的推举赞许，岂是自个志得意满所能了得？世事纷乱之间，能有百篇之积累，可见吾兄勤奋刻苦至极。适逢我近来自编了拙作《一鸣集》，可算得是气势雄强、披肝沥胆之作，就当我自言是真实无欺，既然说出来也不觉得自愧了。

3. 《与极浦谈诗书》

与极浦谈诗书[1]

　　戴容州云[2]："诗家之景，如蓝田日暖，良玉生烟，可望而不可置于眉睫之前也[3]。"象外之象，景外之景，岂容易可谈哉[4]？然题纪之作，目击可图，体势自别，不可废也[5]。愚近作《虞乡县楼》及《柏梯》二篇，诚非平生所得者[6]。然"官路好禽声，轩车驻晚程"，即虞乡入境可见也。又"南楼山最秀，北路邑遍清"，假令作者复生，亦当以著题见许[7]。其《柏梯》之作，大抵亦然。浦公试为我一过县城，少留寺阁，足知其不作也。岂徒雪月之间哉？伫归山后，"看花满眼泪"[8]、"回首汉公卿"、"人意共春风"[9]、"哀多如更闻"[10]，下至于"塞广雪无穷"[11]之句，可得而评也。郑杂事不罪章指，亦望逞达[12]。知非子之狂笔[13]。

【注释】

[1] 极浦：汪极，字极浦，徽州歙县（今属安徽）人，大顺二年进士。"浦"为"甫"之讹。

[2] 戴容州：戴叔伦，字幼公，润州金坛（今江苏常州市）人，贞元十六年进士，官至容管经略使，故称，中唐知名诗人，有《戴叔伦集》。

[3] 蓝田：陕西蓝田县，其蓝田山又名玉山，产美玉。李商隐《锦瑟》云："蓝田日暖玉生烟。"

[4] 谈：一作"谭"。

[5] 题纪之作：纪实题咏之作，不同于想象性的创作，但也不可缺少。体势：犹言体式、文体。

[6] 近作：一作"近有"。《虞乡县楼》：全文已佚，仅存残句如"官路""南楼"四句。《柏梯》：已佚。

[7] 著题：切题。见许：得到赞许。

[8] 据祖保泉注此处为王维句。全诗如下：

息夫人

王维

莫以今时宠，宁忘昔日恩。

看花满眼泪，不共楚王言。

[9] 这两句诗，出处不详。

[10] 据祖保泉注此处为杜甫句。全诗如下：

孤　雁

杜甫

孤雁不饮啄，飞鸣声念群。

谁怜一片影，相失万重云。

望尽似犹见，哀多如更闻。

野鸦无意绪，鸣噪自纷纷。

[11] 据祖保泉注此处为无可句。全诗如下：

送颢法师
往太原讲兼呈李司徒
无可

近腊辞精舍,并州谒尚公。
路长山忽尽,塞广雪无穷。
讲席开晴垒,禅衣涉远风。
闻经诸弟子,应满此门中。

[12] 郑杂事:未详何人,因唐人每以官职称人,是其惯例。章指:篇章要旨。知非子:司空图的自号。

[13] 狂笔:亦自娱之辞。

【今译】

与极浦谈诗书

戴叔伦说:"诗家的境地,宛如蓝田日暖,美玉生烟,烟岚缭绕处,可远望而不可以近观。"象外之象,景外之景,难道是那么容易就可以谈论做到的吗?纪实题咏一类诗作,眼前景物一望而知,但成一种文体,也是不可以或缺、偏废的。我近来有两首纪实诗篇,《虞乡县楼》和《柏梯》,确实算不上平生得意之作。不过,"官路好禽声,轩车驻晚程",那景色,一进入虞乡就可以看见的。还有"南楼山最秀,北路邑遍清",即使前辈名家重生,也会赞许其为切题之作。《柏梯》大体上也是如此吧。您若能代我去一趟虞乡县城,稍微注意一下寺庙馆阁,就知道这些诗句无愧于那里的景色了。这岂是吟风弄月之作可比的?回到山里,"看花满眼泪""回首汉公卿""人意共春风""哀多如更闻",以至于"塞广雪无穷"等句子,亦可一评。郑杂事不怪罪这样的篇章要旨的话,也望给他看看。知非子狂笔。

4. 《题柳柳州集后》

题柳柳州集后[1]

金之精粗,考其声,皆可辨也,岂清于磐(磬)而浑于钟哉[2]。然则作者为文为诗,格亦可见,岂当善于彼而不善于此耶[3]!思(愚)观文人之为诗,诗人之为文,始皆系其所尚,既专则搜研愈至,故能炫其工于不朽[4],亦犹力巨而斗者,所持之器各异,而皆能济胜,以为勍

501

敌也[5]。

愚常览韩吏部歌诗数百首，其驱驾气势，若掀雷抉（挟）电，撑抉于天地之间，物状奇怪，不得不鼓舞而徇其呼吸也[6]。其次皇甫祠部文集，所作亦为遒逸，非无意于渊密，盖或未遑耳[7]。今于华下方得柳诗，味其深搜之致，亦深远矣[8]。俾其穷而克寿，玩精极思，则固非琐琐者轻可拟议其优劣[9]。又尝睹（睹）杜子美祭太尉房公文，李太白佛寺碑赞，宏拔清厉，乃其歌诗也[10]。张曲江五言沈（沉）郁，亦其文笔也[11]，岂相伤哉！

噫，后之学者褊浅，片词只句，不能自辨，已侧目相诋訾矣[12]。痛哉！因题柳集之末，庶俾后之诠评者，无或偏说，以盖其全工[13]。

【注释】

[1] 柳柳州：柳宗元，字子厚，河东（今山西永济）人，贞元年间进士，其所主张的革新失败后，被贬永州（今湖南零陵）司马，后迁居柳州，任刺史，世称"柳柳州"。

[2] 考：犹言敲。

[3] 格：才能，品格。彼、此：分指诗文，而主张兼善。

[4] 思：此处应为"愚"，即吾。既专："既专攻他技"，许印芳在跋中如是注云。炫：《说文》云，"炫，焰耀也"。

[5] 济胜：以利于取胜。勍敌：强敌。

[6] 韩吏部：韩愈，字退之，河阳（今河南孟州市）人，郡望昌黎，自称昌黎韩愈，贞元年间进士，曾任监察御史，国子监博士，因谏迎佛骨，贬潮州刺史，后任吏部侍郎，故称韩吏部。驱驾：驾驭思想和语言的能力。掀雷抉电：一作"掀雷挟电"，状韩诗文之气势。撑抉：一作"奔腾"。徇其呼吸：犹言加速呼吸，可见其阅读效果。

[7] 皇甫祠部文集：《皇甫湜文集》，今常作《皇甫持正集》，别集，皇甫湜撰写，湜字持正，故名，《全唐诗》录其诗三首。遒逸：遒劲俊逸。遑：通"惶"，亦通"皇"，暇也。

[8] 华下：华州，今陕西华州区一带。

[9] 俾：使。克：限定。玩精极思：一作"抗精极思"。琐琐者：浅薄之徒耳。

[10] 杜子美：杜甫，字子美。祭太尉房公文：一作《祭故相国清河房公文》。李太白：李白。宏拔清厉：渊博出众，清新峭拔。

[11] 张曲江：张九龄，字自寿，韶州曲江（今广东韶关）人，著有《曲江集》。

[12] 噫：叹词。《庄子·大宗师》云："噫！未可知也。"诋訾：毁谤。

[13] 以盖其全工：谓对诗文要能兼评，方可不至于偏废。

【今译】

题柳柳州集后

金属的精细与粗糙，考其金玉器物的声响便可以辨别，不仅仅是做成磬的声音就清爽，铸成钟的声音就浑厚。可见，作者的写诗作文，也可见出其才能和品格，难道一定是只善此道不善彼道那么简单吗？我看文人写诗，诗人作文，首先是从情趣开始，继而转事谋职广搜精研，所以才能表现出不朽的功勋。就好像大力士在搏斗，尽管所持的器械不同，都是有助于战胜强敌的。

我经常翻阅韩愈的诗歌，不下于几百首，其驾驭思想表现语言的气势，就像掀翻雷霆携带闪电一般，将天地之间撑开，万物在其笔下各显示奇特的状态，令人读之鼓舞，呼吸紧迫而后快。其次，《皇甫祠部文集》也属于道劲俊逸之作，不是不注意玄深和周密，只是还没有闲暇细读而已。今天在华阴，才得一览柳宗元的诗作，感其有深邃悠长之韵味。但须穷尽其趣，玩味其精巧，所以不是浅薄之徒可以随便评价其优劣的。又赏读杜甫的《祭太尉房公文》，李白的《佛寺碑赞》，觉其渊博出众，清新峭拔，俨然一首歌行。张九龄的五言写得沉郁，文笔不错，难道是诗文相互抵牾了吗？

唉！后辈之学者偏颇浅露，只言片语都不能有所见，便相互诋毁以至于侧目。实在是可惜呀！所以题在《柳柳州集》之后，乃是提醒后来的诠释品评者，不要以偏概全，而要诗文兼评、全面看待才行。

四　《司空图传》及其注释

司空图传

司空图字表圣，本临淮人[1]。曾祖遂，密令[2]。祖象，水部郎中[3]。父舆，精吏术。大中初，户部侍郎卢弘正领盐铁，奏舆为安邑两池榷盐使、检校司封郎中[4]。先是，盐法条例疏阔，吏多犯禁[5]；舆乃特定新法十条奏之，至尽以为便[6]。入朝为司门员外郎，迁户部郎中，卒[7]。

图咸通十年登进士第，主司王凝于进士中尤奇之[8]。凝左授商州刺史，图请从之，凝加器重，洎廉问宣歙，辟为上客[9]。召拜殿中侍御史[10]。以赴阙迟留，责授光禄寺主簿，分司东都[11]。乾符六年，宰相卢携罢免，以宾客分司，图与之游，携嘉其高节，厚礼之[12]。尝过图舍，手题于壁曰："姓氏司空贵，官班御史卑。老夫如且在，不用念屯奇[13]。"明年，携复入朝，路由陕虢，谓陕帅卢渥曰："司空御史，高士也，公其厚之。[14]"渥即日奏为宾佐。其年，携复知政事，召图为礼部员外郎，赐绯鱼袋，迁本司郎中[15]。其年冬，巢贼犯京师，天子出幸，图从之不及，乃退还河中[16]。时故相王徽亦在蒲，待图颇厚[17]。数年，徽受诏镇潞，乃表图为副使，徽不赴镇而止[18]。僖宗自蜀还，次凤翔，召图知制诰，寻正拜中书舍人[19]。其年僖宗出幸宝鸡，复从之不及，退还河中。

龙纪初，复召拜舍人，未几又以疾辞。河北乱，乃寓居华阴[20]。景福中，又以谏议大夫征[21]。时朝廷微弱，纪纲大坏，图自深惟出不如处，移疾不起[22]。乾宁中，又以户部侍郎征，一至阙廷致谢，数日乞还山，许之[23]。昭宗在华，征拜兵部侍郎，称足疾不任趋拜，致章谢之而已[24]。昭宗迁洛，鼎欲归梁[25]，柳璨希贼旨，陷害旧族，诏图入朝[26]。图惧见诛，力疾至洛阳，谒见之日，堕笏失仪，旨趣极野[27]。璨知不可屈，诏曰："司空图俊造登科，朱紫升籍，既养高以傲代，类移山以钓名，心惟乐于漱流，仕非专于禄食[28]。匪夷匪惠，难居公正之朝；载省载思，当徇栖衡之志[29]。可放还山。"

图有先人别墅在中条山之王官谷，泉石林亭，颇称幽栖之趣。自考槃高卧，日与名僧高士游咏其中[30]。晚年为文，尤事放达，尝拟白居易《醉吟传》为《休休亭记》曰：

> 司空氏祯贻溪之休休亭，本名濯缨亭，为陕军所焚。天复癸亥岁，复葺于坏垣之中，乃更名曰休休[31]。休，休也，美也，既休而具美存焉。盖量其才一宜休，揣其分二宜休，耄且聩三宜休[32]。又少而惰，长而率，老而迂，是三者皆非济时之用，又宜休也。尚虑多难不能自信，既而昼寝，遇二曾谓予曰："吾尚为汝师。汝昔矫于道，锐而不固，为利欲之所拘，幸悟而悔，将复从我于是溪耳。[33]且汝虽退，亦尝为匪人之所嫉，宜耐辱自警，庶保其终始，与靖节、醉吟第其品级于千载之下，复何求哉！[34]"因为《耐辱居士歌》，题于东北楣曰：

"咄咄，休休休，莫莫莫，伎俩虽多性灵恶，赖是长教闲处着[35]。休休休，莫莫莫，一局棋，一炉药，天意时情可料度[36]。白日偏催快活人，黄金难买堪骑鹤。若曰：'尔何能?'答云：'耐辱莫。'"

其诡激啸傲，多此类也。

图既脱柳璨之祸还山，乃预为寿藏终制[37]。故人来者，引之圹中，赋诗对酌，人或难色[38]。图规之曰："达人大观，幽显一致，非止暂游此中。公何不广哉[39]！"图布衣鸠杖，出则以女家人鸾台自随[40]。岁时村社雩祭祠祷，鼓舞会集，图必造之，与野老同席，曾无傲色[41]。王重荣父子兄弟尤重之，伏腊馈遗，不绝于途[42]。唐祚亡之明年，闻辉王遇弒于济阴，不怿而疾，数日卒，时年七十二[43]。有文集三十卷。

图无子，以其甥荷为嗣。荷官至永州刺史。以甥为嗣，尝为御史所弹，昭宗不之责。

赞曰：图之华彩，人文化成。间代杰出，旧藻撷英。骐骥逸步，咸、韶正声。灿流缃素，下视姬、嬴。（录自《旧唐书·文苑下·司空图传》）

【注释】

[1] 临淮：唐属河南道，长安四年始设临淮县，旧址在今江苏泗洪县。

[2] 密令：密县县令。密县，唐属河南道郑州，旧址约在今河南省新密市。

[3] 水部郎中：唐时负责掌管水利事宜的五品长官。

[4] 大中：宣宗年号（847～860年）。卢弘正：字子强，范阳（今北京市大兴区）人，元和末登进士，官至监察御史。安邑：唐属河东道，今山西安邑县。两池：今山西解池。榷盐使：负责州郡官盐买卖的长官。司封郎中：属吏部，从五品上，掌管爵位分封升降的长官。

[5] 疏阔：荒疏不严。

[6] 便：便利，方便。

[7] 司门：刑部四司之一。员外郎：司的副长官。户部郎中：第一司，辅佐长官行政令。

[8] 咸通十年：公元869年。主司：主管。奇：以为奇才。

[9] 左授：左迁，实为降职，因古以右为上。商州：唐属关内道，今陕西商州区。刺史：唐称州长官为刺史。廉问：查访。宣歙：唐属淮南道，今安徽宣城、歙县。辟：征召，聘请。

[10] 殿中侍御史：中央监察官，唐属御史台，掌管纠举弹劾群僚，推鞠狱讼，从六品下。

[11] 赴阙迟留：未按时赴任。光禄寺：掌管皇帝私人事务。主簿：掌管寺印玺，勾检稽失。东都：唐以长安为西京，洛阳为东京，东都即东京。

[12] 乾符六年：公元 879 年。嘉：赞许。

[13] 司空：本为三公之一，今卢携以司空图之姓戏言之，以对"御史卑"。屯：《易经》六十四卦之一；易曰"刚柔始交而难生"，故以屯为艰难之象。奇：古时占卜以偶数为吉，奇数为凶。屯卦位居第三，为奇数。

[14] 虢：古国名，在陕西宝鸡附近号西虢，山西平陆县号北虢，河南荥阳市号东虢。

[15] 绯鱼袋：粉红色饰有鱼纹的绶带。

[16] 巢：黄巢，唐末农民起义军领袖。贼：旧书对于造反者的蔑称。河中：唐属河东道，旧址当在今山西永济市。

[17] 王徽：字昭文，京兆杜陵（今陕西长安）人，大中十一年登进士，广明元年任户部侍郎，同平章事，曾被黄巢俘获，后逃回河中。蒲，蒲州。

[18] 潞：潞州，唐属河东道，今山西长治市。

[19] 中书舍人：唐中书省，舍人六员，正五品上，掌管侍奉进奏，参议表彰。中书省为中央枢机三省之一，三省长官同为宰相，共议国政。

[20] 华阴：唐属关内道，今陕西华阴市。

[21] 景福：唐昭宗年号，公元 892～893 年。

[22] 纪纲：纲纪。深惟：深思熟虑。处：隐退。《易·系辞上》云："或出或处。"

[23] 乾宁：昭宗年号，公元 894～898 年。

[24] 华：华州，今陕西华州区。

[25] 洛：洛阳。鼎欲归梁：鼎乃国之重器，国灭则鼎迁。梁：后梁太祖朱全忠，篡唐自立。

[26] 柳璨：河东人，光化中登进士第，迁翰林学士，后勾结朱全忠又被其所杀。

[27] 笏：朝笏，木制或竹制，面君时指画或记事之用。堕笏失仪：丢落朝笏，有违礼仪。

[28] 俊造登科：年纪轻轻就中了进士，指司空图中进士时年方三十二岁。朱紫升籍：身着官服，历任官职。朱紫：以袍服礼冠之色代进入仕途之说。升籍：升官。籍为礼部记载官员名阶的籍册。漱流：枕石漱流，语出《世说·排

调》："孙子荆年少时，欲隐，谓王武子'当枕石漱流'。王曰：'流可枕，石可漱乎？'孙曰：'所以枕石，欲洗其耳，所以漱流，欲砺其齿。'"

[29] 匪：通"非"。夷：伯夷。载：语助词。省：省察。思：思索。栖衡之志：语出《诗·陈风·衡门》，"衡门之下，可以栖迟。泌之洋洋，可以乐饥"，谓宜于退隐。

[30] 中条山：位于山西省南端，主峰在永济市内。考槃：《诗·卫风》中的篇名。考：筑。槃：木屋。方玉润《诗经原始》引黄一正云："槃者，架木为室，盘结之义也。"《考槃》首节云："考槃在涧，硕人之宽。独寐寤言，永矢弗谖。"意为闲者在山涧架起木屋，独睡独醒独自言语，觉得宽敞而安闲，其乐无穷，永志不忘。据此认为该诗是隐逸诗之宗。

[31] 天复癸亥岁：昭宗天复二年，公元 902 年。葺（qì）：修理。

[32] 揣（chuǎi）：揣度。耄：昏。聩：聋。

[33] 矫：违背。矫于道：有悖于道，与"锐而不固，为利欲之所拘"相通。郭注"依托"，不妥。

[34] 靖节：东晋田园诗人陶潜去世后，其友人私谥其为靖节。醉吟：中唐著名诗人白居易有《醉吟先生传》，以自况。

[35] 咄咄：叹词，或作叹息之间解。

[36] 料度（duó）：一作"料变"，但不叶韵。

[37] 寿藏：生前所筑之墓穴。

[38] 圹（kuàng）：墓穴。《周礼·夏官·方相氏》云："及墓，如圹。"也有以寿藏谓家圹的。或：有。

[39] 幽显：死生。广：旷达。

[40] 布衣：《盐铁论》云，"古者庶人耄老而后衣丝，其余则布枲（xǐ）而已，故命曰布衣"。鸠杖：《后汉书·礼仪志》云，"仲秋之月，县道则按户比民，年始七十者，授之以玉杖，铺之麋粥。八十九十，礼有加赐。玉杖长九尺，端以鸠鸟为饰"。

[41] 雩（yú）祭：求雨祭祀。《后汉书·礼仪志》云："其旱也，公卿官长以次行雩礼求雨。"造：到，前往。

[42] 王重荣：河中人，与其子王珂先后任河中节度使。伏腊：夏有伏祭，冬有腊祭，合而为伏腊。馈遗：馈赠礼品。

[43] 祚：皇位，国统。杜甫《咏怀古迹》云："运移汉祚终难复，志决身歼军务劳。"辉王：哀帝，曾为辉王，天祐四年（公元 907）为阴王，次年被朱全忠所杀。怿（yì）：愉悦。

参考文献

郭绍虞:《诗品集解》,人民文学出版社,1963。

祖保泉:《司空图诗品解说》(修订本),安徽人民出版社,1980。

乐黛云等:《比较文学原理新编》,北京大学出版社,1998。

陈鼓应注译《庄子今注今译》,中华书局,1983。

陈鼓应:《老子注译及评介》,中华书局,1984。

赵福坛:《诗品新释》,花城出版社,1986。

肖驰:《中国诗歌美学》,北京大学出版社,1986。

畅广元:《诗创作心理学——司空图〈诗品〉臆解》,陕西师范大学出版社,
  1988。

冯天瑜、何晓明、周积明:《中华文化史》(上、下册),上海人民出版社,1990。

王宏印:《中国文化典籍英译》,外语教学与研究出版社,2009。

叶维廉:《中国诗学(增订版)》,黄山书社,2015。

高维国、张格注释《汉文典注释》,南开大学出版社,1993。

朱光潜:《诗论》,安徽教育出版社,1997。

陈望衡:《中国古典美学史》,湖南教育出版社,1998。

吴功正:《唐代美学史》,陕西师范大学出版社,1999。

陈蒲清:《文言今译学》,岳麓书社,1999。

王晓璐:《中西诗学对话》,巴蜀书社,2000。

贾平凹:《平凹散文》,浙江文艺出版社,2000。

陶礼天:《司空图年谱汇考》,华文出版社,2002。

张少康:《司空图及其诗论研究》,学苑出版社,2005。

徐翎:《书画》,王宏印、马向晖译,人民文学出版社,2006。

罗宗强:《唐诗小史》,百花文艺出版社,2008。

邵盈午:《诗品解说》,中央编译出版社,2015。

朱良志：《〈二十四诗品〉讲记》，中华书局，2017。

程俊英译注《诗经译注》上海古籍出版社，1985。

赵则成等主编《中国古代文学理论辞典》，吉林文史出版社，1985。

游国恩等主编《中国文学史》（四卷本），人民文学出版社，1979。

夏剑钦主编《十三经今注今译》（上、下册），岳麓书社，1994。

袭仁、林骧华主编《中国传统文化精华》，复旦大学出版社，1995。

陈良运主编《中国历代诗学论著选》，百花洲文艺出版社，1995。

郭琦、史念海、张岂之主编《陕西通史》（十四卷），陕西师范大学出版社，
    1998。

张炯等主编《中华文学通史 第二卷·古代文学编》，华艺出版社，1997。

中国思想宝库编委会编《中国思想宝库》，中国广播电视出版社，1990。

孟蓝天、赵国存、张祖彬编著《中国文论精华》，河北教育出版社，1993。

罗仲鼎等编著《诗品今析》，江苏人民出版社，1983。

祖保泉、陶礼天笺校《司空表圣诗文集笺校》，安徽大学出版社，2002。

周振甫注《文心雕龙注释》，人民文学出版社，1981。

黄寿祺、张善文撰《周易译注》，上海古籍出版社，1989。

王济亨、高仲章选注《司空图选集注》，山西人民出版社，1989。

王宏印选译《英国诗歌选译》，外语教学与研究出版社，2018。

郭晋稀、郭令原译注《白话诗品·白话二十四诗品》，岳麓书社，1997。

王蓓：《文本翻译与诗学对话：从〈二十四诗品〉的英译及现代汉语翻译看
    相关诗学问题》，硕士学位论文，北京大学，2005。

李春桃：《〈二十四诗品〉接受史》，博士学位论文，复旦大学，2005。

王爱金：《王润华现代华文文学观的论述与实践》，博士学位论文，复旦大
    学，2008。

〔美〕厄尔·迈纳：《比较诗学》，王宇根等译，中央编译出版社，1998。

〔美〕宇文所安：《中国文论：英译与评论》，王柏华、陶庆梅译，上海社会
    科学院出版社，2002。

〔美〕宇文所安：《晚唐：九世纪中叶的中国诗歌（827—860》），贾晋华、
    钱彦译，生活·读书·新知三联书店，2011。

〔德〕顾彬：《中国诗歌史——从起始到皇朝的终结》，刁承俊译，华东师范
    大学出版社，2013。

〔德〕马丁·海德格尔：《在通向语言的途中》，孙周兴译，商务印书馆，1999。

图书在版编目（CIP）数据

诗品文心：唐末高士司空图：生平、诗文与《诗品》
翻译研究 / 王宏印著译. —— 北京：社会科学文献出版
社，2020.5
ISBN 978 - 7 - 5201 - 5753 - 7

Ⅰ.①诗… Ⅱ.①王… Ⅲ.①古典诗歌 - 诗歌理论 -
中国②《二十四诗品》- 研究 Ⅳ.①I207.22

中国版本图书馆 CIP 数据核字（2019）第 233355 号

诗品文心　唐末高士司空图
——生平、诗文与《诗品》翻译研究

著　　译／王宏印

出 版 人／谢寿光
组稿编辑／祝得彬　张　萍
责任编辑／张　萍
文稿编辑／王　娇

出　　版／社会科学文献出版社·当代世界出版分社（010）59367004
　　　　　　地址：北京市北三环中路甲 29 号院华龙大厦　邮编：100029
　　　　　　网址：www.ssap.com.cn
发　　行／市场营销中心（010）59367081　59367083
印　　装／天津千鹤文化传播有限公司

规　　格／开本：787mm×1092mm　1/16
　　　　　　印张：32.75　字数：570 千字
版　　次／2020 年 5 月第 1 版　2020 年 5 月第 1 次印刷
书　　号／ISBN 978 - 7 - 5201 - 5753 - 7
定　　价／178.00 元

本书如有印装质量问题，请与读者服务中心（010 - 59367028）联系